HEYNE

Tom Clancy und Steve Pieczenik

TOM CLANCY'S
SPECIAL NET FORCE
Fluchtwege

3 neue Romane in einem Band

Umwelthinweis:
Dieses Buch wurde auf
chlor- und säurefreiem Papier gedruckt.

Redaktion: Verlagsbüro Oliver Neumann, München

Deutsche Erstausgabe 07/2005
Copyright © der deutschsprachigen Ausgabe 2005
by Wilhelm Heyne Verlag, München,
in der Verlagsgruppe Random House GmbH
Printed in Germany 2005
Quellennachweis: s. Anhang
Umschlagillustration: mauritius-images/AGE
Umschlaggestaltung: Nele Schütz Design, München
Satz: Pinkuin Satz und Datentechnik, Berlin
Druck und Bindung: GGP Media GmbH, Pößneck

ISBN: 3-453-43139-1
www.heyne.de

Inhalt

Freier Fall 7

Spurlos 307

Fluchtweg 545

Clancy/Pieczenik/Odom

FREIER FALL

Wir möchten den folgenden Personen danken, ohne deren Mitarbeit dieses Buch nicht möglich gewesen wäre: Martin H. Greenberg, Larry Segriff, Denise Little und John Helfers von Tekno Books; Mitchell Rubenstein und Laurie Silvers von Hollywood.com; Tom Colgan von Penguin Putnam Inc.; Robert Youdelman, Esqire, und Tom Mallon, Esqire. Wie immer möchten wir Robert Gottlieb danken, ohne den dieses Buch nicht entstanden wäre. Wir sind ihnen allen zu aufrichtigem Dank verpflichtet.

»Aus dem Weg!«

Andy Moore sprang ab und streckte die Arme aus, um den Sturz abzufangen. Eine wacklige Rolle brachte ihn wieder auf die Beine. Die Sägespäne, die den Boden des riesigen, mit Stahlgittern versehenen Käfigs bedeckten, stoben in alle Richtungen. Im ersten Moment fand er in der dicken Schicht aus Sägespänen keinen Halt, doch dann grub er seine Füße hinein und stürzte sich wieder nach vorne. Wie ein Torwart beim Elfmeter warf er sich mit ausgestreckten Armen rutschend zu Boden. Dabei bekam er die Kante der Stahlplatte zu fassen, auf der sich der große Metallreifen erhob, und schob sich darunter.

Im nächsten Augenblick entzündete sich der Reifen. Violette Funken wandelten sich in pyrotechnischer Farbenpracht zu gelben und orangen Flammen. Die plötzliche Hitze hätte Andy um ein Haar in die ewigen Jagdgründe befördert.

Aus der Bratpfanne in die Flammenhölle, dachte er. *Die Geschichte meines Lebens.* Er lag auf dem Rücken und warf seinem Verfolger einen Blick zu.

Der Löwe befand sich mit elf anderen Raubkatzen im Käfig. Er maß von der Schnauze bis zum Schwanz drei Meter und ragte an der Schulter knapp einen Meter in die Höhe. Sein langer, stämmiger Körper bestand aus mindestens zweihundertdreißig Kilogramm geschmeidigen Muskeln. Der keilförmige Kopf ließ seinen riesigen Körper zierlich erscheinen, was zu einem Großteil an der langen schwarzen Mähne lag, die mit dem gelbbraunen Fell kontrastierte.

Andy blickte in die smaragdfarbenen Augen des Löwen.

Deutlich erkannte er sein Spiegelbild und den wütenden Hunger, der in dem Tier tobte.

Außerdem glaubte er, eine leichte Irritation zu bemerken. Er wusste, dass er auf seinesgleichen Eindruck machte.

Die große Katze hielt am Rand des Podests inne und fauchte die lodernden Flammen wütend an. Das Geräusch hallte durch den Käfig. Der Löwe knirschte mit den elfenbeinschimmernden Zähnen.

Von seinem riesigen Kiefer tropfte heißer Speichel auf Andys Wange. *Igitt*, dachte er.

»Du bist nicht in Sicherheit! Bleib in Bewegung! Napoleon ist nicht dumm, junger Andrew!« Heritzel Crupariu stand außerhalb des großen Käfigs und hielt die Gitterstäbe umklammert. Der große, breitschultrige Mann war mit einem leuchtend blauen Seidenhemd und einer olivgrünen Reithose bekleidet. Dazu hatte er sich einen weißen Schal um den Hals geschlungen. Die dunklen Haare waren nach hinten gekämmt, und er hatte einen Schnauzbart.

»Andy«, korrigierte Andy automatisch.

Durch den Klang seiner Stimme aufmerksam geworden, spähte der Löwe mit zusammengekniffenen Augen zu ihm herab.

Furcht durchzuckte Andy wie ein Stromschlag. Dennoch verschwand das Lächeln nicht von seinen Lippen. Trotz seines widerspenstigen blonden Haarschopfes und der blauen Augen wirkte dieses Lächeln keineswegs engelhaft. Mit seinen sechzehn Jahren war er sportlich und drahtig, er dachte schnell und bewegte sich noch schneller. Er liebte die Gefahr – solange seine Mutter nicht in der Nähe war.

Andy hielt dem Blick des Jägers stand. Als er die Bewegungen der Beinmuskeln des Löwen bemerkte, hakte er einen Fuß unter eines der gegenüberliegenden Standbeine des Podests.

»Junger Andrew«, flehte Crupariu. »Andy, bitte. Napoleon spielt nicht Katz und Maus mit dir. Du reizt ihn nur noch mehr.«

»Ich weiß, was ich tue«, erwiderte Andy. *Zumindest hoffe ich das.* Gewöhnlich klärte sich diese Frage recht schnell.

Napoleon schlug mit seiner riesigen Pranke nach Andys Kopf.

Drei der Mädchen auf den Zuschauerrängen kreischten laut auf. Sie trugen mit unzähligen Pailletten besetzte Trikots in Rosa und Weiß, ihre Arme und Beine waren unbedeckt. Bevor Andy in den Käfig gestiegen war, hatten sie mit den Pferden trainiert.

Die Löwenklaue war mit riesigen, gekrümmten Krallen gespickt, die sich besonders für das Aufschlitzen von Fleisch eigneten. Andy wusste, dass ein ausgewachsener männlicher Löwe bei einer Mahlzeit leicht an die dreißig Kilo rohes Fleisch verschlingen konnte. Wenn Napoleon mit ihm fertig wäre, würde zwar noch genug für ein paar Mitternachtssnacks übrig bleiben, für die anderen Katzen im Käfig würde es jedoch nicht reichen. Die Pranke sauste auf seinen Kopf zu.

Ein Schauder durchfuhr Andy, doch er unterdrückte den Reflex. Würde er jetzt aus der Sim geworfen, hätte das zwar einen negativen Effekt auf sein Ego und wäre außerdem ziemlich peinlich, aber nicht gefährlich. Trotzdem wollte er es verhindern.

Er winkelte das Bein an, behielt den Fuß weiter unter dem Standbein eingehakt und zog sich durch das Sägemehl zur anderen Seite des Podests. Das Lächeln war noch immer nicht von seinem Gesicht verschwunden, als er auf die Füße kam und losspurtete.

Er bedachte die fünf jungen Mädchen, die mit den Pferden trainiert hatten, mit einem kurzen Blick. Sie waren allesamt niedlich und schienen etwa in seinem Alter zu sein, doch konnte er das nicht so genau sagen. Es war ja auch nicht ganz einfach angesichts seiner Lage. Er hielt einen Moment für eine schwungvolle Verbeugung inne, einen Arm galant ausgestreckt.

Die Mädchen klatschten spontan, quietschten dann jedoch vor Schreck jäh auf.

Andy drehte sich um und sah, dass Napoleon die Verfolgung wieder aufgenommen hatte. Das große Raubtier sprang auf ihn zu, seine Muskeln unter der gelbbraunen Haut pulsierten. Andy wich zur Seite und entkam dem Tier nur um Haaresbreite.

»Wo ist die Peitsche?«, rief er Crupariu zu.

Der Mann deutete auf eine Stelle innerhalb des Käfigs. Dort lag die Peitsche im Sägemehl, zusammengerollt wie eine schwarze Lederschlange. Wie beiläufig schienen die vier Löwinnen, die Andy mit wachsendem Interesse beobachteten, auf dem Weg dorthin auf ihren Podesten drapiert zu sein. Momentan war es noch Napoleons Jagd. Doch das konnte sich jeden Augenblick ändern.

Andy warf einen Blick über seine Schulter. Der Löwe drehte sich schneller um, als man dies bei seiner Größe für möglich hielt. Obwohl er Aufregung und die Gefahr liebte, sah es im Moment nicht allzu gut aus.

Die sieben anderen Großkatzen im Käfig – vier schwarze Panter, zwei bengalische Tiger und ein Schneeleopard – rührten sich nicht von ihren Plätzen und blieben den Löwen fern. Napoleon und sein Rudel hatten offensichtlich im Käfig das Sagen. Die anderen Raubkatzen lagen auf leuchtend rot, gelb, blau oder hellgrün lackierten Podesten. Ihre Schwänze zuckten nervös hin und her, während sie die Jagd mit scheinbar geringem Interesse verfolgten.

Crupariu rüttelte wieder an der Käfigtür und stieß einen Fluch in seiner Muttersprache aus, als er sie nicht aufbekam. »Komm besser raus, Andr... Andy!«

»Gleich.« Andy schlitterte durch das Sägemehl und griff nach der Peitsche. Er tastete nach dem geschnitzten Holzgriff. *O Mann, wenn Matt, Leif oder der Zwerg mich jetzt sehen könnten ...*

Seine Freunde, Net Force Explorers wie er, standen ihm im Hinblick auf Risikofreudigkeit in nichts nach. Doch keiner von ihnen hatte schon etwas Derartiges erlebt.

»Andy!«, rief Crupariu. »Deine Mutter wäre damit bestimmt nicht einverstanden. Komm jetzt bitte raus!«

Er hatte Recht. Sandra Moore wäre definitiv nicht einverstanden gewesen.

Andy stieß sich von den Käfigstäben nach vorn ab. Die brennenden Ringe über ihm kennzeichneten den schmalen, erhöhten Steg. »He, Napoleon«, rief er dem Löwen zu. »Schon mal was von Waterloo gehört?« Er lockerte die Peitsche und ließ sie gekonnt knallen; das geflochtene Leder entrollte sich in voller Länge.

Die Peitschenspitze züngelte nach vorne und zerschnitt die Luft nur Zentimeter vor der feuchten schwarzen Löwenschnauze. Das Zischen der Peitsche ließ Napoleon erstarren.

Crupariu und die in Weiß und Rosa kostümierten Kunstreiterinnen klammerten sich an die Gitterstäbe.

Widerstrebend wich Napoleon zurück und setzte sich.

Das aus dem riesigen Schlund des Löwen donnernde Grollen brachte die Luft zum Vibrieren.

»Na gut«, seufzte Andy. Er trug Jeansshorts, ein schwarzes T-Shirt mit einem Space-Marines-Logo sowie eine Baseballkappe von den North Carolina Tar Heels. Optisch war er nicht gerade für die Dompteureinlage gerüstet.

Napoleon verlagerte das Gewicht und machte Anstalten aufzustehen.

»Nichts da.« Andy ließ die Peitsche nur knapp vor dem Gesicht des Tiers schnalzen.

Napoleon zuckte zur Seite. Die Löwinnen beobachteten die Szene mit wachsendem Interesse. Zwei von ihnen erhoben sich auf ihren Podesten.

Andys T-Shirt war an der Brust und den Achseln durchgeschwitzt, der Schweiß lief ihm die Arme hinunter. Entweder war es im Käfig heißer als erwartet, oder er war doch aufgeregter, als er zugeben wollte. Wahrscheinlich ein bisschen von beidem.

Er sah erneut zu den unruhigen Löwinnen hinüber. Er wusste, solange er den Löwen unter Kontrolle hatte, würde der Rest des Rudels ebenfalls gehorchen. Also schnalzte er erneut mit der Peitsche und deutete auf die nächstgelegene Rampe, die zu dem erhobenen Pfad über seinem Kopf führte. »Rauf da«, befahl er.

Napoleon keuchte verärgert und schüttelte seine lange Mähne.

Ssschnalzzz!

Für einen Moment hatte Andy den Eindruck, als würde das Raubtier die Peitsche und die Autorität in seiner Stimme ignorieren. In diesem Fall würde er höchstwahrscheinlich als Löwensnack enden.

Crupariu stieß wieder gegen die Käfigtür, doch der Sperr-
mechanismus ließ sich immer noch nicht öffnen.

Ssschnalzzz!

Der Löwe setzte verärgert eine Pranke nach vorne. Als
Andy die Peitsche erneut dicht vor seiner Schnauze knallen
ließ, wandte er sich zur Seite und lief die Schräge hinauf, die
zu dem Steg führte.

Grinsend versuchte Andy, seine Erleichterung zu verbergen. *Ich* wusste, *dass ich das schaffe. Einfach eine Frage der
Autorität.* »Gut so, du starrsinniger Fellhaufen. Jetzt spielen
wir nach *meinen* Regeln.«

Napoleon starrte auf ihn herunter, in seinen Katzenaugen
loderte smaragdfarbenes Feuer. Sein Schwanz zuckte umher,
während er die Schräge hinauftrottete. Oben angekommen,
blieb er stehen.

»Gut gemacht«, sagte Andy sanft. Er wusste, dass der Löwe
diesen Tonfall erwartete. *Schön, er hat es zwar ein bisschen
spannend gemacht, aber funktioniert hat es schließlich doch.*

Der Löwe spannte seinen Körper an, und einen Moment
lang dachte Andy, er würde sich auf ihn stürzen. Doch er
wandte sich auf dem schmalen Podest, das sich unter seinem Gewicht durchbog, anmutig um und trottete auf dem
Steg entlang. Ohne stehen zu bleiben, stapfte er durch die
brennenden Reifen.

Andy beobachtete zufrieden und mit wachsendem Selbst-
bewusstsein, wie Napoleon den Pfad entlangschritt. Die Vorstellung, als Appetithappen zu enden, hatte ihn nicht völlig
kalt gelassen. Der Löwe betrat den kleineren Käfig am anderen Ende des großen und legte sich nieder.

Crupariu zeigte keine Reaktion, doch die Kunstreiterinnen
applaudierten lautstark und jubelten Andy zu.

Die Menge flippt aus vor Begeisterung. Andy grinste triumphierend. *Ich könnte mich stundenlang so bejubeln lassen.*

Cruparius Miene blieb mürrisch und skeptisch. Er verschränkte die Arme vor der Brust.

Andy zögerte einen Augenblick und wandte sich dann den vier Löwinnen zu. »Die Pause ist vorbei, Ladys. Showtime!« Er schwang die Peitsche in Richtung der nächsten Löwin.

Mit wütendem Fauchen erhob sich eines der Tiere und sprang auf den Steg. Eine nach der anderen standen auch die restlichen drei Löwinnen auf und gesellten sich mit der ersten zu Napoleon in den Käfig.

»Einschließen«, rief Andy, rollte die Peitsche zusammen und marschierte auf den Schneeleoparden zu.

Crupariu zog an einem Hebel neben der Tür. Das durchdringende Quietschen des Metalls fuhr Andy durch Mark und Bein.

Über ihm knallte die schwere Eisentür des Löwenkäfigs zu. Im nächsten Moment schwenkte der Steg zu einem anderen Käfig, dessen Tür sich öffnete.

»Der Hauptkäfig lässt sich immer noch nicht aufmachen«, rief Crupariu.

Andy nickte und konzentrierte sich auf den Schneeleoparden. Das prächtige, mit schwarzen Flecken überzogene weiße Fell ließ vergessen, wie gefährlich das Raubtier war. »Darum kümmern wir uns, wenn ich die Katzen in ihren Käfigen habe.« Er knallte mit der Peitsche.

Der Schneeleopard erhob sich fauchend und sprang auf den großen gelb-roten Ball zu, der sich neben dem Steg befand. Er schwankte und rutschte auf der sich drehenden Kugel umher. Als er das Gleichgewicht gefunden hatte, sprang er ab und landete sanft auf dem Steg. Im nächsten Augenblick befand sich auch der Leopard in seinem Käfig.

Die Kunstreiterinnen applaudierten Andy wieder enthusiastisch. Ein weiterer Begeisterungssturm brach los, als er auch die beiden bengalischen Tiger in ihren Käfig gelotst hatte.

Während Andy sich jedoch den verbliebenen vier schwarzen Panthern zuwandte, erkannte er instinktiv an ihren Bewegungen, dass diese Aufgabe nicht ganz so einfach werden würde.

»Lass sie nicht aus den Augen«, drängte Crupariu heiser.

Das werde ich nicht. Andy hielt inne, als die vier Panther sich in Bewegung setzten, und wickelte die Peitsche auf. *Und sie mich auch nicht!*

Mit anmutig fließenden, gemächlichen Bewegungen sprangen die vier schwarzen Panther von Podest zu Podest und umzingelten Andy allmählich.

Das sieht nicht gut aus. Das Schweigen der Kunstreiterinnen steigerte die Spannung. Während Andy anhob zu sprechen, hoffte er, dass seine Stimme nicht versagen würde. Seine Kehle war plötzlich trocken. »Welches ist das Alphatier?«

Crupariu erwiderte bedächtig: »Kartik. Der mit den Narben am Kiefer.«

Andy warf einen Blick auf den vernarbten Panther und bewegte sich langsam im Kreis, um alle Katzen im Blick zu behalten. Das Fell des Tieres war so kohlrabenschwarz wie das seiner drei Gefährten. Der keilförmige Kopf jedoch war mit einem Netz rötlicher und grauer Narben überzogen. Die bläulichen Lippen waren faltig, als wären sie früher einmal von Angelhaken durchbohrt worden.

Andy stellte sich dem großen Raubtier gegenüber und

starrte es über die Entfernung von etwa drei Metern an. Er setzte einen Peitschenhieb in seine Richtung. Der Knall zerschnitt die Luft.

Sofort ging Kartik in Sprungstellung, das rechteckige Podest schwankte leicht. Er legte die Ohren an und fauchte wild.

Andy lief ein kalter Schauer über den Rücken. »Beweg dich, Kartik«, befahl er mit fester Stimme. »Zurück in deinen Käfig.« Aus dem Augenwinkel bemerkte der junge Net Force Explorer eine Bewegung. Er zog den Arm zurück und schlug die Peitsche knapp vor das Gesicht der anderen Katze.

Der Panther zog sich widerwillig zurück, die beiden übrigen wanderten jedoch weiterhin unruhig umher.

»Komm raus da!«, riet ihm Crupariu.

»Noch nicht.«

»Es wird nicht funktionieren!«

Andy erwiderte nichts. Er hatte sich selbst in diesen Käfig voller Großkatzen gebracht – allerdings hatte er nicht damit gerechnet, allein zu sein. Er schnalzte noch zweimal gekonnt mit der Peitsche und drängte die beiden nervösen Katzen zurück. »Komm schon, Kartik, ich bin eine Nummer zu groß für dich. Ich lasse mich nicht von ein paar zu groß geratenen Hauskatzen an der Nase herumführen.«

Kartik setzte sich hoheitsvoll auf und starrte ihn mit dunkelgelben Augen an. Auch die anderen Katzen setzten sich und beobachteten interessiert, was geschah.

Andy schwang die Peitsche erneut in Kartiks Richtung.

Als der Panther daraufhin das Maul öffnete, geschah etwas, womit Andy nicht hatte rechnen können.

»Ich muss sagen«, säuselte Kartik in arrogantem Tonfall, »du bist in der Tat ein recht unangenehmer Zeitgenosse.«

Andy starrte ihn an.

»Hartnäckig«, fügte einer der anderen Panther mit weiblicher Stimme hinzu. »Darf ich vorschlagen, dass wir uns darauf einigen?«

»Aber ja, meine Liebe«, gab Kartik geduldig zurück. »Du weißt, dass ich deine Meinung in diesen Dingen immer zu schätzen weiß. Hartnäckigkeit kann jedenfalls eine Last sein.«

»Vielleicht sollten wir mit der erbärmlichen Kreatur darüber sprechen«, schlug die Pantherdame vor.

»Ich für meinen Teil«, meldete sich ein anderer Panther ebenso überheblich zu Wort, »habe Menschen im Hinblick auf ihre Umgangsformen immer als wenig kompetent erachtet. Sie sind zu fixiert auf Ranglisten und Rivalität, um als Gesprächspartner über Philosophie geeignet zu sein.«

Kartik blinzelte unbeeindruckt. »Wir könnten doch versuchen, miteinander auszukommen, nicht wahr? Eine friedliche Koexistenz scheint mir nicht völlig ausgeschlossen.«

Obwohl Andy in seinem Leben, im Netz und als Net Force Explorer bereits vieles erlebt hatte, überforderte ihn das, was da geschah. Niemand hatte etwas von sprechenden Panthern gesagt. Er warf Crupariu einen Blick über die Schulter zu. »Niemand hat was von sprechenden Panthern gesagt«, wiederholte er seinen Gedanken laut.

Crupariu zerrte weiter an dem blockierten Tor. Es quietschte, bewegte sich aber nicht. »Das haben sie bisher auch noch nie getan.«

Sie haben also damit gewartet, bis ich auftauche? Toll. Andy betrachtete die Panther. »Wir haben ein Problem.«

Kartiks Schwanz zischte umher wie eine rastlose Kobra. »Das will ich wohl meinen.«

Die gelben Katzenaugen fixierten Andy – er fühlte sich regelrecht ins Visier genommen. »Es gibt nun mal gewisse Regeln«, stellte Andy fest.

»Eure Regeln«, knurrte der Panther und leckte sich die Lippen. »Nicht unsere, Mensch.«

»Vielleicht«, warf die Pantherdame ein, »könnten wir darüber abstimmen.«

Andys sah vor seinem inneren Auge, wie die Panther vor jeder Aufführung die Köpfe zusammensteckten und ausdiskutierten, ob die Show stattfinden würde oder nicht. Kein besonders angenehmer Gedanke. »Nein«, sagte er.

Kartik legte den Kopf schief. »Nein?«

»Nein.« Andy schüttelte bedächtig den Kopf.

Die vier Panther über ihm wurden unruhig und linsten drohend von ihren Podesten herab.

Die studieren definitiv die Speisekarte. »Es ist mein voller Ernst. Wie kann Crupariu eine Vorstellung geben, wenn *ihr* sie leiten wollt?«

»Süßer«, schnurrte die Pantherdame, »kannst du dir nicht vorstellen, dass wir selbst Ideen für die Show haben? Anstatt auf diese schwankenden Podeste zu springen und uns wagemutig durch brennende Reifen zu stürzen, gibt es doch sicherlich eine andere Art der Unterhaltung, die wir dem Publikum bieten könnten.«

Andy traute sich nicht nachzufragen, welche Art der Unterhaltung das sein könnte. »Nein.«

»Ich hab's doch gesagt«, warf der andere Panther ein. »Menschen sind viel zu sehr durch ihr Geltungsbedürfnis gesteuert.« Er räusperte sich. »Ich hätte einen Vorschlag, wenn ich darf …«

»Ja?«, erwiderte Kartik.

»Vergessen wir das mit der friedlichen Koexistenz.«

»Und dann?«

Der Panther wanderte unruhig umher und starrte Andy an. »Fressen wir ihn.«

Die Panther sahen sich an und wogen offensichtlich die Möglichkeiten ab.

Na super, dachte Andy. *Wenigstens denken sie darüber nach und setzen den Vorschlag nicht gleich in die Tat um.*

»Junger Andrew!«, brüllte Crupariu. »Komm da raus!« Er rüttelte mit aller Kraft an der klemmenden Tür, doch es half nichts.

Andy ließ sich seine Unsicherheit nicht anmerken. So hatte er sich das Ganze nicht vorgestellt. Crupariu hatte erwähnt, dass er Schwierigkeiten mit den Tieren habe, aber auf das hier hatte er ihn nicht vorbereitet. Andys angeborene Sturheit und seine Neugierde hatten ihn wieder einmal in eine gefährliche Lage gebracht.

Rasch waren sich die Katzen einig geworden.

»Wenn ihr nichts dagegen habt«, sagte die Pantherdame, »möchte ich mich in einer derart barbarischen Angelegenheit der Stimme enthalten.«

»Fressen«, beschlossen der zweite und der dritte Panther einstimmig.

Kartik blickte unbarmherzig herunter. »Guten Appetit.« Noch während er zum Sprung ansetzte, straffte das Weibchen die Muskeln und sprang.

Andy warf sich zur Seite und visierte die Käfigtür an. Er griff nach einer Podeststrebe und bemerkte gleichzeitig das dumpfe Geräusch auf Sägespänen landender Panthertatzen. Mit aller Kraft zog er sich an der Strebe auf die Seite. Das Metall vibrierte in seiner Hand, als Kartik auf dem Podest landete.

»Lauf!«, schrie Crupariu.

Das Kreischen der Kunstreiterinnen hätte einem griechischen Chor aus dem Hades alle Ehre gemacht.

Andy rannte los. Er wusste, dass er nur einen Wimpernschlag von den Reißzähnen und unbarmherzigen Klauen entfernt war. Weiter vorne bearbeitete Crupariu das Tor mit Gewalt und schaffte es endlich irgendwie, es einen Zentimeter aufzuziehen. Unglücklicherweise war ein Zentimeter nicht genug für Andy.

Die Kunstreiterinnen blickten mit traurigen Augen umher. »Die Panther hat er nicht geschafft«, sagte eine von ihnen.

Mit voller Geschwindigkeit rammte Andy eine Schulter gegen die Gitterstäbe der Tür. Schmerz schoss durch seinen Arm. Er war sicher, dass er sich die Schulter ausgekugelt hatte.

»Andrew!« Crupariu packte Andy von hinten und zog ihn dicht an die Stäbe, als könnte er ihn irgendwie hindurchziehen.

Andys Gedanken waren wie ferngesteuert. Er wünschte, er könne etwas schneller denken. Ohne Frage hatten ihn die sprechenden Panther beeindruckt. Als er sich umdrehte, bereute er es sofort.

Die Panther näherten sich behände mit schnaubender Wut. Es gab kein Gerede mehr. Von Crupariu festgehalten und unfähig, sich zu bewegen, hob er die Arme, um sich zu schützen.

Die Reißzähne bohrten sich in seine Arme, warmes Blut strömte herab. Seine Knochen knirschten. Schmerz überflutete sein Gehirn. Er griff nach der Dunkelheit und ging bereitwillig hinein.

Mit klopfendem Herzen öffnete Andy die Augen. Er spürte die gierigen Klauen und Fangzähne noch immer in seinem Fleisch. *Okay*, sagte er sich und blickte in dem kleinen, niedrigen Raum umher, *ganz ruhig. Sie sind weg.*

»Andy? Geht es dir gut?«

Andy rieb mit den Händen über die raue Holzoberfläche des Tisches vor sich und hatte Glück, dass er sich keinen Splitter einzog. Er saß auf einer Bank vom Typ Hängematte, die aus einem geteilten Baumstamm in Lederschlaufen bestand. Der Boden war nicht mit Holz, sondern mit gestampfter Erde bedeckt.

»Andy?« Die zierliche alte Frau, die sich um den dickbäuchigen Ofen in der Ecke kümmerte, ging auf ihn zu. Sie trug eine lockere Latzhose und hatte die Hosenbeine zu den Waden hochgekrempelt. Die Ärmel des weißen Herrenhemds waren ebenfalls nach oben geschlagen, die grauen Haare zu einem Knoten hochgesteckt. Sie schlurfte in schweren Stiefeln, die für ihre Füße zu groß waren, über den gestampften Boden und wirbelte Wolken aus rotem Staub und grauer Asche auf.

»Es geht mir gut«, beschwichtigte Andy, doch er bekam die angreifenden Panther nicht aus seinem Kopf. Immer noch spürte er ihre Krallen und Zähne.

»Du siehst etwas mitgenommen aus«, befand Miss Dorothy. »Vielleicht solltest du eine Systemdiagnose durchführen?«

»Dem System fehlt nichts.« Andy erhob sich von der Bank. »Ich bin nur aus der Zirkus-Veeyar geworfen worden.«

Miss Dorothy verkörperte das Betriebssystem seiner persönlichen Veeyar. Als ihn die Netzsicherheitsrichtlinien automatisch aus dem Löwenkäfig befördert hatten, hatten sie ihn in seine Veeyar zurückverfrachtet. Crupariu, der Löwenkäfig und der Zirkus Cservanka & Cservanka befanden sich vor den Toren Alexandrias im Bundesstaat Virginia. Andys Zuhause, virtuell und in Wirklichkeit, lag am Stadtrand und war mehr als dreißig Kilometer entfernt. Seltsame Vorstellung, dass sein Körper nach wie vor im Zirkus war.

»Wenn du weiterhin so ein Gesicht ziehst«, sagte Miss Dorothy und gab mehr Kleinholz in den bauchigen Ofen, »bleibt es dir.«

Andy begriff, dass Miss Dorothy nur ihre Aufgabe erledigte. Sie forderte ihn dazu auf, laut zu denken, damit das Betriebssystem mit ihm im Problemlösungsmodus interagieren konnte. Er erhob sich vom Tisch. »Ich sollte besser zurück.«

Viele Jugendliche hatten im Netz eine extra Veeyar für ihre persönlichen Aufgaben. Andy jedoch hatte besonderen Spaß daran, immer wieder neue zu erschaffen. Seine aktuelle Veeyar stellte eine Pony-Express-Station in direkter Nachbarschaft zu einem Indianergebiet dar, von der aus regelmäßige Touren nach Kalifornien und Texas starteten. Die Umgebung war noch neu genug, um eine Menge Spaß zu machen.

Das Gebäude bestand aus zwei Räumen und bot nur wenig Privatsphäre. Miss Dorothy lebte in einem der Zimmer. Darin war gerade genug Platz für ihr Feldbett und eine Kommode. Die Reiter, die für die Route zuständig waren, schliefen im anderen Zimmer auf dem Boden, wenn sie sich nicht mehr im Sattel halten konnten oder wenn es regnete oder zu kalt war, um draußen zu schlafen.

Die Pony-Express-Station war ursprünglich Teil einer Hausaufgabe für den Geschichtsunterricht der Bradford Academy gewesen. Andy hatte Nachforschungen angestellt, die Veeyar geschaffen und dann seine Klasse in die täglichen Aufgaben der Pony-Express-Reiter eingeführt.

Diese Epoche und das Geschichtsprojekt hatten Andys Interesse geweckt. Er hatte die Pony-Express-Station als persönliche Veeyar weitergeführt, auch nachdem sie benotet worden war. Andy litt unter Konzentrationsschwierigkeiten und musste sich sehr bemühen, um die Langeweile aus seinem Leben fern zu halten. Er war ständig auf der Suche nach Dingen, die anders waren oder Aufregung versprachen.

Seine Kleidung hatte sich der Veeyar automatisch angepasst. Er trug jetzt eine schwarze Latzhose, ein schlichtes blaues Hemd, Halbstiefel, ein rot kariertes Halstuch und einen schweren Wollponcho in den Farben und Mustern des Südwestens. Als Krönung hatte er einen flachkrempigen schokoladebraunen Hut auf dem Kopf, der seine besten Tage hinter sich hatte.

»Warum bist du aus der Holo-Projektor-Verbindung des Zirkus geworfen worden?« Miss Dorothy rührte in einer Schüssel Teig an.

»Vielleicht irgendein Störimpuls im System. Die Computer sind mit den Tieren und Artisten aus Europa herübergebracht worden. Feuchtes Wetter und Bewegung sind nicht gerade das Beste, was Computersystemen passieren kann. Vielleicht haben sie in einer der Shows auch einen Virus aufgegriffen.«

»Die Leute sind nicht von hier?«, fragte Miss Dorothy.

»Nein. Sie kommen aus Europa. Aus Rumänien.«

Miss Dorothy nickte. »Zigeuner.«

»Nein, sie sind keine Zigeuner.«

Miss Dorothy warf ihm einen ihrer Adlerblicke zu. »Das ist doch ein Zirkus, oder?«

»Ja.«

»Dann sind sie vermutlich schon Zigeuner. Die meisten Zirkusse sind während der letzten tausend Jahre in Osteuropa von umherziehenden Zigeunergruppen gegründet worden.«

»Das ist mir neu.«

»Dann hast du offensichtlich deine Hausaufgaben nicht gemacht, bevor du mit deiner Mutter diesen Auftrag übernommen hast, junger Mann.«

Trotz aller Bemühungen bekam er den schulmeisterlichen Ton einfach nicht aus ihrer Stimme. Seine eigentliche Vorstellung von einer Western-Veeyar war eher in Richtung Saloon gegangen. Bis er daran gedacht hatte, was seine Mutter dazu sagen würde.

»Ich bin doch nur ein paar Stunden dort«, protestierte Andy. »Mom kümmert sich um einen kranken Elefanten. Sobald sie das Problem diagnostiziert hat, verschwinden wir wieder.«

Sandra Moore war Tierärztin und hatte ihre eigene Praxis. Andy sprang oft ein und kümmerte sich zu Hause um die pflegebedürftigen Fälle.

»Und warum bist du in den Löwenkäfig geraten wie der junge Daniel?« Miss Dorothy ließ ordentliche Portionen gelben Teigs in eine Pfanne laufen.

»Als wir mit Mr Cservanka sprachen, hat Mom erwähnt, dass ich mich mit dem Programmieren von Computern auskenne. Er hat uns daraufhin erzählt, dass die Raubtiershow mit einem schweren Fall von DFB zu kämpfen hat.«

»DFB?«

»*Data flowing bad* – fehlerhafte Datenübertragung. Ich hab gedacht, vielleicht kann ich es richten.«

»Und? Konntest du?«

Andy grunzte und dachte an die Kunstreiterinnen und daran, wie sie ihn gnadenlos necken würden. »Weiß nicht. Diesmal bin ich aufgefressen worden.«

»Das war wohl keine Lösung, nehme ich an.«

Wer hätte gedacht, dass Miss Dorothy einen Sinn für Humor hat? Andy war gereizt. Aus diesem Grund war er auch noch nicht wieder ins Netz zurückgekehrt und im Zirkus aufgetaucht. »Ich hab noch nicht genau herausgefunden, wo das Problem liegt, aber ich bleib dran.«

Donnernde Hufschläge vor der Tür ließen sie aufhorchen.

»Das ist bestimmt Jason«, sagte Miss Dorothy.

Andy drehte sich um und ging zu dem schmalen Fenster hinüber, das gleichzeitig eine Schießscharte zur Verteidigung war. Es ließ Luft in das Gebäude und war doch zu klein, als dass jemand einsteigen konnte. Gewehrläufe hingegen passten gut durch.

Vor dem Haus zwängte sich ein groß gewachsener, schlaksiger Reiter aus dem Sattel seines schweißgebadeten Palomino und landete auf dem harten Boden. Jason Rideout war einer der Reiter, die diese Pony-Express-Station frequentierten. Dies war ein Bestandteil der Umgebung, die der unabhängige Programmteil der Veeyar eingerichtet hatte, um das Betriebssystem interaktiv zu gestalten.

Jason schüttelte den Kopf, wie um die Müdigkeit zu vertreiben, band das Pferd am Korral fest und schlurfte auf das Haus zu. Er nahm den groben Lederbeutel von seiner Schulter. In der anderen Hand trug er das Gewehr.

Ein Cowboy trat zum Korral und kümmerte sich um Jasons Pferd. In der Veeyar wurde großer Wert auf die Pflege des lebenden Inventars gelegt, und wenn Andy zu träge wur-

29

de, übertrug man ihm diese Pflichten jedes Mal. Die Pferde zu füttern war nicht so schlimm, aber er konnte es definitiv ohne Ausmisten der Ställe und Koppeln aushalten. Virtuell oder real, es war gleichermaßen unangenehm.

»Howdy, Miss Dorothy«, rief Jason, als er den Raum betrat.

»Setz dich«, erwiderte Miss Dorothy. »Ich bring dir eine große Portion Milchbrötchen mit Soße und Schweinesteak.«

»Ja, Ma'am.« Jason ließ den Beutel auf den Tisch fallen und stellte das Gewehr in den Ständer neben der Tür. Er schnallte den Pistolengurt ab und hängte ihn an einen Haken neben das Gewehr. Miss Dorothy erlaubte keine Waffen in der Station.

»Harter Ritt?«, fragte Andy. Er hatte selbst einige davon hinter sich, seitdem er die Veeyar programmiert hatte. Die Post zu befördern bedeutete, lange Stunden im Sattel unter brennender Sonne zu verbringen. Die Reiter mussten Berge überqueren, auf denen ihnen ein kalter Wind entgegenblies, und Schutz vor den eisigen Stürmen suchen, die die dunklen Wolken mit feurigen Blitzen zerteilten. Matt Hunter und Mark Gridley hatten ihn ein paarmal begleitet, doch sie hatten ihre eigenen Interessen. Das harte Leben in der Pony-Express-Umgebung war für sie nicht mehr als ein sporadischer Zeitvertreib.

Jason lächelte, während er sich die Hände in einem Waschbecken wusch. »Ich hab schon gedacht, Eiserner Hirsch und seine wilden Kumpanen kriegen diesmal meinen Skalp, aber mein Pferd hatte schnellere Beine als ihre.«

Immer wieder waren Reiter aus Andys Bekanntenkreis Indianern oder Gesetzlosen zum Opfer gefallen; man musste ständig auf der Hut sein. Brice Campbell war erst vor einem

Monat an einem Schlangenbiss gestorben. Andy hatte die Veeyar-Umgebung so realistisch wie möglich gestaltet. Sein Geschichtsprojekt hatte ihm eine Eins eingebracht, obwohl er es darauf gar nicht angelegt hatte. Die Schule langweilte ihn im Allgemeinen. Dieses Projekt jedoch hatte sein Interesse geweckt und ihn zu Höchstleistungen angespornt.

»Post für dich.« Jason ließ sich auf den Baumstamm fallen und schob eine Hand voll Briefe zu Andy hinüber.

Andy sah sie flüchtig durch. In die Briefmarken war ein Symbol eingebettet, mit dem er die E-Mails aufrufen konnte. Die meisten Adressen waren ihm bekannt.

Bevor er den ersten Brief öffnen konnte, erschien ein rechteckiges Feld neben ihm. Die Sofortnachricht kam von jemandem, der Zugang zu seiner privaten Veeyar hatte. »Andy?«

Als er die Stimme seiner Mutter erkannte, berührte er den Bildschirm und öffnete ihn zur Veeyar. Der Monitor klärte sich und zeigte das Gesicht seiner Mutter.

Sandra Moore schien leicht verärgert. »Ich habe gehört, dass du aus der Löwenbändiger-Veeyar geflogen bist?«

»Ja, Ma'am«, gab Andy zu. Seine Mutter sah ziemlich erschöpft aus. Das war ein sicheres Zeichen dafür, dass es mit dem kranken Elefanten nicht so gut voranging.

»Mr Crupariu macht sich Sorgen, ob dir etwas zugestoßen ist.«

»Mein Ego hat Kratzer abbekommen«, gab Andy zu. »Ich muss mich nur einen Moment sammeln.«

»Könntest du das vielleicht tun, während du in der Stadt ein paar Besorgungen für mich machst? Ich habe einige Rezepte an eine Apotheke vor Ort geschickt. Die Medikamente sind in einer halben Stunde abholbereit. Ich möchte jetzt bei Imanuela bleiben. Kannst du sie für mich holen?«

»Klar.«

Seine Mom kräuselte die Lippen. »Wenn wir später Zeit haben, sprechen wir über die Sache mit dem Löwenkäfig, mein Lieber. Unter meinem Kommando wird keiner aufgefressen.«

Andys Vater – der im Südafrikanischen Krieg den Tod gefunden hatte, als Andy ein Baby war – war durch und durch ein Marine gewesen. Als Frau eines Soldaten hatte auch Sandra Moore einige militärische Ausdrücke angenommen. Sie benutzte sie nur zur Betonung. Wenn es sein musste, legte sie mehr Autorität in ihre Stimme als Captain James Winters, der Verbindungsmann der Explorers zur Net Force.

»Okay«, sagte Andy. »Ich komme gleich.«

Seine Mutter schloss den Bildschirm, der in einem farbenfrohen Plopp verschwand.

»Sieh dir das Forschungsmaterial über Zirkusse an«, drängte ihn Miss Dorothy. »Du findest es bestimmt interessant.«

Andy nickte, um den Betriebsparameter der Veeyar zufrieden zu stellen, und ging dann zur Vordertür hinüber. Als er die Pony-Express-Station verließ, betrat er nicht den Vorderhof zum Korral, sondern direkt das Netz.

Statt über festgestampfte Erde, die kaum mit einer dünnen Schicht Gras überzogen war, flog Andy über ein buntes Raster – das Netz. Er hatte sich rasch orientiert, indem er sich nach den Symbolen der Einrichtungen großer Unternehmen und der Regierung richtete. Er hätte sich auch einfach abmelden und zu seinem Körper im Zirkus zurückkehren können, aber er nutzte den kurzen Abstecher ins Netz, um den Kopf frei zu bekommen.

Er flog über die Cyber-Darstellung von Alexandria in Richtung des südöstlichen Quadranten außerhalb der Stadt, in dem der Zirkus Cservanka & Cservanka derzeitig sein Lager aufgeschlagen hatte. In Sekundenschnelle schwebte er über die Ansammlung von Zelten und Lastwagen hinweg, aus denen der Zirkus bestand.

Helle Lichter markierten die Bereiche, die eigenständige Veeyars enthielten. Obwohl er sie noch nicht besucht hatte und dies auch nicht vorhatte, wusste Andy, dass der Zirkus Cservanka & Cservanka aus mehr als nur dem tatsächlichen Zirkus mit realen Artisten und Tieren bestand.

Die Löwenbändigershow war Teil der Holo-Projektor-Sequenzen, die in den Zirkus integriert waren. Von seiner Mutter wusste er, dass eine vollständige historische Version des Zirkus in der Veeyar umgesetzt worden war. Wenn ein Besucher dies wünschte, konnte er einen authentischen Zirkus des 18. Jahrhunderts in der rumänischen Walachei besuchen.

Andy zog es vor, online *Space Marines* oder etwas ähnlich Adrenalinsteigerndes zu spielen. Er flog näher an den Zirkus heran und spürte das Prickeln des Sicherheitsfelds um die Online-Site. Der Pass, den er von Mr Cservanka erhalten hatte, ermöglichte ihm den Zugang zu allen Bereichen des Zirkus.

Andy war nach wie vor der Meinung, dass ein Zirkus etwas für Kinder war. *Warum sich mit Elefanten und Clowns begnügen, wenn man einem Batallion von Space Marines gegenübertreten kann? Mit schwerem Lasergeschütz und Mini-Atombomben im Gepäck über zerbombte Felder zu rennen – das nenn ich Unterhaltung.* Natürlich ließen einen echten Zocker auch menschenfressende Zombies nicht kalt.

Kurz darauf meldete Andy sich aus dem Netz ab und kehrte in seinen Körper zurück.

Der Verbindungsabbruch machte sich als kurzes Summen zwischen Kopf und Nacken bemerkbar. Er öffnete seine Augen in der wirklichen Welt, und die Laserkontakte beendeten die Stimulation seiner Implantate, die den Eintritt ins Netz ermöglichten. Die Schaltkreise unter der Haut, die mit seinem Nervensystem verbunden waren, waren ihm in seiner Kindheit eingesetzt worden.

Heritzel Crupariu stand neben ihm und starrte ihn an. »Du hast die Katzen nicht repariert«, beklagte er sich. »Sie haben dich gefressen.«

»Ich hab's bemerkt.« Andy setzte sich im Implantatsessel auf und blickte sich im Zelt des Löwenbändigers um. Hier hatte er zwar ein bisschen Privatsphäre, aber im Hauptzelt, wo sich der Löwenkäfig befand, würden sich eine Menge Schausteller befinden, um sich auf seine Kosten zu amüsieren. »Ich mach mich gleich wieder an die Arbeit.«

»Wie denn?«

»Vertrauen Sie mir. Die haben die schlimmste Verstopfung, die man sich vorstellen kann.«

Crupariu lachte und ließ eine schwere Hand auf Andys Schulter krachen. »Du hast Humor. Das gefällt mir.«

»Sie sollten mich mal erleben, wenn alles nach Plan läuft.«

»Mag sein. Aber so viel ist sicher: Kaputte Löwen sind nichts zum Lachen, und Witze machen sie nicht wieder ganz. Die Leute kommen in den Zirkus und wollen Clowns sehen, die stolpern, Elefanten, die auf zwei Beinen stehen, und Dompteure, die Löwen bändigen. Bieten wir ihnen das nicht, kommen sie vielleicht nicht wieder.«

Andy erhob sich aus dem Implantatsessel. Ein Modell von der Stange, das schon viele Male verwendet wurde, aber es war einsatzbereit und äußerst komfortabel. Das isometrische Übungsprogramm war zwar nicht das allerneueste, doch gut genug, um den Körper eines Benutzers während längerer Online-Sitzungen fit zu halten.

»Ich werde sie hinbekommen«, versprach er.

»Wie?«

»Wahrscheinlich handelt es sich um ein Code-Problem. Nichts Ernstes. Ich kenne mich mit so was aus. Und wenn ich es nicht schaffe, habe ich einen Freund, der noch besser ist als ich. Vertrauen Sie mir.«

»Das tue ich«, antwortete Crupariu und streckte seine breite Brust heraus. »Papa hat dich zu mir gebracht und gesagt, dass du die Löwen reparierst. Papa ist ein kluger Mann.«

»Papa« war Anghel Cservanka, einer der beiden Brüder, denen der Zirkus gehörte. Andy hatte ihn nur kurz zu Gesicht bekommen.

Er nahm ein leeres Datenskript aus dem kleinen Computerkit, das er bei sich trug, und schob es in den Implantatsessel. Der fünf Zentimeter große quadratische Würfel pulsierte kurz, als er die binäre Programmierung absorbierte.

»Was machst du da?«, fragte Crupariu.

»Ich erstelle eine Kopie von dem Programm und der Sitzung, die ich gerade durchgeführt habe.« Sobald der Speichervorgang beendet war, nahm Andy das Datenskript heraus und schob es in das Kit zurück.

»Warum?«

»Damit ich es überprüfen kann, wenn ich zu Hause bin.«

»Aber warum nicht hier?«

»Das hab ich versucht. Ohne Erfolg. Ich möchte das Programm isolieren. Hier im Zirkus ist die gesamte Programmierung voneinander abhängig. Vielleicht liegt das Problem an dieser Wechselwirkung. Der einzige Weg, um das herauszufinden, ist, das Kernprogramm der Katzenshow zu isolieren.«

»Die Vorstellungen beginnen in zwei Tagen«, sagte Crupariu. »Wenn wir ohne die Dompteurnummer eröffnen, werden viele Leute enttäuscht sein. Die Menschen kommen in den Zirkus und wollen Löwen und Dompteure sehen.«

»Das ist mir klar«, versicherte ihm Andy. »Ich gebe mein Bestes. Vielleicht finde ich schon heute Abend eine Lösung.«

»Gut.« Crupariu klopfte ihm wieder auf den Rücken. »Papa hat gesagt, dass du ein sehr cleverer Junge bist. Ich werde ihm sagen, dass du dich voller Begeisterung auf das Problem gestürzt hast. Obwohl sich die Panther ja eher auf dich gestürzt haben.« Das breite Gesicht des Dompteurs verzerrte sich vor Lachen. »Siehst du? Ich kann auch Witze machen.«

»Hm.« Andy bereute es, in den Zirkus gekommen zu sein. Er wäre besser zu Hause geblieben, hätte Mark Gridley besucht und sich die Zeit mit dem vertrieben, was der Zwerg so zu bieten hatte. Oder er hätte *Space Marines* spielen können. Zirkusse waren etwas für Kinder, und er war schon lange kein Kind mehr. Doch seine Mutter hatte darauf bestanden.

»Einmal«, gab Crupariu wehmütig zu, »war ich sogar der Clown. Kannst du dir das vorstellen?« Er klopfte sich auf die breite Brust.

»Sie müssen ein großer Clown gewesen sein.«

»Nicht jeder hat mich lustig gefunden.«

»Nicht jeder hat Sinn für Humor.« Andy wusste das aus eigener Erfahrung.

Der Zelteingang wurde zur Seite gezogen, und ein Clown mit blauen Haaren und einer großen roten Gumminase steckte den Kopf hinein. Sein Blick fiel auf Andy. Trotz des fröhlich geschminkten Gesichts und der hellen Farben wirkte er ernst. »Andy?«

»Ja?«

Der Clown winkte eindringlich mit einer weiß behandschuhten Hand. »Deine Mutter sagt, du sollst schnell kommen. Imanuela geht es nicht gut.«

Andy sprang durch den Zelteingang nach draußen.

Freier Fall ... 03

Als Andy aus dem Zelt des Dompteurs trat, rettete ihn nur ein Sprung zur Seite vor der vorbeieilenden Bärtigen Dame. Er drückte sich gegen das Zelt und beobachtete staunend, wie eine Brigade Clowns vorbeiwalzte. Mit ihren übergroßen Schuhen trippelten sie über den Boden wie eine Schar Pinguine. Eine der Kunstreiterinnen folgte ihnen auf einem weißen Pony, das ebenso mit rosa Federn geschmückt war wie sie selbst.

»Was ist mit Imanuela?«, fragte ein viereinhalb Meter großer Clown eindringlich. Mit langen, sicheren Schritten eilte er auf seinen Stelzen voran und ruderte dabei mit den Armen, um an Geschwindigkeit zu gewinnen.

»Sie ist krank«, rief ihm eine Frau in Zylinder und Frack zu.

»Das weiß ich!«, gab der Stelzenmann zurück. »Aber was ist passiert? Geht es ihr schlechter?«

»Ich hab gehört, dass sie vielleicht stirbt«, warf ein anderer ein. Er trug ein rot-grünes Hemd mit Puffärmeln, in seinen Händen hielt er brennende Fackeln.

»He, Bo«, rief ein Clown, der als dummer August aufgemacht war, wütend. »Sag so was nicht. Willst du es beschwören? Die alte Dame wird wieder gesund, klar?«

Andy verlor den Überblick über die Zirkusleute, die an ihm vorbei durch die schmale Gasse zwischen den Zelten eilten. Der Zirkus war groß, doch bis zu diesem Augenblick war ihm nicht bewusst gewesen, wie viele Menschen dazugehörten. Auch dass so viele von ihnen sich um Imanuela sorgten, überraschte ihn.

Crupariu trat in die Menge und warf die Arme nach oben. Die Leute hielten inne. »Tretet zurück. Dieser Junge ist der Sohn der Ärztin, die sich um Imanuela kümmert. Sie hat nach ihm gerufen, sie braucht ihn.«

Die Menge bildete sofort eine Gasse für Andy. Alle blickten ihn erwartungsvoll an und warteten, dass er sich in Bewegung setzte.

Andy erinnerte sich nicht mehr daran, wo das Elefantengehege war. Crupariu hatte ihn auf Umwegen zu seinem Privatzelt geführt und ihm dabei stolz das ganze Zirkusgelände präsentiert. Andy hatte seinen Erläuterungen nur höfliche Aufmerksamkeit geschenkt.

»Geh!«, drängte Crupariu. »Du bist jünger und schneller als ich.« Er schob Andy voran.

Wohin? Andy war Trubel gewöhnt, und er hatte nicht immer einen Plan davon, was er tat. Aber zumindest hatte er meistens eine vage Ahnung. Er rannte durch die Menschenmenge, die ihn bizarrerweise auch noch anfeuerte.

Das laute Grollen eines Motorrads übertönte den Jubel. Es schloss rasch zu ihm auf, und er befürchtete schon, es würde ihn über den Haufen fahren.

Der Fahrer trug einen weißen Lederanzug mit breiten gelben

Nähten und gelben Fransen an Armen und Beinen. Ein weißer Helm mit getöntem Visier bedeckte seinen Kopf. Die Geländemaschine hatte keinerlei Schwierigkeiten mit dem aufgeweichten Boden. Sie grub eine tiefe Spur in den Schlamm. Ein Pferd scheute, als das Motorrad an ihm vorbeischoss, doch sein Reiter brachte es schnell wieder unter Kontrolle.

Andy sprang zur Seite. Das Motorrad kam in einer schlitternden Wende zum Stehen. Als er sich noch wunderte, wieso ihn das Motorrad nicht umgefahren hatte, stützte der Fahrer seine Maschine mit einem Fuß auf dem Boden ab. Das Visier wandte sich ihm zu.

»Steig auf! Imanuela ist auf der anderen Seite des Zirkus!«, ordnete eine gedämpfte Stimme an.

Andy zögerte nur einen Augenblick. Wie gefährlich der Fahrer ihm auch erscheinen mochte, er konnte das Angebot unmöglich ablehnen. Sein Ego stand auf dem Spiel. Er machte einen Schritt nach vorn und schwang sein Bein über den Sattel des vibrierenden Motorrads.

»Halt dich gut fest.«

Andy schlang die Arme um die erstaunlich schmale Taille des Fahrers.

Der drehte am Gashebel und ließ den Kupplungshebel los. Die Maschine bäumte sich auf, doch der Fahrer brachte das Vorderrad mühelos wieder nach unten und wechselte sanft den Gang.

Andy klammerte sich fest und konnte sich trotz seines Herzklopfens ein Grinsen nicht verkneifen. Auf wilder, rasender Fahrt schlitterten sie um Zelte und Zirkuswagen herum. Die zur Hälfte aufgebaute »Vergnügungsmeile«, an der Buden für Spiele und Gaumenfreuden errichtet wurden, raste an ihnen vorbei.

Das große, umzäunte Gelände, auf dem die Tiere des Zirkus untergebracht waren, befand sich auf dem niedrigen Hügel hinter dem Hauptzelt. Der Fahrer brachte das Motorrad zum Stehen und stellte den Motor ab.

Andy stieg von der Maschine und entdeckte seine Mutter in einem der größeren Gehege. Imanuela, die afrikanische Elefantenkuh, lag auf der Seite. Offensichtlich hatte sie Schmerzen. Andy verfügte über ein besonderes Gespür für Tiere. Bedächtig stapfte er hinüber.

Einige dutzend Artisten hatten sich bereits um das Gehege versammelt. Mit besorgten Mienen beobachteten sie Andys Mutter.

Sandra Moore trug ihr Haar, das ebenso blond war wie Andys, fast genauso kurz geschnitten wie er. Die Frühlingssonne hatte ihre mit leichten Sommersprossen bedeckten Wangen innerhalb der letzten Stunden rötlich gefärbt. Wie üblich hatte sie bei der Arbeit die Jeanssäume in die Gummistiefel gesteckt und trug darüber ein Chambray-Hemd.

Immer mehr Artisten eilten herbei. Die Gespräche nahmen an Lautstärke und Intensität zu.

»Imanuela war noch nie so krank«, wisperte jemand heiser. »Wird sie wieder gesund?«

Andy hatte die brusthohe Umzäunung erreicht und kletterte leichtfüßig darüber. »Mom?«

Sie sah ihm mit perfektem Pokerface entgegen. Andy merkte sofort, dass etwas nicht stimmte. Seine Mutter war immer dann am ruhigsten, wenn die Dinge schlecht standen.

»Hallo«, begrüßte sie ihn. »Wir müssen Imanuela irgendwie ruhig halten. Kannst du das übernehmen?«

Andy warf einen Blick auf den Elefanten. Die riesigen Ohren verrieten seine afrikanische Herkunft, da die Ohren

seiner indischen Verwandten viel kleiner waren. Imanuela
wedelte ununterbrochen mit den Ohren hin und her, und sie
flappten mit einem ledrigen Klatschen an ihre graue faltige
Haut. Sie schaffte es nicht, den schweren Kopf anzuheben.
Verzweifelt versuchte sie, auf die Beine zu kommen. Dabei
verdrehte sie die großen braunen Augen, bis das Weiße zu
sehen war.

»Gern, aber hat sie keinen Pfleger? Ich will sie nicht noch
mehr beunruhigen.«

»Wenn du nicht helfen willst, übernehme ich das.«

Verärgert über den provokativen Tonfall drehte sich Andy
um. Leichtfüßig sprang der Motorradfahrer über die Gehegeumzäunung und nahm im Gehen den Helm ab. Unter
den kurzen dunklen Haaren kam ein niedliches Mädchen-
gesicht mit großen dunkelbraunen Augen zum Vorschein.
Das Mädchen ließ den Helm zu Boden fallen und zog die
Handschuhe aus.

»Ruhig, Imanuela«, redete sie sanft auf den grauen Riesen
ein, während sie sich ihm näherte.

Imanuelas Brustkorb hob sich, und sie trompetete leise
vor Schmerz. Mit zitternden Beinen versuchte sie wieder
aufzustehen.

»Nein.« Andys Mutter griff nach Imanuelas Ohr und legte
sich mit ihrem ganzen Gewicht auf deren Kopf. »Sie muss
liegen bleiben.«

Das Mädchen schlang die Arme um Imanuelas Kopf. »Ruhig, Imanuela. Bleib liegen. Du bist krank.«

Der Elefant trompetete wieder und kämpfte sich nach
oben.

»Sie denkt, du spielst mit ihr«, sagte Andy und stellte sich
neben das Mädchen.

»Ich weiß schon, was ich mache«, erwiderte sie schnippisch. »Und ich werde alles tun, was notwendig ist.«

Andy spürte Wut in sich aufkeimen. Das Mädchen glaubte offensichtlich, er hätte Angst vor dem Elefanten. »Schau mal, du hilfst uns hier nicht weiter. Merkst du das nicht?«

»Einfach nur danebenstehen hilft aber auch nicht.«

»Syeira!«

Augenblicklich wandte sich Syeira dem Mann zu, der mit ihnen im Gehege stand. »Ja, Papa?«

Papa Cservanka war Anfang siebzig, doch seine Stimme vermittelte immer noch eine eiserne Autorität. Seine rumänische Abstammung und das Leben an der frischen Luft hatten seine Haut dunkelbraun gefärbt. Die silbergrauen Haare waren zu einem ordentlichen Seitenscheitel gezogen, einige schwarze Strähnen verrieten seine ursprüngliche Haarfarbe. Ein wilder, silberfarbener Schnauzbart verbarg seine Oberlippe. Er trug einen ausgewaschenen Jeansoverall, schwarzgelbe Gummistiefel und ein hellblaues T-Shirt mit dem Aufdruck CSERVANKA & CSERVANKA. Auf dem Logo waren Clowns abgebildet, ein Mann, der aus einer Kanone geschossen wurde, und Imanuela, die Elefantendame, die mit einem Federkranz gekrönt auf ihren Hinterbeinen stand.

»Sei nicht so unhöflich zu diesen Leuten«, entrüstete sich Papa.

»Ich wollte nicht unhöflich sein, ich mache mir nur Sorgen um Imanuela.«

»Wir alle machen uns Sorgen um sie, liebe Enkelin. Aber überlass sie ruhig diesen Profis.«

Syeira rührte sich nicht von der Stelle.

»Dein Großvater hat Recht«, warf Sandra ein. Sie bemühte sich immer noch, den Elefanten unten zu halten. »Ich weiß, dass du nur helfen willst, aber Imanuela will nicht liegen bleiben, solange du in ihrer Nähe bist. Lass Andy und mich das regeln.«

»Er scheint ihr nicht helfen zu wollen.« Syeira klang vorwurfsvoll.

Andy stieg die Zornesröte ins Gesicht. Er brauchte die Hilfe seiner Mutter nicht, um sich zu rechtfertigen.

»Er hat nach ihrem Pfleger gefragt«, erklärte Sandra Moore, »weil der für diese Aufgabe am besten geeignet wäre. Aber Andy kann das auch. Er ist gut in so was. Du wirst schon sehen.«

Wortlos wandte sich Syeira von Imanuela ab. Als sie an ihm vorbeiging, sah Andy, dass ihre Augen feucht glänzten. Ihr Kinn war jedoch stur nach vorn geschoben. Sie stellte sich neben Papa und verschränkte die Arme vor der Brust.

Andy ging zu seiner Mutter und drückte sich mit seinem ganzen Gewicht auf den Kopf des Elefanten. »Was ist jetzt mit dem Pfleger?«

»Nicht verfügbar«, erklärte Sandra.

»Er hat uns verlassen«, sagte Papa. »Kurz nach Beginn dieser Saison, im Januar. Er wurde von einem anderen Zirkus abgeworben.«

»Imanuela muss unten bleiben«, sagte Sandra zu Andy. »Ich muss ihr einige Medikamente verabreichen.«

Andy legte seine Hände auf das Gesicht des Elefanten und fühlte die raue, runzlige Haut unter seinen Fingern. »Was hat sie?«

»Ich schätze mal frühzeitige Wehen. Davon müssen wir im Moment jedenfalls ausgehen.«

»Imanuela bekommt ein Baby?«, fragte Papa und riss überrascht die Augen auf.

Sandra nickte. »Ich bin mir fast sicher. Ich werde ein paar Tests durchführen, wenn ich sie stabilisiert habe. Dann wissen wir mehr. Die Medikamente, die sie jetzt bekommt, dürften ihr nicht schaden. Vielleicht entspannt sie sich genug, damit die Wehen nachlassen.«

Ein erstauntes Raunen lief durch die Reihen der Artisten. Fast alle schienen sich über die Neuigkeiten zu freuen.

»Imanuela wird Mama!«

»Das ist doch nicht möglich!«

Andy war überrascht, wie heftig die Zirkusleute reagierten. Er streichelte den Elefanten beruhigend und beobachtete die Artisten erstaunt. Nur einer – ein gut gekleideter schmächtiger Typ Anfang dreißig mit nach hinten gekämmten Haaren und einer Sonnenbrille – sah aus, als hätte er soeben eine schlechte Nachricht erhalten. Er schüttelte den Kopf, seine Lippen verzogen sich unter dem schmalen Schnurrbart zu einem Strich.

»Okay, Andy.« Seine Mutter lächelte zaghaft. »Du musst jetzt wieder mal deine Zauberkräfte anwenden, wie so oft. Ich muss sie gründlich untersuchen, dabei darf sie nicht aufstehen, sonst wird es wirklich schwierig, sie wieder zu beruhigen. Und dann könnte es zu spät sein für das Baby. Vielleicht auch für sie selbst, wenn es Komplikationen gibt.« Obwohl sie sehr ruhig sprach, wusste Andy, dass seine Mutter angespannt war.

»Verstanden«, antwortete er. Doch er war sich nicht sicher, ob er das schaffen würde.

Er lehnte sich weiterhin mit seinem ganzen Körpergewicht auf den Elefantenkopf. Die meisten Elefanten waren auf Signale trainiert, die sie von ihren Pflegern mit einem Haken am Ohr erhielten, also griff auch er nach dem Ohr

Imanuelas. Ruhig redete er mit tröstenden Worten auf sie ein.

Allmählich gab sie ihren Widerstand gegen Andy auf, entspannte sich und ließ den Kopf zu Boden sinken. Der Rüssel bewegte sich nervös hin und her und legte sich schließlich um Andys Taille. Imanuelas unruhiger Blick blieb an ihm hängen, dann schloss sie die Augen.

»Gut so«, sagte er ruhig. »Wir kümmern uns um dich. Keine Angst.« Er strich ihr über den Kopf, klopfte ab und zu auf ihr Ohr oder drückte ihren Rüssel.

Seine Mutter arbeitete rasch und effizient. Sie nahm einen Infusionsapparat aus dem Arztkoffer und stellte ihn rasch auf. Imanuela zuckte nur kurz zusammen, als sie die Nadel einführte, dann tropften die Medikamente aus dem Beutel an dem Ständer in ihre Adern.

Eine ganze Weile später sah Andy, wie Imanuelas Auge zum letzten Mal blinzelte und sich dann schloss, als sie der tiefe, von den Medikamenten verursachte Schlaf übermannte. Er atmete erleichtert auf, erhob sich aber noch nicht.

»Wie geht es ihr?«, fragte Papa Cservanka leise. Mit einer Hand umklammerte er ein rot kariertes Taschentuch.

Sandra drückte ihre Hand auf den Bauch des Elefanten. Andy wusste, dass sie die Stärke und Häufigkeit der Wehen überprüfte, die sie aufzuhalten versuchte. »Die Medikamente wirken. Die Wehen haben nachgelassen. Sie dürfte keine allzu großen Schmerzen mehr haben.«

»Sie haben die Wehen gestoppt?«, fragte Papa.

Sandra stand auf und wischte sich den Schweiß von der Stirn. »Ja.«

»Warum?«

»Weil ich glaube, dass es noch zu früh ist und weder Mutter noch Kind dafür bereit sind. Selbst wenn das Baby die Geburt überstehen würde, hätte es kaum Überlebenschancen.«

Sorge überschattete Papas Gesicht. »Das Kleine würde sterben?«

»Wahrscheinlich. Ich werde noch ein paar Tests machen, um festzustellen, wann der Geburtstermin sein sollte.« Sandra zog die ellenbogenlangen Handschuhe aus und warf sie in einen leuchtend orangen Behälter für biologischen Sondermüll. »Wissen Sie, wann sie trächtig geworden ist?«

Papa schüttelte den Kopf. »Nein. Das kommt völlig überraschend für uns. Sie hatte noch kein Baby.«

»Noch nie?«

Andy erhob sich. Der Tonfall seiner Mutter verriet ihm, dass sie verärgert war.

»Nein«, antwortete Papa mit fester Stimme. »Imanuela ist seit fast vierzig Jahren hier im Zirkus, seitdem sie ein Kalb war. Mein Vater und ich haben sie und ihre Mutter einem gescheiterten Zirkus abgekauft.«

»Wenn diese Schwangerschaft nicht geplant war«, sagte Sandra, »muss es im Zirkus einen Elefantenbullen geben.« Sie wandte sich um. »Ich sehe keinen.«

»Wir haben keinen«, erklärte Papa sanft. »Elefantenbullen sind gefährlich. Sie sind stur und machen mehr Ärger als eine Kuh oder ein Kalb.«

»Na ja, irgendwo muss sie aber einem begegnet sein. Wissen Sie, wann das passiert sein könnte?«

Papa wischte sich das Gesicht mit dem Taschentuch ab und zuckte mit den Schultern. »Es gibt eine Möglichkeit. Wir haben vorletztes Jahr in Florida überwintert. So wie viele andere Zirkusse, die durch Amerika ziehen.«

»Hat einer davon einen Bullen dabeigehabt?«

»Dr. Moore, der Zirkus macht zwar im Dezember Winterpause, aber es gibt auch dann genug zu tun. Neue Ausrüstung beschaffen, alte Ausrüstung reparieren. Einstudieren neuer Programme. Training mit den jungen Leuten, die alt genug sind, um an den Vorstellungen mitzuarbeiten. Ich war sehr beschäftigt. Wenn Imanuela schwanger ist, muss da wohl ein Bulle gewesen sein. Aber ich habe davon nichts gewusst.«

»Das genügt. Dann kann ich ausrechnen, wie weit Imanuela schon ist.« Sie überprüfte den Infusionsbeutel und die Tropfrate gedankenverloren. »Sie ist maximal im achtzehnten Monat. Bei Elefanten dauert die Tragzeit …«

»… einundzwanzig Monate«, sagte Papa. Er blickte besorgt auf den schlafenden Elefanten. »Ich hatte keine Ahnung.«

»Lassen Sie uns die Tests abwarten, dann wissen wir mehr.« Sandra kniete nieder und nahm eine Spritze aus dem Koffer. Dann schaltete sie die Infusion ab, entnahm Imanuela Blut und schaltete die Infusion wieder ein.

»Wird sie wieder gesund?«, fragte Papa.

Andy beobachtete die Anteilnahme in den Gesichtern der Artisten. Es überraschte ihn zwar, doch er war froh, dass sie sich so sorgten. Manchmal gaben Leute ihre Tiere in der Klinik ab wie Gegenstände zur Reparatur.

»Ich denke schon«, antwortete Sandra.

»Und das Baby?« Papas Stimme war kaum hörbar.

»Wir werden sehen. Wenn ich die Geburt um ein paar Wochen hinauszögern kann, hat es ziemlich gute Chancen durchzukommen.« Sandra wandte sich ihrem Sohn zu. »Andy, denkst du an die Medikamente, die ich bestellt habe?«

Andy nickte.

Das Gehegetor wurde geräuschvoll geöffnet. Über seine Schulter sah Andy den gut gekleideten Mann eintreten. Geflissentlich achtete er darauf, nicht in Elefantenmist zu treten. »Papa«, rief er. »Kann ich mit dir reden?«

Papa versuchte vergeblich, seine Verärgerung zu verbergen. »Das ist jetzt kein guter Zeitpunkt.«

Der Mann sah Papa an und schüttelte den Kopf. »Die Sorgen und Probleme werden nicht besser, wenn man sie verdrängt.«

»Ich weiß«, erwiderte Papa ärgerlich. »Wenn du dich erinnerst: Das habe ich dir beigebracht.«

»Das stimmt. Deshalb sage ich es ja.« Der Mann wandte sich zu Sandra um, streckte ihr die Hand entgegen und nahm die Sonnenbrille ab. »Ich bin Martin Radu, Dr. Moore. Ich kümmere mich um viele Dinge hier im Zirkus, unter anderem auch um den Transport.«

Radu war Andy vom ersten Moment an unsympathisch. Seine Mutter ergriff Radus Hand und schüttelte sie, und Andy spürte, dass es ihr nicht anders ging. Keiner außer ihm konnte das bemerken.

»Was kann ich für Sie tun, Mr Radu?«, fragte Sandra.

Radu warf einen Blick auf Imanuela. »Kann der Elefant in diesem Zustand transportiert werden?«

»Besser nicht.«

»Also heißt das, er *könnte* transportiert werden?«

»Martin«, unterbrach ihn Papa brüsk. »Wie kannst du nur so eine Frage stellen, wo Imanuela in so einer Verfassung hier liegt?«

»Ich frage, Papa, weil ich fragen muss. Soll dieser Zirkus wegen eines Elefanten zugrunde gehen?«

Freier Fall . . . 04

»Wie kannst du nur so was sagen!« Syeira stampfte wütend auf Martin Radu zu. Offensichtlich kümmerte es sie nicht, dass er sie um mehr als einen Kopf überragte.

Automatisch machte Andy einen Schritt nach vorn, um das Mädchen gegebenenfalls aufzuhalten. Radu schien nicht der Typ Mensch, der sich viel gefallen ließ.

Radus Miene verdunkelte sich. »Das geht dich nichts an, Syeira.«

»Imanuela geht uns alle was an«, gab sie zurück.

Radu sah über ihren Kopf hinweg. »Papa, bitte sprich mit deiner Enkelin über ihre Manieren.«

»Das werde ich tun, aber nicht jetzt. Jetzt reden wir über Imanuela. Du scheinst dir nicht im Klaren zu sein, was sie uns bedeutet.«

Radu blickte selbstgefällig in die Runde der versammelten Artisten. Er schien darauf zu warten, dass jemand Partei für ihn ergriff.

»Imanuela ist das Herz unseres Zirkus«, rief der Stelzen-clown. »Nur wegen ihr füllt sich unser Zelt jeden Abend.«

»Und wenn sie nicht mit uns reisen kann, Emile?«, fragte Radu eindringlich. »Was machen wir dann? Bleiben wir hier in Alexandria, lassen den Rest unserer Termine ausfallen, und sehen zu, wie die Kassen immer leerer werden?«

»Imanuela ist eine von uns«, warf Syeira ein.

»Gut, sagen wir, sie ist eine von uns«, erwiderte Radu und baute sich vor ihr auf. »Als Taptyk letztes Jahr in Paris im Teufelskäfig mit dem Motorrad gestürzt ist und sich den Arm gebrochen hat, haben wir ihn für die Dauer seiner Behandlung zurückgelassen. Als er wieder fit war, ist er nachgekommen. Das hier ist genau die gleiche Situation.«

Andy sah in die Menge. Einige schienen zu schwanken.

»Taptyk hat sich ein Flugzeugticket gekauft und uns innerhalb weniger Tage eingeholt«, hob Syeira hervor. »Für Imanuela bräuchten wir einen Spezialtransport.«

»Darum könnte ich mich kümmern«, sagte Radu. »Das wäre allerdings nicht billig.«

»Es geht um Imanuela«, meldete sich Papa ruhig zu Wort und tätschelte den Kopf des schlafenden Elefanten. »Was es auch kostet, sie ist es wert.«

»Für den Transport würden wir neue Genehmigungen benötigen«, warf Radu ein. »Das hieße zusätzliche Kosten und Zeit.«

»In Ordnung.« Papa verschränkte die Arme vor seiner breiten Brust.

Radu schüttelte den Kopf. »Ich frage nur, ob das alles notwendig ist und die zusätzlichen Ausgaben rechtfertigen würde. Und die Aufzucht und Pflege eines Elefantenkalbs – Papa, willst du wirklich, dass wir das gerade jetzt auf uns nehmen? Die finanziellen Mittel, die uns die letzten fünf Jahre über Wasser gehalten haben, gehen ohnehin zur Neige. Sollen wir wirklich riskieren, das letzte finanzielle Polster für einen Spezialtransport und ein weiteres hungriges Maul aufzubrauchen? Das Elefantenbaby ist sowieso in Gefahr. Wenn wir die Schwangerschaft abbrechen lassen, ist wenigstens Imanuelas Leben sicher, und es entstehen keine weiteren Kosten.«

»Dem Baby geschieht nichts.« Papa blieb ruhig.

»Und was, wenn Imanuela auch stirbt, Papa?«, fragte Radu. »Wenn wir zwei Elefanten verlieren statt einen, was machen wir dann?«

»Das wird nicht passieren.«

Bedächtig wandte sich Radu zu Andys Mutter um. »Könnte es passieren, Dr. Moore?«

»Möglicherweise.« Sie wollte noch etwas hinzufügen, doch Radu fiel ihr ins Wort.

»Hörst du?«, fragte er Papa und wandte sich dann der Menge zu. »Das Baby gefährdet nicht nur die Show, die Terminplanung und den Zirkus. Es bringt auch Imanuela in Gefahr. Sollen wir zusehen, wie sie aus falsch verstandener Großzügigkeit stirbt?«

Verwirrtes Gemurmel machte sich unter den Zirkusleuten breit.

Sandra erhob die Stimme. »Imanuela ist in Gefahr, ja. Aber es war schlimmer, bevor ich heute hergekommen bin. Wenn ich von dem ausgehe, was ich bisher gesehen habe, bin ich mir ziemlich sicher, dass ich sie stabilisieren kann. Und die Chancen für das Baby stehen ebenfalls gut.« Sie wandte ihren Blick nicht von Radu ab. »Ich weiß, was ich tue, Mr Radu, und das Leben meiner Patienten steht für mich an erster Stelle. Vor irgendwelchen Transportproblemen oder Unannehmlichkeiten. Und hier habe ich *zwei* Patienten zu betreuen, nicht einen.«

»Und wenn das Baby nicht gerettet werden kann? Was, wenn auch Imanuelas Leben auf dem Spiel steht?«

»Dann, und nur dann, werde ich einen Abbruch in Betracht ziehen.«

»Aber das Baby stellt schon jetzt eine Gefahr für sie dar.«

»Das Baby macht uns im Moment Probleme, ja. Aber Imanuela spricht gut auf die Medikamente an. Die Lage ist nicht mehr kritisch.« Sandra blickte in die Menge und trat näher an Radu heran.

Andy kannte diese Taktik aus Dr. Dobbs' Psychologie-seminar an der Bradford Academy. Indem sie sich neben Radu stellte, lenkte seine Mutter die Aufmerksamkeit der Zuschauer auf sich. Andy hatte seine Mutter immer dafür bewundert, wie sie ihn alleine großgezogen hatte und sich um die Patienten in der Klinik kümmerte. Jetzt zeigte sie, aus welchem Holz sie geschnitzt war.

Radu schnaubte. »Wir sollen also …«

»Es reicht«, unterbrach ihn Papa streng. »Hör auf, bevor du uns noch mehr Ärger machst.«

»Ich mache euch keinen Ärger …«

Papa hob die Hand. »Imanuela und ihr Baby sind in den Händen dieser großartigen Ärztin gut aufgehoben. Es gibt keine Diskussion mehr.« Er musterte die versammelten Zirkusleute. »Wir haben morgen Abend eine Vorstellung. Was steht ihr hier herum? Seid ihr mit den Vorbereitungen schon so weit, dass ihr eure Zeit hier verschwenden könnt?«

Einmütig schüttelten die Artisten die Köpfe.

»Dann geht. Imanuela ist in guten Händen. Sollte sich etwas an ihrem Zustand ändern, lasse ich es euch wissen.«

Die Menge zerstreute sich. Andy sah ihnen erstaunt nach und bemerkte, wie sich ihre Besorgnis in Luft aufzulösen schien. Jongleure warfen leuchtend bunte Keulen durch die Luft, die Kunstreiterin ritt in leichtem Galopp an der Menge vorbei. Der Stelzenclown stürmte über ihren Köpfen davon.

»Papa«, meldete sich Radu heiser zu Wort. Offensichtlich war seine Selbstbeherrschung dahin. »Ich finde, du lässt deine Emotionen über deinen gesunden Menschenverstand siegen.«

Papa legte ihm eine Hand auf die Schulter. »Dieser Zirkus liegt mir am Herzen, Martin. Jeder hier ist für mich wie ein eigenes Kind, ebenso blutsverwandt wie Syeira und Traian. Ich lasse keinen von ihnen im Stich. Dich auch nicht.«

Radu seufzte. »Ich weiß, Papa.«

Trotz seiner vermeintlichen Einsichtigkeit spürte Andy, dass Radu Papas Entscheidung immer noch nicht akzeptiert hatte.

»Dr. Moore«, sagte Radu. »Kann Imanuela morgen Abend auftreten?«

Sandra antwortete, ohne zu zögern. »Nein. Die Medikamente halten sie die nächsten zwei, drei Tage ruhig. Sie muss sich unbedingt schonen.«

»Siehst du, Papa? Unsere Hauptattraktion ist schon ausgefallen.«

»Es wird alles gut«, erwiderte Papa.

»Wenn das Publikum erfährt, dass Imanuela nicht auftritt, bleibt es vielleicht zu Hause. Sie zieht seit Jahren einen Großteil der Zuschauer an.«

»Ich weiß, aber wir müssen es bekannt geben. Wende dich an die Medien und stelle sicher, dass die Anzeigen geändert werden.«

»Mr Cservanka?«, sagte Andy.

Der Zirkuseigner wandte sich zu ihm um. Interesse blitzte in den grauen Augen unter den grauen Brauen auf. »Nenn mich Papa, so wie alle hier.«

Andy nickte, sprach es aber nicht aus. Es erinnerte ihn zu sehr an seinen Vater. Das Wort war mit zu vielen Emotionen verknüpft. »Vielleicht müssen Sie nicht ganz ohne Imanuela auskommen.«

»Wie meinst du das?«

»Man könnte aus ihren früheren Auftritten eine Holo-Nummer erstellen. Der Zirkus läuft sowieso auch online und in Echtzeit. Einige Auftritte, wie die Dompteurnummer, sind ja bereits online und nicht live.«

Papa kratzte sich nachdenklich am Kinn.

Auch Radu hatte interessiert zugehört. »Wir haben aber keine Holo von ihrem Auftritt.«

»Ich könnte eine erstellen«, erbot sich Andy. Er wünschte, er hätte den Mund gehalten. Der Zirkus war uncool, und er wollte möglichst wenig Zeit damit verschwenden. Aber er half seiner Mutter während der Sommerferien in Teilzeit in ihrer Klinik aus, und es stand fest, dass sie sowieso ab und zu nach Imanuela sehen würden. Ein eigenes Projekt wäre zumindest ein Lichtblick.

»Du?«, fragte Radu. »Du bist doch noch ein halbes Kind.«

»Er«, sagte Papa, bevor Andy etwas erwidern konnte, »ist das halbe Kind, das Heritzels Dompteurnummer wieder zum Laufen bringt.«

»Noch ein Problem.« Radu bedachte Andy mit einem kurzen Blick. »Und, funktioniert es wieder?«

»Die Raubkatzen können morgen früh online gehen.« Andy gelang es, seinen Zorn zu verbergen. »Ich habe mich erst eine Stunde damit beschäftigt. Wenn ich mit meiner Vermutung richtig liege, handelt es sich nicht nur um einen kleinen Fehler im Programmcode.«

»Sondern?«, fragte Papa.

»Es sieht nach einem Virus aus. Ziemlich kompliziert und vertrackt, aber ich komme damit klar.«

»Hast du dann überhaupt noch Zeit, eine Holo von Imanuela für morgen Abend zusammenzustellen?«, fragte Radu.

»Wenn Sie mir die notwendigen Informationen zur Verfügung stellen, sicher. Kinderspiel.«

»Was brauchst du dafür?«, meldete sich Syeira zu Wort.

Sandra nahm das Stethoskop zur Hand und überprüfte Imanuelas Herztöne. Dann zog sie das große Augenlid zurück und leuchtete mit einer Taschenlampe in ihr Auge.

»Wenn ich Zugriff auf die archivierten Aufzeichnungen ihrer bisherigen Auftritte hätte, könnte ich mir nehmen, was ich brauche.«

Radu verzog das Gesicht. »Der Zugriff auf diese Daten …«

»… wird dir noch heute Abend ermöglicht.« Papa sah Radu an. »Hast du verstanden, Martin?«

»Aber sie sind geschützt. Wir haben die Auftritte lizenziert.«

»Es wird so gemacht, wie ich sage«, beharrte Papa.

»Da ist noch was«, fiel Andy ein. »Ihre Online-Sicherheit muss aktualisiert werden. Die Net Force hat vor kurzem einige kostenlose Programme herausgegeben, die dem, was Sie momentan verwenden, um Meilen voraus sind. Ich könnte die Aktualisierung innerhalb der nächsten Tage vornehmen.«

»Siehst du?«, strahlte Papa Radu an. »Das halbe Kind ist erstaunlich.«

»Er hat Talent«, bestätigte Andys Mutter und überprüfte die Infusion. »Andy kennt sich mit allem gut aus, was mit dem Netz zu tun hat.«

Papa wedelte mit seiner kräftigen Hand in Richtung Andy. »Über deine Bezahlung unterhalten wir uns später.«

Andy grinste selbstzufrieden. »Der Großteil ist kostenlose Software. Die Aktualisierungen werden nicht viel Zeit in Anspruch nehmen. Dafür kann ich kein Geld verlangen.«

Papa hob die Augenbrauen. »Ach, und deine Mutter soll deine Ausbildung alleine finanzieren? Und was ist mit den Verabredungen mit all den hübschen Mädchen, die für dich schwärmen?«

Andy wurde rot und warf Syeira einen Seitenblick zu. Offenbar fand sie es lustig, dass ihm die Situation unangenehm war. Er wurde noch röter.

»Na siehst du. Wir sprechen später darüber. Inzwischen verschafft dir Martin Zugang zum Zirkusprogramm.«

Radu nickte steif und verließ das Gehege.

»Wie geht's Imanuela?«, fragte Andy, um die Aufmerksamkeit von sich abzulenken.

Seine Mutter stand auf. »Gut. Aber ich brauche noch die bestellten Medikamente. Hilf mir, die anderen Sachen aus dem Auto auszuladen, falls ich sie brauche. Dann kannst du damit in die Stadt fahren.«

»Das ist nicht nötig«, warf Papa ein. »Syeira kann Andy mitnehmen. Ich brauche auch ein paar Dinge. Syeira wäre bestimmt froh, wenn ihr jemand beim Verladen hilft.«

Andy sah Syeira an und bezweifelte das. Sie schien von dem Vorschlag genauso wenig begeistert zu sein wie er. Doch die Pflicht rief – und zumindest sah sie ganz akzeptabel aus.

Andy saß auf dem Beifahrersitz des alten Pick-up und versuchte, den Geruch von Elefantenmist zu ignorieren, den seine Turnschuhe verströmten. Er hatte nicht bemerkt, dass er in einen Haufen getreten war, aber so lief das immer. Murphys Gesetz – die Tierarztklausel: Wenn irgendwo Tierkot ist, landet er an deinen Schuhen. Seiner Meinung nach war das das Schlimmste an der Arbeit in der Klinik.

Er sah auf die Straße und bemerkte, wie mühelos Syeira den Wagen lenkte. Die tiefe Stimme des netzbasierten Satellitennavigationsprogramms gab ihrem Weg durch den südwestlichen Teil Alexandrias Anweisungen zu Spurwechseln und Abzweigungen.

»Ich mag deine Mutter.« Syeira brach das Schweigen, das seit ihrem Aufbruch geherrscht hatte. »Ich finde es toll, wie sie Martin die Stirn geboten hat.«

»Ja, sie gibt ungern nach.«

»Damit hat er bestimmt nicht gerechnet.«

»Tja«, antwortete Andy nur. Syeira lenkte den Pick-up in eine freie Parklücke vor dem Einkaufszentrum, in dem sich die Apotheke befand. Der Parkplatz war für einen Donnerstagnachmittag erstaunlich gut gefüllt. »Er ist nicht besonders sympathisch.«

»Sein Job stresst ihn zu sehr.« Syeira ging über den Parkplatz und schlüpfte dabei in eine leichte grüne Windjacke. Das Logo des Zirkus mit Imanuela prangte auf ihrem Rücken.

»Was macht er?«, fragte Andy. »Außer den Transport zu regeln, meine ich.«

Syeira betrat das Einkaufszentrum. »Das allein wäre ein Vollzeitjob. Du hast echt keine Ahnung, wie viel Arbeit daran hängt, den Transport für einen so großen Zirkus zu arrangieren.«

Andy schloss zu ihr auf. »Woher denn auch?«

Syeira seufzte. »Tut mir Leid, das sollte nicht vorwurfsvoll klingen.«

»Schon gut.«

»Nein. Ich muss mich auch dafür entschuldigen, wie ich mich vorhin bei Imanuela benommen habe.«

»Okay.«

Syeira sah ihn an. »Okay?«

»Ja.« Andy grinste. »Dafür kannst du dich entschuldigen. Ich kenne mich mit Tieren nämlich wirklich aus.«

»Du warst erträglicher, als du dein Ego noch unter Kontrolle hattest.«

»Das hat nichts mit meinem Ego zu tun. Meine Mom hat mir alles beigebracht, was man über Tiere wissen kann. Das habe ich damit gemeint.«

»Und jetzt hat der Schüler seine Lehrerin überflügelt, was?«

»Sie ist auch meine Mutter.«

Syeiras Miene heiterte sich plötzlich auf. »Familienbande – davon versteh ich was. Tut mir Leid.«

»Gnädigerweise nehme ich deine Entschuldigung an.«

Syeira warf ihm einen Blick zu. »Gnädigerweise? Glaub mir, an deinem Ego solltest du noch arbeiten.«

»Du bist nicht die Erste, die mir das sagt.«

Unvermittelt brach sie in schallendes Gelächter aus. Einige Leute vor einem Schaufenster wandten sich nach ihnen um. Andy stellte fest, dass ihm ihr Lachen ebenso gefiel wie ihr Akzent.

»Irgendwie«, prustete sie, »kann ich mir gut vorstellen, dass ich da nicht die Erste bin.«

»Und was ist mit dir? Du bist Mr Cservankas Enkelin …«

»Papa«, korrigierte sie ihn. »Alle nennen ihn Papa.«

Andy nickte. »Du bist seine Enkelin. Arbeitest du auch im Zirkus?«

Syeira blieb vor einer Übersicht des Einkaufszentrums stehen. Das Gebäude umfasste drei Stockwerke, in denen kleinere und größere Geschäfte mit allen möglichen Produkten und Dienstleistungen angesiedelt waren, von Schlaf- und Badezimmerausstattung über Kleidung zu Lebensmitteln. »Ist das so schwer vorstellbar?«

»Nein.« Andy zuckte mit den Schultern. »Aber es ist schon ein harter Brocken, sich vorzustellen, dass du ein Motorradprofi sein sollst.« Er sah sich die Übersicht desinteressiert an.

Er war bereits mehrmals für seine Mutter in der Apotheke gewesen, wenn sie keine Zeit hatte, die Lieferung abzuwarten.

»Warum? Weil ich so jung bin oder weil ich ein Mädchen bin?«

Andy sah sie an und antwortete wahrheitsgemäß: »Beides.«

Sie wandte sich ihm zu. Er bemerkte plötzlich, dass sie so groß war wie er und nur einen halben Meter von seinem Gesicht entfernt. »Ziemlich engstirnige Einstellung, oder?«

»Ich würde es eher als altmodisch bezeichnen.«

»Abtörnend.«

»Ich hatte auch nicht vor, dich anzutörnen. Du hast mich nach meiner Meinung gefragt, und ich habe ehrlich geantwortet.«

»Muss ja eine echte Überwindung gewesen sein.« Bevor er etwas erwidern konnte, fuhr sie fort. »Tut mir Leid. Ist mir so rausgerutscht. Wie du weiß ich eben auch genau, was ich kann. Ich bin echt gut in dem, was ich tue. Es gefällt mir nur einfach nicht, dass es von dir und deiner Mutter abhängt, ob Imanuela gesund wird.« Ihre Augen glitzerten feucht.

»He«, sagte Andy sanft. »Mach dir keine Sorgen. Imanuela ist in guten Händen. In den *besten* Händen. Warum ist es so schwierig, meiner Mutter und mir zu vertrauen? Dein Großvater tut das, sonst hätte er uns nicht gerufen.«

»Es ist schwierig, weil ihr nicht zum Zirkus gehört. Ihr seid Außenseiter. Wenn man eine Weile mit dem Zirkus gereist ist, gibt es nur noch ›wir‹ und ›alle anderen‹.«

»Also, *das* klingt engstirnig.«

»Mag sein, aber so ist es nun mal.« Syeira setzte sich mit langen Schritten wieder in Bewegung, so dass Andy Mühe hatte, ihr zu folgen. »Wir kommen in eine Stadt, und die meisten Leute freuen sich, uns zu sehen. Trotzdem bleibt immer eine Trennlinie zwischen dem Zirkus und den Einheimischen. Sie wollen unterhalten werden, doch dann sollen wir wieder verschwinden.«

»Dann wäre es wohl einfacher, alles online laufen zu lassen.«

»Ein virtueller Zirkus?«

»Ein Teil ist doch schon virtuell.«

»Aber nicht alles.« Syeira wurde langsamer, als sie an einem Kosmetiksalon vorbeigingen, und blickte auf die Frauen und Mädchen, die sich mit einer Maniküre oder einer neuen Frisur verwöhnen ließen.

Andys Nase juckte vom Geruch der Chemikalien. Er war sich nicht sicher, welche Gefühle sich in ihrem Gesicht widerspiegelten.

Sie sah ihn an, und ihr Gesichtsausdruck verhärtete sich wieder. Sie wandte sich von dem Kosmetiksalon ab und ging auf den Brunnen in der Mitte des Einkaufszentrums zu. Farbige Lichter strahlten das spritzende Wasser an und ließen zwischen den Pflanzen und Bäumen, die den Brunnen säumten, einen Regenbogen entstehen.

»Warum hat man nicht einfach eine Holo von einem Brunnen aufgestellt?«, fragte sie plötzlich.

Andy betrachtete die Mütter, die mit ihren kleinen Kindern am Brunnen saßen. Die Kinder warfen Münzen ins Wasser und lachten, als der Sprühregen auf sie niederprasselte. Junge Leute standen grüppchenweise um den Brunnen herum und unterhielten sich.

»Ich weiß nicht.«

Syeira ging zum Brunnen. »Es wäre billiger und einfacher zu warten, wenn es nur eine Holo wäre, oder?«

»Ja.« *Dafür braucht man kein Finanzgenie zu sein,* dachte er.

»Man hätte auch was viel Fantastischeres entwerfen können. Anstelle einer drei Meter hohen Fontäne hätte man einen Wasserfall programmieren können, der über Felsbrocken von der Decke stürzt. Man hätte ihn mit Lasern beleuchten und Fische darin auf und ab schwimmen lassen können.«

Sie hatte Recht. Andy kannte den Brunnen, denn er kam oft ins Einkaufszentrum, um Rezepte seiner Mutter einzulösen oder sich mit Freunden zu treffen. Doch er hatte sich noch nie Gedanken darüber gemacht.

Syeira hielt die Hand ins Wasser. »Man hat einen echten Brunnen gebaut, weil man ihn berühren kann.«

»In der Veeyar kann man Wasser auch berühren. Es fühlt sich genauso an.«

»Mag sein, dass es sich in der Veeyar genauso anfühlt, aber man weiß trotzdem, dass es nicht echt ist. Papa sagt, die Leute kommen gerne in den Zirkus, weil sie auf den Bänken sitzen und sich reale Kunststücke ansehen können. Auch wenn alles professionell vorbereitet wurde, die echte Gefahr ist und bleibt spürbar.«

»Welche Gefahr?«

»Jemand könnte vom Trapez fallen. Die Clowns könnten einen echten Eimer Wasser über das Publikum schütten statt Konfetti. Und vielleicht könnten die Löwen und Tiger aus dem Käfig entkommen.«

»So was passiert doch nur alle hundert Jahre.«

»Aber es könnte passieren. Und genau das zieht das Publikum in seinen Bann.«

»Die Hoffnung, dass jemand verletzt wird?« Andy schüttelte den Kopf. »Das will ich nicht glauben.«

»Sie hoffen ja nicht wirklich, dass jemand verletzt wird, aber sie sind sich der Möglichkeit bewusst. Für einige Leute macht das die Spannung aus.«

»Für mich nicht.«

»Weshalb bist du dann in den Zirkus gekommen?« Syeira sah ihm in die Augen.

»Wegen meiner Mutter.«

»Wann bist du das letzte Mal im Zirkus gewesen?«

Andy zuckte die Achseln. »Vor drei oder vier Jahren.«

»Was hast du dir dort angesehen?«

»Ein krankes Zebra.«

»Und wann hast du das letzte Mal im großen Zelt gesessen und die Vorstellung besucht?«

»Online hab ich ein paarmal reingeschaut.«

»Und, hat dir was gefallen?«

Andy zögerte, doch als er in Syeiras dunkle Augen blickte, hatte er das unbestimmte Gefühl, sie würde ihn durchschauen, wenn er jetzt log. »Nein.«

»Verstehe.« Syeira nahm die Hand aus dem Brunnen. »Es wird spät. Warum holst du nicht die Medikamente aus der Apotheke, während ich Papas Besorgungen erledige? Treffen wir uns hier wieder, wenn wir fertig sind.«

»Wie du meinst.« Doch Syeira hatte sich bereits umgewandt und in Bewegung gesetzt. Er wurde wütend. Anscheinend konnte er ihr nichts recht machen. »Ich hab eine bessere Idee. Wenn du fertig bist, kannst du mich im Gamecenter abholen.« Er wandte sich ebenfalls ab und ging in die entgegengesetzte Richtung davon, ohne sich noch einmal umzusehen.

Freier Fall .. 05

»Heranzoomen«, befahl Andy.

Die rechteckige Warnanzeige in seinem Helm reagierte sofort. Die Brücke über den wilden Fluss, durch den er watete, wurde deutlicher, und er konnte die schwer bewaffneten Kavallerieeinheiten darauf erkennen.

»Warnung«, teilte eine Frauenstimme höflich mit. »Durch Belastungsbrüche aus dem vorhergehenden Gefecht dringt Wasser ein.«

Andy tippte auf die Anzeige in seinem linken, cyberverstärkten Handschuh. Die Anzeige reagierte erneut und stellte einen Bauplan des zwölf Meter hohen *Space-Marines*-Kampfanzugs dar, in dem er steckte. Er trug cyberverstärkte Stiefel, mit denen er die Beine des Kampfanzugs bewegte, als wären es seine eigenen.

Der Bauplan visualisierte die verschiedenen Belastungsbruchstellen. Geschosse hatten die Beine des Kampfanzugs angekratzt. Die Übersicht zeigte außerdem an, dass der Kopf des Anzugs, in dem sich das Cockpit befand, zwei Meter unter der Wasseroberfläche blieb. Ein Periskop, das aus dem Kopf ragte, ermöglichte die Bildübertragung auf die Anzeige.

Das eindringende Wasser war in den Beinen auf etwa einen halben Meter angestiegen.

Andy hatte den Widerstand beim Voranschreiten gespürt, doch er hatte ihn auf das schlammige Flussbett zurückgeführt. »Schnorchel aktivieren.«

»Schnorchel ausgesetzt.«

Vibrationen erschütterten den Kampfanzug, als der Schnorchel von der linken Schulter ausgefahren wurde. Der

Kampfanzug verfügte über eine interne Sauerstoffreserve, die ihn die letzten zwölf Minuten versorgt hatte. Sie würde für weitere achtzehn Minuten reichen. Er hatte vor, den Angriff auf die Brücke in diesem Zeitrahmen zu starten, doch wenn er die Beine stabilisieren wollte, würde der Sauerstoffvorrat innerhalb von Sekunden aufgebraucht sein.

Seine Gegner schritten auf der Brücke auf und ab. Sie hatten nicht die leiseste Ahnung, dass er sich ihnen näherte.

Er versuchte, sich im Kommandosessel zu entspannen, doch ohne Erfolg. In all den Stunden, die er mit dem Spiel bereits verbracht hatte, hatte er sich an die Sicherheitsgurte um Brust, Arme und Beine gewöhnt. Doch die Qualität dieses Spielszenarios überraschte ihn. Einige seiner Spielkumpane hatten bereits von den Neuerungen im Gamecenter geschwärmt, als echte Zocker waren sie jedoch nicht näher auf die Einzelheiten eingegangen. Schließlich lag der Spaß ja darin, die Hindernisse und Gegner aus eigener Kraft zu überwinden und nicht den ausgetretenen Pfaden eines anderen zu folgen.

Andy tippte erneut auf das Display an seinem rechten Handschuh und rief das Waffenmenü und die Munitionsbestände auf. Er hatte noch seine Laser, doch die schweren Maschinengewehre und alle Raketen bis auf zwei waren aufgebraucht. Natürlich war da noch der Inferno-Sprengkopf im Gürtel des Kampfanzugs …

Er musste nur die Brücke sprengen, über die der Nachschub zu den Phraxite-Truppen auf die andere Seite des Flusses geliefert wurde, und ihre Kommandozentrale für einige entscheidende Minuten offline bringen. Unterwegs hatte er sechs Teamkameraden verloren. Man wusste nie, ob es sich in den anderen Cockpits um Veeyar-Konstrukte oder um echte Leute handelte, die ebenfalls im Gamecenter des Einkaufszentrums saßen.

Einige der realen Spieler im Center hatten sich allerdings den Phraxite-Truppen angeschlossen und kämpften mit ihnen gemeinsam um die Eroberung Damgoras, der letzten Bastion.

Der Schnorchel hatte die Wasseroberfläche erreicht. »Schnorchel in Position und einsatzbereit«, meldete die Computerstimme.

»Aktivieren«, befahl Andy. »Innendruck an Außendruck angleichen.«

»Ausführen dieser Parameter erhöht den Luftdruck im Anzug«, meldete der Bordcomputer. »Vor einem Verlassen des Kampfanzugs ist möglicherweise ein Druckausgleich nötig.«

»Bestätigt. Ausführen.«

»Schnorchel aktiviert.«

Andy wartete geduldig ab. Geduld war nicht gerade eine seiner Stärken, doch er hatte in den Spielen gelernt, dass sie ebenso notwendig war wie die verfügbaren Waffen. Er beobachtete die feindlichen Einheiten über den Fernscanner.

»Druck angeglichen.«

»Bestätigt.« Andy rutschte unruhig auf seinem Sessel umher. Trotz der Aufmerksamkeit, die das Spiel erforderte, bekam er Syeira Cservanka nicht aus dem Kopf.

Nachdem sie ihn am Brunnen stehen gelassen hatte, war sein Zorn noch gewachsen. Sobald er die Medikamente für seine Mutter besorgt hatte, war er zum Gamecenter gegangen, um den angestauten Frust abzulassen. Dann war ihm bewusst geworden, dass er sich wie ein Kind benahm, das sich mit Spielen die Zeit vertrieb, während sich die verantwortungsbewusstere Partner um die zu erledigenden Dinge kümmerte.

Kein angenehmer Gedanke.

»Druckanstieg fortsetzen«, wies er den Computer an.

»Warnung. Ein weiterer Druckanstieg macht einen Druckausgleich vor dem Verlassen der Einheit unbedingt notwendig.«

»Verstanden. Ausführen.« Ein fürsorgliches Programm, das seine Autorität infrage stellte, war ihm im Moment zu viel.

»Innendruck steigt. Welcher Druck soll erreicht werden?«

»Wird später festgelegt.« Andy rückte die Anzeige zurecht, bewegte dann seine Beine und setzte den Marsch fort. Der Bildschirm teilte sich automatisch und behielt die Periskopansicht bei. Gleichzeitig erfasste die Infrarotansicht das Flussbett.

Die Infrarotfunktion gab die Beschaffenheit des Flussbetts in Grünschattierungen wieder. Die riesigen Füße des Kampfanzugs sanken in den Matsch ein, doch die integrierten Kreisel hielten ihn aufrecht. Das reißende Wasser hatte in der Mitte des Flussbetts einen tiefen Graben ausgehoben, der sich weit unter den Rand öffnete, auf dem Andy entlangschritt. Der steile Abhang war gefährlich, doch die gespreizten Füße des Anzugs hielten ihn in der Spur.

Er betrachtete die schematische Darstellung. Der ansteigende Luftdruck presste das eingedrungene Wasser aus den Beinen.

»Warnung«, meldete sich die Computerstimme erneut. »Aufgrund der geschwächten Außenhaut kann die Einheit auseinander brechen. Eine Evakuierung des gesamten Personals wird empfohlen.«

Andy blickte auf die Anzeige. Die Warnlämpchen leuchteten auf. Wenn die Beine auseinander brachen, würde seine

Position entdeckt werden. Und die Phraxianer machten grundsätzlich keine Gefangenen.

Er bewegte die Arme und Beine in den cyberunterstützten Handschuhen und Stiefeln und trieb den Kampfanzug zu größerer Eile an. Wenn die Phraxianer Sonargeräte an die Brückenpfeiler angebracht hatten, stand ihm das Wasser buchstäblich bis zum Hals.

Der Schlamm wurde unter seinen Füßen aufgewirbelt und spritzte in großen Klumpen davon. Vor ihm zischten Fische umher, sie leuchteten im Infrarotlicht neongrün. »Schnorchel einziehen.« In der schematischen Anzeige beobachtete er, wie der Schnorchel rasch in die Schulter des Anzugs zurückklappte.

Die feindlichen Einheiten auf der Brücke setzten sich plötzlich in Bewegung. Ihre Aufmerksamkeit wandte sich dem tosenden Fluss zu.

Andy wusste, dass sie ihn entdeckt hatten. Jetzt hatte er nur noch die Zeit auf seiner Seite. Er hatte gelernt, die *Space-Marines*-Kampfanzüge auf unglaubliche Geschwindigkeiten zu bringen. Indem er die Steuertaste in seinem linken Handschuh drückte und gleichzeitig die Arme nach vorn warf, brachte er die internen Kreisel dazu, den Anzug in horizontale Position zu verlagern.

Im nächsten Augenblick wurde der Fluss von Laserstrahlen durchschnitten. Das dunkle Wasser verdampfte in einem Gewitter roter, blauer und grüner Pfeile heißen Lichts. Sprengköpfe schlugen im sumpfigen Flussbett auf, zerfetzten die Fische im Umkreis von mehreren Metern und schlugen große Krater in den Schlamm. Aufgewirbelte Erde und tote Fische trübten das Wasser und raubten Andy die Sicht.

Mit Hilfe der internen Kreisel kippte Andy den Kampfanzug in eine Schräglage von fünfzehn Grad und warf den Beinantrieb an. Die Vibrationen drohten, die Einheit auseinander zu reißen.

Der Raketenantrieb katapultierte ihn durch das Wasser. Trotz seiner Masse wurde der Kampfanzug beinahe wie ein Kieselstein von der Strömung mitgerissen.

Andy konzentrierte sich auf die Sensorenwerte, die ihm über die Helmanzeige übermittelt wurden. Eine automatische Zielerfassung war ohne GPS-Satellitensteuerung und visuelle Überprüfung durch das Periskop nicht möglich. Er musste sich also auf sein Gefühl verlassen. Langsam näherte er sich der Wasseroberfläche, das Wasser wurde heller.

Nur wenige Meter neben ihm explodierte ein Sprengkopf. Die Erschütterungswelle traf ihn mit voller Wucht. Obwohl er durch die Gurte gesichert war, wurde er rückwärts gegen die Konsole geschleudert. Durch den Aufprall war die Helmanzeige kurzzeitig gestört, grauer Schnee rieselte vor seinen Augen.

Andy brachte die verbliebenen Geschosse auf Kurs und hoffte, dass er nicht zu weit abgetrieben worden war. Ein Blick auf die automatische Umgebungsanzeige verriet ihm, dass er die halbe Strecke zur Brücke bereits hinter sich gebracht hatte. Im nächsten Augenblick wurden die Anzeigen von grellem Licht überflutet.

Der Anzug driftete nach links ab. Rasch riss er die Einheit herum und brachte sie wieder auf Kurs. Er rief automatisch die Zielanzeigen auf, Fadenkreuze legten sich über die Brücke. Plötzlich schlug ein Sprengkopf in den Anzug neben den Frontsensoren ein und nahm ihm kurzzeitig die Sicht. Doch das Zielprogramm blieb ausgerichtet.

Andy zündete die letzten beiden Raketen, die sich zitternd

absetzten. Die Anzeige klärte sich wieder. Nur einen Wimpernschlag später detonierten die Geschosse an den Brückenpfeilern. Obwohl die Schalldämpfer den größten Teil filterten, hallten die Explosionen in der Steuerkonsole wider.

Die Hauptpfeiler der Brücke brachen in sich zusammen, doch eine feindliche Waffe hatte ihn immer noch im Visier. Der Sprengkopf prallte mit einer heftigen Erschütterung auf seinem Anzug auf und schleuderte ihn nach oben. Andy musste hilflos mit ansehen, wie er der Wasseroberfläche mit rasender Geschwindigkeit immer näher kam … Dann schoss er aus dem Wasser. Einen Augenblick lang kam es Andy vor, als befände er sich auf einer wild gewordenen Marionette und nicht in einer Hightech-Kampfmaschine.

Anstatt die Geschwindigkeit zu verringern, gab er noch mehr Schub auf die Beinantriebe. Der Kampfanzug durchschnitt den Fluss wie ein Beil. Zehn Meter hohe Wellen türmten sich links und rechts neben ihm auf und klatschten im Kielwasser wieder zusammen.

»Warnung«, meldete sich der Bordcomputer. »Gewählter Betriebsmodus überschreitet die empfohlenen Parameter.«

Erzähl mir was, was ich noch nicht weiß, dachte Andy sarkastisch. *Na, dann wollen wir die Parameter mal noch ein bisschen weiter überschreiten.*

Teile der einstürzenden Brücke streiften ihn, verursachten aber keinen weiteren Schaden. Andy gewann die Kontrolle über den Anzug wenige Meter vor der Brücke wieder. Er schlug die Arme vorsichtshalber um den Kopf und hoffte, dass die Kommandoeinheit keinen Schaden nahm. Andernfalls würde er automatisch evakuiert werden, und das Spiel wäre für ihn vorbei.

Der *Space-Marines*-Kampfanzug krachte auf die Brücke

wie eine Dampfwalze. Der plötzliche Bewegungsstopp und die einschneidenden Gurte raubten Andy fast das Bewusstsein. Es fühlte sich an, als würde sein Kopf vom Körper abgerissen.

Dann hatte er es geschafft.

Über die Hecksensoren in der Helmanzeige beobachtete er, wie die Brücke auseinander brach. Streben und Balken rutschten und fielen herab und begruben feindliche Kampfanzüge und gepanzerte Kavallerie unter sich. Selbst wenn einige den Einsturz der Brücke überlebt hatten, würden sie ihn nicht aufhalten können.

Doch ihm blieb nur der Bruchteil einer Sekunde für seinen Triumph. Im nächsten Augenblick füllte sich sein Sensorenbildschirm mit drei aus dem Fluss aufsteigenden Umrissen. Die phraxianischen Kampfanzüge waren mit Narben aus früheren Kämpfen übersät. Doch so schlecht ihr Zustand auch war, es genügte.

Wasser floss von den düsteren Gestalten herab. Aus ihren Waffenmündungen quoll Rauch, als sie beinahe aus Kernschussweite das Feuer auf ihn eröffneten. Die Geschosse explodierten auf seiner Brustplatte.

Mit ohrenbetäubendem Krachen wurde seine Rüstung wie eine Orangenschale abgeschält.

In der Kommandokonsole leuchtete der schematische Systemüberblick rot auf. Sämtliche Systeme, von der Hydraulik bis zur Stromversorgung, waren in Mitleidenschaft gezogen.

»Systemübergreifender Ausfall«, meldete die Computerstimme. »Einheit wird heruntergefahren. Vorbereiten auf Evakuierung.«

Andy spürte, wie die Steuerung der cyberunterstützten

Handschuhe und Stiefel versagte. Es war vorbei. Die Gurte zurrten sich noch fester um seinen Körper und hielten ihn fest im Kommandosessel. Entschlossen starrte er auf die Helmanzeige, in vollem Bewusstsein, wie nahe er dem Abschluss der Mission gekommen war. Über die Schultern der drei feindlichen Einheiten hinweg erkannte er die Satellitenstation der gegnerischen Kommandozentrale.

Verzweifelt versuchte er, den Inferno-Sprengkopf zu zünden, bevor die feindlichen Einheiten erneut auf ihn feuerten. Der Sensorbildschirm fiel aus, die Anstrengung war zu viel für den zertrümmerten Kampfanzug. Zu spät. Automatisch gesteuert, wandte der Anzug den Kopf nach oben und hob die Arme, um das Ausstiegsmodul zu schützen.

Das Helmvisier mit dem Display klärte sich. Andy hatte keinen Zugriff mehr auf die Sensoranzeige. Er blickte in den blauen Himmel, als die Rettungskapsel herausgeschossen wurde. Die G-Kraft drückte ihn fest in den Sessel.

Dann entfaltete sich der Fallschirm und fing den Wind ein.

Er fühlte, wie das Kommunikationsband um sein Handgelenk pulsierte. Auf dem Miniaturdisplay wurden zwei Auswahlmöglichkeiten in hellgrünen Buchstaben vor schwarzem Hintergrund angezeigt. MISSION ERNEUT VERSUCHEN? FLUCHTPLAN FORTSETZEN?

Für beide Möglichkeiten war ein erneuter Geldeinwurf nötig. Beim Gamecenter konnte man keine Spielzeit abonnieren wie bei vielen anderen Einrichtungen. Er beschloss, sich abzumelden.

Der Himmel verdunkelte sich, und blutrote Buchstaben erschienen. GAME OVER, SPACE MARINE!

Nur fünf Sekunden, und die Runde wäre an ihn gegangen. Frustriert erhob sich Andy aus dem Cockpit im Gamecenter. Als er aus dem Schaufenster sah, entdeckte er Syeira auf der Rolltreppe neben dem Brunnen, dicht gefolgt von einer Gruppe Jugendlicher.

Mit Jeans und Lederjacken bekleidet, waren sie als typische Skater zu erkennen. Er war sich sicher, dass sie in ihren Rucksäcken stromlinienförmige, zusammenklappbare Skateboards versteckten. Kriminelle Banden benutzten Skatergangs in der Stadt oft als Kuriere. Kids auf Skateboards entwischten der Polizei im Stadtverkehr und in den schmalen Gassen leicht.

Offensichtlich hatte Syeira nicht bemerkt, in welcher Gefahr sie sich befand.

Andy beeilte sich, vor Syeira am Brunnen zu sein. Sie trug ein halbes Dutzend Pakete in den Händen, die das Interesse der Gang geweckt haben mussten.

Syeira lächelte Andy vorsichtig an. »Hör mal, ich wollte vorhin nicht unfreundlich sein. Ich dachte, vielleicht können wir einfach …«

Andy packte sie an der Hand und zog sie mit sich. »Komm. Wir müssen hier raus.«

Sie zog ihre Hand zurück und blieb stehen. »Was hast du?«

Andy sah die Rolltreppe hinauf. Die Skater rannten andere Passanten beinahe um, als sie sich an ihnen vorbeidrängelten und an das Ende der Rolltreppe eilten. »Wir kriegen Ärger«, sagte er und nickte in Richtung der Jungen.

Dann war es zu spät. Die Skater umzingelten und umkreisten sie nervös. Sie vermittelten den Eindruck, niemals wirklich zur Ruhe zu kommen.

Ohne nachzudenken stellte sich Andy dem Größten der Gruppe entgegen und nahm Syeira hinter sich. Die Passanten strömten an ihnen vorbei und taten so, als bemerkten sie nichts Ungewöhnliches.

Andy suchte das Einkaufszentrum vergeblich nach einem Sicherheitsbeamten ab. *Keiner zu sehen. Aber wehe, wenn man einen Krümel Kartoffelchips fallen lässt, dann bekommt man sie nicht mehr vom Hals.*

»Was machst du?«, fragte Syeira eindringlich.

»Ich versuche, Schlimmeres zu vermeiden.«

Der Anführer war fast einen Meter fünfundachtzig groß und hatte die Figur eines Footballspielers. Seine kurz geschorenen, neonblauen Haare standen wie Igelstacheln vom Kopf. Auf seiner Lederweste prangte ein schwarzer Totenkopf mit brennenden Augenhöhlen, und auch auf seine leuchtend blauen Fingernägel waren Totenköpfe gemalt.

»Hey, Mann«, rief der Skater. »Spiel hier nicht den Helden. Wir sind die Skulls, und keiner legt sich mit uns an.«

Andy breitete die Hände aus und antwortete besänftigend. »Wir wollen keinen Ärger.«

»Tja, so ist das mit dem Ärger. Manchmal kriegt man ihn trotzdem.« Er grinste.

»Gib's ihm, Razor«, meldete sich einer der anderen zu Wort. Gröhlender Jubel begleitete den Kommentar.

Andy wandte sich um und verfolgte Razors Bewegungen. Er wusste, dass der Junge das Sagen hatte. Als Net Force Explorer hatte Andy Unterricht in verschiedenen Kampfkünsten erhalten. Er würde vielleicht nie so gut werden wie Megan O'Malley, aber er konnte schon auf sich aufpassen. Seine Neigung dazu, auf eigene Kosten und auf die anderer den Klassenclown zu spielen, hatte ihn schon mehr als einmal in Schwierigkeiten gebracht. Er war mehr in Übung, als ihm lieb war.

»Wir kneifen aber auch nicht, wenn wir herausgefordert werden«, ließ er die Bande wissen.

Razor brach in schallendes Gelächter aus, und seine Gang prustete ebenfalls los. »Wie viel Ärger brauchst du denn, bis du dir in die Hosen machst?«

Andy hielt seinem Blick stand. »Mehr, als du machen könntest.«

Plötzlich nahm Syeira ihn am Arm und schob ihn zur Seite. »Lass uns gehen. Wir kriegen sonst wirklich Probleme.«

Andy blieb stehen. Sicher hatte sie bemerkt, dass sie bereits mittendrin waren. Er wollte keinem der Typen den Rücken zukehren, um es nicht noch schlimmer zu machen.

Trotzig ließ Syeira seinen Arm los und stapfte allein davon. Andy war hin- und hergerissen. Jede Bewegung seinerseits würde als Schwäche interpretiert werden und einen Angriff provozieren.

Noch bevor Syeira drei Schritte gemacht hatte, nickte Razor einem seiner Kumpanen zu. Der griff nach ihrer Schulter und drehte sie herum. Die Päckchen fielen ihr aus den Armen, eines davon klirrte, als es auf dem Boden landete.

»Hat dir jemand erlaubt zu gehen?«, fragte Razor.

Syeira stellte sich dem Anführer mit offenem Gesichtsausdruck entgegen. »Ich habe dir nichts getan.«

Razor hob und senkte die Schultern übertrieben. »Na und? Das heißt nicht, dass wir dir nichts tun, wenn sich die Gelegenheit ergibt. So läuft das nun mal in der Welt.«

Der Skater behielt die Hand auf Syeiras Schulter und hielt sie fest.

»Was willst du?«, fragte sie.

Razor umkreiste sie und schaute theatralisch an ihr hinab. »Zirkus Cservanka & Cservanka? Was soll das sein?«

»Ein Zirkus«, antwortete Syeira in neutralem Tonfall. »Wenn du lesen kannst, siehst du das doch.«

Andy bewegte sich nach vorn.

Syeira sah ihn an. »Nicht.« Dann wandte sie sich wieder Razor zu.

Er starrte sie an. »Du bist nicht von hier, oder? Du bist so eine Ostblock-Tussi.«

Syeira sah ihm ruhig in die Augen. »Ein Schrei von mir, und ihr kriegt es mit den Sicherheitsleuten zu tun.«

Razor schob die Hand blitzschnell unter seine Lederweste. Als er sie wieder hervorzog, hielt er ein Springermesser darin. Die rasiermesserscharfe Klinge spiegelte sich im Sonnenlicht, das durch die Deckenlichter hereinfiel. »Schreien ist keine gute Idee.«

Andy setzte sich plötzlich in Bewegung und überrumpelte die Gang damit. Er entwischte dem ersten Gangmitglied, das ihn packen wollte, und traf ihn mit dem Fuß seitlich am Bein. Der Tritt war nicht fest genug, um ihm etwas zu brechen, aber Andy wusste aus Erfahrung, dass er höllisch wehtat.

Der Skater fiel nach hinten um, schrie und hielt sich das Knie.

Razor wirbelte herum und richtete das funkelnde Messer auf Andy.

Andy wehrte Razors Messerhieb mit der Rückseite seines rechten Arms ab. Er schwang ihn um Razor herum und hielt ihn am Handgelenk fest. Dann schob er seinen freien Arm unter den Ellenbogen des Skaters, verdrehte ihn kraftvoll und hielt ihn hinter seinem Rücken fest.

Bevor die anderen reagieren konnten, riss er Razors Arm zwischen den Schulterblättern nach oben. Die Hand des Jungen öffnete sich automatisch, und das Springermesser fiel klirrend zu Boden. Andy stieß es mit dem Fuß unter eine Schmuckvitrine auf der Seite.

Razor schrie laut auf und schlug mit der freien Hand nach Andys Gesicht.

Andy duckte sich, entging dem Hieb aber nicht völlig. Die Faust krachte gegen seinen Wangenknochen. Blitzende bunte Farben vernebelten ihm einen Augenblick lang die Sicht.

»Jetzt bezahlst du dafür«, drohte Razor.

Die anderen um Andy wichen zurück. Kaum hatte er sich von dem Hieb erholt, sprang der erste Skater in die Luft und trat ihm vor die Brust. Andy packte das Fußgelenk des Angreifers und riss ruckartig daran. In Echtzeit zu kämpfen war nicht dasselbe wie in der Veeyar. Echtzeit hieß echte Schmerzen und Verletzungen. Er ließ von seinem Gegner nicht ab und trat ihm in die Seite, so dass ihm die Luft wegblieb.

Razor stürzte sich auf Andy, seine Arme ruderten wie Windmühlen durch die Luft.

Andy wehrte die Schläge ab, doch seine Arme waren in Sekundenschnelle mit blauen Flecken übersät. Da trat ihm jemand in den Rücken, nahm ihm den Schwung und schubste ihn gegen Razors bereit gehaltene Faust. Einen Moment lang glaubte er, das Bewusstsein zu verlieren. Vor seinen Augen schien ein Regenbogen zu explodieren, schrilles Glocken-klingeln erfüllte seine Ohren.

Die Skatergang gröhlte triumphierend und feuerte Razor zu seinem sicheren Sieg an.

Schläge prasselten auf Andy ein, und er rang darum, bei Bewusstsein zu bleiben. Schützend schlang er die Arme fest um seinen Kopf.

Plötzlich wurde Razor nach hinten geschleudert. Er ruder-te mit den Armen, um das Gleichgewicht zu halten – ver-geblich.

Andy dachte, dass die Sicherheitsleute eingegriffen hat-ten – bis sein Blick auf Syeira fiel. Sie wirbelte blitzschnell um die eigene Achse und drehte die Hüfte, um ihr ganzes Gewicht in einen Kicksprung zu legen, der Andy nur um Zentimeter verfehlte und im Gesicht des Skaters landete, der ihn von hinten festhielt.

Andy fand das Gleichgewicht wieder und sammelte sich, um den Skatern etwas entgegenzusetzen. Er drehte sich um. Die Skater stürzten sich auf Syeira und ihn wie Aasgeier auf einen Tierkadaver am Straßenrand. Er wehrte die Schläge mit offenen Händen ab, hielt sie von seinem Gesicht fern oder fing sie mit den Schultern oder dem Rücken ab, wenn er ihnen nicht ausweichen konnte.

Verschwommen nahm er Syeira wahr, die an seiner Sei-te kämpfte. Ihre Bewegungen waren anmutig, ihre Blocks, Schläge und Tritte saßen perfekt. So gut Megan O'Malley auch war, mit Syeira konnte sie es kaum aufnehmen. Rasch wurde deutlich, dass die Skater Syeira mehr fürchteten als ihn.

»He, Jungs!«, grollte eine tiefe Stimme. »Schluss damit!«

»Die Security!«, schrie Razor. »Weg hier!« Er zog seinen Rucksack von den Schultern und griff hinein. Das zusammenklappbare Skateboard kam zum Vorschein. Während er zum nächsten Ausgang rannte, entfaltete er es, ließ es einrasten und warf es auf den Boden vor sich. Mit drei kurzen Sprüngen hatte er es eingeholt und sprang darauf. Einen Augenblick später bahnte er sich seinen Weg durch die Menschenmenge und verschwand. Die anderen Skater waren ihm dicht auf den Fersen.

Schwer atmend blickte Andy zu Syeira hinüber. »Bist du okay?«

»Ja«, zischte sie. »Aber das hab ich nicht dir zu verdanken.«

»Was redest du da?« Andy konnte es nicht glauben. »Wenn ich nicht dazwischengegangen wäre, hätte der Typ dich mit dem Messer angegriffen.«

»Du gefällst dir wohl als Held, oder?«

Andy war fassungslos. Sie schaffte es wirklich, ihm alles in die Schuhe zu schieben. »Ich wollte doch nicht den Helden spielen. Die Kerle hatten es auf dich abgesehen. Du hast das noch nicht mal bemerkt, bis es zu spät war.«

»Ich hab schon gewusst, dass sie mich verfolgen. Aber man hätte die Angelegenheit auch anders regeln können.«

»Das war nicht anders zu regeln.« Er schüttelte ungläubig den Kopf. Wie konnte sie nur so engstirnig sein?

Die vier Sicherheitsleute, die durch den Kampf alarmiert worden waren, umzingelten sie. Einer, ein stämmiger Typ mit militärisch kurzem Haarschnitt, starrte sie an. »Ich erwarte eine Erklärung.«

Andy fasste in seine Hosentasche und zog seine Geldbörse

hervor. Er klappte sie auf und zeigte seinen Net-Force-Explorer-Ausweis. Er war zwar kein Freibrief für jede Art von Verstößen, doch die meisten Polizisten und Sicherheitsleute respektierten die Arbeit der Explorers.

Er schilderte kurz, was vorgefallen war, und die Sicherheitsleute zogen ab. Syeiras Miene zufolge war sie jedoch keinesfalls glücklich.

»Der erste Eindruck zählt nun mal.«

»Na super.« Andy schüttelte den Kopf über Mark Gridleys Bemerkung. »Ich hab schon nettere Spieße im Net-Force-Explorers-Camp getroffen.« Er trug einen der virtuellen Schutzanzüge, die Mark entworfen hatte, und flog ihm hinterher. Der Schutzanzug glich einer silbernen Rüstung aus kleinen, sich verzweigenden Winkeln. Der Helm bestand aus einem riesigen durchsichtigen Polyeder, das ständig seine Form veränderte.

In der Veeyar flitzten sie am Dompteurprogramm entlang. Die Zeilen des Programmcodes erschienen als dreidimensionales Labyrinth, das sich ständig neu anordnete und die Gestalt wechselte. Eine Orientierung war fast unmöglich.

Mark Gridley, genannt der Zwerg, war ohne Zweifel der beste Programmierer, den Andy kannte. Obwohl erst dreizehn Jahre alt, wurde der Zwerg oft als Berater zu Net-Force-Missionen hinzugerufen. Sein Vater war Jay Gridley, der Chef der Net Force, seine Mutter die führende Computertechnikerin der Organisation.

»Vorsicht«, warnte Mark.

»Was?« Andy starrte tief in den Tunnel hinein auf den Labyrinthwürfel. Selbst die Infrarotfunktion und die Hightech-Sensoren des Anzugs ließen kein klares Bild entstehen. Das

Labyrinth hielt einige unangenehme Überraschungen für sie bereit. Andy hatte während der vergangenen vierzig Minuten bereits zwei Schutzanzüge zerstört. Beide Male war er aus dem Netz geworfen worden und hatte es nur mit größten Schwierigkeiten wieder zurückgeschafft.

Vor ihm schwenkte Mark in seinem Schutzanzug nach links. Die beiden an seinem Rucksack befestigten Raketenantriebe flammten kurz auf.

Plötzlich schoss eine schlangenähnliche Kreatur aus der Labyrinthwand hervor. Ihr fester, langer Körper war dicker als Andys Bein, der keilförmige Kopf ähnelte dem eines Barrakuda. Spitze Zähne blitzen unter den schmalen Lippen hervor. Die dunkle, grau-grüne Haut des Schlangenwesens war mit unzähligen Narben übersät.

Die gezackten Zähne verfehlten Mark nur um einen halben Meter. Dann wandte die Kreatur ihre Aufmerksamkeit Andy zu.

Er drückte den Steuerhebel im rechten Handschuh des Schutzanzugs. Die Raketenantriebe zündeten sofort, doch zu spät, die Kreatur war zu schnell. Einen Furcht einflößenden Moment lang schoss der spitze Kopf mit den blitzenden Zähnen auf sein Gesicht zu. Der Aufprall des Schlangenwesens auf seinem Helm schleuderte Andy zur Seite gegen die Wand des Tunnels. Einen Augenblick lang glaubte er, entkommen zu können. Doch die Kreatur ließ nicht von ihm ab und schlug die Zähne in seine rechte Wade.

Andy ballte die Hände zu Fäusten und hämmerte auf den Barrakudakopf ein, aber ohne Erfolg. Die kräftigen Kiefer schlossen sich fester um sein Bein. Der aufwallende Schmerz warf ihn beinahe aus dem Netz.

»Keine Panik«, rief ihm Mark zu. »Nimm den Laser.«

Andy drehte das linke Handgelenk, und die Laserpistole klappte heraus. Er packte den knirschenden Kiefer der Kreatur mit der anderen Hand und drehte sich um. Dann hob er den Laser an das hervorstehende, untertassengroße Auge, blickte tief in die funkelnde Schwärze und drückte ab.

Der feuerrote Strahl durchdrang das riesige Auge mit einem schmatzenden Geräusch. Grauer Rauch stieg aus dem Kopf des Wesens auf. Der Schutzanzug reagierte automatisch auf das grelle Leuchten des Lasers und verdunkelte das Visier, um Andys Augen zu schützen. Zitternd bäumte sich sein Gegner in den letzten Zügen auf und schüttelte seine Beute wie ein Terrier eine Ratte.

Obwohl er nicht wirklich verletzt war und die Schmerzen innerhalb des Toleranzbereichs für das Programm lagen, war Andy mitgenommen. Verkohlte Gewebereste starrten ihn aus den Augenhöhlen der Kreatur an. Er schob die Faust nach vorn und drückte den Laser erneut ab. Der Barrakudakopf explodierte.

Die Kreatur wand sich im Todeskampf und ließ von Andys Bein ab. Im nächsten Augenblick zerfiel sie in gelben Diamantenstaub und war verschwunden.

Andy atmete tief und zitternd ein und wischte die schleimigen Kreaturenreste von seinem Helm. Der Laser glitt wieder in den Ärmel zurück.

»Das war knapp«, stellte Mark fest. »Ich dachte schon, du bist Matsch.«

»Danke für das Vertrauen«, erwiderte Andy sarkastisch.

Mark blickte den Tunnel hinab. »Dieser Virus ist viel fieser, als ich erwartet habe.«

Andy setzte sich wachsamer als zuvor in Bewegung. »Wie fies?«

»Ich weiß es nicht.« Als Mark die nächste Weggabelung erreichte, zögerte er und sah beide sich öffnende Tunnel entlang. »Du kannst das Ganze immer noch abblasen und Syeira sagen, dass du den Virus nicht in den Griff bekommst.«

»Niemals.« *Aufgeben kommt gar nicht infrage.*

Mark zündete die Raketenantriebe erneut und flog auf einen der Tunnel zu. »Vielleicht versteht sie es.«

Andy sah auf die Sensoranzeige an der Innenseite seines Helms. In leuchtendem Orange wurde der neu eingeschlagene Weg dreidimensional dargestellt. Sie waren nun in Richtung Zentrum des Labyrinthwürfels unterwegs. »Syeira ist dickköpfig und frech. Und das sind noch ihre positiven Eigenschaften.«

»Man könnte ja auf die Idee kommen, dass ihr euch irgendwie ähnlich seid.«

Ein paar Meter voraus sprang eine weitere der Barrakudakreaturen von der Tunneldecke. Gummiartiges Fleisch spannte sich fest über die weit aufgerissenen Kiefer, von denen roter Giftspeichel tropfte. Sie stürzte sich auf Mark.

Andy zog den Laser wieder hervor und feuerte, sobald das Ziel erfasst war. Der glühende Laserstrahl trennte den spitzen Kopf vom Rumpf ab und schleuderte ihn gegen Marks Rücken, bevor das Wesen zu gelbem Staub zerfiel.

»Danke«, keuchte Mark. »Ich hab wohl nicht aufgepasst.«

»Kein Problem.«

»Doch. Dieser Angriff zeigt, dass der Virus nicht linear ist. Er lernt aus seinen Fehlern.«

»Du glaubst also nicht, dass ein Hacker sich hier nur einen Spaß erlaubt hat? Meinst du, jemand hat einen fiesen Bug in das Modul gesetzt?« Andy begriff, dass die Sache ernst war.

»Kann sein. Mach dich besser darauf gefasst.«

Etwa hundert Meter vor ihnen wurde das Tunnelende sichtbar. Einen Moment schien es, als würde der Weg im Nichts enden. Doch dann bemerkte Andy die sich windende Masse, die einem kleinen Planeten zu ähneln schien. Er stellte den Raketenantrieb aus und hakte sich mit den Ankern aus seinem linken Handschuh an der Tunnelwand fest. Die Anker bohrten sich zentimetertief in das glänzende Metall und fuhren ihre dreieckigen Köpfe aus.

»Der Virus kann auch über die öffentliche Datenübertragung eingedrungen sein«, erklärte Mark. »Die meisten Unternehmen, die über das Netz Marketing betreiben, haben hochwertige Virenfilter integriert, aber dem Zirkus fehlt so etwas, wie du weißt.«

Andy wandte den Blick nicht von dem vibrierenden, sich windenden Knäuel, das sich im Zentrum des Würfels befand. Die Kreaturen umkreisten den zitternden Möbiusstreifen, der die künstliche Intelligenz des Dompteurmoduls verkörperte. Die AI-Funktion des Programms war sehr beschränkt, nach aktuellem Standard prähistorisch. Andy erkannte mindestens sechs zerstörte Speicherzellen im Möbiusstreifen.

»Der Virus hat sich weiter ausgebreitet, als ich gedacht hatte«, gab Mark zu.

»Soll das heißen, dass wir ihn nicht entfernen können?«

»Doch. Aber es wird nicht einfach.«

Andy rief die Zeitanzeige auf. Es war bereits zweiundzwanzig Uhr. Sie hatten noch genug Zeit, um den Virusbefall vor dem nächsten Morgen zu beseitigen – falls es überhaupt möglich war. »Dann zeig mal, was du kannst, Houdini.«

Mark nickte. »Das eigentliche Problem ist, dass ich mir nicht sicher bin, ob das Speichermodul die Sicherheitssupgrades verkraftet, die wir installieren müssen. Wenn wir nicht aufpassen, wird vielleicht die Modulintegrität beschädigt.«

»Dann könnten wir immer noch eine neue Kopie aus dem Zirkus herunterladen.«

»Ich hab eigentlich keine Lust, noch mal von vorn anzufangen. Wir haben fast eine Stunde gebraucht, um hierher zu kommen. Auch wenn wir den jetzigen Stand speichern, müssten wir bei einer neuen Kopie wieder ganz von vorne beginnen. Alles, was wir bisher geschafft haben, wäre verloren.«

Andy konnte auch gut darauf verzichten. Die Sicherheitssysteme des Dompteurmoduls ließen Manipulationen einer solchen Größenordnung nicht zu. Ironischerweise war es aber anfällig für Viren wie diesen hier. Frust stieg in ihm auf.

Der Gedanke an Syeiras Vorwürfe im Einkaufszentrum hob seine Stimmung auch nicht gerade. Die Sicherheitsleute hatten sie ohne größere Probleme gehen lassen. Doch auf der scheinbar endlosen Rückfahrt zum Zirkus hatte eisiges Schweigen geherrscht.

Mark streckte seine behandschuhten Hände nach vorne. Violette Blitze knisterten zwischen seinen Handflächen. »Hier ist der Plan: Zuerst laden wir das Speichermodul herunter und bringen es in Sicherheit. Dann machen wir uns an den Virus, klar?«

Andy nickte. Die Blitze zwischen Marks Händen wurden schneller und intensiver, bis sie zu einem harten Strahl violetten Lichts anwuchsen und Wellen in Richtung der Kreaturen in der Dunkelheit vor ihnen aussandten.

Plötzlich schlug Mark die Hände zusammen. Ein ohrenbetäubendes Crescendo hallte durch das Modul und ließ die

Kreaturen aufhorchen. Etwa zwanzig von ihnen lösten sich aus dem Knäuel und schossen auf Andy und Mark zu.

»Du musst sie aufhalten«, rief ihm Mark zu. »Ich brauche etwas Zeit, um das Speichermodul herunterzuladen.«

Andy löste die Anker und stieß sich von der Wand nach vorne ab. Er zündete die Raketenantriebe und wünschte, er hätte seinen *Space-Marines*-Kampfanzug anstelle dieses Schutzanzugs zur Verfügung. Dann setzte er Kollisionskurs auf die Viruskreaturen, zückte die Laser und feuerte los.

Die roten Strahlen zerschnitten die Dunkelheit und brannten sich in ihre Leiber. Sie zuckten und wanden sich und zersprangen schließlich zischend in den gelben Diamantenregen. Doch es waren zu viele, um alle aufzuhalten.

Eine violette Lichtsäule zischte an ihm vorbei und riss die Kreaturen in ihrem Weg in den Tod. Als der Lichtstrahl das Speichermodul erreichte, glühte es mit derselben Intensität auf.

»Der Download hat begonnen«, teilte ihm Mark mit. Er eilte nach rechts und half Andy dabei, weitere Kreaturen in ein Kreuzfeuer aus Laserstrahlen zu nehmen.

Knapp zehn Sekunden, nachdem der Download begonnen hatte, hatten die Kreaturen Andy und Mark umzingelt. Andy verlor seinen Freund aus den Augen. Sehnige, grau-grüne Körper mit ledriger Haut umschlangen ihn. Er spürte den Druck ihrer sich zusammenziehenden Leiber selbst durch das verstärkte Außenskelett des Anzugs.

Andy zündete die Raketen und hoffte, einige der Kreaturen abschütteln zu können. Eines der grinsenden Barrakudagesichter warf sich nach vorn und packte seinen linken Laser mit den rasiermesserscharfen Zähnen. Andy drückte ab. Der

Kopf des Schlangenwesens zersprang in einem roten Regen. Volltreffer – doch der Laser war ebenfalls zerstört.

»Halte sie vom Download fern!«, hörte er Mark rufen.

Andy hatte mit dem Schutzanzug bereits andere Missionen bestritten und kannte sämtliche Tricks. Er schloss die Augen und rief eine Ersatzwaffe für den zerstörten Laser herbei. Eine Eisenstange bohrte sich durch den Aalkörper einer der Kreaturen. Dann formten sich die massiven Klingen der Breitaxt und zerteilten den ledrigen Leib in zwei Hälften.

Das Warnsystem des Schutzanzugs gab unter Signaltönen die Schadensberichte aus. Andy wusste, dass er im Fall eines Systemversagens automatisch aus dem Netz abgemeldet werden würde. Er klammerte sich an seinen Gegnern fest, um die Hebelkraft zu nutzen, zündete den Raketenantrieb und schwang die Axt. Der spitze Kopf vor ihm wurde zertrümmert, und die Kreatur zersprang in gelben Staub und verschwand ins Nichts.

»Der Download ist abgeschlossen«, schrie Mark. »Mach dich auf die Nuklearexplosion gefasst.«

Andy jagte wie im Blutrausch mit dem verbliebenen Laser eine weitere Kreatur in die Luft. Noch während sie zersprang, warf sich die nächste auf ihn, als wollte sie sich in seinen Körper bohren.

Er stieß sich an der Kreatur neben sich ab und entwischte dem Angreifer nur knapp. Blitzschnell drückte er seinen rechten Handschuh in den Bauch des Schlangenwesens und löste die Fingeranker aus. Sie bohrten sich in die ledrige Haut und zogen sich fest. Das wilde Zucken der Kreatur verjagte das Knäuel der anderen Angreifer.

Plötzlich schien es, als würde eine Sonne im Zentrum des Labyrinths geboren werden. Grelles, gleißendes Licht verjagte die Schatten. Der Sichtschutz des Helms war gegen das brennende Strahlen machtlos.

Instinktiv schützte Andy seine Augen mit dem freien Arm.

Nur verschwommen kehrte die Sicht zurück. Das Erste, was er erkannte, war der brennende Körper der Kreatur, die er mit den Ankern an sich gefesselt hatte. Er zog die Anker zurück und stieß den leblosen Gegner von sich. Verblüfft starrte er in die Leere, in der das Speichermodul soeben noch durch tausende Viruskreaturen verseucht gewesen war.

»Mark, bist du noch da?«

»Ja.«

Andy suchte die Sensoranzeige ab und fand Mark zu seiner Rechten. Er zündete den Antrieb und begab sich zu ihm. »Das war etwas heftiger als erwartet.«

»Ich hab so was Großes noch in keiner so kleinen Umgebung ausprobiert«, gab Mark zu.

Andy scannte die Umgebung, überprüfte die Sensoren erneut, aber er fand nichts. Die Viruskreaturen waren vernichtet. Doch auch das Speichermodul war zerstört. »Zumindest sind sie weg.«

Mark nickte. »Aber der Rest auch. Versuchen wir, die Programmversion wieder aufzubauen – ohne den Virus.«

Freier Fall . . . **07**

»Wie läuft's?«

Andy hielt einen Moment beim Plündern des Kühlschranks inne und hob flüchtig den Blick. In der einen Hand ein Sportgetränk mit Traubengeschmack und zwischen den Zähnen eine Tüte mit Minipizzas für die Mikrowelle, wühlte er sich tiefer in den Kühlschrank hinein, verzweifelt auf der Suche nach etwas Schokoladigem.

Seine Mutter kam durch das Wohnzimmer in die Küche. Sie trug gerade einen überquellenden Wäschekorb ins Haushaltszimmer.

Andy ließ die Pizzatüte aus dem Mund fallen und fing sie mit der freien Hand auf. »Wie läuft was?« Misstrauisch folgte er seiner Mutter zu Waschmaschine und Trockner.

Sie ließ den Wäschekorb auf den gefliesten Boden plumpsen und begann, die Wäsche zu sortieren. Dann steckte sie die Jeans in die Waschmaschine, gab etwas Waschmittel hinzu und schaltete die Maschine ein. »Dein Projekt.«

Andy zuckte mit den Schultern. »Mark und ich sind fertig.«

»Hast du Papa schon benachrichtigt?«

»Ich hab das reparierte Programm an die Netzadresse geschickt, die er mir genannt hat. Irgendjemand wird es schon bekommen haben.«

»Gut.« Sie warf einen Blick auf den Traubensaft und die Mikrowellenpizza in seinen Händen. »Soll das dein Abendessen sein?«

Andy lächelte. »Eigentlich sollte das eher ein Snack sein.«

»Das ist definitiv *kein* Snack, nachdem du im Zirkus nur in deinem Abendessen herumgestochert hast. Du hast doch sonst immer so großen Appetit. Wirst du krank?«

»Mit geht's gut. Ich hatte einfach keinen Hunger.« Die Konfrontation mit den Skatern im Einkaufszentrum und Syeiras offensichtliche Missbilligung hatten ihm den Appetit verdorben. Doch die Jagd auf den Virus hatte ihn wieder geweckt.

Seine Mutter nahm ihm die Tüte Pizzas aus der Hand, legte sie wieder in den Kühlschrank und begann nun selbst, ihn zu durchstöbern. Sie nahm Salat, eine Tomate, eine Paprika, Essiggurken und eine Zwiebel heraus, die Andy mit Absicht liegen gelassen hatte. Dann zog sie dünn geschnittenen Schinken, Käse und eine Schüssel mit übrig gebliebener Hühnchensuppe hervor.

»Ich kann mich schon selbst versorgen«, protestierte Andy.

Seine Mutter ignorierte ihn, gab die Suppe in die Mikrowelle und stellte den Timer ein. Dann nahm sie sich ein Holzbrett und schnitt das Gemüse rasch in Streifen. Als der Timer piepste, nahm sie die Schüssel heraus und teilte die Suppe auf zwei Teller auf.

»Ein Sandwich und Suppe sind besser für dich als Pizza.« Sie nahm ein Baguette aus dem Brotkasten und schnitt die Hälfte ab. Dann zerteilte sie das Brot, legte auf die untere Hälfte das geschnittene Gemüse, darauf den Schinken und zwei Sorten Käse, erwärmte es kurz, bis der Käse geschmolzen war, gab anschließend Senf, Salz und Pfeffer darauf und bedeckte es mit der oberen Hälfte. »Außerdem tut mir das jetzt auch gut.«

Andy stellte die Suppenteller auf den Tisch und setzte sich. Wenn seine Mutter ihm etwas zu essen machte, hatte sie gewöhnlich Gesprächsbedarf.

»Papa war richtig besorgt wegen der Dompteurnummer«, begann sie. Sie schnitt sich ein Drittel des dreißig Zentimeter langen Sandwichs ab und legte beide Stücke auf Teller, bevor sie sich zu ihm an den Tisch setzte. »Es hat wohl noch nie Ärger damit gegeben.«

Andy biss in sein Sandwich. Sein Magen knurrte begeistert. »Beim Standard ihres Sicherheitssystems wundert es mich, dass es nicht mehr Probleme gibt.«

»Aber Mark und du, ihr kriegt das hin?«

»Klar. Warum interessiert dich das so?«

»Papa hat erwähnt, dass der Zirkus gerade harte Zeiten durchmacht. Ich will einfach nicht, dass noch etwas schief geht.«

»Ich krieg das Sicherheitssystem schon wieder hin.«

»Gut. Papa wird sich bestimmt freuen. Er ist ein netter Mann.«

Andy nickte. »Ist mit Imanuela alles in Ordnung?« Er wusste, dass seine Mutter einen virtuellen Besuch im Elefantengehege vorgehabt hatte. Papa hatte ihr dafür einen Holo-Projektor im Gehege eingerichtet.

»Die Wehen haben aufgehört, nachdem sie die neuen Medikamente aus der Apotheke erhalten hat. Mutter und Kind scheinen wohlauf, beide zeigen keine Anzeichen von Schmerzen.«

»Gut.« Andy fragte sich, was seine Mutter wirklich auf dem Herzen hatte.

»Und du?«, fragte sie. »Hast du dich mit Syeira angefreundet? Muss ich Angst haben, dass sie dich überredet, von zu Hause wegzulaufen und dich dem Zirkus anzuschließen?«

»Das«, verkündete Andy inbrünstig, »wäre absolut das Letzte, was ich tun würde.«

Seine Mutter hob die Augenbrauen. »Sie ist niedlich.«

»Aber wenn sie den Mund aufmacht, vergisst man ihr niedliches Äußeres ganz schnell. Vor allem dann, wenn sie dir mitteilen will, was sie an dir nicht leiden kann.«

»Sie scheint dich aber trotzdem ganz schön beeindruckt zu haben.«

Andy wurde rot. Trotz ihrer Meinungsverschiedenheit im Einkaufszentrum hatte er während des Essens, zu dem sie von Papa Cservanka im Zirkus eingeladen worden waren, seine Augen nicht von Syeira abwenden können. Er war schließlich ein sechzehnjähriger Junge. Was erwartete seine Mutter? Dass ihn ein hübsches Mädchen kalt ließ? »Na gut, sie hat mich beeindruckt. Etwa so, wie eine sprungbereite Katze eine Maus beeindruckt.«

»Hattet ihr eine Auseinandersetzung? Ich bin davon ausgegangen, dass sogar jemand, der so streitlustig ist wie du, einen kurzen Ausflug zum Einkaufszentrum friedlich meistern kann.«

»An mir lag es nicht.«

»Also hat sie angefangen?«

Andy hatte ein schlechtes Gewissen. Syeira hatte nichts Falsches getan, jedenfalls nicht im eigentlichen Sinne. »Nein. Es ist was vorgefallen. Wir sind einfach grundsätzlich verschieden.«

»Normalerweise macht das die Dinge noch interessanter.«

Andy warf ihr einen Blick zu. »Können wir das Thema wechseln?«

»Na gut, Waffenstillstand. Ab und zu ist es einfach schön zu sehen, dass ich dich noch in der Hand habe. Und als ich die Chemie zwischen euch bemerkt habe ...«

»Die Chemie?« Andy schüttelte den Kopf. »Du meinst wohl eher Radioaktivität.«

»... dachte ich, ich sprech's mal an.« Sie brach ein Stück Brot ab und kaute gedankenverloren darauf herum.

Andy war froh über die Pause. In all den Jahren, in denen er alles Mögliche mit seiner Mutter besprochen hatte, war ihm nie der Gedanke gekommen, mit ihr über Mädchen zu reden. Und jetzt, da das Thema aufgekommen war, war es ihm ziemlich unangenehm. Und doch schadete es vielleicht nicht zu verstehen, warum Syeira so gereizt auf ihn reagierte. Gewöhnlich wusste er, warum die Leute sauer auf ihn waren. Normalerweise war es ihm egal, weil er wusste, dass sie sich wieder beruhigen würden.

Irgendwie wurde er den Gedanken nicht los, dass Syeira in ein paar Tagen verschwinden und er sie wahrscheinlich nie wieder sehen würde.

»Ich werde mich die nächsten Tage um Imanuela kümmern«, sagte seine Mutter. »Ich dachte, wenn du sowieso noch an den Sicherheitssystemen arbeiten musst, könnte ich sie per Holo besuchen, und du übernimmst die Behandlung vor Ort?«

»Was soll ich da? Ich kann auch von hier aus an dem Computersystem arbeiten.«

»War nur so eine Idee. Papa war schließlich so großzügig, uns Freikarten für den Zirkus zu schenken. Vielleicht willst du sie ja nutzen, solange er in der Stadt ist. Und ich könnte mir den Weg sparen. Imanuela muss eigentlich nur überwacht werden.«

Genau das, was ich brauche. Noch mehr schlechtes Gewissen. Andy konnte den tiefen Seufzer gerade noch unterdrücken. Dieser Trick funktionierte seit Jahren nicht mehr. Am besten war es, einfach nachzugeben. »Na gut, die nächsten Tage bin ich mit der Netzsicherheit beschäftigt. Ich kümmere mich vom Zirkus aus darum und sehe nach Imanuela.«

»Danke, das hilft mir sehr. Und halt Augen und Ohren offen. Dir entgeht ja sonst auch nie etwas.«

»Was meinst du?«

»Irgendwas ist mit dem Computersystem. Papa hat erwähnt, dass das nicht das erste Problem mit ihrem Veeyar-Bereich war. Ich könnte mir vorstellen, dass es da draußen jemanden gibt, der kein großer Zirkusfan ist.«

»Wir sind auf einer Blitzmission«, rief Matt. »Wir fliegen rein, setzen die Truppen ab und verschwinden wieder.«

Andy saß im Cockpit der V-22 Osprey und hatte Matts silbern blitzendes Flugzeug links vor sich im Blick. Er trug einen Pilotenoverall in Ockergelb und Grau, über seiner linken Brust prangte die Flagge der USA. Sein Atem hallte geräuschvoll in der über dem Helm angebrachten Sauerstoffmaske wider. »Wo?«, fragte er.

»Ruf den Missionsverlauf auf deinem Bordcomputer auf«, antwortete Matt. »Ich hab alles konfiguriert.«

Andy nahm die Hand vom Steuerknüppel der V-22 und drückte den Daumen an den Scanner des Bordcomputers. Die Anzeige leuchtete unter seinem Daumen kurz grün auf.

Schwarze Buchstaben liefen über die Anzeige oberhalb des Scanners. ZUGRIFF. Das grüne Leuchten verschwand. IDENTITÄT BESTÄTIGT. MOORE, ANDREW. STATUS: PILOT.

Andy war beeindruckt. Wie gewöhnlich hielt sich Matt auch in der Veeyar an die Details, vor allem, wenn es ihm Pluspunkte in der Schule einbrachte. Andy sah sich die Dateien mit Karten des Zielgebiets und Videoaufzeichnungen der bestätigten Ziele an.

»Ich habe das Szenario auf der Entführung von Terrence Hulburdt durch Terroristen auf dem Balkan aufgebaut«, erläuterte Matt. »Ein britischer Industrieller, der 2006 von albanischen Serben gekidnappt wurde. Ich weiß nicht, wie viel du über die Situation dort zu der Zeit weißt.«

Andy korrigierte seinen Kurs, reduzierte die Geschwindigkeit und flog neben Matts rechter Tragfläche her. »Dort herrschte und herrscht noch immer Chaos. Der Balkan ist eine Ansammlung von Nationen, die nach dem Ersten Weltkrieg zusammengeworfen wurden. Das hat ihnen nie gefallen. Die Gegend ist wegen politischer und religiöser Unterschiede ein Unruheherd.«

»Um genau zu sein, wurden diese Völker schon vor dem Ersten Weltkrieg zusammengeworfen. Der Ausdruck *Balkanisierung* wurde 1912 geprägt. Aber der Rest stimmt.«

Andy flog die steile, felsige Küste der Adria in Richtung Osten entlang. Das GPS-Satellitenleitsystem führte ihn zu den westlichen Ausläufern Montenegros. Draußen im Meer hoben sich die bunten Segel von Fischerbooten von dem tiefen Grünblau des Wassers ab.

Matt flog weiter landeinwärts, dicht über die zerklüfteten Berggipfel hinweg. »Du kennst dich mit der Osprey aus, oder?«

»Klar«, antwortete Andy. »Aber ein *Space-Marines*-Kampfanzug oder ein Nirfanik-Dreiflügler wären mir lieber. Die sind diesem Kübel um Lichtjahre voraus.«

»Mal langsam. Die Übung soll aus erster Hand zeigen, wie gut sich die Osprey unter diesen Bedingungen hält. Du verfügst über eine vollständig ausgestattete Spezialeinheit mit zehn Mann an Bord. Wie dringen in die Zielzone ein und setzen die Einheit ab. Standard-TWFP-Operation.«

Das Kürzel TWFP stand für Taktische Wiederbeschaffung von Fluggeräten und Personal, erinnerte sich Andy.

»Wie spannend«, flachste Andy. »Weckst du mich, wenn wir fertig sind?«

»Die Terroristen verfügen über Geschützstellungen, einige gepanzerte Trucks und Luftabwehr.«

»Und wir sind mittendrin. Sind die Waffen einsatzbereit?«
Er studierte die Waffenanzeige und machte sich mit den Systemen erneut vertraut. Die MV-22 war die Osprey-Version
des amerikanischen Marinecorps und verfügte über zwei
Maschinengewehre vom Kaliber .50 außen an der Kabine
sowie eine 20-mm-Kanone in der Gefechtskuppel vorne am
Flugzeug.

Die Ospreys sahen aus wie konventionelle Rotormaschi-
nen, allerdings wirkten die beiden Rotoren, gemessen an der
Größe des Rumpfes, ziemlich überdimensioniert. Das Flugzeug war gut siebzehn Meter lang, doch der Durchmesser
der Rotoren betrug über elf Meter.

»Ich kann das Szenario einfrieren«, bot Matt an. »Dann
kannst du dich in einen netten Kampfhelikopter mit allen
Schikanen wie einen Apache setzen. Aber ich garantier dir,
du wirst es nicht zu unserem Flugzeugträger in der Adria
zurückschaffen.«

Andy wusste, dass sein Freund Recht hatte. Die Osprey
war eine Kipprotor-Maschine und konnte mehrfach weitere
Strecken zurücklegen als ein gewöhnlicher Hubschrauber.
Dabei verfügte sie bei Angriffen über die Vorteile eines Hub-
schraubers und konnte in der Luft stehen bleiben.

»Passe.« Andy überprüfte das Höhenmeter und stellte fest,
dass sie etwa dreißig Meter über dem Boden flogen und Stei-
gungen und Gefälle abtasteten. Die zwei C-Motoren vibrier-
ten sanft und reagierten auf kleinste Steuerbefehle.

Das zerklüftete Land unter ihnen war größtenteils kahl,
ab und zu fanden sich Inseln aus Bäumen und Vegetation.
Eine schmale Straße wand sich durch die Bäume und über
die zerfurchte Erde. Die Straße wirkte verlassen, wie ein vergessener Weg.

Geistesabwesend fragte sich Andy, ob Syeira das Netz jemals durchstreifte, und was sie davon halten würde, ein Militärflugzeug auf eine Befreiungsmission zu führen.

»Hey«, rief Matt.

Andy bemerkte plötzlich, dass er nicht auf den Funk geachtet hatte und seinem Freund nur mithilfe seines Instinkts gefolgt war. »Was ist?«

»Bist du noch da?«

»Hinter dir, Chef.«

»Ich nehme die Mission für meinen Bericht auf. Sei also bitte ein bisschen mehr bei der Sache.«

»Geht in Ordnung.«

»Was hat dich denn gerade so beschäftigt?«

»Nichts.« Doch die Antwort überzeugte Andy nicht einmal selbst.

»Vielleicht das Mädchen aus dem Zirkus?«

Andy schnitt eine unglückliche Grimasse. »Der Zwerg hat gepetzt.«

»Nur ein bisschen. Er ist es nicht von dir gewöhnt, dass dich ein Mädchen aus den Socken haut.«

»Das tut sie nicht!«

»Und wenn ich darüber nachdenke«, fuhr Matt fort, als hätte er Andys Einwand nicht gehört, »ist mir das auch neu. Sie muss was Besonderes sein.«

»Ich bin weder abgelenkt noch aus den Socken gehauen. Und sie ist kein Mädchen, sondern ein Ärgernis.«

Matt drehte nach rechts ab und verringerte die Flughöhe auf zwanzig Meter. »Erzähl mir von ihr.«

»Was denn?«

»Na gut, dann eben nicht.«

Andy war hin und her gerissen. Matt Hunter und Leif

Anderson waren unter seinen Freunden diejenigen mit der meisten Erfahrung bezüglich des anderen Geschlechts. Bis auf Catie, Maj oder Megan – doch die würde er definitiv nicht fragen. Es war schon schlimm genug, dass Mark und jetzt auch noch Matt Bescheid wussten. »Es gibt wirklich nicht viel zu erzählen.«

»Irgendwas muss es aber geben, sonst würde sie dich nicht so durcheinander bringen.« Matt streifte über die Baumwipfel hinweg. Rechts von ihm wurde ein Vogelschwarm aufgescheucht und flatterte panisch in Richtung Süden davon.

Andy beobachtete die Vögel. Typisch für Matt, solche Kleinigkeiten in seine Szenarien zu integrieren. »Sie heißt Syeira und ist ein richtiger Wildfang. Sie arbeitet im Zirkus ihrer Familie mit. Und sie kann Motorrad fahren wie ein Stuntman.«

»Ah, jetzt verstehe ich, worauf du bei Frauen so stehst.«

Andy ignorierte den scherzhaften Einwurf und überflog seine Instrumente. Alles schien normal. »Und sie ist süß. Dunkle Haare, dunkle Augen. Und, äh ...« *O Mann, wie soll ich das jetzt sagen?* »Sportliche Figur.«

»Klingt gut.«

»Aber nur, bis sie den Mund aufmacht«, grollte Andy. »Sie ist arrogant und eigensinnig und außerdem ziemlich stolz.«

»Dann habt ihr ja einiges gemeinsam.«

Andy glaubte, Matt lachen zu hören, doch das Geräusch war zu leise, um sicher zu sein. »Das Einzige, was wir gemeinsam haben, ist: Sie mag mich nicht, und ich mag sie nicht.«

»Wenigstens seid ihr euch da einig. Ist doch schon mal ein Anfang.«

»Das ist nicht der Anfang, das ist das Ende. Der Zirkus

bleibt nur für ein paar Tage in Alexandria. Dann ziehen sie weiter, Gott weiß wohin.«

»Sie haben bestimmt Terminpläne.«

»Wie meinst du das?« Andy flog durch das schmale Tal, das sich durch das karge Land und die kleinen Ansammlungen von Bäumen schnitt. Matt hatte diese Route bestimmt gewählt, damit das feindliche Radar sie nicht orten konnte.

»Einen Plan eben. Ein Stück Papier, das dir sagt, wann sie wo sind und für wie lange. Und du könntest sie immer im Netz treffen.«

»Warum sollte ich?«

»Du musst ja nicht.«

»Genau, ich muss nicht, und ich werde nicht. Du kennst das Mädchen nicht, Matt. Du weißt nicht, wie sie ist. Sie ist wirklich total …«

»Andy, ein Anruf für dich.« Die Computerstimme seines Arbeitsplatzes meldete sich sanft. Ein leuchtend blaues Anrufsymbol erschien rechts neben ihm.

»Wer ist es?«, fragte Andy. In der Ferne sah er, wie der Morgennebel das Ende des Tals langsam freigab. Die hohen Spitzen des Bergs schienen zu schmelzen und öffneten sich zu einem flachen Tafelberg hin, der über und über mit riesigen Geröllbrocken bedeckt war.

»Syeira Cservanka vom Zirkus Cservanka & Cservanka«, leitete der Computer Syeiras Anmeldung weiter.

»Wenn man vom Teufel spricht«, witzelte Matt.

»Hm. Ich wimmle sie ab.«

»Das wäre aber ziemlich unhöflich von dir.«

»Wir stecken gerade mitten in deinen Hausaufgaben«, versuchte Andy zu argumentieren.

»Die können kurz warten.«

Andy wollte widersprechen. Er hatte wirklich keine Lust, von Syeira unterbrochen zu werden. Doch er hörte sich sagen: »Okay. Wie weit ist die Zielzone entfernt?«

»Weit genug, um diesen Anruf entgegenzunehmen.«

Zögernd drückte Andy auf das Anrufsymbol. Sofort öffnete sich ein rechteckiges Fenster, aus dem ihn Syeira anblickte.

Sie hatte ihre Motorradkluft gegen eine rote Bluse getauscht, die ihren dunklen Teint vorteilhaft unterstrich. Verwirrung machte sich auf ihrem Gesicht breit. »Andy?«

»Ja.« Er winkte ihr zu. »Ich bin online.«

»Störe ich?«

Ja. Doch er schüttelte den Kopf. »Nein, schon gut. Ich helfe nur gerade einem Freund bei seinen Hausaufgaben.« Das Talende in der Ferne schien nicht näher zu rücken, und er bemerkte, dass Matt den Zeitrahmen eingefroren hatte.

Zu seiner Überraschung grinste Syeira, und auch er selbst konnte sich ein Lächeln nicht verkneifen. Er war froh, dass er die Sauerstoffmaske und den Helm trug.

»Solche Hausaufgaben hatte ich noch nie«, sagte sie.

Andy zuckte mit den Schultern. »Bradford Academy. Du würdest nicht glauben, was die manchmal verlangen.«

»Du gehst da wirklich hin? Ich meine, nicht nur virtuell?«

»Klar.«

»Ich war noch nie in einer realen Schule, bis auf den Unterricht im Zirkus.« Syeira sah interessiert im Cockpit herum.

Andy war jeder Moment des Schweigens zwischen ihnen unerträglich, vor allem, da er wusste, dass Matt alles mitbekam. »Hast du das Dompteurmodul bekommen?«

Syeira nickte. »Deshalb rufe ich an. Ich kann es aus irgendeinem Grund nicht öffnen.«

99

»Es sollte aber keine Probleme mehr damit geben.«

»Ich weiß nur, dass mich das Programm jedes Mal rauswirft. Ich habe die Codierung überprüft, und alles sieht normal aus, aber ich komme nicht rein.«

»Soll ich es mir mal ansehen?«, bot Andy an. Bei all den Tricks, die Mark und er angewendet hatten, konnte es gut sein, dass das Betriebssystem im Zirkus das Modul einfach nicht mehr erkannte.

»Ich will dich nicht von deinen Pflichten abhalten.«

Okay, dachte Andy. »Bist du schon mal geflogen?«, hörte er sich fragen. Plötzlich fühlte er sich, als wäre ihm über einer Löwengrube der Boden unter den Füßen weggerissen worden. Er kannte das Gefühl, denn das war ihm tatsächlich schon einmal passiert, als er mit Leif auf einer virtuellen Safari unterwegs gewesen war.

»Klar bin ich schon mal geflogen.« Syeira grinste wieder. »Schon oft. Die Bahn bringt einen nicht von Europa nach Amerika.«

Das war echt eine bescheuerte Frage, dachte Andy. »Stimmt.«

»Aber ich habe noch nie in einem Cockpit gesessen. Sieht spannend aus.«

Andys Bauch krampfte sich nervös zusammen, und spontan schoss die nächste Frage aus seinem Mund. »Willst du's mal versuchen?«

»Warum nicht?« Syeira streckte die Hand nach ihm aus.

Sobald Andys Finger ihre berührten – er spürte einen stärkeren elektrischen Impuls als gewöhnlich –, saß sie neben ihm im Cockpit. Er löschte den Copiloten, den ihm das Programm zur Seite gestellt hatte, und zeigte Syeira, wie sie sich anschnallen musste.

100

»Also, was tun wir hier?«, fragte sie. Ihre Augen funkelten hinter dem getönten Visier des Helms immer noch belustigt.

»Eine Geisel befreien.« Andy informierte sie kurz über die Parameter der Mission. Dann stellte er Matt und Syeira einander vor.

»Wenn du willst, kannst du dir ein paar Fähigkeiten aus den archivierten Dateien herunterladen.«

»Brauchst du einen Copiloten?«, fragte sie.

Ist das eine Fangfrage? Andy war sich nicht sicher. »Nein«, antwortete er. »Ich habe schon viele solche Missionen geflogen.«

»Okay, dann schau ich nur zu.«

Das klang harmlos, doch es fühlte sich nicht so an. Andy nickte ihr knapp zu. »Okay. Matt?«

»Ja?«

»Bereit, wenn du es bist.«

»Los geht's.«

Der Himmel setzte sich über der Osprey wieder in Bewegung. Die MV-22 raste auf das Ende des Tals zu, dicht an den steilen Hängen entlang.

Ohne Vorwarnung zischte plötzlich eine Flugabwehrrakete von einem der Hügel auf sie zu. Sie hatte es auf Matts Osprey abgesehen.

Freier Fall . . . 08

»Feindkontakt!«, schrie Andy, doch er wusste, dass es zu spät war. »Hart nach Steuerbord!« Es war ein automatischer Instinkt, dem Missionspartner den Rücken freizuhalten. Matt

Hunter war von allen Leuten, die Andy kannte, der Einzige, der für das Leben in den Wolken wie geschaffen war.

Matt rollte die MV-22 Osprey hart nach Steuerbord. Die Luftabwehrrakete verfehlte ihn nur um Zentimeter.

»Ich erwische die Rakete nicht mit meinem Zielerfassungssystem!«, rief Andy warnend.

»Kein Problem. Der Vogel ist auf Hitze programmiert, und hier findet er keine Signatur, die heiß genug ist. Die Allisons laufen zu kühl. Er kann uns nicht aufspüren.«

Andy atmete erleichtert auf, als die Rakete auf ihrem Kurs blieb und weit oben in den dichten Wolken detonierte. »Los, ich geb dir Rückendeckung.« Er behielt die Umgebung im Auge, während Matt durch die Talmündung flog. Die Bäume unter ihnen waren dicht und bedeckten den Berg bis weit nach oben, nur die steilen Gipfel waren aus nacktem Fels.

Eine weitere Flugabwehrrakete riss knapp vierzig Meter vor Andy ein Loch in den Himmel. Die Erschütterung ließ die Rotoren stocken, und das Flugzeug wurde umhergeschüttelt.

Schüsse aus Kleinkaliberwaffen, abgegeben von verstreuten Bodeneinheiten, trafen die Seiten der MV-22. Doch Pilot und Copilot waren durch Schutzplatten unter dem Cockpit vor den 7,62-mm-Geschossen geschützt, und auch die Verkleidung der Kipprotoren war kugelsicher.

Andy durchquerte die Talmündung und sah kurz zum Copilotensessel hinüber. »Alles klar?«

Syeira hatte einen schwer zu deutenden Ausdruck auf ihrem Gesicht. »Es ist brutaler, als ich dachte.«

»Geschichtshausaufgabe«, erwiderte Andy. »Schlachten, Kriege, was erwartest du?« Er hatte ein schlechtes Gewissen, weil er sich fast ein bisschen freute, dass sie sich unwohl fühlte, doch als er daran dachte, welches Gefühl sie ihm im Einkaufszentrum vermittelt hatte, verflog es rasch. »Gewalt ist eine universelle Sprache.«

»Nein«, erwiderte Syeira ruhig. Ihre Stimme bildete einen Kontrast zum Donnern der Rotoren. »Papa hat mir erklärt, dass viele Leute so denken, aber sie irren sich. Die Menschen kämpfen manchmal aus Gründen, die sie nicht verstehen, und gegen Menschen, die sie nicht verstehen.«

Andy schüttelte den Kopf. »Da ist nicht viel zu verstehen. Von dem Moment an, als der erste Höhlenmensch einen Stein aufgehoben und ihn auf seinen Nachbarn geworfen hat, war alles klar.«

»Und du denkst, dass so die Kommunikation angefangen hat?«

Andy unterdrückte eine Antwort. An ihrem Tonfall erkannte er, dass sie ihm niemals zustimmen würde. Er konzentrierte sich darauf, an Matt dranzubleiben, und schloss zu seinem Freund auf.

Matt initiierte die Umwandlung der Osprey von Flugzeug zu Hubschrauber. Die Flügelrümpfe drehten sich an den Angelpunkten und zogen die riesigen Rotoren aus vertikaler in horizontale Position. Während der zwölf Sekunden dauernden Transformation war die Maschine ein leichtes Ziel für die Bodentruppen.

»Lachen«, fuhr Syeira fort. »*Das* ist die universale Sprache, hat mir Papa beigebracht. Jeder versteht das törichte Lachen des dummen August oder die aufgemalten Tränen eines Clowns.«

»Hör zu«, warf Andy ein. »Wenn dich das hier aufregt, kannst du jederzeit verschwinden.«

Sie sah ihn an. »Willst du, dass ich verschwinde?«

Andy erwiderte ihren Blick. *Ja.* »Nein.« *Warum hab ich Nein gesagt? Ja ist so ein einfaches Wort.*

Syeira hob den Finger. »Schalt den Humvee da vorne besser aus, bevor er Matt abschießt.«

»Was?« Der unerwartete Rat überrumpelte Andy. Er suchte die Umgebung ab und entdeckte den Humvee, der vor dem prächtigen Anwesen zum Stehen kam. Der Landsitz war das Ziel ihrer Mission. Eine drei Meter hohe Mauer umgab das Hauptgebäude, die Nebengebäude und die riesige Garage. Bäume und gepflegte Gärten schnitten Muster in die Landschaft.

Die Besatzung des Humvee feuerte auf Matt. Funken stoben von den Seiten seiner Osprey. Matt ließ sie gekonnt sinken und schwebte im Helikoptermodus weniger als einen Meter über dem Boden. Aus dem Bauch der Osprey sprang die schwarz gekleidete Spezialeinheit. Jeder Einzelne trug ein Sturmgewehr bei sich. Die Bodentruppen nahmen sie vom Gebäude aus sofort unter Beschuss.

Andy schwang seine Osprey herum und zielte auf den Humvee. Er feuerte die 20-mm-Kanone auf das Fahrzeug ab, und zurück blieb nur ein orange-schwarz explodierender Feuerball.

»Los!«, rief Syeira. »Hoch!«

Andy reagierte instinktiv auf ihren Befehl und riss die Osprey nach oben. Der Abgasstrahl einer Rakete zischte unter der Plexiglasnase hindurch. »Das war knapp.«

Im nächsten Augenblick nahmen Matts 7,62-mm-Maschinengewehre das Wachhaus am Vordertor unter Beschuss und zerfetzten es in tausend Teile. »Setz die Truppe ab und bleib unten«, rief Matt. »Ich behalte den oberen Bereich im Auge.«

»Gibt es hier ein Waffenleitsystem?«, fragte Syeira, als Andy die Maschine absenkte.

Waffenleitsystem? Andy versuchte, sich auf das Steuern der Osprey zu konzentrieren, doch er konnte es sich nicht verkneifen, sie fasziniert anzustarren. »Ja. Die Osprey wurde so konstruiert, dass beim Ausfall eines Systems ein Backup-System bereitsteht.«

Syeira ließ den Kopf einen Augenblick nach hinten sinken. Als Andy in den Schwebemodus umschaltete, öffnete sie die Augen. »Lass mich die Waffen übernehmen.«

Was?! Doch die Hilfe kam ihm gerade recht. Er nickte und benachrichtigte dann die Spezialeinheit im Bauch der Osprey per Funk, während er die Maschine über dem Dach des Hauptgebäudes in Position brachte. »Captain Rogers, setzen Sie Ihr Team ab. Verstanden? Over.«

»Verstanden, Sir«, meldete der Offizier.

Während die Soldaten sich absetzten und Enterhaken auf das Dach herabließen, schaukelte die MV-22 sanft von einer Seite zur anderen. Andy passte den Stellwinkel der Rotoren automatisch an und hielt die Osprey gerade. »Syeira, die Waffen gehören dir. Bist du sicher ...«

Die Osprey zitterte, als Syeira die Maschinengewehre ausfuhr. Andy verfolgte die Leuchtspurgeschosse mit den Augen. Die Spur der 7,62-mm-Kugeln durchschlug das Wachhaus am Vordertor.

»Links«, befahl Syeira. »Jetzt.«

Andy riss die MV-22 herum und fing das gepanzerte Transportgefährt ab, das dreißig Meter von ihnen entfernt aus der Garage rollte.

Syeira drückte einmal ab, und das 20-mm-Geschoss schlug zehn Meter vor dem sich nähernden M-2 Bradley im Boden ein. Rasch zielte sie erneut und feuerte ein halbes Dutzend Schüsse direkt auf das gepanzerte Transportgefährt ab. Die Panzerung wurde durchbrochen, Splitter flogen durch die Luft, und Rauch stieg auf. Völlig zerstört rollte der Bradley mit abgestorbenem Motor aus.

»Wow«, keuchte Andy. »Wo hast du gelernt, so zu schießen?«

»Ich hab mir ein paar Fähigkeiten aus dem Netz heruntergeladen.« Syeiras Augen wanderten unruhig umher.

»Fähigkeiten sind das eine, aber sie anzuwenden, ist was ganz anderes.«

Syeira zuckte mit den Schultern. »Vielleicht haben ein paar Dutzend *Space-Marines*-Sitzungen ihren Teil dazu beigetragen.«

Andy grinste ungläubig. »*Space Marines* ist eines meiner Lieblingsspiele.«

»Wenn ich mal dazu komme, ist es auch eines von meinen Lieblingsspielen.« Sie riss die Maschinengewehre herum und durchbrach die Widerstandslinie der Bodentruppen.

Andy beobachtete, wie die Fenster im ersten und zweiten Stock des Hauptgebäudes barsten, womöglich durch Einschüsse oder die Detonation einer Handgranate.

»Wir haben die Zielperson, Sir«, meldete Captain Rogers über Funk. »Fertig zum Evakuieren.«

»Roger, Captain«, antwortete Matt. »Andy, du schaffst uns eine Hintertür. Ich kümmere mich um die anrückende Mannschaft.«

Andy fuhr die Allisons hoch, zog die Osprey steil nach oben und brauste auf die Rückseite des Gebäudes. »Dann wollen wir mal ein Hintertürchen schaffen.«

Syeira zielte mit der 20-mm-Kanone und gab vier rasche

Schüsse ab. Die massive Rückwand des Gebäudes brach an der Einschussstelle zusammen. Der aufsteigende Rauch legte sich über den Garten.

»Captain«, rief Andy. »Wie gefällt Ihnen dieses Türchen?«

»Bestens, Sir. Geben Sie uns grünes Licht.«

»Los.« Andy ließ die Osprey bis auf einen knappen Meter über den Boden sinken und wendete sie gekonnt, so dass die Nase des Fliegers vom Haus weg zeigte. Er blickte über die Schulter nach hinten. Die schwarz gekleideten Mitglieder der Spezialeinheit hasteten aus dem Loch ins Freie.

»Wir haben Gesellschaft«, meldete Syeira.

Andy wandte den Blick nach vorne und sah, wie drei Humvees zwischen den Bäumen zum Vorschein kamen. »Diese Kerle sind besser vorbereitet als erwartet.« Die Osprey schwankte unter dem Gewicht der einsteigenden Mannschaft leicht.

»Ich bin hier fertig«, rief Matt. »Ich kann die Position nicht länger halten.«

»Roger«, erwiderte Andy. »Gib mir eine Minute, um die Mistkerle auszuschalten.«

Syeira eröffnete das Feuer mit den Maschinengewehren und der 20-mm-Kanone. Diesmal feuerte sie absichtlich auf den Boden vor den sich nähernden Fahrzeugen und bedeckte sie mit Erde und exklusiver Gartenbaukunst.

Kugeln schlugen auf der Nase der Osprey ein. Obwohl es nur Veeyar war, duckte sich Andy in der ersten Schrecksekunde automatisch. Dann gewann er wieder die Kontrolle über sich.

»Bringen Sie den Vogel nach oben«, rief ihm Captain Rogers aus dem Laderaum zu.

Andy startete die Rotoren und zog die Maschine kerzenge-

107

rade nach oben. Er riss sie hart nach Backbord und initiierte die Umwandlung zum Flugzeugmodus. Matt zischte an ihm vorbei, und er folgte ihm dicht an der Heckflosse.

»Wir haben's geschafft!«, schrie Syeira triumphierend.

Andy sah sie an und bemerkte das Strahlen in ihren Augen. Er musste selbst grinsen. »Tja, sieht so aus.«

»Nur weil ich im Zirkus aufgewachsen bin, heißt das nicht, dass ich total weltfremd bin.« Syeira lehnte sich gegen die Koppelumzäunung in Andys Pony-Express-Veeyar und beobachtete die Pferde, die herumtollten. »Ich hab schon mal Veeyar-Games gespielt. Aber mir fehlt meistens die Zeit dafür.«

»Du musst Andy entschuldigen.« Matt fuhr mit der Hand in den Futtereimer, den er von der Veranda mit herübergebracht hatte. »Manchmal schlägt er erst los und denkt anschließend nach. Eines seiner besonderen Talente.« Er fütterte ein junges Fohlen mit Getreide, das zuerst so getan hatte, als wäre es zu stolz, aus seiner Hand zu fressen.

Andy gab einen gespielt entrüsteten Laut von sich. In Wirklichkeit war er ziemlich gut gelaunt. Syeira entpuppte sich als interessanter, als er zuerst gedacht hatte. Zumindest war sie interessanter, als er nach ihrem Einkaufsbummel gedacht hatte.

»Aber ich hatte auch keine gewöhnliche Kindheit«, fuhr Syeira fort und warf Andy einen Blick zu. »Vielleicht bin ich manchmal auch ein bisschen vorschnell.«

»Sind deine Eltern auch im Zirkus?«, fragte Andy.

Sie schüttelte den Kopf. »Nicht mehr. Früher ja. Mein Vater ist Buchhalter in Bukarest, meine Mutter hat eine Bäckerei dort.«

»Anscheinend wolltest du weder Buchhalterin noch Bäckerin werden«, sagte Andy.

Die Fröhlichkeit verschwand aus Syeiras Gesicht. Sie blickte konzentriert auf die Pferde. »Meine Eltern kommen auch ohne mich zurecht.«

Toll, Andy. Du trittst von einem Fettnäpfchen ins nächste. »Tut mir Leid.«

»Ich hab mich als kleines Mädchen entschieden, bei Papa zu bleiben. Ich habe versucht, mit meinen Eltern zu leben, aber sie sind immer viel zu beschäftigt mit ihrer Arbeit. Sie merken nicht einmal, dass sie auch füreinander keine Zeit mehr haben.«

»So ging's mir mit meiner Mutter auch einmal«, gab Andy zu.

»Was ist mit deinem Vater?«, fragte Syeira.

»Er ist tot«, antwortete Andy unbewegt.

Syeira sah ihn erschrocken an. »Oh, jetzt bin ich wohl ins Fettnäpfchen getreten.«

»Er ist vor meiner Geburt gestorben. Ich hab ihn nie kennen gelernt.« *Jedenfalls, wenn man eine beinahe perfekte AI-Holo-Simulation nicht mitzählt.*

»Aber deine Mutter liebt dich. Man sieht, wie viel du ihr bedeutest.«

»Meinst du?«

Syeira drehte sich um und lehnte sich an den Koppelzaun. Sie hatte sich umgezogen und trug nun eine Jeans, ein blau kariertes Westernhemd und ein rotes Halstuch, das sie sich locker um den Hals geknotet hatte. Außerdem saßen zwei 45er-Colts tief auf ihren Hüften. Andy stellte fest, dass sie das hübscheste Mädchen war, das die Pony-Express-Station jemals besucht hatte.

»Man merkt es«, wiederholte Syeira. »Wie sie dich ansieht, und wie sie dir vertraut. Oder in welchem Ton sie mit dir spricht.«

Andy wurde knallrot. Egal, ob er es darauf anlegte oder ob er nett zu ihr war, Syeira fand immer einen Weg, ihn zu verunsichern.

»Ist dir das peinlich?«, fragte sie.

Matt grinste, sah jedoch dankenswerterweise nicht zu Andy herüber. »Nein.«

»Es war nicht meine Absicht, dich in Verlegenheit zu bringen.« Ihre Augen funkelten belustigt. »Ich kenne mich in Familiendingen aus. Ein Zirkus ist eine der größten Familien, die man sich vorstellen kann. Du hast ja gesehen, wie besorgt heute alle um Imanuela waren.«

»Ich dachte, das liegt zum Teil daran, dass sie der Star der Show ist. Martin Radu schien sich hauptsächlich um die Werbung Sorgen zu machen.«

»Er steht ziemlich unter Druck. Er muss sich ganz alleine um die Vierundzwanzig-Stunden-Mann-Dinge kümmern. Die Artisten lieben Imanuela. Sie ist länger beim Zirkus als alle anderen, bis auf drei.«

»Deinen Großvater?«, sagte Andy.

Syeira nickte. »Papa, Traian und Elsa, die Wahrsagerin. Keiner kann sich den Zirkus ohne Imanuela vorstellen.«

Andy bemerkte den besorgten Unterton in ihrer Stimme. »Ihr wird nichts passieren. Meine Mutter kümmert sich ja um sie.«

»Was ist ein Vierundzwanzig-Stunden-Mann?«, fragte Matt.

»Zirkusslang. Früher ist der Vierundzwanzig-Stunden-Mann dem Zirkus um vierundzwanzig Stunden vorausgefah-

110

ren und hat in den Städten die Genehmigungen eingeholt, die notwendigen Schmiergelder an die örtlichen Behörden gezahlt, einen Aufstellplan für die Zelte und Wagen entwickelt und die Schilder verteilt, um die Leute zur Vorstellung zu locken. Heutzutage kümmert er sich um die Werbung, doch dabei geht es nicht einfach darum, Handzettel zu verteilen. Die Werbung wird weit im Voraus gestartet, meist übers Netz. Außerdem muss er sich um die Genehmigungen kümmern und den Platz für die Zelte vor Ort festlegen. Und die Plakate anbringen. Ziemlich harter Job.«

»Klingt so.« Matt nahm eine weitere Hand voll Futter aus dem Eimer und hielt es dem Fohlen hin.

»Ihr solltet ihn euch mal genauer ansehen«, sagte Syeira.

»Wen?«, fragte Matt.

»Den Zirkus.« Andy bemerkte, dass Syeira nicht Matt, sondern ihn ansah. »Ich meine, bevor ihr den voreiligen Schluss zieht, dass so was total langweilig ist.«

»Ich hab nie gesagt, dass ich ihn langweilig finde«, protestierte Andy.

»Deine Miene beim Abendessen war mehr als eindeutig.«

Andy errötete erneut. *Wie macht sie das nur?* Er warf Matt einen hilflosen Blick zu. »Wann?«

»Wie wär's mit jetzt gleich?«, schlug Syeira vor. »Dann könnten wir auch das Dompteurmodul testen.«

Andy zögerte. »Ich weiß nicht. Vielleicht gibt's noch mehr Hausaufgaben zu erledigen.«

Matt schüttelte den Kopf. »Ich muss es nur noch überarbeiten und Kommentare darüberlegen. Das muss ich sowieso allein machen.«

»Vielleicht seid ihr schon zu müde«, sagte Syeira. »Ich dachte nur, da ja Ferien sind, könnt ihr vielleicht länger weg bleiben. Außerdem seid ihr ja nicht wirklich *weg*, wenn ihr im Netz seid.«

Andy dachte fieberhaft nach, fand aber keine Ausrede, die sie nicht durchschaut hätte. »Okay. Kommst du mit, Matt?«

Matt sah ihn verwundert an. »Klar. Wenn ich darf.«

»Sicher.« Syeira streckte eine Hand aus, und ein silbrig schimmernder Durchgang erschien vor ihnen. Sie ging hindurch und verschwand.

Matt sah Andy fasziniert an. »Also, was ist?«

»Klingt nach einer Falle.«

Matt lächelte. »Bist du paranoid?«

»Nein. Ich erinnere mich nur daran, wie sie mich heute behandelt hat. Sie war nicht gerade begeistert von mir.«

»Vielleicht hat dieses Gefühl ja auf Gegenseitigkeit beruht. Und, was hältst du jetzt von ihr?«

Andy zog die Schultern nach oben. »Wenn du gehst, geh ich auch.«

Matt lachte frei heraus. »Mann, die macht dich ganz schön fertig.«

Andy zuckte nur mit den Schultern und rutschte vom Koppelzaun herunter. »Wenn, dann mach ich sie fertig, klar?« Dann folgte er Syeira durch den silbernen Durchgang.

Freier Fall . . . **09**

»Ihre Eintrittskarten, bitte. Halten Sie Ihre Eintrittskarten bereit. Sie erleben eine der beeindruckendsten Shows der Welt, verehrtes Publikum. Alles für eine winzige Zehn-Cent-

Münze. Wo sonst werden Sie für zehn Cent so fantastisch unterhalten?«

Andy starrte den Mann mit dem wilden Schnauzbart an, der in Frack und Zylinder auf dem Podium vor dem großen Zelt stand. Der Mann hatte die Hand ausgestreckt und wartete offensichtlich auf etwas.

»Haben Sie zehn Cent, junger Herr? Für nur zehn Cent erhalten Sie eine unvergessliche Erinnerung an den Zirkus Cservanka & Cservanka, die Sie Ihr Leben lang mit sich tragen werden. Erfreuen Sie Familie und Freunde mit Geschichten über den wagemutigsten Trapezakt, der jemals unter einer Zeltkuppel gezeigt wurde. Fesseln Sie sie mit Erzählungen über den wackeren Baron Crupariu, den Löwenbändiger. Und die Clowns, junger Herr? Der Zirkus Cservanka & Cservanka beheimatet die besten Clowns der Welt.«

Syeira war weit und breit nicht zu sehen.

»Ich will Sie nicht hetzen, junger Herr.« Die Freundlichkeit des Manegenleiters gewann einen scharfen Unterton. »Aber hinter Ihnen stehen viele Leute an, die sicher sind, dass sie sich am richtigen Ort befinden.«

Bevor Andy etwas erwidern konnte, trat Matt neben ihn und zog zwei alte Zehn-Cent-Münzen aus seiner Hosentasche.

»Vielen Dank«, sagte der Manegenleiter. »Hereinspaziert. Treten Sie ein, und erleben Sie unzählige Wunder für nur zehn Cent.«

»Gehen wir«, drängte Matt und trat durch den Zelteingang.

Andy blieb zurück und starrte verwundert auf die Straße, die hinter ihm verlief. Ein- und zweistöckige Hütten

113

und Häuser im europäischen Stil standen dicht aneinander gedrängt. Männer und Frauen schlenderten über das Kopfsteinpflaster, das laute Rattern eisenbeschlagener Räder von Karren und Wagen hallte durch die Nacht. Jemand hatte sich wirklich Mühe mit dieser Simulation gegeben. Auch die kleinsten Details stimmten, die den meisten Benutzern gar nicht auffielen.

Als Andy durch den Zelteingang trat, rannte er beinahe in einen Weißclown mit schäbiger roter Perücke, der ihm einen Handzettel entgegenhielt.

»Willkommen, willkommen«, rief der Clown. Dann zog er ein Taschentuch hervor, tat so, als wollte er sich schnäuzen, und hupte mit der großen roten Gumminase. Die grelle rote Perücke hob sich nach oben.

Ein kleines blondes Mädchen, nicht älter als zwei oder drei Jahre, das auf einer der offenen Tribünen an der Seite saß, quietschte vor Freude laut auf. Es klatschte in die Hände und nahm dann die rote Papierblume entgegen, die der Clown ihr reichte.

»Hier entlang«, rief ihm der Clown zu. Er hob seine großen Füße und stolzierte in übertriebenen Marschbewegungen zwischen den Ständen entlang. »Wir haben Spezialplätze für euch.«

Matt folgte ihnen. Sein Blick blieb an den Trapezartisten hängen, die über der Manege hin und her schwangen. Sie arbeiteten ohne Netz. Das Publikum war von dem jungen Artisten wie gefesselt, der durch die Luft wirbelte. Er griff todesmutig nach einem anderen Mann, der kopfüber von einem Trapez hing. Eine seiner Hände rutschte ab.

Die Menge japste ungläubig nach Luft. Dann fand der junge Mann Halt und landete auf dem schmalen Steg an einer der Zeltstangen. Applaus und Jubel erfüllten das Zelt, die Menge war begeistert.

Popcornduft durchzog die Luft und machte sie süß und schwer. Die Kinder hatten leuchtend bunte Zuckerwattewolken in Rosa, Blau und Lila in ihren Händen. Der intensive Duft mischte sich mit dem Geruch glasierter Äpfel, dazu kam eine Andeutung des Gestanks der wilden Tiere hinter der Bühne, der die Zirkusluft um eine weitere Nuance bereicherte.

Der Clown führte Andy und Matt zur ersten Sitzreihe vor dem Raubtierkäfig. Crupariu, der jetzt eine weiße Hose und eine leuchtend rote, offene Lederweste trug und die Handgelenke mit goldenen Bändern umwickelt hatte, befand sich noch außerhalb des Käfigs.

Andy erkannte die Löwen, Tiger und Panther wieder. Der Clown wies ihnen ihre Plätze zu.

Ein schriller Schrei hallte durch das Zelt. Zwei Clowns mit Wischeimern jagten auf dem Rand der Manege umher. Lautstark stritten sie und fuchtelten mit dem Zeigefinger vor dem Gesicht des anderen herum. Dann hob der eine seinen Wischmopp über den Kopf des anderen und wrang ihn aus. Der durchnässte Clown zitterte theatralisch, während der andere davonsauste. Doch der nasse Clown nahm die Verfolgung auf und trug seinen Eimer dabei mit wild entschlossener Miene mit beiden Händen vor sich her.

»Nein!«, schrie der Clown, der Andy und Matt zu ihren Plätzen geführt hatte, und warf die Hände hoch. »Diese Leute sind besondere Gäste.«

Der trockene Clown sprang und flitzte herum, stemmte die Arme in die Seiten und versuchte verzweifelt, seinem Verfolger zu entwischen. Doch der andere schien doppelt so schnell zu sein.

Andy sah grinsend zu. Der Clown mit dem Wischmopp würde definitiv eine Abreibung bekommen.

Der trockene Clown kreischte auf und rannte auf die Tribüne zu.

»Nein!«, schrie der nasse Verfolger und griff nach dem Übeltäter. Er hob den Eimer an, als der andere genau vor Andy und Matt schlitternd auf einem Bein zum Stehen kam.

Das Grinsen und die gute Laune fielen von Andy ab. Veeyar oder nicht, er hatte keine Lust, nass zu werden.

Plötzlich duckten sich die beiden Clowns und boten ihm keinerlei Schutz mehr vor der drohenden Überschwemmung. Andy versuchte zu entkommen, doch es war zu spät. Der nasse Clown hob den Eimer an und kippte ihn in seine Richtung.

Andy schützte Gesicht und Kopf hilflos mit den Armen und war in Gedanken bereits dabei, mit Syeira ein Hühnchen zu rupfen.

Da ergoss sich ein Schwall aus silbernem Konfetti über ihn.

Matt lachte lauthals auf.

»Sehr lustig.« Andy wischte sich das Konfetti von Schultern und Schoß. Erst jetzt fiel ihm auf, dass Matt die ganze Zeit vollkommen ruhig geblieben war. »Du hast gewusst, dass kein Wasser im Eimer war.«

»Wann warst du das letzte Mal im Zirkus?«, fragte Matt.

»In einem echten oder online?« Andy zuckte mit den Schultern. »Vor Jahren. Ich war noch klein, aber ich hab schon früh begriffen, dass man Clowns nicht vertrauen kann.«

»Und hast dich den Rest deines Erwachsenwerdens bemüht, selbst einer zu werden.«

116

Andy bastelte noch an einem bissigen Kommentar, als das Zelt sich verdunkelte. Er wunderte sich nicht weiter darüber, da die Beleuchtung unter dem Zeltdach ohnehin nur aus Laternen und Fackeln zu bestehen schien.

»Meine Damen und Herren«, verkündete eine donnernde Stimme. »Der Zirkus Cservanka & Cservanka präsentiert nun stolz den erstaunlichen, den ehrenwerten Baron Crupariu, Herr über die wilden Bestien.«

Ein Scheinwerfer fiel auf den Manegenleiter im Zentrum der Manege. Er hielt seinen Zylinder in einer Hand und wies damit auf den Käfig, in dem sich die Raubkatzen befanden.

»Baron Crupariu«, wiederholte er laut.

Crupariu verneigte sich tief, zog die Hose nach oben, rollte die Peitsche auf und betrat den Käfig konzentriert. Die Katzen wanderten unruhig und scheinbar erwartungsvoll umher. Napoleon, der große Löwe, der Andy noch vor kurzem mit eindeutigen Absichten gehetzt hatte, fauchte einige Male beeindruckend.

Das Publikum verstummte und wurde offensichtlich in den Bann des Mannes gezogen, der sich waghalsig zu so vielen gefährlichen Kreaturen in einen Käfig begab.

»Meine Damen und Herren«, brachte der Manegenleiter schmetternd hervor und schien sich Cruparius Zauber selbst nicht entziehen zu können. »Wir benötigen für die nächste Nummer Ihre Mitarbeit. Obwohl Baron Crupariu diese Bestien dressiert hat, sind und bleiben sie wilde Kreaturen. Ich bitte Sie darum, plötzliche Bewegungen oder laute Geräusche zu unterlassen.«

Napoleon hatte sich auf dem blau-weiß gestreiften Fass erhoben. Als Crupariu sich ihm näherte, hob er eine Pranke und schlug die rasiermesserscharfen Klauen drohend in seine

Richtung. Crupariu duckte sich geschickt und hielt warnend die Peitsche hoch. Dann begann er mit der Vorstellung.

Abgelenkt sah sich Andy um und suchte das Publikum ab. »Hast du Syeira gesehen?«

»Pst«, machte Matt.

»He«, protestierte Andy. »Da ist doch keine echte Gefahr dabei. Ich hab selbst an dem Programm gearbeitet.«

»*Pst!*«, machte das Publikum hinter ihm.

Andy schüttelte erstaunt den Kopf und wandte sich wieder der Dompteurnummer zu, die er selbst bearbeitet hatte. Er musste jedoch zugeben, dass Crupariu die Tiere besser im Griff hatte als er. Doch er war stolz darauf, wie sie sich bewegten und verhielten. Wenn Mark und er das Programm nicht gesäubert hätten, würden sie sich immer noch aggressiv verhalten und Widerworte geben.

»Und nun«, kündigte der Manegenleiter an, »begrüßen Sie als Assistentin des Barons bei diesem wagemutigen Akt die liebreizende – *Syeira!*« Noch während der Name verklang, zog sich der Manegenleiter rasch in den Schatten zurück.

Andy entdeckte Syeira vor dem Löwenkäfig. Sie trug ein rotes Hemd mit Puffärmeln und cremefarbene Pumphosen. Auf ihrem Hemd glitzerten hunderte Pailletten.

Syeira öffnete das Gehege und trat hinein. Auch sie hielt eine Peitsche in der Hand und hatte die Raubtiere gut im Griff. Am Ende einer kurzen Shownummer befahl sie Napoleon, auf einem Fass in der Mitte des Käfigs Platz zu nehmen. Der Löwe drohte ihr einige Male mit seinen Pranken, doch sie entwischte den scharfen Krallen jedes Mal knapp.

Offensichtlich bereitete ihr der Umgang mit dem Löwen Probleme.

»Stimmt mit dem Programm was nicht?«, flüsterte Matt.

Andy schüttelte den Kopf und löste dadurch einen kleinen Konfettiregen aus. »Mark und ich sind das Programm von vorne bis hinten durchgegangen. Bei der abschließenden Rekonfiguration war der Virus komplett entfernt.«

»Vielleicht wurde es bei der Reinstallation neu infiziert?«

»Ich hab den aktuellsten Virenscanner integriert, den die Net Force zurzeit zu bieten hat.«

Das Publikum wurde immer stiller.

Syeira klopfte Napoleon mit der aufgerollten Peitsche auf die Schnauze. Er fauchte wütend und schnappte nach ihr. Nur Zentimeter lagen zwischen seinen scharfen Zähnen und der zarten Haut des Mädchens.

Obwohl Andy sich ganz sicher war, den Virus entfernt zu haben, wurde auch er nervös.

Überraschend gab Napoleon plötzlich nach und setzte sich auf die Hinterbeine. Er riss das Maul auf und hielt es weit geöffnet.

»Hat sie das vor, was ich denke?«, flüsterte Matt heiser.

Andy konnte nicht antworten. Erstarrt beobachtete er, wie Syeira die Peitsche auf den Boden warf und die Kiefer des Löwen auseinander drückte. Er sah fassungslos zu, wie sie ihren Kopf in das Maul des Löwen steckte. Sie lächelte und winkte sorglos.

In diesem Moment schnappten die kräftigen Kiefer des Löwen zu.

Das Publikum schrie entsetzt auf.

Zu Andys Schrecken trat Syeiras Körper plötzlich zurück und tastete blind nach dem fehlenden Kopf.

»Mist!«, stöhnte Andy und sprang auf. Was war geschehen? Die Sache war völlig aus dem Ruder gelaufen.

»Du hättest dein Gesicht sehen sollen.« Syeira schüttelte sich vor Lachen und zog die Aufmerksamkeit der Familien auf sich, die in dem deutschen Restaurant einige Blocks vom virtuellen Zirkus entfernt beim Abendessen saßen. Sie klappte die Arme theatralisch zusammen wie das Maul des Löwen. »*Schnapp!*« Sie war außer sich vor Belustigung.

Andy war mehr als nur leicht verärgert. »Das war echt *fies* von dir.« Er war nicht gerne die Zielscheibe für Streiche, und er fand es nicht besonders lustig, dass Syeira eine kopflose Version von sich selbst in das Dompteurmodul eingeschleust hatte.

»Ich fand es nicht fies«, sagte Matt und prostete Syeira über den Tisch hinweg zu. »Es war der beste Streich, der dir jemals gespielt worden ist. Ich glaube, ich hab dich noch nie so sprachlos erlebt!«

»Danke, Matt.« Syeira stieß ihr Glas gegen seines.

»Das war nicht lustig. Es war krank und bescheuert …«

»… und echt genial«, unterbrach ihn Matt.

Andy ignorierte ihn. » … und weit übers Ziel hinaus. Du hast echt einen kranken Sinn für Humor.« Er hatte festgestellt, dass die Spezialvorstellung eine Blase innerhalb der eigentlichen Zirkusvorführung gewesen war. Das echte Publikum hatte davon nichts mitbekommen.

»Vielleicht sollte ich Syeira in einige deiner Streiche einweihen«, schlug Matt vor.

»Nein.« Andy warf ihm einen warnenden Blick zu.

»Ach?« Syeira hob interessiert die Augenbrauen.

»Ich lass es lieber. Nicht, weil ich so ein netter Kerl bin, sondern weil fast alles, was Andy jemals ausgeheckt hat, im Vergleich zu deiner heutigen Leistung verblasst.«

»Sag so was nicht.« Syeira warf Andy einen Blick zu. »Ich

hab so das Gefühl, dass Andy ziemlich ehrgeizig ist. Wenn er herausgefordert wird, habe ich wahrscheinlich keine ruhige Minute mehr.«

»Stimmt, du musst ab jetzt ganz schön aufpassen. Allerdings solltest du noch eine Weile in Sicherheit sein, weil Andy bestimmt nichts versucht, bis er nicht sicher ist, dass es deinen Streich übertrumpft.«

»Ein, zwei Tage geb ich dir noch«, warf Andy ein.

»Brauchst du so lange, um dich von deinem Schock zu erholen?«, witzelte Syeira.

»Nein«, gab Andy zögerlich zu. »Sondern weil dein Gag so gut war.«

»Na dann.« Syeiras Augen leuchteten. »Ich freu mich schon auf die Revanche. Als professionelle Entertainerin muss ich dir aber sagen, dass man das Publikum zuerst in falscher Sicherheit wiegen muss, bevor es wirklich überrascht werden kann. Und ich glaube nicht, dass ich mich in deiner Gegenwart jemals wieder sicher fühlen werde.«

Ein Mann mittleren Alters mit dickem Bauch und einem silber-schwarzen Spitzbart trat an ihren Tisch. Sein gewachstes Haar war streng nach hinten gekämmt und glänzte. Er lächelte salbungsvoll. »*Domnisara, Domns,* darf es noch etwas sein?«

Syeira sah ihre beiden Begleiter an. »Es gibt hier eine echt leckere Mokkacremetorte mit Mandelsplittern.«

»Gern«, willigte Matt ein. »Ist ja schließlich Veeyar. Voller Geschmack, keine Kalorien.«

Andy hob die Hände und überließ die Entscheidung den anderen. Syeira bestellte drei Stück Torte.

»Das hier ist aber nicht wirklich die Walachei des achtzehnten Jahrhunderts«, stellte Matt fest.

»Nein«, sagte Syeira. »Soll es auch nicht sein. Das Dorf basiert auf der Walachei dieser Zeit, aber es wurden Verbesserungen eingefügt, zum Beispiel moderne Toiletten. Nicht, dass sie in der Veeyar nötig wären, aber man erwartet sie nun mal, also wurden sie dem heutigen Standard angepasst. Eine weitere Verbesserung, die nicht so sehr auffällt, ist die Beleuchtung mit Laternen und Fackeln.«

Der Kellner brachte drei Stück Kuchen an den Tisch und verteilte sie. Andy stocherte nur auf seinem Teller herum, obwohl die Torte wirklich unglaublich schmeckte. Veeyar-Erfahrungen fühlten sich so real an wie echte Erfahrungen, hatten jedoch keine Substanz. So konnten kulinarische Genüsse programmiert werden, deren Verzehr im wirklichen Leben Herzinfarkte und spontane Fettleibigkeit nach sich ziehen würde.

»Als Papa sich zu einem Netzauftritt des Zirkus entschlossen hat, wusste er genau, was er wollte. Bei uns Zirkusleuten werden von Generation zu Generation Geschichten weitergegeben. Geschichten über Heldentum, Trauer, Freundschaft und ewige Feindschaft. Diese Dinge ändern sich nie. Papa ist mit Geschichten über das alte Land aufgewachsen, über die Bauernhöfe und Dörfer, aus denen der Zirkus ursprünglich stammt.«

Andy nippte an seinem Wasser und beobachtete sie. Obwohl er wirklich wütend auf sie war, mochte er den warmen Glanz des Kerzenlichts auf ihrer Haut. Ihr Gesicht glühte leidenschaftlich auf, als sie anhob, über die Probleme in ihrer Heimat zu sprechen.

»Mein Land kennt keinen Frieden. Man hat Anzeichen einer Besiedlung aus der paläolithischen Zeit gefunden. Die Jäger, Sammler und Bauern, die dort gelebt haben, wurden von den Thrakern angegriffen. Dann entstanden griechische und anschließend römische Städte. Die römischen Legionen, die dort die Handelsrouten sichern sollten, brachten das Christentum ins Land, das die Thrako-Daker rasch übernahmen. Dann gewannen die Römer die Macht über Rumänien, nur um einige Jahre darauf während der Völkerwanderung durch Barbaren vertrieben zu werden.«

»Ich bin mit einigen dieser Horden geritten«, warf Andy ein. »Raue, listige, kleine Kerle.«

Syeira nickte. »Die folgenden acht Jahrhunderte fand Rumänien keinen Frieden. Dann wurde es zur Demarkationslinie zwischen dem Ottomanischen Reich und den christlichen Nationen. Bis heute gibt es immer wieder Konflikte wegen der religiösen Unterschiede. Wir waren in beide Weltkriege verwickelt. Und die Unruhen in den 1980er Jahren bereiten dem Land bis heute Probleme.«

»Die Zigeuner stammen aus Rumänien, oder?«, fragte Andy.

Syeiras weiche Züge verhärteten sich. »Was willst du damit sagen?«

»Nichts. Ich meine nur, die Zigeuner werden ja auch Roma genannt. Roma, Rumänien. Die ersten Zirkusse wurden schließlich von Zigeunern gegründet, oder?« Er erkannte an ihrem Blick sofort, dass er etwas Falsches gesagt hatte.

»Das stimmt nicht.« Sie beglich die Rechnung mit ihrem Fingerabdruck.

»Du musst dafür bezahlen?«, fragte Andy.

»Ja. Wie bei den meisten anderen Dingen im Netz eben auch.«

»Ich kann meinen Anteil selbst bezahlen«, bot Andy an und suchte nach dem Symbol, das für seine elektronische Geldbörse stand. Auch Matt rief das Symbol auf.

»Nein«, sagte Syeira. »Ihr seid eingeladen.« Sie sah ihre Begleiter an. »Keine Widerrede.« Sie hielt einen Moment inne. »Sonst hol ich die Löwen.«

Andy nickte. Er wagte es nicht, noch etwas zu sagen, um sie nicht wieder wütend zu machen. *Wieso sag ich immer das Falsche?*

Matt grinste nur. »Okay.«

Syeira stand vom Tisch auf. »Reden wir draußen weiter. Wenn das okay ist. Ich würde euch gern mehr von der virtuellen Welt zeigen, die der Zirkus bietet.«

»Tut mir Leid, dass ich vorhin so wütend reagiert hab.«

Andy zuckte mit den Schultern. »Schon gut. Du kannst dir nicht vorstellen, wie viele Leute innerhalb eines Tages wütend auf mich sind.«

»Oder verärgert, genervt, gereizt und aufgebracht«, fügte Matt hinzu. »Es gibt auch interessante Variationen und Kombinationen daraus.«

Das gleichmäßige Klappern von mit Hufeisen beschlagenen Hufen hallte vom Kopfsteinpflaster der Straße wider. Andy saß in der Pferdekutsche auf der lederbezogenen Sitzbank und starrte auf die Geschäfte und Wohnhäuser am Straßenrand.

Die virtuelle Walachei war ein pulsierender Ort. Frauen hängten ihre Wäsche auf, reinigten die Häuser und kümmerten sich um ihre Kinder und die kleinen Gärten neben ihren Häusern. Die Fensterbänke und die schmalen Treppen zu den oberen Stockwerken waren mit Holzkästen und Tontöpfen mit hübschen Blumen geschmückt. Die Männer arbeiteten in Schmieden, Mietställen und Eisenwarenhandlungen, und Zimmermänner und Steinmetze trugen zum Aufbau der

Stadt bei. Kinder liefen durch die Straßen, lärmten und tobten, und handelten sich ab und zu ein strenges Wort von den Erwachsenen ein.

Es fühlte sich heimelig an.

»Gefällt es dir?«

Andy sah Syeira an. Er spürte, dass ihr seine Antwort wichtig war. »Ja. Ein toller Ort.«

»Papa verbringt hier viel Zeit, wenn er kann. Als ich klein war, hat er mich oft mitgenommen. Er hat die Stadt geplant, entworfen und dafür gesorgt, dass die Veeyar-Umsetzung genau seinen Vorstellungen entspricht. In dem kleinen Laden da drüben hat er mir immer Eis gekauft.«

Andys Blick folgte ihrem Finger zu einem kleinen Haus, das Süßwaren aller Art anbot. Es war weiß gestrichen und mit rosaroten Lebkuchen verziert.

»Papa hat mich früher sehr verwöhnt«, gab Syeira zu. »Ich hab es genossen. Meine Eltern waren zu beschäftigt damit, ihre Ausbildung zu beenden und Karriere zu machen. Von ihnen konnte ich nie viel Aufmerksamkeit erwarten. Meine Mutter hat einen großen Teil ihrer Fähigkeiten als Bäckerin hier in der Stadt erworben. Die meisten Leute hier sind Simulationen mit beinahe künstlicher Intelligenz. Aber Papa hat auch ein paar wirkliche Menschen angestellt, die Rollen spielen. Man kann hier neben einem Zirkusbesuch auch lernen, wie man Glas bläst, Körbe flicht, Fässer oder Wagenräder herstellt und vieles mehr.«

»Klingt nach einem tollen Ort für vielseitig interessierte Menschen«, sagte Matt anerkennend.

»So was findet man im Netz an vielen Orten«, antwortete Syeira. »Aber Papa hat eine Atmosphäre geschaffen, die den Leuten gefällt und in die sie immer wieder zurückkehren.«

125

Sie machte eine Pause. »Deshalb bin ich so wütend geworden, als du dachtest, wir wären Zigeuner, Andy.«

»Das sollte keine Beleidigung sein. Ich fand das nur einen interessanten Gedanken.«

»Ich weiß. Die Vorstellung von Zigeunern lässt Bilder einer herumstreunenden Diebesbande aufziehen, die durch billige Kostümfeste und schäbige Vergnügungsveranstaltungen den Leuten das Geld aus der Tasche zieht.«

»Oder man denkt an Wahrsagerinnen in Horror-Holos«, warf Matt ein.

»Diese alten, zahnlosen Hexen.« Angewidert schüttelte Syeira den Kopf.

»Echt gruslig«, gab auch Andy zu. »Aber wer hätte schon Angst vor einem süßen Zigeunermädchen?« Syeira warf ihm einen eigenartigen Blick zu, und sein Gesicht wurde heiß. Er starrte wieder aus dem Fenster.

Nach einer kurzen Pause fuhr Syeira mit ihren Erklärungen fort. »Die Roma stammen nicht aus Rumänien. Obwohl heutzutage einige dort leben. Sie sind unter vielen Namen bekannt. Tsigani, Tzigane, Cigano und eben Zigeuner. Und es gibt noch viele weitere Namen, die ihnen von Außenseitern gegeben wurden und völlig falsch sind. Sie sind verflucht – kein Kommentar zu dieser Wortwahl, Andy …«

Andy sah sie überzeugend unschuldig an, wie er fand.

»… verflucht durch das stereotype Bild, von dem ich gerade gesprochen habe. Das wahre Erbe der Roma ist ganz anders als das, das in der Öffentlichkeit verbreitet wird. Die Roma kommen aus dem fernen Osten, man vermutet, aus der Türkei, Nubien oder Ägypten. Von dort stammt auch die englische Bezeichnung *gipsy*. Einige Roma bestärken diese Vermutung, indem sie behaupten, aus Ägypten zu kommen.«

»Aber das stimmt nicht?«

»Nein. Sprachstudien haben ergeben, dass die Roma aus Indien stammen. Im elften Jahrhundert haben die Muslime unter General Mahmud von Ghazni versucht, den Islam in Indien zu verbreiten. Zu dieser Zeit soll Indien von arischen Invasoren beherrscht worden sein.«

»Die Arier, die Adolf Hitler zur Herrenrasse erklärt hat?« Matts Interesse war offensichtlich geweckt.

Syeira nickte. »Die Arier waren vermutlich barbarische Horden aus Osteuropa mit hellen Haaren und Augen. Sie gründeten das Kastensystem in Indien, das die Sozialstruktur in *varnas* aufteilt. Das ist Sanskrit für ›Farben‹.«

»Das wusste ich nicht«, sagte Matt.

»Fragt euren Geschichtslehrer. Wenn er was drauf hat, weiß er darüber Bescheid.«

»Woher kennst du dich so gut in Geschichte aus?«, fragte Andy.

Syeira deutete aus dem Fenster der Kutsche in Richtung Stadt. »Von Papa. Bevor er ins Netz gegangen ist, hat er Bücher über Länder und Völker gelesen. Er meint, wenn man das Leben und den eigenen Platz darin wirklich verstehen will, muss man sich auch damit auskennen, was vor der eigenen Geburt geschehen ist.«

»Ein kluger Mann«, stellte Matt fest.

»Ja. Als ich noch klein war, hat er mir oft etwas vorgelesen. Alle möglichen Ereignisse aus der Geschichte. Aber er hat sie immer so verändert, dass sie mir gefallen haben, und die Begebenheiten ausgeschmückt, bis sie wie Märchen geklungen haben.«

Andy hörte gebannt zu. Ihre dunklen Augen sogen die Umgebung auf, obwohl sie sicherlich schon hunderte Male hier gewesen war. Er hatte noch nie jemanden wie sie getroffen.

»Jedenfalls«, fuhr Syeira fort, »wollten die Arier die Muslime nicht bekämpfen, weil sie nicht durch islamische Hand sterben wollten. Für sie waren die Muslime unwürdige Gegner. Also stellten sie eine Armee aus allen möglichen Völkern zusammen, machten sie zu ehrwürdigen Mitgliedern der *kshattriya*, der Kriegerkaste, und ließen zu, dass sie ihre eigenen Waffen und Embleme trugen.«

»Aber diese Armee diente nur als Kanonenfutter«, stellte Andy säuerlich fest. In ihm stiegen Bilder von den Soldaten auf, verwirrt, verloren und weit von ihrer Heimat entfernt.

»Richtig. Neben anderen großen Problemen bestand die Armee aus dutzenden unterschiedlichen Volksgruppen mit verschiedenen Sprachen und Dialekten.«

»Da war eine Verständigung wohl kaum möglich«, merkte Matt an.

»Diese Armee hatte mit mehreren Schwierigkeiten zu kämpfen. Die Sprachprobleme waren nur ein Teil davon. Sie haben an einer gemeinsamen Sprache gearbeitet, die aber nicht schriftlich festgehalten wurde. Sie basierte auf der indischen Sprache, mit der alle in Berührung gekommen waren.«

»Die Sprache der Roma«, sagte Matt.

Syeira nickte. »Der Krieg hat sich für sie nicht zum Guten gewendet. In Persien sind die Muslime auf die indische Armee gestoßen und haben sie um 1300 nach Europa abgedrängt.«

»Die Kämpfe haben sich über zweihundert Jahre hingezogen?«, staunte Andy.

»Länger. Aber um 1300 haben sie Europa erreicht. Als sie in Rumänien angekommen sind, wurden sie versklavt. Diese

128

Kämpfe haben dann noch einmal zweihundert Jahre gedauert.«

»Das war die Zeit der Kreuzzüge«, rechnete Matt nach.

»Genau.«

»Und die Kreuzzüge haben einen noch größeren Mix an Kulturen und Sprachen nach Rumänien gebracht. Ganz Europa und der Osten sind sich wegen Handelsrouten und Seestraßen in den Haaren gelegen.«

»Und wegen religiöser Unterschiede«, sagte Syeira. »Vergiss das nicht.« Sie sah Andy an. »Unsere Familie hat rumänisches Blut, aber wir sind keine Zigeuner. Unser Zirkus ist schon immer ein Familienbetrieb gewesen. Und trotz der Unterstützung, die wir von internationalen Kunstförderern erhalten, führt Papa den Zirkus nach seinen eigenen Vorstellungen.«

»Ich wollte wirklich niemanden beleidigen«, erklärte Andy.

»Das hast du auch nicht. Aber ich wollte, dass dir der Unterschied klar wird. Es gibt Zigeunerbanden, die alles Mögliche tun, um das schlechte Bild der Zigeuner aufrechtzuerhalten. Wir sind anders. Wir sind einfach nur eine Familie, Andy, und tun, was wir können, um finanziell zu bestehen und unsere Vergangenheit mit all denen zu teilen, die Freude daran haben.«

Andy nickte. Er wusste nicht, was er sagen sollte.

Syeira steckte den Kopf aus dem Fenster der Kutsche. »He, da vorne ist der Marktplatz. Sollen wir anhalten?«

Ihre offen gezeigte Begeisterung ließ kein Nein zu.

Stände und Kioske säumten die Sackgasse. Teppiche, Vasen, Lebensmittel, Schmuck und Tiere wurden von den Händlern feilgeboten. Die Straßenhändler, von kleinen Kindern bis zu alten Männern und Frauen, priesen ihre Waren an und konkurrierten um die Aufmerksamkeit der Passanten.

Syeira schien viele der Verkäufer mit Namen zu kennen und zog sie mitten ins Getümmel. Matt wurde von einem Händler in seinen Bann gezogen, der Drachen aus Bambus und leuchtender Seide verkaufte.

»Sie sind toll«, sagte er.

»Das sind doch nur Drachen«, nörgelte Andy und hielt in der Menge nach Syeira Ausschau. Einige Händler waren traditionell gekleidet, doch viele trugen ganz normale Klamotten und stachen somit als Veeyar-Besucher hervor. Die dargebotenen Waren standen tatsächlich zum Verkauf und wurden dem Käufer zugesandt, sobald der Kauf im Netz abgeschlossen war.

»Tja.« Matt nahm einen der Drachen mit einem silbernen Drachenmotiv auf rotem Untergrund in die Hand. »Die Chinesen haben diese Drachen erfunden. Lawrence Hargrave, ein Australier, ist damit durch die Luft geflogen und hat so die Erfindung des Flugzeugs ermöglicht.«

Bla, bla, bla, dachte Andy und blickte sich um. Dann bereute er sein Verhalten. Matt war ein guter Freund, wenn er ihm auch manchmal auf die Nerven ging. Vor allem dann, wenn er selbst ohnehin schon leicht gereizt war. Syeira war nun schon länger verschwunden. Wo steckte sie?

»Samuel Franklin Cody ist 1903 mit einem Gerät über den britischen Kanal geflogen, das von Drachen gezogen wurde«, fuhr Matt fort.

»Stofffetzen an Schnüren? Tolle Sache.«

»Dein Enthusiasmus ist echt überwältigend.«

»Es fällt mir nun mal schwer, mich für Drachen zu begeistern.«

»Du bist nicht zufällig ein bisschen abgelenkt? Vielleicht von jemandem, der hübsch und temperamentvoll ist?«

»Du meinst wohl unerträglich arrogant und nervenaufreibend.«

»Ach?«

»Ja.« Andy warf Matt einen Blick zu. »Sie ist nur ein Mädchen mit einem kranken Elefanten.«

Matt nickte lediglich und wandte sich wieder dem Drachen in seiner Hand zu. »Stimmt.«

»Sie bedeutet mir nichts.«

»Schon klar.«

»Und sie ist jetzt schon so lange verschwunden, dass ich allmählich glaube, sie hat uns sitzen lassen.«

»Du musst ja nicht hier bleiben. Du kannst dich jederzeit aus dem Netz ausklinken.«

»Damit sie die Genugtuung hat, uns reingelegt zu haben?« Andy zog eine Grimasse. »Auf keinen Fall. Wenn sie noch hier ist, finde ich sie. Du kannst den Drachen gerne steigen lassen, falls du ihn kaufen solltest, bevor ich zurück bin.«

»Klar.«

Während sich Andy durch die Menschenmenge schob, fühlte er, wie sich Matts Grinsen auf seinem Rücken zwischen die Schulterblätter brannte. *Ich hätte daheim bleiben sollen. Auch wenn Syeira es gut gemeint hat, ich schaffe es einfach nicht, mit ihr zu reden, ohne dass ein Diplomatenteam der UNO anschließend die Scherben wegkehren muss. Hätte ich doch nur die Zigeuner nicht erwähnt!*

»Junger Mann!«, vernahm er eine eindringliche Stimme.

Andy wandte sich um und hatte bereits eine ablehnende Antwort auf den Lippen. Er war nicht in der Stimmung, sich etwas aufschwatzen zu lassen.

Aus einem mit schwarzen Tüchern verhüllten Stand winkte ihm eine Frau zu. Ihre Haare sahen aus wie ein zusammengebundener Wischmopp mit grauen Fransen, von dem man den Stiel abgeschnitten hatte. Schon aus der Entfernung war zu erkennen, dass ihr einige Zähne fehlten. Die Frau schien uralt zu sein. Sie trug ein wallendes schwarzes Kleid, das ihre stockähnliche Figur noch betonte.

»Ja, du«, wiederholte sie. »Ich habe dich gemeint. Komm näher. Madam Ziazan kann dir Schutz vor dem wilden Ungeheuer bieten, das unsere Gegend in den Schatten der Nacht unsicher macht.«

Ihre Worte weckten Andys Aufmerksamkeit, und er trat näher an ihren Stand heran. »Was meinen Sie damit?«

Die alte Frau senkte die Stimme und sah sich um, als sollte niemand hören, was sie zu sagen hatte. »Ich spreche vom Ungeheuer der Walachei, junger Mann. Dem Bluttrinker. Dem Seelenräuber.«

Trotz seiner Zweifel am Wahrheitsgehalt ihrer Worte lief Andy ein Schauer über den Rücken, als er ihrer heiseren, flüsternden Stimme lauschte. »Wer ist das?«

»Manche nennen ihn Vlad, mein Junge.« Madam Ziazan sprach mit geheimnisvoller Stimme. »Andere nennen ihn den Fürsten der Dunkelheit. Sein richtiger Name lautet Vlad Dracolya, Bruder von Radu dem Schönen und Mihnea. Doch allen ist er als der Pfähler bekannt.« Andy riss die Augen auf. Sein Herz schlug schneller. »Meinen Sie Dracula?«

Die alte Frau legte einen Finger auf ihre Lippen und zischelte: »Leise, mein Junge. Seine Spione lauern überall. Niemand ist vor ihnen sicher. Nachts, wenn der Wind aus der richtigen Richtung weht, kannst du die Schreie der gefolterten Opfer aus seinem Schloss hören.«

Andys Blick folgte ihrem ausgestreckten Finger zu dem Schloss, das auf einem der bewaldeten Hügel lag, die die Stadt umgaben. In seinem Kopf wurden all die Legenden schlagartig wieder wachgerufen, die er durch das Netz oder in Horror-Holos aufgeschnappt hatte. Ein einsamer Weg wand sich durch den dunklen Wald bis zum Gemäuer des Schlosses inmitten der Hügel.

»Hier, junger Mann«, drängte Madam Ziazan. »Diese Gegenstände werden dich beschützen. Ein Fläschchen Weihwasser. Ein Holzpfahl. Eine Kette aus Knoblauchknollen.« Sie drückte die Gegenstände in seine Hände.

»Hören Sie«, sagte Andy und betrachtete die seltsamen Dinge. »Ich glaube wirklich nicht …«

Plötzlich entdeckte er aus dem Augenwinkel etwas Rotes. Als er genauer hinsah, erkannte er Syeira neben einem der Zelte bei einem Gehege, in dem sich ein Dutzend Ziegen befanden.

»Wie viel?«, fragte er eilig. Er willigte rasch in den Preis von nur ein paar Dollar ein, bezahlte mit seinem Fingerabdruck und huschte durch die Menge auf Syeira zu.

»He«, rief die alte Frau. »Wie wär's mit einer Karte vom Schloss?«

»Nein, danke«, rief Andy und versuchte erst gar nicht, sich vorzustellen, was für eine Karte das sein mochte. Als er in Syeiras Nähe kam, bemerkte er, dass sie sich mit jemandem unterhielt. Ungewohnte Verärgerung keimte in ihm auf und stach ihm schmerzhaft ins Herz. Er wollte wissen, mit wem sie da redete.

Bei näherer Betrachtung erkannte er durch die Lücken, die die Marktbesucher immer wieder freigaben, dass Syeira mit einem großen, dunklen Mann sprach. Er war ganz in

Schwarz gekleidet und trug einen pechschwarzen Überzieher, der ihm bis zu den Waden reichte.

Er hatte eine hohe Stirn. Andy schätzte ihn auf Mitte zwanzig. Sein kohlrabenschwarzes Haar war streng nach hinten gekämmt, ein dünner Schnurrbart zierte seine Oberlippe. Groß und gut gebaut, überragte er Syeira um eineinhalb Köpfe.

»Hör mir zu, Syeira«, sagte er streng. »Du weißt, dass ich Recht habe.«

Syeira wandte sich dem Mann zu. In ihren Augen glitzerten Tränen. Andy starrte sie an und spürte, wie ein Teil seiner Wut verflog. *Sie redet nicht mit dem Kerl, weil sie das will.*

»Nein«, erwiderte sie ruhig. »Das weiß ich nicht.« Sie wandte sich ab.

Der Mann seufzte, packte sie an der Schulter und drehte sie zu sich um. »Du hörst mir jetzt zu.«

Andy setzte sich, ohne groß nachzudenken, in Bewegung und steuerte auf den Mann zu, zum Angriff bereit.

Andy griff nach der Schulter des Fremden und wirbelte ihn herum. Er wusste nicht, wer überraschter aussah: Syeira oder der Mann. Und er selbst war wohl ebenso überrascht wie die beiden.

Der Mann wurde wütend. Er schubste Andys Hand weg. »Wer bist du?«

»Ein Freund von Syeira.« Obwohl dies hier nur die Veeyar war und eine körperliche Auseinandersetzung nicht wehtun würde, hatte er keine große Lust darauf.

Der Mann grinste plötzlich. Seine Augen verengten sich zu dünnen Schlitzen. »Was für ein unverschämter kleiner Welpe. Aber Zähnefletschen kann er schon ganz gut, oder?«

Syeira trat zwischen sie und sah Andy an. »Was ist los mit dir?«

»Mit mir?« Andy konnte es nicht fassen. »Er hat dich doch attackiert.«

Der Mann schüttelte den Kopf. »Und du bist sofort zur Stelle, um ihre Ehre zu verteidigen?« Er verschränkte die Arme. »Syeira, warum hast du mir nichts von diesem Burschen erzählt, der eine so hohe Meinung von dir hat?«

»Ich hab ihn gerade erst kennen gelernt, Onkel Traian.«

Onkel? Andy trat verwirrt zurück.

Syeira zog eine Grimasse. »Er neigt dazu, erst zu handeln und danach erst zu denken.«

»Vielen Dank«, murmelte Andy trocken.

»Glaubst du nicht, dass ich dich gerufen hätte, wenn ich Hilfe gebraucht hätte?«, fragte sie. »Ich hätte mich auch einfach ausloggen und eine Meldung verfassen können.«

Andy merkte, dass ihre Verärgerung sich nicht nur auf ihn bezog. Onkel Traian hatte auch seinen Teil dazu beigetragen. »Wenn ich was falsch gemacht habe, tut es mir Leid.«

Syeira erwiderte nichts.

»Unsinn«, beschwichtigte Traian. »Du hast nichts falsch gemacht. Manche Männer folgen zuerst ihrem Herzen und hören dann auf ihren Verstand. Ich mag leidenschaftliche Menschen. Sie haben immer etwas, wofür sie leben und kämpfen können.« Er bot Andy seine Hand an.

Andy ergriff sie. Es war ein harter Händedruck.

»Ich bin Traian Cservanka«, stellte sich der Mann vor. Er neigte den Kopf in einer kurzen Verbeugung und hielt den

Blickkontakt zu Andy dabei aufrecht. »Zu deinen Diensten.«

»Andy Moore.«

»Wenn ich gewusst hätte, dass du mit meiner Großnichte zusammen bist, hätte ich mich anders verhalten. Ich vergesse manchmal, dass sie nicht mehr das kleine Mädchen ist, für das ich sie immer noch halte. Ich wusste nicht, dass du auf sie aufpasst.«

»Er ist nicht mit mir zusammen«, warf Syeira ein. »Und ich nicht mit ihm. Und er muss nicht auf mich aufpassen.«

»Es geht nicht darum, ob du allein auf dich aufpassen kannst.« Traian lächelte. »Es geht um das Ehrgefühl eines Mannes, darum, wie er sich selbst sieht und wie er sich darstellt. Dein junger Begleiter wird davon gesteuert, ob es ihm bewusst ist oder nicht.«

»Er ist nur ein Freund.«

Die Art, wie sie das sagte, verwirrte Andy nur noch mehr.

»Wie du meinst.« Traian zuckte mit den Schultern. »Ich wollte euren Abend nicht stören, aber ich muss mit dir über Imanuela reden. Manchmal scheint Anghel nur noch auf dich zu hören.«

»Ich werde Papa nicht darum bitten, sie zurückzulassen«, sagte Syeira bestimmt.

Traian warf einen Blick auf Andy. »Vielleicht sollten wir das später besprechen.«

»Andys Mutter ist die Ärztin, die sich um Imanuela kümmert. Er hat schon mitbekommen, was Radu und ein paar andere wollen.«

»Ich verstehe.« Traian wurde ernster. »Mein Bruder muss zur Vernunft gebracht werden, Syeira. Die Zukunft unseres Zirkus hängt von diesem Jahr ab. Wenn wir Engagements absagen, verlieren wir vielleicht die Zuschüsse für den nächsten Vertrag. Es sind schwierige Zeiten, Syeira. Entscheidungen müssen getroffen werden, die für uns alle richtig sind. Nicht nur für einen kränkelnden Elefanten.«

»Du redest, als ob dir Imanuela egal wäre.«

Traians Gesicht verhärtete sich. »Syeira, wer auch immer der Zukunft des Zirkus im Weg steht, muss uns egal sein. Mehr als egal. Anghel muss strenger sein. Mit Imanuela und mit den Artisten, die ihre eigene Karriere über den Zirkus stellen. Der Zirkus ist alles. Ohne ihn sind sie nichts, daran müssen sie erinnert werden.«

»So sieht Papa es aber nicht. Und ich auch nicht.«

»Dann seid ihr beide Dummköpfe«, schimpfte Traian. »Es gibt viele Elefanten und viele Zirkusartisten da draußen.«

Syeira wurde blass. »Ich will nicht mehr darüber reden, Onkel. Das ist eine Sache zwischen dir und Papa.«

»Aber du kannst ihm die Augen öffnen.«

»Ich wüsste nicht, warum.«

Traian schüttelte den Kopf. »Du warst zu lang bei diesem alten Trottel, Syeira. Sein weiches Herz hat seinen Verstand vernebelt, das wird den Zirkus ruinieren. Einen Zirkus zu leiten erfordert eine harte Hand und eine klare Vision.«

»Papa sagt immer, dass ein Weinstock eine Saison oder zwei bittere Früchte tragen kann, aber dass das vorbeigeht, solange die Wurzeln in Ordnung sind.«

»Pah! Die Zeiten haben sich geändert, und der Zirkus muss sich mit ihnen ändern.« Traian deutete auf den Marktplatz und das Dorf um sie herum. »Das ist der Beweis dafür.«

»Und wir haben uns mit ihnen verändert.« Syeira hatte Mühe, ihre Stimme zu kontrollieren. »Auch dafür ist dieser Ort ein Beweis.«

»Es muss sich mehr verändern.«

»Sprich mit Papa darüber. Bitte.«

Traian hob erneut an, etwas zu sagen, doch dann seufzte er und nickte. »Natürlich. Sehen wir uns morgen?«

»Ja.«

Traians Blick wanderte zu Andy. »Es war mir ein Vergnügen, dich kennen gelernt zu haben, junger Mann.« Er hob die Hand zum Salut an die Stirn. »Bis zum nächsten Mal.« Er wandte sich um und ging durch die Menge davon. Dann war er verschwunden.

»Der ist ja ziemlich aufgebracht.«

Syeira nickte unglücklich. Dann bemerkte sie das Fläschchen, den Pfahl und die Kette aus Knoblauch in Andys Händen. »Was hast du damit vor?«

»Dracula wohnt da oben am Hügel.«

Ein Lachen erhellte Syeiras Gesicht. »Hast du die Karte auch gekauft?«

»Nein. Ich bin rechtzeitig abgehauen.«

»Der Angriff auf das Schloss des Grafen Dracula ist eines der Abenteuer, die in diese Umgebung integriert sind.«

»Ist er ein echter Vampir?«

»Na klar. Sonst würde es ja keinen Spaß machen. Wenn du den Grafen findest, ihm den Pflock durchs Herz jagst und dann noch seinen geheimen Schatz aufspürst, gewinnst du einen Preis.«

»Lebenslange Zahnhygiene?«

Sie lachte und ging über den Marktplatz, um bekannte Gesichter zu begrüßen.

Andy wandelte den Pfahl, das Fläschchen und die Knoblauchkette in Symbole um und verschob sie in seine persönliche Veeyar. Falls der Graf sich zeigte und er sie später brauchen sollte, hätte er leichten Zugriff darauf. »Willst du darüber sprechen ...« Er hielt inne, als sie ihm einen Blick zuwarf. »Okay. Vielleicht besser nicht.«

Plötzlich griff Syeira nach hinten und drückte seine Hand. »Es liegt nicht an dir, Andy. Du bist ziemlich in Ordnung.«

»Da bin ich aber erleichtert. Ich war mir da heute ab und zu nicht ganz sicher.«

»Es steht im Moment wirklich nicht gut um den Zirkus. Papa hat sich noch nie so viele Sorgen gemacht. Ich hab schon befürchtet, dass die Sache mit Imanuela und dem Baby zu viel für ihn ist. Wir haben noch viele andere Probleme.«

»Wie die Vertragserneuerung? Ich kenne das. Meine Mutter hat früher viele Vertragsaufträge übernommen, als sie die Praxis neu eröffnet hat. Jedes Jahr, wenn die Verhandlungen anstanden, wurde es schlimm. Irgendwann hab ich das gehasst.«

»Aber jetzt ist sie davon unabhängig.«

»Ja. Sie hat hart gearbeitet, um ihre Praxis zum Laufen zu bringen, und es hat funktioniert. Wir sind nicht reich oder so, aber wir können gut leben.«

»Habt ihr immer in einem Haus gelebt?«

»Größtenteils. Zuerst haben wir in einer Kaserne gewohnt, aber daran kann ich mich nicht erinnern, da war ich noch ein Kind. Meine Mutter wollte, dass ich in einem Haus aufwachse, als mein Vater ... weg war. Es hat ein bisschen gedauert, aber sie hat es geschafft.«

Syeira sah sich um und duckte sich unter einer niedrigen Stoffmarkise. »Papa sagt immer, ein Zuhause ist wichtig. Ich bin hier und in den Zelten des echten Zirkus aufgewachsen. Manchmal frage ich mich, ob ich etwas verpasst habe, während wir um die ganze Welt gezogen sind.«

Andy zuckte mit den Schultern. »Elternabende. Rasen mähen. Vielleicht noch ein paar andere Dinge, aber wahrscheinlich nicht viel. Ein Zuhause besteht eher aus den Menschen, die man liebt, als aus einem Ort.«

»Stimmt. Viele der Artisten sind im Zirkus aufgewachsen und bleiben ihrem Zirkus gegenüber deshalb loyal.«

»Aber es gibt Ausnahmen?«

»Eigentlich sollte ich dir das nicht erzählen.«

Andy schob eine Zeltplane zur Seite und ließ ihr den Vortritt in die enge Gasse zwischen den Zelten. »Das musst du auch nicht.«

»Ich weiß. Vielleicht fühle ich ja deshalb, dass ich es kann.« Sie ging voran. In den Buden links und rechts waren Glücks- und Geschicklichkeitsspiele aufgebaut. »Einige Artisten verlieren den Glauben an unseren Zirkus und an Papa. Sie haben Angst, dass der Finanzierungsvertrag nicht erneuert wird.«

»Wäre das so schlimm?«

»Für mich nicht. Ich liebe den Zirkus, und es ist mir egal, ob wir auf Tournee gehen oder nicht. Über das Netz haben wir Zugang zur ganzen Welt und darüber hinaus. Damit könnte ich den Rest meines Lebens glücklich sein. Aber wir sind in den vergangenen fünf Jahren durch fast ganz Europa und Amerika getourt. Einige der Artisten wollen in Zukunft nicht darauf verzichten.« Der Gang an den Spielbuden vorbei führte sie zu einem der Hauptplätze des Markts. Syeira hob die Augen zu dem makellos blauen Himmel. »Es sieht vielleicht nicht so aus, aber es ist schon spät. Ich muss morgen früh aufstehen und mit Onkel Traian am Trapez üben.«

»Du trittst am Trapez auf?«

»Offiziell nicht. Ich kann die meisten Figuren, bin aber

noch nie vor Publikum geflogen. Ich war immer nur Ersatzmann. Aber wenn Klaus und Marie aufhören, wie es den Anschein hat, werde ich im Rampenlicht stehen.«

»Bist du schon so weit?«

Syeiras Augen funkelten. »Ja. Auch wenn Papa noch Zweifel hat. Das Risiko ist natürlich groß. Aber er unterstützt mich. Traian findet aber, ich muss noch viel mehr trainieren.«

»Vielleicht ist er so streng mit dir, weil du zur Familie gehörst.«

»Nein. Traian weiß alles über das Trapez.« Syeira sah sich um. »Siehst du Matt irgendwo?«

Andy wandte sich um und deutete schließlich auf Matt, der noch immer mit dem Drachenverkäufer sprach.

»Ich will mich von ihm verabschieden.«

»Sicher.« Sein Blick fiel auf den Blumenstand in ihrer Nähe. »Ich komme gleich nach.« Sobald sie gegangen war, sprang er zu dem Stand hinüber.

»Eine Blume für die reizende Begleiterin, *Domn*?«, fragte die junge Verkäuferin. »Wie Sie sehen, haben wir eine große Auswahl an Farben und Sorten. Obwohl es keine Blume mit ihrer Schönheit aufnehmen kann.«

»Was würde ihr wohl gefallen?« Andy realisierte plötzlich, dass er in und außerhalb der Veeyar noch nie Blumen für eine andere Frau als seine Mutter gekauft hatte.

Die Verkäuferin ging zu einem Korb. »Eine Rose, *Domn*. Rosen berühren das Herz.«

»Wir sind nur Freunde«, erklärte Andy hastig. »Ich möchte ihr nur etwas schenken, das sie an diesen Abend erinnert.« *Zumindest wäre das etwas, woran sie sich gerne erinnert.*

»Natürlich, *Domn*.« Die junge Blumenfrau deutete auf einen Korb mit goldgelben Blumen. »Schenken Sie ihr doch eine Narzisse, die bedeutet Respekt. Eine Nelke vielleicht? Sie steht für Freude.« Sie nahm eine weiße Nelke aus einem Korb und steckte sie zu der Narzisse. »Das zeigt, dass Sie gerne Zeit mit ihr verbracht haben. Wenn das so war.«

»Ja, schon.«

»Und vielleicht noch Margeriten, für die Unschuld.« Sie gab ein Büschel kleiner weiß-gelber Blüten hinzu. »Und Heidekraut, das steht für Bewunderung.« Sie steckte Zweige mit winzigen violetten Blüten zu dem Strauß und gab abschließend noch Schleierkraut dazu. Dann wickelte sie den Strauß in dünnes grünes Papier und schlug es über den Blumen zusammen.

Plötzlich war aus den paar Blumen, die Andy hatte kaufen wollen, ein blühender Garten geworden. Er wurde nervös. »Ist das nicht ein bisschen zu viel?«

Die Verkäuferin lachte. »Oh, keine Sorge. Ich habe Sie beide zusammen gesehen. Sie wird sich über diesen Beweis der Zuneigung sehr freuen.«

»*Zuneigung?*« Andy schüttelte den Kopf. »Eigentlich ging es mir eher um Dankbarkeit oder so was. Verstehen Sie, weil sie mich in den Zirkus mitgenommen hat.«

»*Domn* ...« Die junge Frau grinste ihn an. »So oder so, jetzt ist es zu spät. Da kommt sie schon.«

Andy ließ seinen Daumen von der Verkäuferin über den Scanner führen und sah sich dabei um. Matt und Syeira hatten ihn auf Anhieb erspäht. Matt schien ziemlich amüsiert zu sein, was er trotz aller Bemühungen nur schlecht verbergen konnte. Syeira sah so unangenehm berührt aus, wie Andy sich fühlte.

»Du hast einen Drachen gekauft«, begrüßte er Matt.

»Und du einen Blumenstrauß.«

Andy starrte den Strauß in seiner Hand an, als wäre dieser unbemerkt dort gewachsen. »Ja.«

Sie standen einen Augenblick herum. Keiner wusste, was er sagen sollte.

»Also«, hob Matt an. »Nimmst du ihn mit, oder isst du ihn gleich?«

»Ich will die Blumen nicht essen.«

»Oh.« Matt hob die Augenbrauen.

Mit einem flauen Gefühl im Magen und zitternden Händen – *O Mann, woher kam dieser Einfall, und wieso musste ich ihm nur folgen?* – hielt Andy Syeira die Blumen unter die Nase. »Die, äh, sind für dich.«

Syeira nahm sie und schien nicht zu wissen, wohin damit. »Für mich?«

»Es sei denn, du willst sie nicht.«

»Doch, natürlich. Ich bin nur überrascht.«

»Als kleines Dankeschön für das Abendessen und den Zirkusbesuch.«

»Oh.«

Die winzige Spur von Enttäuschung in ihrer Stimme war leicht zu überhören. Doch Andys Sinne liefen im Moment auf Hochtouren, und sie entging ihm nicht. Er wusste nicht, was er sagen sollte oder was er schon wieder falsch gemacht hatte, doch plötzlich war Syeira so still wie im Einkaufszentrum nach der Begegnung mit den Skatern.

»Ich muss gehen«, sagte sie. »Ihr könnt gerne bleiben, wenn ihr euch noch etwas umsehen wollt.«

»Klar«, sagte Andy. »Aber ich mach mich auch auf den Heimweg. Ich helfe meiner Mutter bei der Arbeit. Es gibt in der Klinik bestimmt viel zu tun.«

Syeira nickte.

»Wir kommen morgen zum Zirkus und sehen nach Imanuela.«

»Ja, gut.«

»Vielleicht können wir uns dann weiter unterhalten? Wenn du Zeit hast, meine ich.«

»Klar, gerne. Bis dann.« Sie winkte und verschwand in einem bunt schillernden Nebel. Dann war sie vom Netz abgemeldet.

Andy presste beide Hände aufs Gesicht und atmete tief durch.

»Geht's dir gut?« Matt klang ehrlich besorgt.

»Wenn ich mich nicht übergeben muss, ja.«

Matt lachte. »Du machst es dir selbst schwer.«

»Was denn? Ich mache gar nichts. Es war doch nur ein Blumenstrauß. *Veeyar*-Blumen. Mann, ich hätte ihr einfach eine Karte schicken sollen, um mich für den Ausflug zu bedanken.« Andy sah Matt an. »Hätte ich ihr lieber eine Karte schicken sollen?«

»Nein. Die Blumen waren echt eine nette Idee.«

»Eine nette Idee?«

»Egal.« Matt zuckte mit den Schultern. »Willst du einen Rat?«

»Nein. Sehe ich aus, als würde ich einen brauchen?«

Matt musterte ihn kurz. »Vielleicht.«

»Da irrst du dich.« Andy hielt kurz inne. Das Atmen fiel ihm schon wieder leichter. »Noch was: Wenn du irgendeinen Kommentar dazu abgibst, dass ich ihr Blumen geschenkt habe, vor allem wenn du es wieder so verklausulierst, dass es eine *nette Idee* war oder so, wirst du dein nächstes Lebensjahr hassen.«

Matt hob die Hände und tat so, als wollte er sich ergeben. »Keine Sorge. Ich wollte dich nur wissen lassen, dass du mit mir reden kannst. Falls du das mal möchtest.«

»Nein. Viel Spaß mit deinem Drachen. Ich lass von mir hören.« Andy meldete sich ab, bevor Matt etwas erwidern konnte. Was auch immer es war, er wollte es nicht hören. Er bereute den Impuls, die Blumen zu kaufen. Das war … bescheuert. Was hatte er sich nur dabei gedacht?

Doch es war zu spät. Er hatte sie ihr bereits gegeben.

Andys Mutter begleitete ihn am nächsten Tag nicht zum Zirkus. Sie hatte Imanuela virtuell besucht und überwachte sie online. Doch Andy genügte ein virtueller Besuch heute irgendwie nicht. Außerdem brauchte ihn seine Mutter draußen, redete er sich ein. Er kam etwa mittags an und untersuchte Imanuela. Der Mann, der die Nacht über bei ihr geblieben war, sagte, sie habe gut geschlafen.

Seine Mutter leitete ihn in Holo-Form durch die Injektionen, die er dem Elefanten zu verabreichen hatte.

Andy legte die medizinischen Instrumente zur Seite. »Warum nimmst du dir nicht ein paar Stunden Zeit für den Zirkus?«, schlug seine Mutter vor.

Andy beschloss, genau das zu tun. Die meisten Artisten schienen bereits fleißig zu sein und stellten die verschiedenen kleinen Zelte um das Hauptzelt herum auf. Doch er hatte Syeira noch nirgends entdeckt. Vielleicht ging sie ihm aus dem Weg. Möglicherweise fühlte sie sich wegen gestern Abend so unwohl wie er. Er hatte die ganze Nacht Albträume von Blumensträußen gehabt, die ihn niedermetzelten – der komischste Traum, den er je gehabt hatte.

Andy nahm die Medizintasche und ging zur Gehegeumzäunung. Dort am Zaun stand Papa und hatte die Arme auf das Geländer gestützt. »Deine Mutter ist eine tolle Frau. Sie kümmert sich gut um Imanuela.«

»Ja.« Andy sprang über den Zaun. »Sie sorgt sich immer sehr um ihre Patienten.«

»Bleibst du heute ein bisschen bei uns?«

Andy nickte. »Wenn ich darf.«

Papa lächelte. »Natürlich. Das ist ein Zirkus, einer der besten. Ist doch klar, dass du dich umsehen willst.«

Andy blickte auf die Zelte. Es schien, als wäre eine Miniaturstadt auf dem freien Feld gewachsen, das die Stadt dem Zirkus überlassen hatte. Seit gestern hatte sich die Größe des Zirkus beinahe verdoppelt. »Syeira ist wohl noch nicht auf.«

»Sie ist heute mit der Sonne aufgestanden, junger Freund.« Papa deutete in Richtung der Zelte. »Du findest sie im Hauptzelt. Sie arbeitet mit Traian am Trapez.«

Andy sah zum Hauptzelt hinüber. An der Spitze flatterte das stolze Banner mit dem Schriftzug CSERVANKA & CSERVANKA fröhlich im Wind.

»Ich bin froh, dass sie sich die Zeit nimmt, dich kennen zu lernen«, sagte Papa. »Sonst hat sie nur die Leute im Zirkus, und es gibt kaum noch jemanden in ihrem Alter hier. Die meisten anderen Jugendlichen sind in Schulen oder haben andere Interessen. Syeira liebt den Zirkus. Also, viel Spaß. Wenn du zum Abendessen noch da bist, bist du herzlich eingeladen.«

»Danke.« Andy machte sich auf in Richtung der Zeltstadt.

Die anderen Elefanten des Zirkus wurden dazu benutzt, die schweren Zeltstangen aufzustellen. Gebannt beobachtete er, wie die kräftigen Tiere an den dicken Seilen zogen, die an den Stangen befestigt waren. In allen Zirkussen, die er bisher in der Veeyar besucht hatte, war ihm diese Seite des Geschäfts immer verborgen geblieben.

»Irgendwie beeindruckend, oder?«, fragte eine hohe, quietschende Stimme.

Andy wandte sich um und sah einen kleinen Mann, der nur etwa halb so groß war wie er.

»Entschuldigung«, sagte der kleine Mann. »Ich wollte dich nicht erschrecken.« Er war knapp neunzig Zentimeter groß und beinahe ebenso breit. Sein Gesicht war weiß geschminkt, und er trug ein Clownskostüm und eine leuchtend rote Perücke. Er schien Ende vierzig, Anfang fünfzig zu sein. »Ich bin Petar Jancso, bekannt als Shakespeare, der Clown.«

Andy stellte sich ebenfalls vor

»Ich weiß, wer du bist.« Petar grinste. »Jeder kennt dich.«

Andy versuchte zu ignorieren, dass seine Ohren heiß wurden. Vielleicht war es keine gute Idee gewesen, Syeira besuchen zu wollen. Vielleicht hatte sie jedem von den Blumen erzählt. Zum Glück hatte Matt sich nicht mehr dazu geäußert.

»Schaust du das erste Mal zu, wie ein Zirkus aufgebaut wird?« Petar beobachtete die Elefanten und Zirkusleute bei der Arbeit.

»Ja.«

Petar seufzte. »Das ist mit nichts in der Welt vergleichbar. Nichts macht das Herz glücklicher. Weißt du, was das Traurigste ist? Wenn alles wieder abgebaut wird. Wie der Aufstieg und Fall eines Imperiums. Ein glorreiches, wundervolles Imperium von Illusion und Freude. Und Papa hat das alles ermöglicht.«

»Weil er den Zirkus leitet?«

Petar spitzte die Lippen und blies Luft heraus. »Quatsch.

Jeder kann so was leiten. Nein, Papas besondere Gabe ist, dass er uns alle das sein lässt, was wir sein möchten. Jeder findet hier seinen eigenen Platz. Wie viele Zwergenclowns kennst du?«

»Nicht viele«, gab Andy zu.

Petar lächelte breit. Die Schminke um seinen Mund ließ das Grinsen noch größer erscheinen. »Und wie viele davon machen Zaubertricks?«

»Keiner, soweit ich mich erinnere.«

»Clowns und Magier vermischen sich normalerweise nicht. Magier haben keine Clownsnasen auf, und Clowns machen keinen Hokuspokus. Aber Papa war einverstanden und hat mich meine Nummer machen lassen, wie ich wollte. Sonst wäre ich in einer Kuriositätenvorführung gelandet. Unter uns, es ist nicht einfach, dabei politisch korrekt zu bleiben.«

Andy lachte spontan. Dann fragte er sich plötzlich, ob das überhaupt angemessen war.

Aber Petar fiel in das Lachen ein. »Doch ich habe noch einen anderen Job hier, den ich sehr ernst nehme.«

Andy sah den Clown an.

»Papa ist hier eine Art Vaterfigur«, fuhr Petar bedächtig fort. »Ich habe die Rolle des großen Bruders übernommen. Wenn jemand im Zirkus ein Problem hat, versuche ich, ihm zu helfen. Ich kümmere mich um die Leute, bin ihr Freund, wenn sie einen brauchen. Diesen Job mache ich gern.« Er zögerte, als überlegte er, wie er es am besten sagen sollte. »Du wirst schnell feststellen, dass es im Zirkus keine Privatsphäre gibt. Jeder weiß über jeden Bescheid.«

Andy wusste das, sagte aber nichts. Er hatte keine Ahnung, worauf Petar hinauswollte.

»Ich weiß nicht viel über dich. Es ist vielleicht recht unverblümt, so was zu sagen, aber ich möchte, dass es Syeira gut geht.«

»Warum sollte es das nicht?«

Petar starrte ihn einen Moment lang an. Plötzlich wischte ein Lächeln den Ernst aus seinem Gesicht. Verwundert schüttelte er den Kopf. »Du weißt es wirklich nicht, oder?«

»Was denn?« Langsam wurde Andy ärgerlich.

»Vergiss es. Vergiss unser Gespräch.« Petar dachte kurz nach und legte den Kopf auf die Seite. »Nein, vergiss es nicht, behalt es im Kopf. Aber denk nicht zu viel darüber nach.«

Andy war verwirrter als jemals zuvor.

»Ich bin froh, dass wir uns unterhalten haben«, sagte Petar und hielt Andy die Hand hin.

Wenn ich nur wüsste, was das alles soll. Andy ergriff die Hand des kleinen Mannes.

»Bis dann.« Petar schlurfte mit den Händen hinter dem Rücken in Richtung der Elefanten davon.

»Nein, du musst höher schwingen, Syeira. Du musst schneller werden, an Geschwindigkeit und Höhe gewinnen, wenn du das tun willst.«

Andy trat durch den Zelteingang und erkannte Traians Stimme wieder. Er wartete, bis seine Augen sich an die Dunkelheit im Zelt gewöhnt hatten.

Hoch über dem Sicherheitsnetz, das quer über die Manege gespannt war, hing Syeira am Trapez und schwang mit den Beinen, um schneller zu werden und höher zu kommen. Sie trug ein glänzendes blau-grünes Kostüm, das ihn an einen Bikini erinnerte. Bündel aus silbernen Fäden hingen von Bändern an ihren Hand- und Fußgelenken.

Einige Artisten standen um die Manege herum und sahen aufgeregt nach oben. Daneben stampfte ein halbes Dutzend Ponys unruhig mit den Hufen.

»Sie wird springen«, murmelte jemand.

Im Zelt war es so still, und die schwere Zeltplane dämpfte die Außengeräusche so gut, dass Andy jedes Wort verstand.

»Ich glaube nicht, dass sie schon so weit ist«, sagte eine andere Stimme. »Seht ihr, wie fest sie die Trapezstange umklammert?«

»Sie hat das Blut ihrer Großmutter in den Adern«, murmelte eine der Kunstreiterinnen. »Sie ist zum Fliegen geboren. So wie Traian.«

Die Erwähnung von Traians Namen fachte die Nervosität der Zuschauer aus irgendeinem Grund an. Sie beobachteten Syeira mit wachsender Sorge.

Andy hatte sich nun fast an die Dunkelheit gewöhnt. Er sah nach oben. Traian stand auf der Plattform an einer der Zeltstangen. Er hatte die Arme vor der Brust verschränkt und machte ein unzufriedenes Gesicht. Ein anderer Mann in blau-grünen Leggings, die denen Syeiras ähnelten, stand neben ihm und hielt eine Trapezstange bereit.

»Höher, Syeira. Höher«, drängte Traian. »Du musst die richtige Geschwindigkeit und Höhe erreichen, um diese Entfernung zu schaffen.«

»Ich schaffe es.« Syeira flog wieder zur Spitze des Zeltdachs empor. »Schick die Stange.«

»Du bist nicht hoch genug.«

Syeira hing mindestens zehn Meter über dem Boden. »Ich schaffe es.«

Traian schüttelte den Kopf und bedeutete dem Mann neben sich, die Stange loszulassen. Sie schwang nach vorn und fügte sich genau in Syeiras Rhythmus ein.

Andy stockte der Atem, als er zusah, wie Syeira auf die Stange zuflog.

Hoch über der Manege ließ Syeira auf dem Höhepunkt ihres Schwungs los und rollte sich zusammen. Nach einem doppelten Salto öffnete sie ihren Körper wie ein Klappmesser, warf die Arme nach vorn und streckte die Finger aus.

Doch sie verpasste die Stange um Zentimeter. Entsetzt musste Andy mit ansehen, wie sie wie ein Stein nach unten fiel.

Freier Fall . . . II

Andy rannte auf das Netz zu. Er konnte nicht einfach stehen bleiben, während Syeira fiel, auch wenn er sie nicht rechtzeitig erreichen würde. Und selbst wenn, er konnte nichts tun.

Erstaunlicherweise schrie Syeira nicht einmal. Lautlos prallte sie auf dem locker gespannten Netz auf und wurde weit in die Luft zurückgeschleudert. Sie ruderte kurz mit Armen und Beinen und entspannte sich dann. Als sie das Netz erneut traf, federte sie nur noch leicht nach oben.

Andy griff nach dem Netz und schwang sich nach oben. Er stand auf, als auch Syeira auf die Beine kam.

»Was machst du hier?«, fragte sie.

Sie schien nicht glücklich darüber, ihn zu sehen. »Ich wollte nur sichergehen, dass du in Ordnung bist.«

»Warum nicht? Ich übe abstürzen.« Sie stampfte auf die andere Seite des Netzes zu und ließ ihn stehen.

»Wenn du Stuntman für eine Action-Holo wärst«, ertönte Traians tiefe Stimme unter dem großen Zeltdach, »würdest du vielleicht solche Stürze üben. Aber du, Syeira, du trainierst das Fliegen.«

Andy sah gerade noch rechtzeitig nach oben, um zu sehen, wie Traian von der Plattform herabstieg. Er hielt sich fest und rechnete damit, dass Traians Aufprall auf dem Netz ihn von den Füßen reißen würde.

Traian ließ sich gerade nach unten fallen und bemühte sich nicht um eine bequeme Position. Wenige Zentimeter über dem Sicherheitsnetz blieb er plötzlich in der Luft stehen.

Er ist ein Hologramm!

»Sei nicht so streng mit ihr, Traian«, sagte Emile, der Stelzenclown. Er stand höher als das Netz und schwankte auf seinen überlangen Beinen. »Sie lernt es noch.«

»Sie hat da oben sehr gut ausgesehen«, schwärmte eine der Kunstreiterinnen. »Makellose Körperhaltung. Klare Bewegungen. Sehr hübsch.« Auch andere Artisten ergriffen Partei für Syeira.

»Eine Blume ist hübsch«, knurrte Traian. »So lange, bis sie verwelkt und vertrocknet ist. Wünscht ihr euch das für Syeira?« Er starrte die anderen an, bis sie seinem Blick nicht mehr standhielten.

»Du bist zu streng mit ihr.« Die Artisten traten zur Seite und bildeten eine Gasse für die alte Frau, die in Mitternachtsblau gekleidet war. Majestätisch schritt sie an ihnen vorbei und wehrte zwei Versuche der Kunstreiterinnen ab, sie von ihrem Konfrontationskurs abzubringen. Ihr graues

Haar war zurückgebunden und ließ ihre Gesichtszüge streng erscheinen. Die dunklen Augen schienen wie zwei Löcher in ihr Gesicht gebrannt zu sein.

»Kümmere dich um deine Angelegenheiten, Elsa«, warnte Traian. »Du leitest vielleicht die Nebenvorführungen, aber am fliegenden Trapez bin ich der unumstrittene Meister.«

»Du zwängst deiner Großnichte deinen eigenen Ehrgeiz auf.« Elsa blieb in Armlänge vor Traian stehen.

Der Name rief eine schwache Erinnerung in Andy wach. Vor Imanuela waren nur drei Leute im Zirkus Cservanka & Cservanka gewesen – Papa, Traian und Elsa, die Wahrsagerin. Papa und Elsa sahen alt genug dafür aus, doch Traian sprühte vor jugendlichem Aussehen. Die Holoprojektion war wahrscheinlich ein maßgeschneidertes Abbild, das Traians gewünschter Darstellung entsprach.

»Schon gut, Tante«, unterbrach Syeira das Gespräch. »Ich kann allein damit umgehen.« Sie kletterte wieder die Stange hinauf.

»Wann soll sie es denn lernen?«, fragte Traian eindringlich. »In der Vorstellung gibt es kein Sicherheitsnetz.«

»Das muss aber nicht so sein«, erwiderte Elsa.

Andy beobachtete das Ganze ebenso schweigsam wie die versammelten Artisten. Er hatte ein unangenehmes Gefühl.

»So war es aber schon immer. Unser Publikum erwartet das von uns.«

»Nein«, gab Elsa gelassen zurück. »Unsere Trapezkünstler haben lange mit Netz gearbeitet. Du hast das geändert, Traian. Aus Eitelkeit und Freude an der Gefahr.«

Traian machte einige Zentimeter über dem Sicherheitsnetz einen wütenden Schritt auf Elsa zu. »Die Gefahr zieht sie an, Elsa«, brachte er leidenschaftlich hervor und machte eine

Geste in Richtung der Tribüne. »Diese Plätze werden mit der Erwartung auf Blut gefüllt.«

»Sie kommen her, um ihre Alltagssorgen zu vergessen und mit ihren Kindern in eine Fantasiewelt einzutauchen. Sie wollen nicht sehen, wie jemand zu Tode stürzt.«

»Pah! Der Zirkus ist ein Ort, an dem sich das Publikum stellvertretend durch uns mit dem Tod auseinander setzen kann.«

»Mit dem wirklichen Tod?« Elsa lächelte und schüttelte den Kopf. »Durch computererzeugte Löwen? Wohl kaum.«

Traian ballte eine Hand zur Faust und stieß sie in Richtung der Trapezstange. »Das Risiko bleibt dasselbe! Und es ist meine Sache!« Seine Worte hallten durch das Zelt.

Elsa sah ihn an, ohne mit der Wimper zu zucken. »Gehst du dieses Risiko denn noch ein, Traian? Lebst du jeden Tag damit?«

Schmerz überschattete Traians Gesicht, und einen Moment lang hatte Andy Mitleid mit ihm. Die Emotionen des Mannes waren zu heftig, um unterdrückt werden zu können. Er löste sich in einem Nebel aus roten Funken auf und verschwand aus der Holo-Umgebung.

»Traian«, rief Syeira von der Hälfte der Zeltstange aus.

Elsa sah zu ihr hinauf. Ihre Stimme und ihr Gesicht strahlten Zärtlichkeit aus. »Syeira, komm herunter. Es reicht für heute.«

»Tante, das hättest du nicht machen sollen.« Syeira erreichte den Boden und ging auf die alte Frau zu. »Es ist Traians Leben, junge Trapezartisten zu trainieren.«

»Schimpf nicht mit mir, Kind. Ich würde gerne noch sehen, wie du erwachsen wirst, wenn ich so lange lebe. Und nicht, wie du zerschmettert wirst oder unter der Erde liegst.«

»Er wollte doch nur helfen. Ich *kann* fliegen.«

»Ja. Du hast die Gene und das Talent deiner Großmutter und Traians in dir.« Die alte Wahrsagerin nahm ein Handtuch und legte es um Syeiras Hals. »Traian muss noch einen anderen Lebensinhalt finden als das Training von Artisten. Aber das ist nicht dein Problem.«

»Hätte ich doch nur auf ihn gehört«, seufzte Syeira. »Dann hätte ich die andere Stange erwischt, und ihr hättet euch nicht gestritten.«

Elsa strich ihr über die Haare. »Traian und ich streiten miteinander, seit wir uns kennen. Als wir jung und frisch verheiratet waren, habe ich für diese Kämpfe gelebt. Sie haben Leidenschaft in unser Leben gebracht. Jetzt scheint es, als wäre ich neben Papa die Einzige, die ihm noch die Stirn bietet.«

Andy sah, dass Syeira Tränen über die Wangen liefen. Sie tupfte sich mit dem Handtuch über das Gesicht.

»Du trainierst seit heute Morgen«, sagte Elsa sanft. »Ich weiß, dass du nicht viel geschlafen hast. Du solltest aus der Dunkelheit raus und die Sonne genießen. Dein neuer Freund ist da.«

Andys Ohren brannten, als die alte Frau ihn ansah und lächelte.

»Man ist nur einmal jung, Syeira. Genieße jeden Tag deiner Jugend.« Elsa deutete auf Andy. »Komm, Junge, bring sie von hier weg. Sie hat auch den Dickschädel ihres Großonkels geerbt.«

Zögernd ging Andy auf Syeira zu. »Sollen wir uns was zu trinken holen?«

»Klar«, antwortete Syeira. Sie sah noch einmal lang und entschlossen zur Plattform hinauf, auf der ihr Onkel gestanden hatte, bevor sie sich endlich von Andy aus dem Zelt bringen ließ.

»Es ist über vierzig Jahre her, in den 1980er Jahren. Traian und Großmutter Mavra waren die Hauptattraktion des Zirkus. Die Leute sind aus ganz Europa gekommen, um ihre Vorstellung zu sehen.«

Die ersten zehn Minuten, nachdem sie das Zelt verlassen hatten, hatte sich Andy ununterbrochen gewünscht, er hätte nur kurz nach Imanuela gesehen und wäre dann heimgegangen. Doch jetzt war er froh, dass er geblieben war. Nachdem Syeira sich ihren Zorn darüber, was im Zelt geschehen war, aus dem Leib gelaufen hatte, stellte er fest, dass sie Gesprächsbedarf hatte.

Sie waren quer durch den Zirkus marschiert und schließlich in Richtung der Tiergehege gegangen. Es war nicht verwunderlich, dass sie bei Imanuelas Box gelandet waren. Andy fand es eigenartig, dass die anderen Zirkusleute offenbar genau wussten, dass sie ihn und Syeira besser allein ließen. Es schien fast, als hätte es eine öffentliche Bekanntmachung gegeben, nur hatte er sie nicht mitbekommen. Er setzte sich auf die Gehegeumzäunung und schlang die Füße um die Stäbe.

Syeira saß gemütlich neben ihm und ließ ihren Blick auf Imanuela ruhen, während sie sprach. »Großmutter und Traian haben keine Angst gekannt, Andy. Du hättest sie erleben sollen. Wenn du schon einmal eine Dokumentation über Zirkusse gesehen hast, hast du sie bestimmt in einer Flachfilmaufzeichnung gesehen.«

Andy nickte. Er hatte gelernt, dass alles in bester Ordnung war, solange ein Mädchen sich ihm öffnete und redete und dabei nicht schrie – was auch schon vorgekommen war. Er nahm einen Schluck Traubenlimo, die sie auf dem Weg bei einem der Stände gekauft hatten.

»Großmutter hat Papa wie keinen anderen Mann geliebt. Tante Elsa hat mir davon erzählt und auch von ihrer Beziehung zu Traian. Tante Elsa war mit einem Zigeunertreck umhergezogen, bevor sie Traian bei einer Vorstellung in Budapest kennen lernte. Bald darauf haben sie geheiratet.«

Andy merkte, wie sehr er den Klang ihrer Stimme mochte, vor allem, wenn die Anspannung daraus verschwunden war.

»Und so ähnlich war es bei Papa und Großmutter auch.« Syeira öffnete ihr Teegetränk und nahm einen kleinen Schluck. »Aber sosehr sie Papa auch geliebt hat, auf den Nervenkitzel der Auftritte vor Publikum konnte sie nicht verzichten. Zuerst war sie als Trapezartistin bei einem anderen Zirkus beschäftigt. Papa hat versucht, sie abzuwerben, aber sie wollte nicht. Es hat fast zwei Jahre gedauert, bis Papa das Geld zusammenhatte, um den anderen Zirkus aufzukaufen und in den Zirkus Cservanka & Cservanka zu integrieren.«

Ein Lächeln huschte über Andys Lippen. *Papa ist ein ganz schön hartnäckiger Bursche.*

»Zehn Jahre später ist dann der Unfall passiert.« Ihre Stimme zitterte.

Andy lief ein Schauer über den Rücken.

»Es war in München. Die Berliner Mauer stand damals noch.« Syeira rollte das Getränk in ihren Händen hin und her. »Das Wetter war schlecht, es hatte viel geregnet. Der Zeltaufbau muss ziemlich schwierig gewesen sein. Aber obwohl der Regen so schlimm war, sind die Besucher in Scharen herbeigeströmt.« Sie machte eine Pause. »Sie hätten an diesem Abend nicht auftreten dürfen.«

»Aber sie haben es getan.«

»Ja. Tante Elsa hat mir erzählt, dass sie genug Geld beiseite gelegt hatten, um einige Tage schlechtes Wetter zu überstehen. Aber Papa, Traian und Großmutter wollten auftreten. Sie wollten, dass die Show weitergeht. Internationale Medienvertreter aus einem Dutzend verschiedener Länder haben über die Vorstellung berichtet.« Syeira atmete tief und zitternd ein. »Bei der Trapeznummer ist es dann zu einem Blowdown gekommen.«

»Einem Blowdown?«

»So sagt man im Zirkus. Ein starker Wind hat den Hauptmast des Zelts umgeworfen. Durch den ganzen Regen war der Untergrund aufgeweicht. Als der Mast umgefallen ist, hat er die ganzen anderen Stangen mitgerissen, die das Zelt gestützt haben. Das Trapez ist als Erstes gefallen, und mit ihm Traian und meine Großmutter.«

In Andys Magengrube wurde es flau.

»Mehrere Menschen sind beim Einsturz des Zelts verletzt worden«, flüsterte Syeira. »Aber nur meine Großmutter hat ihr Leben dabei verloren.«

»Weil sie ohne Netz gearbeitet haben.«

Syeira nickte. »Wie immer. Traian hat es nicht anders zugelassen.«

»Und Traian?«

»Er ist auch abgestürzt. Papa spricht nie über diesen Abend – ich denke, er kann es nicht –, aber Elsa hat mir erzählt, dass Traian versucht hat, Großmutter zu retten, indem er ihr nachgesprungen ist. Er hat gehofft, dass er sie zu einem der Drahtseile schwingen kann, die das Trapez gesichert haben, um sie beide daran fest zu halten. Aber er hat es nicht geschafft. Seit dem Unfall ist er vom Hals abwärts gelähmt.«

»Deshalb ist er immer in Holo-Form.«

»Wenn er nicht über die Holo-Projektoren im echten Zirkus oder in der Veeyar-Version davon ist, verbringt er sein Leben in einem Krankenhausbett in Bukarest. Eine Maschine beatmet ihn, und er wird über einen Schlauch ernährt, weil er nicht einmal schlucken kann. Er und Elsa hatten keine Kinder. Papa und Großmutter hatten zum Glück schon meinen Vater bekommen, bevor der Unfall passiert ist. Aber wegen des Unglücks wollte mein Vater nichts mehr mit dem Zirkus zu tun haben, sobald er alt genug war, um auf eigenen Beinen zu stehen. Wenn ich auch noch von hier weggehen würde, hätte Papa seine ganze Familie verloren.«

»Aber du bleibst nicht nur deshalb im Zirkus?«

»Nein. Ich liebe das Leben hier, Andy. Das ist das einzige Zuhause, das ich jemals hatte.« Syeira sah ihn an. In ihren Augen glitzerten Tränen, doch sie strahlte vor Begeisterung. »Und ich will fliegen. Mehr als alles andere will ich vor Publikum auftreten und wissen, dass sie wegen mir den Atem anhalten.«

»Mr Moore.«

Andy hielt inne, eine Hand auf das Lenkrad des Pick-up gelegt, den er sich von der Klinik geliehen hatte, um zum Zirkus zu fahren. Als er sich umdrehte, sah er Martin Radu auf sich zueilen. »Entschuldigung«, sagte Andy. »Ich bin es nicht gewöhnt, dass man mich so nennt.«

»Ich suche Sie seit zwanzig Minuten.«

Andy verstaute den Medizinkoffer. Bevor er sich von Imanuela und Syeira verabschiedet hatte, hatte er dem Elefanten noch eine Hormonspritze verabreicht, die die vorzeitigen Wehen unterdrücken sollte.

»Ich habe gehört, dass Ihre Arbeit am Dompteurmodul erfolgreich war. Mr Crupariu scheint sehr zufrieden damit.«

Er weiß wohl nichts davon, dass Syeira der Kopf abgebissen wurde. Es war zwar nur ein kleiner Privatscherz, aber ...

Andy nickte. »Das freut mich.«

»Ich möchte Ihnen ein Angebot machen.«

Neugierde war schon immer eine von Andys Schwächen gewesen. »Ja?«

»Haben Sie ein paar Minuten Zeit?«

Andy zuckte mit den Schultern. Er konnte es sich ja mal anhören. »Kann ich kurz meine Mutter anrufen und ihr sagen, dass es etwas später wird?«

»Kennen Sie den Vergnügungsbereich unseres Zirkus schon?« Martin Radu schritt forsch an den Ständen vorbei, die den Weg zum Haupteingang des Zeltes säumten.

»Nicht sehr gut.« Andy ließ den Blick über die Stände schweifen, an denen Süßigkeiten und Getränke verkauft wurden, und versuchte, nicht über die dicken Kabel zu stolpern, die überall auf dem Boden herumlagen. Die Kabel waren mit gelben und schwarzen Gefahrenzeichen versehen und schienen genug Strom zu führen, um nachts selbst zu leuchten. Eine Reihe Laternen war am Weg entlang aufgestellt.

In den Ständen gab es kandierte Äpfel, Bratäpfel, Popcorn, karamellisiertes Popcorn, Zuckerwatte in grellen Neonfarben, Getränke, Hotdogs mit Chili und Sauerkraut, Hamburger, Würstchen, Nachos, Brezeln, Crêpes und eine große Auswahl an Eis. Mittendrin standen auch einige fahrbare Stände mit Limonaden, Eis und Säften. Ein Schlaraffenland an ungesunden Leckereien, die Andys Mutter niemals zu Hause geduldet hätte. Sein Magen knurrte.

An anderen Buden konnte man sich an Glücks- und Geschicklichkeitsspielen versuchen. Altbekanntes wie Dartpfeile und Ringe werfen, Wasserpistolen schießen, leere Milchflaschen umschmeißen, Plastikenten aus Wasserbecken herausfischen und andere Spiele standen Seite an Seite mit mittelmäßigen Veeyar-Spielen wie Tontaubenschießen, Paintball, Football oder Golf.

Radu blieb inmitten der Buden stehen. »Kennen Sie diese Veeyar-Spiele, Andy?«

»Ja.«

»Und was halten Sie davon?«

Andy suchte nach einer höflichen Formulierung. »Sie sind schon eine Weile auf dem Markt.«

»Sie müssen nicht höflich sein.« Radu warf einen Blick auf die Spiele und stieß verächtlich den Atem aus. »Sie sind antiquiert. Museumsstücke, völlig wertlos.«

Wortlos stimmte Andy ihm zu.

»Aber Papa weigert sich, sie zu erneuern. Er besteht darauf, dass der Zirkus vor allem Artisten und Vorführungen zu bieten hat. Ein sturer, dickköpfiger Mann.«

Andy schwieg.

»Wie gut kennen Sie sich mit Games aus? Sind Sie darin versiert?«

Andy musste gegen ein Grinsen ankämpfen. Der Vierundzwanzig-Stunden-Mann beobachtete ihn genau. Andy beschloss, ehrlich zu sein. »Es dürfte sich kaum jemand außerhalb der professionellen Branche finden lassen, der so viel darüber weiß wie ich. Ich kenne mich mit Spielen besser aus als mit Tieren.«

161

»Gut.« Radu klopfte ihm auf die Schulter. Er deutete in Richtung der Spielmeile. »Ich möchte wissen, Andy, wie viel Sie verlangen würden, um ein paar neue Veeyar-Spiele zu erstellen, die auf unserem Betriebssystem laufen würden.«

»Ein professionelles Spielstudio braucht Monate, manchmal Jahre, um ein einziges Spiel herzustellen. Und die verfügen über unzählige Ressourcen und viele exzellente Mitarbeiter.«

»Solche Spiele übersteigen aber unser Budget bei weitem. Vor allem bräuchten wir etwas, woran wir die Exklusivrechte besitzen.« Radu ging weiter und winkte Andy heran. »Ich denke schon länger darüber nach, und ich glaube, dass der Zirkus ein Originalspiel braucht. Ein Spiel, das die Besucher daran erinnert, wer wir sind. Vielleicht etwas, das wir vermarkten und verkaufen könnten.«

»Dann bin ich aber nicht der Richtige für diesen Job.«

»Sie haben das Dompteurmodul gut hinbekommen, und auch die Sicherheitsaktualisierung, die Sie durchführen wollen, wird bestimmt mehr als zufrieden stellend.«

»Ja, aber mit diesen Dingen kenne ich mich auch aus.«

»Wie gesagt, ich denke schon länger darüber nach. Ich weiß, dass verschiedene Unternehmen der Spielebranche anderen Entwicklern die Lizenzen ihrer alten Game-Engines überlassen. Wenn ich eine dieser Engines erwerben würde, könnten Sie ein neues Spiel daraus entwickeln?«

Andy dachte darüber nach. Die alten Game-Engines, von denen Radu sprach, waren nicht billig, aber immer noch um einiges erschwinglicher als komplett neue Originalspiele. »Ja. Wenn ich eine bereits bestehende Engine als Grundlage hätte, würde ich es zwar nicht über Nacht schaffen, aber es wäre möglich.«

»Würden Ihnen zwei Wochen dafür genügen?«

Andy war überrascht. Wenn Radu bereits einen genauen Zeitrahmen nennen konnte, hatte er das Projekt offensichtlich schon länger geplant. Warum die plötzliche Eile? Die Arbeit und das Geld lockten ihn allerdings sehr. Wenn es Radu um eine rasche Entwicklung des Spiels ging, würde er vielleicht ziemlich gut dafür bezahlen. »Wenn ich keine anderen Aufgaben und Zugriff auf eine Menge Ressourcen hätte, vielleicht.«

»Ich weiß, dass Sie in den Sommerferien für Ihre Mutter arbeiten. Ich habe gehört, wie sie sich darüber gestern mit Papa unterhalten hat, während Sie mit Syeira im Einkaufszentrum waren. Vielleicht kann ich mit ihr sprechen und ihr das Jobangebot näher bringen, und sie würde Ihnen die nächsten Wochen freigeben?«

Andy wurde aufgeregt. Vor nicht allzu langer Zeit hatte er die jährliche Spielemesse in Los Angeles besucht, auf der Peter Griffen *Realm of the Bright Waters* vorgestellt hatte, das neueste Online-Fantasygame, das wie eine Bombe eingeschlagen hatte.

Maj Green, Matt Hunter, Catie Murray, Leif Anderson und Megan O'Malley – seine Freunde und Net Force Explorers wie er – hatten ihn begleitet. Sie alle hatten auf einen Job in der Welt der Games oder Interesse an ihren Fähigkeiten gehofft. Im Verlauf der Abenteuer, die sie bei dieser Messe erlebt hatten, hatten sie einige wertvolle Kontakte geknüpft. Peter Griffen hatte Maj dabei geholfen, ihre Striper-Flugsimulation in einigen Spielbereichen allererster Klasse zu lizenzieren. Maj machte zwar kein Vermögen damit, aber sie verdiente sich ein hübsches Studiengeld dazu.

Andy hatte sich mit Spielen beschäftigt, seit er seinen Kopf im allerersten Implantatsessel zurückgelegt hatte. Wenn es

163

ging, lebte, atmete und aß er Spiele. Die Chance, ein eigenes Spiel zu entwerfen, das von anderen gespielt werden würde, war für ihn die Erfüllung eines großen Traums. »Ich weiß nicht, was meine Mutter davon halten würde.«

Radu nickte. »Das ist mir klar. Ich möchte nur wissen, was *Sie* zu diesem Projekt sagen.«

»Ich?« Andy blinzelte. Es gab nur eine Antwort darauf. »Ich würde es liebend gern machen.« Doch er war auch ein bisschen besorgt. Er hatte zwar schon Spielszenarien mit Hilfe der Online-Bausätze entworfen. Auch bei *Space Marines* gab es die Möglichkeit, Original-Szenarien zu erstellen, und er hatte diese Möglichkeit regelmäßig genutzt. Für viele seiner Freunde hatte er bereits Beta-Tests durchgeführt. Doch ein echtes, öffentlich zugängliches Spiel völlig neu zu entwerfen, auch wenn es nur über beschränkte Fähigkeiten verfügen würde … Das war ein Meilenstein.

»Wann könnte ich mit Ihrer Mutter sprechen?«

»Je früher, desto besser. Ich konnte ihr noch nie etwas verheimlichen. Wenn ich etwas so Aufregendes vor ihr geheim halten müsste, würde es mich umbringen. Warum rufen Sie sie nicht jetzt gleich an?«

Freier Fall . . . 12

»Du wärst zwei Wochen weg?«

Andy saß seiner Mutter am Esstisch gegenüber und nickte. »Vielleicht etwas länger.« Seine Mutter schien nicht glücklich bei dem Gedanken, doch sie hatte auch noch nicht Nein gesagt.

Jetzt legte sie die Gabel nieder. Gewöhnlich brauchte sie für ein entschiedenes *Nein* beide Hände. Andy fühlte sich, als würde ihm der Boden unter den Füßen weggezogen.

»Wie viel länger?«

Noch immer kein Nein in Sicht. Andy unterdrückte ein Schulterzucken, um sie nicht zu verärgern. »Wenn ich das Spiel in zwei Wochen zum Laufen bringe, was schwierig genug sein wird, brauche ich noch etwas Zeit, um an möglichen Programmierfehlern und Systeminkompatibilitäten zu arbeiten. Ich müsste also noch einige Zeit greifbar sein, nachdem das Spiel online gegangen ist.«

»Ich weiß nicht, Andy ...«

Andy zügelte seine Ungeduld und starrte auf die selbst gebackene Salamipizza und den Salat. Seine Mutter war erst nach ihm nach Hause gekommen. Er war zwar für einen Teil ihrer gemeinsamen Mahlzeiten verantwortlich, doch als sie den Schokoladenkuchen im Kühlschrank sah, wusste sie, dass er etwas im Schilde führte. Schokolade war eine ihrer Schwächen.

Er stocherte in seinem Salat herum. »Für Schulungen der Net Force Explorers war ich auch schon so lange von zu Hause fort.«

»Ja, aber da bist du nicht mit einem Zirkus herumgereist. Du warst bei Captain Winters oder Männern seines Vertrauens. Wahrscheinlich warst du in ihren Händen sicherer als hier.«

»Das stimmt allerdings.«

Sie zögerte. »Es ist dir wirklich wichtig, oder?«

»Ja. Ich mag den Zirkus. Es ist alles so neu und interessant. Und ich werde dafür bezahlt.«

»Jetzt sag mal, willst du das mehr wegen des Spiels machen, das du entwerfen sollst, oder wegen der Möglichkeit, Syeira zu sehen«?

Die Frage überrumpelte ihn völlig. Sein Gesicht lief knallrot an. »He!«

»He was?«

»Das geht dich nichts an!«

Seine Mutter lächelte verschmitzt. »Also ja.«

»Das hab ich nicht gesagt!«

»Wegen eines Spiels würdest du nicht rot werden«, stellte seine Mutter triumphierend fest.

»Ich kann Syeira auch online treffen, wenn ich will.«

»Du könntest den Zirkus morgen übers Netz besuchen. Aber du hast Freikarten von Papa angenommen.«

Mist. Die hatte er auf dem Küchentresen vergessen. »Okay, teilweise möchte ich mit, weil ich Syeira dann öfter sehen könnte.«

»Magst du sie?«

»Ich bin gern mit ihr zusammen«, antwortete er ausweichend.

Seine Mutter wandte sich wieder dem Salat zu. »Warum will Mr Radu, dass du den Zirkus begleitest? Du könntest das Spiel doch auch hier entwerfen.«

»Für das Spiel ist eine Menge Programmierarbeit nötig.« Andy wiederholte, was Radu ihm erklärt hatte. »Und ich muss viele Entwicklungstools in das Zirkus-Betriebssystem importieren. Mark hilft mir dabei. Trotz der neuen Firewalls, die ich installiert habe, befürchtet er, dass ich einen Virus importieren oder das System beschädigen könnte. Er meint, wenn ich persönlich anwesend bin, kann er das besser kontrollieren. Er will nicht riskieren, dass ein wichtiger Bestandteil des Zirkus zur falschen Zeit ausfällt.«

»Vertraut er nicht auf deine Fähigkeiten?«

»Doch, aber er hat teilweise Recht. Es ist einfacher, die Systemintegrität sicherzustellen, wenn man vor Ort arbeitet.«

»Warum entwickelst du das Spiel nicht hier und fügst es dann vor Ort in das Zirkusmodul ein?«

»Das wäre möglich«, gab Andy zu. »Das hab ich ihm auch vorgeschlagen. Aber er meint, das Importieren einer so großen Datenmenge könnte andere Probleme im Programm auslösen. Ihr Betriebssystem hat beschränkte Ressourcen. Selbst die Installation des neuen Sicherheitsprogramms, das unbedingt nötig war, war deshalb schwierig. Der Platz und der Speicher sind nicht das Problem, aber es wird nicht einfach, das Betriebssystem dazu zu bringen, so viele neue Programme neben dem Veeyar-Zirkus auf einmal zu verwalten. Er will mich einfach in der Nähe haben, falls was schief läuft.«

»Verstehe.« Seine Mutter aß weiter.

»Ich würde es wirklich gern machen«, fügte Andy ruhig hinzu. Er wusste, dass er einiges aufs Spiel setzte, wenn er sie so zu einer Antwort drängte. Aber er musste es sofort wissen.

»Du planst aber nicht, das zu einer dauerhaften Veränderung zu machen? Die Verlockungen des freien Lebens auf der Straße, ohne Verantwortlichkeiten, können groß sein.«

Andy erkannte plötzlich ihre wahren Bedenken. »Mom, mein Zimmer platzt fast vor halb fertigen Modellen und abgelegten Hobbys. Wir wissen beide, dass meine kurze Aufmerksamkeitsspanne mich von einem zum anderen treibt. Ich bin kein Zirkustyp. Die einzige Konstante in meinem Leben bist du. Außerdem glaub ich nicht, dass die Net Force

Interesse an einem Zirkusclown oder Toto, dem Hundejungen, hätte.«

Seine Mutter nickte. »Manchmal verhältst du dich so erwachsen, dass ich Angst bekomme.«

Andy grinste. »Hab ich schon erwähnt, dass ein Schokokuchen im Kühlschrank steht?«

»Ja.« Sie lächelte. »Du hast ihn mir sogar gezeigt.«

»Ich weiß nicht, was ich sonst noch sagen soll, Mom. Aber ich würde es gerne versuchen. Und sobald du willst, dass ich zurück nach Hause komme, steh ich vor der Tür.«

Seine Mutter nahm sich noch ein Stück Pizza. »Es wäre nicht schlecht, dich für Imanuela vor Ort zu haben.«

»Kann sie denn reisen?«

»Ich würde nicht einmal daran denken, wenn du nicht bei ihr wärst. Aber wenn du ihren Zustand überwachen und die Behandlung fortsetzen könntest …«

Andy versuchte, sich seine Aufregung nicht anmerken zu lassen. Er unterdrückte den Impuls, etwas zu sagen.

»Der Gedanke, Imanuela hier zu behalten, während der Zirkus weiterzieht, hat mir noch nie gefallen. Elefanten sind Herdentiere. Es wäre gut für sie, mit den anderen Elefanten zusammen zu sein.«

Andy nickte und konnte sich nicht mehr zurückhalten. »Darf ich also mit?«

Seine Mutter sah ihn kurz an. »Ja.«

Andy räusperte sich, um nicht in lauten Jubel auszubrechen.

»Unter der Bedingung, dass wir uns jeden Tag online sehen und du den Zirkus verlässt, sobald ich es sage.«

»Damit kann ich leben.« Er schaffte es kaum, nicht begeistert loszuschreien. »Kein Problem.«

Andy saß auf der Tribüne und spürte die harten Planken unter sich. Der Duft von Popcorn umgab ihn und vermischte sich mit der dunstigen Nachtluft, die schwer war vom sich ankündigenden Regen. Das Publikum um ihn herum juchzte und jubelte laut.

In der Manege vor ihm boten vier Kunstreiterinnen eine Vorstellung dar. In geübter Synchronisation berührten die Füße der Reiterinnen den Boden einen kurzen Augenblick lang, während sie ihre Fäuste in den Mähnen der Pferde vergruben und sich leichtfüßig auf ihre breiten, muskulösen Rücken schwangen. Sie hielten dort nur einen Moment inne und ließen sich dann auf der anderen Seite der Tiere wieder herunter. Als sie nach einer sanften Berührung des Bodens wieder hochkamen, legten sie sich auf die Rücken ihrer Pferde und schlangen sich wie Decken um sie, während sie gleichmäßig um die Manege galoppierten.

»Syeira ist Kunstreiterin?«

Andy warf Matt neben sich einen Blick zu. Matt war in Holo-Form anwesend, doch er sah dank der Holo-Projektoren, die mit dem Zirkus-Betriebssystem verknüpft waren, real aus und fühlte sich auch so.

»Nein«, antwortete er. »Sie springt nur für eines der anderen Mädchen ein.«

Syeira schwang sich herum und kam auf die Füße. Sie stand nun auf dem breiten Pferderücken, die Arme seitlich ausgestreckt. Perfekt auf dem galoppierenden Tier balancierend, schien sie fast zu tanzen. Sie sah toll aus und lächelte fröhlich ins Publikum.

»Wusstest du, dass sie so was kann?«, fragte Matt.

»Nicht bis heute Abend. Aber sie hat mir erzählt, dass die Artisten so viele Disziplinen wie möglich beherrschen. Sie arbeitet daran, am Trapez perfekt zu werden. Sie hofft, dass das ihre Hauptnummer wird.«

»Ganz schön gefährlich.«

Andy nickte. Die Trapeznummer war bereits gelaufen. Als die Artisten ohne Netz durch die Luft geflogen waren, war das Publikum ungewöhnlich still gewesen. Dann waren die Clowns aufgetreten und hatten die Zuschauer wieder aufgelockert, um sie für die Kunstreiterinnen in Stimmung zu bringen.

»Was kann sie sonst noch?«

Andy schüttelte nur den Kopf. »Sie fährt Motorrad, kann Computer programmieren, mehr weiß ich nicht. Wahrscheinlich so gut wie alles.«

In der Manege sprang Syeira akrobatisch von ihrem Pferd ab und landete sanft auf dem Boden. Sie lief über den Sand und sprang auf ein vorbeilaufendes Pferd auf.

»Meine Damen und Herren«, rief der Manegenleiter über die Lautsprecheranlage. »Wir präsentieren Lord Byron, den extraordinären Dressurreiter!«

Durch den Zeltvorhang kam ein Mann ins Scheinwerferlicht der Manege geritten. Er stand auf den Rücken zweier Seite an Seite galoppierender Hengste und erreichte die Mitte der Manege. Syeira sprang auf das äußere Pferd, als es nahe genug an ihres herankam. Ein weiteres Mädchen kam einen Augenblick später dazu.

Geschickt wie ein Affe kletterte Syeira auf die Schultern des Mannes, der auf den beiden glänzenden Pferden balancierte. Sie griff nach unten und half dem anderen Mädchen hinauf. Dann standen sie beide jeweils mit einem Fuß auf einer Schulter Lord Byrons und hielten sich an den Händen, um ihr Gewicht auszugleichen. Sie hoben das andere

Bein anmutig und so sicher in die Luft, als würden sie sich nicht mit atemberaubender Geschwindigkeit um die Manege bewegen. Ihre Haare flatterten im Wind, während sie auf den Schultern des Mannes balancierten, der ohne sichtbare Haltevorrichtung auf zwei galoppierenden Pferden stand, die weder Zaumzeug noch Sattel trugen.

Donnernder Applaus brauste auf.

Syeira und das andere Mädchen sprangen gleichzeitig in die Mitte der Manege ab. Sie landeten nur Zentimeter voneinander entfernt, rissen die Arme nach oben und verbeugten sich vor der Menge. Einen Augenblick später landete auch Lord Byron auf dem Sand und verneigte sich übertrieben. Die Pferde umkreisten die Manege weiter, auf ihren Rücken die beiden anderen Kunstreiterinnen.

»Meine Damen und Herren«, donnerte der Manegenleiter. »Cservanka & Cservanka ist lange Jahre Gastgeber der Reiter Fellani. Ihre Reitkunst ist unübertroffen. Applaudieren Sie mit mir, um ihnen Ihre Wertschätzung zu zeigen.«

Als das Publikum applaudierte, traten Syeira und ihre Kolleginnen hinter ein paar reiterlose Pferde und sprangen auf ihre Rücken wie Cowboys in einem alten Western. Ein niedriger, brennender Reifen wurde an der Rückseite der Manege aufgestellt. Der Rauch stieg zum Zeltdach auf. Nacheinander sprangen sie mit ihren Pferden durch die Flammen und verschwanden hinter dem Vorhang.

»Da hast du dir ja eine ausgesucht«, staunte Matt.

Andy sah ihn an. »Worüber redest du?«

Matt nickte in Richtung der verschwundenen Pferde. »Syeira. Ich glaube, du hast da ein Mädchen gefunden, das dich auf Trab halten wird.«

»Ich hab sie mir nicht ausgesucht.«

»Wie du meinst.« Matt zuckte mit den Schultern und grinste. »Auf jeden Fall wirst du hier im Zirkus genug zu tun haben.«

»Damit komme ich schon klar.«

»Mhm.«

»Meine Damen und Herren«, rief der Manegenleiter. »Wenden Sie Ihre Aufmerksamkeit nun der linken Manegenhälfte zu.«

Die Scheinwerfer folgten gehorsam seinem ausgestreckten Finger. Doch die linke Manegenhälfte war leer. Da ertönte eine raue Stimme. »Nicht da drüben, hier!«

Der Manegenleiter tat überrascht und sah zur rechten Hälfte der Manege hinüber. Die Scheinwerfer folgten seinem Blick und blieben an einem Clown mit zu großer Hose und riesigen Schuhen hängen.

»Ts!«, machte der Clown. »Ich geb dir Anweisungen, und du machst alles falsch!«

»Stimmt doch gar nicht! Links hast du gesagt.«

»Hier ist ja auch links. Es muss links sein, weil da drüben rechts ist.«

»Wie meinst du das? Dort ist links, und hier ist rechts!«, erwiderte der Manegenleiter. »Du stehst eindeutig in der *rechten* Manegenhälfte. Wenn da rechts ist, muss da drüben links sein.«

»Hier ist links!«, brüllte der Clown. »Und da ist rechts. Links ist nicht rechts, und rechts nicht links.«

»Aber hier ist rechts!«

»Rechts ist da, wo der Daumen links ist. Und links ist da, wo der Daumen rechts ist.«

Andy hörte der Diskussion nur mit halbem Ohr zu. An der Rückseite der Manege huschten Schatten umher und bauten

172

eine improvisierte Bühne auf. Dann brachten die Clowns einige Bühnenstücke herein.

Sie bereiteten eine Feuerwehrszene vor und eilten mit ihrem Feuerwehrauto zu einem »brennenden Haus« unter dem großen Zeltdach. Die Scheinwerfer folgten ihren Blicken zum obersten Stockwerk des Hauses.

In knapp sieben Metern Höhe breitete ein Clown auf einer Plattform dramatisch die Arme aus und tat so, als wäre er vom Feuer eingeschlossen. Der Rauch strömte aus einem kleinen Eimer mit Trockeneis, wie Andy vermutete, oder vielleicht war der Effekt auch computergeneriert.

Die Clownfeuerwehr holte das Sprungtuch heraus und eilte dem Opfer zu Hilfe, das panisch von einer Seite der Plattform zur anderen rannte. Auch die Feuerwehrleute liefen mit dem ausgebreiteten Sprungtuch hin und her, riefen Anweisungen und gestikulierten wild.

Schließlich zog der Clown auf der Plattform einen kleinen violetten Schirm hervor, spannte ihn auf und sprang in die Tiefe. Der Schirm stülpte sich während des Falls um. Als der Clown auf das Sprungtuch prallte, riss er all seine Retter mit sich zu Boden. Das Publikum schrie vor Lachen.

»Hallo.«

Andy sah auf und sah Syeira vor sich. Sie hatte sich umgezogen und trug wieder ihre Alltagskleidung. »Hallo«, sagte er. Syeira und Matt begrüßten sich ebenfalls.

»Gefällt euch die Show?«, fragte sie.

»Du warst super!«, sagte Andy.

»Trickponyreiten.« Syeira zuckte mit den Schultern. »Jeder Pony-Express-Reiter könnte es besser.«

»Aber glaub mir, dein Outfit würde keinem Cowboy stehen.«

Die Clowns tollten weiter in der Manege herum. Jetzt, da das Opfer »gerettet« war, versuchte der Chef der Feuerbrigade – er trug einen Feuerwehrhelm, unter dem seine roten Locken in alle Richtungen hervorquollen –, ihm die Rechnung für die Rettungsaktion zu präsentieren. Doch das Opfer behauptete steif und fest, sich selbst gerettet zu haben.

Syeira sah sich im Publikum um. »Die Leute scheinen Spaß zu haben. Viele sind wirklich hier, nicht nur in Holo-Form. Die Metzger machen bestimmt ein gutes Geschäft.«

»Die Metzger?«, fragte Matt.

»Die Süßwaren- und Getränkeverkäufer«, erklärte Andy. Er hatte den Begriff in den letzten Tagen aufgeschnappt. »Man nennt sie Metzger.«

Die Verkäufer wanderten durch die Menge und priesen lautstark ihre Waren an. Erdnusstüten, Popcorn und Zuckerwatte, Getränke, Eistüten und kleine Andenken wechselten den Besitzer.

Die Clownnummer endete in einem Wirbel aus Konfetti und lärmendem Tröten. Die Clowns jagten einander durch den Zeltvorhang nach draußen.

»Sehen Sie nun«, verkündete der Manegenleiter, »die mitreißende, faszinierende Darbietung der erstaunlichen Turrins!« Die Scheinwerfer folgten seinem weit ausholenden Arm in die Mitte der Manege. Helfer rollten einen riesigen, kugelförmigen Stahlkäfig herein. Als sie den Globus mit Drahtseilen an den tief im Boden gesicherten Pflöcken befestigt hatten, brausten drei Männer auf Miniatur-Motorrädern herein. Die Motorradfahrer sprangen über den Rand in die Manege. Sand wirbelte halbkreisförmig ins Publikum.

»Da stimmt was nicht«, erklärte Syeira über das Rattern der Motoren hinweg.

»Was?«, fragte Andy.

»Die Turrins sind noch nicht dran. Eigentlich sollte jetzt der Große Stanislas kommen.«

»Der Zauberer?«, fragte Andy. »Der Kerl mit den trainierten Pavianen, die ihn glauben lassen, dass er wirklich zaubern kann?« Er hatte einen Teil der Nummer gesehen, als Stanislas mit seiner dreiköpfigen Affentruppe geübt hatte. Er fand die Nummer großartig.

»Schimpansen, nicht Paviane«, verbesserte ihn Syeira.

»Okay.«

Besorgnis überschattete Syeiras Gesicht. Sie stand auf. »Ich muss Papa finden.«

»Warte«, rief Andy. »Ich komme mit.« Er wühlte sich durch die Menge, sprang über das Geländer am Ende der Tribüne und landete neben Syeira.

Syeira führte ihn zu den Wohnwagen und umgebauten Bussen, in denen die Artisten wohnten, während sie auf Achse waren. Auf jedem Gefährt prangten bunt der Schriftzug des Zirkus sowie der Name des jeweiligen Besitzers.

Das Logo auf Stanislas' Wagen, der neben einem umgebauten Schulbus geparkt war, zeigte den Magier mit seinen drei Schimpansen bei einem ihrer Tricks. Es war dunkel geworden, und selbst die helle Festbeleuchtung des Zirkus konnte nicht alle Schatten verbannen.

»Nach all den Jahren tust du mir das an?« Papas Stimme klang bestimmt, voller Ärger und einer Spur Wut.

»Papa, bitte.« Die andere Stimme war sanft und beschämt. »Ich will nicht, dass wir uns im Bösen trennen.«

»Wie sollen wir uns denn sonst trennen?«

Syeira dicht auf den Fersen, bog Andy um die Ecke des

umgebauten Schulbusses und sah, dass Papa und Stanislas sich vor seinem Wagen gegenüberstanden.

»Ich konnte nicht anders, Papa.« Stanislas war ein untersetzter Mann Ende fünfzig. Seine langen schwarzen Haare glänzten vor künstlicher Farbe und hingen ihm auf die Schultern herab. Er hielt mit beiden Händen seinen Zauberstab vor sich, als wollte er sich damit verteidigen.

»Papa«, rief Syeira.

Papas Kopf wirbelte herum. Seine Augen waren vor Erregung weit aufgerissen.

»Was ist denn los?«, fragte Syeira. Andy hielt sich dicht hinter ihr. Er wusste, dass es manchmal in Gewalt ausarten konnte, wenn Männer so leidenschaftlich diskutierten wie diese beiden. Sie hatten die Grenze der Holo-Projektoren überschritten, und Matt war einige Meter hinter ihnen verschwunden.

»Er verlässt uns und den Zirkus«, brachte Papa hervor und deutete mit dem Zeigefinger auf den Magier. »Heimlich bei Nacht, wie ein Dieb.«

»Du weißt, dass auch Ratten ein sinkendes Schiff verlassen«, sagte Stanislas.

»Auf Ratten verlässt man sich aber nicht. Hätte ich gewusst, dass du so sehr auf Käse stehst, hätte ich niemals auf dich gesetzt.«

»Ich bin keine Ratte.«

»Ha!«, platzte Papa heraus. »Wenn etwas quiekt wie eine Ratte, dann ist es auch eine. Diese Ratte verlässt unseren Zirkus, um für den Cirque d'Argent zu arbeiten.«

Syeira wandte sich dem Zauberer zu. »Stimmt das?«

Stanislas wandte sich beschämt ab und senkte die Augen. »Ja, Syeira. Es stimmt.«

»Warum?«

»Weil unser Vertrag ausläuft«, erklärte Papa. »Und er glaubt nicht, dass wir einen neuen bekommen.«

»Aber das werden wir«, sagte Syeira. »Die Sponsoren lassen uns nicht fallen.«

»Das sagst du aus purer Hoffnung und Loyalität zu Papa«, erwiderte Stanislas.

»Loyalität«, unterbrach ihn Papa. »Was für ein Wort aus deinem Mund.«

»Papa«, sagte der Magier sanft. »Ich bin ein alter Mann.«

»Als ob wir nicht alle älter würden.« Papa schüttelte den Kopf. Andy beobachtete, dass seine Sanftmut in seine Miene zurückkehrte.

»Du scheinst nie zu altern«, sagte Stanislas. »Egal, welche Schwierigkeiten und Probleme es auch gibt, du stehst Tag für Tag deinen Mann, Papa.«

»Für mich gibt es keinen anderen Weg.«

»Die Menschen hier geben dir Kraft. Einige glauben an dich, andere lieben dich.« Der Zauberer lächelte, und Tränen stiegen ihm in die Augen. »Ich denke, die meisten lieben dich. Ich liebe dich, auch wenn du da offensichtlich anderer Meinung bist.«

»Warum hast du dann diesen Weg gewählt? Hinter meinem Rücken?«

»Es ging nicht anders.« Der Magier breitete die Hände aus. »Hätte ich dir sagen sollen, dass ich den Glauben verloren habe, Papa? Den Glauben an dich, an diesen Zirkus und an mich?«

»Ja.«

»Wenn ich dir die Möglichkeit gegeben hätte, hättest du mich wahrscheinlich überredet zu bleiben. Das durfte ich nicht riskieren. Nicht diesmal.« Er seufzte schwer. »Ich habe nicht mehr viel Zeit in diesem Geschäft.«

»Das stimmt nicht«, widersprach Papa.

»Ah, du warst immer sehr großzügig und charmant, mein Freund. Aber wir beide wissen, dass meine Hände langsamer werden. Ohne die Schimpansen und mein Gefühl für das richtige Timing könnte ich nicht mehr vor Publikum auftreten.«

»Und der Cirque d'Argent?«, fragte Papa. »Was bieten sie dir?«

»Sie zahlen mir fast das Dreifache meines Gehalts hier. Wenn ich dort ein Jahr arbeite, dieses Jahr, dann ist das so, als würde ich drei Jahre für dich arbeiten. Ich brauche das Geld. Du weißt, dass meine Lispeth krank ist. Es geht ihr schon lange schlecht.«

»Ich weiß. Ich erinnere mich an all die Nächte, die wir gemeinsam an ihrem Bett gewacht haben.«

Tränen liefen über Stanislas' Gesicht und glänzten im Mondlicht. »Ich auch, alter Freund. Ich auch. Ohne dich hätte ich es manchmal nicht geschafft.«

»Aber jetzt schaffst du es ohne mich.«

»Das muss ich«, flüsterte der Zauberer heiser. »Sie bieten mir einen Dreijahresvertrag. Ich werde also für neun Jahre bezahlt und muss nur drei dafür arbeiten.«

»Du bist doch noch jung«, sagte Papa. »Du könntest leicht noch zehn oder zwölf Jahre hier arbeiten.«

»Und wenn ich einmal nicht mehr arbeiten kann?«

»Dann sorge ich dafür, dass du gut versorgt wirst. So, wie ich mich um alle meine Leute kümmere.«

»Ich will nicht als Almosenempfänger enden und dem Zirkus auf der Tasche liegen. Du kennst mich. Dafür bin ich zu stolz.«

Andy war nicht ganz wohl dabei, das Gespräch zu belauschen. Die Auseinandersetzung zwischen den beiden Männern war beendet, doch erst jetzt tat es weh.

»Du lässt Gertha, Marguerite und Faust hier zurück?«, fragte Syeira.

»Ich habe keine andere Wahl. Sie gehören Papa, genauso wie der Wohnwagen, in dem wir leben. Sie kennen kein anderes Zuhause. Das will ich ihnen nicht nehmen.«

Papa ließ mutlos die Schultern sinken. »Ich kann dir also nichts bieten, das dich umstimmt, mein Freund?«

Der alte Zauberer wischte sich mit dem Handrücken über das Gesicht. »Das würde uns nur beide beschämen, Papa.«

Langsam nickte Papa. »Dann wünsche ich dir viel Glück und Gottes Segen, Stanislas.« Er reichte ihm die Hand. Der Zauberer nahm sie, und Papa zog ihn zu einer Umarmung an sich heran. »Möge deine Reise sicher sein, mein Freund, und dir das Herz niemals schwer werden.«

Stanislas drückte ihn heftig an sich, versuchte, etwas zu sagen, doch er brachte kein Wort heraus. Dann stolperte er davon.

Syeira ging auf Papa zu. Auch ihr liefen Tränen über das Gesicht. »Halt ihn auf«, flüsterte sie.

»Ich kann nicht.« Papa legte ihr den Arm um die Schultern. »Es ist, wie Stanislas sagt. Es würde uns beide beschämen. Er glaubt, keine andere Wahl zu haben.«

»Aber der Zirkus ohne Imanuela und den Großen Stanislas ... Das werden die Fans doch merken«, warf Syeira ein.

»Wir machen weiter«, sagte Papa mit fester Stimme. »Wie immer, mein Kind. Und solange ein Cservanka lebt, der den Zirkus so liebt wie ich, wird die Show nie zu Ende sein.«

Andy sah den alten Zauberer in der Nacht verschwinden,

ein Schatten, der schwächer wurde und schließlich ganz von der Dunkelheit verschluckt wurde. Sein Mantel flatterte im Wind.

Ein Geräusch ließ ihn zum Wohnwagen hinübersehen. Drei Affengesichter drückten sich gegen das Fenster und sahen mit wachen Augen zu, wie Stanislas verschwand. Sie trugen bereits ihre Showkostüme. Einer von ihnen hob die Hand und winkte zum Abschied.

Freier Fall ... 13

»Andy, bist du wach?«

Andy ignorierte den Ruf zuerst, überzeugt davon, dass es nur ein schlechter Traum sein konnte, dass unmöglich jemand versuchen konnte, ihn zu wecken. Dann bemerkte er, dass die Stimme zu Syeira gehörte und nicht die seiner Mutter war.

»Ja.« Er setzte sich auf und schlug mit dem Kopf an hartes Metall. Vor Schmerz stöhnte er auf.

»Alles in Ordnung?«

»Ja. Ich hab nur meinen Kopf gegen das obere Bett geschlagen, um schneller wach zu werden.« Papa hatte ihm einen Schlafplatz im Bus der Clowns zugewiesen. Geduckt setzte er sich auf die Bettkante. Seine nackten Füße berührten den kalten Boden.

Syeira stand in der geöffneten Tür am Ende des Busses. Die fernen Lichter der Stadt leuchteten hinter ihr am Himmel.

»Was ist los?«, fragte Andy über das klopfende Surren der Klimaanlage hinweg.

»Nichts. Es ist Zeit zum Gehen.«

Der Zirkus verlässt die Stadt heute Nacht. Andy gähnte und versuchte, sich zu sammeln. »Wie spät ist es?«

»Vier.«

Er hatte zwei Stunden geschlafen. Er konnte es nicht fassen. Normalerweise war er immer startbereit. Er konnte länger ohne Schlaf auskommen als jeder andere Net Force Explorer, ausgenommen Leif Anderson. Wenn Leif dann einschlief, war es jedes Mal ein ausgedehnter Besuch im Land der Träume; Andy genügte stets ein kleines Nickerchen.

Während der vergangenen drei Tage, die der Zirkus in Alexandria gastiert hatte, hatte sich Andy um Imanuela gekümmert, an der Entwicklung des Computerspiels gearbeitet und sich im Zirkus umgesehen. Dann hatte er noch ab und zu bei seiner Mutter in der Klinik und zu Hause vorbeigeschaut, doch selbst in der Veeyar ließ ihn diese bleierne Müdigkeit nicht aus ihren Krallen.

»Andy.«

»Ich komme.« Als Syeira die Tür hinter sich zuzog, griff er in der Tasche unter dem Bett nach seiner Jeans und einem Pullover. Das Leben in dem umgebauten Bus war nicht gerade luxuriös. Er zog sich an, schlüpfte in seine Turnschuhe und plünderte sein Versteck Minisalamis.

Draußen herrschte bereits geschäftiges Treiben. Flutlichtanlagen schufen helle Inseln in der Nacht. Das hämmernde Dauerdröhnen der Generatoren durchdrang den gesamten Zirkus. Über den Lärm hinweg erhoben sich schrille Stimmen.

»Was machen wir jetzt?«, fragte Andy. Papa hatte vor der Abendvorstellung ein letztes Mal den Einsatzplan überarbeitet. Die meisten Artisten hatten beim Abbau festgeleg-

181

te Aufgaben. Einige Hilfsarbeiter waren vor Ort angeheuert worden, um sie zu unterstützen.

»Wir helfen bei der Budenstraße.« Syeira ging durch das Gewirr von Kabeln voran, die von den Generatoren aus über den ganzen Boden liefen. Elefanten zerrten und schoben Ausrüstungsteile und Verkaufsstände auf niedrige Anhänger, die von den angemieteten Lastwagen gezogen wurden.

Das Ganze erschien Andy surreal. Vielleicht lag es am Schlafmangel, doch es war wirklich eigenartig zu sehen, wie die gesamte Zeltstadt sich so rasch in Luft auflöste.

Als er mit seiner Mutter den Aufbau des Zirkus beobachtet hatte, hatte er sich nicht viele Gedanken darüber gemacht. In vielen Teilen Alexandrias fanden sich Baustellen, an denen Gebäude aufgebaut oder abgerissen wurden. Doch nun hatte er einige Tage im Zirkus verbracht, und es machte ihm mehr aus als erwartet, dass nun alles so einfach verschwand.

Vor seinen Augen bebte das Hauptzelt und sank in sich zusammen.

»Geht es dir gut?«, fragte Syeira.

»Ja.« Seine Stimme klang jedoch angespannt.

Die Gruppe huschte aus dem Schatten wie ein Wolfsrudel.

Ihre heimlichen Bewegungen zogen Andys Aufmerksamkeit sofort auf sich. Er befand sich in einem Zuckerwattestand und sicherte die Ausrüstung für den Transport. Die Verkäufer hatten nach dem Ende der letzten Vorstellung bereits alles zusammengepackt, nachdem die letzten Besucher den Bereich um den Haupteingang verlassen hatten.

Vorsichtig legte Andy die eingepackten Geräte beiseite und beobachtete, wie die Gruppe sich unbemerkt in das geschäftige Treiben mischte, das auf dem ganzen Zirkusgelände herrschte. An ihren Füßen glänzte etwas metallisch. Andy konnte das Surren der kleinen Skateboard-Räder förmlich hören.

Er nahm an, dass die Eindringlinge über eine der vier Straßen gekommen waren, die zu den Parkplätzen rund um das Zirkusgelände führten.

Rasch ging er zur Tür hinüber. Das ständige Brummen der Generatoren würde jedes seiner Geräusche ebenso gut verbergen wie das Eindringen der Skater. Er nahm seine Geldbörse aus der Hosentasche und wählte die Telefonfunktion. Dann steckte er den Ohrstöpsel in sein Ohr.

Mark Gridley meldete sich beim zweiten Läuten. »Hallo?«

»Ich bin's, Andy.« Er sprach leise, um nicht doch Aufmerksamkeit zu erregen.

»Ich dachte, du bist mit dem Zirkus abgehauen.«

»Wir verlassen die Stadt innerhalb der nächsten Stunden.« Andy begab sich aus dem Stand heraus und nahm die Verfolgung auf. Das Mondlicht fiel kurz auf das schwache Schimmern eines schwarzen Totenkopfs mit glühenden Augen. »Kannst du einen Moment dranbleiben? Ich glaube, ich hab gerade beobachtet, wie eine Skatergang namens Skulls in das Zirkusgelände eingedrungen ist.«

»Sind das nicht die Kerle, mit denen du im Einkaufszentrum aneinander geraten bist?«

»Genau. Glaubst du an Zufälle?« Andy blieb in Deckung und bewegte sich langsam vorwärts. Die meisten Artisten und Arbeiter hatten sich auf dem nördlichen Teil des Geländes versammelt, um die schweren Ausrüstungsteile auf die Niederfluranhänger zu verladen.

»Zufälle passieren«, kommentierte Mark. »Aber ich glaube nicht wirklich daran. Ich hab die Polizeiwache Alexandria auf Kurzwahl gespeichert.«

»Gut. Aber ich will nicht umsonst Alarm schlagen.« Andy schlüpfte zwischen zwei Verkaufsständen hindurch. In den Net-Force-Explorer-Trainings hatte er auch nächtliche Manöver durchgenommen. Er wusste, dass Sky-Lining – jemandes Umrisse gegen eine Lichtquelle beobachten – mit all dem Trubel um ihn herum nicht ungefährlich war.

»Die Skulls bedeuten Ärger«, warnte Mark. »Vielleicht sollte ich besser gleich die Cops rufen.«

»Warte. Die Kerle sind bestimmt bewaffnet. Wenn wir die Polizei rufen, befürchte ich eine Schießerei. Vielleicht ist die Geschichte im Einkaufszentrum nicht einfach so passiert. Ich finde wohl besser erst mal heraus, was sie hier wollen.«

Die Skulls steuerten geradewegs auf das Gelände hinter dem Zeltplatz zu. Hier befanden sich die Büros und Papas Wagen.

Andy folgte ihnen im Abstand von knapp fünfzig Metern. Er schnappte Gesprächsfetzen durch das Brummen der Generatoren auf, aber nichts, was ihm weiterhalf. Die Skulls trugen ihre Skateboards jetzt um den Hals gebunden. Sie rannten durch die Buden der Nebenvorführungen, in denen wirkliche und virtuelle Sensationen geboten waren. Diese Buden wurden immer erst am Schluss verladen, da sie verhältnismäßig leicht waren. Zuerst waren Tiere und Zelte an der Reihe.

Andy duckte sich hinter Madame Elsas Wahrsagerkabine. Die Skulls versammelten sich vor der Tür zur Kabine von Otakar, dem Starken Mann. Aus der Nähe erkannte Andy Razor, den Kerl, mit dem er im Einkaufszentrum aneinander gerasselt war. Einer der Skater zog ein Brecheisen unter seiner Jacke hervor und reichte es weiter.

Razor schob es in den Türspalt. Das Schloss gab knackend nach, doch der allgemeine Geräuschpegel war zu hoch, als dass jemand darauf aufmerksam wurde. Rasch schlichen die Skater einer nach dem anderen hinein.

»Ruf die Polizei«, sagte Andy. »Sie sind gerade in Otakars Wagen eingebrochen.«

»Alles klar.«

Andy kauerte sich zusammen und kroch näher an die Kabine heran. Mark ließ den Kanal offen, so dass er das Gespräch mit der Polizei verfolgen konnte.

So schnell, wie die Skulls in den Wagen eingedrungen waren, kamen sie auch wieder heraus.

Andy hielt die Telefonverbindung aufrecht, stellte jedoch zusätzlich eine Videoverbindung her, um das Verbrechen zu filmen. Er schlich langsam um die Wahrsagerkabine herum und hielt seine Geldbörse nach oben. In dem Moment, als er die Szene durch das Objektiv erkannte und zu filmen beginnen wollte, verdeckte ihm ein riesiger Fuß die Sicht. Alles wurde dunkel. Er wurde nach hinten geschleudert.

Andy schlug mit dem Rücken auf dem Boden auf. Seine Geldbörse fiel ihm aus der Hand und riss den Ohrstöpsel heraus, über den er mit Mark kommuniziert hatte.

»Ich hab doch gesagt, da verfolgt uns jemand«, krähte einer der Skater triumphierend. Er stand groß und breitbeinig da, seine Gesichtszüge waren Andys vernebeltem Blick durch die Dunkelheit entzogen. Er machte einen Schritt nach vorn, packte Andy am Kragen und zerrte ihn beinahe mühelos auf die Beine.

Andy versuchte, sich loszureißen, doch er hatte keine Chance. Seine Arme hingen schwach herab, und in seinen Ohren klingelte es.

Der Skater grinste erwartungsvoll. »Ich mach dich fertig.« Er holte mit einer Faust aus.

185

»Nein«, befahl Razor barsch. »Lass ihn.«

Der große Skater zog eine enttäuschte Grimasse. Dann holte er Schwung und schleuderte Andy in die Wahrsager-kabine.

Der Aufprall ließ Andy beinahe ohnmächtig werden. Er schlug mit dem Gesicht auf dem harten Untergrund auf. Mit weichen Knien und zitternden Armen schaffte er es müh-sam, sich aufzurichten.

Die Skulls verschwanden bereits wieder in der Dunkelheit. Doch er war sicher, dass einige von ihnen Pakete mit sich trugen.

Grelles Licht flackerte vor ihm auf dem Boden. »Was ist hier los?«

Andy wandte sich um. Das Licht blendete ihn. Er blinzelte und schüttelte den schmerzenden Kopf. »Nehmen Sie das Licht aus meinem Gesicht.«

Der Lichtkegel senkte sich.

Funken tanzten vor Andys Augen, als er sich an die Wand der Wahrsagerkabine drückte und sich zitternd ganz aufrich-tete. Vor ihm stand Martin Radu.

»Was ist mit Ihnen passiert?«, fragte Radu.

Andy deutete auf den Wagen des Starken Manns. »Skater sind da eingebrochen.«

Radu leuchtete die geöffnete Tür an. »Ist noch jemand drin?«

Andy schüttelte den Kopf und bereute es sofort. Der Schmerz explodierte in seinem Schädel. »Sie sind weg. Sie haben irgendwas mitgenommen.«

Radu ging zum Wagen und betrat ihn fluchend.

Noch immer leicht benommen hob Andy seine Geldbörse vom Boden auf und ging Radu hinterher. »Mark?«

»Ich bin noch dran, Kumpel«, antwortete Mark. »Wie geht's dir?«

»Fühlt sich an, als wäre ein *Space-Marines*-Kampfanzug über mich hinweggewalzt. Was ist mit der Polizei?«

»Unterwegs.«

Radu leuchtete mit der Taschenlampe im Inneren des Wagens die Einbauschränke mit Kostümen und Bühnenausrüstung ab. Die Hanteln des Starken Mannes lagen mitten auf dem Boden. An jeder der vier Stangen waren links und rechts große Kugeln angebracht, die von zweihundertfünfzig bis tausend Pfund reichten. Schließlich war Otakar als stärkster Mann der Welt bekannt. Doch die Kugeln waren hohl. Sie waren zwar unglaublich schwer, wogen jedoch nicht so viel wie angegeben. Die meisten Leute schafften es nicht, sie anzuheben, wenn sie es einmal versuchen durften.

Offensichtlich hatten die Skulls von den hohlen Hanteln gewusst. Schlimmer noch, sie hatten gewusst, dass etwas darin versteckt war. Irgendetwas war an der Sache faul.

»Fehlt irgendetwas?«, fragte Patrol Sergeant Cranmer von der Polizeiwache Alexandria. Das Zirkusgelände befand sich im Zuständigkeitsbereich dieser Einheit.

Papa stand dem Polizisten gegenüber und schüttelte den Kopf. »Nein.«

Andy hatte sich in die Menge der Schaulustigen zurückgezogen und beobachtete das Ganze. Syeira stand neben Papa, während Radu ganz in der Nähe auf und ab ging.

Cranmer war groß und schlank, sein glatt rasiertes Gesicht war von der Sonne leicht gerötet. Er blickte auf das Formular, das er gerade ausfüllte. »Gab es irgendetwas in dieser Kabine, hinter dem sie möglicherweise her waren?«

Papa schüttelte den Kopf erneut. »Nein, nichts. Wie Sie ja sehen, ist es nur die Kabine des Starken Mannes. Eine der kleinen Bühnen, die wir für die Nebenvorführungen am Haupteingang aufstellen. Es gibt nicht einmal kleine Preise zu gewinnen oder so etwas.«

Die Skulls sind auf keinen Fall wegen nichts hier eingebrochen, dachte Andy. Er berührte seine aufgeschlagene Lippe und zuckte vor Schmerz zusammen.

Die Morgendämmerung nahte und färbte den Himmel im Osten grau.

»Nun, Mr Cservanka«, sagte Cranmer höflich. »Ich werde den Bericht über den Einbruch weiterleiten, aber erwarten Sie nicht zu viel. Da kein Eigentum abhanden gekommen ist und Sie die Stadt verlassen, ist die Dringlichkeitsstufe eher niedrig.«

»Ihre Offenheit in allen Ehren, Sir«, erwiderte Papa. »Doch da wäre noch die Tatsache, dass dieser junge Mann angegriffen wurde. Ich möchte nicht, dass sie damit einfach so davonkommen. Andy hätte ernsthaft verletzt werden können.«

Cranmer wandte sich Andy zu. »Was ist, Sohn? Wenn wir dir einige Karteifotos vorlegen, könntest du die Kerle identifizieren?«

Andy zögerte einen Augenblick und verbarg es hinter einer Berührung seiner Lippe. Er wusste, dass es die Skulls gewesen waren, aber ihm war auch klar, dass sie sich der Sache entledigen würden, die sie genommen hatten, sobald er sie identifizierte. Und wenn er sich so weit hineinziehen ließ, würde seine Mutter sich für ihn verwenden müssen, da er noch minderjährig war. Dann konnte er die Chance, das Spiel zu entwerfen und mit dem Zirkus zu reisen, möglicherweise vergessen.

Außerdem war er sicher, dass mehr dahinter steckte als nur ein Fall von Vandalismus. Nach dem Zwischenfall im Einkaufszentrum hatte er Nachforschungen angestellt. Die Skulls handelten mit Diebesgut und waren Kuriere für Schmugglerware.

Mit einem Schulterzucken antwortete er dem Polizisten: »Ich weiß nur, dass es die Skulls waren. Sie haben die Ganginsignien getragen.«

»Jeder kann eine Skull-Jacke tragen«, erwiderte Sergeant Cranmer erwartungsgemäß.

Andy unterdrückte den Impuls zu widersprechen. »Ja, Sie haben wahrscheinlich Recht.« *Aber nicht jeder wusste über die hohlen Hanteln Bescheid. Ich werde herausfinden, woher sie diese Information hatten.*

Andy saß im Passagierwagen des Atlantic-Corporation-Transportzugs und gähnte erschöpft. Die Bewegung ließ seine geschwollene Lippe wieder schmerzen. Sein undeutliches Spiegelbild im Fenster zeigte ihm, dass sie anscheinend etwas abgeschwollen war.

Syeiras Spiegelbild tauchte hinter ihm auf. »Du bist wach«, stellte sie fest. Er wandte sich zu ihr um und lächelte nur leicht, weil auch das Schmerzen verursachte. »Gerade noch so. Ich fühle mich, als würde ich einen Zentimeter vor dem Grab stehen.« Es war später Vormittag. Er hatte drei Stunden geschlafen, seitdem der Zug Alexandria verlassen hatte.

Andere Passagiere – Pendler sowie Zirkusleute – saßen um sie herum. Die meisten schliefen oder überflogen Nachrichtenüberschriften in Zeitungen oder in persönlichen digitalen Assistenten. Das Rattern des Zuges klang so gleichmäßig wie ein Metronom.

»Du solltest schlafen«, sagte Syeira. Sie trug Jeansshorts und ein bauchfreies Oberteil, darüber eine leichte Lederjacke mit dem Zirkuslogo.

Andy tippte auf seine Uhr. »Zeit, um nach Imanuela zu sehen.«

»Ich war schon bei ihr. Sie schläft ganz ruhig. Zugreisen sind für sie so normal wie dein Zuhause für dich, weißt du.«

»Gut.« Andy gähnte erneut. »Ich hatte schon befürchtet, dass sie vielleicht reisekrank wird. Aber ich hab meiner Mutter versprochen, selbst nach ihr zu sehen.«

»Soll ich mitkommen?«

»Klar.« Andy erhob sich von seinem Platz und schlüpfte auf den Gang. Er nahm den Medizinkoffer von der Ablage über seinem Kopf.

Die Güterwagons mit den Käfigen für die Tiere befanden sich vor den Passagierwagen. Imanuelas Gehege war das erste, ausgestattet mit einem tragbaren Holo-Projektor für die Anzeige der Energieversorgung des Zuges, der über eine Telekommunikationsverbindung verfügte.

Vorsichtig überquerte Andy die Verbindung zwischen den Wagons, während er sich zum vorderen Teil des Zuges durcharbeitete. Syeira folgte ihm so mühelos, als gäbe es die Schienen nicht, die mit Höchstgeschwindigkeit unter ihnen vorbeirasten. Andy kletterte zu Imanuela und sagte sich vor, dass die dicken Transportkabel, die das Gehege am Wagon festhielten, stark genug waren, um den Käfig mitsamt dem Elefanten bei einem Hurrikan zu sichern. Sie sahen nur ein bisschen zu dürftig aus, um sich wohl zu fühlen. Sein Magen knurrte plötzlich so laut, dass er den Lärm des Zuges übertönte.

»Möchtest du frühstücken?«, fragte Syeira, während er Imanuelas Werte überprüfte.

»Gibt es denn noch was?« Er hatte das gemeinsame Frühstück verpasst und war davon ausgegangen, dass er erst wieder etwas bekommen würde, wenn sie in Columbia, South Carolina, hielten. Den Zwischenstopp in Raleigh, North Carolina, hatte er verschlafen. Der Zirkus war auf dem Weg zu einem einwöchigen Engagement in Mobile, Alabama.

»Papa hat immer was zu essen dabei, wenn auch meistens nur Haferbrei, Fertigsuppe, Cracker und so weiter. Bestimmt hat er noch was übrig. Und ich hab mich mit einer der Zugbegleiterinnen angefreundet. Ich könnte sie um heißes Wasser bitten. Es ist zwar nichts Großartiges, aber du scheinst eine Mahlzeit vertragen zu können.«

»Egal was, ich sterbe vor Hunger. Imanuelas Fußnägel kommen mir schon appetitlich vor …«

Syeira sprang anmutig über die Lücke zwischen den beiden schwankenden Wagons, als wäre es nichts.

Andy schaltete die Holo-Projektoren ein und rief seine Mutter über sein Geldbörsentelefon an. Sie bemerkte sofort seine Lippe, als sie den Anruf entgegennahm.

»Ich hab im HoloNet schon gehört, dass im Zirkus etwas passiert ist. Was ist mit deiner Lippe?«

Andy war ein alter Hase darin, seiner Mutter Sorgen über Dinge zu ersparen, an denen sie nichts ändern konnte. Allein erziehende Mütter neigten dazu, sich mehr Sorgen zu machen als andere. »Es war dunkel letzte Nacht, und es war der erste Abbau für mich.«

»Abbau?« Sie berührte seine Lippe. Glücklicherweise übte das Holo-Bild nicht denselben Druck aus wie eine reale Berührung.

»Wir haben den Zirkus abgebaut«, erklärte Andy.

»Tut es weh?«

»Nein.« *Wenn du das in Wirklichkeit versuchen würdest,
würde ich vor Schmerz an die Decke springen.*

»Also, wie ist das passiert?«

»Ich bin ausgerutscht und hingefallen.«

Er konnte an ihrem Gesicht ablesen, dass sie sich mit dieser Antwort zufrieden gab. Sie wandte sich Imanuela zu.
»Ich habe gehört, es gab letzte Nacht einen Einbruch bei
euch. Es soll sich um irgendwelche Gangmitglieder gehandelt haben?«

»Die Polizei meint, dass es eine Mutprobe oder Vandalismus war. Es ist aber nichts gestohlen worden, und niemand
wurde verletzt.«

Seine Mutter nickte. Sie unterhielten sich noch einige Minuten. Auch sie war der Meinung, dass Imanuelas Zustand
keinen Anlass zur Sorge gab. Dann richtete sie sich auf und
sah über seine Schulter. »Zeit für mich zu gehen. Drei sind
einer zu viel.«

Das leichte Grinsen, das sie ihm zuwarf, ließ Andy erröten. Er wandte sich um. Syeira stand hinter ihm und hielt
eine große Papiertüte in den Händen. Er verabschiedete sich
von seiner Mutter, und sie verschwand.

»Ist mit Imanuela alles in Ordnung?«, fragte Syeira.

Trotz des Geruchs von Heu und Elefant, der das Gehege
erfüllte, machte Andy den starken Duft heißer Schokolade
aus, der aus der Tüte in Syeiras Händen strömte. »Ja, alles
in Ordnung.«

»Wir könnten im Passagierwagen essen«, schlug Syeira
vor.

Andy spürte, dass sie noch eine andere Idee hatte. »Oder?«

Sie lächelte. »Oder darauf.«

»Darauf?« Andy sah zum Dach des Wagons hinauf, das sanft hin und her schaukelte. Die Vorstellung reizte ihn trotz der offensichtlichen Gefahr sehr.

»Es ist nicht so gefährlich, wie es aussieht. Papa hat es zwar nicht gern, wenn ich da raufgehe, aber er schimpft auch nicht besonders, wenn er mich erwischt.«

»Ich bin dabei.« Andy folgte Syeira die schmale Leiter auf das Dach hinauf und kletterte über den Rand.

Syeira bewegte sich viel leichtfüßiger als er, obwohl sie die Papiertüte bei sich hatte. Ihr Körper schien sich an das Schwanken des Wagons anzupassen, als wäre es seine zweite Natur. Der Wind blies warm und nicht so kräftig wie erwartet.

In der Mitte des Wagons setzte sich Syeira im Schneidersitz nieder. Sie wedelte mit der Hand, und plötzlich hing ein rot-weiß kariertes Tischtuch von ihren Fingern und wehte wie eine Flagge im Wind.

Andy musste trotz seiner schmerzenden Lippe grinsen. »Sag nichts. Du hast auch mit dem Großen Stanislas gearbeitet.«

»Ja. Aber nur bei besonderen Anlässen.« Sie breitete das Tischtuch aus.

»Welche besonderen Anlässe?« Andy hockte ihr gegenüber. Er war erstaunt, wie warm es hier oben war. Es war Nachmittag geworden. Weiße Schäfchenwolken zogen über den Himmel.

Syeira murmelte etwas, während sie die blauen Plastiktassen verteilte.

Andy öffnete seine Tasse und sog das Aroma heißer Schokolade ein. »Wie bitte? Ich hab dich nicht verstanden. Wann hast du mit Stanislas gearbeitet?«

Syeira seufzte. »Wenn einer der Schimpansen krank war.«

»Oh.« Andy versuchte, sich nichts anmerken zu lassen, doch ohne Erfolg. Er brach in schallendes Gelächter aus und stöhnte dann vor Schmerz auf.

»Geschieht dir recht.« Sie nahm die Papiertüte hoch. »Keiner sagt, dass du etwas zu essen kriegen musst.«

Andys Magen protestierte laut knurrend. »Okay, das ist nicht lustig.«

Sie reichte ihm zwei Schinken-Käse-Sandwiches und nahm sich selbst eines. Dann zog sie ein Glas Essiggurken und zwei Schalen mit Joghurt und Früchten hervor.

»Wow.« Andy war begeistert. Schweigend aßen sie. Er musste sich bemühen, die Sandwiches nicht hinunterzuschlingen, und nagte immer wieder an den Essiggurken herum, um sich zu bremsen.

»Hungrig?« Syeira grinste ihn an.

»Lecker.«

»Stimmt.«

Sie ließen ihren Blick über die bewaldete Landschaft schweifen, die an ihnen vorbeizog. Die nächste Stadt war kilometerweit entfernt, und der dichte Wald schien eine kleine Stadt in sich aufnehmen zu können.

»Schön hier oben, nicht?« Syeira war mit dem Essen fertig und schlang die Arme um ihre sonnengebräunten Beine.

»Ja.« Doch Andy stellte fest, dass er sich in einer städtischen Umgebung wohler fühlte. »Ein tolles Schlachtfeld für *Space Marines*.«

Syeira lachte.

Andy sah sie an.

»Vielleicht sehen wir nicht dasselbe«, erklärte sie und schaute auf die vorbeifliegende Landschaft. »Ich komme

194

gern hier hoch und setze mich hin, weil es meinen Kopf klar macht. Hier habe ich einen Moment ganz für mich.«

»Oh.« Wenn sie diese wichtigen Momente mit ihm teilte, sollte er vielleicht etwas mehr Wertschätzung zeigen. Er bereute seine Äußerung.

»Ich glaube, Klaus und Marie verlassen uns nach Mobile.«

Andys müdes Gehirn brauchte einen Moment, um ihren Worten zu folgen und sich zu erinnern, dass Klaus und Marie die Trapezartisten waren. »Haben sie das gesagt?«

»Nein. Das würden sie auch nicht. Aber ich habe bemerkt, dass sie sich abgrenzen.«

»Vielleicht sind sie einfach erschöpft?«

»Ich habe Leute kommen und gehen sehen. Ich hab ein Gespür für so was.«

»Gehen sie mit Stanislas zum Cirque d'Argent?«

»Ich weiß es nicht. Aber wenn sie gehen, muss ich bereit sein zu fliegen, wenn wir St. Louis erreichen.«

»Bist du das?«

Syeira zögerte. Ihr Blick verlor sich irgendwo zwischen den Bäumen. »Ich bin mir nicht sicher. Onkel Traian sagt Ja.«

Aber Onkel Traian muss ja auch nicht nochmal abstürzen, oder? Die Vorstellung, dass Syeira in wenigen Tagen tatsächlich am Trapez auftreten würde, womöglich ohne Netz, wenn es nach Traian ging, machte ihm Angst.

Syeira schlang die Arme fester um ihren Körper und grinste verlegen. »Vielleicht ist es doch ein bisschen kälter hier draußen, als ich gedacht hatte.«

Andy sah in seine Tasse, aber die heiße Schokolade war weg. Wie auch die Sandwiches, Essiggurken und der Joghurt.

»Du bist fertig. Wir können wieder runter.«

Andy wurde plötzlich nervös und verlegen zugleich. »Oder wir rutschen etwas enger zusammen. Das Tischtuch wäre eine gute Decke, und wir könnten uns gegenseitig wärmen.«

Einen langen Moment herrschte Schweigen. Dann sagte Syeira: »Okay.« Sie rutschte neben ihn und reichte ihm das karierte Tuch.

Andy spürte die Wärme ihres Körpers neben seinem. Sie zitterte. Bevor er wusste, was er tat – *nein, halt!* –, lag sein Arm auf ihren Schultern. Er zog das Tischtuch um sie beide.

Sie zitterte nicht mehr. »Besser. Danke.«

Andy zuckte mit den Schultern, was sich als ziemlich unbequem herausstellte, wenn jemand an einem lehnte. Er sah den Zug an. »Ich bin noch nie Zug gefahren. Nicht außerhalb der Veeyar. Und auf diese Weise auch noch nicht in der Veeyar.«

»Wir könnten den Zirkus auch auf der Straße befördern, aber mit der Bahn ist es viel einfacher.«

»Ich kann immer noch nicht glauben, dass alles hier reingepasst hat.«

»Eigentlich war es der Zirkus Ringling Brothers & Barnum and Baley, der als Erster den gesamten Zirkus per Zug befördert hat. Das war in den 1930er und 40er Jahren. Sie waren richtige Experten für den Transport aller möglichen Dinge auf der Schiene. Während des Zweiten Weltkriegs hat sich das amerikanische Militär von ihnen zeigen lassen, wie man Personal und Material am besten transportiert.«

»Wirklich?«

»Papa hat mir das erzählt. Ringling Brothers & Barnum and

Baley hatten spezielle Wagons entwickelt, um die großen Zelte und Tiere, die Stände und Budenstraßen zu verstauen. Davor mussten sie mit Gerüstaufbauten arbeiten oder viel Zeit aufbringen, um den Zirkus aufzustellen.«

Sie erzählte ihm mehr über die Geschichte des Zirkus. Ringling Brothers & Barnum and Baley hatten als einzelne Zirkusse begonnen und waren große Rivalen gewesen, doch die Geburt des Filmgeschäfts, des größten Konkurrenten auf dem Gebiet der Unterhaltung, hatte sie hart getroffen. Während Syeira erzählte, wurde sie in Andys Arm immer schwerer. Nach einer Weile schwieg sie. Dann hörte Andy sie leise schnarchen. Der Zug hatte sie in den Schlaf gewiegt.

Lächelnd genoss er das Gefühl, sie schlafend im Arm zu halten. Das erste Mal in seinem Leben fand er es schön, einfach nur dazusitzen.

Der Zug verringerte seine Geschwindigkeit, als sie um eine Kurve fuhren und einen steilen Anstieg in Angriff nahmen. Die Wagons ratterten und schwankten stärker von einer Seite zur anderen. Andy zog seinen Arm fester um Syeira. Erstaunlich, dass sie einfach weiterschlief. Die Wagons wurden ruckartig von der Lok vorangezogen, die Verbindungen zwischen den einzelnen Wagen rasselten dabei laut.

Andy fiel eine Bewegung sechs Wagons weiter hinten auf.

Martin Radu stand zwischen zwei Wagons und hielt sich ein Geldbörsentelefon ans Ohr. Den anderen Arm hatte er um die Leiter geschlungen und gestikulierte wild damit. Offensichtlich spürte er Andys Blick, denn er sah auf, erspähte ihn und zog sich dann zwischen die Wagons zurück.

Andy wurde neugierig. Bevor sie am Morgen aufgebrochen waren, hatte er seinen Net-Force-Explorer-Freund David Gray angerufen, über den er zu dem Programm gestoßen war. Davids Vater war bei der Polizei, und so hatte er Zugriff auf einige Datenbanken, die öffentlich nicht zugänglich oder nicht einmal bekannt waren. Andy hatte David gebeten, Informationen über die Skulls zu sammeln.

Obwohl Radu darauf beharrt hatte, dass aus Otakars Kabine nichts gestohlen worden sei, wusste Andy, dass es nicht stimmte. Er hatte schließlich beobachtet, wie die Skulls etwas mitgenommen hatten. Er wusste nur nicht, was in den hohlen Hanteln versteckt gewesen sein könnte.

Doch jetzt war er sich ziemlich sicher, dass Martin Radu diese Frage beantworten konnte. Er musste irgendwie in den Diebstahl verwickelt sein.

Freier Fall . . . 14

»Das Gesicht eines Clowns«, sagte Petar Jancso und verteilte die dicke weiße Grundierung sorgfältig auf seinem Gesicht, »ist das Wichtigste. Clowns haben ein großes Herz voller Liebe, und diese Liebe spiegelt sich auf ihrem Gesicht, mit einer Spur Humor oder Traurigkeit gemischt, wider.«

Andy saß neben dem kleinen Mann auf einem Hocker und beobachtete seine Verwandlung. Der Schminkraum lag an einem Ende seines Wohnwagens. Die Utensilien waren in kleinen Einbauschränken ordentlich verstaut.

Petar schminkte seine Augen, hielt dann inne und warf Andy einen Blick im beleuchteten Spiegel zu. »Man kann sich irgendeine Nummer ausdenken, sie überall hin mitnehmen und sie so oft verändern, wie man will. Aber solange man lebt, bleibt das erfundene Gesicht das eigene.«

Obwohl Andys Gedanken eigentlich von den Ereignissen der letzten Tage gefesselt waren, lauschte er Petar interessiert. Sie waren vorletzte Nacht in Mobile, Alabama, angekommen, hatten dort übernachtet und am gestrigen Morgen mit dem Aufbau begonnen. Erstaunlicherweise hatten sie es rechtzeitig geschafft und konnten heute Abend die erste Vorstellung geben. Andy war hundemüde und fühlte sich wie eine ausgepresste Orange.

»Weißt du, wie ein Clown sein Gesicht registrieren lässt?«, fragte Petar.

»Nein.« Andy überlegte krampfhaft, wie er das eigentliche Thema zur Sprache bringen sollte. Das Gute war, dass er spürte, dass er dem kleinen Mann wirklich vertrauen konnte.

Petars Hände bewegten sich automatisch und ließen die Falten und Jahre aus seinem Gesicht verschwinden. Die Augen waren nun blau und grün umrandet. Er setzte die rote Gumminase auf. »Man muss ein Foto von seinem geschminkten Gesicht machen und es an die Registrierungsbehörde für Clowns schicken. Und weißt du, was dann gemacht wird?«

»Keine Ahnung.«

Petar grinste teilweise Andy, teilweise sein eigenes Spiegelbild an, um den Effekt zu testen. »Das Gesicht wird auf ein Gänseei übertragen und in der Behörde aufbewahrt.«

»Ein Gänseei?«

»Ja. So will es die Tradition. Das geht auf das frühe sechzehnte Jahrhundert zurück. Damals diente es dem Clown vor allem als Erinnerung daran, welches Gesicht er trug. Später wurde der Brauch Bestandteil der Registrierung.« Er nahm die Perücke von der Wand neben dem Spiegel. »Aber deshalb bist du nicht hergekommen, oder?«

»Nein.«

Petar setzte die Perücke auf.

»Erinnerst du dich an den Abend, als die Skaterbande in Otakars Wagen eingebrochen ist?«

Der Clown nickte.

»Also, sie haben etwas mitgehen lassen.«

»Was?«

»Weiß ich nicht. Aber ich habe gesehen, wie sie Pakete aus dem Wagen getragen haben.«

»Was für Pakete?«

Andy schüttelte den Kopf. »Ich war nicht nah genug dran, um das zu erkennen.«

Petar tippte auf seine rote Nase. »Hast du es Papa schon gesagt.«

»Ich hab's versucht, aber er beharrt darauf, dass nichts fehlt.«

In den Augen des Clowns blitzte Verständnis auf. »Du glaubst, dass es etwas war, von dem Papa nichts wusste.«

»Vielleicht.« Andy zuckte mit den Schultern. »Es wäre schon ein komischer Zufall, dass die Skatergang, die Syeira im Einkaufszentrum verfolgt hat, einige Tage später wieder auftaucht, um den Zirkus zu überfallen.«

»Vielleicht waren sie sauer, weil du sie angegriffen hast.«

»Das kann ich mir nicht vorstellen. Der Vater eines Freundes von mir ist bei der Washingtoner Polizei. David hat die Skulls in den Polizeiakten überprüft. Die sind längst über kleine Straftaten hinaus. Die letzten drei Jahre haben sie als Kuriere für Diebesgut fungiert. Sie machen eine Unmenge Geld damit, steuerfrei natürlich. Das sind Geschäftsleute, keine Schläger, die Ärger suchen.«

Petar legte die Stirn in Falten, seine Mundwinkel sanken

nach unten. »Also würden sie wohl nicht zum Zirkus kommen, um jemandem einen Streich zu spielen.«

»Nein.«

»Was hast du jetzt vor?«

»Die Augen offen halten. Ich bitte dich, dasselbe zu tun.«

»Weißt du«, sagte Petar bedächtig, »es hätte auch ein Fehler sein können, mich einzuweihen.«

Andy grinste. »Dann wüsste ich jetzt wenigstens, wo ich mit meiner Suche anfangen soll.«

»Leg einen Gang zu, Andy«, drängte Emile, der Stelzenclown, und eilte auf seinen langen Beinen zwischen den Wagen der Nebenvorführungen hindurch in Richtung Hauptzelt. »Es heißt, dass wir heute Abend vor vollem Haus spielen.«

»Ich weiß.« Tatsächlich schien die Vorstellung ausverkauft zu sein. Mobile erwies sich als zirkusfreundlich, was Andy aufrichtig freute. »Wo ist Syeira?«

»Ich hab sie das letzte Mal bei Papa im Wohnwagen gesehen«, rief Emile, bevor er hinter einem Zelt verschwand. Sein Hut war über dem Dach noch zu erkennen.

Andy fand den Weg automatisch und steuerte über den Hinterhof – so nannten die Artisten den Bereich, in dem sie ihre Nummern probten. Sie hatten den Zirkus wieder genau so aufgestellt wie in Alexandria, in der Anordnung, die sie gewöhnlich immer verwendeten. So machte es jeder Zirkus, wenn es die Gegebenheiten zuließen. Auf diese Weise fühlte man sich überall zu Hause. Es gab eine alte Zirkusgeschichte über einen Tiertrainer in einem kleinen Zirkus, der seinem Hund jeden Abend einen Knochen gab. Nachts vergrub der Hund den Knochen unter demselben Wagen. In der Früh packte der Zirkus zusammen und fuhr in die nächste Stadt.

Der Hund fand nie heraus, warum der Knochen, den er vergraben hatte, nie dort war, wo er ihn gelassen hatte.

Im Moment jedoch, mit dem Bewusstsein, dass etwas vor sich ging, fühlte sich Andy nicht sehr heimisch, wie sehr er sich auch an die Umgebung gewöhnt haben mochte.

Martin Radu war in letzter Zeit nicht oft im Zirkus gewesen. Das kam niemandem verdächtig vor. Als Vierundzwanzig-Stunden-Mann musste sich Radu um die gesamte Werbung kümmern und alle Vorbereitungen treffen, damit an Ort und Stelle alles glatt lief.

Doch Radus lange Abwesenheiten verschafften Andy im Gegensatz zu den anderen Zirkusleuten auch eine Menge Zeit und Privatsphäre für andere Aktivitäten.

David hatte auf Andys Bitte hin Radus Vergangenheit in den Interpol- und FBI-Dateien überprüft. Interpol war als internationales Clearinghaus für Verbrecherkarteien mit den aktuellsten cybernetischen Mitteln gewöhnlich eine zuverlässige Informationsquelle. Leider hatte Radu weder in den USA noch im Ausland irgendetwas verbrochen.

Zumindest nichts, was bekannt wäre. Radu stammte aus den immer noch labilen Balkanstaaten. Die Lebensgeschichte, die er für die Zeit vor dem Zirkus angegeben hatte, schien zu stimmen, doch David hatte ihn darauf hingewiesen, dass in den meisten osteuropäischen Satellitenstaaten eine Menge vor sich ging, von dem niemand etwas wusste. Außerdem waren Unmengen von Aufzeichnungen zerstört worden, andere absichtlich verloren gegangen.

Das Einzige, das Andy wirklich gegen Radu in der Hand hatte, war das Gefühl, dass etwas faul war. Er hatte in den vergangenen Jahren gelernt, diesem Gefühl zu vertrauen. Vielleicht hätte Maj etwas Konkreteres gefunden, wenn er sie gefragt hätte, doch er war sich noch nicht sicher genug, um sie in die Sache hineinzuziehen.

Er hatte Papa immer wieder sagen gehört, dass Zirkusangelegenheiten Zirkusangelegenheiten seien. Keine Rechtssprechung der Welt wolle sich wirklich mit Dingen befassen, die in einem Zirkus geschahen. Da sie sich außerhalb Rumäniens befanden, war auch das internationale Recht ein Faktor.

Wenn es jedoch darum ging, Gewalttätigkeiten oder Auseinandersetzungen zu ahnden, die von einem Zirkus auf die umliegende Gemeinde übergriffen, wandten die örtlichen Gesetzeshüter meist strenge Maßstäbe an. Dann wurden vernichtende Gutachten über Gesundheit und Sicherheit geschrieben, die Budenstraßen geschlossen und Tiere und Ausrüstung konfisziert. Oft wurde auch die Einwanderungsbehörde dazugerufen, um die Visa der Zirkusleute zu überprüfen, was meist unproduktive Tage des Wartens bedeutete.

Außerhalb des Zirkus Hilfe zu suchen war also keine gute Idee. Zumindest noch nicht.

Andy ging einen Schritt zur Seite, als die Kunstreiterinnen mit ihren Ponys sich der Gasse zwischen Zelten und Wohnwagen näherten. Die Mädchen und ihre Tiere trugen blassvioletten Federschmuck auf den Köpfen. Syeira war nicht bei ihnen.

»He, Kalifa«, rief Andy.

Kalifa war ein zierliches Mädchen aus Somalia mit großen Augen und kohlrabenschwarzer Haut. Ihr Lächeln war breit. »Andy«, sagte sie und brachte das Pony neben sich zum Stehen. Sie war im Kleinkindalter mit ihrer Familie aus ihrer Heimat geflohen, um den Bürgerkriegen zu entkommen.

»Ich dachte, Syeira wäre bei euch«, sagte Andy.

»Nein. Die Pläne haben sich geändert, weil Klaus und Marie gekündigt haben.«

»Sie haben gekündigt?« Andy konnte es nicht glauben. Er hatte die beiden noch am Morgen gesehen.

Kalifa sah ihn traurig an. »Sie packen gerade. Ein Vertreter vom Zirkus Winskus hat ihnen ein Angebot gemacht. Sie fliegen heute Nacht noch los, um Ende der Woche in Paris zu ihren neuen Kollegen zu stoßen.«

Andy fühlte sich hundeelend. »Wo ist Syeira?«

»Bei Traian. Sie bereitet sich auf die Vorstellung vor.«

»Sie will fliegen?« Seine Stimme war selbst für ihn kaum hörbar.

»Das Publikum liebt junge Mädchen am Trapez«, erklärte Kalifa. »Die Gefahr ist zwar für alle gleich groß, aber eine hübsche junge Frau wie Syeira kann ihre Herzen fesseln und nur für sich schlagen lassen, während sie mit dem Tod tanzt.«

»Ich verstehe.« Andys Herz klopfte ihm bis zum Hals. Syeira hatte heute Morgen mit Klaus und Marie geprobt und war unter Traians heftiger Kritik dreimal ins Netz gefallen.

»Ich muss gehen«, sagte Kalifa und deutete auf die anderen Reiterinnen, die bereits hinter dem nächsten Zelt verschwanden. »Aber ich werde Syeira heute Abend bei ihrem Debüt kräftig unterstützen.«

Andy nickte. Er wagte nicht zu sprechen, sondern winkte Kalifa nur zu und machte sich dann auf den Weg zu Papas Wohnwagen. *Vielleicht kann ich es ihr ausreden.* Doch ihm war klar, dass es nicht so einfach werden würde, Syeira von einem Entschluss abzubringen.

Bei Papas Wagen angekommen, klopfte er an die Tür, erhielt jedoch keine Antwort.

»Papa ist nicht da.«

Andy drehte sich um und erblickte Madame Elsa in ihrem schwarzen Wahrsagerinnenkostüm. »Wo ist er?«

»Er ist im Wagen, aber er besucht gerade den virtuellen Zirkus in der Walachei.«

»Ist Syeira bei ihm?«

»Ja.«

Andy ging auf Elsa zu. »Wissen Sie von Klaus und Marie?«

Die alte Wahrsagerin nickte. »Ja.«

»Wird Syeira heute Abend am Trapez auftreten?«

»Das hat sie vor. Papa ist dagegen, aber sie hört ja nicht auf ihn.«

Andy dachte fieberhaft nach. »Vielleicht kann Traian …«

»Traian lässt sich von niemandem mehr dreinreden«, unterbrach ihn Elsa ruhig. »Die Ärzte mögen sein Leben gerettet haben und es mit ihren Maschinen verlängern, und er hat sich im Netz eine neue Existenz aufgebaut, aber das Beste an ihm ist verloren gegangen. Er hat kein Herz mehr.«

»Das tut mir Leid.«

Elsa legte ihre Hand auf seinen Arm. »Die Zeit meiner Trauer ist vorbei, mein Junge. Ich liebe das, was von ihm übrig ist, immer noch, aber ich habe den Mann beerdigt, den ich gekannt habe. Syeira wird nicht auf Papa hören, doch vielleicht auf dich. Sie ist in deinem Herzen, so wie du in ihrem bist. Geh zu ihr. Rede ihr etwas Vernunft ein.«

Andy lief zurück zur Budenstraße. Er schob sich an den kleinen Menschenansammlungen vor den Spielbuden und Lebensmittelständen vorbei. Der Großteil des Publikums hatte sich bereits im Hauptzelt eingefunden.

Die Budenstraße verfügte auch über einige Computer-

Link-Sessel, über die man den virtuellen Zirkus besuchen konnte. Er ließ sich in einen davon fallen und legte den Kopf zurück. Der Laserempfänger brachte seine Implantate zum Kitzeln, dann war er im Netz.

Mit dem nächsten Atemzug betrat Andy die Walachei des achtzehnten Jahrhunderts. Passanten strömten in beiden Richtungen an ihm vorbei. Nach der modernen Kleidung vieler von ihnen zu urteilen, waren die Bewohner Mobiles an der virtuellen Version des Zirkus genauso interessiert wie an der wirklichen. Dazu kamen all die anderen Netzbesucher, die sich aus der ganzen Welt eingeklinkt hatten. Die virtuelle Walachei stand keinesfalls nur den Besuchern aus der Vergnügungsmeile zur Verfügung.

Ein Marktschreier mit donnernder Stimme hatte sich am Eingangstor der Stadt postiert. »Kommt und seht euch die reizenden Kunstreiterinnen an«, rief er, schwenkte seinen bunten Hut und deutete mit seinem Stock auf das Zelt. »Allesamt mutige Grazien.«

Ein Teil der Menschenmenge verschwand im Inneren des Zeltes.

Andy rief ein Symbol auf, nannte Syeiras Namen, und drückte darauf.

Ein schimmerndes Rechteck öffnete sich vor ihm und zeigte eine Kopf- und Schulteransicht Syeiras. »Was machst du hier, Andy?«

»Ich muss mit dir reden.«

»Hör zu«, sagte sie scharfzüngig. »Ich kann jetzt nicht noch mehr Druck gebrauchen.«

»Kein Druck«, beteuerte Andy. »Nur gesunder Menschenverstand.«

Ein Finger zog das Rechteck an einer Seite weiter auf, und Papa wurde neben Syeira sichtbar. »Komm«, sagte er.

Andy griff nach dem Rand des Rechtecks und stieg hinein.

Als er die Augen wieder öffnete, stand er auf einem der Hügel, die die Stadt umgaben. Eine Brise peitschte durch das hohe Gras und die nahen Bäume. Die braunen Zelte des Zirkus Cservanka & Cservanka unter ihm wirkten wie Pilze im Herzen der Stadt.

»Hier drüben«, rief Papa.

Andy wandte sich um und stellte fest, dass Papa und Syeira sich einer der Zigeunergruppen angeschlossen hatten, die um die virtuelle Stadt herumzogen. Er und Syeira hatten sie auf anderen Ausflügen bereits beobachtet, waren ihnen aber nie gefolgt.

Einige der Zigeuner waren virtuelle Konstrukte und sollten mit den Besuchern interagieren, andere jedoch waren echte Zigeuner, die sich eingehackt hatten und denen Papa erlaubt hatte zu bleiben. Es war nicht einfach gewesen, für sie im Net-Force-Sicherheitsprogramm, das Andy installiert hatte, ein Schlupfloch zu lassen.

Mehr als ein Dutzend bunte Zigeunerwagen, Vardos genannt, in denen die Zigeuner auch im Jahre 2025 noch lebten und arbeiteten, waren rund um ein Lagerfeuer aufgestellt. Andy erkannte mehrere verschiedene Wagentypen: Solche mit runden und mit hüttenförmigen Dächern, geradlinige oder mit kunstvollen Schnitzereien verzierte Wagen. Der kunstvoll verzierte Vardo-Typ mit den charakteristischen großen Rädern und einem geräumigen Wohnbereich, der sich am Dach nach außen neigte, war offensichtlich am beliebtesten. Die hinteren Räder waren größer als die vorderen, und um den Wagen herum waren schmucke Spindeln in allen möglichen Formen angebracht. Die Pferde, die die Zigeunerwagen zogen, scharrten in einem nahe gelegenen Wäldchen unruhig mit den Hufen.

Über den kleineren Feuerstellen, die das große Lagerfeuer umgaben, hingen verschiedene Kessel und Töpfe und erfüllten die Luft mit dem Duft von Gewürzen und brutzelndem Fleisch. Zigeunerfamilien hatten sich in einem großen Kreis zusammengesetzt und sahen den Tänzerinnen zu, die in ihren bunten Röcken um das Feuer wirbelten. Die meisten Tänzerinnen waren virtuelle Konstrukte.

Syeira und Papa saßen vor dessen Wagen. Er bearbeitete ein Stück Holz mit einem kleinen Messer. Lange Holzspäne fielen zu Boden, während er einen Elefanten mit erhobenem Rüssel aus dem Holzblock schnitzte. Ein Zirkusaberglaube besagte, dass es Unglück bringe, einen Elefanten mit gesenktem Rüssel abzubilden.

»Andy«, begrüßte Papa ihn mit einem Kopfnicken.

Syeira sagte nichts.

»Ich hab gerade das von Klaus und Marie erfahren.« Andy ging zu dem Vardo hinüber. Durch die geöffnete Tür erkannte er hinter Papa den Wohnbereich des Wagens.

»Es ist traurig«, erklärte Papa. »Ich habe schon mit Klaus' Vater – Gott hab ihn selig – gearbeitet und den Jungen mit großgezogen.«

»Er ist ein erwachsener Mann, Papa«, warf Syeira ein.

»Und er hat den Stolz eines Mannes.« Papa nickte. »Ich weiß, Syeira.«

»Mussten sie ausgerechnet jetzt gehen?«, fragte Andy.

»Sie hatten keine Wahl«, seufzte Papa.

»Es ist darum gegangen, unseren Zirkus zu schwächen«,

sagte Syeira. »Winskus wird durch dieselben internationalen Sponsoren gefördert wie wir. Ihr Vertrag läuft noch drei Jahre. Es gibt Gerüchte, dass unsere Sponsoren in Zukunft nur noch einen Zirkus unterstützen wollen. Indem sie uns Klaus und Marie genommen haben, hoffen sie, die besseren Chancen auf eine Vertragsverlängerung zu haben.«

»Und ihr könnt nichts dagegen tun?« Die wilde Zigeunermusik und die wirbelnden Tänzerinnen drangen kaum in Andys Bewusstsein.

Papa schüttelte den Kopf.

»Du hättest sie vertraglich an uns binden und sie am Gehen hindern können«, ertönte eine anklagende Stimme.

Andy sah hinter sich. Traian hatte sich zu ihnen begeben.

»Vertraglich, Bruder?«, fragte Papa ungläubig. »Wir hatten noch nie einen Vertrag mit irgendjemandem im Zirkus.«

»Du machst ständig Verträge.«

»Aber nicht mit Artisten. Solange sie hier sind, gehören sie zur Familie. Sie sind unsere Familie. Wir binden sie nicht vertraglich an uns.«

»Und somit fühlen sie sich frei, dich jederzeit zu verlassen, wenn es woanders rosiger aussieht.« Traian verschränkte die Arme.

Papa seufzte. »Es sind schwierige Zeiten. Nicht nur für den Zirkus, auch für unsere Leute.«

»*Unsere* Leute würden den Zirkus nie verlassen.«

Papa erwiderte nichts. Andy hatte Mitleid mit ihm. Schlechten Nachrichten ins Auge sehen zu müssen war eine Sache, aber wenn Traian es einem unter die Nase rieb, war es etwas anderes.

»Es werden uns auch noch andere im Stich lassen«, fuhr Traian fort. »Das ist dir doch klar?«

»Ja.«

»Jetzt, wo Stanislas, Klaus und Marie gegangen sind, ist der Damm gebrochen. Wenn du nichts änderst, werden auch alle anderen verschwinden. Das ist das Ende des Zirkus Cservanka & Cservanka.«

Papa rollte die kantige Elefantenfigur in seinen schwieligen Händen hin und her. Die Messerklinge funkelte im Schein des Feuers. »Vielleicht ist es Zeit«, sagte er leise.

»Zeit wofür?«

»Zeit, darüber nachzudenken, ob wir den Zirkus aus dem internationalen Tourneegeschäft nehmen.« Papa sah auf die Stadt im Tal hinab. Fackeln und Laternen erhellten die Straßen. Die Budenstraße um das Hauptzelt herum war voller Leben. »Wir haben immer noch die Walachei.«

»Ein imaginärer Zirkus!« Traian warf die Hände in die Luft und stampfte auf und ab. »Niemand will einen imaginären Zirkus!«

»Die Leute da unten scheinen glücklich damit zu sein.«

»Pah!« Traian schüttelte heftig den Kopf. »Sie wollen den echten Zirkus. Sie wollen auf der Tribüne sitzen und zusehen, wie über ihren Köpfen der Tod am Trapez mitfliegt, voller Angst und Vorfreude gleichermaßen beim Gedanken an das Blut, das fließen könnte.«

»Das ist *deine* Version«, sagte Papa. »Ich glaube, das Publikum will Unterhaltung, Spaß und Überraschungen erleben.«

»Du entehrst Mavras Andenken, Bruder.«

Andy sah, dass Papas Augen feucht wurden. Traians Worte hatten ihren Zweck nicht verfehlt.

»Hör auf, Onkel!« Syeira stand auf dem Wagen und sah zu Traian herunter.

»Ah, du hast das Feuer deiner Großmutter.« Traian lächelte breit.

»Tu Papa nicht weh!«

Traian winkte ab. »Er tut sich selbst weh. Du bist zu jung, um das zu verstehen.« Er wandte sich wieder seinem Bruder zu. »Mavra hat das Trapez geliebt, Anghel. Hast du das vergessen? Sie war nie so lebendig, wie wenn sie vor Publikum auftreten konnte und hoch oben in den Lüften dem Tod ins Auge geblickt hat.«

»Aber sie lebt nicht mehr«, flüsterte Papa.

Plötzlich liefen auch Traian Tränen über das Gesicht. Gewandt sprang er zum Wagen hinüber, legte einen Arm um Papas Kopf und zog ihn an seine Schulter.

Traian sah fünfzig Jahre jünger aus als Papa, doch in Wirklichkeit war Papa nur drei Jahre älter als sein Bruder, wie Andy gelesen hatte.

»Nein, sie ist nicht mehr bei uns«, sagte Traian mit entschlossener Stimme. »Aber wir werden sie nie vergessen. Keine Sekunde.« Er nahm Papas tränenüberströmtes Gesicht in beide Hände. »Sie würde nicht wollen, dass du so einfach aufgibst. Sie würde sich wünschen, dass der Zirkus weiterlebt.«

»Nein«, sagte Papa. »*Du* willst, dass der Zirkus weiterlebt, Traian. Du übersiehst, dass er keine Zukunft mehr hat.«

Traian sank zu Boden. »Wie kannst du das sagen?«

»Mein Sohn hat den Zirkus verlassen, sobald er dazu in der Lage war, und ich bin nicht mehr jung. Wer soll den Zirkus leiten, wenn ich nicht mehr kann?«

»Wir haben doch Syeira!«, schrie Traian und deutete auf sie. »Du hast den Zirkus all die Jahre aufrechterhalten, um ihn ihr zu überlassen.«

»Nein, ich habe ihn all die Jahre aufrechterhalten, weil ich ihn geliebt habe. Und was hätte ich sonst auch tun sollen? Ich bin kein Bauer, kein Datenverarbeiter. Ich bin ein Clown.«

»Du bist ein Zirkusbesitzer.«

»Besitze ich ihn oder er mich, Traian? Ich frage dich das, weil ich die Antwort nicht mehr kenne. Alles, was ich tue, dient dem Zirkus, hat den Sinn, ihn noch einen weiteren Tag zu erhalten. Manchmal denke ich, es war falsch, das zu tun.«

»Syeira liebt den Zirkus!«, warf Traian ein. »Frag sie!«

»Ja, Papa, er hat Recht. Ich kann mir kein besseres Leben vorstellen.« Auch über Syeiras Gesicht liefen Tränen. »Du und der Zirkus, ihr seid mein Leben.«

»Siehst du?«, stieß Traian aus.

»Ja. Ich sehe, wie du sie ans Trapez getrieben hast und dass du bereit bist, heute Abend ihr Leben zu opfern, wenn nur deine Trapeznummer weitergeführt wird.«

»Es wird kein Opfer geben.«

»Und wenn sie abstürzt? Wirst du ein Sicherheitsnetz verwenden?«

»Sie stürzt nicht ab.«

»So, wie du nicht abgestürzt bist? Oder meine Frau?«, flüsterte Papa.

Die Miene von Traians Proxy blieb kalt und unerbittlich wie Marmor. Er sah zu Syeira hinüber. »Komm. Wir haben nicht mehr viel Zeit, um dich für deine Vorstellung heute Abend vorzubereiten.« Er streckte die Hand aus.

Syeira zögerte und warf Papa einen Blick zu. Dann nahm sie die Hand ihres Onkels.

»Syeira«, rief Andy.

»Ich muss gehen.«

Verwirrung, Wut und Angst tobten in Andy wie ein *Space Marines*-Thunderflash. Vor seinen Augen verschwand Syeira mit Traian. Er wandte sich Papa zu. »Was machen wir jetzt?«

Papa hob die Hände und ließ das Messer und die unvollendete Schnitzerei in einer Staubwolke goldener Pixel verschwinden. Die fröhliche Zigeunermusik erschien plötzlich unglaublich fehl am Platz.

»Zusehen«, sagte Papa mit schwerer Stimme. »Wir haben keine andere Wahl. Zusehen – und beten.«

Freier Fall ... 15

Ka-wuuuuuummm!

Die Detonation hallte im Hauptzelt wider. Dunkler, rußiger Rauch quoll aus dem Kanonenrohr, dann schoss eine menschliche Gestalt daraus hervor.

Andy musste auf der Tribüne trotz seiner Nervosität schmunzeln, als die Clownkugel von einer Seite der Manege auf die andere geschleudert wurde. Das Pulver diente nur für den akustischen und optischen Effekt, herausgeschossen wurde der Clown mithilfe eines Federmechanismus. Gefährlich war der Stunt jedoch allemal.

Der fliegende Clown strampelte mit den Beinen und ruderte mit den Armen, bevor er schließlich in das Schaumstoff-Piratenschiff krachte. Die Totenkopfflagge ging stolz flatternd über Bord.

Obwohl die menschliche Kugel sie nicht wirklich getroffen

hatte, fielen die Clowns in ihren zu großen Piratenkostümen, die Gummi-Säbel schwenkend, wie Kegel um. Dann wurden sie von den enternden »guten« Clowns, die die Kanone abgefeuert hatten, mit voll einsatzfähigen Sahnetorten überrannt und mussten sich ergeben.

Nach den obligatorischen witzigen Schlusskommentaren verdunkelte sich die Manege. Ein Scheinwerfer richtete sich auf den Manegenleiter, der sich in der Mitte der Manege platziert hatte.

Andys Magen krampfte sich zusammen, als ihm bewusst wurde, dass der Mann dort stand, wo sich am Morgen noch das Sicherheitsnetz befunden hatte. *Das Sicherheitsnetz, das Syeira noch vor ein paar Stunden bei jedem ihrer Stürze abgefangen hat.*

»Meine Damen und Herren«, erhob sich die donnernde Bassstimme des Manegenleiters erneut. »Werden Sie heute Augenzeuge der Geburt eines neuen Sterns am Artistenhimmel!«

Andy konnte nicht anders, als den Blick unters Zeltdach gleiten zu lassen. Dort oben hatten sich Schatten auf den beiden Plattformen links und rechts vom Trapez eingefunden. Matt saß in Holo-Form neben ihm und versuchte, ihn zu beruhigen. »Alles wird gut gehen.«

Andy rutschte auf seinem Platz hin und her. Die Spannung zerriss ihn förmlich. »Du hast nicht gesehen, wie oft sie beim Training abgestürzt ist.«

»Wir sind nicht hier, um sie abstürzen zu sehen.«

Der Manegenleiter erhob wieder seine Stimme. »Begrüßen Sie heute Abend mit mir die talentierte Miss Syeira!« Er winkte, und der Scheinwerfer glitt über den Boden zu Syeira, die durch den Vorhang in die Mitte der Manege gelaufen kam.

Sie wandte sich dem Publikum zu und verbeugte sich in drei Richtungen. Das knappe, figurbetonte Kostüm in Blau und Schwarz bedeckte ihren Körper kaum. Von ihren Schultern hing ein blaues Cape bis zum Boden herunter.

Ein begeistertes Raunen ging durch die Menge. Donnernder Applaus brandete auf.

Aus dem Schatten trat ein Clown mit einem Strauß roter Rosen im Arm auf sie zu. Er lüpfte den Hut und überreichte ihr die Blumen. Sie nahm sie, küsste den Clown auf die Wange und begab sich zu der Seilschlaufe, die hinter ihr heruntergelassen worden war. Mit der freien Hand hielt sie sich am Seil fest und wurde von den anderen Trapezartisten nach oben gezogen. Der Scheinwerfer folgte ihr.

Andy sah, wie sie höher und höher stieg. Durch seinen Kopf schossen wie immer tausend Gedanken gleichzeitig, und er sah jede ihrer Aktionen, die schief gehen konnte, überdeutlich vor sich. Die wenigen Sekunden, die sie in der Luft hing, kamen ihm wie eine Ewigkeit vor.

Syeira stieg aus der Seilschlaufe und betrat die Plattform zu ihrer Linken. Ein anderes Mädchen – das niemals das Wagnis eines freien Flugs eingehen würde – nahm Syeira die Rosen ab und legte sie auf die Seite.

Das Publikum verstummte.

Dort oben unter dem Zeltdach wirkte Syeira winzig. Sie präsentierte sich dem Publikum erneut, hob einen Arm über den Kopf und lächelte. Hinter ihr stand Traian mit verschränkten Armen, als wäre das Risiko für ihn ebenso groß wie für die Artisten, die auf ihren Auftritt am Trapez warteten.

»Da ist Papa.«

Andy folgte Matts ausgestrecktem Finger mit dem Blick

215

und entdeckte Papa im Dunkel neben der Manege. Er trug sein Clownskostüm und war geschminkt, doch er hatte aufgehört, Luftballontiere für die Kinder im Publikum zu basteln. Sein Blick war starr auf das Trapez gerichtet.

Obwohl Syeira noch nie vor Publikum am Trapez aufgetreten war, fesselte sie die Aufmerksamkeit der Zuschauer wie ein Profi. Sie schüttelte das Cape ab und ließ es zu Boden flattern, um deutlich zu machen, in welcher Höhe sie sich befand. Dann nahm sie das Trapez, das am Pfosten neben ihr befestigt war, um es versuchsweise vor und zurück schwingen zu lassen.

Auf der Plattform gegenüber ergriff Jorund, ein Trapezartist aus Norwegen, das andere Trapez und schwang sich damit in die Lüfte. Er absolvierte einige leichtere Übungen und gewann rasch an Höhe. Dann löste er seine Hände kurz, griff um und hängte sich kopfüber an die Stange, um die Hände für Syeira frei zu haben.

Syeira schwang sich ebenfalls in die Luft, um einige Übungen vorzuführen. Sie bewegte sich mühelos, mit vollkommener Anmut.

»Sie ist gut«, murmelte Matt anerkennend.

»Ein einziger Fehler genügt«, flüsterte Andy.

Wie ein langjähriger Profi wärmte sich Syeira auf, glich ihren Rhythmus an den ihres Partners an und gewann an Höhe und Geschwindigkeit. Sie bereitete sich auf den Absprung vor, indem sie sich auf dem Trapez in die sitzende Position zog und sich dann ruckartig nach hinten fallen ließ. Auch sie hing nun an ihren abgewinkelten Knien herab.

Sie griff nach Jorund, doch er erwischte nur eine Hand.

»Nein«, stöhnte Andy und sprang beinahe von der Tribüne auf.

Syeira löste den Griff und konzentrierte sich wieder auf das Schwingen des Trapezes. Diesmal bekam Jorund beide Hände zu fassen, und sie löste die Beine und hing von seinen Armen herab. Sie hielten einander an den Handgelenken umklammert. Jorund setzte sie auf der gegenüberliegenden Plattform ab.

Sobald sie in Sicherheit war, verneigte sie sich, und das Publikum applaudierte verhalten. Sie waren nicht gekommen, um zu sehen, wie jemand von einer Seite auf die andere transportiert wurde.

Die Schwünge wurden schneller. Jorund nahm Syeira wieder an den Händen, und sie klappte ihren Körper zusammen und hielt sich an seinen Unterarmen fest, während er ihre Fußgelenke ergriff. Als sie kopfüber von den Händen ihres Partners hing, wurde die andere Trapezstange wieder hereingeworfen. Sie ergriff sie, und Jorund ließ sie los.

Andy verspannte sich. Er wusste, dass das Schwierigste noch bevorstand.

Syeira ließ Jorunds Hände nun immer öfter los. Jedes Mal, wenn sie in der Luft stehen zu bleiben schien, stockte Andy der Atem. Ihr Trapez wurde von einem der anderen Artisten herausgeschickt und in Schwung und Timing dem Jorunds angepasst. Jorund ließ sie los, und sie machte ein Klappmesser in der Luft und fing die Stange auf.

»O Mann«, stöhnte Andy. Er flüsterte nur, war jedoch weit hörbar. Im Zelt herrschte Grabesstille.

Auf ihrem Rückweg zu Jorund ließ Syeira das Trapez los und wirbelte in einer Eiskunstläuferpirouette mit zwei vollen Umdrehungen herum. Jorund hatte Mühe, sie zu fangen. Das Publikum brach in stürmischen Applaus aus, als sie sicher an seinen Händen hing.

217

Noch in der Bewegung schwang Syeira zurück und rollte ihren Körper zu dem doppelten Salto zusammen, der den Höhepunkt ihrer Nummer darstellte. Am Morgen noch hatte sie nur drei von fünf Versuchen geschafft.

Sie vollendete den zweiten Salto, hielt ihre Beine fest mit den Armen nach vorne ausgestreckt, rollte sich dann zu einem Ball zusammen und klappte schließlich auf wie ein Springermesser. Sie griff nach der Trapezstange und wollte sich daran festhalten, doch sie entglitt ihr.

Sie hatte die Stange verpasst. Andys Herz blieb beinahe stehen, und er erhob sich.

»Nein!«, vernahm er eine flehende Stimme aus dem Publikum.

»Sie ist abgerutscht«, flüsterte ein anderer heiser.

Syeira streckte sich verzweifelt und schaffte es, eine Hand um das Trapez zu schließen, doch die andere hing in der Luft.

Dann gingen die Lichter aus. Das Zelt wurde von völliger Dunkelheit erfüllt.

Einen Augenblick lang dachte Andy, er sei aus dem Netz geflogen. Er hatte es vorgezogen, einen der Computer-Link-Sessel des Zirkus zu benutzen und die Vorstellung in Holo-Form zu besuchen, anstatt wirklich anwesend zu sein. Als Holo konnte er nicht im Getümmel verloren gehen.

Grell flackernd sprang die Notfallbeleuchtung des Hauptzelts an. Gegen das Scheinwerferlicht, das die Manege so hell beleuchtet hatte wie Tageslicht, schuf sie jedoch nur eine schummrige Atmosphäre.

Andy sprang auf und starrte zum Trapez empor.

Syeira baumelte immer noch an einer Hand herab.

Andy kletterte in der Luft über die Menge hinweg und

stieg rasch nach oben. In gewöhnlichen Holo-Projektionen war man den physikalischen Gesetzen wie der Schwerkraft unterworfen und konnte nicht wie im Netz durch Wände gehen und alles tun, was man wollte.

Doch dank eines Programms, das Mark Gridley entworfen hatte, konnte er die physikalischen Gesetze umgehen und durch die Luft schreiten. Er hatte vor der Vorstellung über sein Datenarchiv auf Marks Programm zugegriffen.

Um ihn herum brachen die Leute in Panik aus und drängten zu den Ausgängen. Das Schreien und Kreischen verängstigter Kinder drang durch das Zelt. Die meisten Holo-Besucher, die nicht aus der Stadt waren, hatten sich mit dem Stromausfall in Luft aufgelöst. Matt war noch da, weil Andy ihn über den Computer-Link-Sessel, den er selbst benutzte, gesichert hatte.

Andy rannte, stieg immer höher und eilte auf den leblosen Körper zu, der vom Trapez hing.

»Syeira!«

Wie versteinert baumelte sie hin und her, ihren Blick starr auf den fernen Boden gerichtet. Sie antwortete nicht.

»Syeira!« Andy erreichte sie rasch und beobachtete ihre Hand, die um die Stange geschlossen war. *Rutscht sie ab?* »Syeira! Reiß dich zusammen!«

Benommen hob sie den Kopf und versuchte, sich auf ihn zu konzentrieren. Die Schwünge des Trapezes ließen nach, es stand nun beinahe still.

»Andy«, flüsterte sie. Sie griff mit ihrer freien Hand nach ihm.

»Nein!«, rief er.

Erschrocken zog sie die Hand zurück. Sie begann sich plötzlich zu drehen und verlor das Gleichgewicht.

»Greif nach dem Trapez«, befahl Andy. »Halt dich fest, damit du nicht runterfällst.«

Sie schaukelte, verlagerte das Gewicht und griff mit der freien Hand nach der Stange. Dann zog sie sich in sitzende Position. Sie zitterte am ganzen Leib.

Er blickte sich um und wartete darauf, dass der Strom zurückkehrte. Erschrocken stellte er fest, dass es dunkel blieb. »Kannst du dich zur Plattform schwingen?«

»Ja«, krächzte sie.

»Dann mach das, bevor noch was Schlimmeres passiert.« Er sah sich nach Traian um und stellte überrascht fest, dass auch er verschwunden war. *Wahrscheinlich hat er sich auch über eine externe Netzverbindung eingelinkt und wurde abgetrennt.*

Er blieb bei Syeira, während sie mit den Beinen Schwung holte. Als sie nah genug war, ergriff ein anderer Trapezartist das Seil und zog sie heran. Er half ihr auf die Plattform und reichte ihr ein Seil, um sie hinunterzulassen. Andy schwebte neben ihr nach unten. Gleichzeitig erreichten sie den Boden.

»Was ist passiert?«, fragte Syeira mit bebender Stimme.

Andy schüttelte den Kopf. »Keine Ahnung.« Er sah Papa an einem der Haupteingänge, wie er den Leuten etwas zurief und ihnen mit einer orangen Notfalllampe den Weg wies. »Ein Stromausfall oder so was.«

»Wir haben eigene Generatoren«, erinnerte ihn Syeira. »Und Notstromaggregate.«

»Ich weiß. Warte hier.«

»Wohin willst du?«

»Ich versuche rauszufinden, was hier vor sich geht.«

Das flüchtende Publikum blockierte die Ausgänge und verstopfte die Türen.

Um keine Feldstörung mit der Programmintegrität zu riskieren, rannte Andy zur Wand neben der Tür. Ein kurzes Prickeln durchzuckte ihn, und er hatte sie durchdrungen.

Emile, der Stelzenclown, erhob sich über die panische Menschenmenge. »Beruhigt euch, Leute«, rief er. »Langsam, bevor eines der Kinder verletzt wird.«

Leider waren die Zuschauer zu sehr in Panik und zu verwirrt, um auf ihn zu hören. Sie rannten an ihm vorbei, und jemand prallte so heftig gegen ihn, dass er beinahe von den langen Beinen gerissen wurde.

»Wo sind die Generatoren?«, fragte Matt. Er stand neben Andy.

»An der Rückseite des Hinterhofs.« Andy spurtete durch die Menge und huschte an den Besuchern vorbei. Kurz überlegte er, sich abzumelden, doch er entschied, dass er in Holo-Form bessere Chancen hatte, den Vorfall aufzuklären.

»Wo ist der Hinterhof?«, fragte Matt.

»Hinter dem Hauptzelt.« Andy rannte über den Mittelgang und sah sich die verdunkelten Umrisse der Lebensmittelstände und Nebenvorführungswagen an. Was auch immer den Stromausfall verursacht haben mochte, es hatte ganze Arbeit geleistet. Bis auf die internen Systeme wie den virtuellen Zirkus, die Computer-Link-Sessel und die Holo-Projektoren war alles davon betroffen.

Aus dem Labyrinth der Schrecken stürzte eine Menschenmenge und versperrte den Weg.

Ohne zu zögern, stieg Andy in die Luft und sprang über sie hinweg. Auf der anderen Seite kam er auf dem Boden auf und rannte weiter.

Die Generatoren waren dicht aneinander auf fünf Lastwagen aufgestellt. Die Systeme waren über eine Hauptschalttafel miteinander verbunden, die sich in einem kleinen Wagen befand. Die Kabel an der Seite des Wagens wanden sich wie dicke schwarze Pythons über den Boden.

Dunkel und still stand der Schalttafelwagen vor ihm. Im Inneren stoben Funken, dichter Rauch quoll aus der offenen Tür und den Fenstern. Petar Jancso lugte vorsichtig durch den Eingang ins Innere des Wagens und schützte sein Gesicht mit einem Taschentuch.

»Was ist passiert?«, fragte Andy.

»Sieht aus, als wäre eine Schalttafel ausgefallen.« Der kleine Clown deutete auf den roten Feuerlöscher zu seinen Füßen. »Ich hab alle Flammen gelöscht, aber vielleicht hab ich was übersehen.«

Der Gestank von verbranntem Plastik mischte sich in der Luft mit strengem Ozongeruch.

Andy rannte die kurze Treppe zum Wagen hinauf und sah hinein. Der Rauch machte es unmöglich, etwas zu erkennen. Fast die gesamte Oberfläche der Schalttafeln war von dickem Feuerlöscherschaum überzogen. »Hast du irgendjemanden gesehen, als du hergekommen bist?«

Petar hustete und schüttelte den Kopf. »Ich war der Erste hier.«

Andere Artisten kamen hinzu. Jeder wollte wissen, was passiert war.

»Wo ist Radu?«, fragte Andy.

»Ich hab ihn vor kurzem bei den Tiergehegen gesehen. Ich habe versucht, ihn im Auge zu behalten.« Petar flüsterte so leise, dass nur Andy ihn verstand.

Andy überließ es Petar, die Fragen der anderen Artisten zu beantworten.

»Der Rauch hat vielleicht die Tiere aufgeschreckt«, warf

Matt ein, während sie zu den Gehegen rannten. »Sie haben einen feineren Geruchssinn als wir.«

Imanuela! Eine düstere Vorahnung beschlich Andy. Es überraschte ihn, dass er nach den letzten Minuten noch zu solchen Schreckensgefühlen fähig war.

Die Tierpfleger waren bereits dabei, für Ruhe zu sorgen, als Andy und Matt die Gehege erreichten. Unruhig schwankten die Elefanten hin und her, die Pferde tänzelten nervös in ihren Boxen. Das unaufhörliche Bellen der dressierten Hunde trug zur allgemeinen Hektik bei.

Andy rannte an ihnen vorbei zu Imanuelas Gehege hinüber. Er hoffte, dass ihr Holo-Projektorenfeld stabil blieb. Dunkler grauer Rauch hing in der Luft.

Doch er hatte umsonst gehofft. Imanuela zerrte mit gesenktem Kopf an ihrer Fußkette. Ihre Augen waren vor Angst weit aufgerissen. Sie wedelte hektisch mit den Ohren und trompetete. Dann drängte sie wieder vorwärts. Gewöhnlich war sie friedfertig und hatte noch nie die Belastungsfähigkeit ihrer Ketten getestet, doch die Kombination aus Rauch und Panik in der Luft, die Trächtigkeit und die Medikamente, mit denen sie unter Kontrolle gehalten wurde, ließen sie unberechenbar werden.

Zwei als Clowns verkleidete Pfleger gaben es auf, sie beruhigen zu wollen. Sie trompetete wieder und zog heftig an den Ketten. Der Pfosten, an dem diese befestigt waren, wankte.

Andy hielt kurz vor ihrem Gehege an und rief ihren Namen. Er hoffte, sie würde auf seine Stimme hören. Doch der allgemeine Geräuschpegel und die herrschende Verwirrung ließen ihn an den Erfolgschancen zweifeln.

Einige aufgeschreckte Zirkusbesucher rannten durch das Tierareal. Ein Tiger knurrte eine Gruppe an, die seinem Käfig zu nahe gekommen war. Zwei Frauen kreischten laut auf und sprangen erschrocken zur Seite, stolperten und rissen ein halbes Dutzend Menschen mit sich zu Boden.

Das ausverkaufte Haus erwies sich nun als wahrer Fluch.

»Imanuela!« Syeira kam auf sie zugerannt.

Andy stellte sich ihr instinktiv in den Weg, um sie vom Käfig fern zu halten. Doch sie bemerkte ihn zu spät und rannte durch ihn hindurch, als wäre er gar nicht da – was er ja auch nicht war. Er war nur eine Holo. Er spürte ein Prickeln, als das Programm versuchte, die gestörte Datenübertragung wiederherzustellen.

»Nicht!«, schrie Andy. »Sie weiß nicht, was sie tut! Sie könnte dich verletzen!«

Syeira sprang über den Zaun und redete mit lauter Stimme so beruhigend wie möglich auf den Elefanten ein. Doch Imanuela zerrte weiter an der Kette. Sie zersprang. Trompetend rannte Imanuela ins Freie und verscheuchte die Leute in alle Richtungen. Sie rannte, ob gewollt oder in Panik, auf das Zirkuszelt zu, mitten in die Flutwelle flüchtender Besucher.

Andy zögerte und sah zu Syeira hinüber. Sie war gestürzt, zog sich aber schon wieder auf die Beine. »Bist du okay?«, fragte er.

»Ja. Wir müssen sie aufhalten, bevor sie sich noch verletzt.«

Oder jemand anderen, dachte Andy.

»Es gibt Ärger«, meldete Matt. »Die Polizei ist da.«

Fassungslos beobachtete Andy, wie die blau-roten Blinklichter des Polizeiwagens sich am Hauptzelt spiegelten. Der Fahrer jagte durch die Budenstraße. Suchschweinwerfer tasteten sich über die dunklen Stände und Zelte. Dann bemerkten sie Imanuela, die schnurstracks auf das Auto zusteuerte.

Der Wagen wurde ruckartig abgebremst und wirbelte eine riesige Staubwolke auf. Die Türen wurden aufgerissen, dahinter begaben sich die Polizisten in Stellung. Selbst aus der Entfernung erkannte Andy, dass einer eine halbautomatische Pistole in den Händen hielt, der andere ein Gewehr. Beide zielten auf Imanuela.

Imanuela stürmte ungebremst auf sie zu.

»*Nein!*«, schrie Syeira heiser. »Nicht schießen!«

Freier Fall . . . 16

Andy rannte los. Er schüttelte die Beschränkungen von Schwerkraft und Echtzeit über Marks Programm ab und setzte sich über die Holo-Projektoren hinweg. Doch so schnell er auch vorankam, er befürchtete trotzdem, dass die Polizisten Imanuela erschießen könnten, bevor er sie erreichte.

Obwohl ein durchschnittlicher afrikanischer Elefant an der Schulter drei bis fünf Meter maß, war es für Andy in der erweiterten Holo-Form kein Problem, auf Imanuelas Rücken zu springen wie ein Cowboy-Trickreiter. Er rannte über ihren Rücken und winkte, um die Aufmerksamkeit der Polizisten auf sich zu ziehen.

»Wartet!«, schrie der Polizist mit dem Gewehr. »Da oben ist ein Junge!«

Andy wusste, dass Imanuela sein Gewicht in Holo-Form nicht spürte, doch sie konnte ihn sehen und hören. Dank

225

Marks Dienstprogramm noch immer schwerelos, rutschte er auf Imanuelas Kopf herunter und stellte sich vor sie.

Sie bremste plötzlich ab, verlagerte ihr Gewicht nach hinten und blieb nur wenige Zentimeter vor dem Polizeiauto stehen.

»Ruhig, Imanuela«, sagte Andy. »Ganz ruhig. Alles wird gut.«

Imanuela schwankte von einer Seite zur anderen und war offensichtlich bereit, wieder loszurennen. Sie rollte den Rüssel auf und versuchte, ihn damit zu packen, doch er glitt durch Andy hindurch. Frustriert trompetete sie.

Dann hatte auch Syeira sie erreicht und zog an einem der Elefantenohren, um Imanuela auf sich aufmerksam zu machen. Der Elefant schlang den Rüssel um Syeira und hob sie hoch. Syeira kletterte gewandt auf ihren Kopf und setzte sich auf ihren Nacken. Mit sanften, aber lauten Worten, um das Chaos zu übertönen, das auf dem Zirkusplatz tobte, dirigierte sie den Elefanten weg vom Polizeiwagen, zurück in Richtung der Tiergehege.

Als Andy zu den Polizisten sah, merkte er, dass Matt bereits dabei war die Fronten zu klären, und verkündete, sie beide seien Net Force Explorers. Andy war froh, dass er das übernahm.

Verwirrung und Panik herrschten noch immer über das Zirkusareal. Weitere Polizisten trafen ein und durchbrachen mit ihren Warnlichtern die Dunkelheit, die sich über das Hauptzelt, die anderen Zelte und die Stände an der Budenstraße gelegt hatte. Es war schwer vorstellbar, dass der Platz noch vor wenigen Minuten von Lachen und Freude erfüllt gewesen war.

Andy setzte sich in seinem Computer-Link-Sessel im Spielbereich der Budenstraße auf. Die Hauptbeleuchtung des Standes war ebenso ausgefallen wie all die anderen Systeme. Im schwachen Licht der Notfallbeleuchtung erkannte er jedoch, dass er der Einzige war, der sich noch hier befand.

Er erhob sich aus dem Sessel und rannte nach draußen. Zu seiner Linken sah er, wie sich Imanuela und Syeira im grellen Scheinwerferlicht der Polizeiwagen zurückzogen. Rechts redete Papa auf eine Gruppe Clowns und Artisten ein.

Andy war sich nicht sicher, was er tun sollte. Er wandte sich um und steuerte auf die Tiergehege zu. Er wollte sichergehen, dass Imanuela nichts fehlte.

Doch bevor er in Höhe des Polizeiwagens war, bemerkte er aus dem Augenwinkel, wie jemand stolperte und hinfiel. Er wandte sich um und starrte die schmale Gasse zwischen den Verkaufsständen hinunter. Vielleicht war es ein Zirkusbesucher oder jemand, der einen Herzinfarkt hatte.

Während er zwischen die Stände lief, riss er seine Geldbörse aus der Hosentasche und wählte die Telefonfunktion.

Die düstere Gestalt erhob sich mit letzter Kraft vom Boden. Ein roter, dann ein blauer Blitz erhellte sein Gesicht. Es war Martin Radu. Der Vierundzwanzig-Stunden-Mann hielt sich offensichtlich unter großen Schmerzen die Seite.

Bevor Andy das Ende der Gasse erreichte, erschien ein weiterer Mann in seinem Blickfeld und schlug Radu ins Gesicht. Radu sank auf die Knie.

Andy hielt nur wenige Meter entfernt schlitternd an. Furcht und Verwirrung stiegen in ihm auf. Er verbarg sich im Schatten einer Würstchenbude.

Der Mann schrie Radu in einer Sprache an, die Andy nicht

verstand. Er bewegte sich auf ihn zu, packte Radu am Hemd und riss ihn auf die Beine.

Radu protestierte schwach in derselben Sprache, bedeckte sein Gesicht und seinen Kopf mit den Armen.

Andy sah sich um. Hinter dem Kerl, der Radu festhielt, standen zwei Männer und eine Frau. Die drei Männer waren südländische Typen. Es wäre nicht einfach, sie in einer Gegenüberstellung eindeutig zu identifizieren.

Bei der Frau war das anders. Im Gegensatz zur platten Brutalität der Männer strahlte sie grausame Eleganz aus.

Sie war beinahe einen Meter achtzig groß, eine beeindruckende Erscheinung, breitschultrig und mit schmalen Hüften wie eine professionelle Athletin. Andy schätzte sie von ihrem Verhalten auf Mitte dreißig, obwohl sie vom Äußeren leicht zehn Jahre jünger sein konnte. Ihr kastanienbraunes Haar war zu einem französischen Zopf geflochten. Sie hatte hohe Wangenknochen und einen breiten, fülligen Mund. Sie trug einen Armanianzug. Ihre Sonnenbrille erinnerte Andy an einige der Nachtsichtgeräte, die Net-Force-Agenten für nächtliche Manöver in städtischen Gebieten verwendeten.

Aufgrund des Lärms und der allgemeinen Verwirrung um sie herum hatte außer ihm niemand diese Leute bemerkt.

Die Frau sprach ruhig in derselben Sprache, die die Männer und Radu verwendet hatten. Alle hörten auf sie, wie Andy bemerkte, niemand unterbrach sie oder stellte Fragen.

Als sie fertig war, nickte Radu. Er machte keine Handbewegung, um das Blut wegzuwischen, das von seiner aufgeplatzten Lippe zu seinem Kinn lief.

Das Gesicht der Frau nahm einen eiskalten Ausdruck an. »Mazerak«, bellte sie.

Sofort griff der große Kerl, der vor Radu stand, in seine Jacke und zog eine 10-mm-Pistole hervor. Er drückte die Mündung an Radus Wange.

Die Frau sagte wieder etwas.

Radus Antwort fiel diesmal länger aus. Der Name Cantara wurde dreimal wiederholt.

Ohne ein weiteres Wort wandte sich die Frau ab und ging weg. Der Mann mit der Pistole hielt Radu am Boden, bis sie mit ihren zwei Begleitern verschwunden war.

Andy musste sich davon abhalten, sich dem Mann mit der Pistole entgegenzustellen. Das Einzige, das ihn aufhielt, war die Tatsache, dass der Typ ein echter Profi zu sein schien. Wenn er dazwischenging, würde der Kerl Radu töten und dann die Pistole auf ihn richten, so viel stand fest. Und wenn Radu überzeugt wäre, sterben zu müssen, würde er nicht einfach so dasitzen.

Schließlich lächelte der Mann mit der Pistole kalt. Er nahm die Waffe weg und tippte an seinen Kopf wie zu einem kurzen Salut. Dann verschwand die Pistole und mit ihr der Mann.

Andy ließ den unbewusst angehaltenen Atem ausströmen.

Radu fiel keuchend nach vorne und fing sich im letzten Moment mit den Händen ab. Er zitterte einige Sekunden lang unkontrolliert, dann stand er schwankend auf. Ein dunkler Fleck bedeckte die Seite seines Hemds. Andy wusste, dass es Blut war.

Kurz überlegte Andy, einen der Polizisten zu rufen, doch er hatte das Gefühl, dass Radu weder dankbar dafür sein noch zugeben würde, was gerade geschehen war. Und ohne Radus Mithilfe würden Andy und die Polizei niemals herausfinden, was vor sich ging.

Andy war sich auch sicher, dass die Frau sich nicht so einfach festnehmen lassen würde. Und da bisher nur Radu verletzt worden war, wollte Andy es dabei belassen.

Radu legte den Arm wieder auf seine Seite und stolperte davon. Sobald er eine belebtere Umgebung erreichte, wurde er entdeckt. Er winkte ab, als Artisten ihm helfen wollten und ihn mit Fragen bedrängten, und ignorierte die Besucher, die die anfängliche Panik überwunden hatten und jetzt wütend wurden.

Andy blieb still im Schatten zurück und schlich dann Radu nach. Es schien keine gute Idee, die Frau zu verfolgen.

Einige Minuten später hatte es Radu zu seinem Wohnwagen geschafft. Während er an Türgriff und Schloss herumfummelte, hinterließ er Blutspuren auf der weißen Außenwand. Bevor er eintrat, wischte er die Tür mit seinem Hemdzipfel sauber.

Andys Gehirn arbeitete auf Hochtouren. Was hatte Radu mit der Frau und ihren Begleitern zu tun? Offensichtlich waren sie wütend auf Radu, und anscheinend hatte es nichts mit dem Zirkus zu tun, sonst hätten sie sich auch an Papa gewandt.

Also, worum ging es?

Er erinnerte sich daran, wie Radu in Alexandria den Wagen des Starken Mannes betreten hatte, und daran, wie wütend Radu gewesen war, obwohl er behauptete, es sei nichts abhanden gekommen. Und dann waren da noch die geöffneten hohlen Hanteln.

Für den Moment schob Andy die Spekulationen beiseite. Er wusste nicht genug, um konkrete Schlüsse zu ziehen. Durch die Schatten näherte er sich Radus Wagen.

Überraschend kehrte die Beleuchtung im Zirkus zurück

und merzte den Großteil der Dunkelheit aus. Doch Andy hatte Glück und blieb unbemerkt in einem der verbliebenen Schatten. Er schlich an dem Wagen entlang zum Badezimmer. Die meisten kleinen privaten Wohnwagen verfügten im vorderen Bereich über einen Ess- und Arbeitsbereich und in der hinteren Hälfte über ein Bett und ein kleines Badezimmer. Aus dem Bad hörte er Wasser laufen.

Das Fenster war für Andy ein bisschen zu hoch angebracht. Vorsichtig setzte er einen Fuß auf den Reifen, zog sich hoch und drückte dabei die Hände an die Außenwand des Wagens, um das Gleichgewicht nicht zu verlieren. Dann lehnte er sich zur Seite und blickte verstohlen durch das kleine Fenster.

Radu stand vor dem Waschbecken und zog das blutgetränkte Hemd aus. Sein Gesicht spiegelte nichts von dem Schrecken mehr wider, den Andy zuvor noch darin gesehen hatte. Radu war völlig teilnahmslos, selbst als er die kleine blutende Öffnung in seiner Seite entdeckte.

Andy erkannte sofort, dass es ein Einschussloch war.

Radu drehte sich um und betrachtete seinen Rücken im Spiegel. Die Kugel war durch ihn hindurch gedrungen, die Austrittswunde war etwas größer als die Eintrittswunde. Beide Wunden bluteten noch. Er kniete nieder und zog einen kleinen Erste-Hilfe-Kasten unter dem Waschbecken hervor. Routiniert griff er nach Verbandszeug und Medikamenten.

Nach den Narben auf seinem Oberkörper zu urteilen, hatte Radu eine Menge Erfahrung mit Stich- und Schussverletzungen. Er trug sogar Brandmale auf dem Körper. Martin Radu hatte kein ruhiges, friedliches Leben hinter sich.

Andy fragte sich, ob die Frau mit einem alten Geschäft zu tun hatte, das Radu nicht abgeschlossen hatte. Oder ging es um eine aktuelle Sache, und war sie die treibende Kraft hinter etwas, das gerade stattfand?

Radu nahm eine Nadel aus dem Erste-Hilfe-Kasten und führte einen chirurgischen Nylonfaden durch die Öse, als hätte er sein Leben lang nichts anderes getan. Nachdem er sichergestellt hatte, dass beide Wunden sauber waren, schob er die gekrümmte Nadel durch seine Haut und zog den ersten Knoten fest.

Andys Knie knickten plötzlich um und zollten der unbequemen Position auf dem Reifen Tribut. Sein Bein prallte gegen die Seitenwand des Wagens.

Radus Kopf schnellte herum, und er starrte in Richtung Fenster. Eine kleine Pistole erschien wie durch Magie in seiner Hand. »Wer ist da?«, fragte er.

Andy schob sich vom Wagen weg, sprang auf den Boden und rannte zurück zum Zirkus. Mit einem Blick über die Schulter sah er, wie sich Radus Gesicht an die Fensterscheibe presste. Andy war sich sicher, dass er ihn wegen des Lichts im Wagen nicht gesehen haben konnte.

Er hatte keine Ahnung, was das Ganze zu bedeuten hatte.

»Komm schon, Andy. Zeit aufzustehen!«

Andy kämpfte sich zu Bewusstsein, doch er wachte nicht wirklich auf, sondern erreichte nur eine Benommenheit, die seiner Meinung nach für soziale Funktionsfähigkeit ausreichen musste. Er sah sich um und stellte fest, dass einige der Clowns in seinem Wagen bereits weg waren, doch zumindest heute hatten ihn nicht alle geschlagen.

Noch immer in den Klamotten von letzter Nacht, schwang er die Beine über die Bettkante und stellte fest, dass er sogar noch einen Schuh trug. Der andere ließ sich erst nach einer kurzen Suche auftreiben.

Er sah durch die geöffnete Tür zu Syeira.

»Ist irgendwas passiert?« Seine Gedanken sprangen zwischen Imanuela und Martin Radu hin und her. Er hatte niemandem erzählt, was er letzte Nacht beobachtet hatte, nicht einmal Matt. Bevor er etwas unternahm, wollte er erst herausfinden, was er tun sollte.

»Alles«, erwiderte Syeira.

Andy schnappte sich seinen Waschbeutel, eine frische Jeans und ein Hemd. Er folgte Syeira ins Freie. Alle Artisten waren auf dem Weg in die Kantine. Das Mittagessen nahm jeder ein, wann er wollte, doch Papa bestand auf einem gemeinsamen Frühstück.

»Alles?«, fragte er. »Geht es vielleicht ein bisschen genauer?«

»Das HoloNet«, sagte Syeira angewidert. »Letzte Nacht war wohl nicht viel los. Sie haben über den Vorfall im Zirkus viel ausführlicher berichtet, als wir erwartet hatten.«

»Es heißt doch, besser schlechte Publicity als gar keine.«

»Nur ein Idiot würde so was sagen.« Syeira stapfte mit langen Schritten voran, und Andy hatte Mühe mitzuhalten.

Der Duft von frisch gebackenem Brot, brutzelndem Fleisch und scharfen Gewürzen erfüllte die Luft in der Kantine. Während einer Vorstellung konnten die Gäste hier die Lebensmittel verzehren, die sie an den Ständen der Budenstraße gekauft hatten. Lange Tische mit integrierten Klappbänken an beiden Seiten füllten den Zentralbereich der Kantine.

An den Tischen hatte noch niemand mit dem Frühstück begonnen. Die Köche überwachten die Grills und Öfen, doch sie hatten noch kein Essen ausgeteilt.

Papa saß an seinem üblichen kleinen Tisch am Ende des Büffets, wo er sich mit Artisten zum Frühstück verabredete. Mit einigen traf er sich regelmäßig, um verschiedene Aspekte des Zirkus zu diskutieren oder über benötigte Materialien für Nummern und Ausrüstung zu sprechen. Manchmal diente dieses Frühstück auch einfach zum sozialen Austausch, allerdings nur selten.

Heute lag in seinem Gesicht keine Spur des gewohnten Temperaments. Still saß er da und nickte den Artisten zu.

Andy folgte Syeiras Beispiel und verhielt sich ruhig. Die Stille innerhalb der Kantine war beinahe unerträglich.

Gewöhnlich ähnelte die Kantine zur Frühstückszeit einem Tollhaus, selbst wenn die Artisten nur wenig Schlaf bekommen hatten.

Martin Radu traf mit den letzten Nachzüglern ein.

Als sich Papa an seinem kleinen Tisch erhob, wurde die Stille noch bleierner. »Meine Freunde«, hob er an. »Meine Familie, ihr alle wisst, was letzte Nacht passiert ist. Einige von euch wissen über die Berichte im HoloNet Bescheid.«

»Billige Schlagzeilen«, kommentierte Emile. Er spuckte auf den Boden. »Wenn es richtige Nachrichten gegeben hätte, hätten sie nicht einmal von den Ereignissen hier berichtet.«

»Vielleicht hast du Recht«, stimmte Papa zu. »Aber leider haben sie das.«

»Will der Stadtrat, dass wir verschwinden?«, fragte Radu leise.

Papa schüttelte den Kopf. »Nein. Ich habe heute Morgen dort angerufen und ausrichten lassen, dass wir heute Abend die Stadt verlassen.«

»Warum, Papa?«, fragte Claire, eine der Kunstreiterinnen.

Papa sah die versammelten Artisten an. »Dieser Zirkus hat

die letzten Tage zwei seiner festen Nummern verloren. Wir müssen Inventur machen und sicherstellen, dass wir für das nächste Engagement bereit sind. Wenn wir jetzt die Zelte abbrechen, haben wir acht Tage Zeit, um uns für die Eröffnung in St. Louis, Missouri, vorzubereiten. Wir nehmen uns die Zeit und sorgen dafür, dass es ein Erfolg wird.«

»Aber Papa, wovon sollen wir die Muttern verdienen, wenn wir jetzt die Arbeit unterbrechen?« Josef war ein drahtiger alter Mann, der stets einen Overall und eine Schirmmütze trug. Er war Mechaniker und arbeitete auch am Kinderkarussell.

»Die Muttern« war ein Begriff für die Betriebsausgaben, wie Andy gelernt hatte. Früher hatte die Polizei die Radmuttern von den Wagen abgenommen, wenn der Zirkus in eine Stadt kam, die erlaubt hatte, dass er seine Zelte aufbaute. Die Muttern wurden erst wieder zurückgegeben, wenn der vereinbarte Betrag für die Genehmigung des Auftritts der Stadt gezahlt worden war.

»Es sind nur ein paar Vorstellungen.«

»Aber diese paar Vorstellungen«, fuhr Josef fort, »bringen uns viel Geld ein. Geld, das wir jetzt nicht haben werden.«

Sofort begannen viele der Artisten miteinander zu tuscheln. Bedenken, Sorgen und Angst schwang in ihren Stimmen mit.

Geld, das hatte Andy die letzten Tage über gelernt, war im Zirkus immer ein Problem. Vor allem, wenn der Sponsorenvertrag so kurz vor dem Ablaufen war.

»Ihr erhaltet eure Gehälter«, versprach Papa. »Habe ich einen von euch jemals im Stich gelassen?«

»Es ist nicht wegen dir, Papa«, sagte Josef leicht schuldbewusst. »Es ist wegen der Banken. Manchmal sagen sie zu, dass man das Geld bekommt, und manchmal nicht. Es ist so eine Sache mit den Banken.«

Papa zuckte mit den Schultern. »Ich kann dich auch im Voraus bezahlen, Josef.«

Der alte Mechaniker kratzte sich am Nacken und wich Papas Blick aus. »Ich bin nur etwas nervös. Besser den Spatz in der Hand als die Taube auf dem Dach, denke ich mir.«

»Ich weiß«, antwortete Papa sanft.

»Wenn du mein Gehalt weiter bezahlen kannst, ist es wahrscheinlich in Ordnung.«

»Wie kannst du das zulassen?« Traian erschien in einem Lichtblitz nur wenige Meter neben Papa. Er trug ein prächtiges Trapezkostüm mit hohem Kragen. »Leitest du diesen Zirkus, Anghel? Oder übergibst du ihnen das Ruder?«

Papa schüttelte den Kopf. »Das geht dich nichts an, Traian.«

»Natürlich tut es das«, erwiderte Traian wütend. »Der Zirkus heißt schließlich Cservanka & *Cservanka*, falls du dich erinnerst. Er heißt nicht Anghels Zirkus.«

»Traian, bitte. Jetzt ist nicht der richtige Zeitpunkt …«

»Falsch. Jetzt ist *genau* der richtige Zeitpunkt.« Traian wandte sich den Artisten an den Tischen zu. »Wisst ihr, warum Papa die Vorstellung absagt?«

Keiner wagte zu antworten. Andy wusste, dass sie schwiegen, weil jede Stimme zum Ziel für Traians Zorn werden würde.

»Die Stromversorgung wurde letzte Nacht absichtlich unterbrochen«, erklärte Traian.

In der Kantine brach wildes Gerede los.

Andy warf Syeira einen Blick zu. Sie nickte.

»Die Verräter sind mitten unter uns«, erklärte Traian über das Stimmengewirr hinweg. »Ich sehe euch an und frage mich, wie viele von euch diesem Zirkus treu ergeben sind.«

Einige Artisten wandten sich ab.

Traian schritt wütend auf und ab und durchbohrte die Artisten mit seinen Blicken. »Wie könnt ihr es wagen, Papas Loyalität infrage zu stellen, wenn überall Verrat lauert! Und jetzt bietet er euch sogar an, euch für acht Tage zu bezahlen, in denen ihr faulenzt, und ihr fordert das Geld im Voraus! Ihr solltet euch besser darum kümmern, die schwarzen Schafe unter euch aufzuspüren, diejenigen, die nicht an diesen Zirkus glauben!«

Keiner hielt Traians feurigem Blick stand.

»Ihr habt keine Ahnung, was ein echter Zirkus ist«, stellte Traian fest. »Ihr solltet eine Familie sein. Stattdessen kümmert ihr euch nur um eure eigenen Probleme.«

»Wir haben *große* Probleme«, erwiderte Josef.

»Ja«, sagte Traian. »Und jedes Mal, wenn ihr ein Problem hattet, hat euch dieser Zirkus aufgefangen. Oder habt ihr das vergessen?«

Ohne Vorwarnung verschwand Traian ins Nichts.

Andy wusste, dass jemand die Holo-Projektoren ausgeschaltet haben musste.

Papa trat hinter dem Tresen hervor. »Nun«, durchbrach er sanft die Stille. »Ich denke, wir haben genug gehört. Wir brechen nach St. Louis auf, sobald ich die Reisevorbereitungen abgeschlossen habe.« Er wandte sich um und ging.

Eine Weile herrschte vollkommene Stille. Einige Artisten sahen Syeira an, die vergeblich versuchte, sie zu ignorieren.

»Ich lasse das Frühstück heute ausfallen«, sagte sie zu Andy. »Irgendwie habe ich keinen Appetit mehr.«

»Stört's dich, wenn ich mitkomme?«, fragte er.

Andy hielt Imanuela eine Hand voll Futter hin. Sie nahm es rasch mit dem Rüssel und schob es sich ins Maul. *Gut, dass wenigstens sie noch Appetit hat.*

»Du hättest mich nicht begleiten müssen.« Syeira hockte auf dem Gehegezaun. Seit sie die Kantine vor etwa einer halben Stunde verlassen hatten, hatte sie kein Wort gesagt. »Du hättest zurück ins Bett gehen oder frühstücken können.«

»Klar. Oder ich hätte dich begleiten und ein Freund sein können. Ich bin froh, dass ich mich dafür entschieden habe.«

»Ich auch«, gab Syeira zu. »Tut mir Leid, dass ich so schlechte Laune habe.«

»Du machst dir Sorgen, da ist das erlaubt.«

»Es schadet Papa finanziell mehr, als er zugibt, dass wir die Vorstellungen die nächsten Tage ausfallen lassen.«

»Er ist schon lange im Geschäft, Syeira. Wahrscheinlich weiß er, was er tut.«

»Ich hab Angst, Andy. Mehr Angst als jemals zuvor.«

»Sogar mehr Angst als gestern Abend, als du beinahe die Stange verfehlt hättest?«

Syeira zitterte. »Es klingt wahrscheinlich komisch, aber da habe ich überhaupt nicht daran gedacht, dass ich abstürzen könnte.«

Andy konnte es nicht glauben. »Das wäre mein erster Gedanke gewesen.«

Syeira schüttelte den Kopf. »Da oben ist irgendwie alles anders. Es geht nicht ums Abstürzen, es geht ums Fliegen.«

»Ich könnte das nicht.«

»Onkel Traian sagt, die meisten Leute können das nicht. Er meint, dass auch die Artisten, die mit einem Netz arbeiten, die Möglichkeit eines Absturzes nicht aus ihrem Kopf bekommen. Deshalb behalten sie das Netz ja auch bei.«

»Also, ich persönlich halte das mit dem Netz für eine gute Idee.«

»Es sterben mehr Menschen bei Autounfällen als bei Trapeznummern.«

»Vielleicht sollten wir in Prozentzahlen rechnen.«

»Nein.« Syeira erwiderte seinen Blick. »Das Fliegen ist nicht das Problem.«

»Glaubst du wirklich, dass du dafür bereit bist?«

»Ich weiß es nicht«, gab sie zu. »Trotzdem. Der Zirkus ist das größere Problem. Die Tage hier in Mobile zu verlieren lässt Papas finanzielles Polster für das restliche Jahr völlig schmelzen. Es sein denn, wir haben einige überragende Abende.«

»Es gibt keinen Grund, nicht daran zu glauben.«

»Es gibt viele Gründe, daran zu zweifeln. Klaus und Marie sind weltberühmte Trapezkünstler, Andy. Sie haben überall das Publikum angezogen. Und Stanislas hat seine eigene Fangemeinde. Viele Leute haben ihn in den Talkshows und Sondersendungen im HoloNet gesehen. Papa befürchtet, dass auch andere Artisten uns verlassen werden.«

»Hat Traian Recht? Wurde die Stromversorgung sabotiert? Warum sollte jemand so was tun?«

»Onkel Traian meint, dass einer der anderen Zirkusse dafür verantwortlich ist, die sich gleichzeitig mit uns um eine

Vertragsverlängerung bewerben. Wenn wir ausgeschaltet sind, gibt es weniger Konkurrenz um die Zuschüsse.«

»Was sagt Papa dazu?«

»Er weiß nicht, was er davon halten soll. Ich habe ihn noch nie so erlebt. Das macht mir die meisten Sorgen.«

Andy bewegte sich vorsichtig durch das Spiegelkabinett, das er entworfen hatte, und beobachtete die bruchstückhaften Reflexionen sorgfältig, die sich bewegten, wenn er es tat. Das Spiegelbild war das eines zehn Meter großen Clowns, dessen bemaltes Gesicht und die rote Nase lustig und bedrohlich zugleich aussahen.

Ohne Vorwarnung tauchte ein weiterer Clown in seinem Blickfeld auf, auch er wurde in den Spiegeln reflektiert. Das aufgemalte Lächeln war listig und Furcht einflößend.

Im Cockpit des Clownkampfanzugs, Hände und Füße in cybernetischen Steuerhandschuhen und -stiefeln, wirbelte Andy herum und brachte den rechten Arm nach vorne. Der feindliche Clown vor ihm hob ebenfalls den Arm. Andy ging in die Hocke, als die Hand des Gegners sich in eine Kanonenmündung verwandelte.

Eine Cremetorte flog aus der Mündung und zischte auf ihn zu. Dank der Programmierung, die er vorgenommen hatte, blieb der wirbelnde Kuchen vertikal und brauste ohne Rücksicht auf Luftreibung und Schwerkraft wie eine Rakete durch die Luft. Die Torte krachte nur wenige Meter über Andys Kopf gegen den Spiegel. Die Kuchenreste lösten sich sofort wieder auf und verschwanden.

Jetzt gehörst du mir! Andy feuerte zurück und traf den Gegner mit drei Torten frontal an der Brust.

Funken und schwarzer Rauch stiegen von dem Clown auf,

als er stolperte und durch die Luft flog. Der Clownkampf-anzug wurde zwischen den Spiegelwänden hin und her ge-schleudert und fiel dann steif wie ein Brett nach hinten um. Als er auf den Boden aufschlug, falteten sich seine Hände über der Brust, und weiße Lilien erschienen darin.

Andy waren die Lilien erst im letzten Moment eingefallen, und er hatte sie noch rasch eingefügt. Er hielt es für eine lustige Idee.

In riesigen grünen Buchstaben erschien GAME OVER in der Luft.

»Wollen Sie noch einmal spielen?«, fragte Andy. Trotz der Müdigkeit, die ihn nach den letzten sechs Tagen harter Ar-beit am Spiel befallen hatte, war er aufgeregt. Der Zirkus war in der Zwischenzeit nach St. Louis weitergezogen, hatte die Zelte aufgebaut und war nun bereit für die nächste Vor-stellung.

»Nein«, erwiderte Martin Radu. »Sie haben mich sechsmal hintereinander geschlagen und davon überzeugt, dass Sie viel besser sind als ich.«

Wenigstens hält keiner eine geladene Sahnetorte an deinen Kopf. Andy und Petar hatten Radu die letzten sechs Tage beobachtet, doch er hatte nichts Verdächtiges getan. Meis-tens hatte Petar ihn allerdings überwacht, da Andy fast jede wache Minute mit dem Spiel verbracht hatte.

»Was halten Sie von der Spielbarkeit?«, fragte Andy. Er hatte vier Hauptumgebungen geschaffen und dazu jede öf-fentlich verfügbare Game-Engine verwendet, die er in die Hände bekommen hatte. Außer dem Spiegelkabinett gab es ein Szenario in der Walachei mit einem Vardo-Rennen, bei dem man mit Sahnetorten und Blitzen aus Handgeschossen auf gegnerische Ziele feuerte, eine Jagd über das Zirkusareal, sowie eine Weltraummission, die ihm am meisten abverlangt hatte. Obwohl Mark Gridley ihm geholfen hatte, war Andy erstaunt darüber, wie gut sich die Clownraumschiffe steuern ließen.

»Gefällt mir«, sagte Radu. »Zeigen Sie mir noch einmal die Weltraummission.«

Das Zielerfassungsprogramm für die Weltraummission war ein wahres Kunstwerk. Er hatte mit Mark drei Tage lang daran gearbeitet. Sie hatten dazu einen Teil der Forschung und Programmierung verwendet, die Maj Green für ihre Striper-Flugsimulation verwendet hatte. Wo Majs Kampfjet aus kurzer Entfernung Raketen in Luft und Boden absetzen konnte, konnte das Zirkusspiel drahtgeführte Torten hunderte von Kilometern weit abfeuern. Im Spielesektor gab es nichts Vergleichbares, da war sich Andy sicher.

Die meisten Ballerspiele zogen es vor, Nahkämpfe so heftig, persönlich und schmutzig wie möglich zu gestalten. Radu hatte ausdrücklich um ein Szenario mit weiten Entfernungen gebeten und dies damit begründet, dass es für fortgeschrittene Spieler eine größere Herausforderung darstellte.

Andy hatte zugestimmt. Die Zielerfassungsmöglichkeiten des Langstreckenspiels waren definitiv erste Klasse. Auch ein Anfänger konnte ohne große Schwierigkeiten eine Langstreckenmission in Angriff nehmen.

»Gegnerisches Raumschiff?«, fragte Andy.

»Nein, ich fliege mit Ihnen.«

Andy rief das Symbol für das Spielszenario auf, stellte den Modus für zwei Spieler in einem Raumschiff ein, und gab den Aktivierungscode ein. Der Clownkampfanzug blinkte auf und verschwand.

Im nächsten Augenblick durchbrachen sie die äußere Atmosphärehülle der Erde und nahmen die Verfolgung feindlicher Ziele auf. Das Clownthema wurde beibehalten, doch diesmal folgte das Schiff den Basiseinstellungen eines Spaceshuttles, das Güter und Passagiere von und zu Weltraumstationen transportierte.

Radu saß neben Andy auf dem Copilotensitz. Falls ihm die Schussverletzung noch Schmerzen bereitete, verbarg er es geschickt.

Andy starrte in den schwarzen, mit Sternen gespickten Weltraum.

»Warnung«, meldete eine sanfte weibliche Stimme. »Nicht identifizierte Raumschiffe nähern sich mit großer Geschwindigkeit.«

Andy rief die Waffenanzeige auf und steuerte auf die Ziele zu. Das Gefecht mit den beiden gegnerischen Clownschiffen war nur kurz. Andy beobachtete, wie sie zurück in das Schwerkraftfeld der Erde gerissen wurden und sich mit Lilien überzogen, bevor sie in der Atmosphäre verglühten.

»Die werden mit mir nicht fertig«, prahlte Andy. Er war zu müde, um seinen Stolz über das Spiel zu verbergen. »Alles, was sie können, habe ich ihnen beigebracht.«

»Das haben Sie gut gemacht, Andy.«

Ja, gut, aber was ist mit dir? Steckst du hinter der Sabotage? Wer waren diese Leute – die Frau und die Kerle mit den Knarren? Worüber habt ihr euch gestritten? Die Fragen hämmerten in Andys Kopf, doch er stellte sie nicht. Was auch immer vor sich ging, er *wusste*, dass Radu dahinter steckte. Als er durch das Badezimmerfenster seines Wohnwagens die Pistole in seiner Hand gesehen hatte, hatte Andy beschlossen, die Augen offen zu halten und ansonsten abzuwarten. Er wollte die Polizei rufen, sobald er genug in der Hand hatte, um Radu einsperren zu lassen, ohne Papas Zirkus zu gefährden. Die ganzen Probleme konzentrierten sich auf den Zirkus, und niemand außer Radu war bisher verletzt worden. Andy hatte es als gerechtfertigt empfunden, die wenigen Beweise, die er hatte, zurückzuhalten, bis sich ein vollständiges Bild ergab und er das Gesetz problemlos einschalten konnte, um die Angriffe auf diese Welt, die ihm ans Herz gewachsen war, zu beenden. »Danke.«

»Wie viel Vertrauen haben Sie in den Entwurf und Ihre Fähigkeiten?«, fragte Radu. »Ich habe einen Gegner für Sie, wenn Sie sich bereit fühlen.«

Andy sah ihn misstrauisch an. »Jederzeit.«

Radu rief ein Telefonverbindungssymbol auf und drückte darauf. Es öffnete sich keine Bildanzeige, doch die Stimme der Frau war in der Kabine des Clownraumschiffs deutlich zu hören. »Sind Sie bereit für das Spiel?«

»Ja«, antwortete die Frau.

»Er ist ziemlich gut. Hoffentlich blamieren Sie sich nicht.«

»Ich versichere Ihnen, ich bin auch ziemlich gut. Machen Sie sich keine Sorgen um mich.«

Andy bekam eine Gänsehaut. Obwohl sie Englisch sprach, erkannte er die Frau, die Radu vor ein paar Nächten bedroht hatte.

»Lassen Sie sie in das Spiel«, sagte Radu zu Andy.

Andy öffnete das Spiel für das eingehende Signal und blockierte die Schrankenstruktur, über die der Zugang zum Spiel normalerweise erfolgte. Virtuelle und reale Gäste des Zirkus konnten auf das Spiel zugreifen, wenn sie ihre Eintrittskarten erworben hatten.

»Wie gut kennen Sie sich mit Spielen aus?«, fragte Andy.

»Sehr gut.«

»Überprüfen Sie Ihre Landkarten und Fähigkeitenarchive an Bord«, riet Andy. »Die Dateien laden Pilotenfähigkeiten herunter und liefern einen kurzen Bericht über das Terrain.«

»Das habe ich bereits getan«, antwortete sie. »Außerdem ist Weltall schließlich Weltall.« Es klang, als wäre sie bereits dort gewesen, ob in Wirklichkeit oder virtuell.

Andy fragte sich, was von beidem zutraf. »Ich bin Captain Andy«, stellte er sich vor und hoffte, einen Namen von ihr zu erhalten.

»Nennen Sie mich Harpy«, erwiderte die Frau. »Major Harpy.«

Okay, dachte Andy. *Vom Rang her übertrumpft sie mich also.*

Trotz der grotesken Situation musste Andy grinsen. Warum lud Radu sie auf eine Tour durch das Spiel ein, wo sie ihn doch bedroht hatte? Und warum interessierte sie sich dafür?

Seine Sensoranzeige blinkte kurz auf.

»Ich habe Sie auf meinem Bildschirm«, sagte die Frau.

»Aber Sie sehen mich nicht«, erwiderte Andy. Er ergriff Fluchtmaßnahmen und tauchte in die Umlaufbahn der Erde ein, blieb jedoch knapp an der Grenze der Klauen der Schwerkraft. Der Planet drehte sich langsam unter ihm, blaues Meer und braune Landmassen wurden teilweise von weißen Wolken verdeckt.

»Nein«, erwiderte sie. »Noch nicht.« Ihr Selbstvertrauen war enorm.

»Haben Sie schon einmal einen suborbitalen Kampfflieger gesteuert?«, fragte Andy. Auf seinen Sensoren erkannte er, dass sie den Raketenantrieb aktiviert hatte. Im derzeitigen Modus waren Treibstoff und Waffenreserven unbegrenzt und mussten nicht sorgsam verwendet werden.

»Schon oft.«

In Wirklichkeit oder nur innerhalb einer Spieleumgebung? Andy bekam das Bild der unerbittlich auf Radu herabstarrenden Frau nicht aus dem Kopf.

»Wie haben Sie die Sensoranzeige gestaltet?«, fragte sie.

Andy beobachtete, wie die Kilometer zwischen ihnen innerhalb weniger Sekunden dahinschmolzen. Sie hielt sich definitiv nicht zurück. »Sie basiert auf GPS-Programmen für Meteorologen, die auf Wettersatelliten beruhen. Außerdem habe ich einige öffentliche Nachrichtenkanäle angezapft.«

»Sie können also weltweit Orte lokalisieren, die tatsächlich existieren?«

»Klar.« Andy zuckte mit den Schultern. Er verließ den suborbitalen Kurs und steuerte in Richtung Erde. Die Frau verringerte den Abstand weiter und war nun fast im Schussbereich. »Mr Radu meinte, es ist wichtig, dass die Spieler über ihre Heimatstädte fliegen können. Ziemlich witzige Sache. Wenn Sie kurz warten, zeige ich Ihnen etwas.«

»In Ordnung. Ich verschone Sie für den Moment.«

Andy unterbrach die Clownshuttle-Übertragung kurz und warf Radu einen Blick zu. »Selbstvertrauen hat sie ja.«

Radu sah ihn nicht an, sondern starrte weiterhin auf die Erde, die unter ihnen schwebte. »Ja. Sie ist sehr selbstsicher.«

»Ich bin aber immer für eine Überraschung gut.« Andy glitt seitlich durch die Spielumgebung, indem er auf die Programmextras zugriff. Im nächsten Augenblick waren sie über dem Zirkus in St. Louis. Das »Gateway to the West«, das Wahrzeichen der Stadt, strahlte über dem schmutzig braunen Mississippi. Die Skyline des Geschäftsviertels im Stadtzentrum erhob sich mit hohen Wolkenkratzern. Ruderboote, echte und virtuelle, schaukelten auf dem trägen Fluss.

»Man kann in die wirkliche Welt eindringen?«, fragte die Frau.

»In gewissem Sinne. Wir sehen sie, aber man kann uns nicht sehen. Ich habe keinen Zugriff auf Holo-Projektoren, nur auf Live-Verbindungen zu Satellitenübertragungen. Wir können mit den echten oder virtuellen Umgebungen, die die Stadt steuert, nicht interagieren wie in Holo-Form.« Er zog die Waffen und feuerte eine Salve Sahnetorten auf den Brückenbogen. »Sehen Sie?«

Die Torten schlugen auf dem Bogen ein, verschwanden jedoch sofort wieder und hinterließen keinerlei Spuren.

»Aber es ist ganz gut, dass wir nicht in Holo-Form spielen können. Ich wäre nur ungern schuld daran, wenn bei den örtlichen Gesetzeshütern oder der Net Force UFO-Meldungen eingehen.«

»Und das ist weltweit möglich?«, fragte sie.

»Noch nicht. Ich habe zunächst einmal alle Städte eingespeist, die der Zirkus die nächsten Monate besuchen wird.«

»Doch es wäre kein Problem, auch internationale Städte zu integrieren?«

Andy fragte sich, warum sie so interessiert daran war, doch andererseits war sie vielleicht einfach eine begeisterte Programmierexpertin. Neben ihrer Tätigkeit als kaltblütige Mörderin oder Zirkus-Saboteurin. »Nein, kein Problem.«

»Sehr beeindruckend.«

»Möchten Sie sich die Antarktis ansehen?«

Die Frau klang amüsiert. »Warum haben Sie die Antarktis integriert?«

»Eine Eisumgebung«, antwortete Andy. »Dort finden sich

viele interessante Gegenden. Ich habe Lawinen und atmosphärische Phänomene mit einprogrammiert.«

»Glauben Sie, Sie haben dort bessere Chancen?«

»Ja. Wollen Sie noch spielen?«

»Natürlich. Ich lebe für die Jagd.«

Andy nahm sie beim Wort. Er griff wieder auf die Programmextras zu und initiierte einen spritzenden regenbogenfarbenen Sciencefiction-Spezialeffekt, der Jahrzehnte alt und nach heutigen Standards völlig ausgelutscht war.

Als der Spezialeffekt verblich, jagten sie über die gefrorene Tundra. In allen Richtungen umschloss sie weißer Winter, und die fünfzehn bis zwanzig Meter steil aufragenden Eisblöcke waren nur schwer zu erkennen.

Andy flog dicht über der Oberfläche und verließ sich auf seine Instrumente und seine Kenntnis des Terrains. Außerdem gab es einiges in dieser speziellen Antarktis, von dem seine Gegnerin nichts wissen konnte.

Er passte die Gabelbrücke an und verlor weiter an Höhe. Nun befand er sich nur noch knapp sieben Meter über dem Boden. Ein Eisbär sprang erschrocken von einem Loch im Eis davon, ein galoppierendes Bündel weißen Fells. Andy riss das Shuttle nach links und stellte es auf eine der keilförmigen Tragflächen. Eigentlich hatte das Clownshuttle in der normalen Atmosphäre keine Kampfjet-Eigenschaften, doch die spezielle Programmierung ermöglichte es. Obwohl sie vertikal voranflogen, wurden er und Radu durch die Fliehkräfte in ihre Sitze gedrückt.

»Wie gut ist sie?«, fragte Andy. Er warf einen Blick auf die Sensoren und stellte fest, dass sie ihn geortet hatte und den Abstand erneut verringerte.

»Es gibt nichts, womit sie nicht umgehen kann.«

Und warum machst du dann mit?, fragte sich Andy. *Will sie dich dabeihaben, oder willst du nur sehen, ob sie so gut ist, wie sie behauptet?*

»Ich habe Sie gefunden, Captain Andy«, sagte sie.

»Ja, jetzt müssen Sie mich aber auch kriegen.« Andy tauchte in einen riesigen Canyon ab, der an die siebzig Meter tief war. Es schien, als hätte ihn jemand mit einer riesigen Axt aus dem Eis geschlagen. Gezackte weiße Wände versperrten die Sicht auf beiden Seiten. Er tauchte im Canyon ab, auf beiden Seiten des Shuttles blieben nur wenige Meter Spielraum. Horizontal hätten sie im Canyon keinen Platz gehabt.

Die andere Maschine verringerte den Abstand wie eine zielsuchende Rakete. Sie war nur noch eine halbe Meile hinter ihm und senkte sich selbst in den Canyon ab. Und es war unfassbar: Sie holte auf.

Freier Fall . . . **18**

Während Andy über das antarktische Terrain flog, wurde der Canyon felsiger, und die gerade Spalte öffnete und zerteilte sich plötzlich in drei unterschiedliche Canyons. Er entschied sich für den rechten und behielt die 3D-Kartenanzeige im Auge.

Seine Verfolgerin musste den mittleren oder linken Canyon gewählt haben, da das seitlich ausgerichtete Sonar des Clownshuttles plötzlich keine Signale mehr empfing. Die GPS-Satellitenverbindung über ihm zeigte noch beide Maschinen an.

Andy beeilte sich, seine Geschwindigkeit zu verringern. Er

wusste, dass er nur eine Chance für das Manöver hatte, das ihm vorschwebte.

Er preschte aus dem Canyon nach oben heraus und zog die Bremsklappen voll durch. Ein heftiger Luftsog entstand, der ihn und Radu beinahe von den Sitzen riss. Die drei Canyons verliefen weiterhin parallel. Er beobachtete auf dem Bildschirm, wie das Clownshuttle der Frau an ihm vorbeischoss.

Andy rollte nach links, verfolgte die GPS-Bilder und brachte sein Shuttle hinter ihres. Sie zog ihren Flieger nicht direkt in den Himmel, was sie definitiv als Spielprofi verriet, wenn nicht als Profi in tatsächlichen Luftgefechten. Er raste mit Vollgas in den Canyon zurück. Dieser Canyon war breiter, so dass er normal fliegen konnte. Seine Hand ruhte leicht auf dem Hebel, den Daumen an den Feuerknöpfen.

Die Frau meldete sich per Funk. »Sehr clever.«

»Pull«, sagte Andy.

»Pull? Ach, verstehe. Wie beim Tontaubenschießen.«

»Ja.« Genau daran hatte Andy gedacht.

»Vielleicht bin ich besser, als Sie denken.«

»Wir werden ja sehen.« Andy flitzte durch den Canyon. »Wissen Sie, zufällig weiß ich, dass dieser Canyon bald endet.«

Die Frau behielt ihren Kurs bei.

Andy war siegessicher. Er hatte Matt und Mark mit in diese Canyons genommen, hatte sie gejagt und gewartet, bis sie auftauchten und er sie mit Torten vom Himmel holen konnte.

Ohne Vorwarnung stieg das Clownshuttle der Frau über die Canyonmauern hinaus.

Andy verfolgte sie und erwartete, dass sie nach links oder

rechts wegbrechen oder Vollgas geben würde, um ihm eventuell zu entwischen. Da verwandelte sich der schwindende Abstand zwischen ihnen auf dem Abstandmesser in einen Zahlensalat. Andy kam ihr viel zu schnell nahe, und er wusste es. Warum hatte sie die Geschwindigkeit verringert? Das ergab keinen Sinn.

Da erhielt er das Anzeigensignal, dass er Blickkontakt hatte. Er sah von seinen Instrumenten auf und erblickte das silberne Blitzen vor sich. »Zeit für ein Sahnehäubchen.«

Die Frau sagte nichts. Vielleicht fehlten ihr die Worte.

Andy ließ den Daumen sinken und feuerte die beiden hitzesuchenden Torten auf die Entfernung von knapp einem Kilometer ab. Einschlag und Detonation waren nur noch Sekunden entfernt.

Die Frau hielt lange genug Kurs, um Andy glauben zu lassen, sie hätte ihre unausweichliche Niederlage akzeptiert. Dann zündete sie die Leuchtsignale an Bord und erzeugte somit einen Funkenregen am Himmel, der die Wärmesucher irritieren sollte. Sobald sie das Notfallmanöver abgeschlossen hatte, zog sie das Shuttle hart zurück und absolvierte eine Rolle, die absolut perfekt anzusehen war.

Andy wich vor dem kristallenen Bergkamm zu seiner Linken nach rechts aus. Ihm blieb nur diese Ausweichmöglichkeit, was sie offensichtlich eingeplant hatte.

»Jetzt«, sagte sie. »Pull.«

»Sie hat uns«, kommentierte Radu verdrossen.

Andy erwiderte nichts. Er sah zu, wie sie sich mit einer Rolle hinter ihm in Position brachte.

Sie eröffnete das Feuer mit dem Doppelmaschinengewehr, das kleine Törtchen herausschoss. Das Clownshuttle wurde an den Seiten getroffen und heftig durchgerüttelt.

»Sie kommen ihr nicht aus«, sagte Radu.

»Da Flucht nicht zur Debatte steht«, sagte Andy ruhig, »ist der einzige Ausweg wohl, sie zu zerstören.«

Radu sah ihn an.

Andy lächelte nur und setzte die eigenen Leuchtraketen ab, als auch sie die Wärmesuch-Torten abfeuerte. Die Leuchtraketen fingen beide Geschosse ab. Er rollte das Shuttle herum und gewann spiralförmig an Höhe. Dabei überprüfte er seine GPS-Position und flog geradewegs auf das Meer zu.

»Versteckenspielen ist keine Lösung«, sagte sie.

»Ich verstecke mich nicht«, grummelte Andy. Er behielt die Schubraketen aktiviert und düste zehn, zwölf Meter über dem Boden voran. Der Atlantik schimmerte nur wenige Kilometer – wenige Herzschläge – entfernt. Wenn er den Strand erreichte, bevor sie ihn abschoss, hatte er eine Chance.

Sie feuerte bei jeder Gelegenheit mit ihren Maschinengewehren auf ihn.

»Sie sollten aufgeben«, riet sie ihm.

Andy schüttelte den Kopf. »Ich gebe nicht auf. Niemals.«

»Es ist doch nur ein Spiel.«

»Spiel oder nicht, ich gebe nicht auf.« Er rollte zur Seite und blieb tief, so tief, dass eine Flügelspitze holpernd über den Schnee gezogen wurde. Cremetorten pflasterten das Terrain um Andy herum.

»Die Unvernunft der Jugend«, sagte die Frau.

»Nein«, erwiderte Andy grimmig. »Ich kenne ein Geheimnis.«

»Welches?«

Andy überprüfte die Schadensberichte, die über die Instrumente liefen. Er war praktisch eine wandelnde Leiche. »Spiel niemals gegen den, der das Spiel entworfen hat.«

252

Der funkelnde grüne Ozean erstreckte sich so flach wie eine Tischplatte vor dem felsigen Strand. Schwarz-weiße Gestalten bedeckten die Küste.

Andy wusste nicht, wie viele Pinguine den Wasserrand säumten, doch er war nah genug an ihnen, um sie bei geringerer Geschwindigkeit zu sehen. Er griff auf seine Dateien zu und rief eines der neuen Rückverfolgungsdienstprogramme auf, das Mark für die Net-Force-Software entworfen hatte, die er oft testen konnte.

»Und wenn man den Spieleentwickler besiegt?«, fragte sie.

»Dann hat er nicht das letzte Ass aus dem Ärmel gezogen.«

Das Tortenbombardement erschütterte das Clownshuttle erneut. »Ich finde Sie etwas überheblich.«

»Bin ich nicht«, sagte Andy, blickte zurück und grinste. Er beobachtete, wie die Frau über die Pinguinschwärme hinwegflog. »Wissen Sie, die Pinguine sind zufälligerweise meine Freunde.« Er verlangsamte die Spielzeit, damit er – und seine Gegnerin – die Pinguine unter ihnen erkennen konnten.

Die Pinguine bewegten sich unglaublich schnell, griffen unter ihre Smokingjacken und zogen riesige Kanonen hervor, die niemals darunter Platz haben konnten. Alle richteten ihre Waffen auf das Clownshuttle der Frau, das weniger als fünfzehn Meter über ihnen hinwegflog. Als sie das Feuer eröffneten, schossen violette Strahlen aus den Mündungen und zerlöcherten das gegnerische Shuttle.

Das Shuttle zerbarst und verwandelte sich in einen glühenden orange-schwarzen Kometen, der in Richtung Ozean verschwand.

Andy legte eine Vollbremsung hin und beobachtete, wie

der brennende Schrotthaufen vorbeizog. Irgendwo da drin wurde die Frau gewaltsam aus dem Netz geschleudert. Er hob die rechte Hand und griff auf das Rückverfolgungsdienstprogramm zu, um einen grünen Lichtstrahl abzufeuern, der für jeden außer ihn unsichtbar blieb.

Das grüne Licht erreichte das Wrack, gerade bevor es in den Ozean verschwand. Er hoffte, dass es auch die Frau berührt hatte.

»Sie haben sie geschlagen«, keuchte Radu.

»Ja. Cool, oder?«

Radu erwiderte nichts.

»Wer hätte gedacht, dass die Pinguine in der Antarktis mit der Lizenz zum Töten ausgestattet sind? Ich meine, auch wenn sie dafür richtig gekleidet sind.« Er flog an der Küste entlang.

Die Pinguine standen in Reih und Glied und salutierten ihm schneidig.

Andy drehte das Clownshuttle auf den Kopf und salutierte ebenfalls.

»Ein Hoch auf Captain Andy!«, riefen die Pinguine. »Ein Hoch auf Captain Andy! Unseren Helden!«

Andy deutete mit dem Daumen über die Schulter auf die Vögel. »Schmeichelhaft, aber etwas übertrieben, meinen Sie nicht?«

Radu wirkte keineswegs glücklich.

Andy vermutete, dass er Probleme wegen der Demütigung erhalten würde. »Gefällt Ihnen das Spiel?«

»Ja«, antwortete Radu«. »Sehr. Wann werden Sie es einsatzbereit haben?«

»Morgen Abend. Wenn wir für die erste Vorstellung öffnen.«

»Gut.«

Andy spürte das warnende Prickeln, als das Rückverfolgungsdienstprogramm ihm mitteilte, dass es Kontakt mit dem Ziel aufgenommen hatte. »Ich muss gehen. Meine Mutter ruft gerade an.« Das Rückverfolgungsprogramm hatte eine kurze Lebensdauer – wenn es nicht vorher irgendwo auf dem Weg entdeckt wurde.

Radu nickte. »Wir reden später.« Dann meldete er sich aus dem Netz ab und verschwand.

Andy streckte die Hände nach oben und machte sich von den Sitzgurten frei. Er glitt durch das Dach des Clownshuttles, als es gerade mit der Nase in Richtung Meer abtauchte. Er hob die rechte Hand. Sofort erschien eine glänzende grüne Schnur aus dem Himmel, die sich um sein Handgelenk legte.

So weit, so gut.

Die grüne Schnur riss ruckartig an ihm, und er folgte ihr aus der Antarktis heraus. In einem Augenblick war er aus der Spieleumgebung ins Netz übergetreten.

Er ließ die Landschaft von St. Louis hinter sich und beobachtete, wie das Netz sich veränderte und zu einer Mercator-Karte wurde. Mit dem Rückverfolgungsdienstprogramm war er als Abmelde-Rückmeldung verkleidet, als Teil der Programmierung im Zusammenhang mit der Frage SPEICHERN/NICHT SPEICHERN. Normalerweise speicherte sich Marks Rückverfolgung im Zeit/Datumsstempel oder in einem visuellen Komponentensymbol, da diese beiden gewöhnlich an jede Anwendung angehängt waren.

Die Rückverfolgung katapultierte ihn innerhalb von Sekunden durch hunderte Netzknoten. Von sechs verschiedenen Umwandlungspunkten innerhalb der USA raste er durch über vierzig Verbindungen in Europa, durch einen ausgefeilten Bereich von Satellitenumwandlungen, die beinahe jedes Rückverfolgungsdienstprogramm verlangsamten, dann zurück in den Schwarzmarktsektor in Russland, der sich in die ganze Welt erstreckte.

Als er Russland erreichte, hatte Andy sich mit einem von Marks Schutzanzug-Dienstprogrammen gewappnet. Diese Version war reduziert, keine Spielerei und in seinen Augen eigentlich kein Spaß, doch er war schwer aufzuspüren.

In einem der russischen Knoten löste er beinahe einen Alarm aus, der die Übertragung beendet und die Rückverfolgung abgeschaltet hätte. Der Knoten war ein Sicherheitskonstrukt mit dem Aufbau eines dreidimensionalen und mehrschichtigen Spinnennetzes.

Er sprang zwischen den Linien hin und her und hielt sich von Quersträngen fern, die nach ihm gegriffen, um ihn einzufangen wie eine Fliege und anschließend die automatische Abschaltfunktion auszulösen. Er hüpfte und rannte an den Strängen entlang, rutschte hinunter wie ein Feuerwehrmann, und kletterte an anderen hinauf.

Am Ende, als er das Sicherheitskonstrukt beinahe überwunden hatte, erschien ein Last-Minute-Filter in Form einer mechanischen Spinne, fünfmal so groß wie er. Die scharfkantigen Klauen schlugen über ihm zusammen, suchten nach ihm. Andy kam ihnen nahe genug, um sie zu berühren. Der Schutzanzug veränderte seine Form und nahm den metallischen Chitinpanzercharakter der Spinne an, bedeckt mit gemeinen, krummen Haken, genauso wie das Spinnentier vor ihm sie besaß.

Dann war er hindurch und verweilte kurz im Mittleren Osten, wo er vier weitere Sicherheitsknoten passierte. Schließlich kehrte er in die USA zurück, nach St. Louis, landete in einem Cybercafé in dem Touristengebiet entlang des Mississippi. Als seine Holo-Form in das Cybercafé eingeschleust wurde, legte er rasch die Proxy eines Freundes von der Bradford Academy darüber, die keinerlei Aufmerksamkeit erwecken würde. Die Frau würde ihn nicht erkennen.

Im Inneren des Cybercafés verblasste der grüne Faden und wurde so durchsichtig, dass auch Andy ihn nur mit Mühe erkennen konnte. Im Café befanden sich fünfzig Computer-Link-Sessel, die meisten davon waren belegt.

Doch Andy erkannte die Frau sofort, als sie von dem Sessel, den sie gerade benutzt hatte, aufstand. Sie trug heute Straßenkleidung und sah in ihrer Bluse und der Freizeithose aus wie eine Touristin.

Sie sah sich vorsichtig um. Trotz des leichten Lächelns auf ihren Lippen blieben ihre Augen kalt.

In Holo-Form, in Jeans und Pullover gekleidet, tat Andy so, als wäre er nur wegen einer Netzverbindung gekommen. Er legte sich in den nächsten Sessel. Da er in Holo-Form war, bemerkte ihn der Sessel nicht, doch niemand konnte das von außen bemerken.

Die Frau verließ das Cybercafé, trat auf die Straße und winkte ein Taxi heran.

Andy stand auf und sah aus dem Fenster. Er konnte sie in Holo-Form nicht verfolgen. Jeder Versuch, ohne eine Signatur durch die Netzlandschaft der Stadt an ihr dranzubleiben, war zum Scheitern verurteilt.

Sie stieg in das Taxi und schloss die Tür. Das Taxi war im nächsten Augenblick im Verkehr verschwunden.

Jedoch nicht, bevor Andy nicht auf ein kleines Bilddienst-programm zugegriffen und ein paar Schnappschüsse gemacht hatte. Er hatte zwar keine Ahnung, wer sie war, doch es war gut möglich, dass Geheimdienstleute sie kannten. Er meldete sich ab.

»Bratet ihr da eine Klapperschlange?«

Andy sah vom Lagerfeuer auf und entdeckte, dass Mark zu ihnen herüberkam. Dann blickte er zu dem Spieß über den flackernden Flammen. Ein angespitzter Ast bohrte sich durch den Körper der Schlange, die darauf wie eine Brezel zusammengeschoben war.

»Ja, das ist eine Klapperschlange.«

»Krass.« Mark starrte sie wie hypnotisiert an, als er sich neben Andy auf einen Stein setzte. »Und was hat sie da im Maul?«

»Eine Chilischote.«

»Soll das den Geschmack verbessern oder was?«

»Nee, sieht einfach cool aus.«

»Stimmt.« Mark schüttelte den Kopf. »Weißt du, langsam glaube ich, dass du zu viel Zeit in dieser Veeyar verbringst.«

»Klapperschlange ist eine Spezialität von Kaktus.«

Kaktus saß schweigend neben dem brutzelnden Spieß, drehte ihn ab und zu und bestrich das Fleisch mit einer dickflüssigen roten Sauce.

Das Lagerfeuer spiegelte sich in Marks Augen wieder. »Geröstete Klapperschlange als kulinarischer Leckerbissen?«

»Schlangenfleisch schmeckt fast wie Hühnchen.«

»Das wird die Hühnchen freuen.« Mark ließ seinen Blick zwischen Kaktus und den anderen vier Pony-Express-Reitern, die sich um das Feuer versammelt hatten, hin und her gleiten. »Ihr habt aber nicht vor, gleich ein Liedchen anzustimmen, oder?«

258

»Nein. Solche Cowboys sind wir nicht.«

Mark deutete auf einen verschlossenen Topf, der von einer anderen Stange über dem Feuer hing. »Das riecht wie Bohnen.«

»Ja. Die passen gut zu gerösteter Klapperschlange.«

Mark schüttelte den Kopf. »Das wird ja ein Spaß.«

»Du bist doch nicht hier, um dich übers Grillen zu unterhalten, oder?«, fragte Andy. »Du hast bestimmt was über die Frau rausgefunden.«

»Ihr Name ist Cantara bint Kadar bin Yazid Al-Fulani«, sagte Mark. »Sie ist eine internationale Terroristin.«

Andy nahm die Information auf, verstand aber immer noch nicht, in welcher Verbindung sie zum Zirkus Cservanka & Cservanka stand. »War sie in einer Datei der Net Force?«

»In vielen. Mein Vater hat vor einigen Jahren sogar mal nach ihr gefahndet, sie aber nie erwischt.«

Andy starrte ins Lagerfeuer. Die heißen, leuchtenden Flammen züngelten in den Himmel, nur um ein Stückchen weiter oben schwarz zu verglühen. »Und was hat sie angestellt?«

»Hauptsächlich Computerprogramme und Cybersysteme sabotiert.«

»Das könnte erklären, was mit dem Löwenbändigermodul los war.«

»Das ist aber kein wichtiges Ziel«, hob Mark hervor.

»Kommt darauf an, was das eigentliche Ziel war. Also, für wen arbeitet Al-Fulani?«

»Sie arbeitet ohne Auftraggeber. Zumindest stand das in den Dateien, die ich gefunden habe. Sie hat als Hackerin in Jerusalem angefangen, sich in Bezug aufs Netz schlau gemacht und gelernt, wie man überall hinkommt, ohne dafür zu bezahlen.«

»Wurde sie verhaftet?«

Mark nickte. »Vor ihrem achtzehnten Geburtstag sieben-mal. Jedes Mal für Vergehen, die einen Aufenthalt in Jugend-strafanstalten nach sich gezogen haben.«

»Wo waren ihre Eltern?«

»Sie ist mit fünfzehn von zu Hause weggegangen, hat auf der Straße gelebt und Cybercafés ausgeraubt. Kurz bevor sie achtzehn wurde, hat eine Gruppe Terroristen aus dem Mitt-leren Osten sie angeworben.«

»Und sie hat mitgemacht.«

»O ja, und seitdem eine steile Karriere hinter sich. Vor ein paar Jahren hat sie dem Terrorismus anscheinend den Rücken gekehrt und sich dem Schwarzmarktgeschäft zuge-wandt. Seitdem hat die Net Force keinerlei neue Informati-onen über sie.«

Andy dachte darüber nach und versuchte, den gemeinsa-men Nenner der Vergangenheit dieser Frau mit dem Zirkus zu finden. »Und was ist mit Martin Radu?«

»Über ihn habe ich nichts herausgefunden. Radu scheint von Geburt an ein ziemlich ruhiges Leben geführt zu haben. Das erste Mal taucht er vor sechs Jahren auf, als er beim Zirkus angefangen hat.«

»Sind seine Papiere sauber?«

Mark nickte. »Geburtsurkunde und Fingerabdrücke sind in Ordnung.«

»Und warum gibt es sonst keine Aufzeichnungen?«

»Osteuropa ist auch heute noch nicht freigiebig mit Infor-mationen. Radu ist nur vermerkt, weil er international he-rumgekommen ist. Pässe und Visa und so was. In diesen Fällen überprüfen sich die Datenbanken gegenseitig und vergleichen die Informationen. Was Radu in Rumänien auch angestellt hat, es bleibt in Rumänien, solange du dich nicht mit jemandem von da unterhältst.«

»Hab ich dir von seinen Narben erzählt?«

Mark nickte. »Rumänien ist in verschiedener Hinsicht noch kein friedliches Land. Terroristische Splittergruppen und Milizen überall. Ich glaube, es ist dort nicht außergewöhnlich, wenn man viel durchgemacht hat.«

»Aber die meisten Leute im Zirkus haben nicht solche Narben. Ich glaube nicht, dass Radu ein Unschuldslamm ist.«

»Wahrscheinlich nicht.«

»Und was macht Al-Fulani in den Vereinigten Staaten?«

»Laut des Net-Force-Informationsblatts, das ich in die Finger bekommen habe, ist sie auf dem Schwarzmarktsektor eine große Nummer. Sie verschiebt Waren und Software in den Mittleren Osten.«

»Was für Software?«

Kaktus beugte sich nach vorn und stibitzte ein Stückchen Fleisch von der gerösteten Klapperschlange, schob es sich in den Mund und kaute genüsslich darauf herum. Dann strich er mehr Sauce darauf und drehte den Spieß wieder. Das Fleisch brutzelte und zischte.

Marks Gesicht wirkte im Lagerfeuerlicht etwas grünlich. »Ich glaub, mir wird schlecht.«

»Damit würdest du den anderen den Appetit verderben. Was für Software verschiebt Al-Fulani?«

»Jedes militärische Häppchen, das sie in die Finger bekommt. Der Mittlere Osten, bis auf Israel, hinkt weit hinter dem Rest der Welt zurück. Erinnerst du dich nicht an Mr Dobbs' Geschichtsstunden über den Golfkrieg?«

»Desert Storm, Desert War?«

»Genau. Der Irak verfügte über Scud-Raketen und keine geeigneten Abschusssysteme, weißt du noch?«

Andy nickte.

»Im gesamten Mittleren Osten herrscht immer noch eine ähnliche Situation. Die verschiedenen Terroristengruppen dort haben seit dem Zusammenbruch Russlands zwar ihre Waffenlager erneuert, aber ihnen fehlen immer noch die Abschusssysteme.«

Andy lief ein Schauer über den Rücken, als die Puzzleteile sich plötzlich zusammenfügten. »Sie müssen sich also auf Kampfhandlungen mit Sichtkontakt beschränken.«

»Genau«, sagte Mark. »Und da die meisten Terroristengruppen kleiner sind als militärische Einheiten, können sie sich nicht auf eine Konfrontation Mann gegen Mann einlassen, weil sie keine Chance hätten.«

Andy wusste das. Terroristen verfolgten die Strategie, als Gruppe zu operieren, eine bestimmte politische Theorie zu vertreten und anonym zuzuschlagen, um eine Veränderung zu erzwingen – oder zumindest Angst in den Herzen der verhassten Regierungen zu säen.

»Und warum haben sie keine besseren Abschusssysteme?«, fragte Andy. »Ein GPS-Zielprogramm wäre nicht so schwer zu erstellen, wenn man Zugriff auf die richtigen Programme und Informationen hat.« Das wusste er, weil er es während der letzten Wochen selbst geschafft hatte.

»Selbst wenn sie die richtigen Programme und Informationen hätten, brauchen sie immer noch Zugriff aufs Netz. Es sei denn, sie haben auf eine andere Art und Weise Zugriff.«

Andy nickte und erinnerte sich. Der Netzzugriff war für nicht identifizierte Eingangspunkte gesperrt. Hacker bewegten sich als Datenstücke getarnt durchs Netz, luden herunter, was immer sie wollten, und gingen dann offline. Doch eine Rakete auf ein weit entferntes Ziel zu steuern – eine aggressive Aktion im Netz, die sofort durch die vorhandenen Abwehrdienstprogramme entdeckt werden würde – nahm weitaus mehr Zeit in Anspruch als ein plötzlicher Slash oder Riposte eines Hackers.

»Und was«, fragte Andy, »wenn ein Zielsystem vorhanden wäre, sich aber als etwas anderes ausgeben würde?«

»Unmöglich«, erwiderte Mark zuversichtlich. »Welcher Programmierer mit genug Talent wäre dumm genug, da mitzumachen?«

»Das ist ja das Schlimme ... Ich glaube, das waren wir beide.«

Freier Fall ... 19

»Wir können Martin Radu nichts anhaben. Du hättest ihn in der Nacht in Mobile anzeigen müssen. Die Polizisten hätten dort etwas Handlungsspielraum gehabt, wegen der Notfallsituation.«

Andy starrte Captain James Winters ungläubig an. Am Morgen danach saß er in Holo-Form dem Verbindungsmann der Net Force Explorers in dessen persönlichem Büro gegenüber. »Sie scherzen.«

Winters lehnte sich in seinem Sessel zurück. Er war groß und drahtig, durch die Jahre, denen er der Sonne und den Elementen ausgesetzt war, gebräunt, hatte kurz geschorene Haare – durch und durch ein Soldat. Er trug einen dunklen

Anzug und eine Krawatte, denn er war auf dem Weg zu einem Finanzierungstreffen in Washington, D.C.

»Nach deinen Worten zu schließen, hat Radu nichts getan, was einen Durchsuchungsbefehl rechtfertigen würde, geschweige denn einen Haftbefehl.«

»Ich habe ihn mit Cantara Al-Fulani gesehen.« Andy sprang auf und ging vor dem mit Ordnern überfüllten Schreibtisch auf und ab. »Ich habe beobachtet, wie einer ihrer Leute Radu eine Pistole an den Kopf gehalten hat. Ich dachte, die bringen ihn um.«

»Wenn sie das getan hätten«, erwiderte Winters sanft, »hätten wir uns vielleicht einmischen dürfen.«

»Sie könnten sich *jetzt* einmischen. Al-Fulani ist eine berüchtigte Terroristin. Sie wird gesucht.«

Winters seufzte.

Andy wusste, dass er diese Wirkung auf Winters hatte. Der Captain seufzte, wenn Andys kurze Konzentrationsspanne ihn offensichtlich daran hinderte, einem Gespräch zu folgen – obwohl Andy den Eindruck hatte, dass er die wichtigen Teile immer mitbekam. Winters seufzte auch, wenn Andy auf und ab ging. Andy wusste, dass er von allen Net Force Explorers wahrscheinlich derjenige war, der Winters' Geduld am meisten strapazierte. Er befand sich meistens kurz vor dem Abgrund, doch er wusste immer, wo der Abgrund war – genau das gefiel Winters wahrscheinlich am meisten an ihm.

»Ich habe nur deine Aussage, dass Al-Fulani dort war«, hob Winters hervor.

»Und meine Aussage reicht nicht?« Andy legte so viel Entrüstung in seine Stimme wie möglich. Dabei half ihm die jahrelange Erfahrung mit der Empörung in der Stimme seiner Mitmenschen.

»Mir schon. Ich werde auch Männer undercover in den Zirkus einschleusen, auf die vage Chance hin, dass sie dort noch einmal auftaucht. Aber denk daran, Al-Fulani war vielleicht nicht einmal wirklich dort. Du kannst auch eine Holo-Form gesehen haben.«

Andy schüttelte heftig den Kopf. »Alle Außenverbindungen zu den Holo-Projektoren waren gekappt.«

»Vielleicht hatte sie ein Hintertürchen in ihrem System.«

Andy verdrehte die Augen.

»Ich versuche doch nur, dich auf die Schwierigkeiten hinzuweisen.«

»Sie ist in St. Louis. Ich hab sie dorthin verfolgt.«

»Das hast du bereits gesagt, und ich werde die entsprechenden Stellen informieren, damit sie die Augen offen halten.«

»Den Dateien zufolge, die ich gesehen habe, sind internationale Grenzen für Al-Fulani keine Hindernisse. Sie werden sie nicht erwischen. Wir müssen ihr eine Falle stellen.«

»Wie?«

Uups. Ein Plan – er brauchte einen Plan ... Andy blieb stehen und dachte krampfhaft nach. »Daran arbeite ich noch.«

»Falls es dich tröstet, so geht es auch vielen Leuten, die schon um einiges länger im Geschäft sind.«

»Es tröstet mich nicht. Was ist mit dem Spiel, das ich für den Zirkus entworfen habe?«

Winters breitete die Arme aus. »Es ist ein Spiel, Andy. Du hast es gut hinbekommen. Eine legitime Umsetzung verfügbarer Software. Wir können Radu nicht dafür verhaften, dass er es in Auftrag gegeben hat, und niemanden, weil er es benutzt hat, bevor sie nicht tatsächlich versuchen, eine Rakete damit an ein Ziel zu bringen. Dafür könnten wir sie verhaften. Das fällt unter internationalen Terrorismus – und in diesem Fall könnten wir eine Menge unternehmen. Mark hat mir bestätigt, dass eure Entwicklung für die Zielbestimmung von Raketen missbraucht werden kann, aber die Net Force kann das jetzt verhindern. Mark hat uns schon alles ausgehändigt, was von Nutzen sein kann. Er entwirft zusammen mit einigen Mitarbeitern der Net Force Verriegelungscodes. Hoffen wir, dass das jegliche Bedrohung aus dieser Ecke zunichte machen wird.«

»Vielleicht. Aber Al-Fulani läuft noch immer frei herum.«

»Irgendwann schnappen wir sie.«

»Und wenn Sie Radu verhaften würden …«

»Wegen was?«

»Zum Beispiel wegen der Verschwörung.«

»Hast du einen Beweis dafür, dass er mit Al-Fulani zusammenarbeitet?«

»Ich hab sie zusammen gesehen.«

»Das heißt noch gar nichts.« Winters klang gereizt. »Ohne seine Aussage haben wir gegen sie nichts in der Hand. Wir könnten ihn natürlich verhaften und ein Geständnis ablegen lassen, wenn er freiwillig kommt. Aber das wird er nicht. Wenn du Recht hast, hat er zu viel zu verbergen. Wenn du dich irrst, nun ja, Zirkusleute mögen Gesetzeshüter nicht besonders. Meist aus gutem Grund. So oder so, er wird niemals zugeben, dass er mit ihr gearbeitet hat. Denk mal darüber nach. Und wenn man ihm einen Deal vorschlagen würde, würden ihn Al-Fulanis Leute finden und umbringen.«

»Vielleicht würde er ja reden, weil er Angst hat. Was ist mit der Schussverletzung, die ich gesehen habe? Ihre Leute haben auf ihn geschossen. Er hat eine Verletzung an der Seite.«

»Wenn er zu einem Arzt gegangen wäre, hätte es gemeldet werden müssen. Aber das hat er nicht getan.«

»Sie könnten ihn untersuchen und ihn dazu bringen, etwas zu sagen. Zumindest deckt er ein Verbrechen. Vielleicht sieht er ja ein, dass seine beste Chance, lebend da rauszukommen, darin liegt, sie aus dem Verkehr ziehen zu lassen.«

»Andy, niemand kann ihn ohne seine Zustimmung oder einen Gerichtsbeschluss näher unter die Lupe nehmen. Es wäre sehr schwierig, einen Gerichtsbeschluss von einem Richter zu erhalten, wenn nicht sogar unmöglich. Selbst wenn die Kugel noch sichergestellt werden könnte – und da sie *durch* Radu gegangen ist, ist das unwahrscheinlich –, wurde die entsprechende Waffe bestimmt schon entsorgt. Keine Spur führt zu Al-Fulani.«

»Radu könnte gegen sie aussagen.«

»Natürlich. Aber glaubst du, dass sie ihm gesagt hat, wo sie sich aufhält? Wir haben eine bessere Chance sie zu fangen, wenn wir ihn aus dem Spiel lassen und beobachten.«

Andy ging wieder auf und ab. Nach seinem Gespräch mit Mark am vorigen Abend hatte er schlecht geschlafen. Die Clowns in seinem Wohnwagen hatten sich über das mögliche Ende des Zirkus unterhalten. Keiner von ihnen wünschte sich das, doch sie waren sich einig, dass genau das passieren würde, wenn niemand etwas unternahm.

Er wollte Syeira sehen, mit ihr sprechen und einen klaren Kopf bekommen, doch er wusste, dass er mit ihr nicht über Radu und Al-Fulani reden konnte. Er fühlte sich schlecht dabei, etwas so Wichtiges vor ihr so lange geheim zu halten. Doch sie hatte sowieso keine Zeit gehabt. Sie bereitete sich auf den Hochseilakt vor, der an diesem Abend auf dem Programm stand.

Er merkte, dass ihm alles zu viel wurde. Imanuela ging es nicht so gut, wie er gehofft hatte. Seine Mutter überlegte sogar, an diesem Wochenende einen Flug zu nehmen und persönlich nach ihr zu sehen. Und wenn sie den Eindruck hatte, ihre persönliche Anwesenheit wäre notwendig, bedeutete das nichts Gutes für Imanuela und das Baby. Darüber hinaus schien auch noch der Zirkus, der ihm ans Herz gewachsen war, auseinander zu brechen. Und das Mädchen, für das er Gefühle empfand, die er sich nie hätte träumen lassen, turnte ohne Sicherheitsnetz an einem Trapez und riskierte ihr Leben dafür, ein Publikum zu begeistern, das nicht im Entferntesten ahnen konnte, wie außergewöhnlich sie war.

Dann waren da noch Radu und Al-Fulani, die ihn ausgetrickst hatten und ein Programm hatten erarbeiten lassen, das, zumindest zeitweise, Terroristengruppen die Verwendung von Raketen ermöglichte. Und damit schienen sie ungestraft davonzukommen.

Andy hörte auf herumzugehen und sah Winters an. »Ich glaube, dass Al-Fulani die Stromversorgung in Mobile absichtlich sabotiert hat, damit sie kommen und Radu aufsuchen kann.«

»Vielleicht.«

»Wenn sie oder ihre Leute das getan haben, haben sie Syeira da oben beinahe umgebracht.«

»Nimm die Sache nicht zu persönlich.«

»Zu persönlich?« Andy schüttelte den Kopf. »Al-Fulani hätte an dem Abend beinahe eine Freundin getötet, Captain Winters. Persönlicher kann es gar nicht werden. Ich werde nicht zulassen, dass so was noch einmal passiert.«

Winters seufzte wieder. »Hör zu, ich weiß, wie du dich

fühlst, aber wir müssen uns an die Regeln halten. Radu hat eine absolut weiße Weste. Wir müssen einen Fall gegen ihn aufrollen, wir können ihn nicht einfach ohne Grund einsperren. Und welches Gesetz hat er bisher gebrochen? Du hast uns das Spiel gebracht, bevor es von den Terroristen missbraucht wurde. Auch dort ist kein Verbrechen geschehen. Das Spiel ist legal, und Radu hat es für den Zirkus in Auftrag gegeben. Auch kein Gesetz gebrochen. Du hast beobachtet, wie er von einem Terroristen angeschossen und verprügelt wurde. Wieder kein Verbrechen. Dank dir haben wir allen Grund, ihn zu verdächtigen. Aber wir haben nichts in der Hand, um ihn festzunehmen.«

»Al-Fulani wird doch gesucht.«

»Stimmt. Das ist zumindest etwas. Man sucht sie wegen aller möglichen Verbrechen. Sobald wir sie gefunden haben, können wir sie mitnehmen und einsperren. Zuerst müssen wir sie allerdings finden.«

»Dann finden Sie sie.«

»Wie?«

Andy sah an die Decke. »Ich weiß nicht.«

»Genauso wenig wie ich. Aber ich verspreche dir, Andy, wir werden es versuchen.«

»Klar.«

Winters sah ihn an. »Bitte denk darüber nach, den Zirkus zu verlassen. Du bist vielleicht in Gefahr.«

Andy schüttelte den Kopf. »Sie wissen nicht, dass ich ihnen auf die Schliche gekommen bin. Und wenn ich jetzt plötzlich gehe, wäre das doch ziemlich verdächtig, oder?«

»Sie wissen doch nicht, dass du herausgefunden hast, was sie vorhaben.«

»Was, wenn sie innerhalb der nächsten Tage einen Test

mit dem System durchführen? Wenn die Verriegelungsprogramme funktionieren, werden sie wissen, dass ich dahinter stecke. Wie Sie schon gesagt haben, sie würden mich finden, wo ich mich auch verstecke. Wenn ich hier bleibe, kann ich das Ganze vertuschen, irgendein Teil manipulieren, das an dem Problem schuld ist oder so. Außerdem kann ich sowieso nicht weg. Imanuela braucht mich.«

»Man könnte sicherlich einen anderen Tierarzt rufen.«

»Ich habe diese Aufgabe übernommen und werde sie auch zu Ende führen.«

Winters' Gesicht verhärtete sich, und Andy erkannte, dass er gefährlich nahe an seine Toleranzgrenze gekommen war. »Du bist nicht gerade dafür bekannt, die Dinge zu Ende zu führen, Andy.«

Andy zuckte mit den Schultern. »Mit allem Respekt, Sir, aber wenn es um meine Freunde geht, können Sie damit gar nicht mehr irren.«

»Punkt für dich.« Winters beugte sich wieder nach vorn. »Dann kann ich annehmen, dass du den Zirkus nicht verlassen wirst?«

Andy grinste enthusiastischer, als er sich fühlte. »Was, das Showbiz aufgeben?«

»Du siehst besorgt aus.«

Andy blickte auf. Papa stand plötzlich mit weiß geschminktem Gesicht vor ihm. »Nein.«

Papa rückte die rote Gumminase zurecht. »Ein Clown kennt sich damit aus, Andy. Wir lächeln, um unsere gebrochenen Herzen zu verstecken.«

Andy sah in Richtung Westen. Die Sonne ging am Horizont unter und spiegelte sich noch ein letztes Mal in dem großen silbernen Bogen über dem Mississippi. Er saß auf dem Gehege und sah Imanuela beim Essen zu.

»Na gut, vielleicht bin ich ein bisschen besorgt«, gab Andy zu. Seit dem Treffen mit Captain Winters in der Früh hatte er sich den ganzen Tag nicht mehr beruhigt und sich das Gehirn zermartert, um herauszufinden, was er jetzt tun sollte. Dabei konnte er vielleicht gar nichts tun.

Papa lehnte sich an das Gehege, der Büschel orangefarbenen Haars flatterte unter der kleinen Mütze, die er mit einem Gummiband unter dem Kinn befestigt hatte. »Warum machst du dir denn Sorgen?«

»Wegen ihr.« Er nickte mit dem Kinn zu Imanuela.

»Ich auch, aber ich weiß, dass du hier für sie da bist und deine Mutter auch nicht so weit weg ist. Das beruhigt mich.«

»Ja.«

»Und du machst dir Sorgen wegen meiner Enkelin«, sagte Papa sanft.

»Große Sorgen«, gab Andy zu.

Papa lächelte gutmütig. »Du magst sie.«

»Ja.« Andy brach den Augenkontakt verlegen ab. Er blickte zum Hauptzelt hinüber. Die Fahne des Zirkus Cservanka & Cservanka flatterte standhaft an der Spitze. Die Vorstellung würde in weniger als einer Stunde eröffnet werden.

»Warst du schon einmal verliebt?«, fragte Papa.

Andy erwog kurz, sich rauszureden und zu erwidern, dass er nicht verliebt sei, sondern sie nur gern möge, doch dann begegnete er Papas wissendem Blick. »Nein«, flüsterte er.

»Und es macht dir Angst?«

»Unglaubliche Angst.«

Papa nickte und lächelte. »Gut.«

»Gut?«

»So soll die Liebe sein.«

»Wenn es nach mir ginge, würde ich die Betriebsparameter ändern«, gab Andy zu. »So ist es nämlich wirklich unerträglich.«

Papa brach in wieherndes Gelächter aus, was Imanuelas Aufmerksamkeit vom Futter auf ihn lenkte. Sie trompetete kurz und schlug mit den Ohren.

»Mavra hatte auch diese Wirkung auf mich«, sagte Papa sehnsüchtig. »Aber wie unangenehm es auch sein mag, genieß dieses Gefühl.« Er hielt inne. »Ich weiß, dass Syeira dasselbe für dich empfindet.«

»Wirklich?«

Papa nickte. »Ich sehe es. Außerdem zieht sie es auf unseren Umzügen von einer Stadt zur nächsten normalerweise vor, alleine auf das Zugdach zu klettern. Sie nimmt sich Bücher und Verpflegung mit. Du bist der Einzige, den sie jemals mitgenommen hat.«

»Das wusstest du?«

»Natürlich.«

»Ich bin überrascht, dass du ihr das erlaubst. Meine Mutter würde es bestimmt verbieten.«

»Trotzdem bist du mitgegangen.«

Andy hatte kein allzu schlechtes Gewissen.

»Eltern, auch Großeltern, können nicht immer bestimmen, was ihre Kinder tun.«

»Weißt du, ich habe sie gebeten, heute Abend nicht aufs Trapez zu gehen«, sagte Andy nach einem Moment des Schweigens. »Oder wenigstens ein Netz zu verwenden.« Die letzten Tage waren im HoloNet Werbespots für den Zirkus gelaufen, und als eine der Hauptattraktionen wurde Syeira angekündigt, die von Stange zu Stange sprang und mit größter Leichtigkeit durch die Luft flog. Die Werbespots hatten allerdings nicht gezeigt, dass sie über einem Netz arbeitete. Auch die Male, die sie während des Drehs abgestürzt war, waren herausgeschnitten worden.

»Das habe ich auch getan«, sagte Papa. »Doch ich befürchte, dass sie auf keinen von uns hören wird. Sie ist sehr starrsinnig, wie ihre Großmutter und ihr Großonkel.«

Andy beobachtete Imanuela. Auch ihretwegen machte er sich große Sorgen. Seiner Mutter zufolge würde das Baby in nicht allzu ferner Zeit kommen, trotz seiner Bemühungen. »Ich glaube nicht, dass Syeira ihre ganze Durchsetzungsfähigkeit von ihrer Großmutter und von Traian hat, Papa. Ich denke, einen Großteil davon hat sie von dir.«

»Ich bin nur ein alter, heruntergekommener Clown, mein Junge.«

»Du bist der Mann, der es geschafft hat, diesen Zirkus über Jahrzehnte zusammenzuhalten, trotz allem. Traian erkennt das nicht.«

»Traian hat sein eigenes Kreuz zu tragen.«

»Die meisten Artisten sehen auch nicht, was du tust.«

»Sie sind in vielerlei Hinsicht Kinder. Profis, ja, das sind sie alle, aber doch leben sie in einer Traumwelt und sehnen sich danach, mehr zu sein, schneller und weiter zu gehen als je zuvor. Das liegt in der Natur der Sache.«

Andy wartete lange Zeit, bevor er die nächste Frage stellte. »Glaubst du, dass es den Zirkus weiterhin geben wird?«

Papa rückte wieder seine rote Clownsnase zurecht. »Ich weiß nicht. Ich hoffe es. Manchmal, mein junger Freund, muss man einfach jeden Tag nehmen, wie er kommt.«

Das letzte verblassende Sonnenlicht durchbrach die violett

und bernsteinfarbenen Wolken im Westen mit seinen dunkelroten Strahlen. Die Dunkelheit schien das Gehege zu überrollen und brachte eine frische Brise vom Mississippi mit herüber, die während des Tages nicht zu spüren gewesen war.

Blitzartig ging die Zirkusbeleuchtung an. Grelle Neonfarben erhellten die Fahrgeschäfte und das Hauptzelt. Die Buden entlang der Vergnügungsmeile wurden ebenfalls beleuchtet und bildeten kleine Lichtinseln. Flotte Karussellmusik erfüllte die Nacht.

»Showtime«, sagte Andy, doch anstatt der üblichen Vorfreude, die ihn bei jeder Vorstellung erfüllt hatte, fühlte er, wie die Angst in ihm aufkeimte. Er sprang vom Gehegezaun herunter.

Ein aufrichtiges Lächeln zog sich über Papas leuchtend rote Lippen, und seine Augen funkelten. »Es gibt wahrhaft kein schöneres Leben.« Er legte Andy den Arm um die Schultern und drückte ihn an sich. »Komm mit, Andy. Gehen wir in den Zirkus und vergessen eine Zeit lang alle Sorgen. Dafür sind Zirkusse schließlich da.«

Mag sein, dachte Andy. *Aber du weißt nichts von Radu und Al-Fulani.*

Die Vorstellungen waren nicht so mitreißend wie sonst. Sie waren träge und das Timing war schlecht, als wären es leidige Aufgaben anstelle fröhlicher Unterhaltung.

Andy beobachtete, wie die Clowns ihre Nummer in der Manege aufführten, und lauschte dem Lachen des Publikums über die Scherze. Das Publikum erkannte den Unterschied vielleicht nicht, doch er schon. Die Elektrizität, die die Nummer sonst ausstrahlte, fehlte.

Er sah sich verstohlen in der Menge nach den Net-Force-

Agents um, die zu schicken Captain Winters versprochen hatte. Er entdeckte keine verdächtigen Kandidaten, doch wenn es gute Beamte waren, würde ihm das auch nicht gelingen.

Am Ende der Tribüne, neben dem Haupteingang des Hauptzeltes, beobachtete Martin Radu die Vorstellung mit ausdrucksloser Miene, die Arme vor der Brust verschränkt.

Die Clowns beendeten ihre Nummer und verschwanden in einer Wolke aus Konfetti. Crupariu, der die hölzernste Vorstellung abgeliefert hatte, die Andy je gesehen hatte, folgte ihnen. Napoleons Fauchen erschreckte jedoch einige der Zuschauer, die direkt am Käfig saßen. Dann war Petar an der Reihe, und das Publikum brüllte vor Lachen.

Vollkommene Dunkelheit legte sich über das Zelt. Andys Herz begann wild zu klopfen.

»Meine Damen und Herren!« Die lautsprecherverstärkte Stimme hallte durch das Zelt. Ein Scheinwerfer wurde auf die Manege gerichtet und beleuchtete den Manegenleiter. Er nahm den Hut ab und hielt ihn in einer Hand, während er sich tief verbeugte. »Der Zirkus Cservanka & Cservanka ist stolz, eine neue Trapezkünstlerin vorstellen zu dürfen, die Sie mit ihrem Talent und ihrem Können, ihrer Kühnheit und ihrem Mut fesseln und erstaunen wird. Sehen Sie, wie sie sich mit atemberaubender Schönheit und Anmut durch die Lüfte schwingt und dem Tod ins Auge sieht.«

Ein weiterer, größerer Scheinwerfer beleuchtete das Trapez. Fünf Artisten, zwei auf der einen, drei auf der anderen Plattform, verneigten sich und winkten der Menge zu.

Andy bemerkte die Stille, die über das Publikum gefallen war. Es war ein erwartungsvolles Schweigen, und in diesem Moment hasste er die Zuschauer dafür.

Einer der Artisten ließ ein Seil herab. Es war mit Glitzer

durchwirkt und funkelte auf dem Weg nach unten. Die Schlaufe am unteren Ende erinnerte Andy an einen Galgenstrick.

»Meine Damen und Herren«, schrie der Manegenleiter. »Heißen Sie mit mir die liebreizende, die kühne Miss Syeira willkommen, die heute Abend hier in St. Louis ihren ersten Flug wagen wird.«

Syeira kam in die Manege gerannt, breitete die Arme aus und senkte sie wieder. Als sie den Rand der Manege erreichte, stieß sie sich mit einem Fuß ab und erhob sich hoch in die Luft. Sie schnellte herum und landete sanft auf den Füßen, warf die Arme nach oben und streckte den Rücken wie eine Olympionikin.

Trotz seiner Angst zog sich ein Lächeln über Andys Gesicht. Er war sich sicher, dass er noch kein Mädchen wie sie kennen gelernt hatte und wahrscheinlich nie wieder kennen lernen würde. Im gleichen Moment keimte Wut in ihm auf, weil sie ihr Leben einfach so aufs Spiel setzte.

Anmutig stieg sie in die Schlaufe. Jorund zog sie nach oben, und das Seil drehte sich, während sie sich mit einer Hand festhielt und mit der anderen dem Publikum zuwinkte.

»Mami, das Mädchen wird hochgezogen«, rief ein kleines rothaariges Mädchen, das in Andys Nähe saß, und deutete mit dem Finger.

»Ich weiß, mein Schatz. Sei still und sieh zu.«

Die Stimme des kleinen Mädchens wurde zu einem Flüstern. »Mami, wenn sie nicht vorsichtig ist, kann sie ganz tief runterfallen.«

Sogar Kinder wissen das, erkannte Andy. Und alle waren wie hypnotisiert.

Oben angekommen stieg Syeira auf die Plattform. Sie nahm das Trapez, das ihr hingehalten wurde, beugte die Knie ein paarmal, konzentrierte sich dann und schwang los.

Die Zirkuskapelle spielte einen Trommelwirbel, der an Lautstärke zunahm.

Nachdem sie einige Male hin und her geschwungen war, begann Syeira mit ihrem Programm. Sie schwang vor und zurück und kam höher und höher. Dann machte sie auf der Stange einen Handstand, hielt ihren Körper gestreckt, bis die Schwerkraft sie erfasste und wirbelte dann um die Stange herum. Auf dem Höhepunkt des nächsten Schwungs ließ sie das Trapez los, drehte sich um hundertachtzig Grad und wechselte die Richtung mühelos.

Andy zwang sich zu atmen und dachte einen Augenblick, er hätte es verlernt.

Einer der Artisten auf der anderen Seite warf Syeira die zweite Stange zu. Sie schwang darauf zu, hielt sich nur noch mit einer Hand fest, fing das zweite Trapez und wechselte hinüber. Blitzschnell flog sie zur anderen Plattform.

Auf der Plattform gegenüber von Jorund blieb sie stehen und wartete. Jorund wechselte rasch die Position und hing nun mit dem Kopf nach unten.

Die Menge wurde vollkommen still, und die Band verstummte nach dem letzten Refrain ebenfalls, als Syeira von der Plattform absprang. Zunächst passte ihr Schwung nicht zu Jorunds. Obwohl Andy wusste, dass das absichtlich so war, krampfte sich sein Magen vor nervöser Spannung zusammen.

Dann stimmten die Schwünge überein. Syeira brachte ihre Beine nach oben, und Jorund ergriff sie. Er beförderte sie zwischen den Plattformen hin und her, so dass sie die andere Stange leicht greifen konnte. Sie schwangen wieder auseinander, wurden schneller und höher.

In dem Augenblick, als Andy glaubte, die Spannung wäre zu groß für ihn, sprang Syeira von ihrer Stange ab, zog die Beine an und wirbelte in einem doppelten Salto herum. Dann streckte sie sich und griff nach Jorund.

Die Leute um Andy herum hielten den Atem an und machten ihn beinahe verrückt.

Im nächsten Augenblick packte Jorund Syeira an den Handgelenken. Die Übungen wurden schneller und folgten nahtlos aufeinander.

Andy atmete kaum. Dann, scheinbar nach einer Ewigkeit, vollführte Syeira einen dreifachen Salto mit Drehung, als hätte sie alle Zeit der Welt und wäre plötzlich schwerelos, als gäbe es die Gefahr abzustürzen für sie nicht.

Die Schwerkraft nahm von ihr Besitz und riss sie von ihrem Höhenflug nach unten. Ihr Kostüm blitzte auf, als die Scheinwerfer sie in Licht hüllten. Jorund schwang zu ihr zurück, die Hände offen, die Arme ausgestreckt, ganz offensichtlich Zentimeter zu kurz.

Andy sprang von der Tribüne auf. Das Herz klopfte ihm bis zum Hals.

Da pflückte Jorund Syeira aus der Luft und hielt sie an den Handgelenken fest. Sie schwangen zur Plattform zurück, wo die anderen Artisten Syeira auffingen und ihr auf die Plattform halfen. Die Scheinwerfer sammelten sich auf Syeira, die eine Pose einnahm und breit lächelte.

In diesem Augenblick wusste Andy, dass sie das Trapez niemals aufgeben würde. Sie hatte dort oben etwas gefunden, das sie sonst nirgendwo finden konnte. Ein Teil von ihm war darüber traurig, doch der Rest von ihm war glücklich. Nicht viele Menschen konnten die Dinge tun, die ihnen wirklich am Herzen lagen.

Die Scheinwerfer schwenkten auf die anderen Artisten, die sich bereits in Bewegung gesetzt hatten. Die Kapelle stimmte ein fröhliches Stück an und hob die Stimmung des Publikums.

In diesem Moment sah Andy, wie Martin Radu sich umdrehte und das Zelt verließ.

Freier Fall . . . 20

Andy erhob sich und lief die Tribüne hinunter. Er rempelte einige Zuschauer an und entschuldigte sich. Als er unten ankam, nahm er in vollem Lauf die Verfolgung Radus auf.

Als er den Zeltvorhang durchschritten hatte, verlangsamte er das Tempo. Einen schreckhaften Augenblick lang dachte er, er hätte Radu verloren, doch dann entdeckte er ihn in der Budenstraße. Offensichtlich steuerte er auf die persönlichen Wohnwagen zu.

Andy drängte sich mit klopfendem Herzen durch die Menge, die aus dem Hauptzelt quoll. Nach seinem Gespräch mit Winters und in dem Bewusstsein, dass Al-Fulani keine Fehler machte und dass die Net Force es vermeiden würde, eine Terroristengruppe mitten im Zirkus auffliegen zu lassen, hatte er einen verzweifelten Plan gefasst. Er wusste, dass Winters ihn nicht in hundert Jahren gutgeheißen hätte, wie verzweifelt die Situation auch sein mochte.

Doch nachdem die Terroristenchefin beinahe Syeiras Leben auf dem Gewissen hatte, wollte Andy sie auf keinen Fall einfach so davonkommen lassen. Nicht, wenn es eine Chance gab, sie zu schnappen.

Radu ging wachsam die Straße hinunter. Er sah sich oft um, doch Andy kam mühelos hinterher und verfolgte ihn, ohne entdeckt zu werden. Martin Radu war nicht die erste Person, die er verfolgte. Na gut, vielleicht war es eines der wenigen Male, die er das nicht in einem Spielszenario online versuchte, und doch hatte Andy eine gewisse Erfahrung darin.

Die Budenstraße in all ihrem Glanz zog an Andy vorbei und warf helles Licht auf die nächtliche Dunkelheit, verjagte die Schatten in der einen Sekunde und zog sich in der nächsten Sekunde zurück. Die violetten und grünen Lichter des Oktopus tanzten durch die Luft, als das Fahrgeschäft herumwirbelte. Das Lachen der Leute, die damit fuhren, hallte über den Platz, dann prasselte Spott auf diejenigen, die noch auf ihre Fahrt warteten. Ein halbes Dutzend junger Mädchen rannte wild winkend auf eine andere Gruppe zu, die sie aufgeregt schreiend begrüßte.

Der Zauber des Zirkus hatte sie in ihren Bann gerissen. Zwischen den Zelten und Fahrgeschäften war alles möglich.

Andy wusste, dass die Besucher keine Ahnung hatten, wie sehr das stimmte. Er schluckte schwer, seine Kehle war trockener und zugeschnürter als erwartet. Doch er gab die Verfolgung nicht auf. Menschentrauben zogen an ihm vorbei, und er mied sie, als wäre er ferngesteuert.

Radu verließ die Budenstraße und trat in die Schatten, bewegte sich zwischen den geparkten Wohnwagen und Bussen, bis er zu seinem eigenen gelangte. Der Schatten hinter einem der Vorhänge verriet Andy, dass er kein leeres Gefährt betrat.

Andy nahm seine Geldbörse heraus und stellte die Telefonfunktion ein. Er rief eine Nummer auf. »Petar?«

»Ja.« Petar klang äußerst nervös.

»Es ist Zeit, das Gruselkabinett zu schließen.«

Petar zögerte. »Andy, bist du dir sicher?«

»Ja.« Andy blieb im Schatten eines Wagens stehen, als
Radu seinen Wohnwagen betrat. »Wie viele Leute sind noch
drin?«

»Fünfzehn oder zwanzig. Jorge meint, es war bisher ruhig.
Das Gruselkabinett ist mit Holo ausgestattet, also kann auch
das Holo-Publikum rein, aber es ist kein großer Publikums-
magnet. Zu schlicht.«

Ja, ja, ja, erspar mir das Gelaber. Andy drehte sich der Magen um. »Vergewisser dich bitte, dass du alle erwischst.«

»Mach ich. Ich werde die Steuerkabine selbst überprüfen.«

»Gut. Hast du den Computer-Link-Sessel in der Kabine ge-
checkt?«

»Ja, läuft einwandfrei.« Petar zögerte. »Ich würde mich
besser fühlen, wenn du mir sagen würdest, was das alles
soll.«

»Nein, das würdest du nicht.« Andy stieß den Atem aus
und bemühte sich, nicht zu hyperventilieren.

Hinter den verschlossenen Fensterläden des Wohnwagens
bewegten sich Schatten. Wer Radus Gäste auch waren, sie
boten kein angenehmes Bild. Zumindest einer schien eine
Pistole in der Hand zu halten.

Andy wusste nicht genau, was Radu getan hatte, um Al-
Fulani am Hals zu haben, und er hatte verstanden, dass er
das vielleicht niemals erfahren würde. Doch das störte ihn
nicht. Radu hatte vielleicht gar nichts getan. Vielleicht war

dieser Deal einfach so groß, dass die Frau das Geschäft persönlich abschließen wollte – vor allem angesichts des Geldes, das einige Terroristen aus dem Mittleren Osten in eine Abschussvorrichtung investieren würden. Andy war es egal, was sie hergebracht hatte. Er wollte nur sicherstellen, dass sie niemals zurückkommen würde.

»Okay«, meldete sich Petar einen Augenblick später. »Alle draußen, und das Gruselkabinett ist jetzt geschlossen.«

»Zieh dich zurück«, sagte Andy.

»Warum?«

»Es ist besser, wenn Radu dich nicht sieht. Sonst vermutet er vielleicht, dass an der Sache was faul ist.« Andy ließ sich das gesamte Programm noch einmal durch den Kopf gehen. Er hatte Stunden gebraucht, um die spezielle Software in das System einzufügen, die er heute Abend brauchen würde.

Er hatte sein Clownspiel auch mit einer Softwarefalle versehen, die ihn benachrichtigte, wenn es vom Zirkus-Betriebssystem heruntergeladen wurde. Der Softwareschutz hatte außerdem verhindert, dass das Spiel über das Netz downgeloaded werden konnte. In der Früh war es einmal heruntergeladen worden. Radu konnte nicht wissen, dass Andy eine fehlerhafte Kopie dazwischengelagert hatte. Ohne alle zehn Kennwörter wurde das falsche Programm geholt, das beim ersten Öffnen vollständig versagte und gleichzeitig sicherheitshalber auch gleich den Computer zerstörte, auf dem es geöffnet wurde.

Eine Hand fiel auf Andys Schulter und ließ beinahe sein Herz stehen bleiben. Er drehte sich um, unsicher, was ihn erwarten würde.

Der Mann war gepflegt und frisch rasiert, von durchschnittlichem Körperbau und normaler Größe. Er trug Jeans und einen Pullover. Außerdem, stellte Andy fest, hatte er darunter ganz offensichtlich eine Waffe.

»Hallo, mein Junge«, grüßte ihn der Mann flüsternd. Er wandte die Augen nicht vom Wohnwagen ab. »Was machst du hier?«

»Dasselbe wie Sie«, antwortete Andy. »Ich versuche, eine berüchtigte Terroristin zu schnappen.«

»Oh, lass mich raten. Andy Moore?«

»Sehe ich meinem Karteifoto nicht ähnlich?«

»Bist ein bisschen sonnengebräunter als auf dem Bild. Und vielleicht ein bisschen unvernünftiger. Winters hat mich vor dir gewarnt.«

»Wissen Sie, ob Al-Fulani da drin ist?«

»Eine Person, die wir für Al-Fulani halten«, gab der Agent zu.

»Wollen Sie mir sagen, wie Sie sie da rausbekommen wollen, ohne den Zirkus in ein Blutbad zu verwandeln?«

Die Miene des Agent blieb neutral. »Nein.«

»Dann lassen Sie mich Ihnen helfen«, erbot sich Andy. Ihm war momentan mehr nach schlauen Sprüchen zumute als danach, alle Karten auf den Tisch zu legen, wie gefährlich es auch sein mochte. »Ein Dosenöffner wird Ihnen nichts nützen. Wenn Sie Al-Fulani in die Enge treiben, werden sie und ihre Leute eine Schießerei anfangen. Viele Unschuldige werden verletzt.«

Der Agent zuckte mit den Schultern. »Dann schnappen wir sie eben, wenn sie den Zirkus verlässt.«

»Und wenn sie sich ins Gedränge mischt?«

»Überlass das den Profis, Junge.«

»Haben Sie vor, mich von hier wegzutragen? Ich würde

vermutlich schreien und um mich schlagen, und das könnte Al-Fulani mitbekommen.«

»Das würdest du nicht tun.«

»Nein. Stimmt. Aber ich werde auch nicht einfach von hier verschwinden.«

»Kleiner, mach uns keinen Ärger.«

»Ohne mich haben Sie und Ihre Jungs keine Chance. Sie müssen sie hier und jetzt schnappen.«

Der Agent spürte offensichtlich, dass Andy sprungbereit war, und griff nach ihm.

Doch Andy war nicht mehr da. Der kurze, rasche Griff des Agent ging ins Leere, und jede weitere Aktion hätte Aufmerksamkeit erregt. Andy bewegte sich rückwärts, während er sagte: »Wünschen Sie mir Glück.« Er lächelte. *Na gut, ich wollte zwar Kontakte mit der Net Force knüpfen, aber eigentlich nicht so früh.*

Er wandte sich um und ging weiter auf Radus Wohnwagen zu. Dabei spürte er die Blicke des Net-Force-Agent in seinem Rücken. Captain Winters würde so wütend auf ihn sein wie noch nie zuvor, wenn Andy das durchzog. Und wenn er es nicht durchzog – nun, dann spielte es keine Rolle mehr, wie wütend Winters war.

Andy fühlte Übelkeit und Nervosität in sich aufsteigen, als er die Tür zu Radus Wagen erreichte. Er atmete einige Male ein und aus und sog den Sauerstoff in sich auf, um sich auf das vorzubereiten, was vor ihm lag.

Aus dem Wagen klangen wütende Stimmen. Größtenteils redete die Frau, und obwohl er ihre Sprache nicht verstand, glaubte er zu wissen, worum es ging.

Er klopfte an die Tür.

Die wütenden Stimmen verstummten.

Andy klopfte erneut.

»Geh weg«, rief Radu. »Wir unterhalten uns ein anderes Mal.«

Andy bemerkte die Gesichter, die sich gegen die Fenster auf beiden Seiten der Tür drückten. »Mr Radu, ich bin's, Andy Moore. Ich glaube, dass Sie jetzt gleich mit mir sprechen möchten. Vor allem, wenn Sie bemerkt haben, dass Sie keine Kopie von dem Spiel brennen können.«

Der Türknauf drehte sich.

Radu stieß die Tür auf. Er überlegte offensichtlich fieberhaft, was er antworten und wie er reagieren sollte.

Mit wild klopfendem Herzen sah Andy Radu an. Er hoffte, dass seine Gegenwart den Net Force Agents auf dem Gelände nicht alles verdarb. »Vielleicht irre ich mich ja auch.«

Radu kämpfte immer noch damit, eine Antwort zu finden.

»Bring ihn rein«, befahl Al-Fulani.

Ein großer Mann schob Radu zur Seite, sah sich misstrauisch um und packte Andy am Hemd.

»He!« Andy schlug mit dem Unterarm fest genug gegen das Handgelenk des Mannes, um seinen Griff zu lösen, und ging ein paar Schritte zurück. »Ich kann mein Spielzeug auch wieder einpacken und gehen.«

»Lasst ihn in Ruhe reinkommen«, befahl Al-Fulani. Sie stand im hinteren Bereich des Wagens und hatte die Arme vor der Brust verschränkt. Mit zusammengekniffenen Augen studierte sie Andys Gesicht.

Radu und der Mann machten ihm Platz.

Andy strich sein Hemd glatt, schluckte und hoffte, seine Knie würden nicht zittern. *Syeira ist heute Abend ohne Si-*

cherheitsnetz am Trapez gehangen, sagte er sich. *Ich schaffe das*. Trotzdem wackelten seine Knie, als er die Stufen hinaufstieg.

Al-Fulani winkte die drei Männer ins Zimmer zurück und verschaffte Andy so mehr Platz. Es war jedoch nur ein symbolisches Zugeständnis. Andy wusste, dass sie sicher war, ihn leicht überrumpeln zu können.

»Was machst du hier?«, fragte sie.

»Ich versuche, nicht abgezockt zu werden.«

»Wer hat dich geschickt?«, fragte Radu.

»Niemand.«

»Lügner.« Radu war so wütend und verängstigt, dass er zitterte.

Andy nahm es ihm nicht übel. Wie die Sache auch enden mochte, Radu hatte die Kontrolle über sein Schicksal verloren. Al-Fulani hatte ihn völlig in der Hand, und Andy war sich jetzt sicher, dass er nicht war, was er vorgab zu sein. »Wenn Sie mich blöd anmachen, verschwinde ich von hier. Dann werden Sie niemals in der Lage sein, eine Kopie des Spiels zu brennen. Nicht ohne jemanden, der sich wirklich gut mit Computern auskennt. Besser als ich. Und da ich etwas entworfen habe, das Ihre Leute nicht geschafft haben, vermute ich, dass ich besser bin als jeder von Ihnen.«

»Du bist ziemlich vorlaut.« Al-Fulani bewegte sich einen halben Schritt nach vorne.

Andy zuckte mit den Schultern.

»Das gefällt mir.«

»Er ist ein Net Force Explorer«, warnte Radu.

»Na und? Du machst dir zu viele Sorgen«, erwiderte Al-Fulani. »Die Net Force würde niemals Kinder für die Drecksarbeit vorschieben. Wenn sie dahinter stecken würde, wäre der Junge kilometerweit weg, selbst wenn sie ihn einsperren müssten, um ihn da rauszuhalten.«

Andy wusste, dass die Frau ihm nur Honig ums Maul schmierte, um sich Zeit zu verschaffen. Er blieb neben der geschlossenen Tür stehen und ließ sie glauben, er wäre überzeugt davon, entwischen zu können.

»Was willst du?«, fragte Al-Fulani.

»Geld. Und zwar viel.«

»Warum sollten Mr Radu oder ich dir Geld bezahlen?«, fragte sie. »So gut ist das Spiel nun auch wieder nicht.«

»Stimmt. Es ist recht durchschnittlich. Aber auf Mr Radus Wunsch hin habe ich eine GPS-Programmierung hinzugefügt. Zunächst habe ich nicht verstanden, warum er das wollte. Es kam mir ein bisschen langweilig vor. Er sagte, damit könnten alle Leute an den verschiedenen Orten, die der Zirkus besucht, ihre eigenen Städte und Länder in das Spiel integrieren. Viele Spiele verfügen über realistische Schauplätze, doch ich wüsste keins, das mit Echtzeit-GPS-Programmierung arbeitet.«

»Na und?«, fragte Al-Fulani.

»Dann bin ich darauf gekommen, dass ein so gut ausgearbeitetes Spiel ein perfektes Raketen-Zielsystem für jemanden abgeben würde, der über kein gutes Abschusssystem verfügt.«

Al-Fulani sagte nichts.

Andy lächelte. »Schon komisch. Bis gestern war mir der Gedanke noch völlig fremd. Als Sie und ich uns ein Kopf-an-Kopf-Rennen geliefert haben.«

»Ich erinnere mich daran. Du hast geschummelt.« Ein kleines Lächeln zog sich über das Gesicht der Frau.

»Ich verliere nicht gern.«

»Da haben wir etwas gemeinsam.«

»So, wie ich es sehe, werden Sie mit meinem Programm eine Menge Geld machen. Davon will ich etwas abhaben.«

»Darüber hättest du mit Mr Radu sprechen können.«

»Na ja, als ich gesehen habe, wie Sie und Ihre Leute ihn in Mobile behandelt haben, war mir klar, dass er nicht gerade ein hohes Tier sein kann.«

Radus Gesicht verdunkelte sich vor Zorn.

»Wie viel?«, fragte Al-Fulani.

Radu wandte sich zu ihr um. »Das ist nicht Ihr Ernst. Sie können ihm doch nicht …«

»Schnauze«, befahl sie. Ihr Blick wandte sich nicht von Andy ab. »Wie viel?«

»Zehn Millionen Dollar.«

»Du bist noch minderjährig«, stellte Al-Fulani fest. »Selbst wenn ich so viel Geld hätte, wie sollte ich es dir zukommen lassen?«

»Bar«, antwortete Andy. Er wusste, dass so viel Bargeld nicht über die internationalen Grenzen geschafft werden konnte und der Vorschlag daher nicht umsetzbar war. Ganz zu schweigen von den Problemen, die er dabei haben würde, es unter seinem Bett zu verstecken.

Plötzlich krachte etwas laut gegen die Tür des Wohnwagens. Andy sah zur Tür, als wäre er überrascht darüber, dass einer der Terroristen die Tür von außen blockiert hatte.

Al-Fulani grinste. »Oh, anscheinend habe ich dich schon wieder ausgetrickst. Und dieses Mal sind keine Pinguine da, um dich zu retten.« Sie schickte die drei Männer mit einer Handbewegung in seine Richtung.

Ohne zu zögern, stürmte Andy auf das Erkerfenster an der Vorderseite des kleinen Wagens zu. Er bedeckte sein Gesicht mit den Händen. Glas splitterte, und er sauste hindurch und landete bäuchlings auf dem Boden. Die Geräusche würden im Zirkuslärm untergehen.

Stöhnend stand er auf und rannte los in Richtung Gruselkabinett, als wäre der Teufel persönlich hinter ihm her. *Es wäre beeindruckender gewesen, wenn ich auf den Füßen gelandet wäre.* Doch es wirkte authentischer, wenn er stolperte und sich aufraffen musste. Es würde sie glauben lassen, dass er tatsächlich um sein Leben rannte. Ihm war bewusst, dass das auch mehr stimmte, als ihm lieb war.

Doch er musste den Köder für die Falle spielen.

»Schnappt ihn!«, schrie Al-Fulani hinter ihm.

Andy hörte in seinem Rücken eilige Schritte auf dem harten Boden. Eine schallgedämpfte Kugel zischte an seinem Ohr vorbei und ließ ihn erschaudern. Er griff nach der Ecke eines Wagens und zog sich dahinter, nahm seine Geldbörse heraus, wählte den Telefonmodus und stellte eine Verbindung mit Captain Winters' Privatanschluss her. Er würde die Operation im Zirkus vielleicht beobachten, doch er würde keinen Privatanruf unbeantwortet lassen.

Winters meldete sich nach dem ersten Klingeln. »Andy? Was machst du …«

»Es tut mir Leid«, sagte Andy und atmete stoßweise. »Keine Zeit und Luft für lange Erklärungen.« Er duckte sich wieder und sprang hinter einen anderen Wagen. Glas zerbarst, als eine Kugel hinter ihm ein Fenster durchschlug. »Halten Sie Ihre Leute noch ein paar Minuten zurück.« Er japste nach Luft und rannte im Zick-Zack-Kurs weiter. Dabei blieb er im Labyrinth der Wohnwagen und Busse, um es für seine Verfolger schwieriger zu machen, ihn zu treffen, und damit sie nicht merkten, dass er telefonierte.

»Bist du völlig verrückt?«

»Nein, Sir.«

»Hast du das wirklich im Griff, Sohn?«

»Ja, Sir. Al-Fulani und ihre Leute glauben, dass ich habe, was sie brauchen. Sie verfolgen mich. Ich locke sie an einen Ort, an dem Sie sie stellen können, ohne dass jemand anderes gefährdet wird. Ich verspreche es.«

Winters zögerte nur einen Moment. »Lass dich nicht erwischen.«

»Nein, Sir. Genau das ist mein Plan.« Mit knappen Worten erklärte er, was er von den Net Force Agents erwartete. Zu seiner Überraschung stellte Winters keine Fragen. Da erkannte Andy, dass auch Winters ein Spieler war, wenn eine Operation angelaufen war und es ernst wurde. So wie er.

Doch Andy war auch bewusst, dass Winters ein langes Gespräch mit ihm führen würde, sobald das Ganze vorbei war. Und dann war da noch die Sache mit seiner Mutter. Keine rosigen Aussichten. Wenn er überhaupt lange genug lebte. Falls ihn die Terroristen kriegten, blieben ihm wenigstens ein paar Standpauken erspart.

»Da! Da ist er! Schnappt ihn euch, aber lasst ihn am Leben! Wir brauchen ihn noch!«

Andy hörte den Mann hinter sich rufen und wusste, dass sie näher gekommen waren, während er telefoniert und dabei versucht hatte, aus ihrem Blickfeld zu bleiben. Er faltete die Geldbörse zusammen und schob sie in die Hosentasche.

Dann riskierte er einen Blick über seine Schulter und stellte fest, dass auch Al-Fulani die Verfolgung aufgenommen hatte. *Gut. Das ganze Rudel ist hinter mir her.* Jetzt musste er sich nur noch ein paar Minuten nicht schnappen lassen und am Leben bleiben.

Offensichtlich waren Al-Fulanis Leute mit persönlichen Kommunikationsverbindungen ausgestattet, da sie alle in Andys Richtung gerannt kamen, als er den Schutz der Wohnwagen verließ und in Richtung Budenstraße sprintete.

Der Schreck saß ihm noch in den Gliedern, als einer von ihnen rechts hinter ihm aus dem Schutz eines Busses hervorgesprungen kam. Der Mann hielt seine Waffe nah am Körper und versuchte, Andy mit der freien Hand zu packen.

Andy sprang nach links und bemerkte dann, dass auch aus dieser Richtung einer auf ihn zugelaufen kam. Sein Blick fiel auf die Würstchenbude direkt vor ihm, und er rannte um sein Leben. Er würde doch wohl einer Bande Terroristen entwischen!

Am Verkaufsfenster hatte sich eine Schlange von Leuten gebildet. Einige von ihnen beobachteten, wie Andy in die Sackgasse geriet. Die beiden Kerle näherten sich ihm aus zwei Richtungen. Wenn er umkehrte oder eine Pause einlegte, würden sie ihn erwischen.

Wenn er durch die Menschenmenge lief, würde das auch nur seine Geschwindigkeit verringern. Und dann war da noch die Möglichkeit, dass ein Möchtegernheld aus der Menge Andy in den Weg springen und ihn für seine Verfolger festhalten würde, um seine Freundin zu beeindrucken.

Andy rannte auf die mit unter der Markise hängenden blauen Lampen erleuchtete Würstchenbude zu. Eine kleine Mülltonne stand daneben. Rasch sprang er darauf, zog sich auf das Dach des Standes und betete dabei, dass es ihn tragen würde und er nicht einbrach.

Drei lange, federnde Sprünge, und er hatte die andere Seite erreicht. Er ließ sich zu Boden fallen und schlug hart auf, blieb jedoch auf den Beinen. Er zwang sich dazu, so schnell wie noch nie zuvor zu rennen. Die Mühe zahlte sich aus.

Das Gruselkabinett lag direkt vor ihm. Ein verhülltes Skelett mit Sense stand über dem Eingang, von neongrünem Licht erhellt. Die Sense schwang ständig hin und her, von leuchtendem grünem Feuer gefolgt. In einem Bogen zog sich der Schriftzug HÖHLE DES SCHRECKENS über dem Eingang hin.

An der Tür hing ein Schild mit der Aufschrift AUSSER BETRIEB.

Andy fragte sich eine Schrecksekunde lang, ob Petar nicht doch aus Versehen die Tür zugeschlossen hatte. Wenn ja, blieb ihm keine Fluchtmöglichkeit. Al-Fulani und ihre Leute würde ihn zu fassen bekommen, und Winters' Operation würde durch die vielen Zirkusbesucher ernsthaft gefährdet.

»He!«, rief ein junger Mann links von Andy.

Halt dich da raus, dachte Andy. *Lass mich in Ruhe und verschwinde.*

Der Typ zögerte einen kurzen Augenblick, dann rief Al-Fulani: »Halten Sie ihn auf!« Der Kerl ging in die Hocke, vielleicht hatte er einmal Football gespielt. Er war normal groß, doch ziemlich breit, so als würde er regelmäßig trainieren.

Wenn ihn der Kerl zu fassen bekäme, wäre Andy, selbst wenn er sich losreißen könnte, zu langsam, um das Gruselkabinett vor Al-Fulani und ihren Leuten zu erreichen. Weniger als drei Meter vor dem Möchtegernhelden warf sich Andy wagemutig zu Boden und schlitterte mit dem Kopf voraus am Boden entlang. Er rutschte unter den ausgestreckten Armen des Typen durch und spürte, dass er sich Kinn und Bauch aufschürfte, da sein Hemd zu dünn war, um ihn zu schützen.

Bevor er vollständig zu einem Halt kam, drückte er sich mit den Armen nach oben, kam auf die Füße und ignorierte seine brennenden Lungen und die Schmerzen an Bauch und Kinn. *Ich geb nicht auf*, sagte er sich entschlossen. Trotz der Anstrengung und der Spannung waren seine Beine noch in Ordnung. Und seine Lungen stachen noch nicht – er war in Form.

Er spurtete mit aller Kraft zur Tür des Gruselkabinetts. *Sieh dich nicht um, sieh dich nicht um. Konzentrier dich auf die Tür!* Er verlangsamte schlitternd, wandte sich zur Seite und prallte gegen die Tür. Er drückte auf die Stange und sah in seinem Rücken Al-Fulanis Leute näher kommen.

Die Tür öffnete sich nach innen, und er schob sich hindurch.

Das Innere des Gruselkabinetts war dunkel, doch von außen fiel Licht auf die spiegelglatt polierten Stahlflächen, aus denen das Labyrinth bestand. Andy legte die Hand an die rechte Wand und rannte los. Die weiche Matratze am Boden machte das Rennen schwierig. Dutzende seiner Spiegelbilder jagten hinter ihm her.

Er zählte die Wandflächen und arbeitete sich durch die Windungen und Abzweigungen des Labyrinths voran, die er sich eingeprägt hatte. Obwohl er es erwartet hatte, erhöhte das Skelett-Hologramm – modrig-grün, als wäre es frisch aus einem Grab ausgegraben worden –, das sich vor ihm vom Boden erhob, seinen Adrenalinspiegel noch weiter und ließ ihn einen Augenblick erstarren.

Das Skelett schrie markerschütternd und streckte eine knochige Hand nach Andy aus.

Ich hasse dieses Ding, dachte Andy.

Männliche Stimmen drangen in der Sprache, die Andy

nicht verstand, vom Labyrinthdurchgang zu ihm, und er riss sich zusammen und rannte weiter.

Weitere Holos leuchteten auf und stellten sich ihm ploppend in den Weg. Spinnen und Geister mischten sich mit Holo-Kreaturen aus *Black Lagoon* und *Frankenstein*. Andy bog um die nächste Ecke, und ein Vampir hob seinen scheußlichen Kopf vom zarten Hals seines Opfers. Dann verwandelte er sich in eine Fledermaus und flog mit aufgerissenem Maul auf Andy zu.

Als Andy das Gruselkabinett das erste Mal besucht hatte, war er davon begeistert gewesen. Es war ein echter Spaß und mit genug gruseligen Schrecken ausgestattet, um nicht langweilig zu werden. Als er ein anderes Mal mit Syeira hergekommen war, war es ihm irgendwie kindisch vorgekommen. Syeira war einfach kein Typ für Geisterbahnen. In ihrer Gegenwart hatte auch er es als pubertär empfunden. Sie war nicht so dafür zu begeistern gewesen wie er. Dabei hatte er sich gewünscht, dass sie es genauso mögen würde wie er.

Doch jetzt, mit Al-Fulani und ihrer Truppe im Nacken, erreichte die Dunkelheit im Gruselkabinett eine ganz andere Ebene des Schreckens.

»Andy Moore!«, rief die Frau.

Andy stellten sich die Haare im Nacken auf, doch er schwieg und blieb in Bewegung. Er zählte die Spiegelflächen und hoffte, sich nicht verzählt zu haben.

»Verstecken spielen ist keine Lösung«, sagte Al-Fulani.

»Das haben Sie schon einmal gesagt.« Das Zittern in seiner Stimme ließ ihn nicht gerade heldenhaft klingen.

Al-Fulanis Lachen hallte durch das Gruselkabinett und vermischte sich mit den Schreien einiger Holos, die hervorsprangen, um die Besucher zu erschrecken. »Du hast in dem Spiel geschummelt«, sagte sie.

»Spiel niemals gegen den, der das Spiel entworfen hat«, erwiderte Andy. Er kam an eine weitere Abzweigung. Das Gruselkabinett war gerade genug erhellt, um die drei Wege vor ihm zu erkennen. Er war genau dort, wo er hin wollte. Er nahm die linke Abzweigung und löste eine weitere Holo aus.

Ein Irrer mit Ledermaske und Kettensäge kam hinter einer nicht existenten Ecke hervor. Die Kettensäge sprühte Funken, und das Aufheulen des Motors dröhnte in Andys Ohren und machte ihn einen Moment lang taub.

Doch er schaffte es, nicht zusammenzuzucken, und schritt durch die brutalen Hiebe des Maskierten hindurch. Das Hologramm blieb in Bewegung, und Andy auch. Er spürte, wie das Blut von seinem aufgeschürften Kinn auf seine Brust tropfte und sich in der kühlen Luft im Gruselkabinett warm anfühlte. Er ging die linke Abzweigung entlang und zählte die polierten Stahlfelder zu seiner Rechten weiter. Der Weg machte eine Linksbiegung.

Hinter Andy erklang ein Schuss, gefolgt von einem Schwall ausländischer Worte, die zweifelsohne Schimpfwörter waren. Al-Fulani schrie Kommandos.

Andy hörte auf zu zählen und drückte sich gegen die Platte, vor der er stehen geblieben war. Nichts passierte. *Keine Panik*, sagte er sich und holte tief Atem. *Du hast dich höchstens um eine verzählt.* Er drückte gegen eine Platte weiter vorn. Sie bewegte sich auch nicht. *Oder zwei. Du kannst dich höchstens um zwei verzählt haben!*

»Gib auf, Andy«, sagte Al-Fulani.

In Andys Ohren hallte der Schuss immer noch nach. Mit

aller Kraft versuchte er, ruhig zu bleiben, kehrte zu der Platte zurück, die er ursprünglich gewählt hatte und bemühte sich, nicht daran zu denken, wie nah ihm die Frau und ihre Handlanger bereits gekommen waren. Er ging eine Platte weiter zurück und drückte dagegen.

»Alles wäre viel einfacher, wenn du aufgeben würdest«, sagte Al-Fulani. »Ich will nur das Spiel.«

Na klar. Als ob du mich am Leben lassen und mir vertrauen würdest, dass ich niemandem von deinem Plan erzähle. »Ich gebe nicht auf. Das hab ich noch nie, und ich werde es auch nicht.« Die Platte schob sich um fünfzehn Zentimeter nach hinten und ließ sich zur Seite bewegen. Er betrat das Steuerzentrum des Gruselkabinetts.

»Mach es dir doch nicht so schwer«, sagte sie. »Du solltest nicht riskieren, dass ich wütend werde.«

»Sie haben Recht.« Andy schob die Geheimtür wieder an ihren Platz und fühlte sich etwas beruhigt. Er wandte sich um, setzte sich in den Computer-Link-Sessel des kleinen Raums und lehnte sich zurück. »Aber ich weiß ein Geheimnis.«

»Spiel niemals gegen den Spieldesigner. Ich weiß. Aber das hier ist kein Spiel.«

Andys Implantate pulsierten kurz, als er sich mit dem Netz verband. Sein Körper blieb im Sessel, doch daneben erschien seine Holo-Form. Seine ganze Erschöpfung und die Schmerzen verschwanden, als er seine Implantate so einstellte, dass sie seine Empfindungen blockierten. Zurück blieb nur ein dumpfes Echo des Schmerzes in seinem realen Körper. In Holo-Form setzte er sich leichtfüßig in Bewegung, gekleidet in dieselben Klamotten wie in der Realität.

»Nein, das ist kein Spiel«, sagte er. »Als Sie in Mobile den

Stromausfall verursacht haben, haben Sie beinahe einen Menschen umgebracht, der mir sehr wichtig ist.«

»Du hast das Spiel aus Rache gestohlen?« Al-Fulani klang ungläubig. »Auge um Auge, Zahn um Zahn?«

»Als ob Terroristen Wut völlig fremd wäre.« Andy ging in Holo-Form durch die Mauern hindurch und trat wieder in den Labyrinthweg. Über das Netz öffnete er eine virtuelle Verbindung und wählte Captain Winters' Nummer.

»Andy«, meldete sich Winters.

»Sind die Agents in Position?« Andy flüsterte, während seine Holo-Form wartete und auf die Schritte lauschte, die durch das Gruselkabinett hallten.

»Fast. Bist du in Sicherheit?«

Andy grinste trotz der Angst, die ihn immer noch erfüllte. »Ja. Ich hab sie genau da, wo ich sie haben wollte. Das Gruselkabinett ist menschenleer und abgeriegelt, nur sie und ich sind hier. Und sie rechnen nicht mit Ihren Leuten.«

»Es kann immer noch schief laufen.«

»Ja, Sir, aber hier stehen die Chancen besser als in dem Wohnwagen, wo zu viele Leute um sie herum waren und es zu gute Deckungsmöglichkeiten und ein zu gutes Schussfeld auf Ihre Männer gegeben hat. Jetzt ist es sowieso zu spät, um noch etwas zu ändern.« Andy wartete. »Sagen Sie mir Bescheid, wenn die Agents bereit sind.«

»Und wenn ihre Leute dich finden?«

»Das werden sie nicht.« Andy stand in Holo-Form im Labyrinth, und seine Beine zitterten vor unterdrückter Energie. In der Steuerkabine griff sein reales Ich auf die Gruselkabinett-Monitore zu. Al-Fulani hatte ihre Leute ausgesandt, um ein größeres Gebiet abzusuchen. Das kam ihm ganz gelegen, da sie nicht sofort losschießen würden, um sicherzugehen, dass sie nicht einander trafen. Außerdem wollten sie ihn ja nicht umbringen, bevor sie den Schlüssel zum Spiel in der Hand hatten. Das verschaffte ihm etwas Zeit.

Er berechnete, welche Wege sie durch das Labyrinth nehmen mussten, um wieder zusammenzukommen, und errichtete dann Holos der Metallplatten auf den Abzweigungen, um sie in eine gemeinsame Richtung zu locken.

»Keine Bewegung!«

Martin Radu stand seiner Holo-Form gegenüber. Er war mit einer Pistole bewaffnet. Andy griff auf das Online-Menü des Gruselkabinetts zu und ließ eine Geisterholo erscheinen, die aus der Wandplatte neben Radu wuchs. Der Geist griff mit seinen knochigen, krummen Fingern nach Radu und stieß einen gellenden Schrei aus, der Andy in alle Glieder fuhr.

Radu gab erschrocken einen Schuss ab. Die Kugel prallte an der Stahlplatte ab und irrte mit kurzem Funkenstieben durch die Gänge. Als Radu den Blick wieder auf Andy richtete, war dieser bereits geflohen.

Al-Fulani brüllte Befehle.

»Sie sagt ihnen, dass sie aufpassen sollen«, meldete sich eine ruhige Stimme in Andys Ohr. »Dass sie dich lebendig braucht, zumindest jetzt.«

»Danke, Captain Winters. Gut zu wissen.« Andy rief einen Übersichtsplan über das Labyrinth auf, markierte die Positionen der Terroristen, und beobachtete, wie sie sich in die vorgesehene Richtung bewegten.

»Andy, Captain John Carter von der Nct-Force-Spezialeinheit leitet die Operation.«

»Nur das Allerbeste für mich«, scherzte Andy. »Sind alle bereit, Captain?«

»Ja. Ab jetzt können wir übernehmen.«

»Nein«, erwiderte Andy. »Das ist mein Spiel. Wir machen es auf meine Weise, dann wird vielleicht niemand verletzt.« Er umrundete die nächste Kurve des Gangs. Vor ihm öffnete sich ein großer Raum, in dem bläuliche Geister eine frische Leiche aus einem geöffneten Grab zogen.

Andy löschte die Geister, atmete tief durch, und starrte auf die Friedhofslandschaft, die die schwarze Mauer dahinter verdeckte. Die Illusion, es gäbe keinen Ausweg, war perfekt, und genauso würde es ja auch laufen.

Er wandte sich um und verfolgte Al-Fulani, Radu und die anderen auf dem Übersichtsplan. Mit verschränkten Armen wartete er vor der Friedhofsmauer. Der einzige Ausweg schien das Grab zu sein.

Zwei der Terroristen kamen zuerst den Gang herunter und blieben stehen, die Pistolen auf ihn gerichtet.

Andy lächelte sie an. »Willkommen zur Party.«

Al-Fulani, Radu und die anderen folgten direkt hinter ihnen. Die Frau spürte zuerst, dass etwas nicht stimmte. Sie hob die Waffe verunsichert und zog sich zurück.

»Spiel niemals, *niemals* mit dem, der das Spiel entworfen hat«, sagte Andy. Dann griff er auf die virtuellen Bearbeitungstools zu und ließ die Wand mit der Friedhofsszenerie verschwinden.

Normalerweise gelangten die Besucher des Labyrinths über den Friedhof zum Ausgang. Sobald sie die Holo durchquert hatten, wurde die Hintertür des Gruselkabinetts sichtbar.

Diesmal jedoch offenbarten sich hinter der Holo zwanzig schwer bewaffnete Net Force Agents in ihren Rüstungen hinter kugelsicheren Schutzschildern. Sie zielten mit M16A4-Gewehren auf die Terroristen.

Al-Fulani sprang auf Andy zu, griff mit einer Hand nach

ihm und hob die Pistole an seinen Kopf. »Nicht«, schrie sie. »Sonst erschieße ich ...«

Zufrieden beobachtete Andy die Überraschung auf ihrem Gesicht, als ihre Hand durch ihn hindurchglitt. Verdutzt trat sie einen Schritt zurück.

»Auch diesmal ist es mein Spiel«, sagte Andy. »Und ich gewinne nun mal gern. Wissen Sie, ich kenne ein Geheimnis. Die Net Force und ich arbeiten zusammen.«

Captain John Carter nannte seinen Namen und wies die Terroristen an, ihre Waffen langsam zu senken. Er teilte ihnen mit, dass das Gebäude umzingelt sei. Stimmen hinter der Wand bestätigten dies. Die Terroristen ergaben sich. Bevor Carter ihnen ihre Rechte verlesen konnte, meldete sich Andy noch einmal zu Wort.

»Game over«, verkündete er. »Sie haben verloren.«

Epilog

Andy stand vor dem Gruselkabinett und beobachtete, wie die Net Force Al-Fulani, die anderen Terroristen und Martin Radu in einen umgebauten Transporter verlud. Sie trugen Handschellen. Captain Carter hatte dafür gesorgt, dass sie damit an am Wagenboden befestigte Stahlringe gefesselt worden waren. Die Haltung wirkte nicht gerade bequem.

Die Attraktion hatte viele Zuschauer angelockt. Die blinkenden Lichter der Net-Force-Wagen mischten sich mit den Lichtern der Fahrgeschäfte.

Captain Winters stand neben Andy. Obwohl nur in Holo-Form, hielt er Andy eine gepfefferte Standpauke. Andy kümmerte sich jedoch im Moment nicht besonders darum, da er ziemlich zufrieden mit sich und der Welt war.

»Du bist ein großes Risiko eingegangen.« Winters sah ihn nicht an.

»Aber es hat sich gelohnt.« Andy war nicht danach zumute, klein beizugeben.

»Darüber unterhalten wir uns noch«, drohte ihm Winters an. »In recht naher Zukunft.«

»Ja, Sir.« Andy blieb gelassen. Er würde eine Weile, vielleicht eine ziemlich lange Weile keinen guten Stand haben, und vielleicht standen ihm auch einige Zusatztrainings bevor, doch letztendlich würde jeder zugeben müssen, dass er es gut gemacht hatte, auch wenn er die Regeln nicht beachtet hatte. Schließlich hatte er die Erfahrung gemacht, dass die Menschen nur Regeln aufstellten, damit einer wie er sie brechen konnte. Solange er sie aus den richtigen Gründen brach ...

»Andy, Andy!«

Als er Syeiras Stimme erkannte, durchzuckte ihn plötzlich Angst. Er wandte sich um und sah, wie sie durch die Budenstraße auf ihn zu gerannt kam.

»Ist das die junge Dame?«, fragte Winters.

»Ja«, erwiderte Andy und spürte, wie sich über sein Gesicht ein dämliches Grinsen ausbreitete. Es zog zwar an seinem aufgeschürften Kinn, doch das machte nichts.

»Andy«, japste Syeira und griff nach seiner Hand. Dann umarmte sie ihn. »Papa braucht dich. Imanuela ... das Baby kommt.«

»Nein.« Andy zuckte zurück. Es hatte ihm gefallen, sich die Umarmung als Belohnung dafür abzuholen, heldenhaft den Zirkus vor den Terroristen gerettet zu haben. Er hatte sich allerdings gewundert, wie Syeira so rasch davon erfahren haben konnte. Doch nun durchfuhr ihn die kälteste Furcht, die er seit langem verspürt hatte.

Syeira sah zu, wie die Net Force Agents die Türen des Lieferwagens zuschlugen. »Was ist hier los?«

»Erzähl ich dir später.« Andy hielt ihre Hand fest, und sie zog ihn in Richtung Tiergehege. Nebeneinander rannten sie los. Sein Bauch und sein Kinn taten weh, und ihm wurde übel bei dem Gedanken, ein Baby auf die Welt bringen zu müssen. Darauf war er nicht vorbereitet.

Das aufgeregte Geschrei der Artisten hallte in der Budenstraße wider. »Imanuela! Sie bekommt ihr Baby! Das Baby kommt! Los, wir müssen zu ihr und sehen, ob alles in Ordnung ist!«

Als Andy und Syeira am Gehege ankamen, hatten sie eine Menge Artisten und Pfleger im Schlepptau. Papa war bei Imanuela, stand neben ihr, streichelte ihren Rüssel und redete sanft auf sie ein.

Die Menge wuchs weiter an, doch Andy stand wie versteinert außerhalb der Umzäunung. Die Fahrgeschäfte der Budenstraße schlossen, ließen aber ihre Beleuchtung an.

Syeira sah Andy an. »Was hast du?«

Andy starrte sie mit weit aufgerissenen Augen an. Sein Herz raste, seine Handflächen waren schweißnass. »Ich kann das nicht«, krächzte er.

»Andy«, sagte Syeira sanft. »Imanuela schafft es nicht allein. Sie braucht Hilfe. Sie hat Schmerzen.«

»Doc Andy, Doc Andy.«

Andy drehte sich um und sah, wie Emile, der Stelzenclown, mit langen Schritten über die Menge der Zuschauer hinwegschritt.

»Ich hab deine Tasche, Doc Andy.« Emile hob die Tasche in die Luft. Sein bemaltes Gesicht wirkte sorgenvoll.

Automatisch griff Andy nach oben und nahm ihm die Tasche ab. Sie schien tausend Pfund zu wiegen.

»Andy«, rief Papa. »Bitte hilf ihr. Sie ist eine tapfere alte Lady, aber sie hat Angst. Ich spüre das.«

Imanuela trompetete aufgeregt und wickelte ihren Rüssel voller Zuneigung um Papas Arm.

Widerstrebend kletterte Andy über den Zaun. Er fühlte sich hilfloser als zuvor, als Al-Fulani ihn gejagt hatte. *O Mann, darauf bin ich doch* überhaupt *nicht vorbereitet!*

Neben Imanuela flackerte plötzlich etwas, und die Holo-Form von Sandra Moore erschien neben dem Elefanten.

»Mom«, krähte Andy.

Sie sah ihn an. »Ich bin da.«

»Ich glaube nicht, dass das eine gute Idee ist.«

Seine Mom betrachtete Imanuela. »Und ich glaube nicht, dass wir eine Wahl haben.« Sie warf ihm einen Blick zu. »Du schaffst das. Ich helfe dir dabei.«

»Klar.« Andy atmete tief durch. »Ich schaffe das.« Er sah sich im Gehege um. *Ich schaffe das vor all diesen Leuten.* Dann erinnerte er sich, dass der Zirkus, einschließlich der Tiergehege, im Netz übertragen wurde. *Ich schaffe es sogar vor der ganzen Welt. Auch wenn ich gar nicht will.*

Eine Stunde und eine Menge schwerer Arbeit später erblickte der kleine Elefant das Licht der Welt. Zweihundert Pfund weiches, ledriges, runzliges, graues Fleisch. Er war größer als Andy.

Nachdem er sich vergewissert hatte, dass das Baby es allein schaffen würde und Imanuela versorgt wurde, sank Andy müde zu Boden. Jeder Muskel schmerzte, und sein Kopf schien vor Überanstrengung fast zu platzen. Er sah an sich hinunter und bemerkte zum ersten Mal, wie schmutzig er war.

»Das hast du gut gemacht, Andy«, sagte seine Mutter. »Ich nehme morgen früh einen Flieger und sehe mir die beiden an.«

»Gut«, antwortete Andy. Er zog die Knie an die Brust und legte die Arme darauf. Mit einem Blick auf die Menge, die das Gehege umgab, stellte er erstaunt fest, wie still so viele Menschen an einem Ort sein konnten. Traian hatte sich zu ihnen gesellt, und sogar Captain Winters war geblieben. Alle bestaunten das Elefantenbaby.

Papa, noch immer geschminkt, obwohl der Schweiß die weiße Farbe hier und dort weggewaschen hatte, kam zu ihm und klopfte ihm auf die Schulter. »Gut gemacht.« Er kniete nieder und näherte sich seinem Ohr. »Du hast mich doch gefragt, ob ich glaube, dass der Zirkus weiter besteht?«

Andy nickte.

Papa zwinkerte mit den Augen, und Tränen stiegen darin auf. »Ich sage dir das jetzt, damit wir beide es wissen. Diesen Zirkus wird es immer geben. Leute verlassen ihre Familien, das ist immer so, aber es sind die kleinen und neuen Mitglieder, die das Ganze am Leben erhalten. Ich habe heute Abend gesehen, wie meine Enkelin am Trapez geflogen ist, und ich habe sie dafür geliebt. Und jetzt habe ich gesehen, wie ein neues Familienmitglied geboren wurde, und wie du es auf die Welt gebracht hast.« Er schüttelte den Kopf. »Wie konnte ich nur jemals glauben, dass so etwas enden würde?«

»Ich weiß nicht«, erwiderte Andy ehrlich. Ihm war bewusst, dass an seinem Körper kein einziger sauberer Fleck war.

Papa klopfte ihm wieder auf die Schulter und wandte sich

dann der wartenden Menge zu. Er hob die Stimme und rief kraftvoll: »Wir haben heute Abend ein Baby bekommen!«

Die Leute jubelten, was Imanuela einen warnenden Trompetenstoß entlockte. Sie schlang den Rüssel schützend um ihr Baby.

Papa hob in übertriebener Clownsmanier den Finger an die Lippen, und die Menge verstummte sofort.

»Auf Papa«, rief Traian aus der ersten Reihe. »Den Mann, der das alles und uns alle zusammenhält.«

Der aufwallende Applaus wurde durch ein erneutes Trompeten Imanuelas unterbunden.

Syeira kam zu Andy herüber und setzte sich neben ihn. Ihre Schultern berührten sich. Andy bemerkte erleichtert, dass sie nicht sauberer war als er. Er fand sie trotzdem noch hübsch.

»Mann«, sagte sie lächelnd. »Du bist ein totales Wrack.«

»Das sagt die Richtige«, gab Andy zurück.

Sie lachte und sonnte sich offensichtlich in ihrem Ruhm, bei der Geburt mitgeholfen zu haben.

Andy rieb erfolglos an seinen schmutzverkrusteten Unterarmen. »Schlimmer kann es nicht kommen.«

»Ein Name«, rief Papa der Menge zu. »Wir brauchen einen Namen für das Baby.« Er deutete mit seinem weißen Handschuh auf Andy. »Ich schlage vor, dass wir es Baby Andy nennen, nach dem jungen Mann, der es auf die Welt gebracht hat.«

Die Artisten und das Publikum klatschten begeistert und zogen sich erneut Imanuelas Zorn zu. »Baby Andy, Baby Andy«, jubelten sie. Selbst Captain Winters lächelte, und Andys Mutter musste sich von ihm abwenden, um nicht laut loszuprusten. »Baby Andy, Baby Andy.«

»Okay«, resignierte Andy. »Da hab ich mich wohl geirrt. Es kann schlimmer kommen.«

Syeira lächelte ihn an und schüttelte den Kopf. Ihre Augen glühten, wie er es noch nie gesehen hatte. »Du warst heute Abend großartig.«

»Du aber auch. Als ich dich da oben am Trapez gesehen habe, wäre mir das Herz beinahe in die Hose gerutscht. Aber du warst so anmutig, so …« Er zögerte. »Ich hab so was noch nie gesehen. Ich glaube, ich war noch nie so fasziniert und erschrocken und aufgeregt zugleich.«

Ohne Vorwarnung lehnte sich Syeira an ihn und küsste ihn auf den Mund. »Du hast ja keine Ahnung«, sagte sie.

Andy saß wie versteinert da und war vollkommen überwältigt. »Wow.«

»Wow?«, wiederholte Syeira.

»Äh, ja, wow. Wenn es um solche Dinge geht, fehlen mir die Worte.«

»Geht mir auch so.« Syeira lächelte und nahm seine Hand in ihre.

Clancy/Pieczenik/Odom

SPURLOS

Wir möchten den folgenden Personen danken, ohne deren Mitarbeit dieses Buch nicht möglich gewesen wäre: Bill McCay, der uns geholfen hat, dem Manuskript den letzten Schliff zu verleihen; Martin H. Greenberg, Larry Segriff, Denise Little und John Helfers von Tekno Books; Mitchell Rubenstein und Laurie Silvers von Hollywood.com; Tom Colgan von Penguin Putnam Inc.; Robert Youdelman, Esquire, und Tom Mallon, Esquire. Wie immer möchten wir auch Robert Gottlieb danken, ohne den dieses Buch nicht entstanden wäre. Wir sind ihnen allen zu aufrichtigem Dank verpflichtet.

Spurlos ... 01

Vielleicht war das Taxi übertriebener Luxus. Wir hatten keinen Klienten, und da mochte mein Chef, der große Lucullus Marten, zu dem Schluss kommen, dass ich sein Geld zum Fenster hinauswarf. Andererseits taten mir die Füße weh, und das gelbe Taxi war so groß, dass ich meine Füße auf den Notsitz gegenüber legen konnte. Man nennt mich nicht umsonst Martens Laufburschen. Ich bin hauptsächlich zu Fuß unterwegs. Im Moment tigerte ich auf der Suche nach einem Exemplar des Who's Who *der Stadt von Bibliothek zu Bibliothek, wobei ich auch den Büros des* New York Chronicle *einen kurzen Besuch abgestattet hatte. Dort hatte ich mir die Akten über die Familie Van Alst zu Gemüte geführt, immer in der Hoffnung, irgendein schmutziges Geheimnis über den Mord zu entdecken, das bis jetzt der Veröffentlichung entgangen war.*

Wenige Tage zuvor war Pamela Van Alst in Martens Büro erschienen. Ein Freund hatte sie angeschleppt, der meinte, die bedauernswerte reiche Göre wäre in schlechte Gesellschaft geraten. Marten mag keine jungen Frauen und war entsprechend unfreundlich. Pamela wiederum mochte keine starrköpfigen, genialen Detektive, die für ihr Gewicht eigens angefertigte Stühle brauchen, und rauschte aus dem Zimmer. In der vergangenen Nacht hatte man ihre Leiche gefunden. Sie war auf eine besonders hässliche Art gestorben: Jemand hatte sie auf einer Landstraße zu Tode geschleift.

Der Mord hatte Lucullus Marten, der sich dadurch persönlich beleidigt fühlte, endlich aufgerüttelt. Er schickte mich los, um »relevante Informationen« zu sammeln, wie er es nannte.

So löst Lucullus Marten nämlich seine Fälle. Er sitzt in sei-
ner zugigen Villa aus grauem Stein im Westen der Seven-
ty-Second Street, tut sich an exquisiten Speisen gütlich, die
er mit mindestens sieben Flaschen Apfelwein herunterspült,
und hätschelt seine erstklassige Kakteensammlung im Ober-
geschoss. Unterdessen durchstreift sein treuer Gefolgsmann
Monty Newman – das bin ich – auf der Suche nach Fakten die
Stadt, stellt Fragen und treibt Verdächtige in die Enge.

Wenn ich ihm berichte, speichert er diese Informationen
in einem Gehirn, dessen Volumen sich durchaus mit dem
seines restlichen Körpers messen kann, und löst sodann die
verzwicktesten Geheimnisse.

Leider waren die Informationen, mit denen ich nach Hause
kam, zwar relevant, aber nicht besonders hilfreich. Die meis-
ten Fakten hätte ich auch den Zeitungsberichten entnehmen
können. Zudem hatten die wohlhabenden Van Alsts eine rie-
sige Belohnung für Hinweise ausgesetzt, die zur Ergreifung
des Mörders ihrer Tochter führten. Daher war ich bereits ei-
nigen anderen Detektiven begegnet, die sich für den Fall in-
teressierten.

Die Fakten waren im Wesentlichen Folgende: Das Opfer war
auf einer Nebenstraße bei Alstenburgh gefunden worden, ei-
nem Städtchen im Norden des Staates New York, in dem sich
die Crème de la Crème der Gesellschaft niedergelassen hatte.
Die Immobilienpreise waren entsprechend.

Pamela Van Alst war zuletzt in Begleitung von Woodrow
Peyton, dem ältesten Sprössling einer Politikerfamilie, gese-
hen worden. Die Familie Peyton hatte mehrere Senatoren und
Präsidentschaftskandidaten hervorgebracht. Der junge Woo-
drow lebte in Alstenburgh, Albany, Washington … und wur-
de oft in den Vergnügungsvierteln von Manhattan gesehen.

Die Gesellschaftsspalten nannten ihn »einen jungen Mann, der das Leben genießt«. Zeitungen lassen sich nur ungern wegen Verleumdung verklagen. Meine Befragung des Personals exklusiver Hotels, Restaurants und Nachtclubs ergab jedoch, dass Woodie Peyton ein Taugenichts mit einer Menge Geld im Hintergrund war.

Das hätte ich auch der vorsichtigen Berichterstattung auf den Titelseiten entnehmen können. Leider enthielt der Strauß, den ich mitbrachte, also mehr Unkraut als Blumen.

Ich stieg aus dem Taxi, notierte die Fahrtkosten peinlich genau in meinem Notizbuch und wollte auf die Treppe mit dem schmiedeeisernen Geländer zugehen, die zu dem Haus führt, das ich kenne wie kein anderes in dieser Stadt.

Da fiel mir der stämmige Typ auf, der einem geparkten Auto entstieg und auf mich zukam. Dabei griff er in den leichten Mantel, den er wegen des kalten Spätherbstwetters trug.

Ich ließ meine Hand ebenfalls in meine Jacke gleiten. Vor langem schon hatte ich lernen müssen, dass Mordfälle manchmal unerwartet eine hässliche Wendung nehmen. Da kann eine Kanone recht hilfreich sein.

Doch die Wurstfinger des Dicken hielten mir nur eine aufgeklappte Lederhülle unter die Nase, die Polizeimarke und -ausweis enthielt. Kein Wunder, dass ich ihn nicht erkannt hatte: Er gehörte nicht zur städtischen Polizei, sondern war vom FBI. Ein echter Bundesagent hinderte mich daran, mein trautes Heim zu betreten.

»Sie sind Monty Newman«, verkündete er.

Ich nickte staunend. »Der Staat hat immer Recht.«

Das fleischige Gesicht verzog sich zu einer Grimasse, die mir Angst einjagen sollte. »Sagen wir, der Staat hat ein Auge auf potenzielle Unruhestifter. Sie haben den ganzen

Tag lang einigen sehr wichtigen Persönlichkeiten hinterher-geschnüffelt.«

»Ich wusste nicht, dass ich damit gegen ein Bundesgesetz verstoße«, erwiderte ich. »Es wurden keinerlei Staatsgeheimnisse verraten, und niemand plant einen Staatsstreich. Wir werden alle brav die nächsten Wahlen abwarten.«

»Sehr witzig.« Der FBI-Agent klang, als wäre Humor Vaterlandsverrat. »Manche Leute finden das gar nicht zum Lachen.«

»Sie zum Beispiel, wie ich sehe. Ich dachte, das FBI hätte seine Reihen von Beamten gesäubert, die nur durch Beziehungen nach oben gekommen sind. Ein Bundesagent, der sich als politischer Laufbursche betätigt, kommt möglicherweise nicht überall gut an, Agent Olin.«

Sein Name hatte auf dem Ausweis gestanden, und es gehört zu meinem Job, flinke Augen zu haben. Im Übrigen kann ich es nicht ausstehen, wenn mich jemand schikaniert, da werde ich erst recht aufmüpfig. So bin ich eben.

Olin verzog sein Gesicht zu einem höhnischen Grinsen, das mir auch nicht besser gefiel als die Grimasse von vorhin. »Ich glaube nicht, dass Sie mit dieser Masche weit kommen. Und mit dem Van-Alst-Fall erst recht nicht.«

Wen auch immer Olin hinter sich haben mochte, er fühlte sich offenkundig absolut sicher. Auf jeden Fall war er zu dem Schluss gekommen, dass er mit mir keine Zeit verschwenden wollte. »Denken Sie an meine Worte ... und berichten Sie dem fetten Spinner da drinnen, was ich gesagt habe.«

Ich wandte diesem Vertreter der Macht und Würde unseres Gesetzes den Rücken zu und sagte: »Da können Sie sich drauf verlassen. Aber ich warne Sie: Wenn Sie Lucullus Marten einschüchtern wollen, holen Sie sich besser Verstärkung.«

Als die Tür des Stadthauses hinter Monty Newman ins Schloss fiel, loggte Matt Hunter sich aus dem Programm aus. Für einen Augenblick blieb er zurückgelehnt auf seinem Computer-Link-Stuhl sitzen und blinzelte vor sich hin. Es dauerte immer eine Weile, bis er den Kontrast zwischen der künstlichen Welt der Simulation und der Realität verarbeitet hatte. Die Simulation spielte im Manhattan der Dreißiger- jahre des 20. Jahrhunderts – also örtlich und zeitlich weit entfernt vom Washington von 2025.

Sein Zimmer war wesentlich kälter, als es an dem kühlen Spätherbsttag in der Simulation gewesen war. Er hatte das Fenster offen gelassen, und die Winterluft war schneidend. Eine Kältewelle hielt die Hauptstadt in ihrem Griff. Laut Wet- tervorhersage sollte es sogar schneien, was in Washington, D.C., nur selten vorkam und normalerweise für Chaos sorg- te.

Einen Schauder unterdrückend, schloss Matt das Fenster. Seine Jeans und das langärmelige T-Shirt waren viel dün- ner als Monty Newmans schicker Wollanzug. Im Augenblick hätte er sogar nichts gegen den Mantel des unangenehmen Olin einzuwenden gehabt.

Matts sonst so fröhliches Gesicht wurde nachdenklich. Schade, dass der FBI-Agent in der Simulation auf der ande- ren Seite stand und möglicherweise sogar in dunkle Machen- schaften verwickelt war. Matt kannte mehrere Leute vom FBI – vor allem Special Agents, deren Aufgabe es war, Compu- ternetzwerke des Landes vor Kriminellen zu schützen. Mit ihnen hatte Olin nichts gemein.

Durch die Tür drangen die Geräusche einer Holo-Nach- richtensendung. Beim Blick auf die Uhr konnte Matt ein ärgerliches Zischen nicht unterdrücken. Ich war länger da

315

drin als geplant, dachte er. Mom und Dad sind schon zu Hause. Wenn ich es zum Treffen der Net Force Explorers heute Nacht schaffen will, muss ich meine Hausaufgaben ruckzuck runterhauen.

Leif Anderson seufzte. *Ich bereue es doch jedes Mal, wenn ich zu früh zu einem Treffen komme.* Er sah sich in dem gesichtslosen, von der Regierung zur Verfügung gestellten Raum um, in dem die Versammlungen stattfanden. Als virtuelles Konstrukt war das Ding ziemlich simpel, nur ein einfaches Zimmer, in dem man landete, wenn man nach der Computersynchronisierung die Adresse für die monatlichen Treffen der Net Force Explorers angab. Clever war allerdings, dass sich der Raum stufenlos der Zahl der Teilnehmer anpasste und so immer größer wurde, wenn die Net Force Explorers aus dem ganzen Land eintrudelten. Davon abgesehen, hatte sich hier niemand sonderlich verausgabt. Leif hatte gehofft, ein paar seiner Freunde würden ebenfalls schon früher da sein. Ihm war nach ein wenig Herumalbern zumute.

Eigentlich wollte er vor allem raus aus der Eigentumswohnung, in der seine Familie abstieg, wenn sie in Washington war. Wenn er mit seinem Vater geschäftlich in die Hauptstadt kam, war das ja ganz in Ordnung. Aber diesmal war seine Mutter auch dabei … und irgendwie schien die Wohnung zu klein für sie alle zu sein. Normalerweise blieb Natalia Anderson in New York, wenn sein Vater geschäftlich in Washington zu tun hatte. Oder sie flog nach London, Paris, St. Petersburg – wo auch immer es ein Ballett von Bedeutung gab.

Es war kein Wunder, dass sie sich für Tanz interessierte. Schließlich war sie vor Leifs Geburt unter dem Namen Natalia Iwanowa ein Star gewesen und hatte mit einem der großen russischen Ensembles getanzt. Diese Woche war sie in Washington, um Tanzschüler einer lokalen Truppe zu sehen. Keine Stars, keine großen Namen ... wahrscheinlich würde es keiner dieser Tänzer jemals in eines der führenden Ensembles schaffen. Aber der Choreograph der Truppe war ein früherer Tanzpartner von Leifs Mutter, der ein neues Stück inszenierte, daher nahm seine Mutter die Sache sehr persönlich.

Sie führte sich auf, als müsste sie selbst auf die Bühne. Es war selten, dass seine Mutter sich wie eine Primadonna benahm, aber in solchen Fällen war es am besten, sich von ihr fern zu halten.

Leif hatte sich schließlich an seinen Computer geflüchtet und war überpünktlich zum Treffen der Explorers aufgebrochen, wo er sich ein wenig Frieden erhoffte.

Der sollte ihm jedoch versagt bleiben. Als Erste traf Megan O'Malley ein. »Du warst heute in den Gesellschaftsnachrichten«, verkündete sie. »Nettes Bild von dir und deiner Familie, wie ihr in der Stadt ankommt.« Sie blickte ihn durchdringend an. »Ich hatte immer schon den Verdacht, dass deine Netz-Identität geschönt ist. Im Holo hattest du nämlich einen echten Pickel am Kinn.«

Von da an ging es rapide bergab, auch wenn Leif nicht klar war, warum. Er mochte Megan. Sie war hübsch und klug. Natürlich hatte sie eine spitze Zunge, aber die hatte er auch. Er hatte sie in den Weihnachtsferien vermisst. Anstatt nach Washington zu fahren wie sonst, hatte er in New York bleiben müssen, weil sein Vater ihn brauchte. Magnus Anderson schmiedete ein Bündnis mit Hardaway Industries und hatte Leif für die Ferien als Begleiter für Courtney Hardaway engagiert.

317

Es war eine glatte Katastrophe gewesen. Courtney kam ihm wie ein verwöhnter, kläffender Zwergpudel vor, wenn er sie mit Megan verglich, die ihn eher an einen verspielten, aber potenziell gefährlichen Dobermann erinnerte. Solange ihre Eltern in der Nähe waren, gab sich Courtney zuckersüß, aber ansonsten war sie entsetzlich eingebildet. Wenn sie mit Leif allein war, hatte sie ihn wissen lassen, wie hoffnungslos weit er unter ihr stand.

Schließlich ging das Vermögen der Andersons auf Leifs Vater zurück, nicht auf irgendeinen lang vergessenen Urahn. Das machte Leif zum gesellschaftlichen Emporkömmling.

Vom armen Schlucker zum armen Schlucker in drei Generationen, dachte Leif. Ich bin die Generation dazwischen, die das Geld auf den Kopf haut.

Ganz anders die Hardaways, die bereits seit über vier Generationen auf ihrem Reichtum saßen ... und nun auch noch mit einer kräftigen Bargeldspritze von Anderson Investments Multinational rechnen konnten.

Mittlerweile war das Geschäft abgeschlossen, und Leif war froh gewesen, nach Washington zu kommen. Er hatte sogar gehofft, Megan irgendwo außerhalb der Veeyar zu treffen – das war allerdings, bevor sie anfing, ihn zur Schnecke zu machen.

Offenbar war er ein Snob, weil er sich während der Ferien nicht bei ihr gemeldet hatte. Ein Wort gab das andere, und bald waren sie auf ein Niveau herabgesunken, bei dem es nur noch »Hab ich nicht!« und »Hast du wohl!« hieß.

Nie hätte Leif gedacht, dass er einmal glücklich sein würde, Andy Moore zu sehen. Der Witzbold des Teams ging ihm normalerweise ziemlich auf die Nerven, auch wenn er gelegentlich unterhaltsam sein konnte. Zumindest richtete sich Megans schlechte Laune nun auch gegen ihn.

Danach klinkte sich David Gray ein, der ruhige Wissenschaftler der Gruppe. Leif war aufgefallen, dass sein Freund in letzter Zeit in der Veeyar glücklicher wirkte als im wirklichen Leben. Davids reales Ich humpelte nämlich mit einem Stock herum, nachdem er sich kürzlich bei einem Abenteuer ein Bein gebrochen hatte. Seine virtuelle Verkörperung zog Leif eilig beiseite, während Andy Megan neckte, bis sie vor Wut kochte.

»Was ist denn mit O'Malley los?«, wollte Leif wissen. »Die hätte mir eben fast den Kopf abgerissen.«

»Ich hab gehört, im Moment ist sie auf alles und jeden wütend«, erklärte David leise. »Vor allem auf jeden, den sie im Verdacht hat, einen Smoking zu besitzen.«

Leif starrte ihn an. »Wieso denn das?«

»Wegen diesem Typen, der mit ihr zum Winterball gehen wollte. Das war ein Leet.«

Obwohl er selbst nicht auf die Bradford Academy ging, kannte Leif den Schulslang. Die Leets waren die Elite, die Schüler aus den ersten Kreisen. Bradford war eine gute Schule, auf die auch die Kinder der reichen und politisch einflussreichen Familien sowie der Washingtoner Diplomaten gingen. Solch eine Verabredung für einen offiziellen Schulball musste Megan viel bedeutet haben. »Was ist passiert?«

»Der Typ hat sie in letzter Minute sitzen lassen. Seine Familie hatte für ihn eine Verabredung mit einem Mädchen aus seinen eigenen Kreisen arrangiert.« David sah aus, als wäre ihm ein übler Geruch in die Nase gestiegen.

»Megan hatte sich natürlich bereits ein Ballkleid gekauft, nehme ich an.«

David nickte. »Und stand nun ohne Tanzpartner da. Schließlich musste sie mit Moore vorlieb nehmen, der einen völlig zerlumpten Smoking geliehen hatte und das für einen gelungenen Witz hielt. Megan wäre am liebsten im Erdboden versunken. Der Leet, der an allem schuld war, ignorierte sie so geflissentlich, dass am nächsten Tag in der Schule die wildesten Gerüchte über sie in Umlauf waren.«

»Oh.« Leif war froh, dass er nicht erklärt hatte, warum er während der Ferien keine Zeit gehabt hatte. Damit hätte er erst recht Öl ins Feuer gegossen …

»Welcher Glanz in unserer Mitte«, verkündete Megan säuerlich, als Matt Hunter neben ihr erschien.

Der wandte sich halb um. »Soll ich wieder gehen?«

»Was? Und uns mit ihr allein lassen?« Andy sank auf die Knie und rang flehentlich die Hände. »Nein! Bitte nicht!« Megan sah aus, als hätte sie ihn gern auf diese Größe zurechtgestutzt. Als Expertin für Kampfsportarten wäre ihr das bestimmt auch gelungen.

Matt versuchte, ein Gemetzel zu vermeiden. »Tut mir Leid, wenn ich mich in letzter Zeit nicht habe sehen lassen. Ich habe eine echt coole Simulation gefunden, die hat mich einfach nicht losgelassen.«

Der Streit war vergessen, und alle drängten sich um ihn. Das Netz und seine Möglichkeiten waren der Grund dafür, dass sie bei den Net Force Explorers waren. Wenn einer aus dem Team auf eine richtig gute Sache gestoßen war, wollten die anderen auch ihren Spaß haben.

»Ich hoffe, das ist nicht so ein Quatsch wie diese Mit-dem-Kajak-auf-dem-Matterhorn-Geschichte, die Andy aufgetan hat«, meinte Megan übellaunig.

»Nicht ganz so todesmutig«, gab Matt zu. »Es ist eine Krimisimulation.«

»Und was ist das Besondere daran?«, wollte Maj Green wissen, die sich unbemerkt eingeklinkt hatte. »Kommerzielle Sites, die interaktive Ermittlungen anbieten, gibt es doch wie Sand am Meer.«

»Die hier ist anders,« hielt Matt dagegen. »Das ist keine Simulation von der Stange, wie sie die großen Firmen anbieten, sondern eine, die jemand ganz allein programmiert hat und managt.«

»Eine Maßanfertigung.« Megan rümpfte die Nase. »Das kostet doch ein Vermögen – oder hast du vielleicht eine Beta-Testversion?«

»Weder noch«, gab Matt zurück. »Ed Saunders ist ein Krimifan. Das ist sein erster Versuch, und er hat sich große Mühe gegeben.« Er grinste. »Eine ganze Horde von Detektiven versucht, den Fall zu lösen. Die sind alle den Klassikern des Genres entnommen.«

»Eine Hommage«, meinte Leif.

»Ein Plagiat«, widersprach ihm Megan. »Ich hoffe, dieser Witzbold verwendet keine Figur aus den Büchern meines Vaters.« Ihr Vater war ein bekannter Krimiautor.

»Das erinnert mich an was«, sagte Leif. »Ich habe mir das letzte Buch von ihm gekauft. Will er für diese Figur wirklich einen Titel für jeden Buchstaben des Alphabets schreiben?«

»Denkst du etwa, ihm fällt nicht genug ein?«, fragte Megan streitsüchtig.

»Den Trick hat doch schon jemand anders benutzt.« Andy duckte sich, als Megan herumfuhr.

»Trick? Meinst du, mein Vater wäre auf Tricks angewiesen, um seine Bücher zu verkaufen?«

»Hoffen wir, dass er es bis X schafft«, warf David ein. »Würde mich interessieren, welchen Titel er dafür findet.«

»Was ist jetzt mit dieser Simulation?«, fragte Maj. »Können wir sie testen?«

»Ich weiß nicht«, gab Matt zurück. »Ich glaube, Ed hat schon alle Spürnasen, die er braucht.«

»Spürnasen?«, mokierte sich Megan.

»Die Simulation spielt in den Dreißigerjahren des 20. Jahrhunderts«, erklärte Matt hastig. »Einige der Detektivgestalten könnten allerdings jüngeren Datums sein.«

»Vielleicht sind noch ein paar Nebenrollen offen«, wandte David ein. »Polizisten und so.« Sein Vater war bei der Mordkommission der Washingtoner Polizei.

»Oder Informanten.« Megan deutete mit dem Daumen auf Andy Moore.

»Ich kläre das mit Ed«, versprach Matt. Er hatte keine Gelegenheit, noch mehr zu sagen. Während er sich mit seinen Freunden unterhielt, hatte sich der virtuelle Versammlungsraum gefüllt. Jetzt verschwand eine Wand und gab den Blick auf eine kleine Bühne frei, auf der eine militärisch wirkende Gestalt stand.

Obwohl Captain James Winters mittlerweile als Zivilist für die Net Force tätig war, zeugte alles an ihm von seiner Vergangenheit als Marine. In militärischer, aber entspannter Haltung stand er mit den Händen auf dem Rücken vor den Explorers und begrüßte die jungen Leute mit den üblichen Worten. »Willkommen bei der nationalen Versammlung der Net Force Explorers.« Er lächelte. »Zum Glück habe ich heute nichts Weltbewegendes zu berichten. Das Netz läuft so glatt, wie man es sich nur wünschen kann. Keine Notfälle oder geheimnisvollen Ereignisse.«

Dabei sah Winters zu Matt und dessen Freunden herüber. Matt zog den Kopf ein. Seine Clique war berüchtigt dafür, dass sie immer wieder in Net-Force-Fälle verwickelt wurde. Wenn nichts los war, konnte das diesmal wohl kaum passieren.

»Dieses Jahr wird das FBI neunzig Jahre alt«, fuhr Winters fort. »Obwohl das Justizministerium bereits ab 1908 Ermittler beschäftigte, wurde das Federal Bureau of Investigation erst am 1. Juli 1935 offiziell gegründet.

Zur Feier dieses Jubiläums bietet das FBI historische Simulationen an. Die erste läuft diese Woche an und erinnert an die Erfolge im Kampf gegen die Gangster der Dreißigerjahre des letzten Jahrhunderts.«

»Die große Zeit der FBI-Agents«, knurrte Megan. »Bevor der erste Direktor dem Größenwahnsinn verfiel.«

Unwillkürlich verglich Matt Captain Winters mit dem widerlichen, fetten Beamten, dem er in Ed Saunders' Simulation begegnet war. Noch nicht einmal J. Edgar Hoover war so abgrundtief hässlich gewesen. Ich muss mit Ed unbedingt noch mal über seinen FBI-Mann reden, nahm er sich vor. Je eher, desto besser.

Spurlos ... 02

Manchmal blieben Matt und seine Freunde nach dem Ende des offiziellen Teils des Treffens noch zusammen und schalteten gemeinsam zum virtuellen Arbeitszimmer eines der Jugendlichen. Diesmal kehrte Matt jedoch auf kürzestem Weg in seine Computerdomäne zurück, weil er hoffte, Ed Saunders noch zu erwischen.

Als er sich in seinen eigenen Bereich einloggte, wo eine schwarzweiße Marmorplatte frei am Nachthimmel schwebte, fiel ihm auf, dass eines der Objekte auf seinem fliegenden Schreibtisch energisch blinkte. Es handelte sich um die winzige Nachbildung eines Ohrs – ein Symbol für Matts Virtmail-Konto. Jemand hatte versucht, ihn zu erreichen.

Dem wilden Blinken nach zu schließen, handelte es sich um eine dringende Botschaft.

Matt sprach einen Befehl aus. Eigentlich hätte er ihn sich auch nur denken können, aber er konnte sich besser konzentrieren, wenn er laut redete. Das Virtmail-Programm projizierte die Titel seiner neuesten Nachrichten in die Luft vor ihm. Kleine Flammen leckten an den Rändern der dringenden Botschaft, die von Ed Saunders stammte.

Der gute Ed kann wohl Gedanken lesen, dachte Matt.

Er gab den Befehl, die Nachricht abzuspielen. Doch statt des Gesichts des Sim-Masters erschienen nur Buchstaben. Höchst eigenartig. Achselzuckend fing Matt an zu lesen. Der Inhalt kam ihm erst recht verwirrend vor.

Die Simulation steht bis auf weiteres nicht zur Verfügung, hieß es knapp. *Ich habe mehrere Schreiben von Anwälten erhalten, die mir mit Unterlassungsklagen drohen. Wir besprechen das morgen Abend um sechs Uhr bei mir.*

Darunter war eine Netzadresse angegeben.

Da brauche ich wohl nicht mehr zu fragen, ob noch neue Spieler zugelassen werden, dachte Matt. Was soll denn das mit den Unterlassungsklagen?

Die Antwort sollte er am nächsten Abend erhalten. Nachdem er seine Hausaufgaben erledigt hatte, und da seine Eltern noch nicht zum Essen zurück waren, hatte er jede Menge Zeit für seine virtuelle Verabredung. Punkt sechs

Uhr klinkte er sich ein und gab dem Computer Ed Saunders'
Netzadresse an, die er sich im Laufe des Tages so oft vorgesagt hatte, dass er sie auswendig kannte.

Als er die Augen schloss, wurde er durch ein Kaleidoskop
wirbelnder Lichter geschleudert, während die Leuchtgebilde
des Cyberspace an ihm vorübersausten. Abrupt schwang er
herum und hielt auf ein kompaktes, von Neonreklamen er-
helltes Gebäude zu, wie es Kleinunternehmer als virtuelle
Adresse verwendeten.

Solche kleinen Firmen waren häufig in gesichtslosen Wür-
feln untergebracht; Ed Saunders hatte jedoch zu seinem
Hobby passend eine Site gefunden, die an ein Gebäude aus
dem vergangenen Jahrhundert erinnerte.

Rasant hielt Matt darauf zu und fand sich in einem dämmrigen virtuellen Arbeitszimmer wieder. Ein riesiges, halb-
mondförmiges Fenster gab den Blick auf Straßen frei, die
selbst in der Dunkelheit schäbig wirkten. Vor dem Fenster
stand wie in jedem Kriminalfilm seit Sam Spade ein abge-
nutzter Holzschreibtisch. Ungewöhnlich waren jedoch die
Wände, die dreimal so hoch wie ein normaler Mensch waren. Sie waren vollständig von Regalen bedeckt, die vom in
Leder gebundenen Schinken bis zum zerlesenen Taschenbuch alles enthielten. Matt kniff die Augen zusammen. Jedes
einzelne Buch war ein Klassiker der Kriminalliteratur. An der
Decke hoch über ihm drehte sich ächzend ein Ventilator, der
einen warmen Luftschwall nach dem anderen nach unten
sandte.

»Wen haben wir denn da?«, fragte eine näselnde Stimme
hinter ihm.

Als Matt sich umwandte, entdeckte er eine Gestalt, die
nicht so recht in diese Kombination aus Detektivbüro und

Bibliothek passen wollte. Hinter dem Schreibtisch saß nun ein langer, schlaksiger Bursche, dem das strähnige blonde Haar in die hohe, bleiche Stirn fiel. Seine Augen waren von verwaschenem Blau und blickten Matt durch eine Brille mit Metallgestell prüfend an. Ed Saunders – wer sonst hätte es sein können? – ging nicht gerade nach der letzten Mode. Sein Hemd war grellbunt, und aus den zu kurz geratenen Ärmeln stachen knochige Handgelenke. Matt hätte wetten können, dass die Hosenbeine ebenfalls ein wenig zu kurz waren.

Der staksige Kerl hinter dem Schreibtisch wiederholte seine Frage. »Wen haben wir denn hier …?«

»Matt Hunter. In der Simulation bin ich …«

»Monty Newman, ich weiß.« Der Schöpfer der Simulation legte den Kopf zur Seite, was ihn noch vogelartiger wirken ließ. »Ich muss sagen, Sie sind jünger, als ich gedacht hätte.«

Matt wusste nicht, was er darauf antworten sollte. Als er sich für die Simulation angemeldet hatte, hatte er zuallererst einen höchst detaillierten Online-Fragebogen ausfüllen müssen. Ed Saunders hatte nicht nur wissen wollen, wie gut sich Matt mit Kriminalromanen auskannte und welche historischen Epochen er bevorzugte, sondern auch jede Menge persönliche Fragen gestellt. Unter anderem hatte er nach Matts Alter gefragt, das dieser wahrheitsgemäß angegeben hatte. Wenn der Storchenmensch nicht aufpasste …

In diesem Augenblick tauchte eine weitere Gestalt im Büro auf – ein großer, dicker Mann mit beginnender Glatze, der sich auf einen dicken Ebenholzstock stützte. Sein massiger Körper steckte in einem perfekt sitzenden Maßanzug, und sein Gesicht war zwar breit, aber nicht schwammig. Trotzdem war er deutlich übergewichtig, ganz wie Lucullus Marten, der menschenscheue Privatdetektiv. Kein Wunder, denn es *war* der Lucullus Marten, für den Matt als Monty Newman arbeitete.

Einen Augenblick später erschien ein großer, schlanker Mann mit einem Raubvogelgesicht. Lässig auf einen schmalen Bambusstock gestützt, der neben dem von Marten wie ein Spielzeug wirkte, musterte er mit durchdringenden blauen Augen das Zimmer. »Milo Krantz«, stellte er sich knapp vor.

Fast gleichzeitig materialisierte sich am anderen Ende des Zimmers ein Pärchen, das ebenfalls im Stil der Dreißigerjahre des vergangenen Jahrhunderts ausstaffiert war. Der Mann trug einen Smoking und hatte einen Schnurrbart. Sein Gesicht wirkte gutmütig – bis auf die Rücksichtslosigkeit in seinen grauen Augen. Die Frau trug ein Abendkleid aus weißer Seide, und ihr kurzes braunes Haar wippte auf und ab, als sie sich neugierig umsah.

Beide erhoben ihre Martinigläser.

»Mick und Maura Slimm zur Stelle«, verkündete der Mann.

Matt nickte grimmig. Er hatte im *New York Chronicle* von der Simulation von den Slimms und Krantz gelesen. Die drei galten als »Gesellschafts-Detektive«.

Zuletzt erschien ein stämmiger Bursche in einem schäbigen Trenchcoat. Sein verkniffenes rotes Gesicht wurde von einer gebrochenen Nase geziert, und die großen Pratzen, die aus den Mantelärmeln ragten, waren an den Knöcheln völlig vernarbt. Matt war Spike Spanner, dem mit allen Wassern gewaschenen Privatdetektiv, bereits in der Simulation begegnet. Er hatte auf der Suche nach Informationen dieselben Runden gedreht wie Monty Newman.

Seine blutunterlaufenen Augen betrachteten verärgert das Bild, das sich ihm bot. »Wieso bekommen diese Typen da was zu trinken, und wir anderen gucken in die Röhre?«, fragte er heiser.

»Weil wir unsere Getränke mitgebracht haben, Süßer«, flötete Maura Slimm.

Spanner beugte sich über Ed Saunders' Schreibtisch und fing an, die Schubladen zu öffnen. »Irgendwo muss hier doch eine Flasche versteckt sein. Wenn Sie uns schon einladen, müssen Sie uns auch was zu trinken anbieten.« Er warf einen Blick auf Matt. »Aber nicht für den Kleinen da. Außer er verträgt das Zeug.«

»Sie kennen den jungen Mann«, erklärte Saunders, »allerdings als Monty Newman.«

Die anderen Spieler starrten Matt an, bis er sich vorkam, als stünde er in Unterwäsche da.

Lucullus Marten funkelte ihn wütend an. Offenbar ärgerte er sich, weil sein Assistent als er selbst und nicht in der Proxy-Gestalt erschienen war, die er für die Simulation verwendete. Achselzuckend sprach Matt einen Befehl und verwandelte sich in Monty Newman.

Ein wenig zu spät wurde ihm klar, warum die anderen alle so gekommen waren, wie er sie aus der Simulation kannte. Keiner wollte seinen Konkurrenten etwas über sich verraten. Offenbar fürchtete Lucullus Marten um seinen Erfolg, weil die anderen nun wussten, dass sein Laufbursche ein unerfahrener Teenager war.

Plötzlich wurde Matt klar, dass das selbst Marten bis zu diesem Augenblick nicht bekannt gewesen sein konnte. Außer er hat sich in Saunders' Anmeldungsunterlagen eingehackt, dachte er.

Vielleicht war es besser, dass er keine Ahnung davon gehabt hatte. Der Dicke war schon unter normalen Bedingungen unerträglich. Wenn er jetzt einen Grund fand, auf Matt herumzuhacken … Vielleicht würde sich die Simulation in Zukunft etwas komplizierter gestalten.

Ed Saunders riss ihn aus seinen Gedanken. »Vergessen Sie die Flasche, Spanner. Bei dieser Besprechung geht es um ein reales Problem. In den letzten beiden Wochen habe ich Drohbriefe von mehreren Anwälten erhalten, und zwar nicht von zwielichtigen Geschäftemachern, sondern von Teilhabern großer Kanzleien. Einflussreiche Leute, könnte man sagen.«

»Sie haben was von Unterlassungsklagen erwähnt …«, begann Matt.

»Sei still, Junge«, mischte sich Lucullus Marten ein. Seine farblosen Augen bohrten sich in Ed Saunders' Gesicht. »Warum sollte jemand ein Problem mit dieser … harmlosen Unterhaltung haben?«

»Anscheinend finden manche Leute sie nicht so harmlos«, gab Saunders verärgert zurück. Er zog die Schultern hoch und legte die Hände auf den Schreibtisch. Offenbar war er vor allem auf sich selbst wütend. »Ich habe mich bei diesem Szenario stark an einem tatsächlichen Kriminalfall orientiert. Ich dachte, er liegt schon so lange zurück, dass sich niemand mehr dafür interessiert.«

»Soll das heißen, irgendein reiches Dämchen wurde tatsächlich zu Hackfleisch verarbeitet?«, knurrte Spike Spanner.

Maura Slimm deutete mit ihrem leeren Martiniglas auf Saunders. »Hässlich, hässlich. Eigentlich können wir das noch gar nicht wissen – außer hier mogelt jemand.«

»Dass diese Anwälte an Sie herangetreten sind, heißt zumindest, dass Sie das Interesse der betroffenen Parteien an dem Fall unterschätzt haben«, kommentierte Milo Krantz trocken. »Dabei ergibt sich die interessante Frage, wie Ihre Arbeit entdeckt wurde. Für uns hier« – er deutete auf den Kreis der virtuellen Freizeitdetektive – »ist das Szenario natürlich von großem Interesse, aber ansonsten dürfte unsere kleine Unterhaltung dem Rest der Welt doch eher unbekannt sein.«

»Das habe ich mich natürlich auch gefragt«, erwiderte Saunders grimmig. »Als die ersten Briefe kamen, habe ich zunächst nicht reagiert, weil ich dachte, die Aufregung würde sich von selbst wieder legen. Das letzte Schreiben wurde dann konkreter und traf merkwürdigerweise genau ein, als meine Bank plötzlich das Darlehen für mein Studium zurückforderte.«

Anklagend sah er die Detektive seiner Simulation an. »Es sieht so aus, als hätte irgendjemand – wahrscheinlich jemand von Ihnen – einen Hinweis auf den Fall entdeckt, auf dem mein Szenario basiert. Diese Person fing dann an, sich in der Öffentlichkeit nicht zugängliche Gerichtsakten einzuhacken. Daraufhin schrillten an höchster Stelle die Alarmglocken und …«

Saunders biss sich auf die Zunge, bevor er Namen nennen konnte. »Auf jeden Fall habe ich deswegen eine sehr einflussreiche Familie und deren Anwälte am Hals.«

»Hacken? Das ist was für intellektuelle Eierköpfe, nicht mein Stil.« Spanner steckte die Daumen in seinen Gürtel.

»Ich finde es unerhört, dass sich Ihre Verdächtigungen auch auf mich erstrecken«, erklärte Milo Krantz.

»Maura und ich sind nur hier, weil wir uns ein bisschen amüsieren wollten.« Mick Slimm schenkte der Runde ein nonchalantes Lächeln.

»Ihre Verdächtigungen gefallen mir zwar nicht, aber ich kann Sie verstehen.« Lucullus Martens finstere Miene verdüsterte sich zusehends. »Ich kann Ihnen versichern, dass ich keinerlei Schritte dieser Art unternommen habe.« Er warf einen Seitenblick auf Matt. »Allerdings kann ich keine Garantie für den jugendlichen Überschwang meines Mitarbeiters übernehmen.«

»Hey!« Matt war empört über die versteckte Anschuldigung. »Meine Nachforschungen beschränken sich ausschließlich auf die Simulation, das wissen Sie.«

»Könnte doch sein«, grollte Marten, »dass Sie den Fall gern ohne Ihren Chef lösen würden.«

»Schockierend.« Krantz rümpfte die Nase.

»So kann es einem gehen, wenn man seine Informationen aus zweiter Hand bezieht.« Maura Slimm zog die makellosen Brauen hoch und sah Marten an.

»Wenn Sie Ihren fetten Hintern hochkriegen würden, könnten Sie vielleicht …«, fing Spanner an.

Ed Saunders, der sich immer noch über seinen Schreibtisch beugte, rieb sich den offenbar schmerzenden Kopf. »Ich hatte gehofft, der Verantwortliche würde sich melden und versprechen, damit aufzuhören.« Er sah sich in der bunt zusammengewürfelten Runde um. »Offenkundig wird das nicht passieren, solange alle hier zusammen sind. Vorwürfe und Streitereien bringen uns nicht weiter. Um die Sache klarzustellen: Solange der Hacker sich nicht privat mit mir in Verbindung setzt und mir sein Wort gibt, dass er seine Aktivitäten einstellt, bleibt die Simulation abgeschaltet.«

Er seufzte. »Wenn niemand etwas zu gewinnen hat, dürfte es auch keinen Grund geben, im echten Fall herumzuschnüffeln.«

Leif Anderson schüttelte den Kopf, als Matt ihm von der Besprechung bei Ed Saunders erzählte. »Klingt, als wäre dein Freund Saunders hoffnungslos naiv.« Leif streckte sich auf der Couch im Stil des dänischen Modern-Revival aus, die sein simuliertes Wohnzimmer zierte. Die meisten Menschen begnügten sich mit einem einzigen virtuellen Raum. Nicht so Leif, der sich für ein simuliertes isländisches Holzhaus entschieden hatte. Die Szenerie vor den Fenstern wechselte ständig. Diesmal fand in der Ferne ein Vulkanausbruch statt. So wie Matt seinen Freund kannte, handelte es sich um eine lebensgroße, authentische Nachbildung eines echten aktiven Vulkans auf Island – und Leif hatte vermutlich gutes Geld für diese besondere Note bezahlt.

»Was hättest du denn getan?« Matt ärgerte sich ein wenig. Nicht umsonst galt er in der Clique als besonders ehrliche Haut, ein Ruf, den er durchaus verdiente.

»Zunächst einmal hätte ich keinen echten Fall verwendet. Manche Anwälte warten nur darauf, aus so was Profit zu schlagen. Nachdem das Kind schon einmal in den Brunnen gefallen war, hätte ich die Simulation wahrscheinlich weiterlaufen lassen und darauf geachtet, ob jemand Informationen verwendet, die er nicht von mir hat.«

»Wenn einem ein Haufen Anwälte und die eigene Bank im Nacken sitzen, fällt es einem wahrscheinlich nicht so leicht abzuwarten, ob jemandem ein Fehler unterläuft«, murrte Matt. »Das kannst du vermutlich nicht nachvollziehen.«

»Ha! Vielleicht muss ich mir keine Sorgen ums Geld machen, aber ich hatte schon genug Probleme mit Anwälten«, gab Leif verletzt zurück. »Das weißt du doch. Ich bin ein gefundenes Fressen für Anwälte. Reich zu sein ist nicht unbedingt ein Honigschlecken.«

»Nein, vor allem nicht, wenn es einen das Leben kostet.«
Matt runzelte die Stirn. Offenbar ging ihm der Fall hinter der
Krimisimulation nicht aus dem Sinn. »Merkwürdig, dass ein
Mädchen tatsächlich so gestorben ist wie in der Simulation
beschrieben.«

Leif sah ihn mit wissendem Blick an. »Und du würdest
gern mehr darüber herausfinden.«

»Schon möglich«, gab Matt zu.

Leif grinste noch breiter. »Und wieso kommst du damit
zum guten alten Leif und gehst nicht zu einem Informations-
genie wie David Gray?«

»Wenn sich jemand im Netz nach dem Fall erkundigt, geht
offenbar irgendwo ein Alarm los«, sagte Matt. »Ich kann mir
nicht vorstellen, dass sich meine Eltern freuen, wenn ihnen
ein Anwalt mit einer Unterlassungsklage droht.«

»Stattdessen setzt du darauf, dass ich mich mit Klatsch und
Tratsch in der feinen Gesellschaft auskenne. Dabei könnte
dieser Skandal uralt sein.« Leif konnte ein Kichern nicht unterdrücken. »Wahrscheinlich sollte ich über dein Vertrauen
gerührt sein. Aber ich warne dich: Falls das Ganze vor der
Geschichte mit dem Mädchen auf der roten Samtschaukel
passiert ist, kann selbst ich dir nicht für die Zuverlässigkeit
meiner Informationen garantieren.«

Matt blinzelte verwirrt. »Rote Samtschaukel?«

Leif seufzte. »Entschuldige, ich wollte nur ein bisschen angeben. Das war damals ein Riesenskandal mit allem Drum
und Dran. Eine Varietétänzerin, die in die gute Gesellschaft
eingeheiratet hatte, ließ sich mit einem berühmten Mode-
architekten ein. Ihr Ehemann, ein reicher Psychopath, er-
schoss den Architekten in aller Öffentlichkeit und kam damit
davon, nur weil seine Familie Geld hatte.«

»Und wann war das?«

»Stanford White wurde 1906 getötet. Sein Mörder, ein gewisser Harry K. Thaw, ließ sich seine Mahlzeiten von den besten Restaurants New Yorks ins Gefängnis liefern. Dann wurde er für noch nicht einmal zehn Jahre in verschiedenen psychiatrischen Kliniken untergebracht. Er lebte bis 1947.«

»Und was nützt uns das?«

Leif stieg die Röte ins Gesicht. »Ich sage doch, ich wollte nur angeben.«

Matt schüttelte den Kopf. »Hoffen wir, dass die Sache mit dem Mädchen noch nicht so lange her ist.« Er fing an, Leif zu erzählen, was er als Monty Newman in Erfahrung gebracht hatte.

»Priscilla Hadding«, platzte Leif schon nach wenigen Minuten heraus. »Das ist drüben in Delaware passiert. Die Sache hat damals großes Aufsehen erregt. Sie stammte aus einer alten Patrizierfamilie und kam direkt vor dem Debütantinnenball ums Leben.« Er nickte. »Die Polizei hat nie herausgefunden, wer sie zu Tode geschleift hat.«

»Wie lange ist das her?«, wollte Matt wissen. »Delaware ist ja gar nicht so weit weg. Wenn irgendein wichtiger Politiker in die Sache verwickelt war, ist das bestimmt nicht in Vergessenheit geraten.«

»Das hier ist Washington«, erinnerte Leif ihn. »Seit dem Hadding-Fall hat es mehr als genug Skandale gegeben.«

Mit zusammengekniffenen Augen sah er zur Decke hinauf, während er versuchte, sich an den zeitlichen Ablauf zu erinnern. »Das ist lange vor unserer Geburt passiert. Inzwischen muss die Geschichte über vierzig Jahre her sein.« Dann richtete er seinen Blick erneut auf Matt und zuckte die Achseln.

334

»Nennen wir es ein vergessenes Kapitel in der tragischen Geschichte der Familie Callivant.«

Spurlos . . . 03

»Etwa *die* Callivants?« Matt war wie vor den Kopf geschlagen. Den Namen kannte er natürlich. Die Callivants gehörten zu den großen politischen Dynastien Amerikas und standen auf einer Stufe mit den Tafts in Ohio und den Kennedys in Massachusetts.

Wie die Tafts und die Kennedys hatten auch die Callivants Senatoren und Abgeordnete hervorgebracht. Im Unterschied zu den anderen beiden Familien hatten sie es allerdings nie bis ins Weiße Haus geschafft. Steve Callivant, den die Familie als Präsidentschaftskandidaten ausersehen hatte, war im Golfkrieg gefallen. Sein Bruder Will, ein hoch dekorierter Veteran, trat seine Nachfolge an, verunglückte jedoch während der Präsidentschaftsvorwahlen mit seinem Wahlkampfbus tödlich. An seiner Stelle ging bei den nächsten Wahlen der jüngste Bruder Martin ins Rennen, der seinerseits einem Terroranschlag zum Opfer fiel.

Das Unglück schien den Callivants treu zu bleiben. Walter Callivant unterzog sich nach einem Schlaganfall einer umstrittenen Behandlung, die sich noch im Versuchsstadium befand. Das Ergebnis war katastrophal: Der Politiker saß seitdem im Rollstuhl. Von der Welle der Sympathie für den ehemaligen Senator und den ermordeten Martin getragen, eroberte Walters Sohn, Walter G. Callivant, den Sitz seines Vaters im Senat.

Über ihn hatte Matt einiges in den Medien gesehen. Walter G. hatte sich als Witzfigur erwiesen. Obwohl er den Anfangsbuchstaben seines zweiten Vornamens verwendete, um sich von seinem Vater abzusetzen, wurde er nur Junior oder gar Callivant light genannt. Nach nur einer Amtszeit von sechs Jahren, in denen er den nächtlichen Comedysendungen mehr als genug Material geliefert hatte, verlor er seinen Sitz.

Dennoch zogen die Callivants von ihrem Anwesen bei Wilmington aus weiterhin die Strippen in Dover, der Hauptstadt von Delaware, aber auch in Washington selbst. Aus einer neuen Generation von Callivants war eine Reihe viel versprechender junger Abgeordneter hervorgegangen.

Die Callivants setzten ihre Prominenz stets großzügig für wohltätige Zwecke ein – je glanzvoller die Party, desto besser. Bei gesellschaftlichen und vor allem politischen Spektakeln waren sie stets vertreten, vor allem wenn es darum ging, die Toten der Familie zu ehren.

Wie konnte ein Callivant in den Tod dieses Mädchens, dieser Priscilla Hadding, verwickelt sein?

Als er Leif danach fragte, zuckte der nur die Achseln. »Die Polizei sagt, sie wurde zuletzt in Begleitung von Walter G. Callivant gesehen.«

»Meinst du den Senator?« Matt mochte seinen Ohren nicht trauen.

»Damals stand das noch in den Sternen«, erklärte Leif. »Wir reden hier von den frühen Achzigerjahren. Walter G. bereitete sich gerade mit mäßigem Erfolg an einer Privatschule auf das College vor, während Silly – das war Priscillas Spitzname – überlegte, ob sie ihr Abschlussjahr im Ausland verbringen sollte.«

336

»Als das Ganze passierte, waren sie also ungefähr in unserem Alter.« Matt kam die Geschichte immer merkwürdiger vor.

»Stimmt. In der Nacht, in der Priscilla Hadding verschwand, fand eine große Schul-Abschlussparty statt. Die Hälfte der reichen Jugendlichen aus Delaware, Maryland, Virginia und Washington war vertreten. Gefeiert wurde irgendwo auf einem Anwesen mitten in der Pampa. Es gab ein großes Lagerfeuer, jede Menge Pärchen fanden sich zusammen, und anscheinend fehlte es auch nicht an Getränken.« Leif zog eine Grimasse. »Ich war selbst auf solchen ›Partys‹. Saufgelage trifft es wohl eher. Selbst wenn Silly Hadding zuletzt mit Walter G. gesehen wurde, kannst du dich darauf verlassen, dass die Augenzeugen nur noch einen höchst verschwommenen Eindruck von den Geschehnissen hatten. Auf jeden Fall waren sich die Zeugen laut den damaligen Zeitungsberichten weder über die Zeit noch den Ort einig. Die Meinungen darüber, wie sich die beiden verstanden, gingen ebenfalls weit auseinander. Verschwörungstheoretiker meinten, die allmächtige Callivant-Familie hätte die Sache vertuscht.«

Leif lachte. »Andere wiederum waren der Ansicht, dass hier ein neues Kapitel im geheimen Krieg gegen die Callivants geschrieben wurde. Eine böse Macht, die nicht nur Will und Martin auf dem Gewissen hatte, sondern auch dafür verantwortlich war, dass Walter senior im Rollstuhl saß, versuchte, den Namen von Walter G. mit Schmutz zu bewerfen.«

»Und was denkst du?«, fragte Matt.

»Mir gefällt weder das eine noch das andere Extrem. In jeder Familie gibt es über die Generationen hinweg merkwürdige, traurige und lächerliche Ereignisse. Wenn die Familie berühmt ist, werden solche Vorfälle von den Medien aufgebauscht. Andererseits können reiche Familien sich natürlich Anwälte leisten, die Affären vertuschen. Die Polizei ist auch nicht immer erpicht darauf, Ermittlungen gegen prominente Säulen der örtlichen Gesellschaft anzustellen.«

»Was hat Walter G. damals gesagt?«

»Als die Polizei endlich mit ihm reden konnte – er wurde in einer Privatklinik behandelt, weil er einen Schock oder einen Kater oder so etwas hatte –, zeigte er sich nicht gerade hilfreich. Er sagte, er hätte ein bisschen mit Silly herumgeschmust – wenn ich mich recht erinnere, waren sie halb und halb zusammen. Danach trennten sie sich angeblich, und der junge Mister Callivant fuhr heim.«

»Ohne Silly – das Mädchen – nach Hause zu bringen?« Matt fand diesen Oberschicht-Spitznamen extrem albern. Außerdem konnte er sich nicht vorstellen, dass ein Junge ein Mädchen auf einer Party sitzen ließ, auch wenn die Gesellschaft noch so vornehm war.

»Anscheinend wollte sie bleiben.« Leif blickte seinen Freund mit einem merkwürdigen Ausdruck an. »Du warst noch nie auf so einer Party – wahrscheinlich kannst du froh darüber sein. Reiche Leute sind wirklich anders, vor allem in einer Hinsicht. Sie müssen immer ihren Willen bekommen. Vielleicht haben sich die beiden gestritten, und einer ließ den anderen sitzen. Es ist sogar denkbar, dass der junge Callivant die Wahrheit gesagt hat. Das Mädchen könnte ihn weggeschickt haben. ›Verzieh dich, hier gibt's noch andere außer dir.‹«

»Das klingt ja ekelhaft«, platzte Matt heraus.

Leifs spöttisches Lächeln war verschwunden. »Ich sage dir doch, reich sein ist kein Honigschlecken.«

Er lehnte sich auf seinem unbequem aussehenden Sitz zurück. »So, jetzt kennst du die hässlichen Tatsachen und die nicht weniger hässlichen Vermutungen. Was willst du damit anfangen?«

Nun zuckte Matt die Achseln. »Keine Ahnung«, musste er zugeben. Er hob die Hand. »Stimmt nicht. Eines weiß ich. In der Simulation werde ich nicht mehr viel in Erfahrung bringen, außer der Spieler, der herumgeschnüffelt hat, meldet sich freiwillig bei Ed Saunders.«

»Da kannst du warten, bis du schwarz wirst«, meinte Leif. »Am Schluss siehst du noch so aus.« Er runzelte nachdenklich die Stirn, worauf sich sein Gesicht schwarz verfärbte. Das gehörte zu den Freuden des Lebens im Netz – virtuelle Spezialeffekte auf Bestellung.

»Du meinst also nicht, dass der Hacker aufgibt?«, fragte Matt.

»Vielleicht schon«, erwiderte Leif, »aber ich wüsste nicht, warum irgendjemand ein Geständnis ablegen sollte. Nach dem, was deinem Freund Saunders passiert ist, wird sich doch keiner freiwillig als Zielscheibe für das Anwaltsheer der Callivants melden.«

Leif hatte Matts Besuch schon fast vergessen, als er mühsam versuchte, seine schwarze Seidenfliege zu binden. Der Delmarva-Club legte großen Wert auf Tradition. Bei offiziellen Anlässen waren schwarze Fliege und Smoking vorgeschrieben – selbst wenn es sich um eine Veranstaltung für junge Leute handelte.

Beim Anblick seines Spiegelbilds musste Leif lächeln. Er sah gut aus in seinem Smoking, obwohl das zugegebenermaßen für die meisten Männer zutraf. Der Anzug war maßgeschneidert, um seine schlanke Figur zur Geltung zu bringen, und das rote Haar über seinen ein wenig scharfen Gesichtszügen loderte wie Feuer. Er wirkte wie ein ausgezeichnet gekleideter Fuchs.

Leif grinste gerade sein Spiegelbild an, als die interne Telefonanlage klingelte. Es war der Portier, der im Penthouse anrief, um ihm mitzuteilen, dass er abgeholt wurde.

Als er unten ankam, blieb er für einen Augenblick ungläubig stehen. Sein Freund Charlie Dysart hatte sich für ihren abendlichen kleinen Ausflug wirklich in Unkosten gestürzt. Er fuhr einen wunderschönen Oldtimer, einen Dodge, der funkelte, als käme er direkt vom Händler.

»Charlie, diesmal hast du dich aber selbst übertroffen«, sagte Leif kopfschüttelnd. »Ich wusste ja, dass dein Vater Autos sammelt, aber wie bist du …«

»Was mein Vater nicht weiß, macht ihn nicht heiß«, gab der junge Dysart zurück, der noch einen Tick eleganter wirkte als Leif. Das dunkle Haar hatte er in der Art längst vergessener Filmstars mit Pomade zurückgestrichen. »Zumindest nicht, solange er nicht den Kilometerstand überprüft.«

Von Washington nach Haddington, einem Vorort von Wilmington, waren es knapp hundertfünfzig Kilometer. Das würde sich bei diesem Auto schon bemerkbar machen, schließlich schien es kaum gefahren worden zu sein.

Leif stieg ein. »Hab ich dir übrigens gesagt«, fragte Charlie, als sie losfuhren, »dass du das Benzin bezahlst?«

Die kurvige Landstraße war eine willkommene Abwechslung nach der Interstate, auf der Charlie Dysart mit dem wertvollen Sammlerstück seines Vaters möglichst dicht auf alle anderen Fahrzeuge aufgefahren war. Leif konnte nur hoffen, dass er seinen Smoking nicht durchgeschwitzt hatte.

Die Dysarts zählten seit Generationen zu den Wohlhabenden und hatten ihr Geld gut angelegt. In letzter Zeit hatte sich das Familienvermögen dank Leifs Vater angenehm vermehrt. Sie widmeten sich wohltätigen Aktivitäten, ihren Hobbys, zählten ihr Geld und benahmen sich – in Charlies Fall – möglichst auffällig daneben.

Das war einer der Gründe, weshalb Charlie Leif zu dieser Spritztour eingeladen hatte. Der Delmarva-Club war eine Festung der alten, privilegierten Familien von Delaware, Maryland und Virginia, wie schon der Name sagte. Von den Mitgliedern wurde erwartet, dass ihre Vorfahren sich mindestens im Amerikanischen Bürgerkrieg, wenn nicht gar im Unabhängigkeitskrieg tapfer geschlagen hatten. Der erstgeborene Sohn eines eingewanderten Millionärs war hier bestimmt nicht willkommen.

Vor der aufregenden Fahrt hatte Leif sich auf einen sterbenslangweiligen Abend eingestellt, aber wenn Charlie die alte Oberschicht ärgern wollte, durfte er nicht zurückstehen.

Auf der stockfinsteren Landstraße verlangsamte Charlie endlich das Tempo. Leif konnte kaum die Mauer aus Feldsteinen auf der anderen Seite erkennen. Plötzlich entdeckte er vor ihnen Licht, das durch ein offenes Eisentor fiel. Charlie bog in die Einfahrt.

Unter ihren Rädern knirschte der Kies, als sie auf ein Haus mit Säulen zurollten, das den perfekten Schauplatz für jeden Bürgerkriegsfilm abgegeben hätte. Sie fuhren eine kreisrunde Einfahrt hinauf, an deren Ende Charlie das Auto einem Bediensteten übergab, damit er es für ihn parkte.

Einen Augenblick später standen sie im Haus. Charlie schwenkte seine Einladung, und Dienstboten nahmen ihnen

341

mit unbewegter Miene die Mäntel ab. Dann waren sie unterwegs in den Ballsaal.

Die funkelnden Kronleuchter stammten aus einer anderen Zeit und wollten nicht so recht zu den etwas abgenutzten Teppichen, wie sie die weiße Oberschicht der Ostküste zu bevorzugen schien, und der gesetzten Kleidung der Jugend des Delmarva-Clubs passen.

Eine Kapelle spielte, die es verstand, jedes Stück zwanzig Jahre älter wirken zu lassen, als es tatsächlich war. Ein Fluch schien sich über die Musik zu legen – Leifs Vater sprach immer vom »Snob-Rhythmus« –, denn es war unmöglich, dazu zu tanzen.

Die Getränke waren in bester angelsächsischer Manier völlig geschmacklos und alkoholfrei. Leif war davon überzeugt, dass irgendwo draußen, außerhalb der Sichtweite der Anstandsdamen, die Flachmänner kreisten.

Diese Anstandsdamen hatten sich im hinteren Teil des großen Raumes versammelt und sahen etwa so gelangweilt aus, wie Leif sich fühlte – bis auf eine ältere Frau, deren kurzes weißes Haar mit ihrem schwarzen Kleid kontrastierte. Sie stand stocksteif im Saal und beobachtete mit glitzernden Augen die tanzenden Jugendlichen.

Charlie Dysart war Leifs Blick gefolgt. »Unheimlich, was? Das ist die alte Felicia Hadding. Die Stadt ist nach ihrer Familie benannt. Ich hab gehört, sie taucht seit über vierzig Jahren bei jeder Party für junge Leute auf und lauert darauf, ob sich jemand danebenbenimmt. Und immer in Schwarz.«

Leif stand wie erstarrt. Mit einem Schlag erinnerte er sich an weitere Fakten des längst vergessen geglaubten Falls, von denen er Matt nichts erzählt hatte. Priscilla Hadding hatte auf einer Nebenstraße der vornehmen Wohnsiedlung Haddington in Delaware den Tod gefunden. Und ihre Mutter war eine Witwe namens Felicia Hadding gewesen.

»Wieso tut sie das?« Leifs Mund war plötzlich wie ausgetrocknet.

Charlie zuckte die Achseln. »Ihr allerliebstes Töchterchen ist bei irgendeinem Unfall nach einer Party ums Leben gekommen. Keine Ahnung, wieso sie nicht zu so einer Aktivistengruppe gegen Alkohol am Steuer geht, anstatt uns allen hier den Spaß zu verderben.«

»Vielleicht will sie kein Aufsehen erregen«, meinte Leif. Die Angehörigen der alteingesessenen Familien waren der Ansicht, ihre Namen sollten nur dreimal in der Zeitung stehen: bei ihrer Geburt, wenn sie heirateten und wenn sie starben.

Plötzlich fiel ihm etwas ein. Matt war – ebenso wie er selbst – selbstverständlich davon ausgegangen, dass die Anwaltsbriefe von den Callivants veranlasst worden waren. Und wenn diese Anwälte nun für Felicia Hadding arbeiteten? Vielleicht wollte sie nicht, dass jemand die Umstände untersuchte, die zum Tod ihrer Tochter geführt hatten.

»Wow!« Charlie Dysarts Überschwang riss Leif aus seinen Gedanken. »Sieht so aus, als hätten wir es heute Nacht mit echten VIPs zu tun! Da kommt gerade Nikki Callivant von der Tanzfläche.«

Wenn das kein Zufall ist!, dachte Leif. Kaum rede ich mit Matt über den alten Fall, da lande ich auch schon in Haddington und begegne einer Callivant.

Genauer betrachtet war es vielleicht gar kein so großer Zufall, schließlich lag das Anwesen der Callivants nicht allzu weit von Haddington. Und solch eine Veranstaltung galt bestimmt als standesgemäß für die jungen Callivants.

Er wusste, wer Nicola Callivant war: die Enkelin von Walter G. Sie war etwa so alt wie Leif und Matt und daher möglicherweise zu jung für die glamouröseren Amüsements ihrer älteren Cousins und Cousinen. Oder sie interessierte sich nicht dafür. Irgendwie war es ihr gelungen, sich von den Kameras von Presse und Holo-Nachrichten fern zu halten.

Auf den wenigen Bildern, die Leif von Nicola gesehen hatte, wirkte sie zerbrechlich wie ein überzüchtetes Vollblut. Die Holo-Aufnahmen ließen ihre Züge zu zart, ihren Gesichtsausdruck zu verfeinert wirken.

Verweichlicht heißt das, sagte Leif zu sich selbst.

In Wirklichkeit vermittelte Nikki einen ganz anderen Eindruck. Ja, ihr Gesicht war zart, noch zarter als die Porträts von ihrer Mutter, die eine berühmte Schönheit gewesen war. Ihr hellbraunes Haar war fein und umrahmte ihr Gesicht wie eine Wolke. Aber die tiefblauen, fast violetten Augen wirkten keineswegs zerbrechlich. Sie funkelten vor Stolz, und in ihnen lag eine Intelligenz, die Leif durch den halben Saal spüren konnte.

Ohne auch nur ein Wort darüber zu verlieren, gingen Leif und Charlie auf das Mädchen zu. Nicola schenkte dem Jungen, mit dem sie getanzt hatte, ein unterkühltes Lächeln und wandte sich ab.

»Hallo, Nikki!«, rief Charlie Dysart und packte Leif am Arm. »Hätte nicht gedacht, dass du dich heute Abend unter das gemeine Volk mischst.«

Nikki Callivants Lippen lächelten unverändert weiter, aber Leif war das kurze Flackern in ihren Augen nicht entgangen. Er kannte das. So sahen sich seine Freunde bei der Net Force an, wenn Andy Moore seinen Überschwang wieder einmal nicht zügeln konnte.

»Hallo, Dysart«, erwiderte sie mit ausdrucksloser Stimme.

»Ich möchte dir einen Freund vorstellen.« Charlie übertönte sie mühelos. »Leif, sag hallo zu Nikki.«

Dysarts plumpe Vorstellung ließ Leif keine Wahl. Er musste eben das Beste aus der peinlichen Situation machen. »Ich freue mich, Sie kennen zu lernen, Miss Callivant. Mein Name ist Leif Anderson ...«

Ihre unvergleichlichen Augen wurden plötzlich eiskalt. »Ich habe von Ihnen gehört, Anderson.«

Leif wäre fast gestolpert. »Wie bitte?« Hatte er etwas Unanständiges gesagt?

»Sie haben eine Freundin von mir belästigt«, fuhr Nicola Callivant unbarmherzig fort. »Ihr Ihre Gesellschaft aufgedrängt. Sie bloßgestellt. Sprechen Sie Französisch, Mr Anderson? Vielleicht verstehen Sie dann, was sie über Sie zu sagen hatte: *Parvenu. Arriviste.*«

Während sie sprach, konnte Leif den Blick nicht von ihrer fein geschnittenen Nase wenden, auch wenn sie diese ganz schön hoch trug.

»*Déclassé*«, beendete sie die Liste der Beleidigungen.

Leifs Französisch war ausgezeichnet, dem Akzent nach zu urteilen wesentlich besser als ihres. Er hatte jedes Wort schmerzlich genau verstanden. Emporkömmling. Neureich. Sozialer Absteiger.

»Und wem habe ich all diese Komplimente zu verdanken?«, fragte er mit sorgfältig beherrschter Stimme.

Nikki Callivants rechte Augenbraue hob sich zu einem makellosen Bogen. »Betreiben Sie das als Hobby, dass Sie nicht erraten können, von wem ich spreche? Drängen Sie sich jeder Frau auf, die Ihnen über den Weg läuft?«

»Ich bin eben ein unverbesserlicher Masochist.«

Das Mädchen verzog angewidert den Mund. »Eine Freundin von mir aus New York. Courtney Hardaway.«

Leif breitete die Hände aus. »Da haben wir es ja. Courtney musste mich allerdings ertragen, genau wie ich sie. Wir wurden von meinen – und ihren – Eltern gezwungen, unsere Zeit miteinander zu verbringen. Hardaway Industries bekam nämlich eine Kapitalspritze von der Firma meines Vaters.« Er winkte bescheiden ab. »Ich weiß, ich weiß. Höchst vulgär. Wir sind eben neureich, nicht so wie Sie. Aber Sie müssen meinem Vater verzeihen. Seine Familie hatte nämlich gegen die Unterdrückung zu kämpfen, während sich Ihre Familie am Zweiten Weltkrieg bereicherte.«

Charlie Dysart neben ihm gab ein ersticktes Geräusch von sich.

Doch Nicola Callivant zeigte, was gute Erziehung wert ist. Zuerst wurde sie leichenblass, dann stieg ihr die Röte in die Wangen. »Wie können Sie es wagen!«, knirschte sie. »Ich bin eine Callivant!«

»Und ich bin ein Anderson«, erwiderte Leif. »Danke für diese wichtige Lektion. Ich hätte nämlich nicht gedacht, dass es auf dieser Welt schlimmere Snobs gibt als Courtney Hardaway.«

Damit drehte er sich auf dem Absatz um und marschierte davon.

Spurlos ... **04**

Majestätisch zogen die Monde des Jupiter ihre Kreise um die gewaltige Masse ihres Mutterplaneten. Eine endlose Minute lang betrachtete Megan O'Malley diesen Anblick. Sie saß in einem steinernen Amphitheater, das in die Kruste von Ganymed geschlagen war. Das hier war ihr persönlicher virtueller Bereich. Platzprobleme kannte sie nicht – all ihre Freunde von den Net Force Explorers kamen mühelos unter.

Schließlich senkte sie den Blick und starrte den Ehrengast ungläubig an. »Du hast dich tatsächlich mit einer Callivant angelegt und lebst noch?«

»Es war ganz schön eng«, gab Leif Anderson zu. »Aber mir ist die Flucht gelungen, bevor der Mob mich lynchen konnte.«

Andy Moore lachte. »Die Sache wird sich trotzdem herumsprechen. Das ist doch, als hättest du ans Washington Monument gepinkelt. Hast du keine Angst, dass deine Eltern ausgewiesen werden oder so?«

Leif verdrehte die Augen. »Ich bitte dich.«

Megan konnte sich gut vorstellen, dass Leif im Moment nicht so gerne über seine Eltern sprechen wollte. Als die Andersons am Vorabend spät nach Hause gekommen waren, stellten sie fest, dass Leif nicht da war, obwohl er schon längst von der Party hätte zurück sein müssen. Sie versuchten, ihn auf seinem Brieftaschen-Telefon zu erreichen – vergeblich. Also riefen sie Leifs Freunde in Washington an, die zum Großteil schon schliefen, ohne ihren verlorenen Sohn jedoch zu finden. Diese Aktion hatte letzten Endes zu dem virtuellen Treffen des Teams geführt, das Leif schließlich in den frühen Morgenstunden bei sich zu Hause aufgespürt hatte. Jeder brannte darauf zu erfahren, was wirklich passiert war.

So weit war seine Geschichte ganz schön unterhaltsam, das musste Megan zugeben.

»Und wieso konnten deine Eltern dich nicht erreichen?«, fragte Maj Greene.

Leif lächelte, aber seine Augen flackerten. »Mein Telefon hat den Geist aufgegeben.«

Megans geistiger Lügendetektor schlug heftig aus. Leif war nicht ehrlich. »Wie ist das möglich? Ich dachte, du hättest das allerletzte Modell des modernsten und teuersten Brieftaschen-Telefons der Welt.«

»Na ja, schon.« Leif war das Thema offenkundig unangenehm. »Man sollte wirklich denken, dass es wasserdicht wäre.«

»Wasserdicht vielleicht nicht, aber Wasser abweisend ist es schon. Wie hast du es geschafft, das Ding zu ersäufen?«, tönte Megan spöttisch.

»Ich kann doch nichts dafür, wenn mich Nikkis Neandertaler-Freunde in einen Brunnen verfrachten. Habt ihr eine Ahnung, wie lange es gedauert hat, bis ich wieder trocken war?«

»Wie konnte das passieren?«, fragte David Gray ungläubig. »War es ein Überraschungsangriff?«

Leif wich den Blicken seiner Freunde aus. »Na ja, ich habe sie schon kommen sehen, aber ich dachte, ich könnte mich rausreden.«

»Klar doch«, meinte Megan. »So wie du Nikki Callivant becirct hattest.« Sie schüttelte den Kopf. »Allmählich finde ich diese Studie, von der in den Holo-Nachrichten die Rede war, immer überzeugender. Die, in der es heißt, menschliches Versagen sei die Ursache für neunzig Prozent aller Probleme.«

»Vergiss das mit der Ausweisung, die ist jetzt dein geringstes Problem«, stichelte Andy mit boshaftem Grinsen. »Wenn das herauskommt, bist du nämlich die längste Zeit Net Force Explorer gewesen.«

348

Es klang, als wollte er sich sein Schweigen teuer bezahlen lassen.

Megan warf Andy einen scharfen Blick zu. »Spricht da das Genie, das beim Treffen letzten Monat das System mit einem Virus infiziert hat?«

»Wie hast du denn …«, fing Andy an, verstummte jedoch schnell, als er die wütenden Blicke der anderen sah.

»Sehr witzig, Moore«, grollte Maj Greene. »Ich habe Stunden damit verschwendet, mein System zu überprüfen.«

Matt Hunter, der bis dahin sehr still gewesen war, beugte sich plötzlich vor. »Wie war diese Nicola Callivant eigentlich?«

»Ziemlich arrogant, nach dem, was wir gerade gehört haben«, stellte Maj nüchtern fest.

»Wir hatten beide keinen guten Eindruck voneinander, so viel ist sicher«, stimmte Leif zu. Dann blickte er zu den Monden hinauf, die über ihren Köpfen ihre Bahn zogen. »Aber irgendwie war ich überrascht. Fotos werden Nikki Callivant nicht gerecht, darauf sieht sie aus wie eine von diesen dünnen Puppen mit großen Augen. Aber in Wirklichkeit ist sie anders. In ihr steckt mehr.«

»Stimmt«, witzelte Andy Moore. »Ein ziemlich übler Charakter nämlich.«

Megan hörte nicht zu, sondern erteilte ihrem Computer lautlos einen Befehl. Einen Augenblick später schwebte Nicola Callivants Bild vor ihr, allerdings so, dass nur sie selbst es sehen konnte.

Leif hatte sich sorgsam gehütet, das Mädchen hübsch zu nennen. Aber genau das war Nikki Callivant. In ihrem Abendkleid sah sie aus wie eine Haute-Couture-Modepuppe.

Es fiel Megan schwer, sich nichts anmerken zu lassen. Sie

seufzte resigniert. Sieht aus, als hätte sich Leif schon wieder hoffnungslos verrannt, dachte sie. Männer und ihre Hormone, da ist Hopfen und Malz verloren. Noch nicht mal das Bad im Brunnen hat ihn abgekühlt.

Früher oder später würde Leif unsanft auf dem Boden der Tatsachen landen, da war sie sich sicher. Sie hatte so etwas schon oft genug erlebt. Das Problem war nur, dass der Callivant-Clan fest zusammenhielt, nichts für Außenseiter übrig hatte und viel zu mächtig war.

Wenn Leif sich ihretwegen zum Narren machen will, soll er das meinetwegen tun, aber ohne die anderen mit hineinzuziehen.

Sie sah ihn an, während er immer noch das Loblied des Mädchens sang, das ihn beleidigt hatte. *Wenn er mit dem Feuer spielen will, ist das seine Sache, aber ich will nicht, dass sonst jemand zu Schaden kommt.*

Matt Hunter erhielt durch Leifs Schilderung der Ereignisse im Delmarva-Club einen faszinierenden – und nicht besonders angenehmen – Einblick in die Welt der Reichen und Mächtigen. Auch wenn Leif Witze riss, hatte er offenkundig nach seinem Zusammenstoß mit Nicola Callivant ein paar unangenehme Augenblicke erlebt.

Dieser Charlie Dysart muss ein echtes Prachtstück sein, dachte Matt, während die anderen Leif und Andy Moore aufzogen. Matt konnte sich nicht vorstellen, einen Freund derartig hängen zu lassen – vor allem, wenn er diesen selbst in eine schwierige Lage gebracht hatte.

Aber genau das hatte Dysart getan. Leifs Fahrgelegenheit war urplötzlich in der Menge verschwunden, vermutlich um Nikki Callivants vernichtendem Blick zu entgehen und zu verhindern, dass der tropfnasse Leif die Polster seines Old-timers entweihte. Statt Leif zu helfen, hatte er geflissentlich so getan, als würde er ihn nicht kennen.

Der Club war kein angenehmer Aufenthaltsort, wenn man dort unerwünscht und zudem tropfnass war, keine Fahrgelegenheit und noch nicht einmal ein funktionierendes Brieftaschen-Telefon hatte. Sobald er einigermaßen trocken war, hatte Leif ein Taxi gerufen. Sein Stolz hatte vermutlich ebenso gelitten wie sein Universal-Kreditkartenkonto, wenn nicht mehr. Eine Fahrt von Wilmington nach Washington war nicht billig – vor allem, weil er den Fahrer auch noch für die Leerfahrt zurück entschädigen musste.

Matt konnte sich gut vorstellen, wie Leif den Taxifahrer begrüßt hatte. »Mister, heute ist Ihr Glückstag.«

Der Rest des Abends war wahrscheinlich nicht ganz so unterhaltsam gewesen, darauf hätte Matt wetten können. Leif war nicht allzu sehr ins Detail gegangen, hatte aber erwähnt, dass er schließlich noch etwas feucht draußen unter dem Säulenvordach auf das Taxi gewartet hatte.

Offenbar hatte er die kalte Februarnacht der eisigen Atmosphäre drinnen im Ballsaal vorgezogen. Rachsüchtig wie immer, erkundigte Megan sich, was er wegen Dysart unternehmen wollte.

»Wir sind im gleichen Fechtclub«, erklärte Leif mit hinterhältigem Lächeln. »Der nächste Übungskampf mit mir wird für Charlie kein großer Spaß werden.«

Dann entschuldigte er sich bei seinen Freunden. Es war ihm höchst peinlich, dass sie wegen seiner letzten Eskapade solche Unannehmlichkeiten gehabt hatten.

»Ist doch schön zu wissen, dass deinen Eltern so viel an dir liegt«, meinte Maj.

»Manchmal übertreiben sie es«, seufzte Leif. »Für die nächste Zeit habe ich Hausarrest. Ich weiß gar nicht, was sie schlimmer fanden – dass ich verschwunden war, oder was ich in der Zeit angestellt habe. Mein Vater interessiert sich mehr für seine Finanzgeschäfte als für Skandalgeschichten, aber meine Mutter ...«

»... legt bestimmt keinen Wert darauf, sich die Callivants zu Feinden zu machen«, beendete David den Satz. »Sogar für deinen Vater könnte sich das negativ auswirken. Die Callivants haben eine Menge Einfluss.«

Leif lachte ungläubig. »Du bist schon so schlimm wie Andy mit seinem dummen Gewitzel über die Ausweisung meiner Eltern. Ich hatte einen Wortwechsel mit einem jungen Mädchen, das kann mich doch wohl kaum den Kopf kosten.«

Als die Gruppe anfing, sich aufzulösen, wurde er jedoch ernst. »Kann ich mit dir unter vier Augen reden?«, flüsterte er Matt zu.

»Bei dir oder bei mir?«

Sekunden später hatten sie Megans Amphitheater mit Matts fliegendem Schreibtisch vertauscht. Mit einem Grinsen verschränkte Matt, am gestirnten Nachthimmel schwebend, die Beine zur Lotusstellung. »Was gibt's?«

»An diesem entsetzlichen Abend ist mir was eingefallen«, erklärte Leif. »Ich war nämlich nicht in Wilmington selbst, sondern in einem Ort außerhalb der Stadtgrenze – in Haddington.«

Matt sah seinen Freund verwirrt an. »Und was ...«

Leif unterbrach ihn, indem er den Namen in zwei Silben zerlegte. »Hadding-ton. Ein Ort, den jemand namens Hadding gegründet hat.«

352

Matt hatte ihn mit offenem Mund angestarrt, klappte diesen nun aber eilig zu. »Du meinst die Haddings?«

»Ich habe vorhin nicht die ganze Geschichte erzählt«, gab Leif zu. »Da war eine besonders strenge Anstandsdame, die ein Auge auf die Dinge hatte. Eine Witwe namens Hadding, sagte Charlie, deren Kind irgendwie verunglückt ist.«

»Ganz schön merkwürdig«, sagte Matt. »Da stolperst du sozusagen direkt, nachdem wir über die Affäre gesprochen haben, über den Ort und die alte Dame.«

Leif nickte. »Dabei ist mir wieder eingefallen, dass in diesen Fall zwei Familien verwickelt sind – zwei reiche Familien, die sich beide die teuersten Anwälte leisten können.«

»Warum sollten die Haddings vertuschen wollen, unter welchen Umständen ihre Tochter ums Leben gekommen ist?«

»In der feinen Gesellschaft gehört Mord nicht zum guten Ton.« Leif zuckte die Achseln. »Kannst du dir doch vorstellen.«

Es dauerte einen Augenblick, bis Matt das verdaut hatte. »Auf eine absurde Art macht das wahrscheinlich sogar Sinn.«

»Junge, ich sage dir doch, die Reichen sind anders«, bestätigte Leif.

»Du meinst also, Ed Saunders hat nicht oder nicht nur die hochnäsigen Callivants am Hals, sondern auch die Haddings, denen jede Publicity ein Gräuel ist.« Matt breitete die Arme aus. »Als ob eine von diesen Familien nicht genug wäre! Na ja, mit Ed werde ich das kaum besprechen können. Die Sache ist gegessen, er hat die Simulation abgeschaltet.«

Noch während er sprach, fing eines der Symbole auf seinem schwebenden Schreibtisch an zu glühen: das Ohr.

»Da will jemand mit dir reden«, bemerkte Leif.

Matt griff nach dem Symbol und sprach einen Befehl. In der Luft vor ihm erschien eine Liste von Virtmail-Nachrichten. Eifrige Flammen züngelten um den nur allzu vertrauten Namen. »Wenn man vom Teufel spricht, wie es im Sprichwort heißt.«

Leif reckte den Hals, weil die leuchtenden Lettern von ihm aus gesehen verkehrt herum waren. »Von Saunders?«

Matt erteilte einen weiteren Befehl, und die schwebende Nachricht drehte sich so, dass sie sie beide lesen konnten.

»Wieder ein Treffen«, sagte Leif.

»Weil das Hacken, ich meine natürlich der ›Versuch des unbefugten Datenzugriffs‹, nicht aufgehört hat.« Matt warf seinem Freund einen Blick zu. »Wieso brauchen diese Anwälte vier Wörter, wo es auch eines tun würde?«

Leif zuckte die Achseln. »Und wieso muss einer der Kerle aus der Simulation seine Nase immer wieder …«

»Woher willst du wissen, dass es ein ›er‹ ist?«, gab Matt zu bedenken.

»Jetzt redest du selbst schon wie ein Anwalt«, witzelte Leif. »Dann steckt eben eine Person unbestimmten Geschlechts ihr Riechorgan in Dinge, die sie nichts angehen.«

Matt las die Nachricht ein zweites Mal. »So wie der letzte Absatz klingt, würde ich auf die Callivants tippen.« Er zeigte auf die Stelle. »Die Haddings können vielleicht dafür sorgen, dass Ed der Storch von der feinen Gesellschaft geschnitten wird, aber um eine Steuerprüfung zu veranlassen, muss man schon so einflussreich sein wie die Callivants.«

Leif nickte. »Gehst du zu diesem Treffen?«, fragte er.

»Eigentlich ist es Zeitverschwendung, über eine Simulation zu reden, die es gar nicht mehr gibt und voraussichtlich auch nicht mehr geben wird.« Matt schloss die Nachricht, löschte sie aber nicht. »Wenn ihm das Finanzamt im Nacken sitzt, will Saunders bestimmt nichts mehr mit uns zu tun haben.«

»Erzähl mir doch nichts«, sagte Leif. »Das hier ist ein ganz neues Rätsel. Der Fall des heimlichen Hackers.«

Matt konnte es nicht ausstehen, wenn ihn jemand derart mühelos durchschaute. »Du hast ja Recht, wahrscheinlich werde ich mir die Sache näher ansehen.«

»Sei bloß vorsichtig«, riet Leif. »Von der Steuerprüfung zum Auftragsmord ist es nur ein kleiner Schritt.«

Für die Besprechung, die am Abend stattfinden sollte, kleidete ich mich mit besonderer Sorgfalt. Ich fühlte mich an eines der großen Finale erinnert, wie Lucullus Marten sie gerne inszenierte. Wahrscheinlich würde es aber eher zu einer lautstarken Streiterei kommen, wie immer, wenn Verdächtige auf die eine oder andere Art bewegt worden waren, sich ins Büro des großen Meisters zu bequemen.

Nur schade, dass das Schwergewicht Marten diesmal ohne seinen Spezialstuhl auskommen musste.

Ich wählte eine extravagante – und nicht ganz billige – Seidenkrawatte, die mir eine gut situierte Freundin geschenkt hatte und die hervorragend zu meinem blauen Flanellanzug passte. Dieser war das teuerste Stück in meiner Garderobe, aber mit Mick Slimm würde ich wahrscheinlich nicht mithalten können. Ein Mann wie er gab vermutlich, ohne mit der Wimper zu zucken, fünfhundert Eier für ein Sportsakko aus, und ich hatte den Verdacht, dass Milo Krantz noch mehr in seine Schuhe investierte. Dagegen konnte ich mir einen Primitivling wie Spike Spanner noch am ehesten im Fell eines Säbelzahntigers vorstellen.

355

Erst beim zweiten Anlauf saß der Knoten so, wie ich mir
das vorstellte. Vor dem Spiegel bürstete ich energisch mein
Haar und schlüpfte dann in mein Sakko. Genug der Vorberei-
tung. Ich war bereit, mich ins Gefecht zu stürzen.

Matt löste sich aus der Monty-Newman-Rolle, behielt aber
dessen Äußeres bei. Auf einen unausgesprochenen Befehl
hin verschwand Newmans virtuelles Schlafzimmer und wich
Matts schwebendem Arbeitszimmer.

Ihm war durchaus klar, warum er sich auf die selbstbe-
wusste, ein wenig neunmalkluge virtuelle Persönlichkeit ein-
ließ. Er war nervös. Das war natürlich lächerlich, schließlich
hatte er nichts Unrechtes getan. Eigentlich konnte es ihm
doch völlig egal sein, was seine Konkurrenten in der Kri-
minalsimulation von ihm hielten. Schließlich schienen einige von ihnen einen gewaltigen Schatten zu haben, um mit
Monty Newman zu sprechen.

Warum sonst wühlte ein Hacker weiter im Fall Hadding
herum, nachdem der fiktive Van-Alst-Mord so abrupt ausge-
bremst worden war? Nicht nur, dass es sinnlos war, offenkundig stieg er damit den Callivants gewaltig auf die Zehen
und verursachte Ed Saunders eine Menge Ärger.

Als Matt einige Minuten zu spät eintraf, saßen die anderen
Teilnehmer in Gestalt der fiktiven Detektive bereits in einem
Kreis um Saunders' Schreibtisch.

Überraschung, Überraschung. Sogar Lucullus Martens
überdimensionaler Stuhl war vorhanden. Allerdings thronte
Maura Slimm auf der gewaltigen Sitzfläche, während der Dicke, auf seinen Stock gestützt, versuchte, sie zu vertreiben.
Es sah aus, als könnte er jeden Augenblick einem Schlaganfall zum Opfer fallen.

»Junge Dame ...«, begann er, unverkennbar mit seiner Geduld am Ende. »Ich finde das nicht mehr witzig. Eigentlich habe ich Sie nie witzig gefunden.«

»Aber, Lukie«, flötete Maura, »so seien Sie doch kein Spielverderber.«

»Gib ihm seinen Stuhl, Schatz«, drängte Mick Slimm.

»Ja, lassen Sie ihn in Ruhe«, mischte sich Spike Spanner ein. »Sonst fängt er noch an, das Mobiliar zu demolieren.«

Marten ließ seinen massigen Körper auf den großen Ledersessel sinken, während sich Matt auf einem wesentlich kleineren Stuhl an seiner Seite niederließ.

»Mr Saunders«, begann Marten, der sich offenbar befugt fühlte, für die anderen zu sprechen, »lassen Sie mich Ihnen im Namen aller Anwesenden sagen, wir sehr wir die Ihnen entstandenen Unannehmlichkeiten bedauern.«

»Anscheinend nicht im Namen aller«, warf Milo Krantz ein. Das Licht von Saunders' Schreibtischlampe ließ seine Brillengläser glitzern. »Ich muss allerdings gestehen, mir ist nicht klar, wie wir diese Person finden sollen.«

»Wir sind wirklich wahre Meisterdetektive«, spottete Mick Slimm.

»Genau da liegt das Problem«, stimmte Saunders zu, der diesmal weniger wie ein Storch, sondern eher wie ein gehetztes Kaninchen wirkte. »Ich werde Ihnen sagen, welche Maßnahmen ich ergreifen werde. Ich gebe Ihnen vierundzwanzig Stunden. Hat der Hacker bis dahin nicht mit mir Kontakt aufgenommen und sich verpflichtet, mit diesem Unfug aufzuhören, bekommen die Anwälte von mir eine Virtmail, in der ich erkläre, dass die Simulation eingestellt wurde. Außerdem werde ich denen eine Liste mit der wahren Identität der Teilnehmer zukommen lassen.«

»Das dürfen Sie nicht!« Maura Slimm klang plötzlich gar nicht mehr so keck. »Der Schutz unserer Privatsphäre …«

»Sie haben alle unterschrieben, dass Sie auf Ihre diesbezüglichen Rechte verzichten«, erwiderte Saunders mit grimmiger Miene. »Offenbar haben Sie das Kleingedruckte nicht gelesen. Eigentlich war das nur ein Formular, das ich aus dem Programmiererhandbuch kopiert hatte, aber jetzt bin ich froh darüber. Wenn ich mit diesen Leuten zusammenarbeite, hören sie vielleicht auf, mir die Daumenschrauben anzulegen, und befassen sich mit der Person, die an dem ganzen Ärger schuld ist.«

Seine herausfordernde Miene wirkte auf dem bebrillten Gesicht geradezu komisch.

Komisch, dachte Matt, wenn uns nicht allen so viel Ärger ins Haus stehen würde.

»Es tut mir Leid, dass ich dazu gezwungen bin«, erklärte Saunders, »aber Sie lassen mir keine Wahl.

Spurlos . . . **05**

Das war's dann wohl, dachte Matt trübselig. Was werden sie jetzt tun?

Das Schweigen der anderen Möchtegerndetektive verstärkte seine düstere Stimmung nur noch.

Zu seiner Überraschung ergriff Lucullus Marten das Wort. Prüfend blickte er in die Runde der unglücklich dreinblickenden Spieler. Dann wandte er sein massiges, eckiges Gesicht Ed Saunders zu.

»Würden Sie uns bitte kurz allein lassen?«, fragte er.

Saunders sah ihn an wie ein verschreckter Vogel. »Äh ...
natürlich«, sagte er dann. »Nehmen Sie sich so viel Zeit, wie
Sie brauchen.«

Einen Augenblick später war der Schöpfer der Simulation
von seinem Platz verschwunden.

Marten lehnte sich auf seinem großen, thronartigen Sessel
zurück. »Liebe Kollegen«, begann er. »Wir sehen uns hier
mit einem sehr lästigen, aber wohl unvermeidbaren Vorwurf
konfrontiert. Ich hatte gehofft, wenn wir unter uns sind,
würde sich der Übeltäter freiwillig melden.«

»Im ganz kleinen Kreise«, zwitscherte Maura Slimm.

Marten nickte.

Aber niemand im Raum sprach ein Wort.

Marten stieß einen Seufzer aus, der Matt an ein schnau-
bendes Walross erinnerte. »Wäre wohl zu schön, um wahr
zu sein«, gab er zu.

»Das lag doch auf der Hand«, fuhr Milo Krantz ihn an.
»Der ... Hacker ...« Er verzog angewidert das Gesicht, als
ihm der vulgäre Ausdruck entschlüpfte. »Diese Person müsste doch völlig hirnlos sein, vor Zeugen ein Geständnis abzulegen. Hier geht es nicht darum, dass jemand dem Lehrer
den Bleistift auf den Schreibtisch legt, den er seinem Bank-
nachbarn geklaut hat. Es wurden rechtliche Schritte ange-
droht, möglicherweise hat der Vorfall sogar strafrechtliche
Folgen.«

»Danke für diese motivierenden Worte, jetzt meldet sich
bestimmt jemand«, bemerkte Mick Slimm säuerlich.

Seine Frau starrte Krantz misstrauisch an. »Vielleicht ist das
ja Absicht, um Ihr eigenes Vorgehen zu vertuschen. Offenbar
haben Sie eingehend über die Situation nachgedacht.«

»Wer nicht über die Folgen nachdenkt, müsste wirklich

hirnlos sein, das habe ich doch bereits gesagt«, zischte Krantz zurück.

»Geben wir's auf«, knurrte Spike Spanner. »Wenn jeder jeden beschuldigt, kommen wir nie weiter.« Er klopfte sich mit einem fleischigen Finger auf die Brust. »Ich war es auf jeden Fall nicht.«

»Ich auch nicht«, versicherte Marten eilig.

»Und ich habe bestimmt nicht in unerlaubten Gefilden geschnüffelt.« Maura Slimm wandte sich an den Mann, der auf ihrer Armlehne lümmelte. »Was ist mit dir, Mickey?«

»Das ist doch alles totaler Schwachsinn.« Mick Slimm fuhr sich mit dem Finger über den sorgfältig gestutzten Schnurrbart. »Saunders hat den Fall schließlich nur als Rahmen für die Simulation verwendet. Kein Mensch konnte wissen, welche Tatsachen er übernommen hat und welche nicht.«

»Unser Sim-Master hätte das Spiel besser weiterlaufen lassen«, knurrte Marten. »Dann hätte sich nämlich herausgestellt, wer Elemente verwendet, die nicht aus der Simulation stammen.«

»Zu spät«, erklärte Krantz verschnupft. »Höchst bedauerlich, dass Ihnen dieser Plan nicht eher eingefallen ist.«

Maura Slimm ließ ihren hoch gewachsenen Mitspieler nicht aus den Augen. »Sie haben bis jetzt Ihre Unschuld jedenfalls noch nicht beteuert, Mr Krantz.«

Der Angesprochene verdrehte angewidert die eisblauen Augen hinter der Brille. »Du großer Gott! Soll ich auf die Bibel schwören?« Er legte die Hand aufs Herz. »Ich schwöre, dass ich nicht in geheimen Aufzeichnungen zu diesem Fall herumschnüffle.« Wütend blickte er in die Runde. »Sind Sie nun zufrieden?«

»Ich traue niemandem«, grollte Spike Spanner und warf Matt einen durchbohrenden Blick zu. »Und erst recht niemandem, der keinen Eid schwören will.«

Matt hob die Hand. »Ich schwöre, dass ich mich nicht in Akten des Falles eingehackt habe, auf dem die Simulation basiert. Ich weiß über die Haddings und die Callivants nur, was mir mein Freund Leif erzählt hat.«

»Über wen?«, fragte Mick Slimm.

»Die Haddings?« Marten erhob die Stimme. »Die Callivants?«

Maura Slimm fiel fast vom Stuhl, während sie mit anklagendem Finger auf Matt deutete. »Sie haben sich gerade verraten!«, rief sie aus.

Das hatte Matt nicht. Er hatte absichtlich die Namen der echten Beteiligten erwähnt, weil er gehofft hatte, jemandem durch den Überraschungseffekt eine Reaktion zu entlocken. Aber offenbar hatten sich die anderen besser in der Hand, als er gedacht hatte. Nun hatte er seinen Vorteil umsonst preisgegeben.

»Wir wissen, dass die Peytons in dem Kriminalfall eine große Politikerfamilie sind«, überlegte Spanner. »Das würde natürlich auf die Callivants passen.«

»Und das getötete Mädchen hieß in Wirklichkeit Hadding?« Krantz saß plötzlich sehr aufrecht.

Matt nickte. »Diese Informationen habe ich mir aber nicht aus dem Netz geholt. Ich habe einen Freund, der sich für die Skandale der High-Society interessiert, den habe ich ausgehorcht. Der echte Fall hat sich nicht in den Dreißigerjahren ereignet wie bei Saunders. Mein Freund sagt, 1982 wurde ein Mädchen namens Priscilla Hadding unter ähnlichen Umständen ermordet.«

»Zweiundachtzig?«, echote Spanner. »Da lag ich noch in den Windeln. Wer weiß denn das heute noch?«

»Jemand, der von der feinen Gesellschaft fasziniert ist«, meinte Matt. Er warf Krantz und den Slimms einen herausfordernden Blick zu, schließlich galten alle drei als High-Society-Detektive. Widerstrebend setzte er auch Lucullus Marten mit auf die Liste. Bei den meisten Fällen des Dicken ging es um die Reichen und Schönen dieser Welt.

»Nun, Newman, damit hast du deine Munition verschossen«, polterte Marten. »Falls du gehofft hattest, jemand würde sich vor Schreck zu einem Geständnis hinreißen lassen, hast du dich geirrt. Du hast nur erreicht, dass du selbst als Hauptverdächtiger dastehst.«

Misstrauisches Schweigen legte sich über die Gruppe.

»Warum wissen so wenige davon, wenn es solch ein großer Skandal war?«, fragte Maura Slimm schließlich.

Spike Spanners Lachen klang mehr wie ein Prusten. »Das kann ich Ihnen sagen. Sehen Sie sich doch an, was mit Leuten passiert, die diesen Fall auch nur erwähnen!«

Megan O'Malley hielt die Tür auf, während Leif Anderson versuchte, den Schnee von seinen Stiefeln zu schütteln. Sie waren zwar knöchelhoch, aber zu elegant für dieses Wetter. Das feine Leder war bereits völlig durchnässt.

»Ich dachte, die Winter in Washington wären mild. Die Briten an der Botschaft redeten immer von subtropischem Klima.«

»Alle fünfzehn Jahre schneit es hier kräftig.« Megan zuckte die Achseln. »Sei froh, dass du hier bist, für New York ist ein echter Blizzard vorausgesagt.«

»Aber zu Hause habe ich auch die richtige Kleidung für

solches Wetter.« Den Schnee war er los, aber seine Schuhe gaben nun ein quatschendes Geräusch von sich, als er auf der Fußmatte herumstampfte.

»Zieh sie einfach aus«, sagte Megan schließlich. »Wir stopfen sie mit irgendwas aus und stellen sie auf die Heizung, dann werden sie schon trocknen.« Sie sah Leif prüfend an. »Wahrscheinlich sollte ich mich geschmeichelt fühlen, dass du den Unbilden der Witterung trotzt, um mich zu besuchen.«

»Eigentlich brauche ich deine Eltern, besser gesagt ihre Bibliothek.«

Das war zu viel für Megan. »Sag mal, hast du schon mal was vom Netz gehört? Da kann man nämlich ganze Bibliotheken durchforsten und sogar Bücher kaufen, ohne aus dem Haus zu gehen. Auf jeden Fall besser, als sich blau gefroren die Schuhe zu ruinieren.«

»Ich will nicht, dass jemand merkt, wofür ich mich interessiere«, erklärte Leif. »Aber ich bin mir ziemlich sicher, dass ihr hier die Bücher habt, die ich brauche.«

»Du kannst meine Eltern fragen«, sagte Megan, »sie sind zu Hause. Manche Leute sind so schlau, sich von Schneestürmen fern zu halten.«

Megans Mutter arbeitete freiberuflich für die *Washington Post*, während ihr Vater Kriminalromane verfasste. Beide arbeiteten von zu Hause aus – wobei diese »Arbeit« gelegentlich darin zu bestehen schien, stirnrunzelnd auf einen Bildschirm zu starren.

Robert Fitzgerald O'Malley schien sich über die Unterbrechung zu freuen, als die Jugendlichen in sein Büro kamen. »Leif!« Er fuhr überrascht herum. »Was bringt dich bei diesem Wetter ... Ach du liebe Zeit!«

Durch die plötzliche Bewegung war ein Bücherstapel auf dem Tisch neben ihm ins Rutschen geraten. Megan und Leif halfen ihm, die Bände wieder aufzuheben. Sie hielt *Ein Wörterbuch fiktiver Orte* und *Modernes Hüttenwesen* in der Hand, während er *Wahre Kriminalfälle des 20. Jahrhunderts* und *Meister des Degens* erwischt hatte. Er drehte das zweite Buch so, dass er den Einband sehen konnte. »Aldo Nadis Autobiografie!«

»Richtig«, sagte Megans Vater, »du bist ja selbst ein Fechter.«

»Zwischen mir und Nadi liegen Welten.« Leif legte die Bücher auf einen neuen Stapel zu denen von Megan. »Mir ist zwar nicht ganz klar, wie all diese Bücher zusammenpassen, aber das Ende in *Morte Siciliano* kam für mich schließlich auch völlig überraschend.«

»Du hast das Buch gelesen?«, strahlte der Schriftsteller. Seine Bücher waren für ihn wie eigene Kinder.

»Leif möchte sich ein wenig in der Bibliothek umsehen«, sagte Megan.

»Aber natürlich«, erklärte ihr Vater bereitwillig.

Megan grinste. Für einen Leser von R. F. O'Malley scheuen wir keine Mühe, dachte sie im Stillen.

»Suchst du etwas Bestimmtes?«, fragte ihr Vater.

»Biografien, denke ich.« Leif deutete auf das Buch über echte Fälle. »Und vielleicht auch so etwas.«

»Das habe ich von Julie, klingt mehr nach etwas für Journalisten.« Megans Vater erhob sich. »Fragen wir sie.«

Wenn ihre Eltern arbeiteten, hielt sich Megan normalerweise möglichst von ihnen fern. Ihre Brüder veranstalteten in dem kleinen Haus genug Lärm. Zum Glück war Mike unterwegs, weil er irgendwas recherchieren musste, und Rory,

Paul und Sean befassten sich mit dem exotischen Phänomen Schnee in Washington, D.C.

Julie O'Malley, Megans Mutter, war offenbar an einem Punkt in ihrem Artikel angelangt, an dem sie problemlos eine Pause einlegen konnte, als Megan, ihr Vater und Leif ins Wohnzimmer kamen. »Biografien?«, fragte sie, als Megans Vater Leifs Bitte weitergab. »Die meisten stehen da drüben.«

»Ich interessiere mich besonders für Material über die Familie Callivant«, erklärte Leif.

Megan warf ihm einen Seitenblick zu. Was war bloß los? Er lernt ein Mädchen kennen, das ihn nach Strich und Faden beleidigt, und plötzlich interessiert er sich für ihre Familiengeschichte?

»Da haben wir ein paar Bücher wie *Unerfülltes Versprechen* über Steve, Will und Martin.« Mrs O'Malley verzog das Gesicht. »Das war von der Familie autorisiert, daher enthält es viele Interviews, aber im Grunde ist es reine Werbung für die Callivants.«

Sie ging zum Regal und nahm ein Buch heraus. »In *Die großen Familien Amerikas* findest du eine Menge Material über die Callivants, und es ist viel ausgewogener. Es gibt da eine Geschichte über Will Callivants Tochter …«

Leif nickte. »Die war doch in diesen merkwürdigen Osterferien-Skandal verwickelt. Seitdem sitzt sie in einem privaten Sanatorium.«

Julie O'Malley nickte grimmig. »Das weißt du? Das Leben ist nicht gerade freundlich mit den Callivant-Männern umgegangen, aber der Fluch scheint sich auch auf die weibliche Seite des Clans zu erstrecken.«

Leif kramte einen Zettel aus seiner Tasche. »Haben Sie vielleicht *Tod in Haddington* von Simon Herzen?«

Megans Mutter gab einen abschätzigen Laut von sich. »Dieses Machwerk?« Sie schüttelte den Kopf. »Als das Buch herauskam, studierte ich noch. Es wurde mit großem Trara angekündigt. Überall hieß es, Si Herzen würde eine große Verschwörung auffliegen lassen.«

Leif beugte sich eifrig vor. »Und?«

»Dann kam es in die Buchhandlungen und ging sang- und klanglos unter. Ich habe es gelesen. Herzen hat einfach nur abgeschrieben, was die Medien über den Hadding-Fall zu sagen hatten. Irgendetwas war an dem Buch faul, aber es kam nie raus, was. Vielleicht haben sich die Anwälte des Verlegers eingemischt, oder die Callivants haben sich Herzen oder den Verlag vorgeknöpft.« Sie verzog angewidert das Gesicht. »Für so etwas ist mir der Platz zu schade.«

Es fanden sich noch ein paar weitere Bände über die Callivants. Einige davon waren ziemlich alt. In einem stieß Leif auf ein Kapitel über den Tod von Priscilla Hadding.

Er bedankte sich bei Mrs O'Malley, und Megan ging mit ihm in die Küche, um Plastiktüten für die Bücher zu holen.

Kaum waren sie allein, verschränkte sie die Arme vor der Brust und versperrte ihm den Weg. »Du hast doch was vor. Was soll diese Geschichte mit den Callivants?«

»Es geht um Matt«, sagte Leif. »Er ist in Schwierigkeiten, und daran sind möglicherweise die Callivants schuld.«

Er erzählte ihr, wie Matts Krimisimulation außer Kontrolle geraten war. »Wir können wahrscheinlich froh sein, dass wir nicht mitgespielt haben«, meinte sie schließlich. »Was wird er tun?«

Leif zuckte die Achseln. »Im Moment wartet er nur ab, aber die Zeit läuft.«

Während Megan die Bücher möglichst wasserdicht verpackte, kam ihre Mutter herein. »Hier sind deine Schuhe, Leif, aber ich glaube, du solltest besser Stiefel von Rory anziehen.«

Sie sah besorgt aus dem Küchenfenster. »Es schneit nicht mehr, dafür bekommen wir Eisregen.« Auf der Straße schlitterte ein Auto vorbei. »Hier in Washington ist Schnee schon schlimm genug, aber das könnte sich zur Katastrophe auswachsen.«

Matt hatte noch nicht einmal das Haus verlassen. Er hatte in der Küche gesessen und seinen Eltern die Geschichte erklärt, während Ed Saunders' Ultimatum unaufhaltsam ablief. Wie lange würde es dauern, bis sich die Anwälte der Callivants ihn und seine Eltern vorknöpften?

Matts Vater dachte offenbar das Gleiche und war entsprechend beunruhigt. »Ich verstehe das nicht«, sagte er bestimmt zum fünften Mal. »Wie konntest du so eine Vereinbarung unterschreiben?«

»Das ist absolut üblich, Dad. Liest du denn nie das Kleingedruckte, wenn du ein neues Programm lädst?«, fragte Matt trübsinnig. »Bei den Programmen, die ich bis jetzt verwendet habe, hat es noch nie Ärger gegeben.«

»Ich kann mir einfach nicht vorstellen, dass es normal ist, auf solche Rechte zu verzichten«, erklärte Gordon Hunter.

Matts Mutter rief die beiden zu sich ins Wohnzimmer. Sie stand vor der Computerkonsole, und ein stark vergrößertes Dokument schwebte als Hologramm vor ihr. »Ich habe die Geschäftsbedingungen für verschiedene Simulationen aufgerufen, die wir benutzen«, sagte sie. »Seht euch das an.«

»Das ist ja mein Tennisspiel«, stellte Matts Vater beim Anblick der Überschrift fest.

»Lies das Kleingedruckte da.«

Die Klausel entsprach Wort für Wort der, die Matt unterschrieben hatte. Der Sim-Master erhielt dadurch das Recht, gegebenenfalls die Identität aller Teilnehmer zu enthüllen.

Gordon Hunter war entsetzt. »Ich dachte, die neue Fassung des Datenschutzgesetzes von 2013 sollte den Verbraucher vor so etwas schützen.«

»Und mit dieser kleinen Klausel umgehen die Anwälte wahrscheinlich das Gesetz«, erwiderte Marissa Hunter mit grimmiger Miene. »Bei meinem Flugsimulator musste ich übrigens das Gleiche unterschreiben. Wie Matt sagt, es scheint in der Branche absolut üblich zu sein.«

»Dagegen kann man doch bestimmt gerichtlich vorgehen«, meinte Matts Vater.

Seine Frau sah ihn nur an.

Aber sicher doch, dachte Matt. Wenn wir so reich wären wie Leifs Vater, könnten wir uns sogar die Anwaltshonorare leisten. Aber sein Vater war Lehrer und seine Mutter Berufsoffizier bei der Marine. Bei ihrem Einkommen hatten sie gegen die Staranwälte, die die Callivants bereits auf den Fall angesetzt hatten, keine Chance.

Offenbar war das auch seinem Vater klar geworden, noch während er sprach. Schweigend gingen sie zurück in die Küche und sahen zu, wie die Zeit verging.

Das Ultimatum verstrich. Dann war es Zeit zum Abendessen. Die Hunters rührten das Essen auf ihren Tellern kaum an. Sie warteten … ja worauf eigentlich? Auf einen Anruf, eine Virtmail-Nachricht. Matt hatte in seinem Programm einen besonderen Klingelton eingestellt, falls etwas ankam.

Schweigend versuchten sie zu essen, schweigend räumten sie den Tisch ab, schweigend spülten sie das Geschirr.

»Saunders könnte sich doch wenigstens bei uns melden und sagen, was Sache ist«, beschwerte sich Matt schließlich, während er die Teller in den Schrank stellte. »Vielleicht hat das was mit dem Wetter zu tun?«

Seine Mutter lächelte ihn gequält an. »Rechtsstreits werden normalerweise nicht ausgesetzt, nur weil es schneit.«

Matt wartete noch eine Weile. »Ich rufe ihn an«, sagte er dann.

Vor der Wohnzimmerkonsole sagte er die Netzadresse, die er nur allzu gut im Kopf hatte. Das Computerdisplay blinkte einen Augenblick, dann erschien Ed Saunders. »Im Moment bin ich leider nicht erreichbar«, erklärte sein Bild. »Aber wenn Sie möchten, können Sie eine visuelle oder Virtmail-Nachricht hinterlassen.«

Angewidert unterbrach Matt die Verbindung. »Er ist nicht da! Wieso ist er an einem solchen Abend nicht zu Hause?«

»Vielleicht versteckt er sich hinter seinem Anrufbeantworter«, meinte Matts Vater, »und filtert seine Anrufe.«

»Du meinst, er ist zu feige, um persönlich mit uns zu reden.« Wütend ging Matt zum Computer zurück und gab ein paar neue Befehle ein. Es dauerte ein wenig, bis das Gerät das Netz durchsucht hatte, aber schließlich spuckte es die reale Adresse des Eigentümers der Site aus.

Matt befahl dem Computer, auf einem Stadtplan die nächste U-Bahn-Station zu markieren.

»Was hast du vor, Matthew?«, fragte sein Vater besorgt.

»Ich will wissen, woran wir sind«, erwiderte Matt. »Es sieht so aus, als wohnt Saunders nur ein paar Blocks von der Waterfront entfernt.«

»Du wirst doch bei diesem Eisregen nicht vor die Tür gehen«, sagte seine Mutter.

»Unter der Erde werde ich davon nichts merken.« Matt sah seine Eltern an. »Wir können doch nicht einfach nur dasitzen und warten, bis sie über uns herfallen.«

Schließlich machten sich Matt und sein Vater eingemummt wie Eskimos auf den Weg zu Ed Saunders. Mehrmals auf dem langen rutschigen Weg zur U-Bahn-Station wünschte Matt sich, er wäre nicht so überzeugend gewesen. Ein heulender Wind trieb winzige Eiskristalle vor sich her, die ihnen ins Gesicht zu prasseln schienen, wohin sie sich auch wandten.

So muss sich ein Sandstrahler anfühlen, dachte Matt, als eine weitere Ladung Eis über seine ungeschützte Haut fuhr. Er hatte die Augen zu Schlitzen zusammengekniffen, sodass er kaum sehen konnte, wohin er ging. Bei jedem Schritt auf dem rutschigen Gehweg drohte er zu stürzen.

Erleichtert schlitterten sie die Treppen zur Station hinunter, mussten dann jedoch endlos auf den Zug warten. »Die U-Bahn fährt zum Großteil unter freiem Himmel«, erklärte sein Vater. »Wahrscheinlich sind die Schienen vereist.«

Endlich kam ihre Bahn und brachte sie gemeinsam mit ein paar entnervten Pendlern ans andere Ende der Stadt. An einem eisverkrusteten Geländer hangelten sie sich zur Oberfläche. Natürlich hatte der Wind erneut gedreht, sodass er ihnen das Eis ins Gesicht trieb. Wie winzige Schrotkugeln bohrten sich die Kristalle in Matts Gesicht, als sie mit gesenktem Kopf durch die verlassenen Straßen schlitterten.

Klar, dachte er. Wer auch nur ein bisschen Verstand hat, bleibt bei diesem Wetter in der warmen Stube.

Gemeinsam mit seinem Vater kämpfte er sich durch den Sturm, bis Gordon Hunter fragte: »Zwei Blocks, hast du gesagt. Wie viele haben wir jetzt hinter uns?

Matt hielt sich an einem vereisten Laternenpfahl fest, um

das Straßenschild zu lesen. Ein tolles Gefühl, jetzt traf ihn der Eisregen nur noch von einer Seite. »Es muss gleich um die …«

Er brach ab, als er die leblose Gestalt in der Straße links von ihnen entdeckte, die gerade eben noch von dem schwachen Lichtkegel der vereisten Straßenbeleuchtung erhellt wurde. Offenbar ein Mensch, der halb auf dem Bürgersteig, halb auf der Fahrbahn lag.

»Dad!« Mit diesem Ausruf schlitterte er auf den bewegungslosen Körper zu.

Als er Einzelheiten erkennen konnte, blieb er so abrupt stehen, dass sein Vater ihn fast gerammt hätte.

Bei der eisverkrusteten Gestalt handelte es sich tatsächlich um einen Menschen. Schlimmer noch, es war jemand, den er kannte.

Ed Saunders' Gesicht war blau angelaufen. Ausdruckslos starrte er in den unerbittlichen Eissturm, ohne sich zu rühren, obwohl die messerscharfen Kristalle auf seine Wangen, seine Nase … und in seine offenen Augen prasselten.

Auch ohne den dunkelroten Fleck auf dem Randstein unter Saunders' Kopf hätte Matt gewusst, dass dieser Mensch nie wieder etwas fühlen würde.

Spurlos … 06

Matt war froh, als er sich in den Schutz des Streifenwagens flüchten konnte. Die Eiskristalle fuhren wie ein Reibeisen über sein Gesicht, und er hatte trotz des Wetters seine Jacke öffnen müssen, um sein Brieftaschen-Telefon herauszuholen und Hilfe zu rufen. Während er mit seinem Vater am Ort des Unglücks wartete, fühlte er, wie er vor Kälte immer mehr erstarrte.

Vielleicht war das psychologisch bedingt, eine Reaktion darauf, dass er neben einer Leiche stand. Es konnte keinen Zweifel daran geben, dass Ed Saunders tot war. Matt hatte versucht, ihn zu beatmen, aber er fühlte sich an wie eine Schaufensterpuppe. Dennoch musste er es versuchen. Saunders' kaltes Fleisch hatte die Wärme aus Matts Körper gezogen. Am schlimmsten war das Gefühl der Vergeblichkeit. Saunders' Augäpfel waren bereits mit einer dünnen Eisschicht überzogen.

So war Matt froh gewesen, als die Polizeibeamten eintrafen und ihn in die stickige Wärme des Streifenwagens verfrachteten, aber mittlerweile machte ihm die Luft zu schaffen. Das Auto stank nach Desinfektionsmittel, dem es nicht ganz gelang, den Geruch von Erbrochenem zu überdecken. Matts Magen rebellierte. Er würgte, wobei er seine feine Nase verfluchte.

Um sich abzulenken, überlegte er, wie es jetzt weitergehen würde. Sein Vater war nicht bei ihm, sondern saß im Auto des leitenden Beamten, der direkt nach dem Krankenwagen eingetroffen war, den Matt gerufen hatte. Aber die Sanitäter waren gar nicht erst ausgestiegen, während sich die Polizisten in ihren blauen Parkas um den Ort des Unfalls drängten – oder war es gar kein Unfall gewesen?

Für Matt sah es so aus, als wäre Saunders auf dem Eis ausgerutscht und hätte sich am Randstein den Schädel eingeschlagen. Aber während er im vergitterten Fond des Streifenwagens wartete, musste er zugeben, dass Saunders vielleicht schon tot gewesen war, bevor er fiel. Kein Wunder, dass sich die Polizei so für die Personen interessierte, die die Leiche gefunden und den Unfall gemeldet hatten. Von seinem Vater hatten sie ihn nur getrennt, damit die beiden sich nicht absprechen konnten.

Was hätte Monty Newman in dieser Situation getan? In mindestens einem Roman war der Assistent von Lucullus Marten selbst des Mordes beschuldigt worden …

Ärgerlicherweise drifteten seine Gedanken immer wieder ab. Seine Lider wurden schwer. Aus der Autoheizung strömte einschläfernd warme Luft.

Umso größer war der Schock, als sich die Tür öffnete und kalte Luft und Eis hereinströmten. Das war jedoch gar nichts gegen Matts Überraschung, als er den Mann erkannte, der sich ins Auto beugte. Es war der Vater von David Gray.

Martin Gray war Detective bei der Washingtoner Mordkommission. Er wirkte fast so überrascht wie Matt selbst. »Du bist aber weit weg von zu Hause, und das bei einem Wetter, bei dem man keinen Hund vor die Tür jagen würde.«

Matt antwortete mit einem Gähnen, bei dem er sich fast den Kiefer verrenkte. »Entschuldigung. Ich wäre hier drin fast eingeschlafen.« Er blinzelte. »Mein Vater und ich wollten zu Ed Saunders, dem Mann da.« Matt deutete durch die beschlagene Scheibe auf den Randstein.

»Das muss sehr wichtig gewesen sein, wenn ihr euch in diesen Sturm hinauswagt«, meinte Martin Gray.

»Zumindest kam es mir so vor. Ich erzähle die Geschichte besser von Anfang an.« Er berichtete dem Detective von der Simulation und den Problemen, die daraus entstanden waren. »Besteht Grund zu der Annahme, dass Saunders ermordet wurde?«, fragte er schließlich.

»Du bist nicht unbedingt tatverdächtig«, lautete Martin Grays knappe Antwort, »aber jetzt verstehe ich, warum der Verstorbene das hier in der Tasche hatte.« Er hielt ein Stück Papier in die Höhe. »Ich nehme an, das ist dir nicht aufgefallen.«

Matt schauderte. »Ich habe nur versucht, ihn wieder zu beleben.« Wider Willen erinnerte er sich an das unangenehme Knistern von Saunders' vereister Jacke unter seinen Händen, als er versucht hatte, ihn zu beatmen.

»Anscheinend hat Saunders an einer Erwiderung an die Anwälte gearbeitet, von denen du mir erzählt hast.« Detective Gray hielt ihm das Papier hin. Es war ein Computerausdruck, aber jemand hatte mit einem klecksenden Kugelschreiber zwischen den sauberen Lettern herumgeschmiert. Ganze Zeilen waren überschrieben und neue Abschnitte von Hand eingefügt worden. »Ist das der Name der Anwaltskanzlei? Erkennst du einen der Namen in der Liste hier unten wieder?«

Während Matt die Adresse der Kanzlei oben auf dem Brief studierte, erhaschte er einen Blick auf eine Liste, die vermutlich die User von Eds Simulation enthielt. Auf der linken Seite standen die Namen, auf der rechten die Adressen, die Martin Gray jedoch eilig abdeckte. »Das ist die Kanzlei«, bestätigte Matt. »Wie gesagt, ich kenne die echten Namen der Anwender nicht, nur die Figuren, die sie verkörpern.«

Während er sprach, versuchte er fieberhaft, sich die echten Namen einzuprägen. Leider gelang es ihm nur, sich einen Namen mit Adresse sowie den Namen in der nächsten Zeile zu merken.

T. Flannery, 2545 Decatur Place. Hoffentlich vergaß er das nicht sofort wieder. Der nächste Name war K. Jones; mehr

374

konnte Matts von Müdigkeit und Schock benebeltes Gehirn nicht aufnehmen. Er wiederholte die Information im Stillen, bis sein Kopf davon widerzuhallen schien. »Glauben Sie, einer von denen hat … das getan?« Matt deutete auf die Szene vor dem Fenster. Inzwischen waren weitere Beamte eingetroffen, die Fotos machten und die Gegend untersuchten. Jetzt traten sie beiseite, damit die Sanitäter Ed Saunders in einem Leichensack verstauen konnten.

»Ich weiß es nicht. Ehrlich gesagt, wäre ich normalerweise gar nicht hier, aber der leitende Beamte ist ein Freund von mir, und ich war zufällig in der Gegend.« Detective Gray zuckte die Achseln. »Wenn jemand, der nicht in ärztlicher Behandlung ist, verstirbt, gilt das immer als potenziell verdächtig.«

Matt schüttelte den Kopf. »Ich weiß ja, dass man in der Schule für alles ein Attest braucht – aber *dafür*?«

Martin Gray lachte, wurde aber schnell wieder ernst. »Mr Saunders dürfte es ziemlich egal sein, Matt.«

Leif lag, umgeben von Büchern über die Callivants, im Bett, als der Klingelton für eingehende Anrufe ertönte. Er schwang beide Beine auf den Boden und aktivierte die Konsole in seinem Zimmer. Einen Augenblick später erschien ein Holo-Bild von Matt, dessen Gesicht rosig glühte. Bevor er etwas sagen konnte, nieste Leif kräftig. Es klang wie eine Trompetenfanfare.

»Ich bin wohl nicht der Einzige, der bei dem Wetter draußen war«, schloss Matt messerscharf und rieb sich die Wangen. »Mein Gesicht ist immer noch taub.«

»Klingt entzückend.« Leif nieste erneut und griff hastig nach einem Taschentuch für seine laufende Nase.

375

»Nicht so entzückend wie deine Erkältung«, parierte Matt grinsend. »Du bist so gar nicht dein gepflegtes Selbst.«

Leif sah an dem alten Trainingsanzug herunter, den er als Schlafanzug benutzte. Er verzog die Nase: Seine Mutter hatte darauf bestanden, ihm die Brust mit einer stechend riechenden Kräutersalbe einzureiben. »Sei froh, dass du mich nicht riechen kannst.« Er sah seinen Freund neugierig an. »Was hat dich in den tobenden Sturm hinausgetrieben? Hat es was mit deinen Problemen zu tun?«

Matt nickte. »Jetzt habe ich ein neues. Ed Saunders ist tot, und die Polizei ermittelt.«

Leif hörte auf, sich die Nase zu putzen. »Meinst du, einer deiner Spielgefährten hat ihm das Ultimatum derart übel genommen?«

»Wer weiß? Soweit mir bekannt ist, hat er keinen von uns wissen lassen, wie die Sache ausgegangen ist. Ich habe versucht, ihn anzurufen, aber nur seinen Anrufbeantworter erwischt. Deswegen sind mein Vater und ich schließlich mit der U-Bahn zu ihm gefahren, um die Sache im persönlichen Gespräch zu klären. Einen halben Block von seiner Wohnung entfernt sind wir dann auf ihn gestoßen – er lag buchstäblich in der Gosse.«

»Was ist passiert? Ein heimtückischer Mord? Fahrerflucht? Ein herabstürzender Eiszapfen?« Leif war geradezu enttäuscht, als er erfuhr, dass Saunders vermutlich bei einem Sturz auf dem vereisten Bürgersteig ums Leben gekommen war.

»Davids Vater hat einfach keinen Sinn für Dramatik«, mäkelte Leif.

»Den kann er in seinem Beruf bestimmt nicht gebrauchen«, hielt Matt dagegen. Als er den Brief und die beigefügte Liste beschrieb, erwachte Leifs Interesse erneut.

»*Ed Saunders' Liste*«, verkündete er mit unheilschwangerer Stimme. »Nein, das ist kein guter Titel. *Die Liste des Edward Saunders.* Oder vielleicht *Der merkwürdige Fall des Edward Saunders.*«

»Das Buch, das du in der Hand hältst, dürfte nur schwer zu schlagen sein«, erwiderte Matt. »*Fehlverhalten und Kriminalität in der Politik.* Was ist das?«

Leif hielt das Buch in die Höhe, das er mitgebracht hatte. »Hab ich mir von Mrs O'Malley geliehen. Da ist einiges über den Todesfall in Haddington drin.«

»Der ist im Augenblick mein geringstes Problem«, erwiderte Matt. »Mich beschäftigt eher, wie sich dieser Todesfall in Washington auf die Geschichte mit den Callivant-Anwälten auswirkt.« Matt zögerte einen Augenblick. »Ich konnte einen Blick auf die Liste werfen, über die du Witze gerissen hast.«

»Tatsächlich? Hast du irgendjemand wieder erkannt?« Leif grinste. »Ich habe schon immer vermutet, dass Maj Greene insgeheim eine Schwäche für Lucullus Marten hat.«

Matt schüttelte den Kopf. »Weder Freund noch Feind, und auch keine stadtbekannten Mörder. Nur ein Haufen unbekannter Namen.«

Leif sah das Bild seines Freundes erwartungsvoll an. »Hast du alle aufgeschrieben? Wir könnten sie überprüfen.«

»Ich habe einen Namen mit Adresse und einen weiteren Namen«, erklärte Matt verlegen.

»Das ist alles?«, fragte Leif.

»Ich hatte mich gerade durch einen Sturm gekämpft, während über meinem Haupt das Damoklesschwert eines Prozesses hing. Dann finde ich einen Toten und versuche, eine kalte Leiche wieder zu beleben. Als ich praktisch steif gefroren bin, werde ich als Mordverdächtiger in einen Strei-

377

fenwagen verfrachtet, in dem die Heizung auf Hochtouren läuft. Ich war gerade eingeschlafen, als Davids Vater anfing, mir Fragen zu stellen.«

»Zumindest hast du dir zwei von fünf gemerkt.«

Matt blickte finster drein. »Eher einen von fünf. Weißt du, wie viele K. Jones es in dieser Stadt gibt?«

Leif lachte, musste aber sofort husten. »Ganz zu schweigen von den Vororten. Ich nehme an, das war der Name ohne Adresse?«

Matt nickte. »Der andere war T. Flannery.« Er spulte den Rest der Adresse herunter.

»Decatur Place?« Leif schloss die Augen und versuchte, sich den Stadtplan vorzustellen. »Das ist eine Straße oben am Dupont Circle. Eine ziemlich noble Gegend.« Es handelte sich um ein Gebiet im Nordwesten Washingtons, wo Baulöwen mit Anwohnern, die die alten Gebäude erhalten wollten, im Clinch lagen. »Hast du das schon überprüft?«

»Unter dieser Adresse ist nirgendwo ein T. Flannery verzeichnet«, erwiderte Matt.

»Und warum sollte jemand sogar für eine nichtkommerzielle Testsimulation wie die von Saunders eine geheime Verbindungsnummer angeben?« Leif konnte ein Lächeln nicht unterdrücken. »Allmählich verstehe ich, warum du dich an mich wendest.«

Ohne die Verbindung zu unterbrechen, fuhr Leif seinen Computer hoch und fing an, Befehle zu geben. Er hatte nicht nur Zugriff auf Kommunikationscodes, sondern auch zu einer breiteren Palette von Rückverfolgungsprogrammen und Datenbanken als Matt – manche davon waren sogar legal.

»Im Adressbuch der Stadt ist unter dieser Adresse kein T. Flannery aufgeführt«, verkündete Leif mit einem Blick auf den

Anzeigeschirm, der nun neben Matts Kopf schwebte. »Keine Miet- oder Hypothekenzahlungen. Andererseits sehe ich hier Strom- und Wasserrechnungen. Außerdem ist das Anwesen an die Kanalisation angeschlossen. Es handelt sich also nicht um unbebautes Land. Aber wem gehört das Grundstück?«

Einen Augenblick später betrachtete er stirnrunzelnd das Ergebnis seiner Suche.

»Was ist los?« Matt beugte sich vor, als könnte er so den Bildschirm neben Leif sehen.

»Das Anwesen 2545 Decatur Place gehört der römisch-katholischen Diözese von Washington. Es ist die St.-Adelbert-Kirche.« Leif warf seinem Freund einen Blick zu. »Das heißt, du hast dich entweder verlesen, oder T. Flannery verwendet eine falsche Adresse.«

»Das war ein Ausdruck«, hielt Matt dagegen, »und diese Adresse war wahrscheinlich der einzige Teil des Briefes, in dem nicht herumgeschmiert wurde.« Er überlegte einen Augenblick. Dann schüttelte er entschlossen den Kopf. »Ich glaube nicht, dass ich mich geirrt habe.«

»Es handelt sich also um jemand, der sich hinter einer Kirche versteckt. Jemand …« Leifs triumphierende Worte wurden von einem weiteren Nieser unterbrochen.

»Gesundheit«, wünschte Matt. »Bloß gut, dass ich nur in Holo-Form hier bin. Deine Erkältung möchte ich nicht haben.«

»Danke für dein Mitgefühl«, erwiderte Leif sarkastisch. »Wir haben es hier mit jemandem zu tun, dem ich es durchaus zutrauen würde, dass er in geheimen Akten herumschnüffelt.« Er legte eine dramatische Pause ein. »Jemandem, der Grund haben könnte, Saunders für immer zum Schweigen zu bringen.«

Das war zu viel für Matt. »Ach hör doch auf!«, platzte er heraus. »Die Sache war ein Unfall. Morgen wirst du überall von den Opfern des Schneesturms hören. Jede Menge Schnee und Eis heißt jede Menge Unfälle. Wie viele Leute sich verletzt haben, weil sie auf dem Eis ausgerutscht sind, kannst du dir selbst ausrechnen.«

»Wie viele wohl ums Leben gekommen sind?« Leif legte den Kopf schief. Ein Ausdruck widerwilliger Bewunderung trat in seine Augen. »Wenn man jemanden loswerden will, gibt es keinen besseren Zeitpunkt.«

»Selbst Davids Vater meint, es war ein Unfall – und der ist schließlich Detective bei der Mordkommission.« Matt verschränkte herausfordernd die Arme.

»Ein Detective der Mordkommission bei einem Unglücksfall, der normalerweise von ein paar Streifenbeamten, dem Leiter der örtlichen Polizeidienststelle und einem Kriminalmediziner bearbeitet wird? So läuft das zumindest in New York.« Eine ältere Nachbarin der Andersons war in der Lobby ihrer Eigentumswohnanlage tot umgefallen. Obwohl sie reich war – sonst hätte sie nicht in dem Haus gewohnt –, war die New Yorker Polizei nicht zu weiteren Maßnahmen bereit.

Aber Matt hörte ihm gar nicht richtig zu. Er war immer noch mit der Adresse von vorhin beschäftigt. »Könnte dieser T. Flannery obdachlos sein? Ich weiß, dass sich die Situation zwar verbessert hat, aber das Problem ist noch lange nicht gelöst. Manchmal bieten die Kirchen solchen Leuten eine Unterkunft an.«

»Und natürlich auch Zugang zu ihren Computersystemen, damit die Obdachlosen Detektiv spielen können.« Leif schüttelte den Kopf. »Das kommt nicht hin, Matt.«

Er wandte sich wieder seinem Computer zu. »Aber das lässt sich schließlich überprüfen.« Er rief den Kommunikationscode der St.-Adelbert-Kirche ab und wies sein System an, die Verbindung herzustellen.

Einen Augenblick später erschien neben Matt das Bild eines jungen Mannes im Sporthemd. Er saß mit einem Bündel Papieren in der Hand an einem Schreibtisch. »Pfarramt St. Adelbert«, meldete er sich höflich.

»Ich bin auf der Suche nach einem T. Flannery, und man hat mir diese Nummer gegeben«, erklärte Leif.

Der junge Mann am anderen Ende der Verbindung lächelte entschuldigend. »Ich fürchte, Pater Tim ist im Augenblick im Krankenhaus. Sie wissen schon, die vielen Unfälle gestern Abend. Geht es um ein Ministrantenamt? Da könnte ich Ihnen weiterhelfen. Oder möchten Sie lieber eine Nachricht hinterlassen?«

»Eine Nachricht für Pater Tim. Ja, das ist wahrscheinlich das Beste.« Leif konnte ein Grinsen kaum unterdrücken. Er hinterließ seinen Namen und seinen Kommunikationscode. »Sagen Sie ihm, es geht um ein Geheimnis – ein trauriges Geheimnis.«

Spurlos ... 07

Als Pater Flannery zurückrief, saß Matt in Leifs Zimmer – wie er Leif erklärt hatte, war ihm das persönliche Gespräch so wichtig, dass er die Ansteckungsgefahr ignorieren wollte. Beim Klang von Flannerys Stimme wusste Matt sofort, wen er in der Simulation verkörperte.

Der Priester war jünger als die Figur, die er darstellte. Sein Gesicht war zwar so rot wie das von Spike Spanner, aber er war viel schlanker und hatte dichte rotbraune Locken. Sein Blick wirkte wesentlich milder als der des grobschlächtigen Privatdetektivs, wurde aber sofort schärfer, als er Matt sah. »Mr Anderson, nehme ich an?«

»Eine durchaus begründete Annahme«, erwiderte Leif, »schließlich haben Sie meinen Freund ja schon unmaskiert in Mr Saunders' virtuellem Büro gesehen. Aber ich bin tatsächlich Leif Anderson und in diesem Fall nur ein interessierter Zuschauer. Mein Freund ist Matt Hunter.«

»Junger Mann, sind Sie sicher, dass Sie nicht an der Simulation beteiligt sind? Sie sehen zwar nicht aus wie Lucullus Marten, aber Sie klingen genau wie er«, sagte der Priester misstrauisch. »Ihr Ton erinnert mich an die Nachricht, die ich gerade über Virtmail erhalten habe.«

Er hielt einen Ausdruck der Botschaft in die Höhe, die auch Matt in die Kälte hinausgetrieben hatte, um sich mit seinem Freund zu beraten. Viel war nicht dran:

Wenn Sie heute Abend um sieben Uhr zur unten angegebenen Adresse kommen, erfahren Sie etwas für Sie Wichtiges.

Darunter waren die Koordinaten einer Netzsite angegeben. Kein Briefkopf, kein Absender. Die Jungen hatten die Nachricht so weit wie möglich zurückverfolgt, aber es sah so aus, als wäre sie stundenlang ziellos durch das internationale Computer-Netzwerk geirrt. Woher sie ursprünglich kam, ließ sich nicht feststellen.

»Ich habe auch so eine«, erklärte Matt.

»Solche Aufforderungen haben die Detektive der klassischen Kriminalliteratur in Zeitungen veröffentlicht, wenn sie einen Zeugen ausfindig machen wollten.« Pater Flannery beäugte sie immer noch misstrauisch. »Würde zu Lucullus Marten passen.«

»Oder zu Milo Krantz«, gab Matt zurück.

»Seien wir ehrlich, solche Nachrichten gibt es schon seit Sherlock Holmes. Wer auch immer in der Simulation mitspielt, kennt diese Tradition, davon müssen wir ausgehen.« Leif nickte höflich. »Das gilt auch für Sie, Pater.«

»Ich kann Ihnen versichern, dass ich mit den illegalen Computerzugriffen, die diese ganze Sache ausgelöst haben, nichts zu tun habe«, verwahrte sich Pater Flannery steif. »Ich bin bereit, meinen Computer prüfen zu lassen, um das zu belegen.«

Matt sah Leif an, doch der wandte den Blick ab. Es gab nicht viele Menschen, die Fremde an ihre privaten Dateien ließen. »Ich glaube ihm«, sagte Matt.

»Dann kennen wir die wahre Identität von zwei der sechs Spieler in Ed Saunders' Simulation«, fasste Leif die Situation zusammen. »Matt, du bist so eine ehrliche Haut, dass du dich nie im Leben in Behördenakten oder auch nur in Mr Saunders' Computer einhacken würdest. Vermutlich hat der bewusste Hacker auch Saunders' Akten durchstöbert. Wenn es dieser Person tatsächlich gelungen ist, sich Zugang zu offiziellen Archiven zu verschaffen, muss Saunders' Rechner im Vergleich dazu ein Kinderspiel gewesen sein. Höchstwahrscheinlich stammt die Verteilerliste für diese Virtmail-Nachrichten also von Saunders. Ich würde wetten, dass die meisten, wenn nicht alle Mitspieler diese Botschaft bekommen haben.«

Pater Tim nickte. Offenbar hatte ihn Leifs Logik überzeugt. »Allerdings nehme ich an, dass Sie nicht der Absender sind, weil Sie schon bei mir angerufen und Ihre Nummer hinterlassen hatten, bevor ich die Nachricht erhielt. Ich wüsste nicht, warum Sie sich solche Umstände machen sollten, wo Sie mich doch schon direkt kontaktiert hatten.« Trotzdem wirkte er nicht sehr zufrieden und bestimmt nicht freundlich. »Damit bliebe die Frage, wie Sie an meine wahre Identität und Adresse gekommen sind, obwohl Sie aus der Simulation nur meinen Proxy kennen.«

»Pater Tim, ich weiß nicht, ob Sie gehört haben, dass Ed Saunders tot ist. Mein Vater und ich haben die Leiche gefunden«, erklärte Matt. »Ich hatte mit meinen Eltern über einen möglichen Rechtsstreit gesprochen. Als das Ultimatum verstrich, ohne dass wir von Ed Saunders gehört hatten, stürzten wir uns in den Sturm, um persönlich mit ihm zu reden.« Er schauderte. »Dafür kamen wir allerdings zu spät.«

»Ein entsetzlicher Unfall«, sagte Pater Tim mitfühlend. »Ich habe in der *Washington Post* davon gelesen.«

»Bei der Befragung zeigten mir die Polizisten den Entwurf eines Briefes, den Ed an die Anwälte schicken wollte. Ich konnte zwei Namen und eine Adresse erkennen. Ihre.«

»Da kann ich mich ja glücklich schätzen.« Der Priester zuckte lächelnd die Achseln. »Zwei von sechs. Nicht gut genug für Monty Newman.«

»Für Spike Spanner aber auch nicht«, meinte Leif. »Wieso haben Sie sich eigentlich solch einen ungehobelten Typen wie den Spikester ausgesucht, Pater Flannery?«

»Ich kenne den Spikester, wie Sie ihn nennen, aus einer alten Flachfilmserie, die im letzten Jahrhundert im Fernsehen lief. Ich wurde zum Fan und habe im Laufe der Jahre alle Episoden sowie die verschiedenen Filme und Bücher aufgestöbert.«

»Gab es nicht erst vor kurzem eine Holo-Serie mit Spike Spanner?«, fragte Matt.

Pater Flannery schnaubte verächtlich. »Ja, da turnte so ein ehemaliges männliches Fotomodell herum und gab sich als harter Bursche. Die alte Fassung war viel besser.« Dann zuckte er die Achseln und grinste. »Ich dachte mir, was so ein Fotomodell kann, kann ich schon lange.«

Leif kicherte. »Spanner hält aber nicht gerade die andere Wange hin.«

»Nein, der schlägt lieber zu, bevor es die anderen tun«, erwiderte der Priester lachend. »Ich muss zugeben, die Rolle war für mich ein Mittel gegen die Frustration, die meine Arbeit mit sich bringt. Manche meiner Freunde vom Priesterseminar reagieren sich stattdessen beim Sport ab.«

»Ihre Vorgesetzten hätten also kein Problem damit?«, drängte Leif.

»Nicht mit der Simulation.« Pater Flannerys Gesicht verdüsterte sich. »Sollte man mir jedoch vorwerfen, dass ich mich illegal in der Öffentlichkeit nicht zugängliche Datenbanken der Regierung einhacke, um eine Krimisimulation zu gewinnen, würde ich gewaltigen Ärger bekommen.«

Matt deutete auf den Ausdruck, den Flannery immer noch in der Hand hielt. »Sehe ich Sie oder vielmehr Spike um sieben?«

Pater Flannery nickte unglücklich. »Ich bin neugierig oder vielleicht verzweifelt genug hinzugehen. Allerdings wüsste ich gern, wer unser Gastgeber ist.«

»An Ihrer Stelle würde ich wissen wollen, wer überhaupt alles in der Simulation mitspielt.« Leifs Augen nahmen einen träumerischen Ausdruck an. »Vielleicht kann ich da was tun.«

385

Für jemanden, der auf den elektronischen Straßen unterwegs ist, wirkt das Netz wie ein in Neonfarben leuchtendes Kaleidoskop, eine sich ständig wandelnde Stadtlandschaft, deren vibrierende Farben vor einem nachtschwarzen Hintergrund funkeln.

Leif hatte sich entschieden, tatsächlich nach der Identität der Teilnehmer zu forschen. Kurz nachdem Pater Flannery die Verbindung beendet hatte, brach Matt auf. Leif wartete, bis sein Freund gegangen war. Dieser war ein wenig verärgert, weil Leif ihm nicht sagen wollte, wie er vorgehen wollte. Aber manchmal war es besser, wenn man nicht alle Einzelheiten kannte, das war zumindest Leifs Ansicht. Das galt ganz besonders für den grundehrlichen Matt, der Martin Gray und seinem Vater von der anonymen Nachricht erzählt hatte, noch bevor er zu Leif kam. Nicht, dass die Polizei Matt auf dem Laufenden halten würde, wenn sie aufgrund dieser Information überhaupt etwas unternahm. Matt meinte, Mr Gray wäre nicht besonders interessiert gewesen. Offenbar hielt die Polizei einen Unfall in diesem Fall für wahrscheinlicher als Mord. Nein, dachte Leif, wenn er und Matt wirklich wissen wollten, was hinter dem Fall steckte, mussten sie sich schon selbst darum kümmern.

Kaum war Matt zur Tür heraus, da fuhr Leif auch schon seinen Computer hoch. Die Person, die er kontaktieren wollte, hielt sich nicht mehr an der Adresse auf, die Leif hatte, daher musste er ein wenig nach ihr suchen.

Schließlich fand er, was er brauchte, setzte sich auf seinen Computer-Link-Stuhl, schloss die Augen und gab den Befehl. Einen Augenblick lang spürte er in seinem Gehirn ein höchst unangenehmes statisches Knistern, dann schoss er durch die Leuchtgebilde des Netzes. Sein wilder Flug führte

ihn in einen relativ ruhigen Teil der grellen Metropole, weit
entfernt von den pompösen Sites der großen Unternehmen.
Sein Ziel befand sich in einem der schlichteren, kastenarti-
gen virtuellen Konstrukte, die die Netzpräsenz kleinerer Firmen beherbergten.

Laut der Informationstafel an dem Gebäude, das sein Ziel
war, waren dort ein Importeur für knappe brasilianische Ba-
demode (mit Bild), ein Stammbaumforscher und ein Uhrma-
cher untergebracht.

Altmodischer geht's nicht, dachte Leif. Wahrscheinlich
werden im Keller Pferdehufe beschlagen.

Bei manchen Einträgen war nur ein Firmen- oder Famili-
enname angegeben. Bei der Suite 1019, zu der Leif wollte,
stand gar nichts.

Leif schoss in den zehnten Stock und wanderte dort über
einen anonymen Korridor mit langen Reihen leuchtender
Türen, die sich glichen wie ein Ei dem anderen. Der Eingang
zu Suite 1019 war nicht versperrt. Hier gab es keine Sicherheitsbedenken. Ungeladene Gäste trugen selbst die Verantwortung für Schäden an ihren Dateien, Systemen und – so
wie er den Burschen hinter dieser Fassade kannte – möglicherweise auch ihrer persönlichen Gesundheit.

Leifs virtuelle Gestalt holte tief Atem und trat ein. Die Einrichtung war spartanisch – wäre der leere Raum real gewesen, hätte es bestimmt ein prächtiges Echo gegeben. Wände,
Decke und Boden waren völlig schmucklos. Auf dem einzigen Schreibtisch stand ein Computer, der aus der Zeit der
Jahrhundertwende zu stammen schien. Über dem kastenför-
migen Rechner schimmerte ein Flachbildschirm, davor lag
eine altmodische Tastatur.

Als Leif näher kam, leuchtete der Bildschirm plötzlich auf.

Lange nicht gesehen, las er auf dem Display.

»Muss ich meine Antwort eintippen?«, fragte Leif in die Luft hinein.

Wir hören alles, auch wenn wir nicht immer alles wissen, antwortete der Bildschirm.

Leif schüttelte den Kopf. Dieser Hacker war schwer zu erwischen, weil er seine virtuelle Adresse so oft wechselte. Manchmal fragte Leif sich, ob er überhaupt für seine Büroräume zahlte. Außerdem nahm er (zumindest ging Leif davon aus, dass es ein »er« war) nie direkten Kontakt mit seinen Klienten auf.

Die Kommunikation erfolgte immer über irgendeine merkwürdige Vorrichtung. Einmal hatte Leif hinter einer Tür wie der, durch die er soeben gegangen war, eine originalgetreue Kopie der Kommandobrücke eines Raumschiffs vorgefunden, wie er sie aus alten Sciencefiction-Programmen kannte. Damals hatte er mit einer silbrigen Frauenstimme verhandelt.

Welches Problem liegt vor?, fragte der unbekannte Hacker. *Ich habe doch gesagt, wir wissen nicht alles.*

»Ein Freund von mir trifft sich heute Abend mit Leuten, die er nicht kennt. Sie werden alle ihre Proxys verwenden, aber er braucht ein Tracer-Programm, um herauszufinden, wer sich dahinter verbirgt.«

Ich hoffe, dein Freund hat ein dickes Bankkonto, blinkte es auf dem Bildschirm.

»Die Kosten übernehme ich – in vernünftigem Rahmen«, ergänzte Leif hastig. »Gibt es da technische Probleme oder ist es nur eine Zeitfrage?«

Nachdem Leif auf Anfrage Zeitpunkt und Ort des Treffens angegeben hatte, blieb der Bildschirm eine Weile leer. Dann kam die Antwort. *Sechs Stunden ab jetzt – nicht optimal, aber möglicherweise lässt sich ein bereits vorhandenes Produkt anpassen.*

Dann wurde gefeilscht wie auf einem orientalischen Basar. Nachdem sie sich auf eine Summe geeinigt hatten, die höher war, als Leif erwartet hatte, aber nur bei rechtzeitiger Lieferung fällig wurde, wollte er aufbrechen.

Aber der Computer war noch nicht fertig. *Das verfügbare Programm erfordert den Kontakt mit der virtuellen Gestalt der zu verfolgenden Personen,* blinkte der Monitor. *Irgendeine Ahnung, wie wir an einen entsprechenden Vektor kommen?*

Leif fing an zu grinsen. »Zufällig habe ich da einen ausgezeichneten Vorschlag.«

Als Matt sich seinem Ziel näherte, verschwammen die sonst so leuchtenden Farben des Netzes zu dämmrigen Umrissen. Das überraschte ihn nicht. Hier draußen im virtuellen Nirwana investierte niemand in augenfällige Werbung. Für wen auch? Unter ihm erhellte ein schwaches weißes Licht endlose Reihen gesichtsloser schwarzer Kästen, die sich bis zum virtuellen Horizont erstreckten, wie Chips auf einer riesigen Leiterplatte oder – um es poetischer zu sagen – wie Mausoleen auf einem Friedhof.

Hier wurden Informationen begraben. Offiziell hieß das Ganze langfristige Archivierung, aber die meisten Leute sprachen von toten Daten.

Noch bevor er und Leif die Adresse auf der Virtmail-Einladung entschlüsselt hatten, hatte Matt vermutet, dass diese Gegend sein Ziel war. Jeder der überdimensionalen Kästen enthielt Regierungs- oder Firmenunterlagen, Dokumente, die kaum jemals benötigt wurden. Hier sollten die Daten sicher und ungestört ruhen, für den unwahrscheinlichen Fall, dass sie noch einmal benötigt wurden.

Manchmal brachen Hacker in diese Kästen ein, löschten Daten und verwendeten den Platz für eigene Programme wie virtuelle Besprechungszimmer und manchmal sogar illegale Simulationen.

Das mag ja in Ordnung sein, wenn sie die ausstehenden Büchereigebühren von 2013 löschen, dachte Matt. Aber was ist, wenn jemand beweisen muss, dass er vor zwanzig Jahren seinen Militärdienst geleistet oder irgendwelche Antragsformulare richtig ausgefüllt hat?

Er unterdrückte die Wut, die immer in ihm aufstieg, wenn Leute irgendwo herumblödelten, wo sie nichts zu suchen hatten. Auf absurde Art fand er diesen so eindeutig heimlichen Treffpunkt beruhigend. Seit er die Nachricht erhalten hatte, war er das nagende Gefühl nicht losgeworden, dass ihm die Callivant-Anwälte eine Falle stellen wollten. Aber das hier sah ganz nach einem Hacker aus – nach einem Amateur, der sich in die Enge getrieben fühlte.

Schließlich gelangte er zu einem großen düsteren Kasten, der sich auf den ersten Blick nicht von den Konstrukten auf beiden Seiten unterschied. Aber die Virtmail-Einladung hatte diese Adresse angegeben. Hoffentlich neigt der Verfasser nicht zu Tippfehlern, sagte sich Matt, als er eintrat.

Er war am richtigen Ort. Der Innenraum war wie eine dämmrige Lagerhalle programmiert. Genau das sind diese Dinger ja eigentlich, dachte Matt. Aber es war auch ein Treffpunkt, wie ihn sich ein Fan von Dreißigerjahre-Krimis aussuchen würde. In dem hallenden Raum herrschte fast völlige Dunkelheit, die nur von ein paar vereinzelten Lampen mit Blechschirmen erhellt wurde.

Da draußen in der Finsternis könnte sich eine ganze Armee verstecken, dachte Matt, nahm aber an, dass sich nur fünf Leute dort aufhielten. Er konnte sie sogar atmen hören. Das Problem war nur, dass sich niemand verraten wollte, damit die anderen nicht dachten, er oder sie hätte das Treffen einberufen. Das würde nämlich die Frage aufwerfen, wie der Betreffende an die echten Namen gekommen war. Bis zu der Vermutung, dass diese Person an den ganzen Problemen schuld war, war es dann nur noch ein kleiner Schritt.

Sieht aus, als wären wirklich nur Amateure unterwegs, dachte Matt. Nur gut, dass ich die Sache mit Leif und Martin Gray besprochen habe.

Matt griff in seine Schultertasche und holte eine Taschenlampe heraus. Ihr grelles Licht schlug eine Schneise in die Dunkelheit. »Ist hier jemand?«, rief er.

Der Lichtkegel erfasste zwei Gestalten – die Slimms. »Siehst du, Mick?«, sagte Maura zu ihrem Ehemann. »Ich habe dir doch gesagt, wir sollen eine Lampe mitbringen.«

Jetzt, nachdem Matt die Initiative ergriffen hatte, traten auch Marten, Krantz und Spanner ins Licht.

»Es ist wohl keine Überraschung, dass wir alle hier sind.« Marten stützte sich schwer auf seinen Stock. »Mir war gleich klar, dass ich kommen musste, als ich heute Morgen die anonyme Einladung erhielt. Selbstschutz ist eine starke Motivation.«

»Sie meinen wegen der Anwälte?«, fragte Krantz.

»Nein, ich rede von meinem Leben. Die Umstände von Mr Saunders' Tod ...«

»Ach hören Sie doch auf!«, platzte Matt heraus. »Der ist vor seinem Haus auf dem Glatteis ausgerutscht und hat sich den Schädel eingeschlagen. Ich war da – woher wissen Sie überhaupt so viel darüber?«

Marten funkelte ihn herausfordernd an. »Ich habe meine Methoden. Wir wissen doch alle, dass ein Schädelbruch nicht immer die Folge, sondern manchmal auch die Ursache für einen Sturz ist. Wir müssen die Möglichkeit in Betracht ziehen, dass der kürzliche Sturm für jemanden nur eine günstige Gelegenheit darstellte, einen Mord zu vertuschen.«

»M...mord?«, wiederholte Maura Slimm verunsichert.

Mick nahm ihren Arm. »Also gut, Marten, oder wer auch immer Sie sein mögen. Natürlich haben wir von solchen Fällen gehört, aber die gibt es doch wohl eher in Kriminalromanen.«

»Wieso halten Sie es überhaupt für wahrscheinlich, dass Saunders ermordet wurde?«, mischte sich Krantz ein. »Man kann doch höchstens von einer Möglichkeit sprechen. Meinen Informationen zufolge spricht selbst die Polizei von einem Unfall.«

»Und wann wird ein ›wahrscheinlicher‹ Unfall zu einem ›möglichen‹ Mord?«, wollte Marten wissen. »Wenn noch einem von uns ein unerwarteter Unfall zustößt? Oder gar einem Dritten?«

»Sie fantasieren doch, schließlich sind wir alle hier. Wir haben schon genug Ärger mit den Anwälten, die es auf Saunders' Simulation abgesehen haben, da müssen wir uns nicht noch neue Probleme einhandeln. Was wollen Sie denn tun?« Spike Spanner fühlte sich offenkundig unbehaglich. Besser gesagt, Pater Flannery sah sich mit höchst unerfreulichen Aussichten konfrontiert. »Wollen Sie zur Polizei gehen und behaupten, Sie wüssten möglicherweise von einem Mord? Welchen Verdächtigen wollen Sie denen denn präsentieren?«

»Die Anwälte, die hinter ihm her waren?«, fragte Maura Slimm hoffnungsvoll.

Milo Krantz sah Marten aus zu Schlitzen verengten Augen an. »Oder wollen Sie einen von uns anschwärzen und haben den Mord selbst begangen, um sich die Anwälte vom Hals zu halten?«

Matt sagte nichts, schließlich wusste er, dass die Polizei die Spieler und deren mögliches Motiv kannte. Bis jetzt hatte Detective Martin Gray niemanden verhört, weil Saunders' Tod offiziell weiterhin als Unfall behandelt wurde. Das würde auch so bleiben, falls der Gerichtsmediziner keine Beweise für das Gegenteil fand.

In Holo-Dramen lag der pathologische Bericht immer innerhalb kürzester Zeit nach dem Tod des Opfers vor. In Wirklichkeit ging das nicht so schnell. Wenn man David und seinem Vater glauben durfte, standen die Ergebnisse frühestens nach einigen Tagen zur Verfügung.

»Ich schlage ein Verteidigungsbündnis vor«, sagte Marten. »Wir brauchen alle jemanden, der uns den Rücken freihält. Im Augenblick können wir die anderen nicht informieren, wenn einer von uns bedroht wird.«

»Sollen wir etwa unsere wahre Identität preisgeben?«, fragte Krantz mit eisiger Stimme.

»Natürlich. Wie sonst sollen wir erfahren, ob sich weitere ›Unfälle‹ ereignen?« Marten beugte sich vor. »Ich bin dazu bereit, aber es müssen alle mitmachen.«

»Dafür, dass Sie angeblich erst heute Morgen eine Einladung erhalten haben, ist Ihr Plan aber ganz schön detailliert.« Spanners Stimme war voller Misstrauen.

»Stimmt.« Mick Slimm wandte den Blick nicht von Marten. »Bei Ihrem Vorschlag kann ein Einziger die Vereinbarung platzen lassen. Da der Hacker bereits unsere Namen kennt, profitiert er davon, wenn alle anderen einander misstrauen und deswegen nichts erfahren. Uns unter Druck zu setzen ist die beste Möglichkeit, einen Keil zwischen uns zu treiben.«

Marten funkelte ihn wütend an. »Wer gegen mich stimmt, macht sich aber erst recht verdächtig!«

»Das ist es, was ich an Kriminalromanen so hasse«, platzte Maura heraus. »Der Verbrecher weiß, dass wir höchstens raten können, wer er ist. Aber wir wissen, dass er unsere Identität kennt, oder vermuten es zumindest, und er vermutet, dass wir das vermuten …«

»Gute Frau«, unterbrach Marten sie, »was Sie da veranstalten, nennt man eine Schlussfolgerung ohne Fakten.« Er blickte in die Runde. »Wenn sich alle auf meinen Vorschlag einlassen, verfügen wir zumindest über einige Tatsachen, mit denen wir arbeiten können. Spricht sich nur einer dagegen aus, dann schafft allein das Tatsachen.«

»Ich denke, zwei Personen werden dagegen sein«, erwiderte Mick Slimm. »Maura und ich kennen uns im wirklichen Leben. Wir können uns gegenseitig den Rücken freihalten.«

»Vielleicht ist ohnehin alles vorbei, jetzt wo Saunders …« Maura brach ab. »Wir wissen noch nicht einmal, ob er überhaupt etwas an diese Anwälte geschickt hat.«

»Meinen Sie, die Kanzlei wäre nicht in der Lage, sich Zugang zum Computer des verstorbenen Mr Saunders zu verschaffen?«, polterte Marten. »Zumindest für die Polizei wäre das kein Problem.«

»Nur wenn sie ein Verbrechen vermutet«, korrigierte Milo Krantz ihn ungerührt. »Den Berichten entnehme ich, dass die Beamten von einem Unfall ausgehen. Das heißt, im Augenblick kennt ein verantwortungsloser Hacker unsere Iden-

394

tität. Durch Ihren Plan könnten weitere nicht weniger verantwortungslose Parteien in den Besitz dieser Information gelangen. Ich fürchte, damit kann ich mich nicht einverstanden erklären.«

»Danke für Ihr Vertrauen«, knurrte Spanner.

Marten nickte mit einer kaum merklichen Bewegung seines massigen Kopfes. »Nur fürs Protokoll: Was meinen Sie, Mr Spanner? Mr Newman?«

»Ich hätte nie gedacht, dass es einmal so weit kommen würde, aber ich bin auf Ihrer Seite«, verkündete Spanner. »Allerdings nur, wenn alle mitmachen.«

Matt zuckte die Achseln. »Sie haben mich zwar alle ohne Maske gesehen, aber wenn die anderen nicht mit Namen und Adresse herausrücken, behalte ich meine auch für mich.« Er griff erneut in seine Schultertasche. »Deswegen müssen wir uns schließlich nicht streiten. Ich wette, unser Gastgeber wird dafür sorgen, dass wir uns regelmäßig treffen. Wir könnten unser Kränzchen den Club der Detektive nennen.«

Er holte eine Flasche Champagner und Gläser heraus. »Wenn es schon nicht zu einem Bündnis reicht, können wir uns doch in aller Freundschaft misstrauen, nicht wahr?«

Er stellte die Gläser ab und entkorkte die Flasche. Dabei spritzte der Champagner Marten auf die Schuhe.

»Müssen Sie sich unbedingt wie ein Vollidiot benehmen, Monty?«, fragte der Dicke verärgert.

»Tut mir Leid, Boss.« Matt grinste. »Lust auf ein bisschen Sprudelwasser?«

»Sie kennen meinen Geschmack«, fuhr Marten ihn an. »Ich kann das Zeug nicht ausstehen.«

Matt zuckte die Achseln. »Ich weiß, dass Sie trockenen Apfelwein bevorzugen, aber ich glaube, dazu hätte ich die anderen nicht überreden können. Ihre Überredungskünste scheinen ja ebenfalls versagt zu haben.«

Beide Slimms nahmen ein Glas. Spike Spanner griff ebenfalls zu. Er reichte Krantz ein Glas, der ablehnend den Kopf schüttelte. »Nein danke, schließlich möchte ich im Vollbesitz meiner geistigen Fähigkeiten sein.«

»Seien Sie kein Spielverder… Oh, das tut mir aber Leid!« Spanner hatte sein Glas so schief gehalten, dass der Champagner auf die elegante Weste des Salonlöwen tropfte.

Krantz riss das sorgsam gefaltete Tuch aus der Brusttasche seines Sakkos und betupfte damit den Fleck. »Noch ein Grund, warum ich auf Alkohol verzichte. Dabei haben Sie kaum daran genippt!«

Auch Matt hielt sich zurück. Der säuerliche Geschmack behagte ihm nicht, und die Kohlensäure kitzelte ihn in der Nase. Leif hatte behauptet, die Flasche sei darauf programmiert, wie der beste Champagner zu schmecken, aber das war Matt völlig egal. Für ihn war die Flüssigkeit nur Mittel zum Zweck: Jeder, dessen Identität sie nicht kannten, war damit markiert worden.

Marten hätte wissen müssen, dass sein Vorschlag zum Scheitern verurteilt war, dachte Matt. Krantz hat sich ja klar genug ausgedrückt: Die Leute hinter diesen Proxys legen keinen Wert darauf, dass jemand, der ihnen möglicherweise einen Rechtstreit anhängen will oder ihnen gar nach dem Leben trachtet, ihre wahre Identität erfährt.

Er prostete den anderen zu, ohne selbst zu trinken, und grinste in die Runde, wie nur Monty Newman es konnte. *Leider wird sich das nicht verhindern lassen.*

Spurlos ... 08

»Schön, dass du wieder gesund bist«, begrüßte Megan Leif und hielt ihm die Tür auf. Er balancierte einen Stapel Bücher, der von den Stiefeln ihres Bruders gekrönt wurde.

»Während ich krank war, habe ich die Zeit genutzt, um das hier durchzuarbeiten.« Vorsichtig setzte er den Stapel auf einem Küchenstuhl ab. »Wenn deine Eltern zu Hause sind, würde ich mich gerne bei Ihnen dafür bedanken, dass ich mir das ganze Zeug leihen durfte.«

»Klar doch«, sagte Megan. »Aber erst prüfen wir die Bücher.«

»Prüfen?«, echote Leif. »Was soll das denn?«

»Ich will sichergehen, dass du keine Bilder von Nikki Callivant ausgeschnitten hast«, flötete Megan. »Soweit ich weiß, sind das die ersten Symptome für eine zwanghafte Zuneigung zu einer prominenten oder halbprominenten Persönlichkeit. Die Betroffenen hängen sich Bilder ihrer Idole an die Wände oder bauen sich zum Beispiel in einer Zimmerecke einen kleinen Schrein. Und eh man es sich versieht, ruft Nikki Callivant die Polizei, weil sie sich verfolgt fühlt.« Sie schüttelte den Kopf. »Ich will nicht, dass dir das passiert, Anderson. Ich habe nämlich keine Lust, mich für die Holo-Nachrichten interviewen zu lassen. Du weißt schon, was die Leute in solchen Fällen sagen: ›Er war immer so ein ruhiger Junge. Ich kann gar nicht glauben, dass er so was getan hat.‹«

»Aber ich würde doch nie ...«

Sie funkelte ihn an. »Zutrauen würde ich es dir. Je dümmer, desto besser.«

Leif verdrehte die Augen. »Danke, dass du so besorgt um

mich bist, aber ich habe kein persönliches Interesse an Nikki Callivant. Ich führe nur Recherchen durch, um Matt zu helfen.«

»Wenn er Ärger mit den Callivants hat, wird ein bisschen Recherche nicht reichen.«

»Ich habe bereits weitere Maßnahmen eingeleitet – was man von dir nicht gerade behaupten kann.«

Megan zuckte die Achseln. »Mich hat er ja auch nicht darum gebeten.« Grinsend beobachtete sie, wie Leif um Beherrschung rang.

Schließlich wechselte er das Thema. »Du hast doch bestimmt gehört, in welchem Zustand Matt den Typen, bei dem die Simulation lief, vorgefunden hat.«

»Ja.« Megan schauderte. »Ganz schön eklig.«

»Ich weiß nicht, ob du von den Drohungen gehört hast, die dieser Saunders vor seinem Tod ausgestoßen hat. Außerdem trug er einen Brief bei sich.« Er erzählte ihr von der Teilnehmerliste und berichtete, wie sie Pater Flannery gefunden hatten.

»Jemand – vermutlich der Hacker, der an dem ganzen Ärger schuld ist – hat ein Treffen der Möchtegern-Detektive einberufen. Ich habe ein Tracer-Programm in die Hände bekommen, mit dessen Hilfe Matt die Proxys der Teilnehmer durch das Netz zurückverfolgt hat.«

»Das hast du also einfach so in die Hände bekommen?«, neckte Megan.

Leif bekam rote Ohren. »Es war nicht viel Aufwand. Außerdem war es für einen Freund. Matt hat mich angerufen, als ich gerade die Bücher hier zurückbringen wollte. Heute Nachmittag wird er seinen Mitspielern gemeinsam mit dem Priester einen realen Besuch abstatten.«

Megan pfiff durch die Zähne. »Das könnte interessant werden.«

»Vor allem, weil einer von ihnen angedeutet hat, einer der Teilnehmer könnte Saunders ermordet haben.«

Megan warf ihm einen eigenartigen Blick zu. »Aber du glaubst das nicht, was?«

»Angesichts des Wetters, das damals herrschte, halte ich es für wahrscheinlicher, dass ihn die vereisten Straßen das Leben gekostet haben.«

Sie nickte. »Aber selbst um den Hacker zu finden, braucht Matt mehr als eine Liste der Verdächtigen. Er ist zu …«

»… ehrlich?«, schlug Leif vor, als sie zögerte.

Sie zuckte die Achseln. »So ungefähr. Ich hatte mehr an ›direkt‹ und ›naiv‹ gedacht.«

»Ich habe mich gefragt, ob du uns vielleicht diskret unterstützen könntest«, erklärte Leif.

»Wie?«, fragte sie ohne Umschweife.

»Vielleicht kommen wir über die Callivant-Schiene weiter. P.J. Farris hat Karten für einen Wohltätigkeitsball. Angeblich wird Nikki Callivant mit ihrer Familie da sein.«

»Du bist wirklich von ihr besessen!«, rief Megan anklagend.

»Nein, bin ich nicht«, erwiderte Leif, »weil ich nämlich gar nicht da sein werde. Ich habe Hausarrest, schon vergessen? Aber ich glaube immer noch, dass Nikki uns Zugang zu dieser Familie verschaffen könnte. Sie ist in unserem Alter. Auch wenn sie nicht in unseren Kreisen verkehrt, mit P.J. wird sie schon reden.«

»Eine Callivant und der Sohn eines Senators. Ja, das könnte klappen.« P.J. riss gerne Witze darüber, dass sein Vater, »der ehrenwerte Vertreter des großen Staates Texas«, im Senat saß. Aber er sah fantastisch aus, und angesichts seiner politischen Verbindungen würde es ihm bestimmt gelingen, die Aufmerksamkeit von Nikki Callivant zu erregen. Megan sah Leif misstrauisch an. »Und wo komme ich ins Spiel?«

»P.J. kann ja schlecht allein gehen ...« Bevor Megan explodieren konnte, hob er eilig die Hand. »Außerdem halte ich es für besser, wenn ihr Nikki zu zweit bearbeitet. Schlimmstenfalls könnt ihr *good cop/bad cop* spielen.«

»Und P.J. ist natürlich der Gute«, murrte Megan. »Na ja, ich weiß zumindest, wie ich Nikkilein zur Weißglut bringe. Da brauche ich nur deinen Namen zu erwähnen.«

»Stets zu Diensten.« Leif grinste ironisch. »Wenigstens kannst du endlich das Kleid anziehen, das du dir für den Winterball gekauft hast.«

Nach der Schule schaffte Matt es gerade noch, ein Glas Milch herunterzustürzen, da stand Pater Flannery schon vor der Tür. »Ich musste meinen ganzen Zeitplan umschmeißen«, sagte er. »Hoffentlich erwischen wir alle an einem Nachmittag.«

»Lassen Sie mich nur schnell einen Zettel für meine Eltern schreiben, dann kann es losgehen«, versprach Matt.

Der Priester war nicht überrascht gewesen, als Matt ihn am Morgen angerufen hatte. Matt hatte den Verdacht, dass Flannery sehr wohl verstanden hatte, was er bei dem Treffen der verdächtigen Detektive getan hatte. Warum sonst hätte er dafür sorgen sollen, dass auch Milo Krantz mit dem virtuellen Champagner markiert wurde?

Während er auf einem Stück Papier herumkritzelte, griff Matt mit einer Hand in seinen Rucksack und holte einen

Ausdruck hervor. Die Liste war simpel – Proxy, echter Name und Adresse.

»Ich habe sie nach der Entfernung von hier geordnet und mit denen in der Nähe angefangen.«

Pater Flannery stöhnte auf, als er die Straßen sah. »Die sind ja überall verteilt.«

»Der Erste auf der Liste ist Harry Knox alias Milo Krantz«, erklärte Matt. »Sein Haus ist nicht weit von hier.«

»Das Paar, das die Slimms spielt, wohnt am Rand von Georgetown und der vorgebliche Lucullus Marten in Virginia.« Der Priester sah zu, wie Matt seinen Zettel mit einem Magneten am Kühlschrank befestigte. »Gehen wir's an.«

Obwohl ihr erstes Ziel nicht allzu weit entfernt war, mussten sie die unsichtbare Grenze zum Beltway überqueren. So hießen die Vororte an den Ringstraßen um Washington, die früher einmal begehrte Wohngegenden gewesen waren. Aber das war viele Jahre her. Während sich die Lebensbedingungen in Washington verbesserten, verlagerten sich die Probleme in die Außenbezirke, wo Polizei und Sozialdienste bald überfordert waren. Außerdem fehlten die notwendigen Steuereinnahmen.

Dort wo Harry Knox wohnte, gab es offenbar nicht einmal genug Geld für den Unterhalt der Straßen, die immer noch von riesigen Eisflächen bedeckt waren. In dem von Schlaglöchern und Rissen übersäten Gelände wirkten sie wie gefrorene Seen. Pater Flannery fuhr äußerst vorsichtig, damit sie nicht ins Rutschen kamen.

Die Stadthäuser hier waren einst für junge Berufstätige gebaut worden, die in den Startlöchern zu großen Karrieren standen. Damals war schnell gearbeitet worden, und jetzt rächte sich die schlampige Verarbeitung. Die Dachziegel wa-

401

ren gesprungen oder fehlten ganz. Die Backsteinwände waren stellenweise verfärbt, als hätten die Mauern die Masern. In manchen Fenstern hatte man das Glas durch Sperrholzplatten ersetzt. Offenkundig hatten die Besitzer ihre Häuser vermietet. Über der Gegend hing die trostlose Atmosphäre des Verfalls. Wo früher Rasen gewesen war, hatten Kinder die dünne Eis- und Schneeschicht zertrampelt, bis die nackte Erde zum Vorschein kam.

Die meisten der ursprünglichen Hausnummern waren abgefallen und durch Plastikzahlen oder handgeschriebene Pappschilder ersetzt worden. An dem Eingang, den Matt und der Priester suchten, gab es nicht einmal das. Sie mussten die Hausnummern der Nachbarn zählen, um die richtige Adresse zu finden.

Die Türklingel funktionierte nicht. Matt öffnete vorsichtig die Wetterschutztür, die so aussah, als könnte sie jeden Augenblick abfallen, und klopfte.

»Einen Augenblick!«, brüllte eine Frauenstimme von drinnen. Kurz darauf öffnete sich die Innentür, und Matt stand einer Frau im Bademantel gegenüber, die ein Baby auf dem Arm hatte. Hinter ihrem linken Bein lugte ein Kleinkind hervor.

»Ist mir egal, was Sie verkaufen, ich brauche nichts«, sagte sie. Ihr Blick fiel auf Pater Flannerys Priesterkragen. »Und von der Kirche schon gar nichts.« Sie überlegte kurz. Dann lächelte sie schlau, was ihr fleischiges Gesicht keineswegs attraktiver machte. »Außer Sie sind wegen unserer Geldprobleme hier. Ich habe verschiedene Kirchen um Hilfe gebeten. Solange mein Mann nicht zahlt, bleibt mir nichts anderes übrig.«

»Ihr Mann ist Harry Knox?«, fragte Pater Flannery.

»Mein Ex«, sagte die Frau. »Ich habe ihn vor ein paar Wochen rausgeworfen und seitdem nichts mehr von ihm gehört. Eigentlich ist die Scheidung sonnenklar. Ich bekomme das Haus, er behält den Laster und zahlt uns Unterhalt. Aber solange das nicht läuft ...«

»Wissen Sie, wo Mr Knox ist?«, unterbrach Matt sie.

Als ihr klar wurde, dass keine sofortigen Zahlungen zu erwarten waren, wurden ihre schlaffen Züge verkniffen. »Was wollen Sie überhaupt von Harry? Wir brauchen das Geld selbst.«

»Es geht nur um eine Überprüfung«, erklärte Pater Flannery diplomatisch.

»Seine Post geht an ein Motel für Lkw-Fahrer irgendwo draußen in Richtung Fairfax.« Jetzt wurde sie wütend. »O'Dell heißt das Ding. Wahrscheinlich hat er was mit einer Kellnerin oder so.«

Ihr Stimmungsumschwung übertrug sich sofort auf die Kinder, die anfingen zu weinen.

»Haltet die Klappe!«, fuhr die liebende Mutter sie an, bevor sie sich wieder ihren unerwarteten Gästen zuwandte. »Ich weiß nicht, was Sie für Probleme haben, aber die müssen Sie schon mit ihm selber regeln. Was ich brauche, ist Geld!«

Bevor Matt und Pater Flannery etwas sagen konnten, wurde ihnen die Tür vor der Nase zugeschlagen.

Schweigend stiegen sie ins Auto. Der Priester ließ den Motor an.

»Fairfax. Das ist auf der anderen Seite von Washington«, sagte Matt, als sie losfuhren.

»Damit rutscht er vermutlich ans Ende unserer Liste«, sagte Pater Flannery. »Ich habe nicht viele Milo-Krantz-Romane gelesen«, setzte er nach einer kurzen Pause hinzu. »War der nicht eingefleischter Junggeselle?«

»Viele der alten Detektive waren Frauenhasser«, stimmte Matt zu. »Wie Lucullus Marten.«

»Ganz im Gegensatz zu Monty Newman«, sagte der Priester lächelnd.

Matt zuckte die Achseln. »Meiner Meinung nach liebte Monty die Frauen zu sehr, um sich für eine zu entscheiden. Und wenn das gerade eben typisch war, kann ich ihm nur Recht geben.«

Über eine Bundesstraße fuhren sie Richtung Süden, bis sie zum Rock Creek Park kamen, dem steilen, bewaldeten Tal, das Georgetown vom übrigen Washington trennt. Dann rumpelte Pater Flannerys Auto gemächlich über das Kopfsteinpflaster der engen Gassen, die zusammen mit den Häusern aus dem 18. Jahrhundert den Charme von Georgetown ausmachten.

Leider verstopfte der Verkehr nach wie vor diese bezaubernden Straßen, obwohl sich Telearbeit und virtuelle Reisen zunehmender Beliebtheit erfreuten. Besonders in der Nähe der Georgetown University war es so gut wie unmöglich, einen Parkplatz zu finden. Nach einem längeren Fußmarsch erreichten Matt und Pater Flannery schließlich ihr Ziel: ein Studentenwohnheim auf dem Campus der Hochschule. Leifs Tracer-Programm hatte sowohl Mick als auch Maura Slimm dort aufgespürt. Im realen Leben hießen sie Kerry Jones und Suzanne Kellermann, beide im zweiten Studienjahr.

Ohne Pater Flannerys Priesterkragen wären sie vielleicht schon am stellvertretenden Studentenbeauftragten gescheitert, aber so standen sie bald im Zimmer von Kerry Jones. Dort hielten sich zwei junge Männer auf, der schlaksige Rotschopf, der auf ihr Klopfen geöffnet hatte, und ein blonder

Bursche, der im Schneidersitz auf einem ungemachten Bett saß. Das alte Flachfilmposter über seinem Bett verriet ihn – es kündigte den ersten Film mit Mick und Maura Slimm an.

Jones hatte ein fröhliches Gesicht und durchdringende blaue Augen. Offenbar wollte er sich einen Bart stehen lassen, aber es hatte nur zu ein paar Büscheln Flaum gereicht. Im Gegensatz zum eleganten, aber gefährlich drahtigen Mick Slimm war er gebaut wie ein Footballspieler.

Sein Blick wurde scharf, als er Matt entdeckte. »Kannst du uns ein paar Minuten allein lassen?«, fragte er seinen Zimmergenossen, der achselzuckend verschwand.

»Ihr habt mich also aufgespürt«, sagte Jones dann. »Setzt euch, wo Platz ist. Wenn ich gewusst hätte, dass ich Besuch bekomme, hätte ich aufgeräumt.«

Die Einrichtung war kärglich. Betten, Schreibtische und Kommoden wurden offenkundig von der Universität gestellt. Es waren robuste, zweckmäßige Möbel, die mehrere Generationen von Studenten überleben würden. Die Computer-Link-Stühle wirkten relativ hochwertig, aber Matt hatte sich verschiedene Unis angesehen und wusste, dass die meisten den Studenten reduzierte Modelle zum Kauf anboten.

Pater Flannery ließ sich auf dem Stuhl nieder, der nicht mit Büchern und Papieren bedeckt war, während Matt sich auf das Bett des Zimmergenossen setzte.

»Du bist also Kerry Jones«, stellte Matt fest.

»So ist es«, erwiderte dieser fröhlich.

»Wenn wir richtig informiert sind, hat Suzanne Kellerman gerade Vorlesung«, fuhr Pater Flannery fort.

»Ist ja gut.« Kerry Jones spreizte die Hände. »Ihr habt uns also gefunden. Und wenn schon!«, sagte er zu Matt. »Suze und ich sind der Meinung, dass sich seit dem großen Treffen keine neue Entwicklung ergeben hat. Wir wüssten also nicht, warum wir uns dem Verteidigungsbündnis anschließen sollten, das dein übergewichtiger Freund vorgeschlagen hat.«

Dann wandte er sich an Pater Flannery. »So sehen Sie also aus, wenn Sie nicht den Dicken spielen.« Er deutete auf den Priesterkragen. »Oder ist das nur eine weitere Verkleidung? Ganz schön billiger Trick, um sich hier einzuschleichen.«

»Ich bin Priester«, gab Flannery steif zurück. »Meine Pfarrei liegt nur knapp zwei Kilometer von hier entfernt. Außerdem bin ich nicht Marten, sondern Spanner.«

Kerry Jones wirkte etwas schockiert. »Tut mir Leid, Pater. Ich hätte nicht gedacht, dass ein Priester im Van-Alst-Fall mitspielt. Schon gar nicht einer, der mit Schlagringen arbeitet.«

»Ich habe nie …«, protestierte Flannery.

Matt griff ein, bevor Jones den Priester in ein Gespräch über die Simulation verwickeln und so vom eigentlichen Thema ihres Besuchs ablenken konnte. »Im Augenblick haben wir es mit einem anderen Fall zu tun, bei dem wir hoffentlich keine Schlagringe benötigen.«

Jones verzog ungeduldig das Gesicht. »Ich weiß, dass ich nicht der Wahnsinnige bin, der sich in die Callivant-Akten eingehackt hat. Und Suze hat noch weniger Grund dazu. Ich habe uns beide für die Simulation angemeldet. Warum, brauche ich ja wohl nicht zu erklären.« Er deutete auf das Poster über seinem Bett und von dort auf den Schreibtisch neben dem Fenster, den mit der hochwertigeren Computerkonsole. Dort befand sich auch die einzig aufgeräumte Stelle im ganzen Zimmer: bis unter die Decke reichende Regale mit Computer-Datascripts. »Ich liebe alte Filme. Jedes Script

enthält einen Flachfilm. Die meisten sind Krimis. Suze ist ...
eine gute Freundin von mir.«

Wohl eher mehr als das, dachte Matt.

Jones zuckte die Achseln. »Anscheinend mag sie mich,
sonst würde sie sich nicht das ganze Zeug aus meiner Sammlung ansehen. Am liebsten mögen wir die Filme mit den
Slimms. Suze dachte, es wäre cool, sich im Stil der Dreißiger
anzuziehen und geistreiche Bemerkungen zu machen ...« Er
grinste. »Allerdings musste ich ihr erst versichern, dass die
Simulation nicht schwarzweiß sein würde.«

»Ob sie dich auch noch mag, wenn die Anwaltskanzlei sie
in die Krallen bekommt?«, gab Matt zu bedenken.

»Suze studiert selbst Jura und weiß ziemlich genau, was
geht und was nicht. Wir wissen noch nicht mal, ob Saunders
seinen Brief überhaupt abgeschickt hat. Selbst wenn, haben
wir die beste Verteidigung der Welt. Wir sind unschuldig.«

»Und das reicht Ihnen?«, platzte Pater Flannery heraus.
»Sie wollen gar nicht wissen, wer der Übeltäter ist?«

Jones sah aus, als hätte er am liebsten etwas gesagt,
schluckte seine Worte aber herunter. »Hören Sie, Pater«,
sagte er schließlich. »Das hier ist kein Spiel. Im wirklichen
Leben überlasse ich die Ermittlungen lieber den Profis. Die
Polizei glaubt, unser Freund Saunders sei verunglückt. Wenn
die Callivant-Anwälte den Hacker finden wollen, sollen sie
jemanden dafür engagieren. Suze und ich haben nichts zu
verbergen. Sie können uns nichts beweisen, das wir nicht
getan haben.«

Er verzog abschätzig die Lippen. »Und selbst wenn der alte
Fettsack Recht hat und sich die Mächte der Finsternis gegen
uns sammeln, können wir uns gegenseitig den Rücken freihalten. Das habe ich ja schon gesagt.«

Matt hätte dem eingebildeten Pinsel gern das arrogante Grinsen vom Gesicht gewischt. »Freut mich für euch. Ich hoffe nur, dass der nächste ›Unfall‹ euch nicht beide gleichzeitig erwischt.«

»Was weißt du denn schon, Kleiner«, spöttelte Jones.

Matt ging nicht darauf ein, sondern holte ein Blatt Papier aus der Tasche. »Egal, hier hast du die echten Namen von mir, Pater Tim und dem Rest der Gruppe – für den Fall der Fälle. Wenn uns was zustößt, solltet ihr das wissen.«

Pater Flannery fuhr hoch. »Halten Sie das für eine gute Idee, Matt?«

»Wissen Sie, wenn die beiden sich in Saunders' Rechner eingehackt haben, kennen sie die Liste ohnehin«, erklärte Matt. »Wenn nicht, sollten wir dafür sorgen, dass die Unschuldigen möglichst gut informiert sind.«

Kerry Jones sah das zusammengefaltete Papier an, als könnte es ihn beißen. »Ich weiß nicht, was Suze dazu sagen würde. Das verstößt doch gegen das Datenschutzgesetz.«

Matt zuckte die Achseln, als er gemeinsam mit Pater Flannery den Raum verließ. »Hör mal, ich lass es dir einfach da. Du bist ja nicht gezwungen, es zu lesen.« Damit machten er und Pater Tim sich auf den Weg zum nächsten Namen auf der Liste.

Spurlos . . . 09

»Was hast du?« Das Holo-Abbild von P.J. Farris' attraktivem Gesicht verzog sich zu einer Grimasse der Verzweiflung, und seine Stimme überschlug sich geradezu.

Leif lächelte strahlend in seine Computerkonsole hinein. »Ich habe dir eine Partnerin für den Ball besorgt, Junge. Megan O'Malley.«

P.J. griff sich an den Kopf, als könnte dieser jeden Augenblick explodieren. Seine Finger wühlten in seinem sonst so ordentlichen Haar, bis es stachelartig in die Höhe stand. »Wie konntest du ... wie kommst du darauf, dass ich eine Partnerin brauche?«, brachte er schließlich heraus. »Ich habe dir von den Karten doch nur erzählt, weil ich dachte, du nimmst sie mir ab, nicht weil ich mit irgendwem verkuppelt ...«

»Ich glaube nicht, dass Megan sich verkuppeln lässt«, unterbrach Leif seinen Redeschwall. »Es war doch sonnenklar, dass ich die Karten nie im Leben benutzen konnte. Ich habe wegen meines kleinen Zusammenstoßes mit Nikki Callivant Hausarrest. Aber dann habe ich gehört, dass sie zu diesem Wohltätigkeitsball ...«

P.J. ließ ihn gar nicht erst ausreden. »Du hast Megan auf mich gehetzt.«

»Sie hat mir eben Leid getan, weil sie doch dieses schöne Kleid hat und keine Gelegenheit, es anzuziehen.«

Auf P.J.s schockiertem Gesicht malte sich das blanke Entsetzen. »Großer Gott, das stimmt ja! Dieser Idiot aus ihrer Jahrgangsstufe hat sie versetzt.« Er schauderte. »Seitdem hat er nichts als Ärger mit seinem Computer. Aus unerfindlichen Gründen fängt er sich ständig Viren ein, und seine Software steckt plötzlich voller Programmierfehler. Sämtliche Arbeiten für die Schule stürzen ihm ab, bevor er sie abgeben kann.« Die blauen Augen des jungen Texaners starrten Leif anklagend an. »Weißt du, was du mir da antust?«

»Ich verschaffe dir Gelegenheit, Nikki Callivant kennen zu

409

lernen«, erwiderte Leif gelassen. »Ihre Familie wird bei dem Spektakel wahrscheinlich ebenfalls anwesend sein.«

»Du meinst, ich soll mit meiner Tanzpartnerin am Arm versuchen, Nikki Callivant aufzureißen?« P.J. sah seinen Freund eindringlich an. »Außerdem dachte ich, du magst Megan.«

Leif stieg die Röte ins Gesicht. »Das ist kein Rendezvous, Farris, sondern eine Mission zur Rettung von Matt. Ihr sollt als Team arbeiten.«

»Wunderbar«, knurrte P.J. »Ich und Miss Feingefühl 2025.«

Leif konnte ein Grinsen nicht unterdrücken. »Wenn ich dich wirklich in die Pfanne hauen wollte, hätte ich dir Maj Greene aufgehalst.«

P.J. lief ein Schauder über den Rücken, als er sich vorstellte, wie Maj, die nie ein Blatt vor den Mund nahm, eine Schneise der Verwüstung hinterließ. »Okay«, gab er zu, »es hätte schlimmer kommen können. Aber nicht viel. Matt hat mir schon öfters aus der Klemme geholfen. Ich bin ihm was schuldig. Was sollen wir tun?«

»Informationen über die Familie sammeln, die Matt höchstwahrscheinlich das Leben zur Hölle machen will. Schmeißt euch an sie ran und holt so viel möglich aus ihnen raus.« Leif versuchte so zu tun, als wäre das die einfachste Sache der Welt. »Da Nikki Callivant etwa in unserem Alter ist, kommen wir an sie wahrscheinlich am besten heran. Ihr Vater geht kaum aus, und irgendwie kann ich mir nicht vorstellen, dass ihr Großvater Fragen über das Schicksal von Priscilla Hadding dulden würde.«

»Weiß denn Nikki überhaupt was von dem Hadding-Fall?«, fragte P.J. zweifelnd.

»Nach dem, was ich über die Callivants gelesen habe, scheint sie der anständigste Mensch in der Familie zu sein – auch wenn sie ziemlich hochnäsig ist. Die Presse mag sie und berichtet sehr wohlwollend über sie. Sie engagiert sich für jede Menge wohltätige Zwecke. Wenn sie noch nicht von dem Hadding-Fall gehört hat, könnt ihr beide vielleicht ihr Interesse wecken.«

Leif breitete die Hände aus und setzte sein ehrlichstes Gesicht auf. »Ich würde es ja selbst tun, aber drei Faktoren sprechen gegen mich: Ich habe Hausarrest, meine Eltern würden mich umbringen, wenn ich mich noch einmal mit Nikki Callivant anlege, und …«

»… sie würde dir vermutlich liebend gern selbst den Hals umdrehen.« P.J. schüttelte den Kopf und sah Leif mit einem gequälten Lächeln an. »Was hast du dir vorgestellt? Ich soll die Kleine mit meinem Charme einwickeln, während Megan sie mit Fragen bombardiert?«

»Könnte funktionieren«, meinte Leif.

P.J.s Lächeln wurde immer säuerlicher. »Wieso kann ich eigentlich nie der Böse sein?«

»Weil du so ein Gentleman bist«, erwiderte Leif betont locker. »Du bist wie geschaffen für die Rolle des edlen Ritters. Da fällt mir ein, du rufst besser Megan an. Wenn es in zwei Tagen losgehen soll, hat sie noch eine Menge zu tun: Friseur, Kosmetikerin und so. Du kannst dich zumindest um die Organisation kümmern. Du weißt schon: Fahrgelegenheit, Blumen, einen Tisch in einem teuren Restaurant vor dem Ball …«

P.J. warf Leif einen finsteren Blick zu. »Eines Tages, Anderson, eines Tages …«

Der Verkehr wurde erneut dichter, als Pater Flannery den Wagen zur Francis Scott Bridge steuerte. Jenseits des Potomac lag Virginia. Drinnen im Auto herrschte lastendes Schweigen.

Schließlich hielt Matt es nicht mehr aus. »Pater, ich glaube, Sie haben kein Wort gesagt, seit ich Jones die Liste gegeben habe. Finden Sie das wirklich so schlimm?«

Offenbar gelang es dem Priester nur mit Mühe, seine Finger aus dem schmerzhaften Griff zu lösen, mit dem er das Lenkrad umklammert hielt. Sicherheitsbedenken brauchte er jedenfalls keine zu haben: Sie standen mitten auf der Brücke im Stau.

»Darüber denke ich schon nach, seit wir wieder im Auto sitzen«, erwiderte Flannery schließlich. »Vielleicht geht mir nur alles zu schnell. Da spiele ich in meiner nur allzu seltenen Freizeit in einer harmlosen Simulation mit, und auf einmal droht man mir mit Anwälten. Dann decken ein paar Jugendliche meine Identität auf, als wäre das ein Kinderspiel. Ihr Freund treibt mir nichts, dir nichts ein Rückverfolgungsprogramm auf. Ehrlich gesagt, finde ich es beunruhigend, wie einfach das zu sein scheint. Und schließlich helfe ich Ihnen noch dabei, die anderen Mitspieler zu demaskieren. Jetzt versuchen wir, mit allen zu reden, aber der Einzige, der etwas erreicht, sind Sie. Ich bin hier der Erwachsene, aber ich trotte hinter Ihnen – einem Jugendlichen – her wie ein Novize, der noch nass hinter den Ohren ist.«

»Bitte duzen Sie mich, Pater Flannery, so alt bin ich schließlich noch nicht. Sind Sie verärgert? Bin ich Ihnen auf die Zehen getreten?«

Der Priester schüttelte nachdenklich den Kopf. »Nein. Ich bin nur ziemlich aufgewühlt. Auf solch eine Entwicklung war ich einfach nicht vorbereitet. Außerdem bin ich wahr-

412

scheinlich auch ein wenig neidisch, weil du so souverän mit der Sache umgehst.«

»Glauben Sie mir, ich verlasse mich nur auf mein Gefühl. Leif, ich und ein paar von unseren Freunden gehören zu den Net Force Explorers. Da hatten wir Gelegenheit, echten Profis bei der Arbeit zuzusehen.«

Flannery fuhr herum. »Die Net Force befasst sich mit dem Fall?«

Hinter ihm hupte jemand. Hastig richtete er seinen Blick wieder auf die Straße. Sie rollten eine Wagenlänge und blieben dann erneut stehen.

»Meine Freunde und ich gehören zu den Net Force Explorers«, erklärte Matt eilig. »Wir lernen durch Beobachtung der Net-Force-Profis. Manchmal führen wir auch Aufträge im öffentlichen Interesse aus. Wir haben keinerlei polizeiliche Befugnisse, aber wir wissen, wie die Net Force Agents ihre Fälle handhaben.«

Und wenn nötig, stecken wir unsere Nase in genau diese Fälle, setzte er im Stillen hinzu. Aber das hier war eine rein persönliche Angelegenheit. Im Augenblick versuchte Matt nur, sich selbst, seine Eltern und seine unschuldigen Mitspieler vor dem Unheil zu bewahren, das dieser Hacker über sie heraufbeschworen hatte. Und wenn jemand wie Leif seine Hilfe anbot, nahm Matt diese nur allzu gern an.

»Meine eigene Erfahrung als Ermittler beschränkt sich auf das, was ich im Laufe meines Lebens aus Büchern gelernt habe, und auf die paar Male, die ich in der Simulation mitgespielt habe«, gab Pater Flannery bedauernd zu.

»Meinen Sie, ich hätte Jones die Liste nicht geben sollen, um ihm keine Hinweise zu liefern?«

Der Priester schien ein wenig in sich zusammenzusinken.

»Ich hatte eher das Gefühl, du würdest einen Vorteil aus der Hand geben«, gestand er. »Du hattest die Namen, Jones nicht. Wissen ist Macht. Als du dann darauf hingewiesen hast, dass der Hacker die Namen ohnehin kennt, kam ich mir ziemlich dumm vor. Und als du anfingst, davon zu reden, dass alle Unschuldigen möglichst gut informiert werden sollten, habe ich mich für mich selbst geschämt. Offenbar bin ich kein guter Detektiv, Matt.«

»Ich glaube auch nicht, dass ich einer bin. Aber ich finde, wir müssen alle – damit meine ich alle Unschuldigen – zusammenarbeiten, um diesen Spielverderber zu finden und ihm das Handwerk zu legen.«

»Und was ist mit Saunders' Schicksal? Mit dem, was du zu Jones gesagt hast?« Flannery warf Matt einen besorgten Blick zu.

»Wissen Sie, mein Vater und ich haben Saunders gefunden.« Matt rieb sich die Arme, um die plötzlich aufsteigende Kälte zu vertreiben. »Das muss ein Unfall gewesen sein – ein Zufall. Dieser Kerry Jones war nur so selbstzufrieden, dass ich ihn ein wenig aus der Ruhe bringen wollte«, schloss er nicht sehr überzeugend.

»Taktik und eine gewisse Wut.« Flannery lächelte. »Das kenne ich aus meinem Beruf.«

Matt lachte. »Hoffentlich haben wir mit Oswald Derbent mehr Glück.«

»Mit Lucullus Marten, meinst du.« Endlich hatten sie das Ende der Brücke erreicht. Pater Flannery beschleunigte ein wenig, und die Stadt blieb hinter ihnen zurück.

Das Haus war wohl das älteste Bauwerk in dem ruhigen Vorort, aber wahrlich keine Augenweide. Die meisten Städte hätten solch ein Gebäude vermutlich unter Denkmalschutz gestellt, doch in Virginia gab es schon mehr als genug historische Bauten. Falls nicht gerade ein berühmter General in dem abweisend wirkenden Bauernhaus geboren – oder gestorben – war, würde sich niemand um seinen Erhalt scheren. Wahrscheinlich überlegte die Gemeinde nur, ob sie es abreißen lassen sollte, bevor es von selbst in sich zusammenfiel.

Das Holzhaus musste dringend gestrichen werden, und einige Fensterläden hingen völlig schief in den Angeln. Die Dielen knarrten gefährlich, als Matt und Pater Flannery die Veranda betraten, gaben aber unter ihrem Gewicht nicht nach. Offenbar hatte der Lärm ihre Ankunft verraten: Matt sah, wie sich hinter einem der Fenster die Vorhänge bewegten.

Bevor Pater Flannery den Klingelknopf aus gesprungenem Plastik betätigen konnte, öffnete sich die Haustür ein kleines Stück weit. Der Mann, der durch den Spalt lugte, war von der Natur nicht gerade großzügig bedacht worden. Sein Kopf reichte kaum bis an Matts Schulter, und die Haut spannte sich ungewöhnlich straff über den feinen, zerbrechlichen Knochen. Er hatte eine Glatze, die durch die abnorm hohe Stirn so wirkte, als würde das Kopfhaar nicht für den gesamten Schädel reichen.

Glänzende Knopfaugen musterten sie. Bei Matts Anblick verspannten sich die verhärmten Züge noch mehr.

»Sie«, sagte er.

»Oswald Derbent?«, fragte Pater Flannery.

»Das bin ich«, erwiderte der Mann an der Tür. Vom ersten Augenblick an fühlte sich Matt an den Lucullus Marten erinnert, den er aus der Simulation kannte. Für seinen kleinen

Körper besaß Derbent eine überraschend tiefe Stimme. Und seine Ausdrucksweise war untadelig.

»Am besten kommen Sie ins Haus«, knurrte Derbent, nachdem sie sich vorgestellt hatten. »Ich würde Ihnen ja gratulieren, hätte ich nicht den Verdacht, dass Sie Ihren Erfolg eher der Technik als Ihrem Spürsinn verdanken.«

Sein prüfender Blick richtete sich auf Matt. »Ihr Erscheinen hat doch sicherlich etwas mit dieser albernen Farce mit der Champagnerflasche zu tun.«

»Ganz recht.« Matt erwischte sich dabei, dass er in den Monty-Newman-Jargon verfiel.

»Auch gut. Wenn Sie mich gefunden haben, haben Sie bestimmt auch die anderen aufgespürt. Vielleicht erkennen die jetzt die Vorteile eines gemeinsamen Handelns anstelle schnöder Selbstsucht.«

Derbent führte sie in einen Raum, der einst die gute Stube des Bauernhauses gewesen war. Die Möbel waren alt und die Polster durchgesessen. In krassem Kontrast dazu stand der hochmoderne Computer-Link-Stuhl, was Matt zunächst jedoch kaum auffiel. Ihn faszinierten die Regale aus Walnussholz an den Wänden. Sie begannen direkt über dem Fußboden und reichten bis unter die Decke. Die wenigen anderen Möbelstücke standen zusammengedrängt in der Mitte des Zimmers. Selbst der Raum über und unter den Fenstern war genutzt worden, sodass diese wie von einem dreißig Zentimeter tiefen Rahmen aus dunklem Holz eingefasst schienen. Das Licht, das in das Zimmer fiel, wirkte merkwürdig gefiltert, als säße man in einer Vitrine.

Es dauerte einen Augenblick, bis Matt sich an den düsteren Anblick gewöhnt hatte. Dann fiel ihm auf, dass der am bequemsten wirkende Sessel von zwei Stehlampen flankiert wurde, deren Licht jedoch kaum ausreichte, um ihnen den Weg zu zeigen, als sich die Haustür hinter ihnen schloss. Vermutlich waren die Lampen für Hundert-Watt-Birnen gedacht, aber Matt hatte den Eindruck, dass sie mit höchstens vierzig Watt brannten.

»Nicht gerade hell hier drin«, sagte Pater Flannery, während er sich durch das Zimmer tastete.

»Für meinen Bedarf reicht es«, erwiderte Derbent, der, abgesehen von den grimmig funkelnden Augen, nur schemenhaft zu erkennen war, pikiert. »Es ist ja nicht notwendig, dass sich die Elektrizitätswerke an mir bereichern.« Er deutete auf die Einrichtung. »Ich bevorzuge einen sparsamen Lebensstil. Meine Eltern haben mir dieses Haus ohne jegliche Belastung hinterlassen. Seitdem ist es mir möglich, von meinem Erbe und Ersparnissen so zu leben, wie es mir gefällt.«

Genau wie der Einsiedler, den er in der Simulation spielt, dachte Matt. Der verlässt auch nie sein Haus. Was Derbent wohl im Obergeschoss züchtet? Bestimmt keine Kakteen, schon eher Staubmäuse.

Derbent stellte sich vor die Regale, auf die am meisten Licht fiel. »Natürlich befasse ich mich in erster Linie mit meiner ... Sammlung.«

Vor dem letzten, besonders volltönend gesprochenen Wort legte er eine gewichtige Pause ein. Es klang, als spräche er von seiner großen Liebe oder einer religiösen Überzeugung.

Matt kniff die Augen zusammen, während er versuchte, die verblichenen Buchstaben auf den Buchrücken zu erkennen. Keine große Überraschung: Es waren alte Krimis.

Auf einem Taschenbuch entdeckte er den vertrauten Titel *Gast im dritten Stock*. Daneben stand in festem Einband *Ein Mörder zu viel* – alles Lucullus-Marten-Romane. Begierig las er weiter. »Wow! Sie haben sogar *Tod eines Druiden*! Das habe ich noch nirgends finden können!«

»Ist seit den Siebzigerjahren vergriffen«, erwiderte Derbent stolz. »Es war nicht einfach, diesen Band aufzutreiben, aber ich wollte alle siebenundvierzig Marten-Bücher haben. Die hier habe ich natürlich nur zum Spaß, das sind meine Leseexemplare. Ich habe eine komplette Ausgabe in unberührtem Zustand sicher eingelagert. Manche der Bücher sind noch nie geöffnet worden.«

Wovor will er sie eigentlich schützen?, fragte Matt sich verwirrt. Vor Lesespuren?

Derbent ließ sich mit einem Buch auf dem Schoß auf seinem Stuhl nieder. Seine Hand fuhr zärtlich über den Ledereinband. Es sah aus wie eine Liebkosung.

»Im Nachhinein war es wahrscheinlich ein Fehler, in Mr Saunders' kleiner Simulation mitzuspielen. Aber ich brannte darauf, meine Erfahrung als langjähriger Leser zu nutzen. Ich hatte versucht, selbst Kriminalromane zu verfassen ...« Seine Lippen verzogen sich angewidert. »Aber die Verlage sind an solchen Erzählungen nicht mehr interessiert. Widerlich!«

Die auf dem Buch ruhende Hand ballte sich zur Faust, entspannte sich jedoch gleich wieder. »Die Gelegenheit, in die Haut meines Helden zu schlüpfen, war höchst verführerisch. Ich habe die Erfahrung genossen.«

Derbent warf Matt einen Blick zu. »Trotz deiner Jugend hast du deinen Spürsinn unter Beweis gestellt. Durchaus ... passabel.«

Matt konnte ein Lächeln nicht unterdrücken. Das war alles, wozu sich Lucullus Marten hinreißen ließ, wenn er Monty Newman seine Anerkennung ausdrücken wollte.

Derbent ballte erneut die Faust. »Und dann dieser Unfug.«

»Ja«, seufzte Pater Flannery, »und es scheint immer schlimmer zu werden.« Er zögerte. »Ihre Andeutung bezüglich des Ablebens von Mr Saunders …«

Derbent lächelte. »Wollte ich Sie und die anderen damit nur zur Annahme meines Vorschlags bringen, oder handelte es sich um einen begründeten Verdacht?« Er zuckte die Achseln. »Vielleicht ist es nur die Angst eines Mannes, der kaum jemals sein Haus verlässt. Aber selbst Verfolgungswahn mag begründet sein. Wie haben die anderen auf ihre Demaskierung reagiert?«

»Milo Krantz haben wir noch nicht erreicht«, sagte Matt. »Anscheinend ist er Fernfahrer.«

»Bei den Slimms handelt es sich um ein Studentenpärchen«, berichtete Pater Flannery.

»Das passt zu diesen kindischen Charakteren.« Derbent nickte dem Priester zu. »Dass Sie, Pater, Spike Spanner verkörpern, hätte natürlich keiner vermutet, aber solche Überraschungen kennen wir ja aus der klassischen Kriminalliteratur.«

»Die Studenten weigern sich, uns bei der Suche nach dem Hacker zu unterstützen. Allerdings haben wir nur mit dem jungen Mann geredet.« Matt holte eine Liste der Detektive und ihrer Alter Egos hervor. »Ich lasse Ihnen das hier da, ganz gleich, wie Sie sich entscheiden. Den Studenten habe ich die Liste auch gegeben.«

Oswald Derbent griff nach dem Papier. »Ich werde Sie bei Ihrer Suche unterstützen, auch wenn ich nicht weiß, wie ich behilflich sein kann.«

»Das heißt, dass die Hälfte von uns an der Wahrheit interessiert ist«, stellte Pater Flannery fest.

»Ein edles Streben«, verkündete Derbent, »solange man die Motive dahinter nicht untersucht. Meine sind schlicht. Entweder stellen wir selbst Nachforschungen an, oder andere tun es.« Er schüttelte den Kopf. »Wir haben einen Fall, aber keine Daten – ich ziehe dieses Wort dem traditionellen Begriff ›Hinweis‹ vor. Das heißt, wir – und vielleicht unser Fernfahrerfreund, falls er sich uns anschließen sollte – müssen in der Vergangenheit der anderen herumwühlen, bis wir auf verräterische Fakten oder Fehltritte stoßen.«

Ein bitterer Glanz lag in Derbents dunklen Augen. »Eins steht fest – dieser Kriminalfall wird wesentlich weniger unterhaltsam werden als der, für den wir uns angemeldet hatten.«

»Dieser Derbent hat den Nagel auf den Kopf getroffen«, meinte Pater Flannery auf ihrem Weg ins ländliche Virginia.

Matt nickte. »Die Rolle des menschenscheuen Genies ist ihm wirklich wie auf den Leib geschrieben.«

»Allerdings glaube ich nicht, dass ich in der Vergangenheit anderer Leute herumwühlen möchte«, gab der Priester zu bedenken.

»Wollen Sie zu Kerry Jones und Suze Kellerman überlaufen und hoffen, dass sich die Sache in Wohlgefallen auflöst, wenn wir nichts tun?«, fragte Matt.

»Und jemand anders die Nachforschungen überlassen? Klingt verlockend«, gab Flannery zu. »Ich weiß einfach nicht, wer was unternehmen soll und wie. Derbent hat ja klar gesagt, dass er keinerlei Absicht hat, irgendwelche Nachforschungen außer Haus anzustellen. Was kann ich schon tun?«

»Höre ich da eine versteckte Botschaft heraus?«, fragte Matt.

»Das heißt, wir sind auf dich und deine Freunde angewiesen, um diesen Schlamassel aufzuklären.«

Matt rutschte auf seinem Sitz hin und her. »Meinen Sie, ich schaffe das?«

»Jemand muss dich unterstützen«, erwiderte der Priester. »Wenn sich dieser Knox auf unsere Seite stellt, hätten wir die Mehrheit der Beteiligten hinter uns. Möglicherweise könnten wir uns dann an die Anwälte wenden und ihnen unsere Hilfe bei den Ermittlungen anbieten.«

Offenbar hält er Kerry und Suze für die Hacker, überlegte Matt. Wenn sie es aber nicht sind, stellt sich die Frage, ob die beiden zu einer solchen Zusammenarbeit bereit wären. Er warf einen Blick auf den Mann an seiner Seite. Woher weiß ich, dass ich nicht gerade mit dem Hacker im Auto sitze? Ich muss mich auf meinen Instinkt verlassen, und der sagt mir, dass Flannery sauber ist. Bei diesem Fall ist mein Gespür das Einzige, worauf ich zählen kann.

Er seufzte. »Wir finden besser erst mal heraus, was Knox zu sagen hat.«

Das Motel zu finden war relativ einfach. Es war schon kilometerweit vor der Ausfahrt ausgeschildert. Rund um die niedrigen Gebäude waren riesige Sattelschlepper geparkt. Das war keine billige Absteige mit Imbiss, sondern ein wahres Fernfahrerparadies. Hier konnte man nicht nur essen, tanken und übernachten, es gab sogar einen rund um die Uhr geöffneten Supermarkt mit integrierter Apotheke.

Matt und Pater Flannery hielten zuerst am Motelteil. Dort erfuhren sie, dass die Chefin im Restaurant war, und niemand bei O'Dell gab irgendwelche Informationen heraus, die nicht von der Chefin abgesegnet waren.

Als sie das Restaurant erreichten, kam ihnen ein großer

Bursche mit Bierbauch entgegen. Er hatte es so eilig, dass Matt zur Seite springen musste, um nicht von der Tür getroffen zu werden. Der Kerl streifte mit der Schulter Pater Flannery und entschwand. Vielleicht erklärte der Bierdunst, der ihn umgab, warum er es so eilig hatte, dass er alles überrannte.

Kopfschüttelnd fing Matt die Tür ab, und sie betraten den Luxusimbiss. Eine Welle köstlicher Düfte empfing sie: Kaffee, Kuchen, Speck, Steak …

Plötzlich wurde Matt bewusst, dass es schon lange her war, seit er nach der Schule eilig ein Glas Milch heruntergestürzt hatte. Sie fragten den Mann an der Theke, ob die Chefin erreichbar war. »Die ist hinten«, lautete die Antwort. »Ich hole sie.«

Pater Flannery nahm sich einen Stuhl und bestellte eine Tasse Kaffee. Nach kurzer Überlegung entschied Matt sich für einen Schokoshake. Eine untersetzte Frau mit rundem Gesicht brachte ihnen ihre Bestellung. »Ich bin Della O'Dell«, stellte sie sich vor. »Was kann ich für euch tun?«

»Della O'Dell«, wiederholte Matt.

Die Frau strahlte ihn an. Wenn sie lächelte, wirkte sie geradezu schön. »Ziemlich albern, was? Manchmal frage ich mich wirklich, was sich meine Eltern dabei gedacht haben.«

»Stimmt es, dass manche Fernfahrer Ihr Motel als Postadresse verwenden?«, erkundigte sich Pater Flannery.

»Manche, Padre.« Della schien auf der Hut zu sein.

»Wir müssen unbedingt einen Burschen namens Harry Knox finden.«

»Harry mit den harten Fäusten? Der war gerade noch hier.« Della wandte sich an den Mann hinter der Theke. »Wilbur, wo ist er denn hin?«

Der Mann hielt einen Kassenbon in die Höhe. »Keine Ahnung, aber er hat mit einem Zwanziger bezahlt und nicht auf das Wechselgeld gewartet.«

»Vielleicht holt er nur was aus seinem Truck«, meinte Della. »Den können Sie eigentlich nicht verfehlen. Er hat oben so einen riesigen roten Streifen.«

»Wie der da drüben?« Matt deutete zum Fenster. Ein gewaltiger Sattelschlepper bretterte mit dröhnenden Motoren in Richtung Highway, dass die Fensterscheiben erzitterten.

»Was zum Teufel ist denn mit dem los?«, wollte Della O'Dell wissen. »Harry hat doch gesagt, er hat die Fahrt nach Florida abgelehnt. Wo will er jetzt bloß hin?«

»Der fährt bestimmt achtzig Sachen.« Wilbur blickte dem rasch entschwindenden Truck nach.

Matt sah Pater Flannery an. »Was meinen Sie, Spike?«, murmelte er. »Sollen wir uns auf ein Rennen einlassen?«

Der Priester schüttelte den Kopf. »Ist der Kuchen da drüben so gut, wie er riecht?«, fragte er Della.

Wenig später befanden sie sich auf dem Rückweg nach Washington. »Zumindest haben wir den Weg nicht völlig umsonst gemacht«, meinte Pater Flannery und klopfte sich auf den Bauch.

Der warme Apfelkuchen mit Vanillesoße war durchaus essbar gewesen, das musste Matt zugeben. Weniger zufrieden war er damit, dass ihnen Harry Knox so knapp entwischt war. »Er muss mich auf dem Weg vom Parkplatz gesehen haben«, vermutete er.

»Das spricht nicht gerade für unseren Harry mit den harten Fäusten«, erwiderte der Priester. »Wer ohne Grund flieht, macht sich immer verdächtig.«

»Nur gut, dass wir nicht versucht haben, ihn zu verfolgen.« Matt deutete auf den zäh dahinkriechenden Verkehr um sie herum. »Wir wären ziemlich schnell im Stau stecken geblieben.«

Sie schlichen im Schneckentempo bis zur Francis Scott Key Bridge, wo mehrere Fahrzeuge mit Blaulicht die äußere Spur blockierten. Polizeibeamte leiteten den Verkehr um.

»Da muss es einen Unfall gegeben haben.« Matt spähte in das grelle Licht hinaus. »Sieht so aus, als hätte ein Auto die Schutzwand durchbrochen.«

Dann sah er den Auflieger eines Sattelschleppers in einem bizarren Winkel aus dem Fluss unter ihnen ragen. Fahrerkabine und Motorraum waren vollständig im Wasser versunken, aber der große rote Streifen an der Oberkante war unverkennbar. Harry Knox hatte es offenbar zu eilig gehabt.

Spurlos . . . 10

Dass Matt an jenem Abend sein Essen nicht herunterbrachte, hatte nichts damit zu tun, dass er sich mit dem Apfelkuchen den Appetit verdorben hatte. Die ganze Nacht wälzte er sich unruhig hin und her, und am nächsten Morgen versuchte er, Captain Winters in seinem Büro bei der Net Force zu erreichen, obwohl es Samstag war.

Er war nicht besonders überrascht, als der Captain antwortete. Winters machte oft Überstunden, um den Papierkram zu erledigen, der sich während der Woche angesammelt hatte. Es war ein wenig ungewohnt, ihn nicht im Anzug zu sehen. An den Wochenenden wurde im Pentagon an der Heizung gespart, da trug Winters lieber Pullover.

»Was gibt's, Matt?« Winters' Blick wurde schärfer, als er den Ausdruck auf dem Gesicht seines Besuchers bemerkte. »Ist etwas passiert?«

Matt versuchte, die ganze Geschichte möglichst zusammenhängend zu erzählen, was ihm nicht leicht fiel. Die Worte sprudelten nur so über seine Lippen. Winters musste ihn immer wieder beruhigen und nachfragen.

»Es sind also mindestens zwei Menschen, die mit der Simulation zu tun hatten, ums Leben gekommen?«

Matt konnte nur nicken.

Der Captain wandte sich ab und blaffte seinem Computer ein paar Befehle zu. Seiner Blickrichtung nach zu urteilen, erschienen die abgerufenen Daten auf einem Display rechts hinter Matt.

»Ich habe hier den Polizeibericht über den Tod von Edward Saunders«, erklärte Winters. »Demnach hat der Gerichtsmediziner nichts gefunden, was nicht mit einem Unfall vereinbar wäre.«

Das heißt, Davids Vater wird den Fall abschließen, dachte Matt.

Nach ein paar zusätzlichen Befehlen las Winters weitere Informationen ab. »Es sieht so aus, als würde die Polizei auch beim Tod des Fernfahrers von einem Unfall ausgehen. Die Straßenverhältnisse waren schlecht. Brücken sind häufig vereist.«

Er verzog angewidert das Gesicht. »In den Trümmern der Fahrerkabine wurden mehrere leere Bierdosen gefunden. Offenbar wies das Blut von Mr Knox einen erhöhten Alkoholspiegel auf. Er hätte sich gar nicht ans Steuer setzen dürfen.«

Vor Matts geistigem Auge erschien plötzlich das Bild des

bierseligen Fernfahrers, der sich an ihm vorbeidrängte. Nicht fahrtüchtig, flüsterte eine anklagende Stimme ganz hinten in seinem Kopf. Und er war auf der Flucht vor mir!

Offenbar sah man ihm seine Gedanken an.

»Alles in Ordnung?«, fragte Winters.

»Pater Flannery und ich sind zu dem Motel gefahren, um mit Knox zu reden. Der kannte mich, weil ich zu einem virtuellen Treffen bei Saunders ohne Proxy erschienen bin. Vielleicht wollte er sich in aller Ruhe voll laufen lassen – bis er mich kommen sah. Die Flucht vor mir hat ihn das Leben gekostet.«

Captain Winters schüttelte den Kopf. »Eines habe ich im Krieg gelernt: Gib dir nie die Schuld an dem, was andere tun.« Er studierte noch einmal den unsichtbaren Bericht. »Und in diesem Fall erst recht nicht. Einer der anderen Fernfahrer im Restaurant hat Knox telefonieren gehört. Er hatte irgendeinen Eilauftrag, deswegen ist er so plötzlich verschwunden.«

Matt holte tief und etwas zittrig Atem. »Da bin ich aber froh.« Dann runzelte er die Stirn. »Wohin er wollte, ist aber nicht bekannt, oder?«

»Das hat die Polizei noch nicht herausgefunden«, gab Winters zu. »Aber …«

»Finden Sie es nicht eigenartig, dass Saunders und Knox binnen weniger Tage ums Leben kommen?«

»Manchmal habe ich das Gefühl, ich habe es nur mit Zufällen und Verschwörungstheorien zu tun. Das war bei den Marines so und ist hier auch nicht anders. Ich habe Soldaten gesehen, die alle Schlachten überlebt hatten, nur um an ihrem letzten Tag im Dienst zu fallen. Es gab bestimmte Hubschrauber, deren Schützen regelmäßig getötet wurden. Eine Reihe offenkundiger Selbstmorde entpuppte sich als Mordserie.« Er schüttelte den Kopf. »Einmal starben innerhalb von drei Tagen siebenunddreißig Personen mit dem Familiennamen Smith, die alle dieselbe Netzsite besucht hatten. Unser Computer hatte das ausgeworfen. Wir ermittelten in alle Richtungen.«

»Und?«

»Nichts. Keine familiären Verbindungen, völlig verschiedene Wohnorte, sie kannten einander noch nicht einmal. So etwas hat es unseren Aufzeichnungen zufolge weder vorher noch nachher gegeben. Offenbar war es einfach nur Pech. Jede Menge Smiths wurden von dem großen Computer im Himmel abberufen.« Winters beugte sich zu seinem Empfänger und blickte Matt fest an. »Verstehst du, was ich damit sagen will?«

Matt nickte. »Zwei Menschen sind nicht repräsentativ.« Er seufzte. »Ich wünschte nur …«

»Wir können nichts tun, Matt«, sagte Winters sanft. »Es gibt keinerlei Hinweise auf ein Verbrechen im Netz …« Seine Stimme wurde leiser, dann erteilte er einen weiteren Befehl. »Ich denke, ich werde der Beschwerde über unerlaubte Zugriffe auf diese Gerichtsakten nachgehen.«

Matt unterdrückte ein Lachen. Die Net Force und solche Lappalien – das war, als würde man mit Kanonen auf Spatzen schießen. Der absolute Overkill.

Winters starrte stirnrunzelnd auf sein unsichtbares Datendisplay. »Wie hieß das getötete Mädchen noch einmal?«

»Priscilla Hadding. Der Vorfall ereignete sich in Haddington, einem Vorort von Wilmington.«

»Ich überprüfe gerade den Ort, den Bezirk, die Stadtverwaltung von Wilmington und jetzt den Bundesstaat. Sehr merkwürdig. Ich finde keinerlei Erwähnung eines unberechtigten Zugriffs auf die Gerichtsakten zu diesem Fall und auch nichts über irgendwelche Ermittlungen.«

»Aber die Polizei in Delaware muss doch etwas unternommen haben«, hielt Matt dagegen.

Der Captain zuckte die Achseln. »Bei Familien wie den Callivants halten sich die örtlichen Gesetzeshüter lieber zurück.« Er zog die Augenbrauen hoch. »Wahrscheinlich gilt das auch für die Bundesbehörden.«

»Dann kann ich nur hoffen, dass das der letzte Todesfall im Zusammenhang mit der Simulation war«, sagte Matt düster. Dann richtete er sich auf. »Aber ich würde Ihnen gern eine Kopie meiner Unterlagen über die Simulation und die Liste mit den Namen und Adressen der Beteiligten schicken.«

Auf einen entsprechenden Befehl hin erschienen die Informationen auf Winters' Display.

»Wie bist du denn da drangekommen? Hat dir Leif Anderson geholfen?« Der Captain winkte abwehrend mit der Hand. »Eigentlich will ich es gar nicht wissen. Wahrscheinlich ist es auch besser, wenn ich nicht erfahre, mit welchen Hilfsmitteln ihr euch die Namen besorgt habt.«

»Äh … ja, das stimmt vermutlich.« Matt dankte dem Himmel dafür, dass Winters in kleinen Dingen so großzügig war. »Aber ich finde es sehr beruhigend, dass Sie die Informationen haben.«

An jenem Abend hatte Megan im Wohnzimmer ihrer Eltern ihren ersten großen Auftritt. P.J. Farris, der sie zu dem Ball abholen wollte, hatte sich mit ihren Eltern unterhalten, während sie letzte Vorbereitungen traf. Nun erhob er sich. »Du siehst toll aus!«, verkündete er mit einem Lächeln.

Sie erwiderte das Kompliment. »Du aber auch.«

428

Beide vermieden tunlichst das Wort »schön«, das P.J. nicht ausstehen konnte. Zu oft hatte ihn jemand wegen seines guten Aussehens »Schönling« genannt – unter anderem Megan, wenn sie wütend auf ihn war.

Heute Abend sah er aus wie ein Teenageridol aus irgendeinem Holo-Drama. Sein Smoking saß wie angegossen und war mit Sicherheit nicht geliehen.

Auch Megan hatte sich große Mühe gegeben. Sie hatte sich die sonst eher wirren braunen Haare schneiden und in elegante Locken legen lassen. Ihr Kleid gefiel ihr wirklich gut, auch wenn es eher klassisch als topmodern war. Die diesjährige Mode waren gewagte Dekolletees, so gewagt, dass eine ihrer Freundinnen beim letzten Ball plötzlich oben ohne dagestanden hatte … Mit dem eng anliegenden, schulterfreien Mieder aus nachtblauer Seide und dem romantisch schwingenden Samtrock zeigte Megans Kleid genug Figur, um das Interesse der Männerwelt zu erregen, ohne dass sie eine Verhaftung wegen Erregung öffentlichen Ärgernisses riskierte. Das Beste war die kleine Bolero-Jacke, die zumindest ihre Schultern wärmte.

P.J. ertrug geduldig die dummen Bemerkungen von Megans Brüdern und posierte sogar für die viel zu vielen Fotos, die ihr Vater schoss. Hauptsache, das Bild von ihr, wie sie vor Wut kochend neben Andy Moore in seinem zerlumpten Smoking stand, verschwand aus dem Wohnzimmer. Sie war immer noch nicht davon überzeugt, dass er das grässliche Ding nicht absichtlich geliehen hatte, um sie zu ärgern.

Statt eines Mantels legte Megan ein feines Wollcape um, das ihre Mutter irgendwo aufgetrieben hatte, und befestigte es mit einer silbernen Nadel. Dann reichte sie P.J. ihren

Arm, winkte mit der anderen Hand und schritt durch die Tür. Draußen wartete P.J.s Stretchlimousine.

Als sie ihr Spiegelbild im Autofenster sah, konnte sie ein Lächeln nicht unterdrücken. »Wir sind ein schönes Paar, was?«

P.J. half ihr galant in den Wagen. »Erinnere mich daran, dass ich mir von deinem Vater einen Abzug von diesen Fotos geben lasse«, sagte er. »Das wird Leif das Herz brechen.«

»Wer's glaubt«, murmelte Megan, als sie sich auf dem Rücksitz niederließ. »Ich glaube, deine Fliege sitzt schief«, sagte sie, um das Thema zu wechseln. »Oh, das wollte ich nicht!«

Bei ihrem Versuch, die schwarze Fliege zurechtzurücken, hatte sie den Knoten gelöst, sodass zwei schlaffe Seidenstreifen über P.J.s Seidenhemd baumelten.

Er starrte auf die Tür, die sich soeben hinter ihnen geschlossen hatte. »Zumindest hast du nicht vor den Augen deiner Eltern angefangen, mich zu entkleiden.«

Entsetzt schlug Megan die Hand vor den Mund, konnte jedoch ein Kichern nicht unterdrücken. »Ich dachte, es wäre eins von diesen Fertigdingern«, prustete sie.

P.J. schüttelte den Kopf. »Der wahre Gentleman versteht es, seine eigene Fliege zu binden.«

»Kannst du das?«, fragte Megan. »Oder hat jemand anderer …?«

»Meine Mami hilft mir schon seit Jahren nicht mehr beim Anziehen«, unterbrach P.J., während er die Enden seiner Fliege glättete. Dann versuchte er, das Fenster als Spiegel zu benutzen.

»Du verknitterst die Seide«, sagte Megan schüchtern nach dem dritten misslungenen Versuch. »Soll ich …?«

P.J. schüttelte den Kopf, lehnte sich zurück und schloss die Augen. Dann begann er, nach Gefühl zu arbeiten.

Megan starrte ihn ungläubig an. »Du hast es geschafft! Jetzt musst du nur noch …«

»Nein, danke!« P.J. wehrte Megans Hilfe mit beiden Händen ab. Dann besann er sich auf seine guten Manieren. »Wenn du nichts dagegen hast, rücke ich sie lieber selbst gerade.«

An dem traditionsreichen Hotel in der Washingtoner Innenstadt angekommen, schritten sie unter einem Vordach über einen roten Teppich und fuhren mit dem Aufzug zum Ballsaal hinauf. Dort gaben sie ihre Mäntel ab. P.J. zeigte die Karten vor, und dann standen sie in der Tür zum Saal. Megan starrte verblüfft in die Menge. Damen in entsetzlich hausbackenen Kleidern trugen funkelnde Juwelen zur Schau, vermutlich das Familienerbe, das zur Feier des Tages aus dem Safe geholt worden war. Gegen einige der Smokings im Saal hätte das Exemplar, das Andy Moore angeschleppt hatte, wie Haute Couture gewirkt.

Und dann waren da die jungen Frauen in Outfits, wie Megan sie bis jetzt nur in Illustrierten und im Modeteil der Holo-Nachrichten gesehen hatte. Ihre Finger zupften an ihrem Jäckchen. Auf einmal kam ihr ihr eigenes Kleid bei weitem nicht mehr so elegant vor wie zu Hause.

Was tue ich hier bloß?, fragte eine von Panik erfüllte Stimme in ihrem Kopf. Die Leute hier sind wie die Leets an der Schule – hochnäsig bis zum Geht-nicht-mehr, nur dass sie fünfzig Jahre älter und tausendmal eingebildeter sind.

Wie aus dem Nichts erschien P.J. an ihrer Seite und nahm sie am Arm. »Ich habe dich stöhnen hören. Ziemlich schrecklich, was?«, sagte er leise. »Es könnte schlimmer sein. Zumindest stammen die Leute hier teilweise aus alten Familien und protzen deswegen nicht so mit ihrem Geld. Bei uns zu Hause in Texas tragen die Herren gern Goldlamésakkos im Westernstil, und die Damen toupieren sich die Haare und behängen sich mit Strass. Oder findest du nur die Musik so fürchterlich?«

Jetzt erst entdeckte Megan die zwölfköpfige Kapelle hinten im Saal. Die Musiker dudelten vor sich hin, waren aber bei dem Lärm kaum zu verstehen. Es dauerte eine Weile, bis sie die Melodie erkannte. Das Lied war vor ein paar Monaten ein Hit gewesen, den jeder herunterlud. Die Fassung erinnerte sie allerdings an schlechte Kaufhausmusik.

Kopfschüttelnd stürzte P.J. sich ins Getümmel. »Es kann nur schlimmer werden«, warnte er sie.

Megan hätte am liebsten laut herausgelacht. Was hatte sie von Menschen mit solch einem Musikgeschmack schon zu fürchten? Mit denen konnte sie sich allemal messen.

Aber P.J. verstand sein Handwerk. Während er sie verschiedenen Leuten vorstellte, arbeitete er sich langsam in der sozialen Rangordnung nach oben. Zwischen den Tänzen nutzte er die Pausen, um Megan mit den persönlichen Assistenten von Kongressabgeordneten und verschiedenen Lobbyisten bekannt zu machen. Dann stellte er ihr Bekannte und Parteifreunde seines Vaters vor. Schließlich folgten die Kongressabgeordneten und einige Amtskollegen von Senator Farris.

Ganz am Ende schlossen sie sich einer der Gruppen an, die sich um die prominenten Gäste drängten. Es schien ein richtiger Starkult zu herrschen, insofern unterschied sich die reiche Oberschicht kaum von gewöhnlichen Sterblichen. Das galt zumindest für die jüngere Generation. P.J. steuerte sie gekonnt ins Auge des Sturms.

Megan kam sich vor wie bei einem Empfang bei Hofe. Eine betont joviale Nikki Callivant, deren Kleid offenbar nur durch eine ausgeklügelte Konstruktion gehalten wurde, begrüßte ein paar ebenso modisch gewandete Frauen und wechselte einige freundliche Worte mit ihnen. Der große Mann mit den angenehmen Zügen neben ihr schüttelte unterdessen den Ehemännern der Damen die Hand. Hinter den beiden stand ein stämmiger, rotgesichtiger Mann mit beginnender Glatze, der aussah, als könnte er das Ende des Spektakels kaum erwarten.

P.J. hielt schnurstracks auf den hoch gewachsenen Mann zu. »Senator«, begrüßte er ihn.

»Wen meinen Sie, den Senator außer Dienst oder den zukünftigen?«, erwiderte der lachend.

»Mein Vater hat mich Ihnen einmal im Senat vorgestellt«, erklärte P.J. »Ich bin P.J. Farris.«

»Der Sohn von Trav Farris?« Die Jovialität war echtem Interesse gewichen. »Sie sind aber gewachsen.« Er verdrehte die Augen. »Sehr originell von mir. Aber wer ist diese entzückende junge Dame?«

»Megan O'Malley.«

»Walter G. Callivant. Sehr erfreut.« Sein Händedruck war warm und fest. Es fiel Megan schwer, in dem lächelnden Gesicht vor ihr die gehetzt wirkende Gestalt aus den Holo-Nachrichten zu erkennen, die den Comedystars so reichlich Stoff geliefert hatte.

Mir hat er auf jeden Fall kein Getränk in den Ausschnitt gegossen, und eine besonders feuchte Aussprache scheint er auch nicht zu haben, dachte Megan.

»Manche finden es deprimierend, wenn die Kinder ihrer Kollegen hinter ihrem Rücken erwachsen werden«, sagte Callivant. »Ich finde, es ist ein Ausblick in die Zukunft.« Er schüttelte den Kopf. »Hoffentlich war das nicht aus einer alten Wahlkampfrede. Ich werde Ihnen jemanden in Ihrem Alter vorstellen. Nicola!«

Walter G. erlöste Nikki souverän von den beiden um sie herum scharwenzelnden Gesellschaftsdamen. »Darf ich Ihnen meine Enkelin Nicola vorstellen? Nikki, das hier sind Megan O'Malley und P.J. Farris. Trav Farris, der Vater des jungen Mannes, ist ein früherer Kollege.«

»Der texanische Senator«, warf Nikki ein. »Es ist mir ein Vergnügen.«

»Muss wirklich ein Riesenspaß sein, lauter Unbekannte zu begrüßen.« P.J. lachte und warf einen Blick auf die herandrängende Menge.

Nikki vergaß für einen Augenblick ihre guten Manieren und grinste. »Bei Ihnen wusste mein Großvater zumindest, wer Sie sind.« Megan konnte sie in dem Stimmengewirr kaum hören.

»Wie halten Sie das bloß aus?«, fragte Megan.

Nikki schenkte ihr ein klägliches Lächeln. »Die Veranstaltung findet zugunsten verschiedener Wohltätigkeitsorganisationen statt, die meine Familie unterstützt, und das Geld wird dringend benötigt. Dafür lohnt es sich, eine Lungenentzündung zu riskieren und zu lächeln, bis man Muskelkater bekommt. Es ist das Mindeste, was wir tun können …«

Außerdem ist Wahljahr, dachte Megan. Sie hätte fast aufgeschrien, als sich ein Ellenbogen in ihre Rippen bohrte. Auch andere wollten einer Callivant die Hand schütteln, und Megan und P.J. hielten den Betrieb auf.

»Vielleicht sehen wir uns noch«, rief Nikki ihnen nach, bevor sie sich den nächsten Händeschüttlern zuwandte.

»Wohl kaum«, grummelte Megan, als sie das Weite suchten. »Nikki und ihr Großvater sind beliebter als die Erfrischungsstände.«

»Was wäre dir denn lieber?«, fragte P.J. spöttisch. »Der Glanz des persönlichen Kontakts mit dem Callivant-Clan oder mittelmäßiger amerikanischer Schaumwein und Blätterteigpastete mit undefinierbarer Füllung?«

»Die werden ja zur Schau gestellt wie Preisstiere.«

»Es ist für einen guten Zweck«, hielt P.J. dagegen. »Manche lassen sich dafür mit Torten bewerfen.«

»Dieses Engagement hat doch bestimmt auch politische Gründe.« Megan warf ihm einen Blick zu. »Walter G. will sich von seiner Partei als Kandidat für das Senatorenamt nominieren lassen.«

Beide sahen zu, wie der ältere Mann zahlreichen jungen und nicht ganz so jungen potenziellen Wählern die Hand schüttelte. »Das nennt man vertrauensbildende Maßnahmen«, bemerkte P.J.

»Für uns ist das allerdings nur hinderlich«, beschwerte sich Megan. »Wie sollen wir überhaupt an sie herankommen?«

»Es wird sich schon eine Gelegenheit bieten«, seufzte P.J. »Hoffentlich. Ich hatte mich so gut auf unser kleines Rollenspiel vorbereitet. Soll ich meinen Text an dir ausprobieren? Wollen wir tanzen?«

Megan sollte sehr bald Gelegenheit bekommen, mit Nikki zu sprechen, und zwar ausgerechnet in der Damentoilette. Vom Schulball her wusste sie, wie riskant Abendmode sein konnte. Einige Mädchen hatten bei einer unbedachten Bewegung mehr enthüllt als beabsichtigt, andere waren über ihre langen, schwingenden Röcke gefallen oder auf den Stilettoabsätzen, die der letzte Schrei waren, umgeknickt und hatten sich den Knöchel verstaucht.

Löcher im Saum, Laufmaschen und sich auflösende Nähte waren nichts Ungewöhnliches. Manchmal durchbohrten sie den Stoff mit ihren eigenen hohen Absätzen, manchmal trat ihnen ein ungeschickter Tanzpartner auf den Rock oder ein Fremder kam ihnen im falschen Augenblick zu nahe. Als fatal hatte sich die Haute Couture jedoch in den Sanitärräumen erwiesen. Einem Mädchen war es sogar gelungen, ihren Rock teilweise hinunterzuspülen, was eine Überschwemmung auslöste. Um mit Abendkleid die Toilette aufzusuchen und diese vor allem in einigermaßen geordnetem Zustand wieder zu verlassen, war fast immer die Hilfe einer Freundin erforderlich.

Wie Megan feststellte, hatte die High Society dasselbe Problem. Allerdings stellte das Hotel weibliches Personal zur Verfügung, das gegebenenfalls Unterstützung leistete.

Leider versagte das System genau in diesem Augenblick, was möglicherweise auch an dem Designer des Kleides lag. Eine junge Dame brüllte eine der uniformierten Bediensteten an, die angeblich ihr neues Modellkleid ruiniert hatte, als sie ihr in die Kabine half.

In dem Tumult merkte nur Megan, dass Nikki Callivant ebenfalls kurz vor einem modischen Desaster stand. Sie handelte umgehend. Zwei schnelle Schritte, ein entschlossener Griff, und das Kleid war gerettet. Megan half Nikki, deren Gesicht ungewöhnlich rot war, ihr Outfit neu zu arrangieren. Wenige Minuten später standen sie vor dem großen Spiegel, zogen ihre Lippen nach und rückten ihre Kleider noch einmal zurecht, bevor sie sich auf den Rückweg in den Ballsaal machten.

Nicola Callivant wirkte nach dem Abenteuer immer noch ein wenig erhitzt. »Hast du was dagegen, wenn wir uns duzen? Nochmals vielen Dank für deine Hilfe. Hätte ich doch nur so etwas wie du angezogen, etwas Vernünftiges ...«

»Du meinst, etwas Unmodernes von der Stange?«, fragte Megan, als sie zum Ballsaal zurückgingen.

Das andere Mädchen blinzelte überrascht und legte den Kopf zur Seite. »Du nimmst aber kein Blatt vor den Mund.«

»Nein, auch wenn das nicht immer gut ankommt«, stimmte Megan zu. »Wusstest du zum Beispiel, dass P.J. und ich mit Leif Anderson befreundet sind?«

Nikki Callivant wäre fast über ihren Rock gefallen. »Was?«

»Wir gehören alle zu den Net Force Explorers.« Megan tat, als hätte sie nichts gemerkt. »Leif ist nicht so übel, wie du offenbar denkst, sondern hat durchaus seine guten Seiten. Zum Beispiel ist er seinen Freunden gegenüber immer loyal.«

»Freut mich zu hören«, erwiderte Nikki kühl.

Megan ließ sich nicht aufhalten. »Wir versuchen, einem Freund zu helfen, der anscheinend Probleme mit deiner Familie hat. Matt Hunter, ein Klassenkamerad von der Bradford Academy. Er hat in einer Krimisimulation mitgespielt, die auf einem Skandal beruhte, der sich vor vierzig Jahren wirklich ereignet hat. Es geht um den Tod eines Mädchens namens Priscilla Hadding.«

Nicola Callivant hatte es die Sprache verschlagen. Mit offenem Mund starrte sie Megan an.

»Gibt es Probleme?« Die Stimme klang barsch, aber die Bewegungen des stämmigen Mannes, der sich zwischen Megan und Nikki drängte, waren geschmeidig. Es war der Kerl mit dem eisgrauen Haar und der beginnenden Glatze, der so gelangweilt hinter Nikki und ihrem Großvater gestanden hatte. Von Langeweile war nichts mehr zu merken. Den eisblauen Augen schien nichts zu entgehen.

»Alles in Ordnung, Grandpa«, sagte Nikki. »In der Damentoilette geht es nur wieder zu wie im Irrenhaus.«

Der ältere Mann nahm sie am Arm und ging mit ihr davon. »Ich verstehe nicht, warum du dich weigerst, dich von einer weiblichen Agentin begleiten zu lassen ...« Der Rest seiner Worte ging im Lärm unter.

Grandpa?, dachte Megan. Wer zum Teufel ist dieser Bursche? Kann das wirklich ihr Opa sein?

Spurlos . . . II

Auch ohne Hausarrest hätte sich Leif an jenem Abend nicht von seiner Computerkonsole weggerührt. Schließlich wartete er ungeduldig darauf, das P.J. und Megan Bericht erstatteten.

Sie meldeten sich viel früher als erwartet. Trotzdem brüllte Leif schon Befehle, damit der Computer den Anruf annahm, als es noch gar nicht richtig geklingelt hatte.

In dem holografischen Display über der Konsole erschien Megan O'Malleys Oberkörper.

Leif pfiff ohrenbetäubend. »Wow! Tolles Kleid, O'Malley!

Sie warf ihm einen nicht gerade begeisterten Blick zu und raffte ihr Jäckchen über dem Ausschnitt zusammen. »Wir sind früher gegangen, weil morgen Schule ist.«

»Zumindest seid ihr nicht rausgeflogen oder halb ersäuft worden«, sagte Leif. »Habt ihr mit unserem kleinen Snob reden können?«

»Zu uns war sie die meiste Zeit höflich und wirkte richtig menschlich«, gab Megan zurück. »Ich war allerdings ein paar Minuten allein mit ihr. Als ich versuchte, sie zu provozieren, wurde der Ton plötzlich extrem frostig.«

»Was hast du gemacht?«

Megans zuckersüßes Lächeln verhieß nichts Gutes. »Deinen Rat befolgt und ihr erzählt, dass ich mit dir befreundet bin. Da wurde sie ziemlich arrogant, aber das gab sich wieder, als ich den Namen Priscilla Hadding erwähnte.«

Leif beugte sich vor. »Red weiter.«

»Sie wirkte ziemlich aufgewühlt, aber ich hatte keine Gelegenheit, das auszunutzen. Ein älterer Mann tauchte plötzlich auf und brachte sie weg. Danach bin ich nicht mehr an sie herangekommen.« Megan zuckte die Achseln. »Noch ein Grund, vorzeitig zu verschwinden.«

Sie blickte ihn mit zusammengekniffenen Augen an. »Nikkis Großvater hatten wir vorher schon kennen gelernt.«

»Walter G.?«

Megan nickte. »Aber diesen Typen, der ihr zu Hilfe kam, hat sie auch Grandpa genannt. Wie das?« Bevor er etwas sagen konnte, redete sie weiter. »Natürlich, sie hat ja auch Großeltern mütterlicherseits. Aber wenn ich es mir recht überlege, ist immer nur von der Callivant-Seite die Rede – und ich habe für meine Recherche dieselben Bücher benutzt wie du.«

»Da wirst du nichts darüber finden, wenn es der Mann ist, an den ich denke«, sagte Leif. »Hatte er eisgraues Haar, eine beginnende Glatze und war gebaut wie ein Footballspieler, der Speck angesetzt hat?«

Megan warf ihm einen misstrauischen Blick zu und nickte. »Klingt, als würdest du ihn kennen.«

»Zufällig ja. Dieser Herr ist Clyde Finch, Nikkis Urgroßvater. Er ist der Sicherheitschef des Callivant-Clans.«

»Scheint aber nicht viel älter zu sein als Walter G.«

»Keine zwanzig Jahre älter. Clyde war geschieden, als er Sicherheitschef wurde. Er zog mit seiner sechzehnjährigen Tochter Stephanie auf das Anwesen der Callivants. Noch nicht einmal ein Jahr später heiratete Walter G. Callivant Stephanie Finch. Es war ein großer, aber gut vertuschter Skandal. Walter G. war damals gerade erst neunzehn und Stephanie kaum siebzehn.«

»Igitt!«, sagte Megan angewidert. »In dem Alter zu heiraten. Die war ja erst so alt wie wir! Was sollte das?«

Leif zuckte die Achseln. »Ich kann mir mindestens zwei Gründe denken. Einer davon wäre, dass sie sich auf den ersten Blick unsterblich ineinander verliebt haben. Was den zweiten angeht – rein rechnerisch würde es hinkommen.«

Sie warf ihm einen zweifelnden Blick zu. »Wenn du es sagst.« Dann wurde ihre Miene nachdenklich. »Von Grandma Callivant ist aber in der Boulevardpresse nicht viel zu sehen, was?«

»Sie darf sich höchstens unter strenger Aufsicht im Kreise der Familie fotografieren lassen.«

»Klingt, als wäre das das Schicksal vieler Callivant-Frauen.« Megans Stimme klang grimmig. »Halten die sich auf ihrem Anwesen einen Harem?«

»Das erfahren Sie in *Wohlgehütete Geheimnisse der Reichen*!« Leif redete wie ein Holo-Sprecher. »Dazu eine kleine Anmerkung. Weißt du, wie der erste Polizist hieß, der am Ort von Priscilla Haddings Tod erschien?«

»War das in dem Buch von Herzen? Das habe ich nicht gelesen.«

»Da hast du nichts verpasst. Der Name wurde nur kurz erwähnt. Der Beamte war ein Mann namens Clyde Finch.«

Megan zog die Augenbrauen hoch. »›Sollte das ein Hinweis sein?‹, wie man in Matts unglückseliger Simulation sagen würde.«

Die Kälte hatte nachgelassen. Als Matt sich am nächsten Morgen auf den Weg zur Schule machte, herrschte wieder das für Washington übliche Winterwetter: mild, grau und feucht. Die Bradford Academy lag zwar weit entfernt vom Stadtteil Foggy Bottom, der seinen Namen dem Nebel verdankte, der sich dort hartnäckig hielt, dennoch fuhr der Bus, der Matt zur Schule brachte, immer wieder durch dichte Schwaden.

Der Vormittag sollte sich als nicht weniger trostlos erweisen. Matts Schularbeiten hatten in letzter Zeit stark gelitten. So ging er völlig unvorbereitet in den unangekündigten Chemietest. Dass er die Englischlektüre kaum überflogen hatte, wurde bei der Erörterung in der Klasse nur allzu deutlich. Insgesamt hätten ihm seine schulischen Leistungen an diesem Vormittag mit Leichtigkeit den Titel »Am schlechtesten vorbereiteter Schüler des Jahres« eingebracht.

Sobald er sein Mittagessen heruntergewürgt hatte, ging er nach draußen. Das Wetter war zwar nach wie vor schlecht, aber er brauchte dringend frische Luft.

Andy Moore tauchte neben ihm auf, als er gerade auf dem Parkplatz Löcher in die Luft starrte und daran dachte, dass er dringend in die Bibliothek musste, um bis zum Nachmittagsunterricht ein paar Wissenslücken zu stopfen.

»Hunter, du hinterhältiger Teufel«, sagte Andy anerkennend. »Du hast uns gar nichts von deiner neuen Eroberung erzählt.«

»Was ist das für ein Quatsch?«, fauchte Matt, der im Augenblick nichts für die Scherzchen seines Freundes übrig hatte.

»Deine Freundin ist mit ihrem Auto gekommen.« Andy deutete mit dem Kopf in Richtung Straße, wo sich eine kleine Gruppe von Jungen um ein auf Hochglanz poliertes Auto drängte, das in zweiter Reihe hielt. »Sie hat ausdrücklich nach Matt Hunter gefragt. Hey, beruhig dich!« Matt wäre fast auf ihn losgegangen. »Ich habe es selbst gehört!«

»Wenn das ein blöder Witz ist …«, drohte Matt, während er mit Andy im Schlepptau auf die kleine Gruppe zuhielt.

»Auf jeden Fall keiner von meinen«, versicherte Andy ihm. »Eigentlich schade«, setzte er leiser hinzu.

Zähneknirschend gesellte Matt sich zu der Gruppe um das Auto. Dann sah er, warum sich so viele Schaulustige versammelt hatten. Vor ihm stand ein brandneues Dodge Concept Car, das aussah, als wäre es direkt den Seiten eines Netmagazins entsprungen. Allerdings interessierte sich nur ein Teil der Gruppe für den Wagen, die anderen gafften ungläubig die Fahrerin an.

Sie trug eine Jeansjacke, die ihr offensichtlich zu groß war. An den hochgekrempelten Ärmeln war ein Futter zu sehen, das Matt an eine alte Pferdedecke erinnerte. Um den Hals hatte sie einen giftgrünen Schal geschlungen, der ihr bis ans Kinn reichte. Ihre handgestrickte Mütze spottete jeder Beschreibung. Sie war völlig formlos und bedeckte das gesamte Haar. Die Farbe bewegte sich irgendwo zwischen Braun und Orange. Gekrönt wurde das Machwerk von einem formlosen Bommel, der an eine missglückte Blume erinnerte.

Trotz des bedeckten Wetters trug sie eine Sonnenbrille. Matts Großmutter hatte einst solch ein Exemplar besessen, das über einer normalen Brille getragen wurde und so riesig war, dass es das Gesicht fast völlig verdeckte.

Matt überlegte fieberhaft, ob er die Trägerin schon irgendwo gesehen haben könnte. Wer würde sich zum Spaß so ausstaffieren?, fragte er sich. Megan? Maj Greene? Und wer steckt dahinter? Andy hat gerade seine Unschuld beteuert. Wer sonst? Leif? Nein, nicht sein Stil.

Ihm fiel beim besten Willen niemand ein. Die Sache konnte eigentlich nur Ärger geben, aber er trat trotzdem vor. »Ich bin Matt Hunter. Wer bist du?«

Statt einer Antwort hob die Unbekannte für den Bruchteil einer Sekunde ihre Brille an. Hinter den schweren Gläsern verbargen sich Augen, deren Blau so intensiv war, dass sie fast violett schimmerten.

Leif hatte diese Augen beschrieben, und Matt wusste genau, wem sie gehörten. Wortlos stieg er ein.

Nikki Callivant ließ den Motor an und fuhr davon. »Sieht so aus, als müsste ich mit dir reden«, sagte sie mit tonloser Stimme.

»Hoffentlich dauert es nicht lange.« Matt warf einen Blick auf die Uhr. »In zwanzig Minuten fängt der Unterricht an.«

»Können wir irgendwo hier in der Nähe halten?«

»Der Rock Creek Park ist nicht weit. Wahrscheinlich können wir da parken und müssen noch nicht mal aussteigen.«

Sie nickte und ließ sich von Matt den Weg zeigen.

»Herzlichen Glückwunsch zu dieser Verkleidung«, sagte Matt, als sie den Wagen abgestellt hatte.

»Das habe ich von meiner Mutter gelernt. Es lenkt die Leute ab, besonders die Presse. Wenn man sich richtig hässlich ausstaffiert, nehmen sie das Gesicht nicht mehr wahr.« Sie lächelte selbstzufrieden. »Ich habe das Zeug in einem Second-Hand-Laden gekauft.«

Matt warf einen Blick auf ihren Kopfschmuck. »Ich hoffe, die haben es vorher desinfiziert.«

Nikki riss sich das gestrickte Ungetüm so energisch vom Kopf, dass das hellbraune Haar um ihr Gesicht flog und die Sonnenbrille in ihrem Schoss landete.

»Na, das war doch einmal eine spontane Reaktion«, stellte Matt fest. »Worüber willst du mit mir reden?«

»Ich habe gestern eine Freundin von dir kennen gelernt«, antwortete das Mädchen. »Sie hat gesagt, du hättest wegen irgendeinem Kriminalfall Probleme mit meiner Familie.«

»Weißt du, ich hatte nicht die geringste Absicht, mich mit deiner Familie anzulegen«, erklärte Matt. »Und meine Freunde auch nicht. Wir haben nur in einer neuen Krimisimulation mitgespielt, die auf einem alten Fall basierte.«

Nikki zog eine Grimasse. »Lass mich raten. Es geht um den Hadding-Skandal von damals. Ich weiß wirklich nicht, warum wir damals nicht weggezogen sind. Wahrscheinlich dachte irgendein Berater, das würde nicht gut aussehen. Ein stillschweigendes Eingeständnis unserer Schuld oder so.«

Ihre zarten Züge wurden bitter. »Als Kinder durften wir nicht einmal in die Nähe von Mrs Hadding kommen. Die arme Frau ist halb wahnsinnig vor Kummer. Polizei und Staatsanwaltschaft weigern sich, überhaupt noch mit ihr zu reden. Wenn die Medien den Vorfall überhaupt noch erwähnen, reden sie nur von dem ›alten Fall‹. Die Callivants haben ihre eigene Maschinerie für Öffentlichkeitsarbeit, und die arbeitet gründlich. Der Name der Familie ist unantastbar.«

Sie schüttelte den Kopf. »Bei uns zu Hause leben vier Generationen unter einem Dach. Vielleicht ist das zu viel. Wir sind irgendwie … keine Ahnung, wie ich das nennen soll.«

»Ich weiß, was manche Leute sagen würden.«

»Die Leute!«, höhnte Nikki. »Die behaupten doch, unsere Familie wäre für die Politik geboren. Für die Frauen gilt das jedenfalls nicht. Ich dachte, alles würde sich ändern, als mein Vater für kein Amt kandidieren wollte. Aber er arbeitet trotzdem für die Regierung.«

»Was tut dein Vater eigentlich?«

»Irgendwas mit nationaler Sicherheit«, erwiderte Nikki. »Risikoanalyse, Undercover, internationale Einsätze – wir erfahren jedenfalls nie etwas.«

Matt traute seinen Ohren nicht. »Du meinst, er ist ein Spion?«

»Mein Vater behauptet, er sitzt an einem Schreibtisch und kümmert sich um Budgetfragen.«

Wie Captain Winters, dachte Matt plötzlich. Allerdings wird es für den gelegentlich durchaus aufregend.

»Klingt auf jeden Fall so, als hätte er nur einen anderen Weg zur Macht eingeschlagen«, meinte er schließlich.

»Zum Teufel damit.« Nikki presste die Lippen zusammen. »Dad hält sich vielleicht nicht an alle Traditionen der Familie, aber von mir erwartet er das sehr wohl. Ich muss zu den richtigen Anlässen huldvoll lächeln und meinen Callivant-Charme verströmen.«

Sie schlug sich gegen die Brust. »Ich will die erste Callivant sein, die selbst in die Politik geht und nicht nur dekorativ bei Wahlkampfveranstaltungen herumsteht. Meine Cousinen sind teilweise mindestens so tüchtig wie die Männer der Familie, aber von ihnen hört man nie. Kein Streit in der Öffentlichkeit. Das ist Solidarität innerhalb der Familie.« Sie

445

spie die Worte geradezu aus. »Niemand wagt es, den Callivant-Männern Schande zu bereiten.«

»Vielleicht weil sich das umgehend rächt?«

Sie antwortete nicht, sondern sah ihn nur verwirrt aus ihren blauen Augen an.

Matt beschrieb, auf welch eigenartige Weise Ed Saunders und Harry Knox ums Leben gekommen waren.

Nikki Callivant schrak zusammen. Ihre ungewöhnlich blauen Augen weiteten sich. »Das ist Irrsinn«, sagte sie. »Meine Familie hat Anwälte und Leute für die Öffentlichkeitsarbeit. Manchmal lässt sie auch ihre Beziehungen spielen. Aber was du da andeutest ...«

»Ich will nur wissen, ob du diese Todesfälle nicht merkwürdig findest«, unterbrach Matt sie. »Eine kleine Simulation nimmt sich einen Skandal zum Vorbild, in den deine Familie verwickelt ist, und innerhalb einer Woche sterben der Urheber und ein Mitspieler.« Er schüttelte den Kopf. »Ich will keine Anschuldigungen erheben, aber ich weiß nicht, was los ist, und das macht mich nervös. Vielleicht handelt es sich tatsächlich um Unfälle. In diesem Fall tut es mir Leid, wenn ich dich belästigt habe. Immerhin ist es nett von dir, dass du hergekommen bist, auch wenn ich dir Dinge sage, die du nicht unbedingt hören willst.«

»Das passiert mir in letzter Zeit öfter«, sagte Nikki kläglich. »Daran sind vor allem deine Freunde schuld. Aber ich stelle mir selbst gerade eine Menge Fragen über meine Familie. Wahrscheinlich muss ich das Ganze im Zusammenhang sehen.«

Sie griff unter ihre Jacke. »Du hättest das mit dem Desinfizieren nicht sagen sollen, jetzt juckt es mich am ganzen Körper.« Wild kratzend setzte sie zurück und fuhr los.

Zumindest verlor sie nicht die Kontrolle über den Wagen, als sie Matt einhändig lenkend zur Schule zurückfuhr.

Matt saß gerade an seinen Hausaufgaben, als ein Klingelton einen Anruf ankündigte. Er schloss seinen Ordner und wies den Computer an, die Verbindung herzustellen.

Über der Konsole erschien das Gesicht von Captain Winters. »Matt, im Zusammenhang mit diesen ... äh ... Fällen, die du mir gegenüber erwähnt hast, hat sich etwas ergeben.«

»Neue Informationen?« Matt beugte sich begierig vor.

»Eher alte Informationen.« Winters fuhr sich mit der Hand über das Kinn. »Ich habe die Namen überprüft, die du mir gegeben hast, um zu sehen, ob jemand vorbestraft ist.«

»Ist es Harry Knox?«

»Eine Jugendstrafe. Offenbar hat Knox sich 1999 als Script-Baby betätigt.«

Matt blinzelte verwirrt. »Als was?«

»Mit siebzehn fand er in einer frühen Netzversion einen primitiven Satz Hackerwerkzeuge. Diese so genannten Scripts wurden unerfahrenen Möchtegern-Hackern von begabten oder zumindest erfolgreichen Kollegen zur Verfügung gestellt.«

»Und Harry Knox gehörte zu den Erfahrenen?«

»Nein, deswegen wurde er wahrscheinlich auch erwischt. Vermutlich hat ihn seine Unfähigkeit gerettet. Er konnte keinen großen Schaden anrichten, und die Gerichte gingen mit Ersttätern damals eher milde um.«

»Sonst noch etwas?«, wollte Matt wissen.

»Wir haben zumindest nichts gefunden«, erwiderte Winters. »Vielleicht saß der Schreck so tief, dass er nie wieder vom rechten Pfad abgekommen ist. Andererseits – einmal Hacker ...«

»... immer Hacker«, ergänzte Matt das Sprichwort.

»Im Wrack seines Trucks wurde ein Laptop gefunden«, fuhr Winters fort.

Das bedeutete, dass Knox im Windschatten einer technischen Entwicklung segelte, die ins Leere zu gehen drohte. Leifs Vater hatte vor kurzem versucht, das Konzept voll funktionsfähiger tragbarer Rechner neu zu beleben, aber die meisten Leute bevorzugten Heimkonsolen und kleine Palm-Computer. Bei den Freunden technischer Spielereien waren die Geräte jedoch sehr beliebt. Viele Jugendliche von den Net Force Explorers hatten sich zu extrem günstigen Preisen Laptops angeschafft – Superhirne wie David Gray zum Beispiel. »Alt oder neu?«

»Ein neues Modell, das durch den Aufprall und das eingedrungene Wasser beschädigt wurde. Einem Polizeitechniker ist aufgefallen, dass die Input-/Output-Buchsen Gebrauchsspuren aufweisen. Offenbar hat Knox den Laptop unterwegs lieber an Motelsysteme angeschlossen, als über eine Netzwerkverbindung mit seinem Heimcomputer zu arbeiten.«

»Dafür braucht man ein gewisses Maß an technischem Verständnis«, stellte Matt fest.

Winters nickte. »Scheint darauf hinzudeuten, dass er der Hacker aus deiner Simulation war.« Er runzelte die Stirn. »Aber es ist wirklich nur eine Vermutung. Handfeste Beweise haben wir nicht.«

Und solange es keine Beweise, ja noch nicht einmal eine Anzeige gab, konnte die Net Force nicht offiziell eingreifen. Winters hatte seine Kompetenzen mit der Untersuchung

der Vergangenheit von Harry Knox vermutlich voll ausge-
schöpft.

»Danke für die Information«, sagte Matt.

»Hoffentlich nützt's was.« Winters zuckte hilflos die Achseln und beendete die Verbindung.

Sieht so aus, als würde ich jede Menge interessante, aber
nutzlose Informationen zusammentragen, dachte Matt. Das
Gespräch mit Winters landete in derselben geistigen Schublade wie seine Unterhaltung mit Nikki Callivant. Dann befahl
er seinem Computer, sich wieder mit der Trigonometrieauf-
gabe zu befassen, an der er gearbeitet hatte. Mögliche Hinweise waren immer interessant, aber im Augenblick hatten
seine Hausaufgaben oberste Priorität.

Als Matt an jenem Abend ins Wohnzimmer kam, waren die
Hausaufgaben erledigt. Ein würziger Duft zog durch die
Wohnung. Offenbar briet sein Vater Paprika, Zwiebel und
jede Menge Knoblauch an. Das konnte nur heißen, dass es
zum Abendessen Chicken-Fajitas gab.

Matt knurrte der Magen, was ihn daran erinnerte, wie lange das Mittagessen zurücklag. Er ging zur Haupt-Computer-
konsole, um die Lokalnachrichten einzuschalten.

Eine holografische Projektion erschien – das von Wolken
umgebene Logo der Holo-Nachrichten. Aus den Wohnzim-
mer-Lautsprechern drang das drängende Stakkato der Titel-
musik.

»Das ist zu laut«, sagte Matts Mutter, die gerade hereingekommen war. Er befahl dem Computer, die Lautstärke he-
runterzufahren, während sie sich neben ihn stellte und die
Nase rümpfte. »Knoblauch en masse, scheint mir.«

Matt zuckte grinsend die Achseln. »Zu diesem mexikani-

449

schen Zeug passt der jedenfalls besser als zu manch anderen seiner kulinarischen Experimente.«

Da musste ihm seine Mutter Recht geben.

Die Sprecher bemühten sich, ihr Publikum über die letzten Entwicklungen im Rest der Welt und in Washington auf dem Laufenden zu halten. Offenbar war nicht viel passiert, denn nach nur drei Themen wurden Hubschrauberaufnahmen von einem Brand gezeigt.

Matts Vater erinnerte sich noch, wie die Nachrichtensender angefangen hatten, sich den Luftraum streitig zu machen. Auf einmal brauchte jeder Fernsehkanal einen Hubschrauber für seine Kameras. Manchmal lieferten diese faszinierende Aufnahmen von Verfolgungsjagden auf der Straße, Zugunglücken oder Massendemonstrationen. Meistens wurden jedoch nur Verkehrstaus gezeigt. An besonders langweiligen Tagen musste man mit Großbränden vorlieb nehmen.

Offenbar war heute solch ein Tag. Es stand noch nicht einmal eine Großfabrik oder ein Wohnblock in Flammen, sondern ein kleines Holzhaus in einem Vorort. Die örtliche Feuerwehr schien die Hoffnung aufgegeben haben, noch etwas zu retten, und richtete ihre Schläuche stattdessen auf die Nachbarhäuser, um ein Übergreifen der Flammen zu verhindern.

»Das Gebäude befand sich seit über hundertfünfzig Jahren im Besitz derselben Familie«, meldete der Reporter vor dem Hintergrund des leise dröhnenden Motors. »Die Stadt Travers Corners verliert heute ein Stück ihrer Geschichte.«

Der Name rüttelte Matt auf. Dort war er doch vor kurzem noch mit Pater Flannery gewesen.

Stirnrunzelnd versuchte er, sich anhand des Luftbilds zu orientieren. Natürlich. In dem gleißenden Inferno erkannte er den vertrauten Ort wieder. Das Haus da drüben, und das hier …

Es war das Haus von Oswald Derbent, dem Bücherwurm, das von den Flammen verschlungen wurde.

Spurlos … 12

Offenbar sah man ihm seine Gefühle an. »Was ist passiert?«, wollte seine Mutter wissen.

»Das.« Matt deutete auf die Holo-Nachrichten. »Das Haus gehörte Oswald Derbent, der auch in der Simulation mitgespielt hat. Pater Flannery und ich haben ihn erst kürzlich dort besucht.«

»Ich verstehe«, sagte Marissa Hunter sichtlich verstört. »Wo willst du denn hin?«

Matt, der das Wohnzimmer schon halb durchquert hatte, wandte sich um. »Ich muss das melden, findest du nicht? Die Sache betrifft schließlich nicht nur mich.« Er warf einen Blick in Richtung Küche. »Aber bis zum Abendessen habe ich das erledigt.« Die köstlichen Düfte lagen ihm nun wie Blei im Magen.

Er war noch nicht ganz in seinem Zimmer, da rief er seinem Computer schon den ersten Befehl zu. Der Anruf ging durch, und über der Konsole erschien das Bild von Captain James Winters, der selbst um diese Zeit noch in seinem Büro saß.

Sein überraschtes Gesicht wurde besorgt, als er Matt sah.

»Die Liste, die ich Ihnen geschickt …« Matt brach ab, um sich zu räuspern. Seine Kehle war plötzlich wie ausgetrocknet.

»Wieder ein … Unfall?«, fragte Winters düster.

»Oswald Derbent. In den Holo-Nachrichten waren eben Bilder von seinem Haus, oder besser gesagt von dem, was davon übrig ist. Erinnerte mich stark an ein Grillfeuer.«

Winters schien sich über sich selbst zu ärgern. »Ich habe meinen Computer so eingestellt, dass ich bei allen Polizeieinsätzen informiert werde, die jemanden von der Liste betreffen. Das werde ich auf sämtliche Notfälle erweitern müssen.«

»Können Sie rausfinden, was passiert ist?«

Der Captain nickte vorsichtig. »Ich werde Erkundigungen einziehen und melde mich dann wieder bei dir. Heute Abend wird es aber wahrscheinlich nichts mehr. Untersuchungen wegen Brandstiftung können nur bei Tageslicht durchgeführt werden. Und es *wird* eine solche Untersuchung geben.«

»Meinen Sie, Sie wissen schon etwas, wenn ich aus der Schule komme?«, fragte Matt.

»Vorläufige Ergebnisse werde ich bis dahin schon haben, aber keinen Abschlussbericht. Ich melde mich, sobald ich etwas weiß«, versprach Winters. »Aber tu mir einen Gefallen, sei vorsichtig. Und sag deinen Freunden, sie sollen auf der Hut sein. Ich werde sehen, was ich meinerseits tun kann.«

Sie beendeten die Verbindung, und Matt erteilte seinem Computer eine Reihe neuer Befehle. Bald schrieb er an einer Virtmail-Nachricht, mit der er die anderen Mitspieler für achtzehn Uhr des folgenden Tages zu einer Versammlung am bekannten Treffpunkt einlud.

Er war gerade fertig, als er seinen Vater rufen hörte. »Das Abendessen ist fertig!«

Ich wette, meine ehemaligen Konkurrenten haben ihre Computer so programmiert, dass sie alarmiert werden, sobald unsere Namen in den Nachrichten auftauchen, überlegte er, während er das System herunterfuhr. Aber vielleicht weiß ich bis dahin schon mehr als die offizielle Version. Informationsfluss ist alles.

Die Cafeteria der Bradford Academy war überfüllt. Als gute Tat des Tages trug Matt neben seinem eigenen auch das Tablett von David Gray, der mit grimmiger Miene an seiner Krücke durch das Getümmel stapfte.

»Dein Bein ist doch bestimmt bald verheilt«, versuchte Matt ihn zu trösten.

»Die Magnettherapie fördert das Knochenwachstum«, erklärte David mit einer Grimasse. »Dafür juckt das Bein wie verrückt.«

Als sie den Tisch erreichten, den Andy Moore für sie freihielt, blickte Matt verwirrt auf die Tabletts. David hatte genau wie er eine Limo und ein Sandwich gewählt. »Weißt du noch, welches deins ist?«, fragte er seinen Freund.

David seufzte. »Ist doch völlig egal.«

Da hatte er wohl Recht. Die Schule mochte überdurchschnittlich gut sein, aber die Cafeteria ließ sehr zu wünschen übrig. Nachdem er David eines der Tabletts hingestellt hatte, fing er an, lustlos sein Sandwich zu mampfen. In diesem Augenblick erschien Megan O'Malley und ließ sich auf den Stuhl neben ihm fallen, sodass ihre Suppe auf das Tablett schlabberte. Die Frau ist wirklich tollkühn, dachte Matt. Er wollte gar nicht daran denken, was alles in der Brühe schwimmen mochte.

»Wie geht's?«, fragte Megan.

»Nicht gut.« Matt nahm einen Schluck von seiner Gelpack-Limo. »Es hat wieder jemanden von Ed Saunders' Liste erwischt.«

Andy beugte sich über den Tisch. »Das könnte dein Vater doch in einem Buch verwenden, Megan«, schlug er vor. Leider hatte er den Mund voll Kartoffelsalat, was seiner Aussprache nicht gerade zuträglich war.

David Gray biss in sein Sandwich und verzog das Gesicht. »Nicht besonders originell.«

»Vergiss es«, sagte Megan. »Was ist passiert?«

»Das Haus von dem Typen, der in der Simulation meinen Chef spielte, ist letzte Nacht abgebrannt.«

Megan schüttelte den Kopf. »Ich sage es nur ungern, Hunter, aber die Leute aus deiner Simulation scheinen zu Unfällen zu neigen.«

»Aber nicht unser Matt.« Andy konnte einfach nicht den Mund halten. »Der ist ein richtiger Glückspilz. Habe ich euch schon von der geheimnisvollen Frau in dem heißen Schlitten erzählt, die vor der Schule nach ihm gefragt hat?«

»Mir hast du es erzählt«, sagte David mit leidender Stimme. »Ich dachte aber, du hättet von einer *heißen* Frau in einem geheimnisvollen Schlitten geredet.«

»Stimmt das?«, wollte Megan wissen.

Matt fühlte, wie ihm die Röte ins Gesicht stieg, und zuckte die Achseln. »Allerdings. Es war sogar eine Freundin von dir: Nikki Callivant.«

Megan verschluckte sich und hätte Andy fast ihre Suppe ins Gesicht gespuckt. »Was? Wie?«

»Ich kann dir nur sagen, warum«, erwiderte Matt. »Du hast bei dem Wohltätigkeitsball ihr gegenüber meinen Namen und unsere Schule erwähnt. Deswegen wollte sie mich kennen lernen.«

»Hat sie dich belästigt?« Andy wischte mit seiner Serviette demonstrativ Suppenspritzer vom Tisch.

»Halt die Klappe, Moore«, knurrten Megan und David einstimmig.

»Da habe ich von ihr nicht viel zu befürchten. Das Problem dürfte ihr Vater sein«, erwiderte Matt. »Der hat irgendeinen undurchsichtigen Job in Bezug auf die nationale Sicherheit.«

»Damit ist die Sache klar!«, rief Andy aus. »Bei dieser Wahl setze ich auf Walter G. Callivant.«

»Du Trottel«, gab David sauertöpfisch zurück. »Walter G. ist doch das Gespött der Nation.«

»Aber eigentlich ist er ...«, begann Megan.

Andy ließ sich nicht beirren. »Callivant light ist mein Mann. Wenn schmutzige Wahlkampftricks gefragt sind, kann er zumindest auf modernste Regierungstechnologie zurückgreifen.«

Er lachte laut, klappte aber hastig den Mund zu, als er merkte, dass die anderen das nicht witzig fanden.

Matt schüttelte den Kopf. *Vielleicht hat Andy endlich gemerkt, dass seine Scherze ziemlich geschmacklos sind.* »Andy«, sagte er, »wenn dir etwas an mir liegt, hoffst du besser, dass du dich irrst. Es sind nämlich nicht mehr viele an der Simulation Beteiligte übrig. Ich könnte das nächste Opfer sein.«

Falls Andy in Matt irgendwelche Hoffnungen geweckt hatte, so wurde er rasch auf den Boden der Tatsachen zurückgeholt. Als er zu Hause die Tür öffnete, lag auf dem Läufer ein cremefarbener Umschlag. Ein richtiger Brief! Damit hatte er so wenig gerechnet, dass er fast draufgetreten wäre.

Er hob das Ding auf. Den Absender kannte er, er hatte die Adresse auf dem Briefkopf der Kanzlei gesehen, die Ed Saunders' das Leben zur Hölle gemacht hatte.

Jetzt wollen sie auch mir Daumenschrauben anlegen, dachte Matt trübsinnig, als er den Umschlag aufschlitzte. Merkwürdig, dass Juristen immer noch Papier verwenden. Wahrscheinlich ist es einfach Tradition.

Nachdem er die ersten Absätze auf dem teuren Briefpapier gelesen hatte, entwickelte er jedoch eine neue Theorie. Einen elektronischen Brief dieser Art hätte er sofort von seinem Computer pulverisieren lassen.

Der Brief war sowohl an Matt als auch an seine Eltern adressiert. Matt wurde darin aufgefordert, alle Handlungen zu unterlassen, die als Belästigung der (nicht einmal namentlich erwähnten) Mandanten der Kanzlei ausgelegt werden konnten. Dies beinhaltete unter anderem jegliche Annäherung, die Aufnahme von Kontakt über Mittel der Telekommunikation sowie die nichtautorisierte Entwendung persönlicher oder juristischer Daten, beschränkte sich jedoch nicht darauf. Die Liste war lang.

Und wie sieht bitte schön die autorisierte Entwendung von Daten aus?, fragte Matt sich im Stillen, während er weiterlas.

Falls er von den oben aufgeführten oder ähnlichen Handlungen nicht absah, würde Zivilklage erhoben und möglicherweise Strafanzeige erstattet werden, und zwar in der Hauptsache wegen der andauernden verbrecherischen Nutzung von Computergeräten zum Zwecke des gesetzwidrigen Zugriffs auf nichtöffentliche Unterlagen über die Mandanten der Kanzlei.

Nachdem Matt das dicke Dokument wieder sorgfältig zusammengefaltet hatte, ging er damit in die Küche, um es an der Kühlschranktür zu befestigen. Ursprünglich hatte er den Kühlschrank plündern wollen, aber auf einmal lag ihm das

Sandwich, das er in der Cafeteria gegessen hatte, wie Blei im Magen.

Als ein plötzlicher Klingelton einen Anruf ankündigte, schrak er derart zusammen, dass Papier und Kühlschrankmagnet durch die Gegend flogen. »Die Nerven«, murmelte er vor sich hin, während er beides aufsammelte und den Magneten an die Kühlschranktür heftete.

Matt wies den Wohnzimmercomputer an, die Verbindung herzustellen, und das Gesicht von Captain Winters erschien.

»Lassen Sie mich beobachten?«, fragte Matt. »Ich bin gerade erst nach Hause gekommen.«

Der Captain schüttelte den Kopf. »Nur gutes Timing. Ich konnte einen kurzen Blick auf den vorläufigen Bericht über den Brand von gestern werfen, der an die Behörde für öffentliche Sicherheit von Fairfax County gegangen ist.«

»Und?«, fragte Matt.

»Für die Ermittler war es nicht einfach, die ganzen Trümmer auseinander zu sortieren«, fuhr Winters fort. »Weißt du, wie viel Papier in dem Holzhaus war? Ich dachte, so etwas gibt es heutzutage nicht mehr. Das Ding muss gebrannt haben wie Zunder.«

Vor Matts geistigem Auge erschien das Bild der liebevoll geordneten Bände, die die Regale füllten. Oswald Derbent musste sein Leben lang gespart haben, um sich diese Sammlung leisten zu können.

Energisch rief er sich in die Gegenwart zurück. »Was haben die Ermittlungen hinsichtlich der Brandursache ergeben?«

»Soweit sich feststellen lässt, wurde das Feuer durch eine der Lampen im Wohnzimmer – oder Leseraum oder Bibliothek, oder wie auch immer du es nennen willst – ausgelöst.

Die Fassungen sind für hundert Watt vorgesehen, aber Derbent hat offenbar eine Zweihundert-Watt-Birne verwendet. Die ist vermutlich so heiß geworden, dass sie sich entzündet hat.«

Matt legte die Hände auf den Rücken. Winters sollte nicht sehen, wie sich seine Finger verkrampften. »Ich war vor ein paar Tagen in dem Raum«, sagte er. »Darin war es dunkel wie in einer Höhle. Derbent hatte zwei Lampen, die nur mit Vierzig-Watt-Birnen ausgestattet waren. Für ihn war helles Licht Luxus. Außerdem hatte er wahrscheinlich Angst, seine kostbaren Bücher könnten ausbleichen. Oder er war einfach nur geizig, er sagte selbst, er wäre ein sparsamer Mensch.«

James Winters seufzte. »Ich werde das an die Behörden weitergeben, aber ich glaube nicht, dass die deswegen etwas unternehmen werden. Vielleicht hat Derbent die hellere Glühbirne zum Sonderpreis gekauft und gedacht, die Ersparnis würde die Stromkosten ausgleichen. Oder das viele Lesen hatte seinen Augen geschadet, und er brauchte deswegen mehr Licht.«

»Oder jemand ist in sein Haus eingedrungen, das nicht nur aus knochentrockenem Holz bestand, sondern zu allem Überfluss auch noch bis oben hin mit Papier voll gestopft war, und hat eine Industriebirne in seine alte Lampe geschraubt.«

Winters' Gesicht wirkte wie versteinert. »Ohne Beweise wird der Zivilschutz den Brand als Unfall behandeln.«

»Genau wie bei den beiden anderen ›Unfällen‹«, meinte Matt voller Bitterkeit.

»Es wurden keine Hinweise auf Brandbeschleuniger oder ölgetränkte Lappen gefunden. Die einzige Person, die in das

Haus ›eingedrungen‹ zu sein scheint, war Derbent selbst, als er die Feuerwehr alarmiert hat.«

Matt schluckte. »Er war dort? In den Nachrichten wurde Derbent nicht erwähnt, deswegen bin ich davon ausgegangen, dass er nicht zu Hause war. Wie geht es ihm? Wie hat er es verkraftet?«

Winters blickte auf ein für Matt nicht sichtbares Display. »Als Oswald Derbent aus einem Geschäft im Ort nach Hause kam, stand sein Haus in Flammen. Er lief hinein – warum, ist der Feuerwehr ein Rätsel.«

Um seine Bücher zu retten, dachte Matt. »Was ist passiert?«

»Die Decke ist auf ihn gestürzt. Die Feuerwehr konnte ihn herausholen. Im Moment liegt er im Krankenhaus.« Winters zögerte. »Es sieht schlecht aus für ihn, aber die Polizei geht nach wie vor von einem Unfall aus.«

»Klar doch!«, sagte Matt. »Dass da jemand nachgeholfen hat, interessiert wohl keinen.«

Der Captain fuhr zusammen, als hätte er einen Schlag ins Gesicht bekommen. »Matt!« Er holte tief Atem, um sich zu beruhigen. »Ich muss den Bericht akzeptieren. Die Net Force kann sich erst einschalten, wenn wir Hinweise auf Vergehen haben, die in unseren Zuständigkeitsbereich fallen.«

»Und wie lässt sich das mit den Vorfällen vereinbaren, die ich Ihnen gemeldet habe?«, wollte Matt wissen. »Wer zwei und zwei zusammenzählt, merkt doch sofort, dass da was faul ist. Finden Sie nicht, die Tatsache, dass drei von sieben Personen aus der Simulation innerhalb weniger Wochen bei verschiedenen Unfällen verletzt oder ums Leben gekommen sind, weist auf ein Verbrechen hin?«

»Du hast ja Recht.« Winters' Kiefermuskeln spannten sich

an. »Ich werde dafür bezahlt, dass ich wie ein Polizist denke, aber ich muss auch darauf achten, dass die Vorschriften eingehalten werden. Solange ich keine handfesten Beweise dafür habe, dass ein Verbrechen begangen wurde, darf ich nicht offiziell tätig werden. Informationen sind kein Beweis.«

Er sah Matt scharf an. »Ich habe mit dem Leiter der Ermittlungen vor Ort gesprochen. Du kannst dir vorstellen, wie begeistert er davon war, dass ein FBI-Agent seine Nase in seinen Fall steckt. Ich habe dem Mann gesagt, dass mehrere Bekannte von Derbent in der letzten Zeit bei scheinbaren Unfällen ums Leben gekommen sind, und habe ihn gebeten, besonders auf verdächtige Faktoren zu achten.«

Winters schüttelte den Kopf. »Und trotzdem hat er keine Hinweise auf Brandstiftung gefunden.«

Matt war klar, dass der Captain keineswegs zufrieden war. Offensichtlich waren ihm die Hände gebunden. Aber Matts Optionen waren ja auch nicht gerade berauschend.

»Danke, dass Sie es versucht habe«, sagte Matt schließlich. »Falls ich was rausfinde, lasse ich Sie es sofort wissen. In der Zwischenzeit können Sie vielleicht das Netz im Auge behalten.« Matt lächelte, aber seine Stimme klang ernst. »Wäre doch schade, wenn ich beim Runterfahren des Systems einen tödlichen Stromschlag bekomme, und Sie erfahren davon erst aus den Nachrichten.«

Als es sechs Uhr wurde, hatte Matt nicht die geringste Lust auf die Versammlung, die er selbst einberufen hatte. Aber es ging nicht anders. Er flog in aller Eile durch den grell erleuchteten Teil des Netzes, in dem die großen Unternehmen untergebracht waren, und verlangsamte sein Tempo erst, als er den Speicherbereich für tote Daten erreichte. Er bewegte sich vorsichtig und aktivierte seine effizientesten Detektoren für üble Machenschaften. Die Programme fanden nichts Verdächtiges.

Seufzend schlüpfte er in das virtuelle Gebilde, das dunkle, hallende Lagerhaus, das der geheimnisvolle Hacker geschaffen hatte.

Pater Flannery war bereits vor ihm eingetroffen. Im Licht der Lampe erkannte Matt, dass er diesmal auf sein Spike-Spanner-Proxy verzichtet hatte. Der Junge lächelte trübsinnig. Er selbst war auch nicht als Monty Newman gekommen.

»Es ist kurz nach sechs«, sagte Flannery mit einem Blick auf die Uhr. »Wie lange willst du den Nachzüglern geben?«

Noch während er sprach, erschienen plötzlich zwei weitere Gestalten. Kerry Jones kannte Matt ja bereits. Das Mädchen neben ihm musste Suzanne Kellerman sein. Im Gegensatz zu der kessen, brünetten Maura Slimm war Suze Kellerman groß und blond. Falls sie jemals den spritzigen Witz der Detektivin besessen hatte, schien er ihr in den letzten Tagen abhanden gekommen zu sein.

»Wir haben beide Prüfungen und müssten eigentlich lernen«, schimpfte Jones, der offenbar zum Sprecher des Paares ernannt worden war. »Ich hoffe, ihr verschwendet nicht ...«

Er sah sich um. »Wo ist Derbent?«

»Der kommt nicht.« Matt berichtete, was geschehen war, wobei es ihm schwer fiel, die Fassung zu bewahren. »Bei dem Brand, der sein Haus zerstört hat, wurde er verletzt.« Er musste den Blick abwenden. »Nach dem, was ich gehört habe, wird er nicht wieder ... es steht nicht gut um ihn.«

»Großer Gott!« Pater Flannery bekreuzigte sich.

Suze Kellerman starrte ihn aus weit aufgerissenen blauen Augen an.

Jones' großes, joviales Gesicht wirkte grimmig, seine Lippen pressten sich zu einer dünnen weißen Linie zusammen. »Ich weiß nicht, was du dir dabei denkst, Hunter, aber diesmal bist du zu weit gegangen. Dass du uns zusammenrufst, um mit deinen Taten zu prahlen ...«

»Was soll denn das heißen?«, platzte Pater Flannery heraus.

»Das soll heißen, dass unser Computerkid dem klassischen Profil eines Hackers entspricht. Das sind fast immer unreife Menschen, die zwar technische Fähigkeiten, aber kein Gewissen besitzen. Diesmal hast du allerdings einen großen Fehler gemacht. Du hast die Einladung unterschrieben.«

Matt starrte Jones einen Augenblick an, während er versuchte, sich zu fassen. Antworten, die mit »Hör mal zu, du Vollidiot!« anfingen, erwiesen sich erfahrungsgemäß als wenig konstruktiv.

»Ich habe die Virtmail unterzeichnet, damit ihr wisst, dass ich nicht der Hacker bin«, sagte er schließlich. »Ich habe Informationen für euch, die ihr aus den Nachrichten nicht erfahren werdet.«

»Aber du hast natürlich Zugang zu solchen Informationen.« Aus dem Mund von Kerry Jones klang die einfache Feststellung wie ein Vorwurf.

»Pater Flannery weiß, dass ich bei den Net Force Explorers bin«, berichtete Matt. »Ich habe meine Beziehungen spielen lassen.«

»Die Net Force sucht den Schuldigen?«

Auf dem Gesicht von Suze Kellerman lag der Schimmer

einer schwachen Hoffnung. Leider musste Matt sie enttäuschen. »Ich habe versucht, die Net Force zu Hilfe zu holen, mir aber eine Abfuhr eingehandelt. Leider gibt es nicht genügend Beweise dafür, dass tatsächlich ein Verbrechen begangen wurde, das mit dem Netz im Zusammenhang steht.« Er warf Jones einen Blick zu. »Ich habe mit einem Beamten gesprochen – das kannst du übrigens nachprüfen ...«

»Was ich auch tun werde«, erwiderte Jones rundheraus.

»Auf jeden Fall hat er sich den vorläufigen Bericht der Brandermittler vorlegen lassen.« Matt erzählte den anderen, was er von Winters erfahren hatte.

»Moment mal!«, protestierte Pater Flannery. »Wir haben doch beide die Lampen gesehen, soweit das in dem Dämmerlicht überhaupt möglich war. Die hätten mit einer Birne von dieser Stärke doch überhaupt nicht funktioniert.«

»Das habe ich dem Net Force Agent auch gesagt.« Matt versuchte, sich seine Frustration nicht anmerken zu lassen. »Den Brandermittlern zufolge gibt es Erklärungen dafür: eine Ersatzbirne, ein Fehler ...«

»Vielleicht war es Absicht, dass das Zimmer bei eurem Besucht so dunkel war«, mischte sich Suze ein. »Möglicherweise solltet ihr sein Gesicht nicht sehen ...«

Matt schüttelte den Kopf. »Unwahrscheinlich. Derbent hatte keine Ahnung, dass wir kommen würden ...« Er unterbrach sich selbst. »Außer einer von euch hat ihn kontaktiert, als wir auf dem Weg zu ihm waren.«

Die Studenten schüttelten die Köpfe. »Kerry hat mir von eurem Besuch erzählt, als ich aus der Vorlesung kam. Der Hörsaal ist am anderen Ende des Campus.«

Jones nickte. »Sobald ihr weg wart, habe ich mich auf die Socken gemacht und dort auf sie gewartet.«

»Außerdem haben wir Derbent deutlich gesehen«, warf Pater Flannery ein. »Als er die Tür öffnete, stand er im Sonnenlicht. Wenn er sein Gesicht nicht hätte zeigen wollen, hätte er das wohl kaum getan.«

»Da fällt mir ein, dass einer unserer Detektivkollegen sehr wohl Grund hatte, seine Vergangenheit geheim zu halten.« Matt war nicht sicher gewesen, wie er mit dem, was er über Harry Knox wusste, umgehen sollte. Nun beschloss er, den anderen alles zu erzählen.

Als er fertig war, sah Suze Kellermann ihn verwirrt an. »Dann war Krantz – ich meine Knox – der Hacker. Aber der ist tot. Warum bekommen wir dann immer noch Einschüchterungsbriefe?« Sie holte ein Papier hervor, das Matt nur allzu vertraut vorkam: eine virtuelle Kopie des Schreibens, das er selbst am Nachmittag erhalten hatte.

Aus der Reaktion von Pater Flannery schloss er, dass dieser denselben Brief bekommen hatte. Der Priester lächelte säuerlich. »In einem Kriminalroman hätte der Schurke Saunders eliminiert, um zu verhindern, dass dieser seine Identität preisgibt. Aufgrund seiner eigenen Hackervergangenheit hätte Knox herausgefunden, wer der Hacker ist, und diesen erpresst.«

»Nette Theorie.« In Jones' Stimme lag beißender Spott. »Das erklärt aber nicht, was mit Derbent passiert ist.«

»Hast du eine bessere Erklärung?«, wollte Matt wissen.

»Es gibt nur zwei Möglichkeiten.« Jones klang mindestens so arrogant wie sein Alter Ego. »Entweder handelt es sich wirklich um Unfälle, oder jemand hat nachgeholfen.« Er nahm Suze Kellermann an der Hand. »Wenn es keine Unfälle sind, muss einer von euch beiden der Mörder sein.«

Matt warf einen Seitenblick auf Pater Flannery, der sichtlich empört war. Dann sah er Jones an. Angriff ist die beste Verteidigung, dachte er.

Überraschend meldete Suze sich zu Wort. »Ich weiß nicht, was hier los ist«, sagte sie mit zittriger Stimme. »Keine Ahnung, ob das alles Zufälle sind.« Dann fing sie an zu weinen. »Ich … ich will nur, dass es aufhört!«

Wortlos beobachtete Matt, wie Jones Suze in die Arme nahm, um sie zu trösten. Pater Flannerys Gesicht war noch röter als sonst. Offenbar hatte das Mädchen sein volles Mitgefühl.

Wenn das gespielt ist, verdient sie einen Oscar, dachte Matt.

Kerry Jones hatte ein Taschentuch gezückt und versuchte, seine Freundin zu beruhigen. Im Moment wirkte er keineswegs wie jemand, der kaltblütig mordete, um seine Schuld zu verbergen.

In einem Punkt hatte Jones Recht. Der Kreis der Verdächtigen wurde immer kleiner. Keiner der Verbliebenen kam Matt wie ein eiskalter Profikiller vor. Welche Möglichkeiten gab es sonst? Handelte es sich wirklich um unglückselige Zufälle, die in Verbindung mit den Drohbriefen der Anwälte eine Art Verfolgungswahn ausgelöst hatten?

Er schüttelte den Kopf, als hätte er ein Insekt im Ohr. Nein! Der Hacker existierte – oder hatte existiert.

Immer noch schniefend, nahm Suze ihren Freund an der Hand. Jones warf Matt einen vernichtenden Blick zu. Dann verschwanden die beiden.

Pater Flannery breitete resigniert die Hände aus und beendete die Verbindung ebenfalls.

Als er allein war, fühlte Matt, wie sich sein Mund zu einem ironischen Lächeln verzog.

Die Callivant-Anwälte sollten ihre Zeit nicht damit verschwenden herauszufinden, wer der Hacker ist, dachte er. Wenn sie lange genug warten, bleibt nur einer übrig, den können sie sich dann schnappen.

Spurlos ... 13

Die Eingangshalle war nicht gerade überfüllt, aber immer wieder gingen Leute an Matt vorbei zur Rezeption, holten sich überdimensionale Ausweise ab und fuhren mit dem Aufzug nach oben.

Matt ging nirgendwohin. Die Rezeptionistin hatte sich gerade geweigert, ihm einen Ausweis auszustellen. Das habe ich bei all meiner Recherche übersehen, dachte Matt.

Er hatte am Morgen in der Schule jede freie Minute genutzt, um sich über das Computersystem der Bradford Academy weitere Informationen über den Brand zu besorgen. Dabei hatte er herausgefunden, dass Oswald Derbent in der Abteilung für Brandverletzungen des Krankenhauses der George Washington University lag.

Nach dem Unterricht hatte er sich daher nicht auf den Heimweg gemacht, sondern war in die entgegengesetzte Richtung, nach Foggy Bottom, gefahren. Jetzt stand er zwar im Krankenhaus, aber es wurden nur Angehörige zu Derbent gelassen.

Das hättest du dir denken können. Matt hätte sich am liebsten geohrfeigt. Schließlich ist Derbent lebensgefährlich verletzt.

Er hatte keine Lust, mit eingezogenem Schwanz das Feld

zu räumen. Irgendwas wollte er tun, aber Derbent Blumen oder eine Karte mit Genesungswünschen zu schicken kam ihm ziemlich albern vor.

Als er die Hand auf seiner Schulter spürte, blieb ihm fast das Herz stehen. Er fuhr herum. Pater Flannery!

»Dachte ich mir doch, dass du das bist«, sagte der Priester.

»Meine Schule ist in der Nähe.« Matt zuckte verlegen die Achseln. »Als ich hörte, dass Mr Derbent hier liegt, dachte ich, ich könnte ihn vielleicht besuchen. Aber sie lassen mich nicht zu ihm.«

Flannery nickte. »Mein Priesterkragen hat die auch nicht beeindruckt. Aber ich habe ein paar Dinge in Erfahrung gebracht.« Er seufzte. »Derbent befindet sich in einer Sauerstoff-Überdruckkammer. Angesichts der Schwere seiner Verletzungen ist das die einzige Hoffnung. Wenn es ihnen gelingt, seinen Zustand zu stabilisieren, werden sie es mit synthetischen Hauttransplantaten versuchen. Die Aussichten sind allerdings nicht gut.«

Matt nickte. Derbent war sehr zart und nicht mehr jung.

»Ich habe in der kleinen Kapelle dort drüben für ihn gebetet.« Flannery deutete mit dem Kopf in die entsprechende Richtung. Nach kurzem Zögern fuhr er fort. »Davor war ich bei Mrs Knox.«

»Das war sehr nett von Ihnen«, sagte Matt.

»Immerhin gehört es zu meinem Beruf.« Flannery wirkte verlegen. »Die arme Frau ist am Boden zerstört. Sie hat keine Ahnung, ob ihr Mann die Versicherungsprämien bezahlt hat, und sitzt völlig auf dem Trockenen. Dabei muss sie die Kinder ernähren und die Miete bezahlen ...« Der Priester schüttelte den Kopf. »Ich habe ihr ein paar Adressen genannt, an die sie sich wenden kann. Es war geradezu traurig, wie dankbar sie war. Sie hat ständig geredet. Wahrscheinlich war sie froh, dass ihr jemand zuhört.«

Er verzog das Gesicht. »Aber der Einfluss von Spike Spanner scheint mich immer noch zu verfolgen. Ich habe ihr ein paar Fragen gestellt.«

Matt seufzte. »Und haben Sie irgendwas ausgegraben?«

»Du würdest das wahrscheinlich eher Hintergrundinformation nennen. Sieht so aus, als wäre unser Harry mit den harten Fäusten ein Träumer gewesen. Große Sprüche, aber nichts dahinter.«

»Zumindest hatte er einen riesigen Sattelschlepper.«

»Den hat er sich mit dem Geld gekauft, das ihm sein Onkel hinterlassen hat. Wenn er nicht unterwegs war, saß er am Computer. Nachdem er als Jugendlicher straffällig geworden war, sah er sich offenbar als Gesetzloser. Er mochte Simulationen über Hacker, was zum Streit mit seiner Frau führte, die nicht wollte, dass er seinen Kindern ein schlechtes Beispiel gab.«

»Und deswegen hat er dann den Meisterdetektiv gespielt?«

Der Priester nickte. »Aber das war nicht das, was Mrs Knox sich vorgestellt hatte. Sie hält nichts von Technik, Computer sind ihr unheimlich. Sie schimpfte darüber, dass ihr Mann stundenlang an eine seelenlose Maschine, wie sie es nannte, angeschlossen in seinem Sessel saß.«

»Vielleicht hatte sie da gar nicht so Unrecht«, meinte Matt.

»Sie vertrat offenbar das eine Extrem, Knox das andere. Er wollte unbedingt den fiktiven Van-Alst-Fall lösen, und deutete sogar an, daraus könnten sich reale Vorteile ergeben.«

Matt überlegte einen Augenblick. »Dann war er der Hacker?«

»Seine Witwe weiß davon nichts«, sagte Flannery, »und ich habe es ihr gegenüber nicht erwähnt. Aber es klingt, als könnte er dahinter gesteckt haben.«

»Das werden wir wohl nie herausfinden.« Matt zuckte die Achseln.

Jetzt schwieg der Priester für einen Augenblick. »Vielleicht doch«, sagte er dann. »Knox' Frau hat ihn aus dem Haus geworfen und seinen Computer abgesteckt.«

Matt starrte ihn an. »Was?«

»Sie hatte vage Ängste, er könnte ihre Finanzen manipulieren, ihr Bankkonto sperren oder so etwas. Sie dachte, wenn sie das Gerät vom Netz nimmt, hätte sie eine saubere Version ihrer Kontoauszüge.« Flannery grinste, als er Matts Gesicht sah. »Ich habe dir doch gesagt, sie versteht nicht viel von Computern.«

»Nicht viel?«, wiederholte Matt. »Offenbar hat sie überhaupt keine Ahnung. Ist sie denn nicht zur Schule ...«

»Das war eine andere Zeit«, sagte Flannery. »Damals galt es schon als progressiv, wenn pro Klassenzimmer ein Computer zur Verfügung stand.«

Matt schüttelte schweigend den Kopf.

»Auf jeden Fall hat Mrs Knox mich gefragt, ob ich ihr helfen könnte, die Informationen auf dem Computer zu sortieren«, fuhr der Priester fort. »Geburts- und Heiratsurkunde, Kontoauszüge ...«

Und vielleicht ein paar Terabit gestohlener Informationen über einen gewissen Zwischenfall in Haddington, beendete Matt den Satz im Stillen. »Haben Sie sich den Rechner angesehen?«

469

Der Priester schüttelte unbehaglich den Kopf. »Ich habe ihr gesagt, ich wäre kein großer Techniker, was völlig richtig ist.« Er zögerte, sprach aber schließlich weiter. »Dann bin ich mit der Wahrheit wohl ein wenig großzügig umgegangen. Ich habe sie an meinen ersten Besuch erinnert und dich als Computergenie gepriesen. Mrs Knox kann es gar nicht erwarten, deinen fachmännischen Rat zu hören. Schaffst du das?«

Matt lächelte. »Falls nicht, bringe ich jemanden mit, der sich wirklich auskennt.«

Sobald Matt nach Hause kam, verschickte er eine Nachricht an seine Freunde von den Net Force Explorers, mit der er sie für den Abend zu einem Treffen einlud. Nach dem Abendessen erledigte er in aller Eile seine Hausaufgaben. Dann lehnte er sich auf seinem Computer-Link-Stuhl zurück und klinkte sich ein.

In seinem virtuellen Arbeitszimmer schwebte die schwarze »Schreibtischplatte« frei am Sternenhimmel.

Plötzlich fiel ihm das Zimmer von Kerry Jones im Studentenwohnheim ein. Das Schöne an der Veeyar ist, dass man nicht aufräumen muss, wenn Besuch kommt, dachte er.

Leif Anderson materialisierte sich auf der anderen Seite der Schreibtischplatte. »Nette Einrichtung«, lobte er, während er seine Beine zu einer Art schwebender Lotusposition verschränkte. Sein Blick richtete sich auf ferne Galaxien. »Allerdings nichts für Leute, die unter Höhenangst leiden.«

»Für solche Besucher habe ich eine Spezialsimulation – eine exakte Nachbildung der Innenansicht meines Wandschranks.« Bevor Matt noch mehr sagen konnte, erschien Megan neben ihm. Sie ignorierte die Sterne und stürzte sich stattdessen auf die Symbole auf seinem Schreibtisch, um zu sehen, ob er neue Programme hatte, die sie sich leihen konnte.

Als sie ihm gerade erklärte, sein Virtmail-System sei hoffnungslos veraltet, tauchte David Gray auf.

»Du kommst zu spät!«, teilte sie dem sonst so pünktlichen David erfreut mit. »Mit dem verletzten Bein bist du eine richtige Schnecke, sogar in der Veeyar.«

»Das liegt nicht am Bein, sondern an meiner Krücke.« David gab einen verärgerten Laut von sich. »Vor allem, wenn meine beiden jüngeren Brüder damit herumalbern. Ich saß am Küchentisch fest, bis mich meine Mutter gerettet hat.«

Da Andy Moore erst nach ihm eintraf, blieben den Freunden seine Kommentare erspart. Und da er immer zu spät kam, fand auch das keine Erwähnung.

Matt wartete, bis alle bequem saßen beziehungsweise in der Luft herumlümmelten, bevor er anfing zu berichten. »Gestern Abend«, begann er, »habe ich mich mit den wenigen noch verbliebenen Mitspielern aus der Simulation getroffen, von der ich euch erzählt habe. Ich wollte ihnen weitergeben, was ich in Erfahrung gebracht hatte. Informationsfluss ist alles.«

»Das sagst du besser nicht«, warnte Andy. »Es klingt wie das alte Hacker-Motto: Information muss frei sein!«

Matt ignorierte ihn. »Ich hab mir gedacht, vielleicht können wir auch unsere Informationen austauschen. Entschuldigt mich, wenn ich Dinge erwähne, die euch schon bekannt sind. Ich will nur sichergehen, dass wir alle auf dem gleichen Stand sind.«

Seine Freunde lauschten schweigend, während er den Fall zusammenfasste, wobei er besonders Captain Winters' Kommentare zur Untersuchung des Brandes erwähnte und in allen Einzelheiten berichtete, was die Simulationsteilnehmer bei ihrem Treffen gesagt hatten.

»Außerdem habe ich eine neue Aufgabe für uns.« Matt erzählte von seiner Begegnung mit Pater Flannery und kam in diesem Zusammenhang auf die Witwe Knox und ihren abgesteckten Computer zu sprechen.

»Wenn sie einfach den Stecker gezogen hat, ist das Betriebssystem vermutlich im Eimer«, sagte Andy. »Der Flash-Speicher ist dabei mit Sicherheit gelöscht worden.«

»Aber die Dateien im Langzeitspeicher müssten noch da sein.« David hatte offenbar angebissen, ganz wie Matt gehofft hatte. Der Gedanke, einen Computer zu rekonstruieren, faszinierte ihn.

»Die Witwe hofft, dass wir Finanzunterlagen und Familienpapiere finden«, erklärte Matt.

Andy schnaubte verächtlich. »Jeder Idiot kann sich die doch aus dem Netz holen.«

Matt beugte sich vor. »Knox wurde völlig unvorbereitet aus dem Haus geworfen. Das heißt, dass im Langzeitspeicher des Computers vielleicht noch interessante Daten schlummern.«

»Du denkst, er könnte der Hacker gewesen sein, der die ganze Sache ins Rollen gebracht hat«, meinte Leif.

»Aber die Anwälte verfolgen dich und deine Mitspieler doch immer noch wegen dieser Hacker-Aktivitäten«, hielt Megan dagegen. »Das klingt, als wäre der Hacker weiterhin aktiv. Also kann es doch nicht Knox gewesen sein, oder?«

»Denkst du etwa, wir haben es mit mehreren Hackern zu tun?«, fragte Andy.

»Ich weiß gar nichts mehr«, gestand Matt. »Aber wenn

sich mir die Chance bietet, legal Einsicht in das System dieses Kerls zu nehmen ...«

»... willst du dir die nicht entgehen lassen«, ergänzte Andy.

»Ich habe den Kommunikationscode der Witwe Knox. Bevor ich anrufe, wüsste ich allerdings gern, ob ich mit euch rechnen kann. Ich könnte Hilfe gebrauchen.« Matt wandte sich an David. »Wärst du bereit, mir mit deinem technischen Können zur Seite zu stehen?«

»Wir müssen uns den Computer vor Ort ansehen«, sagte David. »Vielleicht am Samstag ...«

»Aber nachmittags«, mischte sich Megan ein. »Am Vormittag habe ich Judo-Training.«

Matt warf ihr einen Blick zu. »Ich komme natürlich mit«, sagte sie, bevor er den Mund öffnen konnte. »Das will ich mir unbedingt ansehen.«

Auf ihre Unterstützung hätte Matt gern verzichtet, aber Megan war er nicht gewachsen. »Okay«, sagte er daher achselzuckend. »Ich rufe sie an, und dann sehen wir, was passiert. Möchte jemand noch etwas hinzufügen? Haben wir was übersehen?«

Andy deutete auf Matts Schreibtischplatte. »Im Moment verpasst du gerade einen Anruf.«

Die winzige Nachbildung eines Ohrs, die Matts Virtmail-Konto symbolisierte, blinkte eindringlich.

»Das ist kein Anruf, sondern eine Nachricht«, verbesserte Matt. Er griff nach dem Ohr und aktivierte das Programm. Daraufhin erschien eine von Flammen eingerahmte Anzeige – eine visuelle Metapher für dringende Nachrichten.

Neugierig wie immer reckte Megan den Hals, damit sie Matt über die Schulter sehen konnte. »Wer ist Dave Lowen?«,

473

fragte sie stirnrunzelnd. »Der Name kommt mir bekannt vor ...«

»Das ist eine Figur aus den Lucullus-Marten-Romanen«, erwiderte Matt. »Marten hat ihn eingesetzt, wenn Monty Newman beschäftigt war oder der Auftrag besonderes Feingefühl erforderte.«

Megan lachte laut los. »Die Nachricht ist an Monty Newman adressiert. Der Absender weiß anscheinend nicht, dass du im Ruhestand bist.«

»Das weiß er sehr wohl«, sagte Matt, als er den Rest der Nachricht las.

Nicht einmal Lucullus Marten hat je versucht, einen Fall zu lösen, der vierzig Jahre zurückliegt. Hier ein paar Fragen, deren Antwort Sie interessieren dürfte: Wer war der erste Polizeibeamte am Tatort? Wie lange dauerte es, bis Walter G. befragt wurde? Wann wurde sein Auto beschlagnahmt? Was ist mit dem Auto geschehen?

»Die Antwort auf die erste Frage kenne ich«, sagte Megan. »Leif übrigens auch.«

Der nickte. »Der Beamte war Clyde Finch, der später Sicherheitschef der Callivants und dank seiner siebzehnjährigen Tochter auch Großvater von Nikki Callivant wurde.«

»Klingt, als hätte er sein Töchterchen nicht ausreichend gesichert«, witzelte Andy.

»Außerdem stellt sich die Frage, ob er für diesen Job qualifiziert war«, warf David ein. »Es gibt bestimmt jede Menge frühere Geheimagenten und FBI-Beamte, die sich um solch eine Stelle reißen würden. Wieso bekommt sie dann ein Kleinstadt...«

»...plattfuß?«, schlug Andy vor, was ihm einen bösen Blick eintrug. Dem Polizistensohn David gefiel diese despektierliche Bezeichnung überhaupt nicht.

»Ich glaube, wir sind uns alle einig, dass wir uns näher mit Mr Finch befassen sollten«, sagte Matt eilig mit einem Blick auf Leif. Der zuckte die Achseln.

»Ich kann es versuchen«, versprach er. »Und ich glaube, die Antwort auf die zweite Frage kenne ich auch. Nach dem, was ich gelesen habe, wurde Walter G. Callivant erst drei Tage nach der Entdeckung der Leiche befragt. Er hatte eine Art Zusammenbruch erlitten und hielt sich in einem Sanatorium auf.«

»Praktisch«, schnaubte David. »Ich wette, die Polizei hat ihn mit Samthandschuhen angefasst. Ein Junge aus reicher Familie, der von einer Phalanx von Psychologen abgeschirmt wird.«

»Du vergisst die Anwälte«, gab Andy zu bedenken.

»Was ist mit der nächsten Frage?«, wollte Megan wissen. »Wann hat die Polizei Walter G.s Auto beschlagnahmt?«

»Das weiß ich nicht«, gab Leif zu. »Allerdings war das Auto dem Polizeibericht nach sauber, als die Techniker es endlich zu Gesicht bekamen.«

»Und wie oft war es inzwischen in der Waschanlage?«, fragte Andy.

»Es wurden weder Blut- noch Gewebrückstände gefunden, und so etwas lässt sich nicht so einfach abwaschen«, erklärte Leif. »Die Gerichtsmediziner kamen zu dem Schluss, dass Priscilla Hadding aus einem fahrenden Auto gefallen war oder gestoßen wurde. Ihr Bein verfing sich irgendwo, vermutlich in der Autotür, und sie wurde ein Stück mitgeschleift.«

Megan schauderte. »Furchtbar.«

David nickte. »Aber so etwas hätte mit Sicherheit Spuren am Fahrzeug hinterlassen.«

»Warum dann diese Frage?«, wollte Megan wissen. »Unser neuer Virtmail-Freund scheint sie für wichtig zu halten.«

»Deep Throat«, murmelte Leif.

Sie fuhr herum. »Was?«

»Das ist schon lange her. So wurde ein Insider genannt, der Journalisten Informationen darüber zuspielte, wie der damalige Präsident seine Wiederwahl manipuliert hatte. Er erreichte sein Ziel: Der Präsident musste zurücktreten. Deep Throat – das war der Spitzname der Reporter für den Informanten – ging in die Geschichte ein.«

»Unser Deep Throat muss aber schon ganz schön alt sein, wenn ihm an der Aufklärung eines Vorfalls liegt, der sich vor vierzig Jahren ereignet hat.«

»Vielleicht plagt ihn plötzlich sein Gewissen«, warf Andy grinsend ein.

Leif schüttelte den Kopf. »Ich könnte mir eher vorstellen, dass unser Hacker uns unter die Nase reiben will, was er in Erfahrung gebracht hat.«

»Sind wir nicht gerade zu dem Schluss gekommen, dass Knox wahrscheinlich unser Hacker war?«, fragte David.

»Virtmail aus dem Jenseits«, tönte Andy mit dumpfer Stimme.

»Ich weiß nicht, wer der Absender ist, aber er spielt mit uns«, murrte Matt. »Wenn die Antworten auf zwei dieser Fragen in den Büchern über den Fall zu finden sind ...«

»Was ist mit der letzten Frage?«, warf Megan ein. »Was ist denn tatsächlich mit dem Auto von Walter G. passiert?«

»Das war ein Oldtimer, eine 1965er Corvette. In den Achtzigerjahren fuhren viele Leute plötzlich solche Autos, weil für die neuen Modelle Vorrichtungen zur Abgasreduzierung vorgeschrieben waren. Es dauerte eine Weile, bis die Technik so weit war, dass die Leistungseinbuße nicht mehr zu spüren war.«

»Umweltschutz! Das ist ja ein entsetzlicher Gedanke!«, bemerkte Megan sarkastisch.

»Die Freunde schneller Autos waren damals jedenfalls nicht sehr begeistert«, sagte Matt.

»Es dürfte kein Problem sein herauszufinden, was aus dem fahrbaren Untersatz von Walter G. geworden ist«, sagte Leif. »Dazu brauchen wir nur die Fahrgestellnummer …«

Er brach ab, als er sah, wie Matt den Kopf schüttelte. »Mit Skandalgeschichten kenne ich mich vielleicht nicht aus, aber von Autos verstehe ich was. Fahrgestellnummern gibt es erst seit 1981. Damit können wir den Wagen also nicht zurückverfolgen.«

»Das heißt, wir müssen den Archiven der Zulassungsstelle einen Besuch abstatten«, fing Leif an. Dann räusperte er sich hastig. »Hoppla, das will ich nicht gesagt haben. Und bitte behaltet es für euch.«

»Wir haben nichts gehört«, beruhigte ihn David.

»Wir haben bei Deep Throats kleinem Quiz also die Hälfte der Punktzahl erreicht«, stellte Andy fest.

»Dein Ohr blinkt wieder«, meldete Megan.

Matt aktivierte das Programm erneut. Die Nachricht, die daraufhin erschien, ähnelte der vorangegangenen.

Da du meine Nachricht von vorhin so schnell angenommen hast, nehme ich an, dass du noch im System bist. Anbei ein kleiner Hinweis.

Vor den Augen der Freunde erschien unter dem Text ein Bild, die Reproduktion eines verblichenen Flachfilmfotos. Ein junger Mann saß hinter dem Lenkrad eines niedrigen Oldtimer-Cabriolets und grinste durch die Windschutzscheibe.

»Computer!«, rief Matt. »Lässt sich die ursprüngliche Quelle der Nachricht feststellen?«

Der Computer zeigte den Namen einer großen Firma an, deren Geschäft die Weiterleitung von Nachrichten war.

»Auch egal. Lässt sich aus den angezeigten Details auf das Automodell schließen?«

Der Computer blieb einen Augenblick lang stumm. »Wahrscheinlichkeit achtzig Prozent oder mehr«, meldete er dann.

»Bild vergrößern, Farben wiederherstellen und Wagen ergänzen.«

Unter dem Gesicht des lächelnden Fahrers zog in rascher Folge eine geisterhafte Prozession von Fahrzeugen vorbei. Matts Hobby waren virtuelle Autos, und sein Computer enthielt eine umfangreiche Datenbank der verschiedensten Marken und Modelle.

Schließlich fing das Geisterauto an, sich zu materialisieren. Die verblichenen Farben gewannen neue Leuchtkraft, bis der lächelnde junge Mann in einem leuchtend roten Sportwagen saß.

»Bester Treffer: Corvette Stingray Modell 1965«, verkündete der Computer.

»Callivants Auto?«, fragte Andy. »Ist das Callivant hinter dem Lenkrad?«

»Nein.« Megan beugte sich vor. »Stell ihn dir vierzig Jahre älter vor, entsprechend dicker, mit mehr Falten und weniger Haar … das ist Clyde Finch.«

»Finch!« Leif sah genauer hin und nickte dann. »Du hast

Recht. Wir müssen unbedingt mehr über diesen Burschen rausfinden.«

»Vielleicht«, sagte Matt. »Aber im Moment interessiere ich mich für jemand ganz anderen.«

»Für wen denn?«, wollte David wissen.

Matt hob die Hand, als wollte er nach der Projektion über der Computerkonsole greifen. Natürlich fasste er dabei durch das Hologramm ins Leere. »Ich will wissen, wer uns dieses Bild geschickt hat. Im Moment ist diese Person für mich ebenso wenig greifbar wie das Foto.«

Spurlos . . . 14

»Dein Problem ist, dass du die falschen Werkzeuge verwendest«, belehrte Leif Matt. »Hologramme lassen sich nicht mit den Fingern fassen. Dafür verwendet man spezialisierte Computerprogramme.«

»Und du hast ein Computerprogramm, das Deep Throat für uns fängt?« Matt war skeptisch.

»Ich habe ein Programm, das versuchen wird, jede Virtmail von Deep Throat zurückzuverfolgen«, erwiderte Leif, ohne zu erwähnen, dass das Programm ihn bei einer Suche dieser Art sofort informieren würde.

Schließlich hatte jeder seine Aufgabe. Leif würde Matt das Tracer-Programm besorgen. Stillschweigend gingen er und die anderen davon aus, dass er ebenfalls versuchen würde, die Unterlagen der Zulassungsbehörde zu knacken. Andy sollte sich mit Clyde Finch und dessen Hintergrund beschäftigen. Matt würde sich mit Mrs Knox in Verbindung setzen und für den Samstag einen Termin vereinbaren. Bei der Untersuchung des Computers von Harry Knox sollten ihn Megan und David begleiten.

Leif beendete die Verbindung und kehrte in seinen eigenen virtuellen Arbeitsbereich zurück. Vor den Fenstern seines isländischen Holzhauses tobte ein Schneesturm, aber Leif interessierte sich nicht für die Vorgänge draußen. Er ging zu einer Wand mit flachen, raumhohen Regalen, die in kleine Fächer unterteilt waren. Jeder der offenen Kästen enthielt ein Programmsymbol.

In einem der mittleren Fächer fand Leif das Symbol, das er suchte: die Statue eines zürnenden chinesischen Dämonen. Statt sie in die Hand zu nehmen, hakte Leif mit einem Finger dahinter und zog. Ein ganzes Regalmodul schwang nach außen und gab den Blick auf in die Wand eingelassene Geheimfächer frei. Das war Leifs Kombination aus Schatzkiste und Waffenkammer. Neben dem Tracer-Programm, das er Matt leihen wollte, enthielt es auch die Tools, die ihm seinen Besuch bei der Zulassungsbehörde von Delaware erleichtern und seine Spuren verwischen sollten.

Zuerst wählte er ein Symbol, das aussah wie ein Angelhaken. Dieses Programm würde sich an den Absender der mysteriösen Virtmails heften und eine Spur legen. Dann griff er nach einer Art Miniaturhand an einem Stock, einem winzigen Dracula, der aus seinem Umhang lugte, und zuletzt nach einer kleinen goldenen Marke. Dieses Mittel würde er nur im äußersten Notfall einsetzen. Angeblich enthielt das Programm Polizeicodes für den Abruf von Informationen. Falls Leif damit erwischt wurde, musste er mit ernsthaften Konsequenzen rechnen.

Dazu mussten sie ihn allerdings erst einmal haben, und er

würde alles tun, um das zu verhindern. Er schloss die Tür zu seinem Geheimversteck und setzte sich auf das Wohnzimmersofa. Nachdem er eine Virtmail-Nachricht für Matt diktiert hatte, erteilte er einen Befehl und streckte die Hand mit dem Angelhaken aus. Einen Augenblick später hielt er zwei Haken in den Händen. Einen davon legte er ab, bevor er mit einem weiteren Befehl die Nachricht versandte. Das Symbol in seiner Hand verschwand.

Das war der einfache Teil seiner Aufgabe. Nun befahl er seinem Computer, Kontakt mit den Langzeitarchiven der Regierung von Delaware aufzunehmen. »Maximale Verschleierung«, setzte er hinzu, während er versuchte, sich auf den wilden Ritt einzustellen.

Schon bei einer Reise mit normalen Visualisierungstechniken konnten die Lichteffekte im Netz Halluzinationen auslösen. Leifs »Maximale Verschleierung« rief ein Programm auf, das die Rückverfolgung seines Besuchs der Regierungscomputer verhindern sollte. Dazu schleuderte ihn das Programm mit hoher Geschwindigkeit von einer Netzsite zur nächsten, wobei seine Verbindung nach dem Zufallsprinzip zwischen Millionen von Daten- und Hologramm-Übertragungen hindurch schoss. Er fühlte sich wie in einem grellbunten Flipper mit tausend Hebeln – und er war der Ball.

Gerade als er dachte, er könnte es nicht mehr aushalten, fand Leifs virtuelle Reise ihr Ende – direkt vor einem der fensterlosen Kästen, in denen alte Computerdaten lagerten. Leif versuchte gar nicht erst hineinzukommen, weil seine Verbindung sonst markiert und aufgezeichnet worden wäre. Mehr seinem Instinkt als einem konkreten Plan folgend, bog er um die linke Ecke des Konstrukts.

Natürlich war in der schmucklosen Mauer kein Eingang

vorgesehen. Leif holte das Symbol mit der Hand auf dem Stock heraus. Es stand für ein Universal-Handshake-Programm, das er nun in die schimmernde Neonwand einführte. Es glitt hindurch – gefolgt von Leif. Sein Plan war es, sich an den normalen Datenstrom anzuhängen, bis er die gesuchten Aufzeichnungen erreichte.

Unterwegs aktivierte Leif sein Vampirprogramm, das ihn zum einen unsichtbar machen sollte und ihm zum anderen helfen würde, die gewünschten Informationen aufzusaugen.

Jetzt kam der schwierige Teil. Würden die Daten der Callivants geschützt sein? Leif konnte nachvollziehen, warum Gerichtsakten dem Zugriff der Öffentlichkeit entzogen wurden. Aber vierzig Jahre alte Zulassungsdaten? Da konnte hoffentlich nicht viel passieren. Allerdings waren im Umfeld von Matts Simulation bereits erschreckend viele Opfer zu beklagen, da war Vorsicht besser als Nachsicht. Außerdem wollte er sich auf keinen Fall als Hacker erwischen lassen, das würde nämlich zumindest seiner Laufbahn als Net Force Explorer ein jähes Ende bereiten.

Offenbar hatte das Anwesen der Callivants immer schon einen ansehnlichen Fuhrpark beherbergt. In den alten Unterlagen stieß er auf eine 1965er Corvette, die 1981 auf Walter G. Callivant zugelassen wurde. Kein Eintrag für 1980, keiner für 1982. Moment mal, 1982 war die Zulassung auf Clyde Finch übertragen worden. Einen Monat später wurde das Auto verschrottet.

Das könnte das Foto von Finch in dem Auto erklären, dachte Leif. Aber es wirft eine andere Frage auf. Wieso lässt sich jemand erst stolz wie Oskar in seinem heißen Schlitten fotografieren und entsorgt das Ding dann kurz darauf?

Am Freitagnachmittag war Matt ziemlich zufrieden mit sich. Immerhin war er noch am Leben, und keiner der übrigen Simulationsteilnehmer hatte irgendwelchen Ärger gehabt. Am Vormittag hatte er eine super Geschichtsarbeit abgeliefert und während des Mittagessens mit Megan und David den morgigen Besuch bei Mrs Knox geplant.

Die Dame hatte am Telefon ziemlich entnervt geklungen. Sie hatte den Anruf auf ihrem Brieftaschen-Telefon entgegengenommen, aber Matt hatte in erster Linie Babygeschrei gehört. Als sie erfuhr, dass er im Auftrag von Pater Flannery anrief, geriet sie ganz aus dem Häuschen.

»Ich wäre Ihnen unendlich dankbar«, sagte sie. »Die Bank weigert sich, telefonische Anweisungen anzunehmen, und mit den beiden Kindern komme ich einfach nicht aus dem Haus. Ich kann Computer nicht ausstehen, aber wir brauchen unbedingt das Zeug, das da drin gespeichert ist.«

Dass Matt und seine Freunde am Samstagnachmittag kommen wollten, war ihr sehr recht. »Sie wissen doch, wo wir wohnen, oder? Ich gehe dann mit den Kindern spazieren, damit Sie ungestört sind.«

Die meisten Leute würden sich mehr Sorgen darüber machen, was Unbekannte in ihrem Haus treiben, als darüber, ob diese Unbekannten durch Kindergeschrei gestört werden könnten, dachte Matt. Wahrscheinlich denkt sie, wenn wir uns schon durch den Computer mit der schmutzigen Familienwäsche wühlen, kann sie uns auch das Silberbesteck anvertrauen. Falls es in dem Haus Silberbesteck gab.

Matt verdrängte den deprimierenden Gedanken, schließlich wollte er sich seine gute Laune nicht verderben lassen. Endlich war die Schule zu Ende, und er ging zur Bushaltestelle an der Ecke.

Bevor er jedoch die Straße überqueren konnte, erschien ein Auto an der Kreuzung und hupte ihn an. Ein bronzefarbenes Dodge Concept Car. Die Fahrerin trug eine überdimensionale Sonnenbrille. Diesmal hatte sich Nikki Callivant jedoch eine khakifarbene Baumwollkappe auf den Kopf gestülpt.

Die Hupe ertönte erneut, und Nikki winkte ihn zu sich. Seufzend ging Matt zur Beifahrertür und stieg ein.

»Wohin geht es diesmal?«, fragte er. »Wieder in den Park?«

»Ich dachte, ich fahre dich nach Hause«, erwiderte Nikki Callivant.

»Sehr nett von dir. Dürfte ich fragen, warum?«

Sie nahm ihre Brille ab und sah ihn aus ihren unglaublich blauen Augen an. »Falls du denkst, dass ich dir verfallen bin, befindest du dich im Irrtum.«

»Denken die Jungs in deinen Kreisen so was?«, fragte Matt.

»Leider«, gab sie kurz angebunden zurück. »Vielleicht weil sie zu viel Geld haben.«

»Ja«, sagte Matt. »Ich habe gehört, reiche Jugendliche sind generell sehr sensibel. Denk nur daran, wie Priscilla Hadding deinen Großvater hat sitzen lassen oder umgekehrt.«

»Hast du mehr darüber herausgefunden?« Gut, dass sie an einer roten Ampel hielten, denn Nikki starrte ihm ins Gesicht, anstatt sich auf die Straße zu konzentrieren.

»Wenn ich etwas herausgefunden hätte, würde ich es dir bestimmt nicht sagen«, antwortete Matt schließlich.

Hinter ihnen hupte jemand, und Nikki musste sich wieder auf den Verkehr konzentrieren. »Warum?«, fragte sie, als sie sich wieder in Bewegung setzten.

»Deine Aufmerksamkeit ist sehr schmeichelhaft«, erklärte

Matt, »aber du bist der Feind. Deine Familie droht mir und allen anderen, die je mit dieser albernen kleinen Krimisimulation zu tun hatten, mit rechtlichen Schritten. Niemand soll auch nur das geringste Interesse an den Vorfällen zeigen, die sich vor vierzig Jahren in Haddington ereignet haben.«

»Das ist mittlerweile *mehr* als vierzig Jahre her«, verbesserte Nikki ihn. Sie seufzte. »Warum können die Leute die Vergangenheit nicht ruhen lassen?«

»Weil Mord nicht verjährt«, hätte Matt fast gesagt, aber er biss sich gerade noch rechtzeitig auf die Zunge.

»Der Senator – mein Urgroßvater – sagt, die Presseleute besaßen damals noch einen Rest Anstand und Schamgefühl. Heute schnüffeln die doch überall herum.«

»Tatsächlich? In den guten alten Tagen waren die Reporter also nicht hinter Skandalen her wie der Teufel hinter der armen Seele?«

»Du hast gut lachen, du guckst ja auch nicht ständig in irgendwelche Kameraobjektive. Seit ich denken kann, hat mir immer jemand erklärt, wie ich mich in der Öffentlichkeit benehmen soll. Bloß keine Gefühle zeigen. Sich nicht in Streit verwickeln lassen. Nichts tun, was sich nicht vor den Blicken von achtzig Millionen Menschen auf einem Holo-Display sehen lassen kann. Ich kann noch nicht einmal auf einer Jacht mitfahren, ohne dass ich von einem Fotografen mit Teleobjektiv in einem Boot oder einem Helikopter beschattet werde, der hofft, dass ich mein Bikinioberteil ausziehe.«

»Klingt ja entsetzlich. Wie sollst du da jemals nahtlos braun werden?«

»Siehst du? Du verstehst das einfach nicht.«

»Ich werde dir sagen, was Prominenz für mich bedeutet.

Menschen kämpfen um die Aufmerksamkeit der Öffentlichkeit, weil sie ihnen Ruhm, Geld oder öffentliche Ämter und damit Macht einbringen kann. Sie engagieren Leute, die dafür sorgen, dass sie in der Presse erwähnt werden, und lassen sich Aktionen für die Medien einfallen. Wenn du Nikki McGillicuddy heißen würdest und Hollywood erobern wolltest, würde dir dein Manager wahrscheinlich raten, dein Bikinioberteil fallen zu lassen, wo du gehst und stehst.«

Auf Nikkis Wangen zeichneten sich dunkelrote Flecken ab. »Ich habe nie versucht …«

»Nein, die Generationen vor dir haben die Publicity-Maschinerie in Gang gesetzt«, unterbrach Matt. »Aber du bist bereit, sie zu nutzen. Hast du nicht gesagt, du willst die erste weibliche Callivant in einem öffentlichen Amt werden?«

»Das klingt ja – ich bin schließlich eine Callivant!«

»Und was ist das?«, fragte Matt. »Ein Markenname der amerikanischen Politik? Irgendwie hat die Republik mehr als hundert Jahre lang überlebt, bevor der erste Callivant in Washington auftauchte. Denkst du, die Zivilisation bricht zusammen, wenn sich keiner aus deiner Familie um die Regierungsgeschäfte kümmert?«

»Du wagst es …«, fing Nikki Callivant an.

»Normalerweise würde ich es nicht wagen, so mit einer Callivant zu reden«, schnitt ihr Matt das Wort ab. »Dass du mir das überhaupt durchgehen lässt und nur ein wenig verschnupft bist, weckt in mir den Verdacht, dass du etwas von mir willst.«

Er ließ ihr fein gemeißeltes Profil nicht aus den Augen, während sie unverwandt auf die Straße starrte. »Ich bin mir nur nicht sicher, *was*.«

»Ich wollte herausfinden, warum deine Freunde sich solche

Mühe geben, dir zu helfen«, fuhr Nikki ihn an. »Was an dir so besonders ist, dass sie unverbrüchlich zu dir halten.«

»Und?«

»Ehrlich gesagt, ich habe keine Ahnung.«

»Weißt du, wir Kinder der unteren Schichten reagieren gelegentlich allergisch darauf, wenn sich Hochwohlgeborene plötzlich mit uns beschäftigen«, sagte Matt spitz.

Nikkis Stimme wurde weich. »Es ist nur, weil du in Schwierigkeiten steckst, und deine Freunde ... niemand würde das für mich tun.«

»Was redest du da. Dein Haus ist doch voll gestopft mit Sicherheitsbeamten, die dafür sorgen, dass dir kein Härchen gekrümmt wird.«

»Söldner«, sagte Nikki bitter. »Falls der Verdacht aufkommt, dass jemand eine persönliche Beziehung zu ihnen entwickelt, werden sie gefeuert.«

»Das muss nicht so sein.« Matt dachte an die Geschichten, die Leif vom Chauffeur und Leibwächter seines Vaters erzählte. Thor Hedvig war für Leif fast ebenso eine Vaterfigur gewesen wie Magnus Anderson. »Moment mal«, sagte er, »dein Urgroßvater ist doch der Chef all dieser Söldner.«

»Grandpa Clyde.« Matt spürte eine kaum merkliche Veränderung in Nikkis leiser Stimme, eine neue Härte. »Seine Loyalität gilt der Familie ...« Ihr Atem stockte. »Nicht mir.«

Wie sie das wohl gelernt hatte? Es musste eine ziemlich bittere Erfahrung gewesen sein.

Nikki Callivant fuhr an den Straßenrand und hielt an. »Ich möchte, dass du das hier nimmst.« Sie gab ihm eine Karte mit ihrem Namen und einer Netzadresse. »Ich dachte, vielleicht kann ich dir helfen oder wenigstens mit dir reden.«

»Okay.« Matt riss eine Seite aus seinem Notizbuch und

kritzelte seinen Kommunikationscode darauf. »Möglicherweise ist es eine gute Idee, wenn wir in Verbindung bleiben. Zumindest musst du mich dann nicht mehr auf der Straße anhupen.«

Das entlockte ihr ein schwaches Lächeln. Eine Weile saßen sie schweigend in dem geparkten Auto. Matt hatte das eigenartige Gefühl, dass er sich endlich wirklich mit ihr verstand, obwohl keiner von beiden etwas sagte.

Schließlich brach er das Schweigen. »Es wird spät, und du musst noch nach Haddington zurück.«

»Oh!« Nikki ließ den Motor an.

Matt deutete auf die nächste Ecke. »Da drüben ist eine Bushaltestelle. Am besten setzt du mich da ab und fährst direkt nach Hause.«

Gleich darauf stand er an der Haltestelle und sah zu, wie sich der bronzefarbene Dodge in den rollenden Verkehr einfädelte.

Sie will mir helfen, dachte er lächelnd. Aber sie schafft es noch nicht einmal, mich nach Hause zu fahren.

Leif seufzte, als Andy Moores Gesicht auf seinem Computerdisplay erschien. Es war schlimm genug, an einem Freitagabend Hausarrest zu haben. Aber einem von Andys Streichen zum Opfer zu fallen oder sich seine entsetzlichen Witze anhören zu müssen, das grenzte an Folter und verstieß vermutlich gegen die Menschenrechte.

Andy wirkte sehr zufrieden mit sich selbst.

»Was gibt's, Moore?«, fragte Leif misstrauisch.

»Ich habe meinen Teil erledigt«, meldete Andy.

»Deinen Teil von was?«

»Clyde Finch. Den sollte ich überprüfen, erinnerst du dich?

Du solltest das Auto übernehmen, ich den Fahrer, das hatten wir bei unserem Treffen so beschlossen. Ich brauchte nur ein Geburtsdatum, und das habe ich in einem der Bücher über die Callivants gefunden.«

Leif nickte. Anhand des Geburtsdatums ließ sich die Geburtsurkunde bestimmt ohne große Probleme auftreiben. Und Clyde war mittlerweile ein relativ seltener Name geworden. Anhand des Geburtsorts ließ sich dann bestimmt feststellen, welche anderen Finchs noch in der Gegend lebten.

»Und«, fragte er, »gehört unser Mann zu den berühmten Delaware-Finchs?«

Andy schüttelte den Kopf. »Nicht doch. Er stammt aus New Jersey und wurde in einem entzückenden Städtchen namens Carterville geboren. Der größte Arbeitgeber dort ist die Justizvollzugsanstalt. Offenbar sieht es die Familie Finch als ihre Aufgabe, diese Institution mit Insassen zu versorgen.«

»Wirklich?«, fragte Leif. »Das klingt nach einem interessanten Hintergrund für einen Polizisten.«

Andy nickte grinsend. »Sieht so aus, als wären Clydes Eltern aus dem Bundesstaat weggezogen, um den armen Jungen schlechten Einflüssen zu entziehen. Mit vierzehn war er bereits mehrfach mit dem Gesetz in Konflikt gekommen. Dabei wurde unter anderem sein sechzehnjähriger Cousin wegen Autodiebstahls verhaftet. Die Gerichtsakten dieses vielversprechenden jungen Mannes sind allgemein zugänglich, weil seine Verhandlung im Flachfilm-Fernsehen stattfand. *Das Jugendgericht* hieß die Sendung. Ronnie Finch versuchte, die gesamte Schuld auf seinen Cousin abzuwälzen, aber das ging gründlich schief.«

»Ist Clyde irgendwo in Delaware auffällig geworden?«, fragte Leif.

»Nach dem Umzug nach Haddington scheint er sich gebessert zu haben«, erwiderte Andy. »Vielleicht ist er zu dem Schluss gekommen, dass er gegen das Gesetz keine Chance hatte, und hat sich deswegen auf die Seite der Polizei geschlagen.«

»Vielleicht«, sagte Leif, der fieberhaft überlegte, wie diese neue Information zu dem passte, was er über den Tod von Priscilla Hadding wusste.

Der Beamte, der zuerst am Tatort eintraf, war also kein unbedarftes Landei. Stattdessen haben wir es mit einem mit allen Wassern gewaschenen früheren Ganoven zu tun, der unerwartet über einen Fall stolpert, in den zwei reiche, mächtige Familien verwickelt sind.

Wenige Monate später arbeitet er für die Callivants und fährt einen hoch motorisierten Oldtimer. Auch wenn noch nicht alle Teile des Puzzles passten, begann sich ein Bild herauszukristallisieren, das Leif ganz und gar nicht gefiel.

Megan rümpfte die Nase. Das Haus der Knox' roch nach Babybrei und schmutzigen Windeln. Wahrscheinlich war das bei zwei kleinen Kindern nicht anders zu erwarten. Vorne rein, hinten raus, dachte sie.

Das Haus war so klein, dass sich Gerüche in Windeseile von einem Raum zum anderen verbreiteten. Wenigstens waren die Kinder nicht da. Mrs Knox hatte sie an der Tür mit einem Doppelkinderwagen empfangen. Nachdem sie ihnen den Computer gezeigt hatte, hatte sie eilig die Flucht ergriffen. In zwei Stunden wollte sie zurück sein. Megan, Matt und David quetschten sich in das winzige Wohnzimmer. Ein Sofa mit geschwungener Rückenlehne stand vor einem Holo-Gerät. In eine Ecke gequetscht fanden sie Knox' Computerkonsole und einen abgenutzten, aber qualitativ hochwertigen Computer-Link-Stuhl.

David runzelte die Stirn, als er sich die Hardware ansah. »Das sieht nach einem Uraltsystem aus. Falls er versucht hat, sich mit diesem Schrott irgendwo einzuhacken, ist es ein Wunder, dass sie ihn nicht beim ersten Versuch erwischt haben.« Er deutete mit der Hand darauf. »Das ist ein Netzsystem der ersten Generation mit einer Dockingstation für die alten Laptops.« Dann sah er genauer hin. »Hm. Die externen Adapter sind für Geräte wie dieses hier umgebaut worden.« Er holte seinen Laptop hervor, den er dem Versuch von Anderson Investments Multinational verdankte, diese Technologie wieder zu beleben. Die ausbleibende Nachfrage hatte dafür gesorgt, dass viele Net Force Explorers die Geräte zu Schleuderpreisen erstehen konnten.

»Vielleicht hatte Knox kein Geld mehr für ein brandneues Computersystem, nachdem er sich seinen Sattelschlepper gekauft hatte«, vermutete Megan. »Deswegen hat er sich lieber ein Laptop gekauft und einen älteren Heimcomputer entsprechend angepasst.«

David hatte bereits die vordere Verkleidung der Konsole abgenommen. »Stimmt«, sagte er, »wir haben es hier mit einem Bastler zu tun. Der hat das Ding mit Leiterplatten verschiedener Hersteller und Modelle nachgerüstet.«

»Die hier hat Mrs Knox für uns in die Küche gelegt.« Matt hielt ihm eine Hand voll zerknüllter Zettel hin. »Sie hat die neuen Passwörter immer auf einen Notizblock geschrieben und in einer Schublade aufbewahrt.«

»Optimale Sicherheit«, spöttelte Megan, als sie sich das Gekritzel ansah: Icarus287, WILDEYEZ. »Schade, dass sie kein Datum dazugeschrieben hat.«

David wühlte immer noch in den Eingeweiden des Systems herum. »Vielleicht ist es einfacher, als ich dachte«, meinte er. »Ich schalte dieses Ungetüm ein, schließe meinen Laptop an und boote von da aus.«

Als das System lief, ging er die Passwort-Sammlung von Mrs Knox durch. Einige davon erlaubten ihm tatsächlich den Zugriff auf bestimmte Daten.

Das Problem waren die Bereiche, die mit einem virtuellen »Betreten verboten«-Schild versehen waren. Aber David besaß Programme, mit denen er auch die knacken konnte – einige davon hatte Leif Anderson ihm gestiftet.

»Wie kommst du voran?«, wollte Megan wissen, als eine Flut merkwürdiger Schriftzeichen über das holografische Display lief.

»Das Zeug ist verschlüsselt, deswegen lade ich es nur auf meinen Laptop«, gab er zurück. »Die Entschlüsselung dürfte einige Zeit in Anspruch nehmen, aber ich bin mir sicher, dass ich den Code auf meinem System zu Hause knacken kann.«

David deutete auf die Computerkonsole vor ihnen. »Von Hightech keine Spur.« Er grinste. »Seine Sicherheitsmaßnahmen sind bestimmt genauso primitiv.«

»Aber wie konnte sich unser Harry mit diesem altersschwachen System in geheime Akten einhacken?«, wollte Matt wissen.

»Einfach nur Glück«, sagte David. Er deutete erneut auf den Mischmasch von Leiterplatten. »Wahrscheinlich war er – völlig grundlos – so stolz auf seine Bastelei, dass er größere Ziele ins Auge fasste.«

»Bis er jemandem auf die Zehen trat. Hey!« Megan zeigte auf das Display. »Hier gibt es ja sogar Bilder.«

David starrte mit zusammengekniffenen Augen auf den Namen der Datei. »Ja, stimmt. Das ist das Naturschutzgebiet Cowper's Bluff an der Chesapeake Bay. Knox hatte jede Menge Dateien über das Gebiet. Das hier ist allgemein zugängliches Werbematerial.«

Megan runzelte die Stirn. »Wollte er da seinen nächsten Urlaub verbringen?«

David schüttelte den Kopf. »Das Gebiet steht unter Naturschutz und ist für die Öffentlichkeit gesperrt.«

»Trotzdem hatte er jede Menge Unterlagen darüber«, wiederholte Matt nachdenklich. »Ich hoffe, du kopierst das Zeug.«

»Was noch alles?«, jammerte David. »Der Typ hat Daten gehortet wie ein Eichhörnchen Nüsse. Er hat sich von Werbematerial bis zu schwachsinnigen Verschwörungstheorien alles Mögliche von öffentlich zugänglichen Netzsites heruntergeladen. Außerdem hat er verschlüsselte Daten gestohlen, die er nicht übersetzen konnte und einfach irgendwo abgelegt hat. Und wie Rosinen in einem Kuchen stecken irgendwo dazwischen Gerichtsakten, Polizeiberichte und weiß der Teufel was noch.«

Als Mrs Knox und die Kinder zweieinhalb Stunden später wieder auftauchten, hatten Megan und ihre Freunde die Aufzeichnungen ausgedruckt und auf Datascripts gespeichert, das Heimsystem wieder online geschaltet und die Finanzunterlagen der Familie in einem Format abgelegt, das für Mrs Knox verständlich war.

Außerdem hatten sie alle relevanten Daten – und wie David meinte, jede Menge völlig überflüssiges Zeug – aus Knox' Sammelsurium auf den Laptop und zahllose Datascripts geladen.

Mrs Knox standen Tränen der Dankbarkeit in den Augen, als die Jugendlichen aufbrachen. Megan fühlte sich hin und her gerissen. Zum einen tat ihr die Frau in ihrer Notlage Leid. Andererseits verstand sie nicht, wie man so unwissend sein konnte. Wie hatte sie zulassen können, dass sie und ihre Kinder wegen einer Technologie in Gefahr gerieten, von der sie nicht das Geringste verstand?

Auf dem Weg zur Bushaltestelle sagte Megan kein einziges Wort.

Sie mussten sich eine Weile gedulden, am Samstag fuhren die Busse viel seltener als während der Woche. Die automatischen Gefährte kamen zwar ohne Fahrer aus, aber nicht ohne Wartung, die zumeist am Wochenende durchgeführt wurde.

Endlich tauchte der richtige Bus auf. Sie schwenkten ihre Universal-Kreditkarten, um ihn anzuhalten. Fahrkarten brauchten sie keine: Sie zogen einfach ihre Kreditkarten durch einen Schlitz an der Einstiegstür.

Der Bus war leer – keine große Überraschung. Nachdem die Linie weder Einkaufs- noch Freizeitzentren bediente, war hier an einem Samstagnachmittag kaum jemand unterwegs.

»Sucht euch einen Platz aus«, sagte Megan. Sie wartete, bis David sich niedergelassen hatte, und ließ sich dann in die Reihe hinter ihm fallen. Matt blieb ganz vorne, wo er ein wenig mehr von der blassen Wintersonne abbekam.

Wie Megan es erwartet hatte, fuhr David sein Laptop hoch, sobald er saß. »Das hier dürfte ungefähr so wertvoll sein wie Harrys Mülleimer«, meckerte er, während er ein Bild des Vogelschutzgebiets aufrief. Es zeigte eine mit Schilf bestandene kleine Bucht, die offenbar von einem Hügel oder einem Steilhang über einer Wasserfläche aus fotografiert worden war.

»Ich kann keine Verbindung zwischen den Callivants und diesem Vogelparadies sehen«, erklärte er.

Matt schüttelte den Kopf. »Das Naturschutzgebiet liegt an der Chesapeake Bay. Wo genau?«

David rief einen blumigen Text auf.

»Da.« Megan deutete auf eine beigefügte Karte. »In Maryland.«

Matt zeigte jedoch auf einen anderen Teil des Displays. »Aber die Stiftung, die das Projekt finanziert, hat ihren Sitz in Delaware. Was für eine Überraschung! Haddington, Delaware.«

»Wie dumm von mir«, spöttelte David. »Natürlich! Sie haben die Leiche dort vergraben. Moment mal! Die Leiche wurde ja gar nicht vergraben. Die hat man schon vor vierzig Jahren gefunden.«

Megan hatte keine Lust, sich auf eine Diskussion über Davids sarkastische Bemerkungen einzulassen. Sie wandte den Kopf ab und sah aus dem Fenster. Deswegen bemerkte sie auch das schwarze Auto mit den getönten Scheiben, das von hinten heranschoss und den Bus um ein Haar seitlich gerammt hätte. Das hintere Fenster stand offen, aber sie sah nur ein Paar Hände. Besser gesagt, ein Paar glänzende schwarze Handschuhe, die ein komplexes Metallgebilde in die Höhe hielten. Vielleicht eine Antennenanlage?

»Hey!«, rief Matt, als der Bus bei dem Versuch, den Sicherheitsabstand zu wahren, ins Schlingern geriet. »Was für Verrückte …«

Das plötzliche Aufheulen des Turbinenmotors des Busses übertönte seine Worte. Das Fahrzeug machte einen Satz nach vorne, der so heftig war, dass Megan und die Jungen in ihre Sitze gepresst wurden, und schnitt einem Fahrzeug rechts von ihnen den Weg ab.

So etwas darf eigentlich gar nicht passieren, dachte Megan überrascht. Diese Busse dürfen überhaupt nicht so schnell fahren. Was …?

Matt nahm ihr die Worte aus dem Mund. »Was zum Teufel ist hier los?«, brüllte er.

Spurlos … 15

Wie oft hatte Matt in einem Bus gesessen und nervös auf seine Uhr gestarrt, wenn er zu spät dran war? Wie oft hatte er geflucht, weil die Dinger wie die Schnecken krochen? Das Washingtoner Bussystem war landesweit berühmt für seine Zuverlässigkeit, Sicherheit – und ein Tempo, bei dem jede Schildkröte mühelos überholen konnte.

Das ist mal wieder typisch, dachte Matt, während er sich an einen Metallgriff klammerte. Ausgerechnet ich muss in dem einen Bus sitzen, der sich für einen Rennwagen hält!

Ohne Rücksicht auf den übrigen Verkehr schlingerte der Bus über die sechsspurige Straße. Bis jetzt fuhren sie noch auf der planmäßigen Route, aber soeben rasten sie an einer Haltestelle vorbei, obwohl die Wartenden dort ihre Karten schwenkten.

Die sind wohl wahnsinnig, dachte er. Das Ding hier ist doch offenkundig völlig außer Kontrolle.

Der Computer, der den Bus steuerte, schien jetzt komplett außer Rand und Band zu sein. Sie hörten das Quietschen der Bremsen und vergebliches Hupen, als ihr Gefährt ohne Rücksicht auf Verluste über die Straße bretterte. Dann hörte Matt ein kreischendes Geräusch, bei dem es ihm kalt über den Rücken lief. Metall auf Metall: Ein Auto schrammte am Bus entlang. Durch den Aufprall wurde der Bus zur Seite geschleudert, sodass er nur noch auf zwei Rädern fuhr. Matt und seine Freunde konnten sich nur mit Mühe festhalten.

Als die Räder wieder auf die Straße knallten, wurde Davids Krücke in die eine Richtung geschleudert, während sein Laptop in die andere zu rutschen drohte. David versuchte natürlich, mit beiden Händen seinen Computer zu retten.

Genau in diesem Augenblick wechselte der Bus abrupt die Fahrbahn. Matt und Megan wurden dabei nur kräftig durchgeschüttelt, aber David erwischte es schlimmer. Da er seinen Computer mit beiden Händen umklammert hatte, konnte er sich selbst nicht festhalten. Er wurde zu Boden geschleudert, ließ aber den Laptop nicht los.

Matt stürzte sich in den Gang, wobei er sich mit einer Hand an der Griffstange vor seinem Sitz festhielt. Mit der anderen versuchte er, David, der durch den Bus geschleudert wurde, am Arm zu packen.

Das gelang ihm zwar, aber der Bus ging in diesem Augenblick so rasant in eine Kurve, dass sie beide zusammen durch den Gang gewirbelt wurden.

David unterdrückte einen Aufschrei, und Matt merkte, wie sein Freund die Luft durch die Zähne stieß, als er auf seinem verletzten Bein landete. Dann hörte er nicht mehr viel, weil er mit der Stirn gegen eine Stange im Gang knallte. Wenn man während der Stoßzeit nur einen Stehplatz gefunden hatte, war man wahrscheinlich dankbar, sich festhalten zu können, aber für jemanden, der durch einen fast leeren Bus geschleudert wurde, war eine solche Vorrichtung lebensgefährlich.

Vor seinen Augen explodierten grellgelbe Sterne. Er verlor den Halt und schlitterte gemeinsam mit David über den vibrierenden Boden in den hinteren Teil des Busses.

Seine Wange fühlt sich nass an. In was für einer Pfütze bin ich denn da gelandet?, dachte er angewidert.

Sobald er einigermaßen ruhig lag, versuchte er, sich die Flüssigkeit vom Gesicht zu wischen, aber schon die kleinste Berührung war extrem schmerzhaft. Seine Finger schmierten eine klebrig schleimige Masse über seine Haut.

»Matt!« Davids Stimme schien von weither zu kommen. »Bist du in Ordnung?«

»Ich?«, lallte Matt. »Wie geht's denn dir?«

»Schlecht.« David knirschte mit den Zähnen. »Was ist mit deinem Gesicht?«

»Gesicht?« Matt blinzelte, weil alles so verschwommen aussah. Dann waren die Sterne verschwunden, und er erkannte David, der sich mit besorgter Miene über ihn beugte.

Matt hob die Hand. Jetzt wusste er auch, was das klebrig schleimige Zeug war. Blut.

Sein Blut.

Matt versuchte, sich aufzurichten, aber entweder war die plötzliche Bewegung zu viel für ihn, oder der außer Kontrolle geratene Bus war wieder ins Schleudern geraten. Er fiel zurück auf den Bauch und hätte sich fast übergeben.

»Langsam, langsam!«, mahnte David.

Matt unternahm einen zweiten Versuch. Diesmal ließ er sich Zeit. Es gelang ihm zwar nicht, sich umzudrehen, aber er schaffte es, sich auf Ellbogen und Händen in eine Art Lie-

gestützposition zu stemmen. Dabei hatte er das Gefühl, Blei-
gewichte auf den Schultern zu haben.

David streckte die Hände nach ihm aus, während der Bus
mit einem wilden Schlenker erneut die Fahrbahn wechselte.
»Ich glaube, du hast dir nur eine Platzwunde zugezogen«,
meinte er, während er Matts Stirn untersuchte. »Aber du blu-
test wie ein Sch…«

»Mist!«, brüllte Megan vorne im Bus so laut, dass sie Davids Worte übertönte. »Wo ist dieser Scheißhammer?«

Während David und Matt nach hinten gerollt waren, hatte sie sich nach vorne zum Notschalter durchgekämpft, mit
dem sich der Bus schlagartig anhalten ließ. Jedes Kind wusste, dass dieser Knopf nur im äußersten Notfall benutzt werden durfte.

Wenn das hier kein Notfall ist, weiß ich's auch nicht,
dachte Matt, während er versuchte zu erkennen, was Megan
tat. Irgendwie schien sein rechtes Auge – das unter der Platzwunde – zusammengeklebt zu sein. Er konnte nicht genau
sehen …

Moment mal. Megan hämmerte mit der Faust auf die
Kunststoffabdeckung über dem Notschalter. Wieso das
denn? In der Nähe des Schalters war doch immer ein kleiner
Metallhammer angekettet …

Oh. Deswegen fluchte sie so: Der Hammer fehlte. Und den
Schalter konnte sie erst betätigen, wenn die Abdeckung aus
dem Weg war.

Matt ließ den Kopf auf den Boden zurücksinken. In das
Heulen des Motors hatte sich ein knirschendes Geräusch gemischt. Natürlich, der Motor war nicht für Hochgeschwin-
digkeitsfahrten gebaut, wie sie der außer Kontrolle geratene
Computer versuchte. Wenn sie Glück hatten, knallte ein Ven-

til durch oder so etwas, und das Fahrzeug rollte aus. Falls aber der Motor explodierte oder in Brand geriet, saßen sie in einem rollenden Inferno gefangen. Oder sie prallten gegen irgendein Hindernis, überrollten ein paar unglückselige Unbeteiligte und kamen alle ums Leben. Megan musste unbedingt den Knopf drücken, und zwar jetzt!

Er sah sich nach etwas um, das er als Werkzeug benutzen konnte. Sein Blick fiel auf Davids Krücke.

»Megan! Hier!« Matt versuchte, ihr die Krücke zuzuwerfen. Leider gehorchte ihm sein Arm nicht so, wie er sich das wünschte, und sie fiel einen guten Meter vor Megans ausgestreckter Hand zu Boden. Zum Glück rutschte sie durch ihren eigenen Schwung noch ein Stück weiter, sodass Megan mit dem ausgestreckten Bein den Griff erwischte. Sie hielt sich mit der einen Hand an einer Stange in der Nähe der vorderen Tür fest, bückte sich und zog die Krücke mit dem Fuß heran, bis sie diese mit der freien Hand greifen konnte.

Dann packte sie den Schaft der Krücke und stand auf. Mit einem Schrei schmetterte sie den Griff gegen die Schutzplatte, die jedoch nicht nachgab.

»Was zum ...«, fauchte Megan, während sie immer wieder auf das normalerweise leicht zerbrechliche Plastik eindrosch.

Als ahnte der Bus, was Megan vorhatte, begann er, im Zickzack zwischen den Fahrbahnen zu wechseln. Megan, die sich verzweifelt an die Stange klammerte, wurde hin und her geschleudert. Die Bustür öffnete sich. Wenn sie ihren Griff lockerte und hinausgeschleudert wurde, wäre das ihr Tod.

»Megan, geh da weg!«, brüllte David.

Megan warf einen Blick über ihre Schulter. Selbst aus der Ferne und mit nur einem Auge konnte Matt sehen, wie sie starrköpfig das Kinn reckte. Sie stemmte sich mit beiden Füßen gegen das Armaturenbrett und presste ihren Rücken gegen die Stange. Dann schmetterte sie die Krücke mit beiden Händen auf die durchsichtige Platte, die endlich zerbarst.

Der Bus schlingerte erneut, und die Krücke wurde zur Tür hinausgeschleudert. Irgendwie gelang es Megan jedoch, sich an der Stange festzuhalten. Sobald sie ihr Gleichgewicht wieder gefunden hatte, schleuderte sie ihr Bein in die Luft, wie sie es im Kampfsportunterricht gelernt hatte. Ihr Fuß traf den Schalter mit voller Wucht.

»Gut gemacht, Megan!«, jubelte Matt.

Das Problem war nur, dass der Bus nicht anhielt. Immer wieder trat Megan auf den Knopf. Der Bus wackelte, blieb aber nicht stehen. Offenbar wehrte sich der rebellische Computer gegen den Abschaltbefehl. Nun stieg im vorderen Teil des Busses der unheilvolle Gestank schmorender Leiterplatten auf, während die Motorengeräusche hinten immer bedrohlicher wurden.

»Megan, geh da weg!«, bat David.

»Warum? Damit ich skalpiert werde, wenn die Turbinenschaufeln durch die Gegend fliegen?«, brüllte Megan zurück. Ihr scharfer Blick prüfte den Bus auf mögliche Waffen. »Kommt nach vorne. Die Haltestangen sind nur angeschraubt. Wenn wir eine davon in das Computergehäuse rammen, dürfte der Rechner tot sein.«

Und wir wahrscheinlich auch. Die Metallstangen leiten den Strom bestimmt hervorragend, dachte Matt. Trotzdem – besser, als wenn wir in irgendein Hindernis rasen und alles auf unserem Weg niederwalzen.

»Megan! Komm nach hinten! Wir treffen uns in der Mitte!«, rief er ihr zu. Vielleicht waren Megans verzweifelte Bemühungen doch nicht ganz umsonst gewesen. Der Bus scherte nach rechts aus und wechselte über sämtliche Fahrbahnen. Offenbar war er nicht auf Selbstzerstörung programmiert, immerhin hielt er nicht auf irgendwelche Gebäude zu. Vor dem Fenster tauchten kahle Bäume, Büsche und fahles Wintergras auf. Sie fuhren auf einen Park zu.

Da sie keine Lust hatte, mit Lichtgeschwindigkeit gegen einen Baumstamm geschleudert zu werden, fing Megan an, sich nach hinten durchzukämpfen. Mühsam arbeiteten sich die Jungen in ihre Richtung vor. David kroch über den Boden, wobei er sein verletztes Bein hinter sich herzog. Matt war nicht viel besser dran. Jedes Mal, wenn er versuchte, sich über Kniehöhe zu erheben, wurde ihm schwindelig.

Gerade als die drei Freunde einander endlich erreichten, krachte der Bus gegen einen Randstein.

»Festhalten!«, brüllte Megan und schlang beide Arme um eine Stange.

Der Bus holperte mit den Vorderreifen auf den Gehweg. Vor ihnen erhob sich ein eiserner Gitterzaun. Sie rasten hindurch, als wäre er gar nicht da.

»Ich glaube, wir werden etwas langsamer«, sagte Megan zu Matt und David, die von ihrer Position aus nur die Baumwipfel vorbeisausen sahen.

»Wahrscheinlich ist die Erde unter dem Gras vom Schmelzwasser und Regen aufgeweicht«, sagte David. »Der reinste Sumpf.«

»Wir fahren außerdem etwas bergauf«, setzte Matt hinzu.

»Aber wir sind immer noch zu schnell, um abzuspringen.« Besonders mit zwei Verletzten … Der Gedanke war Megan deutlich vom Gesicht abzulesen.

Matt zog sich so weit hoch, dass er aus der Windschutzscheibe sehen konnte. Der Bus pflügte durch ein Gebüsch. Dahinter kam eine Lichtung und dann …

»Passt auf!«, brüllte er. »Baum auf ein Uhr!«

Der Bus fuhr immer noch bergauf und wäre wahrscheinlich seitlich an der großen alten Eiche vorbeigeschrammt, wenn das rechte Vorderrad nicht in einem Schlammloch gelandet wäre. Der ganze Bus scherte aus, und der Baum, der zuerst rechts von ihnen gewesen war, erschien plötzlich direkt in der Mitte der Windschutzscheibe, um dann ein wenig nach links zu wandern.

Megan ließ sich zu Matt und David auf den Boden fallen. »Gleich kracht's«, sagte sie. »Haltet euch fest!«

Alle drei kletterten zwischen die Sitze hinten im Bus und hielten sich so gut wie möglich fest.

Matt schloss die Augen.

Mit einem markerschütternden Krachen prallte der Bus gegen den Baum. Die Windschutzscheibe zerbarst in einem Hagel von Glasscherben. Der Bus fuhr herum, als hätte ihn eine Riesenfaust getroffen und machte einen gewaltigen Satz. Der Motorenlärm wurde zu einem grellen Kreischen, als die Räder in der Luft durchdrehten. Das Fahrwerk ächzte protestierend. Dann berührten die Räder auf der rechten Seite erneut den Boden.

Der Bus beschrieb einen Halbkreis, verlor das Gleichgewicht und stürzte auf die Seite.

Matt und seine Freunde federten den Aufprall ab, so gut es ging. Die Räder drehten sich immer noch sinnlos in der Luft, als sich Megan zu den Fenstern hangelte, die sich nun an der Oberseite befanden. Sie packte den roten Notgriff, zog und drückte dann gegen den Rahmen. Ein Fenster flog auf und klappte nach außen.

Megan kletterte hinaus und beugte sich von draußen zu den Jungen hinunter. »Hilf David!«, rief sie.

Obwohl Matt selbst noch wacklig auf den Beinen war, gelang es ihm, David aufzurichten. Sein Freund hielt immer noch seinen Laptop umklammert.

»Lass mich das nehmen«, sagte Matt. »Du brauchst zum Klettern beide Hände.«

»Ohne das Ding gehe ich hier nicht weg«, erklärte David.

»Ich rühre mich nicht von der Stelle, bis ich es dir gegeben habe. Ehrenwort«, versprach Matt.

Matt schob von unten, und Megan zog von oben, bis sie David aus dem Fenster bugsiert hatten; sofort ließ er sich seinen Laptop reichen.

Dann war Matt an der Reihe. Eine entsetzliche Sekunde lang gaben seine Beine unter ihm nach, und er dachte, er würde es nicht schaffen. Dann griffen zwei Arme nach ihm und hielten ihn, bis sein Fuß Halt gefunden hatte. Er hatte es hinter sich! Er war draußen!

Jetzt mussten sie sich nur noch so weit wie möglich von dem Bus entfernen – ein Kinderspiel. Matt und David halfen Megan beim Abstieg. Sie stützte David dann von unten, während Matt seinen Freund von oben herabließ. Schließlich glitt Matt vom Dach des Busses, wobei seine Freunde versuchten, ihn aufzufangen.

Endlich humpelten sie davon. David stützte sich auf der einen Seite auf Megan, während Matt sich an ihrer anderen Schulter festhielt. Immer noch erfüllte das Kreischen der Motoren die Luft.

Wahrscheinlich sehen wir aus, als hätten wir einen Krieg verloren, dachte Matt. Aber ich fühle mich ganz und gar als Sieger.

Sie kämpften sich gerade durch die Bresche, die der Bus in die Büsche geschlagen hatten, als in der Ferne Sirenen aufheulten. Megan stolperte, und alle drei gingen zu Boden.

Matt konnte nur hoffen, dass sie sich so weit vom Bus entfernt hatten, dass eine Explosion sie nicht mehr mit voller Wucht traf.

Wenn nicht, konnte es sie das Leben kosten.

Megan lehnte an der Heckklappe des Krankenwagens und sah zu, wie die Sanitäter David und Matt zusammenflickten, als sie ein vertrautes Gesicht entdeckte.

»Captain Winters!«, rief sie überrascht.

Als der Captain ihre Stimme hörte, wirbelte er herum und steuerte schnurstracks auf sie zu. »Ich bin sofort gekommen, als ich gehört habe, wie die Passagiere an Bord dieses Busses hießen.« Mit besorgter Miene warf er einen Blick in den Krankenwagen.

So hat er sich bestimmt auch um seine Marines gekümmert, dachte Megan. Er fühlt sich für seine Leute verantwortlich. Einmal ein Militär, immer ein Militär.

»Die jungen Leute haben ihr Abenteuer erstaunlich gut überstanden«, versicherte der Sanitäter, der die Blutung an Matts Stirn stillte, dem Captain. »Den hier hat es am schlimmsten erwischt, aber selbst bei ihm gibt es keine Anzeichen für eine Gehirnerschütterung. Natürlich müssen wir ihn später noch genauer untersuchen. Ansonsten dürfte die Sache mit ein paar Klammern für die Platzwunde erledigt sein.«

»Wir müssen das Bein röntgen, um sicherzugehen, dass er es sich nicht wieder gebrochen hat«, sagte die junge Frau, die den Druckverband um Davids Bein anlegte. »Aber ich vermute, er hat sich nur ein paar Prellungen zugezogen.«

»Bei der ganzen Aufregung habe ich meine Krücke verloren«, erklärte David, der seinen Laptop wie ein Baby im Arm hielt.

»Ich sorge persönlich dafür, dass du Ersatz bekommst«, versprach Winters. »Aber jetzt wüsste ich gern, was mit diesem Bus los war?«

»Der ist einfach durchgedreht«, erwiderte David.

»Wollte wahrscheinlich den Geschwindigkeitsrekord auf der Strecke zu mir nach Hause brechen«, warf Matt ein. »Als der Bordcomputer merkte, dass das nicht klappen würde, hat er eine Abkürzung durch den Park genommen.«

»Schon wieder ein Unfall«, stellte Winters grimmig fest.

»Nicht ganz«, widersprach Megan beim Gedanken an die merkwürdigen Ereignisse, unmittelbar bevor der Bus durchdrehte. »Wir tuckerten nämlich ganz gemächlich vor uns hin, als von hinten ein Auto heranschoss. Erst dachte ich, der Wagen wollte uns von der Straße drängen, aber dann hielt jemand hinten im Auto ein merkwürdiges Gerät aus dem Fenster.«

Winters beugte sich vor. »Was für ein Gerät?«

»Ich habe es nur ganz kurz gesehen. Es sah aus wie eine flache Antenne. Mehr konnte ich nicht erkennen, nur dass das Ding offenbar auf den vorderen Teil des Busses gerichtet wurde.«

»Vorne – wo die Computer sind. Ich habe von Experimenten mit der Wirkung lokaler elektromagnetischer Impulse gehört …« Winters sah sie scharf an. »Kannst du das Auto irgendwie beschreiben? Hast du die Marke gesehen? Das Nummernschild?«

»Es war schwarz und hatte getönte Fenster, deswegen konnte ich die Insassen nicht erkennen. Tut mir Leid. Was soll ich sagen?« Megan breitete die Hände aus. »Danach überstürzten sich die Ereignisse.«

»Und wie«, stimmte Matt zu. »Der Computer dachte offensichtlich, er sitzt in einem Rennwagen.«

Der Captain holte sein Brieftaschen-Telefon heraus. »Wir haben bereits unsere Techniker hier, und der Hersteller schickt ebenfalls ein Team. Diese Leute gehen von einem Unfall aus. Ich werde Megans Informationen weitergeben. Mal sehen, ob sie irgendwelche …«

»… Beweise finden«, beendete Matt den Satz. Sein blasses Gesicht wirkte wie aus Stein gemeißelt. »Sonst haben wir eben noch einen Unfall.«

»Das wäre auch eine Erklärung dafür, warum Harry Knox von der Brücke gestürzt ist«, sagte David bedächtig. »Vielleicht hat sein Truck auch eine Ladung elektromagnetische Impulse abbekommen. In diesen großen Sattelschleppern steckt so viel Elektronik, dass das Ding deswegen außer Kontrolle geraten sein könnte.«

»Und nach einem Bad im Potomac ist davon natürlich nichts mehr zu sehen«, ergänzte Megan.

»Eine interessante Hypothese.« Winters gab einen Code in sein Brieftaschen-Telefon ein. Offenbar wurde er mit dem Hauptquartier der Net Force verbunden und von dort zu den Technikern am Wrack weitergeleitet. Der Captain gab kurz wieder, was Megan ihm erzählt hatte, und lauschte dann einen Augenblick. »Ja, wir sind am Krankenwagen«, sagte er schließlich.

Wenige Minuten später erschien ein kleiner Mann mit beginnender Glatze, großer Nase und Brille. Er sah aus wie ein Stubengelehrter, nicht wie ein Net Force Agent.

Megan fragte sich, wie er die Grundausbildung überstanden hatte, die die FBI-Agents gemeinsam mit den Marines absolvierten, aber als er seine kalten grauen Augen auf sie richtete, bekam sie eine Vorstellung davon.

»Du hast eine Antenne gesehen?«, blaffte er sie an.

»Es sah aus wie ein flaches Gitter«, erwiderte sie. »Der Mensch im Auto brauchte beide Hände, um das Ding ruhig zu halten. Wenn Ihnen das hilft, kann ich das Gerät aufzeichnen.«

»Später«, sagte er.

Sie schloss die Augen und versuchte, sich zu erinnern. Dabei fiel ihr ein weiteres Detail ein. »Die betreffende Person trug Handschuhe aus einem glänzenden Material. Leder war es nicht. Etwas wie Gummi oder Plastik. Vielleicht zur Isolierung?«

Der Techniker gab ein abschätziges Geräusch von sich und wandte sich an Winters. »Ich weiß nicht, was wir aus dem Fahrzeug noch retten können. Die meisten Leiterplatten wurden beim Aufprall beschädigt, andere waren bereits durchgebrannt. Jemand hatte den Notschalter betätigt.« Es klang wie ein Vorwurf.

»Entschuldigung, dass ich versucht habe, unser Leben zu retten!«, fuhr Megan auf. »Das Ding hatte eine Geschwindigkeit von hundertfünfzig drauf, wenn es nicht gerade Autoscooter mit allen anderen Fahrzeugen auf der Straße spielte. Wenn Sie uns nicht glauben, können Sie sich ja an den Nahverkehrsverbund wenden. Ich bin mir sicher, dass wir vor der fahrplanmäßigen Ankunftszeit hier gelandet sind. Oder Sie fragen die Autofahrer, die wir fast überrollt haben, oder die Verkehrsüberwachung. Die Sicherheitskameras an den Gebäuden unterwegs dürften auch ein paar interessante Aufnahmen zu bieten haben. Außerdem hat dieser blöde

Notschalter noch nicht einmal funktioniert. Der Bus hat ein wenig gewackelt, aber nicht angehalten.«

»Das dürfte eigentlich nicht passieren, oder?«, fragte Winters. »Der Bus muss doch sofort anhalten, soweit die Bremsen das erlauben, und ohne die Insassen zu gefährden natürlich.«

»Es handelt sich tatsächlich um einen außergewöhnlichen Vorfall«, erwiderte der Techniker steif. »Aber in Anbetracht des Zustands der Hardware bezweifle ich, dass wir die konkrete Ursache für den Ausfall jemals ermitteln können.«

Er warf Megan einen beleidigten Blick zu – ganz der Experte, der sich mit aufmüpfigen Laien herumschlagen muss.

Zu seiner Überraschung meldete sich Matt mit einem sarkastischen Kommentar aus dem Krankenwagen zu Wort. »Klar doch, Mann. Das war wirklich ein netter kleiner Ausfall! Einer, der uns fast das Leben gekostet hätte!«

Spurlos . . . 16

Montagnachmittags bewegte sich der Strom der Schüler, die die Bradford Academy verließen, normalerweise ziemlich schnell, weil jeder froh war, den ersten Schultag der Woche hinter sich zu haben. Matt Hunter gehörte zu den Letzten. Obwohl er froh war, dass der Unterricht vorbei war, freute er sich nicht gerade auf die nächste Busfahrt.

Körperlich ging es ihm gut. Die Platzwunde an seinem Kopf war verarztet worden und schillerte in allen Farben. Schmerzen spürte er nur noch, wenn er an den Verband kam. Zum Glück hatte David sein Bein nicht wieder gebrochen. Der Heilungsprozess schritt weiter fort, und David war nun stolzer Besitzer einer besonders schicken Krücke, die er Captain Winters verdankte.

Obwohl die Namen der Jugendlichen in den Sensationsberichten über den Amok laufenden Bus nicht erwähnt worden waren, brodelte die Gerüchteküche von Bradford. Angeblich hatten Matt, Megan und David nicht nur in dem durchdrehenden Bus gesessen, sondern die Katastrophe auf rätselhafte Weise selbst ausgelöst. Offenbar vermuteten ihre Mitschüler, die drei hätten den Bordcomputer irgendwie so umprogrammiert, dass er den Bus für ein Rennauto hielt, und fanden das richtig cool. Niemand schien zu begreifen, dass sie dabei fast getötet worden wären. Matt war nicht klar, wie jemand solch einen Irrsinn für cool halten konnte.

Er war der Ansicht, dass jeder, der Experimente dieser Art unternahm, es verdiente, sich den Schädel einzuschlagen. Das teilte er seinem neuen Fanclub allerdings nicht mit. Schade nur, dass ihm keiner seiner neuen Freunde angeboten hatte, ihn nach Hause zu bringen.

Andererseits war er sich nicht sicher, ob er mit Leuten fahren wollte, die es für cool hielten, Sicherheitsvorrichtungen außer Gefecht zu setzen.

Am Morgen hatte ihn seine Mutter zur Schule gefahren, aber jetzt musste er sich alleine dem Abenteuer Bus stellen.

Es ist wie beim Reiten, redete er sich ein. Wenn man abgeworfen wird, muss man sofort wieder aufsitzen.

Doch die leise Stimme in seinem Hinterkopf brachte er damit nicht zum Schweigen. Was, wenn wieder ein Auto mit so einer Antenne auftaucht?, flüsterte sie.

Der Gedanke daran, dass ein Bus voller Schüler außer

Kontrolle geraten könnte, ließ ihn schaudern. Andererseits konnte er schlecht warten, bis ein leerer Bus erschien.

Jetzt wäre es wirklich praktisch, wenn Nikki Callivant vorbeikommen und …

Lautes Hupen riss ihn aus seinen Gedanken. Als Matt sich umwandte, entdeckte er das mittlerweile vertraute bronzefarbene Auto. Am Lenkrad saß Nikki Callivant, die ihre Verkleidung mittlerweile auf Sonnenbrille und Baseballkappe reduziert hatte.

Sie schob ihre Brille hoch, um ihn sich genauer anzusehen. »Was ist denn mit dir passiert?«, fragte sie.

Matt ging zur Beifahrertür und stieg ein. »Hast du von diesem Vorstadtbus gehört, der durchgedreht ist? Ich war drin. Merkwürdiger Zufall, was?«

Nikki nahm ihre Sonnenbrille ab und starrte ihn an. »Das habe ich in den Nachrichten gesehen. Was …«

»Dann erzähle ich dir jetzt etwas, das nicht in den Nachrichten war. Ich war mit zwei Freunden zusammen auf dem Heimweg. Wir hatten den ganzen Nachmittag über einen Computer durchwühlt, der Harry Knox gehörte. Du erinnerst dich doch an Harry? Das war der Lkw-Fahrer, dessen Sattelschlepper von der Brücke gestürzt ist.«

Das Mädchen starrte ihn nur an.

»Ich glaube übrigens, dass er der Kerl war, der deiner Familie Ärger gemacht hat. Er muss von euch Callivants besessen gewesen sein. Er hatte sich jede Menge Müll aus dem Netz runtergeladen und sich außerdem in einige Dateien eingehackt.«

»Und jetzt habt ihr das Zeug?«

»Nein, wir haben es an so viele Stellen wie möglich verteilt«, erklärte Matt ihr. »Das kam uns sicherer vor.«

»Sicherer«, wiederholte sie wie eine Schlafwandlerin.

»Hier ein Beispiel für dich, das mir auf den ersten Blick nicht besonders aufregend vorkommt«, fuhr Matt fort. »Was weißt du über das Naturschutzgebiet Cowper's Bluff?«

Nikki blinzelte. »Na ja, das ist ein großes Projekt meiner Familie. Der Senator – mein Urgroßvater – hat damit angefangen. Als er vor vielen Jahren sah, wie die Umwelt an der Chesapeake Bay zerstört wurde, kaufte er einen Küstenstreifen, der kaum mehr als eine Müllhalde war, zäunte ihn ein und begründete damit das Naturschutzgebiet. Er nutzte den Ruf der Familie, um andere wohlhabende Förderer zu gewinnen. Manche von ihnen haben sogar angrenzende Grundstücke gestiftet. Heute ist der Park ein wichtiges Vogelschutzgebiet.«

Sie breitete die Hände aus. »Das war einer der Gründe, warum ich auf dem Wohltätigkeitsball war, bei dem ich deine Freundin Megan kennen gelernt habe. Eine ganze Reihe gesellschaftlich wichtiger Familien unterstützt Cowper's Bluff.«

»Das ist aber schön für die Vögel«, sagte Matt.

»Warum hat dieser Mensch auf seinem Computer Informationen über das Naturschutzgebiet gespeichert gehabt?«

»Keine Ahnung«, gab Matt zu. »Aber er hatte jede Menge Zeug: Werbung, Karten, Bilder. Die haben wir uns im Bus angesehen – bevor das Ding durchdrehte.«

»Was …« Sie brach ab und schluckte. »Was ist passiert?«

»Die inoffizielle Version?«, fragte Matt. »Wir glauben, jemand hat von einem Auto aus die Elektronik des Busses gestört. Die Net Force untersucht den Vorfall.«

»Die Net Force?«

»Die Net Force befasst sich mit allen ungeklärten Vorfällen, bei denen Computer im Spiel sind«, erklärte er. »Selbst wenn es in diesem Fall so aussieht, als wäre die Sache Angelegenheit der Verkehrsaufsicht.«

»Wie habt ihr es geschafft, euch die Reporter vom Hals zu halten?«, fragte Nikki.

»Kein Problem«, erwiderte Matt. »Wir sind keine Callivants, und wir sind minderjährig. Minderjährige genießen auch vor Gericht besonderen Schutz, da kannst du deinen Großvater fragen.«

Eine leichte Röte überzog Nikkis Wangen. Doch sie zuckte die Achseln und startete den Motor. »Diesmal fahre ich dich aber wirklich nach Hause«, versprach sie. Dann kam sie auf Matts letzte spitze Bemerkung zurück. »Grandpa Clyde kennt sich mit dem Jugendstrafrecht aber besser aus.« Sie lächelte mühsam. »Nach dem, was er erzählt, hatte er eine ziemlich aufregende Jugend.«

Matt schüttelte den Kopf. »Vielleicht habe ich in letzter Zeit zu viele Kriminalromane gelesen«, sagte er, »aber es klingt, als wäre Clyde Finch ein Panzerknacker, der dem Verbrechen abgeschworen hat.«

Nikkis Lächeln erstarb. »Was soll das heißen?«

»Du redest immer von der Callivant-Seite deiner Familie. Deinen Urgroßvater nennst du immer noch ›Senator‹, und Walter G. ist ›Großvater‹. Aber wenn du von Grandpa Clyde redest, hört sich das an, als wäre er eher ein Bediensteter als ein Verwandter.«

Jetzt brannten Nikkis Wangen in dunklem Rot. »Du denkst, ich wäre ein Snob? Vielleicht. Aber Grandpa Clyde auch. Die High Society hat ihn nie interessiert. ›Ich bin der Outlaw der Familie, und das soll auch so bleiben‹, hat er einmal zu mir gesagt.« Sie warf Matt einen Seitenblick zu. »Er hat sich nie darum bemüht, in die Gesellschaft aufgenommen zu werden. Dagegen hat meine Großmutter Stephanie an sich gearbeitet. Sie ist mittlerweile eine echte Callivant.«

»Das klingt ja, als wäre er ein Aussätziger«, sagte Matt.

Nikki Callivant saß plötzlich stocksteif hinter dem Lenkrad. »Jetzt wirst du beleidigend.«

»Also gut, ich entschuldige mich dafür. Aber du hast meine Frage nicht beantwortet. Gehört Clyde Finch zur Familie oder zum Personal?«

Sie schwieg lange. »Ich glaube, er ist für unsere Familie so etwas wie ein Faktotum«, gab sie schließlich zurück. »Das Personal wechselt bei uns ständig, das war schon immer so. Wir sollten keine Beziehung zu den Bediensteten aufbauen. Wenn ich anfing, ein Kindermädchen zu mögen, kam ein neues. Aber Grandpa Clyde war immer da. Lange Zeit war er der einzige Nicht-Callivant, mit dem ich reden konnte.«

»Aber welche Gefühle hattest du für ihn?« So einfach ließ Matt sich nicht abspeisen.

Nikki Callivant sah ihn nicht an, sondern hielt den Blick unverwandt auf die Straße gerichtet. »Vielleicht … vielleicht habe ich auf ihn herabgesehen. Aber ich habe ihn auch beneidet. Er war kein Callivant. Er war frei, kein Gefangener wie ich.«

Danach sagte keiner mehr etwas, bis auf ein paar kurze Worte, mit denen Matt ihr den Weg wies.

Leif saß gerade an seinen Hausaufgaben, als sich plötzlich sein Computerdisplay leerte. Alles wurde gespeichert und abgelegt. Das schrille Tonsignal verriet ihm, was passiert war: Das Programm, das er Matt gegeben hatte, nahm eine Spur auf und lud Leif ein, sich der Jagd anzuschließen.

Er gab seinem Computer ein paar Befehle, damit dessen Ressourcen ebenfalls für die Rückverfolgung zur Verfügung standen. Hier kämpfte Rechner gegen Rechner, schließlich ging es nur darum, den programmierten Zickzackkurs der Nachricht durch das Netz zu verfolgen. Zu diesem Zeitpunkt gab es keinen Grund für ihn, sich persönlich einzuschalten.

Leif klinkte sich über die Rückverfolgungsverbindung in Matts System ein und ging zu den Virtmail-Dateien. Da: eine neue Nachricht von »Dave Lowen«. Falls das kein dummer Streich von Andy Moore war, musste der geheimnisvolle Deep Throat der Absender sein.

Gemeinsam hängten sich Matts und Leifs Computer an die Spur der Nachricht. Der Zickzackkurs, den diese zurückgelegt hatte, kam Leif merkwürdig bekannt vor …

Verblüfft erkannte er, dass Lowen genauso vorging wie er selbst. Wie diese Mail mit hoher Geschwindigkeit durch stark besuchte Netzsites flitzte, wie sie versuchte, sich im Datenverkehr zu tarnen … Er hatte es mit einer nahezu hundertprozentigen Kopie seiner eigenen »Maximalen Verschleierung« zu tun. Leif hatte dieses Programm zwar mit einigen nützlichen Zusatzfunktionen aufgepeppt, aber geschrieben hatte er es nicht. Er war kein Hacker – und Deep Throat offenbar auch nicht.

Er hatte »Maximale Verschleierung« zu einem saftigen Preis von einem seiner weniger suspekten Hackerkontakte gekauft. Das hieß, dass er vermutlich nach einem Jugendlichen mit Geld suchte, der sich gerne im Netz herumtrieb. Dieses Wissen erwies sich als nützlich, als die Computer die Spur der Nachricht bei einigen wilden Sprüngen zu verlieren drohten. Da er sich genau erinnerte, welche Änderungen er selbst an dem Programm vorgenommen hatte, gelang es

515

ihm, die Spur trotz der rasanten Wendungen bis zum Ursprungsort der Mail zurückzuverfolgen.

Leider war das eine leere Suite in einem gesichtslosen virtuellen Bürogebäude. Auch das war typisch für jemanden mit Geld, der seine Anonymität wahren wollte. Ein echter Hacker hätte keine Räume gemietet, sondern sich in eine Firmenadresse eingeschlichen und von dort aus schmutzige Bilder heruntergeladen, flammende Angriffe auf seine Konkurrenten gestartet ... oder Virtmail-Nachrichten verschickt, die den Empfänger in Aufruhr versetzten, ohne dass er feststellen konnte, woher sie stammten.

Also gut, sagte sich Leif. Kennen wir jemanden mit mehr Geld als Verstand, der von den Callivants und insbesondere von Priscilla Haddings Tod fasziniert ist?

Gut, dass er die Frage nicht seinen Freunden von den Net Force Explorers stellen musste. Megan O'Malley hätte sofort eine Antwort parat gehabt: »Leif Anderson!«

Hatte er irgendeine offensichtliche Verbindung übersehen? Wer hatte ihn ausgerechnet in Haddington unter den Augen von Priscillas Mutter Nikki Callivant vorgestellt?

Ich dachte immer, Charlie Dysart hätte nur Geld und kein Hirn, dachte Leif. Vielleicht muss ich meine Meinung überdenken. Möglicherweise steckt mehr in ihm, als ich vermutet habe.

Leif verfolgte den Weg der Nachricht zurück bis zu Matts Computer. Vorhin hatte er nur geprüft, ob die Virtmail tatsächlich von Deep Throat stammte. Jetzt las er, was der mysteriöse Schreiber zu sagen hatte.

Der Text bestand aus einem einfachen Polizeibericht von vor vierundvierzig Jahren. Um sich so etwas zu besorgen, musste man etwa so viel vom Hacken verstehen wie Leif,

516

der schließlich auch in die Archive der Zulassungsstelle von Delaware eingedrungen war.

Was war an der Meldung der Polizei von Delaware so besonders? Leif las weiter. Offenbar war in der Stadt Rising Hills ein Oldtimer gestohlen worden – eine rote 1965er Corvette Stingray.

Leif überprüfte das Datum. Es war der Tag, nachdem Priscilla Hadding tot aufgefunden wurde.

Plötzlich erinnerte er sich an sein letztes Gespräch mit Andy Moore.

Ob Carterville wohl in der Nähe von Rising Hills liegt?, fragte er sich.

Stirnrunzelnd starrte Matt auf das geteilte Display über seinem Computer. Sobald er nach Hause gekommen war, hatte ihn sein System aufgefordert, Leif anzurufen. Jetzt füllte Leifs Gesicht die linke Hälfte der Anzeige, während auf der rechten der Polizeibericht erschien.

Obwohl die Spur von Deep Throats letzter Virtmail im Sande verlief, bot sie einigen Stoff zum Nachdenken. Außerdem ärgerte Matt sich darüber, dass sich Leif mithilfe des geborgten Programms in sein System eingeklinkt hatte.

»Hör mal, ich habe nicht in deinen persönlichen Unterlagen herumgeschnüffelt.« Leif wurde allmählich ebenfalls sauer. »Deine Blondinen im Bikini interessieren mich nicht.« Er grinste. »Die ohne Bikini übrigens auch nicht.«

Um ein Haar hätte Matt nachgesehen, was er da auf seinem Computer hatte, aber er hielt sich zurück. »Ich mag es einfach nicht, wenn sich andere in meinem System herumtreiben«, sagte er.

Leif seufzte. »Ist ja gut, ich habe verstanden. Ich dach-

517

te nur, es könnte ein Notfall sein. So wie sich dieser Fall entwickelt, lösen wir das Rätsel besser so schnell wie möglich, sonst wird es für uns alle gefährlich. Lies einfach deine Nachricht, wir sprechen uns später.« Damit beendete er die Verbindung.

Nachdem er sich den Polizeibericht angesehen hatte, rief Matt Andy Moores Virtmail mit der Lebensgeschichte des jungen Clyde Finch auf. Dass Andy die Fakten mit klugschwätzerischen Bemerkungen und Selbstbeweihräucherungen garniert hatte, hob seine Stimmung keineswegs.

Schließlich ließ er sich von seinem Computer eine Landkarte von New Jersey anzeigen. »Rising Hills lokalisieren«, befahl er. »Carterville lokalisieren.« Mit zusammengekniffenen Augen starrte er auf zwei rote Punkte, die nicht weit voneinander entfernt lagen. »Entfernung zwischen beiden Orten angeben.«

»Entfernung etwa zwanzig Kilometer«, erwiderte der Computer mit silbriger Stimme.

Matt starrte auf die Karte, ohne sie zu sehen. In seinem Kopf lief ein Krimi ab, wie ihn nur das Leben schreiben konnte. *Es war einmal ein reiches Mädchen, das 1982 in Haddington, Delaware, ums Leben kommt. Ein gewiefter Polizist mit undurchsichtiger Vergangenheit ist als Erster am Tatort. Der junge Mann, der mit dem Tod des Mädchens in Verbindung gebracht wird, ist zunächst mitsamt seinem Auto verschwunden. Erst nach drei Tagen gelingt es den Ermittlern, ihn aufzuspüren.*

Unterdessen verschwindet nur einen Tag nach dem Zwischenfall ein identischer Wagen – und zwar wo? In einem anderen Bundesstaat, ganz in der Nähe der Heimatstadt des Polizisten, der offenbar gute Verbindungen zu Autodieben hat.

Damals sind Fahrgestellnummern noch nicht vorgeschrieben. Mit neuen Nummernschildern lässt sich die gestohlene, unbeschädigte Corvette daher problemlos gegen den Wagen von Walter Callivant austauschen.

Was ließ sich daraus schließen?

Auf jeden Fall erklärte es, warum Clyde Finch Sicherheitschef der Callivants geworden war. Immerhin hatte er auf elegante Weise dafür gesorgt, dass aus einem unangenehmen Skandal kein hässliches Strafverfahren wurde.

Ein Zeitsprung von gut vierzig Jahren. Ein oder mehrere Unbekannte (alias Harry Knox) schnüffeln in den Akten über Priscilla Haddings ungeklärten Tod herum und lösen damit Alarm aus.

Clyde Finch sieht sein Lebenswerk in Gefahr. Mit welchen Konsequenzen muss er schlimmstenfalls rechnen? Wenn der Ruf der Callivants leidet, ist Finch mit größter Wahrscheinlichkeit seinen kuscheligen Job los. Rechtliche Folgen? Wegen Manipulation von Beweisen kann man ihn vermutlich nach so langer Zeit nicht mehr belangen. Falls sich Walter G. Callivant jedoch als Mörder erweisen sollte, gelten keine Verjährungsfristen mehr. Er kann wegen dieses Verbrechens immer noch vor Gericht gestellt werden. Und Clyde Finch könnte wegen Begünstigung verurteilt werden.

Matt blinzelte. Interessante Geschichte. Lebendige Charaktere, einige überraschende Wendungen, eine Verschwörungstheorie ... und sogar ein wenig Blutvergießen, wenn man die »Unfälle« der unglückseligen Krimifreunde mit einbezog.

Leider kannte Matt das Ende nicht. Gegenwärtig hatte er einen Haufen wilde Theorien, aber keine Beweise. Wenn er damit zu Captain Winters ging, würde der ihm raten, Schriftsteller zu werden. Um die Net Force einzusetzen und sich mit Finch – oder den Callivants – anzulegen, würde er wesentlich solideres Material brauchen, als Matt ihm gegenwärtig liefern konnte.

Was würde Monty Newman in einem solchen Fall tun?

Zugeben, dass er nicht weiterkam, und hoffen, dass Lucullus Marten mit seinem Superhirn einen Geistesblitz hatte, dachte Matt.

Da er weder auf Lucullus Marten noch auf Oswald Derbent zurückgreifen konnte, halfen ihm seine Vermutungen nicht recht weiter.

In diesem Augenblick traf eine Virtmail ein. Sie bemächtigte sich seines Computers, löschte die Karte von New Jersey und ersetzte sie durch eine Reihe schwebender Buchstaben ohne Absender und Unterschrift.

Ich weiß, was du tust. Wir müssen uns treffen. Buffalo Bridge in 45 Minuten.

Während Matt noch mit offenem Mund auf die Nachricht starrte, löste sich diese vor seinen Augen auf. Der Text verschwamm zu einem grauen Fleck, dann leerte sich das Display vollständig.

Matt saß wie erstarrt da. Wäre die Karte von New Jersey nicht verschwunden gewesen, hätte er gedacht, er hätte sich den Vorfall nur eingebildet.

»Computer«, befahl er plötzlich. »Letzte Virtmail-Nachricht anzeigen.«

Vor ihm erschien der alte Polizeibericht, den Dave Lowen ihm zugespielt hatte, während Matt mit Nikki Callivant nach Hause fuhr.

»Nicht die«, korrigierte Matt. »Die danach.«

»Kein weiterer Eingang«, erwiderte der Computer.

»Ach so?«, knurrte Matt. »Computer, was ist mit der Projektion der Karte von New Jersey geschehen?«

»Die Anzeige wurde beendet«, meldete die silbrige Stimme des Computers.

»Wie?«

»Die Anzeige wurde beendet«, wiederholte Matts Computer.

Matt stand auf. Großartig. Die rätselhafte Nachricht war verschwunden. Nicht einmal ihr Eingang war registriert worden. Natürlich hatte er keine Ahnung, wer der Absender war. Vielleicht der zweite Hacker aus der Gruppe der Krimifreunde? Oder Deep Throat?

Möglicherweise beide in einer Person. Tatsache war, dass er oder sie ein persönliches Treffen wünschte, ohne virtuelle Masken oder Proxys. Die Buffalo Bridge war eine bekannte Brücke, die sich über den Rock Creek direkt an der Grenze zu Georgetown spannte. Von der Georgetown University aus war sie zu Fuß zu erreichen, und auch Pater Flannerys Pfarrei lag nicht allzu weit entfernt. Wahrscheinlich stammte die Einladung also von jemand aus der Simulation – und mit seinen ehemaligen Mitspielern wollte Matt sowieso reden.

Er schrieb seinen Eltern eine Nachricht, in der er erklärte, dass er etwas Wichtiges erledigen müsse, und warf sich eine Jacke über. Wenn er rechtzeitig an der Buffalo Bridge sein wollte, musste er sich beeilen.

Er stürzte so hastig aus dem Haus, dass er seinen Verfolger erst bemerkte, als er bereits den Gehweg erreicht hatte. Dabei war der eigentlich nicht zu überhören – er schnaufte wie eine Lokomotive.

Auch die Waffe, die sich durch Matts Jacke in seinen Rücken bohrte, war kaum zu ignorieren.

»Umdrehen. Langsam.« Matt fand das Keuchen seines Angreifers fast ebenso beängstigend wie dessen knappe Befehle.

»Vorwärts. Zur offenen Autotür.«

Matt tat wie ihm geheißen. Sein Ziel konnte er kaum verfehlen. Die Tür des neuen schwarzen Wagens stand offen, und das Fahrzeuginnere war erleuchtet, sodass ein Lichtkegel in den dämmrigen Winterabend fiel.

»Rein mit dir.«

Die Pistole bohrte sich erbarmungslos in Matts Rücken, bis er sich auf dem üppig gepolsterten Sitz niedergelassen hatte, und wanderte dann zu seinem Ohr. Ohne den Kopf zu bewegen, versuchte er, einen Blick auf seinen Entführer zu erhaschen.

Er war alt und sah aus wie ein früherer Sportler, der Speck angesetzt hatte. Sein Gesicht war von dem kurzen Sprint, um Matt abzufangen, puterrot verfärbt. Der Mann hatte eine Glatze, eisgraues Haar und kam Matt merkwürdig bekannt vor. Wo hatte er ihn schon einmal gesehen?

Eine jüngere Version hatte ihm erst kürzlich von einem verblichenen Flachfilm-Foto entgegengelächelt.

»Clyde Finch«, stieß er hervor.

»Du weißt einfach nicht, wann du aufhören musst, was, Kleiner?« Ohne die Waffe von Matts Kopf zu nehmen, fummelte er mit der freien Hand in seiner Tasche, holte eine Hand voll klirrendes Metall heraus und warf das Ganze Matt in den Schoß. »Los, anlegen!«

Matt sah nach unten. Handschellen! Widerwillig befolgte er den Befehl.

Die Waffe immer noch auf Matt gerichtet, packte Finch mit der freien Hand Matts Gelenke und presste die Handschellen so fest zusammen, dass sie in Matts Fleisch schnitten.

»Das wird dir die Dummheiten schon austreiben.« Finch stieß Matt mit dem Fuß auf die andere Seite des Wagens und ließ sich ächzend neben seinem Gefangenen auf den Rücksitz fallen.

Die stumpfnasige Pistole, mit der er Matt in Schach hielt, hätte wirklich aus einem alten Krimi stammen können. Von den klaren Linien der Automatikwaffen, die die Helden der Polizei- und Agentenfilme bevorzugten, war hier nichts zu sehen. Nein, es handelte sich um eine hässliche alte Smith & Wesson, ein bösartiges kleines Gerät, das aus nächster Nähe tötete.

»Ihre Pistole sieht aus, als wäre sie museumsreif.« Matts Lippen waren wie ausgedörrt.

»Die ist mehr als doppelt so alt wie du«, gab Finch zurück. »Das war meine Zweitwaffe, als ich noch bei der Polizei von Haddington war. Aber keine Sorge, die Munition ist neu. Und ich alter Esel kenne auch ein paar neue Tricks. Die Nachricht habe ich dir geschickt, weil ich wissen wollte, ob du so neugierig bist, dass du eliminiert werden musst. Und du hast angebissen. Nachdem du mich erkannt hast, muss ich dich beseitigen.«

»Reden Sie doch keinen Schwachsinn«, erwiderte Matt. »Sie können mich doch nicht im Auto erschießen.«

»Wieso nicht?«, fragte der alte Mann zurück. »Die Karre hat getönte Scheiben, und die Schalldämmung ist besser als bei vielen Wohnungen, die ich kenne.« Er grinste und zeigte dabei seine nikotinverfärbten Zähne. »Außerdem lassen sich Autos immer entsorgen – und ersetzen.«

»Heutzutage ist das nicht mehr so einfach«, hielt Matt dagegen, der sich mit seinen gefesselten Händen nur verbal zur Wehr setzen konnte. »Nicht so einfach, wie zum Beispiel eine 1965er Corvette in einem Naturschutzgebiet zu versenken und einen Ersatzwagen zu stehlen.«

Finch fuhr auf, als hätte man ihm ein Messer in den Bauch gejagt. Sein rotes Gesicht wurde kreidebleich. Dann hob er die Hand. Gebannt starrte Matt auf die gedrungene kleine Waffe, die sich auf ihn richtete.

Plötzlich zuckte Finchs Waffenarm zurück. Sein ganzer Körper sank nach vorne, die Hand krallte sich um die Waffe. Dann ging die Pistole los. Auf dem engen Raum war der Knall ohrenbetäubend. Eine Kugel schlug in das Polster der Rückenlehne vor ihnen.

Der Rückschlag riss Clyde Finch die stumpfnasige Pistole aus der Hand, aber er bückte sich nicht danach. Stattdessen sank er auf seinem Sitz zusammen und umklammerte seine Brust. Sein Atem ging in flachen, schmerzhaften Stößen.

Spurlos ... 17

Ein Herzinfarkt, dachte Matt, als er sah, wie der Schweiß Clyde Finch über das graue Gesicht strömte. Entsetzen malte sich auf den Zügen des alten Mannes, als Matt sich zu ihm beugte. Finch würgte, und ein wenig Erbrochenes sickerte aus seinem Mundwinkel. Er sagte etwas. Zumindest bewegte er die Lippen, aber Matt war von dem Pistolenknall noch so taub, dass er nichts hörte.

»Haben Sie Tabletten?« Matt merkte, dass er schrie, aber er konnte nicht anders.

Finch nickte und öffnete mit ungeschickten Fingern seine Jacke. Als Matt nach den Taschentüchern greifen wollte, um dem alten Mann den Mund abzuwischen, merkte er, dass er immer noch Handschellen trug.

»Wo sind die Schlüssel dazu?«, schrie er.

Aschfahl im Gesicht zupfte Finch mit kraftlosen Fingern an seiner Westentasche. Matt streckte die Hände aus. Seine Finger fühlten sich an, als würden sie nicht zu ihm gehören, weil die engen Handschellen die Durchblutung abschnürten. Endlich gelang es ihm, einen zweieinhalb Zentimeter langen Metallzylinder herauszufischen, an dem ein Schlüsselbund befestigt war.

Er untersuchte den Zylinder, der sich offenbar aufschrauben ließ. Es musste sich um eine Art luftdichtes Pillendöschen handeln. »Wenn ich versuche, das mit meinen abgestorbenen Fingern zu öffnen, besteht die Gefahr, dass ich die Pillen verliere«, sagte er und rasselte mit den Schlüsseln. »Passt einer von denen hier zu den Handschellen? In Ihrem eigenen Interesse …«

Finchs wächserne Lippen verzogen sich zu einem O, als Matt mühselig versuchte, die Handschellen aufzuschließen.

Endlich fand er einen kleinen Schlüssel, der zu passen schien. Er fummelte damit so lange herum, bis er fest in einem der beiden Schlösser steckte. Dann dauerte es noch eine ganze Weile, bis es ihm gelang, ihn herumzudrehen. Er ließ die Handschellen an einem Arm baumeln und griff mit der freien Hand nach den Papiertaschentüchern. Sobald er Finch den Mund gesäubert hatte, streckte er den Kranken der Länge nach auf dem Rücksitz aus. Als er sich über ihn beugte, berührte er mit dem Knie die stumpfnasige Pistole, die immer noch auf dem Boden lag. Er stieß sie mit dem Fuß unter den Vordersitz, während er das Pillendöschen öffnete und Finch eine der winzigen Tabletten unter die Zunge legte.

Matt hatte keine Ahnung, ob die Kälte draußen gut für den Mann war. Die korditgeschwängerte Luft einzuatmen konnte jedenfalls nur schädlich sein. Er öffnete die Tür, um frische Luft hereinzulassen, holte sein Brieftaschen-Telefon heraus und gab die Notrufnummer ein.

Kurz darauf beobachtete Matt, an den Stoßfänger des Wagens gelehnt, wie Sanitäter Finch in einen Krankenwagen rollten. Keiner hatte sich zu dem Einschlagsloch im Vordersitz geäußert. Was die Notärzte zu dem leeren Schulterhalfter sagen würden, das Finch trug, konnte Matt nur ahnen.

Der versucht, mich umzubringen, und ich rette ihm das Leben, dachte Matt, der sich immer noch nicht von seinem Schock erholt hatte. Als er zu seinem Haus zurückging, wurden seine Füße von selbst immer schneller. Bis er die Tür erreicht hatte, rannte er bereits. Er stürzte zu seinem Zimmer, wobei er mit der einen Hand nach seiner Brieftasche suchte, in der sich die Karte befand, die Nikki Callivant ihm gegeben hatte.

Er drosch geradezu auf seine Computerkonsole ein, um sein System zum Leben zu erwecken. Dann brüllte er Nikki Callivants privaten Kommunikationscode, den er von der Karte abgelesen hatte.

Sekunden später erschien ihr elegantes Gesicht in dem holografischen Display. »Matt?«, fragte sie überrascht. Er konnte immer noch kaum hören.

»Benutzt dein Grandpa Clyde eine Smith & Wesson mit kurzem Lauf?«, fragte er.

»Warum schreist du so? Was ...?«

»Ich schreie, weil ich halb taub bin. Dein lieber Urgroßvater hat versucht, mich zu entführen und mit dieser Pistole zu erschießen. Dass ich noch lebe, verdanke ich nur der Tatsache, dass er einen Herzinfarkt hatte.«

»Du redest Unsinn«, sagte Nicola Callivant, aber sie wirkte verängstigt. »Grandpa Clyde ...«

Plötzlich blickte sie über ihre Schulter und sprach offenbar mit jemandem, der in ihr Zimmer gekommen war. Matt konnte nicht hören, was sie sagten. Falls der Empfänger die Stimmen überhaupt registrierte, waren sie für seine malträtierten Ohren zu leise. Aber er konnte sich vorstellen, was Nikki gerade erfuhr.

Als Nikki sich wieder an Matt wandte, war sie blass im Gesicht. »Was hast du ihm angetan?«

»Frag lieber, was er *mir* angetan hat. Offenbar war er bereit zu töten, um die schmutzigen kleinen Geheimnisse deiner Familie zu bewahren.«

»Du bist verrückt«, sagte sie rundheraus.

»Auch gut«, zischte Matt. »Dann rufe ich jetzt meine Kontaktleute bei der Net Force an, damit sie sich Grandpa Clydes Waffe ansehen. Soll er doch erklären, was er mit dem Auto vor meinem Haus wollte ...«

»Nein!«, unterbrach Nikki ihn. Sie sah auf die Uhr. »Du bist zu Hause?«

»Wo sonst?«

»Ich kann in fünfundvierzig Minuten da sein. Wirst du wenigstens so lange warten?«

Matt nickte.

Sie beendete die Verbindung.

Matt ließ sich auf sein Bett zurücksinken und holte tief Atem. Fünfundvierzig Minuten. Die Sache sah nicht gut aus.

Er stolperte zu seinem Computer. Diesmal würde er kein Risiko eingehen, sondern Leif und James Winters eine Nachricht hinterlassen, damit sie genau wussten, was er vorhatte – für den Fall, dass sein Plan, den Verantwortlichen für diesen Schlamassel zu entlarven, fehlschlug. So oder so, er würde ihm das Handwerk legen.

Nikki Callivant schaffte es schneller als angekündigt, aber es war trotzdem ziemlich knapp. Matts Eltern konnten jeden Augenblick nach Hause kommen. Matt hatte auch ihnen eine Nachricht hinterlassen.

Er wollte, dass sie genau wussten, wo er hinfuhr.

Auf der Rückfahrt über die Schnellstraße nach Delaware war Nikki sehr schweigsam und angespannt. »Geht es deinen Ohren wieder besser?«, fragte sie schließlich.

»Ja. Sie dröhnen nicht mehr, sondern rauschen nur noch leise. Sieht so aus, als wäre kein Trommelfell geplatzt.«

»Als ich klein war, hat Grandpa Clyde mich manchmal mit zum Schießstand genommen. Dabei musste ich immer riesige Ohrenschützer aus Kunststoff tragen, aber der Lärm war trotzdem unerträglich.«

»Soll ich dir was sagen? Auf kleinem Raum, wie in einem Auto, ist es noch schlimmer. Vielleicht, weil man wie eingesperrt ist.« Bei diesen Wort öffnete er das Fenster einen Spalt weit, sodass die kalte Luft über sein Gesicht strich. Um diese Zeit aß er sonst mit seinen Eltern zu Abend.

Hoffentlich gerieten sie nicht in Panik, wenn sie seine Nachricht lasen.

»Du redest, als wäre das alles eine große Verschwörung.« Nikkis Stimme nahm einen eigenartigen Tonfall an, als sie ihm einen Seitenblick zuwarf. »Meine Familie … wir sind nicht so.«

»Warten wir ab, wie dein Vater und die anderen auf deinen neuen Freund aus den unteren Schichten reagieren«, erwiderte Matt.

Plötzlich wurde ihm klar, dass Nikki gar nicht versuchte, ihn zu überzeugen. Sie wollte sich selbst überzeugen.

Ohne mehr als ein paar Worte zu wechseln, durchquerten sie die Vororte und erreichten schließlich unverbautes Land. Als sie an einer eingezäunten Anlage vorfuhren, warf Matt einen Blick auf seine Uhr. Nikki hatte tatsächlich ihren eigenen Rekord gebrochen.

Aus dem Pförtnerhaus tauchte ein Mann in einer blauen Jacke auf – offenbar ein Wachmann. Er grüßte Nikki respektvoll, ließ Matt aber nicht aus den Augen.

»Alles in Ordnung, Marcus«, sagte Nikki. »Das ist ein Freund von mir.«

Das Tor öffnete sich, und dann waren sie drin.

Wahrscheinlich hatte er schon irgendwo Bilder vom Anwesen der Callivants gesehen. In Wirklichkeit kam ihm das Ganze nicht so prächtig vor, wie er erwartet hatte. Auf jeden Fall gab es ein großes Haus, das hell erleuchtet war. Nikki parkte den Wagen, stieg aus und nahm Matt am Arm.

Unter normalen Umständen hätte Matt das vielleicht witzig gefunden, aber im Augenblick freute er sich über die schweigende Unterstützung. Als sie die Eingangshalle durchquerten, fing sie ein Mann ab, der attraktiv gewesen wäre, hätten seine Züge nicht so verkniffen gewirkt.

»Nikki, ich habe von Marcus gehört, dass du gerade angekommen bist. Ich dachte, du wolltest ins Kran...« Plötzlich merkte er, dass sie nicht allein war, und verstummte.

»Das ist mein Vater, Daniel Callivant«, stellte Nikki vor. »Dad, das ist Matt Hunter. Er hat den Krankenwagen für Grandpa Clyde gerufen. Wenn man es recht überlegt, war das sehr nett von ihm. Er sagt nämlich, Grandpa Clyde hätte versucht, ihn zu erschießen.«

Daniel Callivant ging mit der Situation relativ souverän um, aber er hatte offenkundig nicht erwartet, in seinem eigenen Haus mit diesen Vorwürfen konfrontiert zu werden. Für einen Augenblick, nur einen Augenblick, hatte er seine Züge nicht unter Kontrolle, und Matt wurde klar, dass er genau wusste, wer er war – und was Clyde Finch drüben in Maryland vorgehabt hatte.

Nikki war das nicht entgangen. Sie holte scharf Atem. »Ich glaube, wir sprechen besser mit Großvater Callivant«, sagte sie dann.

»Der arbeitet an einer Rede«, wandte ihr Vater ein.

»Das hier ist wohl wichtiger.« Nikki und Matt waren bereits unterwegs ins Innere des Hauses.

»Nikki!«, rief ihr Vater ihr nach.

»Hinten am Haus gibt es einen Wintergarten«, erzählte sie Matt, als sie an einem Esszimmer vorbeigingen, das offenbar in erster Linie für offizielle Anlässe genutzt wurde. »Für uns ist das so eine Art gemeinsamer Aufenthaltsraum. Wir halten uns viel im Erdgeschoss auf, weil der Senator ...«

Durch eine halb geöffnete Tür vor ihnen drang der Ton der überregionalen Nachrichtensendung. Dann öffnete sich die Tür ganz, und ein Mann im Rollstuhl erschien.

»Nikki, was tust du hier, wo Clyde dich doch braucht?«

Obwohl es Jahre her war, dass er ein politisches Amt bekleidet hatte, wirkte Walter Callivant immer noch wie ein Senator. Er hatte volles weißes Haar und ein attraktives, würdevolles Gesicht mit den »Zügen eines Adlers«, wie es ein poetisch inspirierter Reporter einmal genannt hatte.

Bei genauerem Hinsehen erwies sich jedoch, dass die Jahre am »Adler« nicht spurlos vorübergegangen waren. Seine Haut spannte sich über hervorstehende Knochen. Eine Decke verbarg Beine, die fast ebenso lange nicht mehr ihren Dienst getan hatten, wie Matt lebte.

Die kalten blauen Augen des Senators wanderten von Nikki zu Matt. Angesichts der Verachtung und Abneigung, die er darin las, nahm Matt an, dass es Daniel Callivant gelungen war, seinen Großvater zu informieren. Wahrscheinlich gab es in dem weitläufigen Haus eine interne Telefonanlage.

»Ich muss Großvater sprechen.« So leicht ließ Nikki sich nicht abspeisen.

»In Anwesenheit dieses ... dieser Person?« Aus dem Mund des Senators klang es, als hätte er »Wurm« sagen wollen.

Der Patriarch fuhr seinen automatischen Rollstuhl näher an die beiden heran. »Ist dir klar, was du da tust, Nicola? Du bist eine Callivant. Das bedeutet, dass du eine gewisse Verantwortung gegenüber der Familie hast. Dein Großvater wartet da drinnen auf den Bericht über die Ankündigung seiner Kandidatur.«

Dann wandte er sich Matt zu. »Und du bringst uns diesen ... diesen Möchtegern-Erpresser ins Haus? Willst du deinem Großvater unbedingt jede Aussicht auf ein Senatorenamt vermasseln?«

So eingeschüchtert er auch war, Matts Wut war stärker als seine Angst. Endlich fand er seine Stimme wieder. »Natürlich, ich verstehe. Was ist schon das Leben einiger armse-

531

liger Bauern gegen die Möglichkeit, dass ein Callivant den Posten einnimmt, der ihm zusteht?«

»Halt den Mund, du armseliger Dieb!«, donnerte der Senator fast so schön wie Lucullus Marten. »Ich kenne deine Sorte nur zu gut – und ich habe im Laufe der Jahre einigen von euch das Handwerk gelegt. Ihr seid wie die Ratten in den Wänden und wagt euch nur heraus, um denen, die über euch stehen, das Leben schwer zu machen. Ihr verpestet die Welt mit Lügen wie mit einer ekelhaften Krankheit. Mit euren abartigen Gelüsten grabt ihr die Toten der Vergangenheit aus und nährt euch von ihnen!«

Eine mitreißende Rede, selbst wenn die Metaphern nicht ganz stimmten. »Wenn ich Sie recht verstehe, Senator, sollte Clyde Finch mit dem Ungeziefer aufräumen?«

»Dir ist wohl nicht klar, in welcher Lage du dich befindest, Junge.« Die Züge des Senators nahmen einen geradezu teuflischen Ausdruck an, als er Matt mit seinem Rollstuhl direkt vor die Füße fuhr. »Du bist in mein Haus eingedrungen.«

»Es gibt Menschen, die wissen, wo ich bin«, erwiderte Matt so fest wie möglich. »Und zwar einige. Ich habe Freunde, die genau über meinen Besuch hier informiert sind. Wenn mir etwas zustößt, wird die Net Force Fragen stellen.«

»Ich habe FBI-Direktoren entmachtet«, höhnte der ältere Callivant. »Und du denkst, du kannst mir mit einem untergeordneten Agenten im Polyesteranzug Angst einjagen?«

»Ich bin hier als geladener Gast. Und wenn Sie sich nicht zurückhalten, werden Sie feststellen, dass Sie nicht über dem Gesetz stehen.«

»Ich glaube, du solltest dich zurückhalten. Die Gesetze haben sich schon nach mir gerichtet, bevor deine Eltern geboren wurden. Du hast vielleicht Nerven, mich belehren zu wollen. Und dumm bist du obendrein. Was die Wahrheit ist, bestimmen wir Callivants. Wenn wir sagen, dass du ins Haus eingedrungen bist ...«

»Ich habe ihn eingeladen«, knirschte Nikki mit zusammengebissenen Zähnen.

»Dann bist du genauso dumm wie er, meine Liebe.« Der Senator warf ihr einen verächtlichen Blick zu. »Du kannst nicht klar denken. Leider scheint das bei den Frauen der Familie öfter vorzukommen.«

»Denk bloß nicht, du kannst mit mir so umgehen wie mit Tante Rosaline«, fuhr Nikki auf. »So ein Nervenzusammenbruch kann schon praktisch sein.«

Walter Callivant sah seine Urenkelin an, als wäre sie eine besonders widerwärtige Bazille. »Doch, du ähnelst Rosaline wirklich sehr. Aber sobald sie in der Nervenheilanstalt war und die entsprechenden Medikamente bekam, löste sich das Problem sehr schnell.«

Von der Tür her meldete sich eine weitere Stimme zu Wort. »Das genügt, Vater.«

Matt erinnerte sich, wie sympathisch Megan Walter G. Callivant bei dem Wohltätigkeitsball gefunden hatte. Doch der grauhaarige Mann vor ihnen wirkte eher wie der gestresste Nachwuchssenator, der zum Gespött der Kabarettisten geworden war. Das lag an seinem gehetzten Blick. »Was ist los, Nikki?«, erkundigte er sich.

»Es geht um Priscilla Hadding.«

Nikkis Großvater zuckte zusammen, wich aber nicht zurück. »Es war ein Unfall«, sagte er leise, »aber ich habe ihn nie vergessen können. All diese Jahre hat er mich verfolgt. Wir ... ich war ungefähr in eurem Alter. Silly – das war ihr

Spitzname – und ich waren auf einer Party, bei der es ziemlich hoch herging.«

Er holte tief Atem. »Silly und ich saßen in der Corvette und stritten uns, wie üblich. Sie schimpfte auf mich ein und sagte, ich solle verschwinden. Ich gab Gas, damit ich sie nicht hören musste. Die Corvette – ich hatte das Auto nicht unter Kontrolle. Irgendwie fuhr es einfach los ...«

Der vage Ausdruck auf Walter G. Callivants Gesicht war verschwunden, als er sich an den entsetzlichen Vorfall erinnerte. »Es flog geradezu über die Straße. Bis es mir gelang, den Wagen anzuhalten ... Sillys Fuß hatte sich in der Tür verfangen ...«

Er kniff die Augen zusammen und schlug die Hände vors Gesicht. »Aber es war ein Unfall«, sagte er mit erstickter Stimme.

»Allerdings ein besonders hässlicher – vor allem für einen Callivant«, meldete sich Walter senior plötzlich zu Wort. »Er war mein Sohn. Es hätte ein schlechtes Licht ...«

»... auf dich geworfen«, sagte Nikki wütend. »Also hast du die Sache vertuscht. Clyde Finch sah seine Chance. Er besorgte ein ähnliches Auto und tauschte die Nummernschilder aus. Das verschaffte ihm einen neuen Job, und dank seiner Tochter wurde er sogar in die Familie aufgenommen – wenn auch nicht besonders herzlich.«

»Zumindest kann Stephanie den Mund halten!« Walter Callivant senior wirkte auf einmal gar nicht mehr so souverän.

Aber Nikki dachte nicht daran, sich den Mund verbieten zu lassen. »Du hast Mrs Hadding all die Jahre im Ungewissen gelassen, damit deine Lügen nicht auffliegen. Wie ...«

»Angela Hadding ist ein typisches Beispiel dafür, was passiert, wenn Frauen ihre Meinung äußern«, unterbrach Walter senior sie.

Der muss bei den weiblichen Wählern ja ungemein beliebt gewesen sein, dachte Matt. Dann meldete er sich selbst zu Wort. »Aber eine Witwe, die ihr einziges Kind verloren hatte, kaltzustellen, reichte nicht aus. Niemand durfte je die alten Gerichtsakten zu Gesicht bekommen. Deswegen Ihre Überreaktion, als Ihr Sicherheitssystem einen Hacker meldete. Clyde Finch gelang es, den Verantwortlichen bis nach Washington, D.C., zurückzuverfolgen. Er muss wirklich alles durchwühlt haben, sonst wäre er wohl kaum auf Ed Saunders Krimisimulation gestoßen.«

»Ich fand das zuerst auch weit hergeholt«, gab der Senator zu. »Aber nachdem unsere Juristen die üblichen Briefe verschickt hatten, kam es zu einem massiven Hacker-Angriff.« Er wandte sich an Nikki. »Der Hacker löschte unsere Site mit der Familiengeschichte und füllte sie mit hässlichen Fragen über Priscilla Hadding. Außerdem wollte er uns erpressen.«

Matt starrte ihn an. »Und das war genug, um nicht nur ihn, sondern auch Ed Saunders und Oswald Derbent umzubringen?«

Die Augen des Mannes im Rollstuhl funkelten vor Wut. Offenbar war es seit Jahrzehnten das erste Mal, dass jemand seine Entscheidungen infrage stellte. »Wir wussten nicht, wer der Hacker war, aber wir hatten den Verdacht, dass er mit der Simulation zu tun hatte. Saunders' Tod war ein Unfall. Finch wollte ihn überfallen lassen, um die Namen der Mitspieler aus ihm herauszupressen. Wir dachten, wenn wir den Druck auf alle verstärken, finden wir den Hacker.«

»Den Druck auf Ed haben Sie auf jeden Fall hinreichend verstärkt«, gab Matt ironisch zurück. »Das hat ihn das Leben gekostet.« Er schüttelte den Kopf. »Und völlig umsonst. Der arme Kerl hatte den Brief mit den Namen der Teilnehmer bereits an Ihre Anwälte geschickt.«

»Woher sollten wir das wissen? Der Schwachkopf hat versucht wegzulaufen und ist dabei auf dem Eis ausgerutscht.«

Matt nickte verständnisvoll. »Natürlich. Völlig unverständlich, dass er sich nicht zusammenschlagen lassen wollte.«

Callivant war so wütend, dass er nicht mehr darauf achtete, was er sagte. »Es war ein Unfall, das habe ich doch bereits erklärt. Was ist mit dir? Wieso hast du uns nach Saunders' Tod bedroht? Du hast behauptet, du hättest genug Material, um meinen Sohn als Kandidaten unmöglich zu machen.«

»Das war ich nicht«, verbesserte Matt. »Wir vermuten, dass Harry Knox der Hacker war. Das haben Sie doch offenbar auch angenommen. Mit Saunders' Liste in der Hand war es bestimmt ein Kinderspiel, seine kriminelle Vergangenheit aufzudecken.« Er beugte sich vor. »Haben Sie die Bremsen an seinem Truck manipuliert, um ihm eine Lektion zu erteilen?«

»Wir hatten es mit einem Kriminellen zu tun und mussten reagieren«, sagte Callivant steif. »Mein Enkel Daniel hat Planung und Ausführung übernommen.«

»Wie in einem Agententhriller«, stichelte Matt in der Hoffnung, dem alten Mann weitere Informationen zu entlocken. »Hat sich Daniel an den Bremsen die Hände schmutzig gemacht, oder war es ein Hightech-Job wie bei unserem Bus? Hat er die Elektronik des Trucks mit einem elektromagnetischen Impuls gestört?«

»Das ist eine geheime Technologie«, entfuhr es dem Senator. Ein wenig zu spät presste er die Lippen zusammen.

»Ich nehme an, Sie meinen diesmal ein Staatsgeheimnis,

nicht ein Geheimnis der Familie Callivant. Übrigens befasst sich die Net Force immer noch mit dem Bus«, fuhr Matt fort. »Hoffentlich hat Daniel seine Spuren gut verwischt.«

»Aber ihr hattet den Hacker doch«, platzte Nikki heraus. »Matt hat mir erzählt, dass er auf dem Computer von Knox jede Menge Informationen über uns gefunden hat. Warum habt ihr die anderen nicht in Ruhe gelassen? Warum ist Oswald Derbents Haus abgebrannt? Warum habt ihr Matt fast umgebracht?«

»Du glaubst dem?« Die Verachtung in der Stimme des Senators war unüberhörbar. »Nach der Eliminierung dieses Knox ging der unbefugte Zugriff auf die Akten weiter. Die Methoden des Hackers wurden immer raffinierter. Also haben wir uns die Personen vorgenommen, von denen wir annehmen mussten, dass sie mit der entsprechenden Technik umgehen konnten. Derbent war Systemprüfer, bevor er zum Büchersammler wurde. Und der Junge ...« Callivant deutete mit dem Kinn auf Matt. »Der ist ganz offensichtlich eine Gefahr.«

»Unbefugter Zugriff«, wiederholte Nikki wie vor den Kopf geschlagen. »Das ... das war ich. Ich habe mir die Akten angesehen. Nachdem ich gehört hatte, dass so viele Menschen wegen des alten Hadding-Falls in Schwierigkeiten geraten waren, wollte ich wissen, was los war.«

»*Du?*« Senator Callivant sah aus, als könnte ihn jeden Augenblick der Schlag treffen. »Du?«

»Es ist meine Schuld«, fuhr Nikki mit hohler Stimme fort. »Meinetwegen musste ein Mensch sterben. Und drei weitere sind nur knapp mit dem Leben davongekommen.«

»Du hast gar nichts getan«, sagte Matt grimmig. »Im Unterschied zu deinem Vater. Ich wette, er hatte bei dem ›Unglücksfall‹ bei Derbent die Hand im Spiel. Der Senator hat ja bereits zugegeben, dass bei dem Vorfall mit dem Bus Spionagetechnologie eingesetzt wurde, die dein Vater besorgt hatte.«

Callivant senior konnte immer noch nicht fassen, dass Nikki sich so wenig loyal gezeigt hatte. »Du Verräterin!«, knirschte er. »Du gehörst nicht mehr zu unserer Familie.«

»Ich wünschte, *ich* würde nicht zu dieser Familie gehören!« Das war Walter G., den offenbar alle vergessen hatten. Er sah aus, als wäre er innerhalb weniger Minuten um Jahre gealtert. »Vater, das mit Priscilla war ein Unfall. Aber du, Clyde … Daniel … ihr habt *gemordet* …«

»Um dich zu schützen.« Dem Senator waren die Jahre der Frustration und Enttäuschung deutlich anzuhören. »Wir wussten, dass du Schutz brauchtest.«

»Noch mehr Menschen, die ich auf dem Gewissen habe«, sagte Walter G. bitter. »Wie beschützt ich mich fühle!«

Er ging um den Rollstuhl herum und entfernte sich mit schnellen Schritten.

»Walter!«, rief der Senator ihm nach. »Sohn!«

Dann richtete er seinen vernichtenden Blick auf Matt und murmelte: »Schwächling!«

Ein Augenblick lang herrschte Unheil verkündendes Schweigen, während der Senator überlegte. Dann presste er einen Finger auf die Armlehne seines Rollstuhls. »Daniel? Hast du alles gehört?«

»Ja, Sir«, meldete sich Daniel Callivant aus einem Lautsprecher, der irgendwo im Rollstuhl versteckt war.

»Auf meinen Sohn können wir nicht zählen«, sagte Walter Callivant mit belegter Stimme. »Aber das ist ja nichts Neues. Wir müssen eine Lösung für die Situation finden.« Der Blick, den der Senator auf ihn richtete, gefiel Matt gar nicht. »Ich glaube, das Szenario mit dem unbefugten Eindringling ...«

»Marcus hat ihn in Begleitung meiner Tochter gesehen«, unterbrach Daniel Callivant über den Lautsprecher.

»Kannst du den nicht in den Griff bekommen?«, fragte der Senator ungeduldig.

»Dann haben wir einen zweiten Clyde Finch am Hals«, gab Daniel zu bedenken. Walter Callivants Hände krallten sich um die Armlehnen. »Komm her!«

Augenblicke später erschien Daniel Callivant in dem Gang hinter Matt und Nikki. »Großvater!«

»Ich habe mir die Sache genau überlegt«, sagte der Senator. »Nikki hat diesen Jungen unvorsichtigerweise mit nach Hause gebracht. Er hat sie angegriffen, und bei dem Versuch, ihn außer Gefecht ...«

»Nein!«, schrie Nikki. »Ich werde nicht ...«

»Natürlich musste sie ruhig gestellt werden«, fuhr Walter Callivant mit erbarmungsloser Stimme fort. Er funkelte seinen Enkel drohend an. »Alternativ wäre es natürlich denkbar, dass dieser junge Berserker sie getötet hat.«

Daniel Callivant wurde blass und sah seine Tochter an. »Nein. Großvater ...«

»Du hast gehört, wie sie uns verraten hat. Sie wird uns alle ans Messer liefern. Du musst dich entscheiden, Daniel, zwischen der Familie und dieser kleinen ...«

»Großvater! Bitte!«

»Du bist ein Callivant! Dir bleibt keine Wahl!«

»Ich ... ich kann nicht ...«

»Soll ich es vielleicht tun?« Walter senior hämmerte mit der Hand auf seine nutzlosen Beine. »Ich sage es dir noch einmal, Daniel. Dir bleibt keine Wahl.«

Daniel Callivants undurchsichtige Fassade war verschwunden. Mit bebenden Lippen blickte er seine Tochter an.

Nikki sah entsetzt von ihrem Vater zu ihrem Urgroßvater, dem Patriarchen der Familie.

Unterdessen bereitete Matt sich auf einen hoffnungslosen Kampf vor. Wenn Daniel bewaffnet war, war er vermutlich ohnehin bereits so gut wie tot. Aber er würde sich nicht ohne Widerstand in sein Schicksal ergeben!

Daniel Callivant öffnete den Mund, um zu antworten, doch ein blechernes Geräusch aus dem Lautsprecher am Rollstuhl schnitt ihm das Wort ab. Er drückte einen Knopf.

»Sir! Die Polizei ist hier – angeblich ist jemand unbefugt ins Haus eingedrungen!«, meldete die Stimme des Wachmanns.

Spurlos ... 18

Walter und Daniel Callivant wechselten gehetzte Blicke, doch Nikki kam ihnen zuvor.

»Schicken Sie sie her, Marcus!«

Walter Callivant gab ein Geräusch von sich, das an das Aufheulen eines Tieres erinnerte. »Marcus!«, brüllte er, sobald er sich wieder gefasst hatte.

Aber Nikki kniete bereits neben seinem Stuhl und riss ein Kabel heraus. Wortlos hielt sie den Lautsprecher des Sende-/Empfangsgeräts in die Höhe.

»Du ...!« Der Senator vollführte eine wilde Drehung mit seinem Rollstuhl, und Nikki ging zu Boden.

Matt sprang vor und packte Walter Callivant an den Handgelenken, sodass er die Schalter an seinem Rollstuhl nicht mehr erreichen konnte. »Wenn Sie das noch einmal ...«, drohte er.

Hinter ihm wurde eine Tür aufgerissen. Schwere Schritte näherten sich.

Daniel Callivant trat beiseite.

Walter Callivant riss sich los und wandte sich an den aufgeregten jungen Polizeibeamten, der mit Marcus, dem Wachmann vom Tor, hereingekommen war.

»Der Eindringling ...«, begann der Senator.

»Wir sind ihm auf den Fersen!«, rief der Polizist. »Als das Tor aufging, ist er an uns vorbeigerannt. Mein Partner hat die Verfolgung aufgenommen. Ich soll mich darum kümmern, dass am Tatort nichts verändert wird, bis die Spurensicherung da ist.«

Seine Stimme verlor etwas von ihrer Begeisterung, als ihm auffiel, welch ungewöhnlicher Anblick sich ihm bot. »Ist hier alles in Ordnung?«

Nikki rappelte sich auf. »Mein Urgroßvater hatte einen Unfall«, sagte sie. »Mein Freund Matt wollte ihm helfen.«

»Aber wer sitzt in dem Auto?« Walter Callivant klang auf einmal nur noch wie ein verwirrter alter Mann. Plötzlich sah er zu Daniel auf. »Walter!«

Er meint Walter G., dachte Matt.

»Mein Sohn«, stellte der Senator klar. »Er stand in letzter Zeit wegen seiner Kandidatur unter großem Stress. Vielleicht ... vielleicht handelt es sich um ein Missverständnis ...«

Matt sah zu, wie er verzweifelt versuchte, sich eine glaubwürdige Geschichte auszudenken.

Walter G. hat die Polizei gerufen und dafür gesorgt, dass er verfolgt wird. Aber wohin will er sie führen?

541

Daniel Callivant meldete sich zu Wort. »Sie rufen besser Ihre Vorgesetzten an. Sagen Sie ihnen, mein Vater sitzt in dem Auto, das sie verfolgen.«

Es war keine Verfolgungsjagd, bei der Geschwindigkeitsrekorde gebrochen wurden. Walter G. Callivant verließ Haddington genau mit der zulässigen Höchstgeschwindigkeit, gefolgt von der örtlichen Polizei, der sich kurz darauf die Beamten der Staatspolizei von Delaware und Maryland anschlossen.

Über ihnen kreiste eine ganze Flotte brandneuer Hubschrauber. Matt, Nikki und die übrigen Callivants verfolgten die Ereignisse in den Holo-Nachrichten.

Das Haus hatte sich mit Vertretern der Polizei, Anwälten und PR-Leuten gefüllt. Irgendwann war auch Captain Winters aufgetaucht.

»Deine Eltern haben mich kontaktiert«, erklärte er. »Deine Nachricht habe ich leider erst sehr spät bekommen. Vielleicht interessiert es dich, dass ich Finch unter Bewachung habe stellen lassen, bis er haftfähig ist. Du wirst doch Anzeige erstatten? Dann habe ich mir in aller Eile einen Hubschrauber besorgt, um herzukommen.«

Er unterhielt sich gerade mit seinen Kollegen, als die Jagd ihren Höhepunkt erreichte. Walter G. Callivant steuerte sein Auto durch die Tore des Naturschutzgebietes von Cowper's Bluff und stürzte sich mitsamt seinem Wagen über einen Steilhang in den Chesapeake.

»Wahrscheinlich liegt dort seine echte Corvette«, flüsterte Matt der weinenden Nikki zu.

»Deswegen war das Gelände auch die ganzen Jahre über für die Öffentlichkeit gesperrt«, gab sie mit erstickter Stimme zurück.

»Es tut mir sehr Leid«, sagte Captain Winters zu Daniel Callivant.

»Mein Vater muss unter stärkerem Druck gestanden haben, als wir wussten.« Nikkis Vater hatte es offenbar sehr eilig, den Raum zu verlassen. Vielleicht fürchtete er, Walter G. könnte einen Abschiedsbrief hinterlassen haben, in dem er alles gestand.

Winters hielt Daniels Hand für einen Augenblick fest und warf ihm einen abschätzenden Blick zu.

Klar, dachte Matt. Winters wird überprüfen, ob er etwas mit dieser Sache mit den elektromagnetischen Impulsen zu tun hatte.

Winters wandte sich an Matt. »Kann ich dich nach Hause bringen?«

»Ich fahre ihn nach Hause.« Nikki Callivant wischte sich die Tränen von den fein gemeißelten Wangen. »Und ich komme nicht zurück, Vater. Mom hat Verwandte in Washington, bei denen kann ich bleiben.«

Sie holte tief Atem. »Ich hatte ohnehin geplant, mein letztes Schuljahr im Ausland zu verbringen. Genau das werde ich jetzt tun. Wenn ich zurückkomme, bin ich volljährig und kann über das Treuhandvermögen verfügen, das Onkel George mir hinterlassen hat. Das ist kein Callivant-Geld.«

Nikki legte eine Pause ein. »Und ich bin auch keine Callivant mehr.«

Daniel Callivant starrte sie entsetzt an. »Nikki! Das kannst du doch nicht ernst meinen! Wir müssen miteinander reden!«

Sie warf ihm einen Blick über die Schulter zu. »Nicht jetzt«, erwiderte sie. »Nie mehr.«

Captain Winters, der neben ihnen herging, warf Matt einen verwirrten, misstrauischen Blick zu. Aber wenn Nikki nichts sagte, wollte auch Matt den Mund halten.

Er hatte keine Ahnung, ob die Wahrheit über den Selbstmord von Walter G. Callivant je herauskommen würde. Es war noch nicht einmal sicher, dass der Senator und Daniel ihre gerechte Strafe erhalten würden. In Washington spielte sich vieles hinter den Kulissen ab, besonders wenn die nationale Sicherheit im Spiel war. Er wusste, dass er und Winters ihr Bestes tun würden, um die Verantwortlichen für die Morde hinter Schloss und Riegel zu bringen, aber das war keine Garantie dafür, dass diese mächtigen Männer bestraft werden würden. Das konnte nur die Zukunft zeigen.

Im Augenblick wollte Matt vor allem nach Hause. Aber erst musste er dafür sorgen, dass Nikki Callivant vor den Männern in Sicherheit gebracht wurde, die sie um ihres eigenen Ehrgeizes willen fast getötet hätten – in Sicherheit vor ihrer eigenen Familie.

Matt erinnerte sich an die letzten Zeilen eines alten Lucullus-Marten-Romans. Worte, wie sie nur Monty Newman einfallen konnten.

Vielleicht waren meine Motive eher persönlicher als beruflicher Natur. Aber wenn sich eine Frau soeben von ihrer Familie losgesagt hat, kann sie einen Arm um ihre Schulter gebrauchen.

Und genau das bekam Nikki von Matt.

Clancy/Pieczenik/Odom

FLUCHTWEG

Wir möchten den folgenden Personen danken, ohne deren Mitarbeit dieses Buch nicht entstanden wäre: Diane Duane für ihre Hilfe bei der Überarbeitung des Manuskripts; Martin H. Greenberg, Larry Segriff, Denise Little und John Helfers von Tekno Books; Mitchell Rubenstein und Laurie Silvers von Hollywood.com; Tom Colgan von Penguin Putnam Inc.; Robert Youdelman, Esquire, Tom Mallon, Esquire, sowie Robert Gottlieb von der Williams Morris Agency, unserem Agenten und Freund. Wir danken ihnen allen für ihre Hilfe.

Frierend und einsam stand Roy an der Ecke des Platzes. Er blickte sich um wie jemand, der überall fremd war, wohin er auch kam. Das war nicht immer so gewesen. Aber allmählich gewöhnte er sich daran.

Hier spricht niemand meine Sprache, dachte Roy. Das war vermutlich auch der Grund, warum er diesen Job bekommen hatte. *Damit ich nicht verstehe, was ich mit mir herumtrage*, überlegte er ein klein wenig verärgert. Der Gedanke, dass ihn jemand losschickte, um eine schriftliche Botschaft zu überbringen, war schon seltsam genug. Auf dem Weg hierher hatte er, gegen eine Stange am hinteren Ende eines leeren U-Bahn-Wagens gelehnt, das kleine, zusammengefaltete Papier in der Plastikhülle genauer unter die Lupe genommen, aber er konnte sich keinen Reim darauf machen, was es war. Es sah aus wie eine Seite, die man aus einem altmodischen gebundenen Michelin-Führer gerissen hatte. Der schwarz-rote Text war unverständlich. Auf eine Menge kleiner Symbole folgten mehrere lange Passagen auf Französisch und jede Menge Zahlen. Wie es schien, hatte das Papier vor allem mit Restaurants zu tun. Das verschlimmerte die Sache nur, denn Roy war hungrig genug, um ein ganzes Pferd zu verschlingen – im Übrigen aß man hier tatsächlich Pferde, wie er am Morgen zu seinem großen Erstaunen festgestellt hatte. Sein Magen würde wohl noch warten müssen. Die barsche Stimme, die immer unsichtbar über das Telefon zu ihm sprach, war eindeutig gewesen: Die Empfängerin der Botschaft würde nicht zu einem festgesetzten Zeitpunkt auftauchen, sondern Roy musste warten, bis sie kam.

Roy ließ die in Plastikfolie gehüllte, halbe Buchseite wieder in seine Tasche gleiten und sah sich erneut um. Der graue Himmel kündigte noch mehr Regen an. Schon den ganzen Morgen über hatten der deprimierende Nieselregen und Nebel den goldgelben Steinarkaden rund um den Platz ein schmutziges, trauriges Aussehen verliehen. *So fühle ich mich jetzt auch*, dachte Roy, während er die Schultern hochzog, um sich vor der Kälte und der Feuchtigkeit zu schützen. September in Paris – eigentlich sollte das eine besonders schöne Zeit sein. Aber danach sah es jetzt wirklich nicht aus. Es war diesen Monat unerwartet früh kalt geworden, und auf den Bäumen rund um den Platz hingen nur noch die letzten zerfetzten Blätter; im nasskalten Ostwind schlugen die kahlen, dünnen Äste klackend aneinander.

Zumindest gab es einen Platz zum Unterstellen. Die Pariser, die diesen Platz und die perfekt auf ihn abgestimmten sechsstöckigen Gebäude rundum gebaut hatten, waren ein verwöhntes Pack, zu vornehm, um sich nass regnen zu lassen, wenn sie ausgingen. Die Gehsteige vor den Häusern waren überdacht, indem man das zweite Geschoss, auf breite Sandsteinsäulen gestützt, über den Bürgersteig gebaut hatte. Im Erdgeschoss waren entweder kleine Läden untergebracht oder Garagen für die Menschen, die in den Appartements darüber wohnten. Als Roy am frühen Nachmittag hierher gekommen war, hatte er einen ausgedehnten Schaufensterbummel gemacht und sich die Seifen und Parfüms in der Parfümerie angesehen, die teuren Taschen und Koffer im Lederwarengeschäft und die unverschämt teuren Anzüge und Kleider, die von den beiden leichenblassen Mannequins im Schaufenster des Modeschöpfers getragen wurden. Bald schon langweilte ihn dieser Anblick, und so warf er einen Blick in das Restaurant an der Ecke, wo die wenigen Tische im Freien verlassen umherstanden, obwohl Gasstrahler über ihnen angebracht waren. Sämtliche Gäste hatten sich in die goldene Wärme des Lokals zurückgezogen, wo sie nun Wein tranken und lachten.

Roy hatte ihnen im Vorbeigehen zynisch zugelächelt. Er konnte sich kaum erinnern, wann er das letzte Mal aus purer Freude gelacht hatte … geschweige denn über etwas so Banales wie einen Scherz. Bei ihm zu Hause hatte es wenig zu lachen gegeben. Seine Mutter hatte immer nur darüber geklagt, wie teuer alles sei, und dass sein Vater wieder einmal mit der Alimente auf sich warten lasse. Egal was Roy auch unternahm, um ihre Lage zu verbessern, es war ihm nie gelungen, dass im Haus Friede herrschte. Einmal meckerte seine Mutter, dass er nicht alles auf seinem Teller aufaß, dann meckerte sie darüber, dass er zunahm. Oder sie warf ihm vor, dass er in der Schule nicht gut genug sei, denn immerhin sei die Schule sehr wichtig, und schon im nächsten Atemzug beschwerte sie sich, weil er weiterhin zur Schule ging, statt sich einen Job zu suchen. Seiner Mutter schien der Widerspruch in ihren eigenen Worten gar nicht aufzufallen. Und als er sie darauf hinwies, schlug sie ihn und schalt ihn, dass er ihr ständig widerspreche und keinen Respekt vor ihr habe. Dann folgte ein endloser Strom von Tränen und Beschuldigungen. Schließlich lud seine Mutter die gesamte Mischung aus Schuldgefühlen, Wut und Hilflosigkeit auf ihm ab. Oft genug hätte Roy selbst gerne geweint, aber die Wohnung war so klein, dass ihn seine Mutter dabei ertappt hätte, und er war nicht bereit zuzugeben, dass sie ihn schon so weit getrieben hatte.

Er ertrug es, solange er konnte, aber eines Nachts wurde ihm alles zu viel. Es gab nicht einmal einen besonderen Anlass. Als Roy wie üblich von der Schule nach Hause kam, saß seine Mutter, den Kopf in die Hände gestützt, im Esszimmer. In diesem Augenblick wusste er, dass dies wieder eine jener grauenvollen Nächte werden würde. *Ich halte das nicht mehr aus*, hatte eine innere Stimme mit erschreckender Klarheit plötzlich zu ihm gesagt. *Ich kann einfach nicht mehr. Und wenn ich es versuche, wird etwas Entsetzliches passieren.*

Gegen zwei Uhr morgens schlich Roy lautlos durch die dunkle Wohnung – er wagte nicht, das Licht einzuschalten, denn er war sicher, seine Mutter würde es irgendwie fühlen – und sammelte all jene Dinge zusammen, die ihm für eine lange Reise notwendig erschienen. Dann schrieb er seiner Mutter einen kurzen Brief, in dem er sie bat, sich keine Sorgen zu machen, und verschwand, ehe es noch schlimmer wurde.

Nun stand er im eisigen Halbdunkel unter den Arkaden und beobachtete die letzten gelben Blätter, die über die blassrosa und goldfarbenen Kieselsteine in der Mitte des Platzes geweht wurden. Während sie um den Fuß des Brunnens wirbelten, musste sich Roy eingestehen, dass er wirklich unglaublich naiv gewesen war. Alles hatte sich verschlechtert, gewaltig verschlechtert sogar, und das augenblicklich. Schon in den ersten Stunden, nachdem er das Haus verlassen hatte. Alle Freunde, auf die er gezählt und von denen er erwartet hatte, dass sie ihn so lange unterbringen würden, bis er wusste, was er tun sollte, erklärten, dass sie ihm nicht helfen konnten. Reggies Eltern weigerten sich, einen offensichtlichen Ausreißer aufzunehmen. Sie fürchteten rechtliche Verwicklungen. Daraufhin war er nacheinander zu Mike, Dawn, Lalla und Will gegangen, doch überall gab es den einen oder anderen Grund, weshalb er nicht bleiben konnte. Die einen hatten Gäste zu Besuch, die anderen mussten Freunde verabschieden, die nächsten erwarteten Verwandte, oder es gab irgendwelche Schwierigkeiten in der Familie. Was auch immer es war, das Ergebnis blieb dasselbe. Niemand hatte Platz für Roy. Schließlich blieb ihm keine andere Wahl als ein Obdachlosenasyl.

Paradoxerweise wendete sich in diesem Augenblick sein Schicksal zum Besseren – genau in dem Moment, als er zutiefst beschämt und deprimiert war, weil er vollkommen fremde Menschen um Hilfe bitten musste. Während Roy im Schatten der Arkaden mit den Füßen auf den Boden stampfte, um die Kälte zu vertreiben, dachte er an das erste Mal, als er vor der Tür des kleinen Obdachlosenasyls Breathing Space in Toronto gestanden hatte. Auch wenn es Fremde waren, hatten sie ihn viel verständnisvoller behandelt als jene Menschen, die er gut gekannt hatte. Sofort bot man ihm etwas zu essen und einen Platz zum Schlafen an, und er erhielt ein Password und Zugang zum virtuellen Raum des Breathing-Space-Asyls, einem Ort, den man »Zuflucht« nannte. Nur ihr Angebot, den Kontakt zu seiner Mutter herzustellen, nahm er nicht an. Sie drängten ihn nicht dazu, und darüber war er froh, denn er hatte für eine ganze Weile genug von ihr.

Ein scharfes, klirrendes Geräusch in der Mitte des Platzes ließ Roy hochfahren. Ein zweijähriges Kind in einem knallfarbenen, wasserfesten Overall als Schutz gegen das unfreundliche Wetter warf eine Plastikflasche in den Brunnen. Roy beobachtete, wie die Mutter des Kindes den Buggy abstellte, den sie eben noch geschoben hatte, um das Kind zu holen. Sie schimpfte mit ihm – wohl auf Französisch, wie er annahm –, während sie es vom Brunnen wegzog.

Roy seufzte. Die Frau hatte seiner Mutter keineswegs ähn-

553

lich gesehen, aber allein der Gedanke, dass dieses kleine Kind jetzt nach Hause gehen würde – nur der Gedanke, dass es ein Zuhause *hatte*, einen Ort, wohin es gehörte, wo es Wärme gab und Essen, und wo es willkommen war –, erfüllte Roy mit einer geradezu lächerlichen Sehnsucht. Er zuckte mit den Schultern, als könnte er sie dadurch abschütteln. Jetzt war es Zeit, an andere Dinge zu denken, an eine wesentlich wichtigere Sache.

Auf der gegenüberliegenden Seite des Platzes entdeckte Roy eine Gestalt, die sich im Halbdunkel der Arkaden bewegte, welche die Modehäuser schützten. Für einen kurzen Moment blitzten die Augen der dunkel gekleideten, warm eingemummten Figur auf. Ein Mann. Beobachtete ihn dieser Mann? *Nicht meine Kontaktperson*, dachte Roy. Erstens stimmte das Geschlecht nicht, und zweitens waren die Männer und Frauen, mit denen er bei seinen Aufträgen zu tun hatte, viel geschickter. Er sah sie erst, wenn sie lautlos neben ihm auftauchten. Vermutlich wartete dieser Mann auf jemand anderen. Wieder zuckte Roy mit den Schultern, aber diesmal nicht absichtlich und nicht nur aufgrund der Kälte. Genug Leute hatten ihn schon beobachtet, wenn er für einen Auftrag in der einen oder anderen Stadt an einem ruhigen Ort herumhing und so tat, als wäre er aus einem anderen Grund dort, als um kleine Pakete oder obskure Botschaften zu überbringen oder abzuholen. Viele davon hatten bedeutend schäbiger ausgesehen. Roy war jedoch allen ohne Zwischenfälle entwischt, bis auf einmal. Als Roy das Messer in der Hand dieses Fremden gesehen hatte, war er in Panik geraten und hatte blindlings zugeschlagen. Irgendwie war es ihm gelungen, dem Kerl das Messer aus der Hand zu schlagen – pures Glück, mit Können hatte das nichts zu tun.

Dann war er, so schnell er konnte, davongerannt. Um ein Haar hätte er die Übergabe versäumt, für die er ausgeschickt worden war. Sein Kurier hatte ihn angeschnauzt und ihm gedroht, ihn davonzujagen und jemanden mit besseren Nerven zu suchen. Roy hatte sich überschwänglich entschuldigt und auf illegalen Wegen sofort eine Pistole mit Schalldämpfer gekauft.

Für diesen Auftrag hatte er sie jedoch nicht dabei. Was private Feuerwaffen betraf, reagierten die Franzosen mittlerweile nämlich beinahe so paranoid wie die Briten, und man riskierte eine lange Freiheitsstrafe, wenn man mit einer erwischt wurde. Roy war eindringlich gewarnt worden, und er glaubte auch keinen besonderen Grund zur Sorge zu haben. Paris erschien ihm sicher und zivilisiert. Die dunkle Gestalt am anderen Ende des Platzes drehte sich jetzt um und schlenderte um die Ecke in eine der vielen Nebenstraßen, die von dem Platz weg führten.

Roy ließ seinen Blick über die Arkaden schweifen. Als er niemanden entdeckte, entspannte er sich ein wenig. Die Menschen auf dem Platz hasteten entweder geschäftig dahin oder schlenderten mit ihren Hunden umher. Einem Paar braun-weißer Collies, die ihr Frauchen, eine elegante Dame mit scharf geschnittenen Zügen in einem Fuchspelzmantel, hinter sich her zogen, schnitt Roy eine Grimasse. Hunde waren ja in Ordnung, aber die Freizügigkeit, mit der die Pariser ihren vierbeinigen Lieblingen gestatteten, überall ihre Häufchen zu hinterlassen, ging nun doch etwas zu weit. In den letzten eineinhalb Tagen war Roy in mehr Hundehaufen getreten als in Frankfurt, New York und L.A. zusammen.

Aufseufzend dachte er an all die Reisen, die er in letzter Zeit unternommen hatte. Ob er wohl je den Jetlag überwinden würde? Die Hälfte der Zeit glaubte sein Körper, dass es entweder früher oder später war als in Wirklichkeit an seinem jeweiligen Aufenthaltsort. Außerdem schien er immer Hunger zu haben, egal wann er zuletzt gegessen hatte. Vermutlich war das eine Nebenwirkung des Jetlags. Zumindest nahm er auf diese Weise nicht zu.

Wenn ich damals, als ich Jill traf, gewusst hätte, dass es so werden würde – bei dem Gedanken seufzte Roy erneut und lachte lautlos in sich hinein. Was für ein Unsinn, hier und heute zu glauben, dass er ihren Vorschlag nicht angenommen hätte. Er hatte Jill, nur wenige Wochen nachdem er einen Platz im Obdachlosenasyl Breathing Space bekommen hatte, kennen gelernt, als er die »Zuflucht« erkundete. Wer auch immer diesen virtuellen Raum geschaffen hatte, musste ein wahrer Naturliebhaber gewesen sein, denn er war mit erstaunlichen Landschaften gefüllt, mit Meeresküsten und Bergen mit atemberaubender Aussicht, wo man sich gemütlich niederlassen und entspannen konnte und alle Sorgen und Probleme vorübergehend in weite Ferne rückten. Die Zuflucht war überraschend komplex angelegt, und selbst ein hartnäckiger Forscher benötigte viel Zeit, um alle Ein- und Ausgänge zu finden. Roy hatte zumindest einen ziemlich schnell entdeckt, als er Jill kennen lernte.

Er hatte im goldenen Zwielicht eines virtuellen Nachmittags auf einem Hügel gesessen und hatte in einem Textfenster, das neben ihm in der Luft schwebte, *Kim* gelesen, als sie auf ihn stieß. Im Hintergrund erhoben sich die schneebedeckten Berggipfel von West-Alberta. Im Licht der tief stehenden Sonne wirkten sie fast irreal. »Hübsch«, sagte sie ohne jede Einleitung. »Aber langweilig.«

Roy sah erstaunt zu ihr auf. Die meisten Kids, die die Zuflucht besuchten, hatten keine Lust, mit anderen zu sprechen. Nachdem er ein paarmal schroff abgewiesen worden war, hatte er aufgegeben und ließ sie nun in Ruhe. Jill hingegen stand völlig unbeeindruckt vor ihm. Eine kleine, zierliche Gestalt mit blondem Haar und scharfen Gesichtszügen in einer knappen Hose, knöchelhohen Schuhen und einem Hemd, das in allen Farben schimmerte. Für eine Ausreißerin war sie seltsam gekleidet, und sie sah Roy mit einer Intensität an, die ihn gleichzeitig beunruhigte und faszinierte.

»Willst du fort von hier?«, fragte sie.

»Ich bin eben erst gekommen«, sagte Roy verwirrt.

»Ich meine nicht, ob du überhaupt fort von hier willst. Ich meine, ob du weg willst aus all dem hier.« Dabei deutete sie auf die Berge und den bevorstehenden Sonnenuntergang. »Weg aus dieser hübschen Hülle, die man für uns aufgebaut hat, um uns sicher unterzubringen, während wir unsere Probleme lösen.«

»Was ist schlecht daran?«

Jill schnaubte verächtlich. »Das ist genauso toll wie das Leben, in das wir zurückkehren sollen. Die Schule. Das jämmerliche Taschengeld, das dir deine Eltern geben.«

Roy wandte den Blick ab. In seinem Fall war das beinahe nichts gewesen. Taschengeld war ein so heikles Thema, dass er es immer vermieden hatte, darüber zu sprechen. Es war auch einer der Gründe, warum es so lang gedauert hatte, bis er endlich von zu Hause weggegangen war. Er hatte seinen so genannten »Zuschuss« eine halbe Ewigkeit sparen müssen, ehe er überhaupt daran denken konnte, fortzugehen.

»Und dann musst du dein ganzes Leben in einem idiotischen Job arbeiten, egal ob du in der Schule gut oder schlecht warst.«

Roy lachte sie aus, steckte einen Finger in das Textfenster, um die Stelle zu markieren, an der er eben war, und fegte dann das Fenster mit einer Handbewegung weg, damit er sich ganz auf Jill konzentrieren konnte. Auf ihre scharfe, aggressive Weise war sie hübsch, und durch ihre unerschütterliche Sicherheit und die bissige Wut bekam man Lust, ihr zuzuhören, nur um zu erfahren, was sie als Nächstes sagte. »Und du hast wohl was Besseres zu bieten«, sagte er.

»Du würdest dich wundern«, erwiderte sie, während sie noch mal den Blick über ihn gleiten ließ und diesmal auch seine Kleidung einer eingehenden Musterung unterzog. Roy errötete. Im Gegensatz zu den meisten anderen Kids hatte er sich nicht die Mühe gemacht, sich eine »zweite Haut« für seinen Besuch in der Zuflucht anzulegen, eine Körperattrappe, die sie einfach ein wenig besser zeigte, als sie in Wirklichkeit waren. Diese Attrappe basierte schon auf dem tatsächlichen Äußeren, aber sie machte sie etwas größer, muskulöser, hübscher, zierlicher, oder wie sie auch immer erscheinen wollten. Das Mädchen vor ihm strahlte eine solche Selbstsicherheit aus, dass Roy sicher war, dass sie auch in Wirklichkeit mehr oder weniger so aussah. Bis zu diesem Augenblick war es ihm gleichgültig gewesen, was er trug oder ob seine Kleidung abgenützt war. Aber jetzt …

»Brauchst du Geld?«, fragte sie.

Die Art, wie sie es sagte, störte ihn. »Ich brauche keine Almosen«, gab er schroff zurück.

»Schon seltsam, dass du das gerade hier sagst. Aber ich spreche gar nicht von Almosen. Willst du einen Job?«

»Hängt von dem Job ab«, sagte Roy. »Wenn das Geld stimmt …«

»Sehe ich arm aus?«, fuhr sie ihn an.

»An einem Ort wie diesem ist es gut möglich, dass du in Wirklichkeit ganz anders aussiehst, als du dich hier zeigst.«

Sie lächelte ihn listig an. »Gut möglich. Bist du clever?«

Roy schnaubte verächtlich. »Cleverer als die meisten.«

»Dann komm mit. Wir werden schon sehen.«

Sie hatte ihn so geärgert und war gleichzeitig so hübsch und anziehend gewesen, dass Roy mit ihr gegangen war, ohne auch nur ihren Namen zu kennen. Er sollte ihn aber bald erfahren. Kurz darauf hatte er, selbstverständlich auf virtuelle Weise, die Leute getroffen, für die sie »arbeitete«. Leute, die nach cleveren Kids Ausschau hielten, die genug Mut hatten, um selbst ihren Weg zu finden, und denen es gefiel, da und dort ein paar Scheine zu verdienen.

Wieder ließ Roy den Blick über die Arkade schweifen und hinüber auf den Platz. Als er immer noch kein Anzeichen von der Frau fand, auf die er wartete, setzte er sich in Bewegung. Es war nicht gut, zu lang auf demselben Fleck zu stehen. Die Wohnungen um den Platz waren teuer, und sein Kurier hatte ihn darauf hingewiesen, dass die Polizei hier öfter vorbeikam und wachsamer war als üblich … Deshalb hatte er auch die Pistole mit Schalldämpfer zu Hause gelassen. »Zuhause« bedeutete allerdings in diesem Fall in einem Schließfach an der Gare du Nord, wo die Waffe sicher in seinem Rucksack lag. Sobald er die Botschaft übergeben hatte, würde er mit der Metro zum Bahnhof zurückfahren und seinen Rucksack abholen. Dann würde er in eine öffentliche Netzkabine gehen, um zu erfahren, wohin ihn sein nächster Job führen würde. Nach seinem letzten Auftrag in Paris hatte man ihn mit dem neuen Magnetkissenzug TGV nach Zürich geschickt, um ein Dokument abzuholen. Diesmal war es vielleicht ähnlich. Vielleicht sagten sie ihm aber auch, dass er zum Flughafen Orly oder Charles de Gaulle fahren solle, um einen billigen Rückflug nach Toronto zu nehmen, und dass sie ihn wieder kontaktieren würden, wenn sie ihn brauchten. Auch das war schon vorgekommen.

Roy spazierte unter der Arkade bis zur Ecke des Platzes und bog dann nach Osten, wo die Restaurants waren. Wie gerne hätte er bei den Gasheizern Halt gemacht, um sich ein wenig aufzuwärmen, aber damit wäre er sofort aufgefallen. Und Aufmerksamkeit auf sich zu ziehen war das Schlimmste, was er in seinem Job tun konnte. Er musste so unscheinbar wie möglich sein und durfte in keiner Weise aus der Menge hervorstechen. Genau wegen dieser Fähigkeit hatte man ihn für den Job ausgewählt, dachte Roy. Erst hatte er eine Liste wahrlich hirnerweichender, unsagbar neugieriger Fragen beantworten müssen, die ihm Jill gegeben hatte, und dann hatte er die Leute »kennen gelernt«, die ihn bezahlen würden. Das Treffen hatte in einem ruhigen, mit Plüsch ausgekleideten virtuellen Büro stattgefunden, das nicht zum virtuellen Raum von Breathing Space gehörte, aber durch ein Netzportal mit diesem verbunden war. Roy hatte sich nicht weiter darum gekümmert, denn die Leute von Breathing Space hatten ihm erklärt, dass derartige Portale nicht erlaubt und ohnehin nicht vorhanden seien. Ein paar Kerle, die er nur als schattenhafte Gestalten auf Stühlen erkennen konnte, hatten ihn aufmerksam gemustert, und die wenigen Worte, die sie nach seinem Eintreten gewechselt hatten, bezogen sich ausschließlich darauf, wie unscheinbar er aussah. Heute vermutete er, dass dies ein Kompliment war, wenn auch ein sehr zweifelhaftes.

Die Gesichter seiner Auftraggeber hatte er weder damals noch später gesehen. Er hatte ausschließlich ihre Stimmen gehört, die mit Sicherheit elektronisch so verändert worden waren, dass er ihre wahren Stimmen gewiss nicht erkennen würde. So gut er konnte, hatte er seine Ungeduld verborgen, während er noch mal viele der Fragen beantwortete, die man ihm schon in der Liste gestellt hatte: über sein Zuhause (hatte er nicht), über die Beziehung zu seinen Verwandten (hatte er auch nicht), über das Einkommen seiner Familie und Ähnliches mehr. Schließlich hatte eine der drei Stimmen, die zu ihm gesprochen hatten, schlicht gesagt: »Du hast den Job«.

»Du hast nichts anderes zu tun, als an einem bestimmten Ort etwas abzugeben oder zu hinterlegen oder etwas abzuholen und zurückzubringen«, erklärte eine andere der Stimmen. »Wenn der Job erledigt ist, bekommst du dein Geld. Die Bezahlung hängt vom jeweiligen Auftrag ab, aber wir beginnen bei ...« Dann nannte er eine Zahl, die Roy ungläubig blinzeln ließ. Er glaubte, er hätte sich verhört ... aber er hatte vollkommen richtig gehört. »Wie ist es, arbeiten wir zusammen?«

»Ja«, hatte Roy augenblicklich hervorgestoßen. Damit endete das Treffen und begannen die zahllosen, kurzen Gespräche mit der dritten, der mürrischen Stimme, deren Besitzer immer »zufällig« außerhalb der Reichweite der Videoübertragung blieb.

Die Arbeit selbst war hin und wieder echte Schufterei, aber zumeist war sie die Mühe wert. Dann gab es jedoch auch wirklich nervtötende Augenblicke, wie eben jetzt. Während Roy am Restaurant vorüberschlenderte, warf er nur einen kurzen Blick durchs Fenster. Die Wände waren mit goldgeädertem Stein verkleidet, die Menschen saßen essend und lachend zusammen, oder wenn sie allein saßen, dann lasen sie beim Essen oder bei einem Glas Wein. Er ging langsam, damit die Wärme, die von den großen Heizstrahlern ausging, ihn zumindest für kurze Zeit einhüllte, ehe er aus der Arkade auf den Platz hinaustrat, um schlecht gelaunt auf die andere Seite zu wechseln. Der Duft von gebratenem Steak mit Zwiebeln ließ Roys Magen knurren.

Später, dachte er. Als ihm bewusst wurde, dass er mit seinen Eingeweiden sprach, grinste er verlegen. Aber was er tat, war auf seine Weise auch ein einsamer Job. Nach dem ersten Augenblick des Erkennens freute sich keiner von den Typen, denen er etwas übergab oder von denen er etwas bekam, ihn zu sehen. Egal ob er etwas lieferte oder abholte, jeder wollte bloß so schnell wie möglich wieder fort. Im Grunde blieb ihnen nichts als das unvermeidliche billige Hotelzimmer – denn keiner der Kuriere wagte es, Aufmerksamkeit auf sich zu ziehen, indem er sich ein teures Zimmer nahm – und das übliche Fastfood, das sie in Bahnhöfen oder Bushaltestellen hastig hinunterschlangen. Roy hatte sich zu einem wahren Kenner auf dem Gebiet billigen und doch schmackhaften Essens entwickelt und rühmte sich, den besten und billigsten Tapas-Laden im Bahnhof Chamartín in Madrid zu kennen, die letzte kohlenbefeuerte Frittenbude in Dublin, den umfangreichsten und preiswertesten indischen Stand auf dem Mittwochsmarkt am Hauptbahnhof in Zürich und die köstlichsten »französischen« Pommes frites in Brügge, die an einem Kiosk verkauft wurden, der seltsamerweise an seiner Rückseite eine Netzkabine hatte. Aber auch an solchen Orten war es Roys Aufgabe, nicht aufzufallen und nichts zu tun, weswegen man sich an ihn erinnern könnte. Dazwischen gab es immer wieder endlose Reisen, vor allem mit öffentlichen Verkehrsmitteln, die er, so oft es akzeptiert wurde, bar bezahlte, oder Billigflüge, die über die Kreditkarte der »Gesellschaft« liefen, die sie ihm gegeben hatten. In jedem Fall bedeutete es, mit unzähligen anderen zusammengepfercht wie Vieh zu reisen, bei Babygebrüll zu lesen oder sogar zu schlafen zu versuchen und, wie immer, alles zu unternehmen, um nicht aufzufallen.

So schlecht ist dieses Leben gar nicht, dachte Roy, während er erneut aus dem Schutz der Arkade trat. Immerhin verdiente er gutes Geld, von dem er einen beträchtlichen Anteil auf ein Privatkonto legte, das er auf einer seiner Reisen nach Europa in einer Kleinstadt in den schwäbischen Alpen südlich von Stuttgart eröffnet hatte. Der Gedanke an dieses stetig anwachsende Sümmchen erfüllte ihn mit großer Befriedigung, vor allem, wenn er sich an die ewigen Vorwürfe seiner Mutter erinnerte, dass sie ihm kein Geld geben könne, »weil du es doch nur aus dem Fenster wirfst«. Bis zu einem gewissen Grad war er nun sein eigener Herr. Wann es ihm gefiel, konnte er sich ein paar Tage freinehmen, einfach in Breathing Space bleiben oder allein irgendwo Urlaub machen ... natürlich ohne dabei aufzufallen. Gelegentlich dachte er daran, wie fantastisch es wäre, so viel Geld anzuhäufen, dass er damit nach Hause fahren, es seiner Mutter zeigen und sie für immer zum Schweigen bringen könnte. Die Summe musste so groß sein, dass er zehn Jahre lang nicht einmal an Arbeit *denken* musste. *Das wird wohl noch ein Weilchen dauern*, dachte er. *Ach, soll sie sich doch ruhig sorgen. Es war einfach herrlich, in Frieden zu leben, ohne ständig ihr Gejammer zu hören ...*

Seufzend hielt Roy vor dem Schaufenster eines Konfektgeschäfts, das voll war von kunstvoll verzierten Köstlichkeiten in hundert verschiedenen Formen. Dass er ständig darauf achten musste, sich bei seinen Aufträgen vorsichtig zu bewegen, um ja keine »Spuren« zu hinterlassen, war vielleicht das einzige Problem bei dieser Art von Arbeit. Oft genug fragte er sich auch, was er da ablieferte oder holte, und ob es nicht einfacher wäre, die Dinge, die er hin und her beförderte, bei einem virtuellen Treffen im Netz zuzustellen. *Vermutlich sind es irgendwelche Informationen ... Aber Informationen könnte man verschlüsseln ...* Weiter als bis hierher wagte sich Roy nicht in seinen Überlegungen. Im Grunde ging es ihn nichts an, besser gesagt: war es vielleicht sicherer, wenn er es nicht wusste. Er könnte diesen netten, lukrativen Job verlieren ... oder vielleicht passierte dann auch Schlimmeres. Es war wohl besser, er machte sich keine Gedanken darüber, geschweige denn, dass er mit Jill oder sonst jemandem darüber redete.

Ein plötzliches, wildes Hundegebell ließ Roy hochfahren. Am anderen Ende der Arkade war eben die Dame in dem Pelzmantel vom Platz in den Schutz der Gebäude getreten. Die Collies zogen sie ebenso energisch hinter sich her wie zuvor. Unerwartet riss sich einer von ihr los, sodass sie ihre Krokoledertasche fallen ließ.

Roy riss für einen kurzen Moment die Augen auf, denn genau das war das vereinbarte Zeichen, auf das er gewartet hatte. Als die Tasche auf dem Boden aufschlug, sprang sie auf, und der gesamte Inhalt verstreute sich auf dem Pflaster: Münzen, eine kleine Kosmetikschatulle, ein goldener Füllhalter, eine Geldbörse. Einen Augenblick lang ließ sich Roy von dem Hund ablenken, der in heller Freude und mit einem idiotischen Grinsen auf ihn zustürmte. Als der Hund an ihm vorübersauste, gelang es ihm gerade noch, die wild hin und

her flatternde Leine zu ergreifen und sich breitbeinig aufzustellen, sodass der Hund mit scharfem Ruck aufheulend zum
Stillstand kam.

Während er mit dem Hund an der Leine zu der Frau eilte,
ließ er die Hand in die Tasche gleiten, und als er sie erreichte, kniete er sogleich nieder, um ihr zu helfen, die verstreuten Habseligkeiten aus ihrer Tasche einzusammeln.

»Merci, m'sieur«, sagte sie, als er ihr die Hundeleine in
die Hand drückte, *»je suis désolée, mon chien est très me-
chant ...«* Ihr musste Roys verständnisloser Blick aufgefallen
sein, denn sie wiederholte die Worte auf Englisch: »Verzeihen Sie, es tut mir Leid, aber meine Hündin, sie ist ... ich
weiß nicht, wie man auf Englisch sagt, sie sehnt sich sehr
nach einem Männchen.«

»Schon in Ordnung, sie hat mir nichts getan«, gab Roy
lachend zurück.

»Da bin ich froh. Und vielen Dank!« Damit stand sie auf,
nahm die Handtasche von ihm entgegen und warf einen
Blick auf das, was er, mit seinem Körper vor dem Blick mög-
licher Beobachter geschützt, hineingesteckt hatte. »Alles da.
Ich muss den Verschluss noch mal reparieren lassen. Zwei
Mal habe ich ihn schon machen lassen, aber es hat nichts
genützt ...«

Roy klopfte sich den Staub von der Hose und war mehr
als erstaunt, als die Dame unvermutet ihren Arm in seinen
schob. »Sie waren so überaus freundlich, mir zu helfen, und
mein Wagen steht gleich dort drüben. Kann ich Sie irgendwo
absetzen?«

Angesichts der überraschenden Wendung der Dinge konnte er ein leises Kichern nicht unterdrücken und hob verblüfft
die Brauen. »Oh!« Er wusste nicht, was er sagen sollte, denn

es war das erste Mal, dass sich eine seiner Kontaktpersonen nach einem Job für ihn interessierte.

»Ich hätte eine Antwortbotschaft zu überbringen«, fuhr die Dame fort. »Auf diese Weise hätte ich Gelegenheit, sie Ihnen zu übergeben. In Ordnung?«, erkundigte sie sich, während sie ihm ein Lächeln schenkte.

Vielleicht gab es hier ja doch noch freundliche Menschen ... »Oh, danke«, stieß Roy hervor. »Das ist sehr nett von Ihnen.«

»Gleich hier um die Ecke«, sagte sie. Während die Hunde, an den Leinen zerrend, vor ihnen her sprangen, gingen sie gemeinsam bis zum Ende der Arkade, dann hinaus auf den Platz und schließlich in eine kleine Nebenstraße, die vom Platz wegführte. Etwa einen halben Häuserblock entfernt wartete eine lange schwarze Limousine, und als sie sich ihr näherten, stieg ein Mann in dunklem Chauffeursanzug aus und öffnete die Tür zum Fond.

Ohne zu zögern, sprangen die Collies auf den Rücksitz. Über diesen Anblick lächelnd, folgte Roy den Hunden. Die gesamte Polsterung war mit Hundehaaren übersät. Wie konnte der Chauffeur den Wagen nur so vernachlässigen? Dafür verdiente er Prügel. Sobald die Dame nach Roy eingestiegen war, schloss der Chauffeur die Tür und setzte sich wieder auf den Fahrersitz. »*Madame?*«

»Zur Parkgarage«, befahl sie. »Er wird dort auf uns warten. Und er hat den Artikel sicher schon fertig. *Ah, mechants, à bas!*«

Die Hunde schenkten den Worten ihrer Herrin jedoch keinerlei Aufmerksamkeit und sprangen weiterhin umher, wie es ihnen gefiel, bis Roy erneut die Leinen ergriff und sie festhielt. Unterdessen kramte die Dame in ihrer Tasche nach einem Notizblock und einem Schreibstift. »Sie sind kleine Bengel«, sagte sie, während sie zu schreiben begann, »vollkommen verwöhnt. Dabei hatten sie einen Dressurkurs, der mehrere tausend Francs kostete. Aber haben sie dadurch gelernt zu gehorchen? *Mais non …*«

So plauderte sie minutenlang mit Roy über unwichtige Dinge, während sie weiter schrieb und gelegentlich innehielt, um zu prüfen, was sie geschrieben hatte. Roy widerstand der Versuchung, sich zu intensiv mit der Route zu beschäftigen, die der Wagen fuhr. Manchmal war es besser, nicht zu viel zu wissen. Stattdessen betrachtete er die Dame. Wie hatte ihm ihr Gesicht jemals hart erscheinen können?, fragte er sich. Jedes Mal, wenn sie lachte – und das tat sie oft, vor allem, wenn sie über die Hunde sprach –, begann ihr Gesicht auf entzückende Weise zu strahlen. Für einen kurzen Augenblick fragte sich Roy, wie es wohl sein mochte, Zeit mit solch einer Frau zu verbringen oder gar sie dazu zu bewegen, ihn auf dieselbe Weise anzulächeln wie die Collies …

Kaum bog der Wagen in eine Zufahrt, senkte sich die Motorhaube, und im nächsten Augenblick war es dunkel. Während die Dame das oberste Blatt des Blocks abriss, auf den sie geschrieben hatte, und den Notizblock und den Stift zurück in die Tasche legte, lächelte sie Roy ein einziges Mal direkt an. »*Alors*«, sagte sie, sobald der Wagen hielt. »Wir sind da.«

Augenblicklich stieg der Chauffeur aus, ging um den Wagen und hielt der Dame die Tür auf. Nach der Dame kletterte auch Roy aus dem Wagen. Die Parkgarage unterschied sich durch nichts von jeder anderen mit Neonlampen gleißend hell erleuchteten Parkgarage, und auch der gerippte, rutschhemmende Betonboden unter seinen Füßen war ihm vertraut. Die einzige neue Erfahrung in der Parkgarage war die kleine, aber gefährlich aussehende Schalldämpferpistole, die der Chauffeur jetzt auf ihn richtete.

Wortlos deutete der Mann, wohin Roy gehen sollte. Roy war schon früher in einer solchen Situation gewesen und geriet daher nicht in Panik. Einige seiner Kontaktleute waren etwas schreckhaft, wichtige Leute aus der Gesellschaft oder der Geschäftswelt, vielleicht gehörten sie aber auch etwas zweifelhafteren Gruppierungen an, wie er vermutete, sodass sie lieber unter sich blieben. Kriminelle, Leute vom Nachrichtendienst, wer wusste das schon. Seine Aufgabe bestand lediglich darin, etwas abzugeben, wie er es versprochen hatte, und den Mund zu halten.

Zwischen der Dame und dem Chauffeur entwickelte sich ein kurzes Gespräch auf Französisch, dem Roy nicht folgen konnte. Aber es wirkte nicht besonders feindselig. Als die Collies aus dem Wagen sprangen, griff die Dame nach den Leinen und hielt sie davon ab davonzulaufen. »Hier«, sagte sie dann. »Hier ist Ihre Botschaft. *Jacques? Ah, Jacques, voici la marmaille disponible ... le pauvre faiblard.*«

Als sich Roy umdrehte, entdeckte er einen jener beigen VW-Mercedes, wie sie hier häufig als Taxi verwendet wurden. Und neben dem geöffneten Kofferraum stand der größte Mann, den er je gesehen hatte. Er war wohl gut 2,10 Meter groß, keineswegs mager, sondern ein wahrer Riese mit kurz geschnittenem Haar, einem dunklen Gesicht und einem ebenso dunklen Mantel. *Wenn dieser Kerl der Fahrer ist, muss er sich aber gehörig hinter dem Lenkrad zusammenkrümmen*, dachte Roy, während er zu dem Wagen hinüberging. Die Sache gefiel ihm gar nicht.

Ob er tatsächlich der Fahrer war, sollte Roy nicht mehr erfahren, denn schon packte ihn der Riese an den Schul-

568

tern und wirbelte ihn herum. Im selben Augenblick trat der Chauffeur von hinten an ihn heran, griff nach seinen Handgelenken, und ehe Roy überhaupt Gelegenheit hatte, sich zu wehren, legte ihm der Chauffeur Handschellen an. Dann steckte die Dame die Notiz, die sie geschrieben hatte, in die Innentasche von Roys Winterjacke. Dabei kam sie ihm so nahe, dass er für einen Moment den Duft ihres Parfüms wahrnahm. Es hatte eine schwere, süße Note. Auch wenn es zu spät war, wehrte sich Roy, so gut er konnte, während er hochgehoben wurde. Gegen den Riesen hatte er jedoch keine Chance. Er wurde unsanft in den Kofferraum befördert ... und als sich der Kofferraumdeckel über ihm schloss, umhüllte ihn vollkommene Dunkelheit.

Wie lange die Fahrt dauerte, wusste Roy nicht. Wieder und wieder versuchte er zu schlucken, aber vergeblich. Sobald der Motor angelassen wurde und sich der Wagen in Bewegung setzte, wurde sein Mund staubtrocken vor Angst. Nun blieb ihm nichts, als mit aller Macht zu versuchen, einen klaren Kopf zu bewahren. Was auch immer andere sagten, und wie sehr er sich auch selbst vom Gegenteil zu überzeugen versuchte, eines stand eindeutig fest. Niemand, der einen anderen in den Kofferraum steckte und losfuhr, wollte, dass nachher über diese Sache geredet wurde.

In wachsender Angst lag Roy wohl über eine Stunde regungslos in dem Kofferraum. Er wagte es nicht, sich zu bewegen oder irgendein Geräusch zu machen, um nur ja keine Aufmerksamkeit zu erregen, damit das Übel, das ihm bevorstand, nicht schon früher über ihn hereinbräche. Die Dunkelheit war erfüllt vom Geruch nach altem Eisen und verschüttetem Benzin und nach dem üblichen billigen Teppich, den man in Kofferräume legte. Während er mit dem

Gesicht auf dem rauen Teppich lag, versuchte er, hundert Dinge zu tun. Er versuchte, sich einen Weg nach draußen auszudenken, einen Plan zu fassen, und er versuchte sogar zu beten, was ihm nicht gelang. Dafür hatte er einfach zu viel Angst. So war er fast erleichtert, als der Wagen anhielt und er hörte, wie sich die Fahrertür öffnete und im nächsten Moment wieder schloss. *Jetzt ist es wenigstens vorbei*, dachte er, als sich der Kofferraumdeckel öffnete.

Überrascht starrte Roy in die Finsternis. Aus irgendeinem Grund hatte er erwartet, Tageslicht zu sehen. Roy sah nur einen schwachen, bläulichen Lichtschimmer, der sich auf der metallenen Pistolenmündung in der Hand des Fahrers spiegelte. Augenblicklich verflüchtigten sich Erleichterung und Wut, während eine übermächtige Welle der Angst über ihn hereinbrach. Plötzlich war ihm alles klar. Er hatte eine lange Straße hinter sich, und sie endete hier, in dieser Sekunde. Jetzt wünschte er aus tiefstem Herzen, dass er gestern oder irgendwann in den Tagen davor, als es noch eine scheinbar endlose Reihe von Morgen gegeben hatte, seine Mutter angerufen hätte, um ihr zu sagen, dass er noch am Leben war, dass sie sich nicht sorgen musste, dass sie sich wenigstens nicht mehr fragen musste, was aus ihm geworden war.

Jetzt würde sie es nie erfahren …

Fluchtweg . . . 02

Die Sonne brannte heiß auf Megan O'Malleys Nacken, während sie mit größter Sorgfalt im Zirkel ritt. Den Blick starr nach vorne gerichtet, achtete sie konzentriert darauf, wie sie im Sattel saß, wenn sie wieder parallel zur weißen obersten Stange der Umzäunung der Bahn einschwenkte. Nach drei vollen Stunden dieser Tortur rief diese Übung in ihr eine Mischung aus Angst und Widerwillen hervor. Jeder Muskel in ihrem Körper schmerzte, aber das war noch ihr geringstes Problem. Ihr größtes Problem befand sich direkt unter ihr und trug den klingenden Namen Alistair's Kingstown Walk Softly, unter Freunden bekannt als Buddy, unter Feinden – zu denen Megan wohl bald schon zählen würde – bekannt als »Der große Besenstiel«.

Dieser Name kam nicht von ungefähr, denn das Pferd schien einen langen Besenstiel, einen Ladestock oder sonst einen balkenförmigen, unelastischen Gegenstand anstelle einer biegsamen Wirbelsäule zu besitzen. Für ein Dressurpferd, das in der Bahn mit scheinbar müheloser Eleganz die kompliziertesten Schrittkombinationen und Gangarten vorführen sollte, war dies ein echtes Problem. Denn selbst Anfänger mussten im Schritt oder leichten Galopp elegant und ebenmäßig im Zirkel reiten. Buddy schien jedoch im Augenblick keineswegs bereit, seinen Körper auch nur im Geringsten biegen zu wollen. Außerdem hatte er offenbar keine Lust, überhaupt Kreise zu gehen. Jedes Mal, wenn er in der Dressurbahn der Umzäunung nahe kam, versuchte er, auszubrechen und dem Zaun geradeaus zu folgen.

Wieder näherten sie sich der Stange in einem bisher recht akzeptablen Bogen, wobei die Schritte durch das Sägemehl weich abgefedert wurden. *Ach bitte, lass es ihn nur dieses eine Mal richtig machen*, dachte Megan mehr aus Verzweiflung als in der Hoffnung, dass es diesmal tatsächlich gelingen würde. Den Blick durch die Ohren der hirnlosen Kreatur gerade nach vorne auf den Punkt gerichtet, wo sie dem Tier am liebsten mit der Gerte eins überziehen würde, konzentrierte sie sich auf ihre Haltung, um im richtigen Augenblick das Gewicht im Sattel leicht nach rechts zu verlagern, was für Buddy das Signal war einzuschwenken. Megan wusste, dass sie es richtig machte, daran bestand nicht der geringste Zweifel, und er veränderte auch den Winkel zur Stange gerade genug, um zu einem Bogen anzusetzen. Und in dem Augenblick, in dem er den Zirkel beginnen und sich wieder von der Stange lösen sollte, setzte er einen Schritt geradeaus, und noch einen, und noch einen …

Megan ertrug es nicht länger. Sie zügelte das Pferd und blieb bewegungslos sitzen, während ihr Blick durch die Bahn schweifte auf der verzweifelten Suche nach der nötigen Geduld, um nicht all die entsetzlichen Dinge zu sagen, die ihr durch den Kopf schossen. Buddy verharrte regungslos, kaute gedankenverloren an seiner Trense und wirkte vollkommen ungerührt.

»Was ist passiert?«, fragte Wilma.

»Du hast es doch gesehen! Er ist einfach aus dem Zirkel ausgebrochen und geradeaus weitergegangen.«

»Du hast dein Gewicht verlagert …«

»Habe ich nicht! Zumindest nicht auf die falsche Seite.« Mit einem langen, verzweifelten Seufzer sah sich Megan in der Dressurbahn um. »Ich schwöre dir, wenn er mir gehören würde, würde ich diese dumme Pfeife an die Eisenbahngesellschaft verkaufen, damit man ihm Räder dranmontiert. Als Frachtzug wäre er wesentlich nützlicher.«

Wilma, die auf der gegenüberliegenden Seite der Arena an der Umzäunung gelehnt hatte, kam kichernd herüber.

Megan sah sich in der Bahn um. Sie war ein genaues Abbild jener Bahn, in der sie am Wochenende in Potomac

Valley reiten würden – ein Rechteck von sechzig Metern Länge und vierzig Metern Breite, umgeben von einem weißen Zaun aus drei übereinander befestigten Stangen von insgesamt eineinhalb Metern Höhe. Als Schutz vor der sengenden Sonne würde für die Zuschauer an der langen Seite des Vierecks eine überdachte Tribüne aufgebaut sein. Und vor diesen Zuschauern würden Wilma und sie jeweils auf Buddy reiten, um die Prüfung zur dritten Dressurstufe abzulegen ...

Wir werden uns zu Tode blamieren, dachte Megan. Aber sie sprach es nicht laut aus. Vielleicht gab es ja auch Wunder. Vielleicht lief hier irgendetwas schief, das dann in der wirklichen Welt funktionierte.

Wilma musterte Buddy eingehend. Megan war fest davon überzeugt, dass Wilma Christensen mehr von Pferden verstand als jeder andere Reiter, den sie kennen gelernt hatte, seit sie selbst ein Pferd von oben gesehen hatte. Und Wilma schien ihrerseits viel von Megan zu halten. Zumindest hatten sie sich auf Anhieb gut verstanden, als sie einander vor Jahren kennen gelernt hatten, auch wenn sie ein etwas seltsames Paar abgaben. Wilma wirkte im Vergleich zu der großen, athletischen Megan klein und schmächtig und hatte blondes Haar und helle Haut, während Megan dunkelhaarig und meist gebräunt war. Auf jeden Fall waren sie in der Reitschule unzertrennlich geworden und gingen auch öfter gemeinsam aus. *Wer hätte gedacht, dass wir einmal bei einem Pferd landen würden, das über Nacht verrückt geworden ist?,* fragte sich Megan. *Und wie kommt es, dass sich das »Modell« genauso verhält ...?*

Megan hätte gerne gewusst, ob Wilma dasselbe dachte, während sie Buddy tätschelte und ihn von allen Seiten musterte. »Bist du sicher, dass du ihm außer der Gewichtsverlagerung kein anderes Signal gibst?«

»Ich gebe dem hirnlosen Riesenklotz kein anderes Zeichen, als dass er im Zirkel gehen soll«, erwiderte Megan verärgert, »und das ist wohl das Erste, was ein Dressurpferd lernt. Außerdem konnte er es bis vor eineinhalb Monaten ausgezeichnet, und jetzt eben nicht mehr. Jetzt klebt er an der Umzäunung fest und geht zielstrebig wie ein Zug geradeaus. Wie ein sehr dummer Zug«, fügte sie seufzend hinzu. »Ich frage mich, ob Pferde das Gedächtnis verlieren können?«

Wilma kniff nachdenklich die Augen zusammen. Als sich Buddy der obersten Stange der Umzäunung zuwandte und an ihr knabberte, stieß sie sein Maul mit einem Finger an, um ihn davon abzubringen. Augenblicklich riss er den Kopf hoch und versuchte, nach ihr zu schnappen. »Die Frage sollte wohl eher lauten, ist es möglich, sich von wiederholten Hammerschlägen auf den Kopf zu erholen? Denn er ist auf dem besten Weg, das zu erleben.«

»Hm.« Megan warf dem Pferd einen viel sagenden Blick zu. »He, du, du bist nichts als eine Ansammlung zukünftiger Hundefutterdosen, die in dichter Formation dahinfliegen. Weißt du das?«

Das Tier sah mit dem Ausdruck vollkommener Gleichgültigkeit zu ihr herüber, ehe es sich wieder der Stange zuwandte.

Wilma beobachtete es leicht besorgt. »Vielleicht liegt es am Futter«, meinte sie.

»Genauso gut könnten Sonnenflecken die Ursache sein«, gab Megan unbeeindruckt zurück. »Er bekommt sämtliche Vitamine und Mineralstoffe, die der Menschheit bisher bekannt sind. Und insgesamt wohl mehr Futter, als er braucht, wenn du mich fragst.«

»Meinst du, das ist das Problem? Dass er zu viel Getreide bekommt? Für Grasblähungen ist es aber zu spät.«

Megan schüttelte den Kopf. Sie befürchtete weit Schlimmeres. »Das bezweifle ich. Ich glaube eher, dass bei der Simulation was schief gelaufen ist.«

»Ich weiß nicht, ob wirklich *dort* der Fehler liegt. Das echte Pferd tut doch dasselbe.«

»Knabbern?«

»Ja, aber nicht nur das. Es reagiert auch genauso auf die Stangen. Gestern den gesamten Nachmittag lang.« Auf Wilmas Gesicht zeigte sich derselbe verärgerte Ausdruck wie auf Megans. »Ich habe mich in Grund und Boden geschämt.«

Megan lehnte sich gegen die Umzäunung. »Vielleicht hast du aber Recht«, lenkte sie nun ein. »Wenn es irgendeine seltsame Muskel- oder Knochenkrankheit wäre, würden die Nahrungsergänzungsmittel vielleicht nicht ausreichen, um alles wieder in Ordnung zu bringen …«

»Vielleicht knabbert er ständig, weil er Minerale braucht«, fiel Wilma ein.

Megan seufzte. »Solange wir von ihm keine Blutprobe zur Analyse ins Labor schicken und dem Modell die richtige Gestalt verleihen, können wir es nie mit Sicherheit wissen. Wenn sich das Modell genauso verhält wie das richtige Pferd, ist die Wahrscheinlichkeit groß, dass es etwas mit dem Gewicht oder dem Bewegungsapparat zu tun hat. Das wäre nicht gut für uns …«

»… denn es würde bedeuten, dass *wir* einen Fehler machen und nicht das Pferd.«

»O bitte«, rief Megan verzweifelt aus. Sie war das seltsame

Verhalten des Modells Leid. Aber bis zur Meisterschaft der amerikanischen Dressurvereinigung für die Nachwuchsreiter der Region 1 waren es nur noch vier Tage, und sie wollte nicht riskieren, wertvolle Übungszeit zu vergeuden. Zu lang hatte sie schon von dieser Meisterschaft geträumt, denn Megan nahm erst dann an einem Wettkampf teil, wenn sie auch eine reelle Chance hatte, eine halbwegs gute Vorstellung zu bieten. Gemeinsam mit Wilma hatte sie das gesamte vergangene Jahr über mit Buddy gearbeitet, und ein respektabler Platz bei der Meisterschaft war in greifbare Nähe gerückt. Deshalb hatte sie wie andere Kids aus ihrem Reitclub das Teilnahmeformular ausgefüllt, die Startgebühr bezahlt und mit Erfolg die Qualifikation, den FEI Prix St. Georges Freestyle, geritten. Nun waren sie bei den letzten Vorbereitungen für die Prüfung im Dressurzentrum von Potomac Valley. Alles wäre wundervoll gelaufen, wenn Buddy nicht vollkommen unerwartet verschiedene Grundfertigkeiten verlernt hätte, die er mit seinem jeweiligen Reiter in der Bahn vorzeigen musste. Als Folge schien es unausweichlich, dass sich Megan und Wilma vor tausenden Zuschauern entsetzlich blamieren würden. Jeder, der sie sah, würde selbstverständlich annehmen, dass der Reiter für die schlechte Leistung des Pferdes verantwortlich war. Sie und Wilma würden tausend Tode sterben. Zumindest sah Megan es so kommen.

»Warum haben wir uns nicht für irgendeine virtuelle Sportart entschieden?«, murmelte Wilma. »Eine, bei der du dir gewaltige Muskeln zulegen kannst und eine Leistung wie ein Halbgott erbringst, auch wenn du in Wirklichkeit nicht dazu imstande wärest.«

»Weil eine solche Sportart einfach zu dumm wäre. Da gäbe es keine Herausforderung, das ist nur was für Idioten«, erwiderte Megan. »Wir haben einfach geglaubt, dass wir aus anderem Holz geschnitzt sind. Dass wir in der Lage sind, einen Sport auszuüben, der seine eigenen Regeln hat, der ein wenig Härte erfordert. Zumindest haben wir das geglaubt!« Sie lachte hilflos.

Als Buddy stampfte und leise schnaubte, warfen ihm die beiden Mädchen unheilvolle Blicke zu. »Regeln gibt es hier«, meinte Wilma grimmig. »Vor allem die, dass es jetzt zu spät ist, unsere Nominierung zurückzuziehen und unser Startgeld wiederzubekommen.«

»Wen interessiert schon das Startgeld? Ich frage mich nur, wie ich mit einem Tier einen Kreis von zwanzig Metern Durchmesser reiten soll, das offenbar vergessen hat, wie es einem Weg folgt, der nicht mit einem Lineal gezogen ist!« Aufseufzend lehnte sich Megan erneut gegen die Umzäunung. »Willst du es versuchen?«

»Ich werde ihn meine Fersen spüren lassen«, verkündete Wilma. »Das habe ich gestern schon.«

»Wenn du willst, kannst du ja gerne das Modell treten«, erwiderte Megan, »das beschwert sich lediglich über nicht genehmigte Anweisungen.«

»Mir ist schon Schlimmeres passiert.« Damit schwang sich Wilma in den Sattel. Sie sah gut aus in der Reitkleidung, die beide trugen: schwarze Reithosen, schwarze Jacke, das vorgeschriebene weiße Halstuch und die schwarze Reitkappe. Megan seufzte beim Anblick von Wilmas perfekter Erscheinung. Sie war nie sicher, ob sie nicht wie die unglückliche weibliche Version eines jener beliebten Reiterstandbilder aussah, die man im Garten aufstellte. Der Zylinder, den beide am Samstag in der Bahn tragen würden, verstärkte noch Megans Unsicherheit.

577

Wilma setzte sich im Sattel zurecht und lenkte Buddy zum Aufwärmen in einen »inoffiziellen« Zirkel, den das Modell zu Megans großem Ärger perfekt abschritt. »Ich hasse ihn«, stieß sie hervor. »In einer Sportart, bei der man von dem Tier verlangt, dass es dieselbe Übung zumindest zweimal hintereinander ausführen kann, tut er es einfach nicht.«

»Mhm«, antwortete Wilma, während sie weiter den Zirkel abritt. Megan betrachtete sie nachdenklich. Ihre Haltung war nicht in Ordnung – sie war ein wenig in sich zusammengesunken –, und ihr Blick war auch nicht nach vorne gerichtet. *Schlechtes Zeichen*, dachte Megan. Beinahe hätte sie es laut ausgesprochen, aber sie hielt sich gerade noch zurück. In Wilmas Leben gab es derzeit genug andere widersprüchliche Zeichen.

»Hast du heute schon etwas von Burt gehört?«, fragte Megan schließlich. Seit zwei Stunden mied sie diese Frage, und ihr Ärger über Buddy hatte ihr geholfen, nicht an sie zu denken.

»Hm?«

»Burt. Du erinnerst dich doch. Der große Kerl mit den blonden Haaren, der mit uns üben sollte, aber im letzten Moment abgesagt hat.«

Wilma errötete heftig und zügelte Buddy. Jetzt war ihr Blick geradeaus durch die Ohren des Tiers gerichtet, aber auf nichts, was mit der Bahn zu tun gehabt hätte. »Nein«, antwortete sie.

Megan betrachtete sie mitfühlend. »Du solltest ihn vergessen. Er macht dich noch verrückt.«

»Er hat seine Gründe«, gab Wilma zurück. »Du hättest seine Leute hören sollen …«

»Ich habe schon verstanden, dass seine Eltern nicht die

besten der Welt sind«, sagte Megan, »und das tut mir auch Leid für ihn, aber, Wilma, er lädt dir doppelt so viel von seinem Kummer auf, wie er selbst trägt! Ich höre doch, was er erzählt, wenn wir gemeinsam ausgehen ... Ich würde mir das nicht gefallen lassen.«

»Du magst ihn eben nicht so wie ich«, gab Wilma kleinlaut zurück.

Gott sei Dank!, dachte Megan, und es kostete sie beträchtliche Mühe, die Worte nicht auszusprechen. »Er könnte uns wenigstens benachrichtigen«, sagte sie stattdessen, »dir eine Virtmail schicken, dass er nicht zum Training kommt. Das ist keine große Herzensangelegenheit, das ist bloß eine Frage auf Leben und Tod.«

Darüber musste Wilma nun doch lachen, wenn auch ein wenig gequält. »Da hast du wohl Recht. Ich werde es ihm das nächste Mal sagen.«

»Klingt gut. Und jetzt weiter, lass es uns nochmal versuchen. Rechte Hand, bei A ganze Bahn, von D nach S schenkelweichen links, dann zurück und bei X halten.«

»In Ordnung. Schaltest du die Hilfen ein?«

»Sicher. Computer ...«

»Auf Empfang.«

»Bitte Hilfen einschalten.«

»Hilfen eingeschaltet.« Augenblicklich leuchteten die Buchstaben des Alphabets in gedämpftem Rot etwa eineinhalb Meter über dem Boden an den Ecken und quer durch die Mitte der mit Sägemehl bedeckten Bahn auf. Mit einigen Auslassungen fanden sich die Buchstaben A bis S und zusätzlich X. Diese Markierungen kennzeichneten die Stelle, an der eine Bewegung oder eine Schrittfolge beginnen oder enden musste. Im Wettbewerb musste der Reiter selbst genau wissen, wie groß der Abstand von einer Markierung zur nächsten war und wie viele Schritte das Pferd dazwischen zurücklegen musste. Deshalb sah man vor einer Ausscheidung auch immer, dass die Dressurreiter die Bahn nach Hinweisen wie Zweigen, Blättern oder Rillen in der Abgrenzung dieser speziellen Bahn absuchten, die mit den durch Buchstaben gekennzeichneten Stellen in ihrem Kopf übereinstimmten.

»Okay«, sagte Megan. »Vorwärts.«

Buddy schritt langsam vorwärts. *Genau so soll es aussehen*, dachte Megan, *keine sichtbaren Bewegungen, keine sichtbaren Gewichtsverlagerungen, alles subtil, sodass das Pferd weich geht.* Zumindest verhielt sich das Modell jetzt so, wie es sollte. Immerhin war das in den letzten sechs Monaten auch ihre Hauptbeschäftigung gewesen: ein virtuelles »Modell« von Buddy zu erstellen und die notwendigen Abmessungen und Gewichte einzugeben, damit ihr Netzcomputer ein Pferd ausarbeiten konnte, das in seinem Aussehen, seinem Benehmen und seinem Reitverhalten dem echten Tier aufs Haar glich.

Das Modell war ein nützliches Hilfsmittel für das (zugegebenermaßen unbezahlbare) Training mit dem Pferd, das man wirklich reiten würde, und das vor allem, wenn sich vier bis fünf Reiter für dasselbe Pferd qualifiziert hatten und um ausreichende Trainingszeit kämpften … Allerdings reichte die Trainingszeit auch nicht, wenn nur ein Reiter pro Pferd antrat. Mit Hilfe eines Modells – eines simulierten Pferdes – konnte man zumindest sicherstellen, dass die eigenen Bewegungen stimmten. Und wenn man die Beschränkungen der »Wirklichkeit« ausschaltete, konnte man das Modell ohne Pause auch stundenlang reiten. Das war einer der Vorteile eines virtuellen Trainings. Wer wollte, konnte das Modell auch mitten in der Nacht reiten, ein Unterfangen, gegen das sich ein echtes Pferd heftig zur Wehr setzen würde.

Das eigentliche Problem bestand im präzisen Entwurf der Simulation, was gehörig ins Geld gehen konnte. Megan hatte sich nach den Kosten für eine professionelle Ausarbeitung des Charakter- und Bewegungsprofils durch Spezialfirmen wie eQuines Unlimited oder The Horseman's World erkundigt und entsetzt von dieser Idee Abstand genommen. Die Preise waren einfach so unverschämt hoch, dass sie nicht einmal daran denken durfte. Selbst nicht, wenn ihre Familie reich gewesen wäre, was sie nicht war (wie ihr Vater sie bei jeder Gelegenheit erinnerte). So hatte Megan selbst mit der Ausarbeitung des virtuellen Pferdes begonnen und dabei eindeutig zu viel über die Simulation von Lebewesen gelernt. Die Schwierigkeit hatte nur darin gelegen, dass Megan Amateurin war und sich nie sicher sein konnte, ob ihr das Werk gelingen würde.

Und sie war immer noch nicht sicher, ob es gelungen war. Wenn sie Wilmas Gesichtsausdruck richtig deutete, so hatte auch diese Zweifel. »Ich weiß nicht, ob seine Bewegungen stimmen«, sagte Wilma, während sie Buddy zügelte und anhielt. »Willst du ihn auf Transparentmodus schalten?«

»Kein Problem.« Während Wilma an den Ausgangspunkt zurückritt, um die Abfolge noch mal zu beginnen, gab Megan dem Computer einen Befehl.

»Computer …«

»Auf Empfang.«

»Modelländerung. Transparentmodus.«

»Transparentmodus eingeschaltet.«

Plötzlich ritt Wilma auf einem Pferd aus braunem Glas.

Zumindest sah es so aus. Die Haut war kaum zu erkennen, und auch die auf diese Weise freigelegten Organe waren nur schemenhafte Schatten. Die Muskulatur und das Knochengerüst des Pferdes hingegen waren in allen Einzelheiten zu erkennen, während es sich bewegte. Von der Mitte der Bahn aus beobachtete Megan Buddy und drehte sich wieder und wieder um die eigene Achse, während Wilma auf dem Tier um sie herum Kreise zog. Sie konzentrierte sich auf die Bewegung der Knochen und Muskeln, prüfte den Gang selbst und suchte nach Unregelmäßigkeiten, die einen Hinweis auf die Ursache des Problems liefern könnten.

»Jetzt schenkelweichen«, forderte Megan ihre Freundin auf.

»In Ordnung.«

Wilma setzte zu der Übung an und wählte dazu jene Version, die üblicherweise bei der Dressurprüfung der 3. Stufe verwendet wurde: von der Stange zur Mittellinie der Bahn. Megan konnte die Signale genau mitverfolgen: äußeres Bein, innerer Zügel, nur ganz leicht. Buddy, der bisher geradeaus gegangen war, hielt den Körper nun parallel zur Stange, während er in einem Winkel von dreißig Grad von der Umzäunung zur Mittellinie der Bahn schritt. *Das macht er ganz ausgezeichnet*, dachte Megan erleichtert, denn das war ihm auch mit ihr gelungen. *Zumindest gibt es eine Übung, die er immer wieder richtig macht …*

»Weiter?«, fragte Wilma.

»Ja, warum nicht? Versuch mit ihm die nächste Übung, den Travers. Vielleicht gelingt es dir, unbemerkt bis zum Zirkel zu kommen, sodass er einfach vergisst, geradeaus weiterzulaufen.«

Wortlos fuhr Wilma mit der Übung fort. Buddy folgte nun

der Stange in vorgeschriebener Haltung, die Hinterhand nach außen, sodass er mit gebogenem Körper vorwärts schritt. *Wirklich geschmeidig*, dachte Megan. *Sie hat ein Gefühl dafür. Wenn sie mir die Übungen mehrmals vorführt, kann ich vielleicht unser Problem lösen …*

Plötzlich zerriss das Klingeln eines Telefons die Luft. Verärgert verdrehte Megan die Augen zu dem blauen »Himmel«, während sie antwortete: »Megan O'Malley …«

Es war nur eine Stimme zu hören, kein Bild zu sehen. »Hi, Megan, Liebes, hier ist Mrs Christensen.«

»Hi, Mrs C., Wilma ist hier …«

»Ich wollte gar nicht mit Wilma sprechen …«

Das war einigermaßen merkwürdig. Wilma zügelte das Pferd. »Mom?«

»Hallo, Liebes, eigentlich suche ich Burt.«

»Oh. Er ist nicht hier«, antwortete Wilma mit angespanntem Gesicht.

»Nicht? Ich dachte, er sollte bei euch Mädchen sein.«

»Nun, nein, Ma. Sollte er auch, aber er hat uns versetzt.« Mit noch grimmigerem Gesichtsausdruck schwang sie sich vom Pferd.

»Oh. In Ordnung.« Wilmas Mutter sprach nicht weiter, und dieses Schweigen wirkte so seltsam, dass Megan nachfragte: »Sucht denn irgendjemand nach ihm?«

»Ja, seine Mutter«, antwortete Wilmas Mutter. »Sie hat mich angerufen.«

»Und sie weiß auch nicht, wo er ist?«

Wieder dieses seltsame Schweigen. »Sie sagt, dass er fort ist.«

Wilma blinzelte verwirrt, als sie das hörte. »Fort? Wohin fort.«

»Sie hat gesagt, dass er ein paar Sachen zusammengepackt hat und fortgegangen ist und … Nun, ich weiß auch nicht, aber sie hat sehr aufgeregt gewirkt. Burt hat davon gesprochen, dass er von zu Hause ausreißen will. Du weißt schon, Kinder sagen hin und wieder solche Dinge, aber …«

»Oh, nein«, flüsterte Wilma. Erstaunt sah Megan, dass sie plötzlich leichenblass geworden war. Im strahlenden Sonnenschein sah das sehr eigenartig aus. Erst fürchtete Megan, dass Wilma in Ohnmacht fallen würde, aber dann erkannte sie, dass die Blässe ihrer Freundin keine körperliche Ursache hatte: Es war reine Angst.

»Ich muss gehen«, sagte Wilma. »Mom? Leg jetzt auf, ich bin gleich bei dir …«

Der Anruf »von draußen« wurde mit einem leisen Klicken beendet. »Okay«, sagte Megan verwirrt. »Hör zu, Wil, wegen des Trainings morgen …«

»Ich weiß nicht, ob ich kommen kann. Ich rufe dich an.«

Damit deaktivierte Wilma über ihr Implantat den Virtuellmodus und verschwand.

Megan blieb inmitten der mit Sägemehl bestreuten Bahn mit dem virtuellen Pferd allein zurück, das sich langsam der Umzäunung näherte und erneut an den Stangen knabberte.

»Computer«, rief Megan.

»Auf Empfang.«

»Bitte das Buddy-Modell schließen.«

»Vorgabe unmittelbar speichern oder zu einem anderen Zeitpunkt/an einem anderen Ort?«

»Vorgabe unmittelbar speichern.«

»Aufgabe erledigt.« Das Pferd verschwand, und einen Augenblick später war in der gesamten Bahn nicht ein Hufabdruck mehr zu sehen, als ob es nie da gewesen wäre.

Unzählige Flüche schossen Megan durch den Kopf, und sie hätte sie nur allzu gerne ausgesprochen. Aber einerseits würden sie ihr jetzt in keiner Weise helfen, und andererseits konnte sie im Geist die vorwurfsvolle Stimme ihrer Mutter hören: »Und wenn du dir wirklich mal mit dem Hammer auf den Finger schlägst, was sagst du dann?«

»Nur keine Sorge, da fällt mir sicher etwas ein«, murmelte Megan.

»Auf Empfang. War das ein Befehl?«

»Nein. Tut mir Leid.« Megan lächelte schief. Schon verrückt, da dachte sie sich gerade die fürchterlichsten Flüche aus, und dann entschuldigte sie sich bei ihrem Computer. Er war vielleicht clever, aber wieder nicht *so* clever. »Zurück zur Ausgangskonfiguration.«

Die Bahn, das Sägemehl und der prachtvolle Sonnentag verschwanden, und sie stand plötzlich wieder in ihrem Arbeitsraum, so wie er sich immer zeigte: als altes, abgenutztes, steinernes Amphitheater von fünfzig Sitzreihen Höhe, wo in jedem Sitz immer noch die eingravierte Nummer undeutlich zu erkennen war. Umgeben war das Amphitheater jedoch nicht von einer typisch griechischen Landschaft mit Olivenbäumen oder einer staubigen römischen Ebene, sondern von Methanschnee, der im Wind wie eine undurchdringliche Wolke hochgewirbelt wurde, um sich dann als bläulich weißer Pulverschnee über die kraterübersäte Oberfläche des Saturnmondes Rhea zu legen. Nur in der Nähe des Horizonts, wo das Licht des untergehenden Saturn alles mit einem kalten, weißlich-goldenen Schimmer überzog, nahm der Schnee ebenfalls eine goldene Färbung an. Wie scharf umrandete weiße Lichtpunkte durchbohrten die Sterne die Dunkelheit, und links in der Ferne, genau über dem Punkt, an dem der Bogen des Amphitheaters endete, warf die kleine, bleiche Sonne lange Schatten über den Rand der nächstgelegenen Krater.

Heute war Megan nicht in Stimmung für die Schönheit dieses Ortes. Und so ging sie, ohne ihre Umgebung eines Blickes zu würdigen, aufseufzend zu ihrem Schreibtisch, der in der Mitte der »Bühne« des Amphitheaters stand. Kleine geometrische Körper lagen auf dem Tisch und schwebten rund um ihn in der Luft. Einige von ihnen schwangen hin und her, änderten ihre Farbe oder quiekten jämmerlich, um auf sich aufmerksam zu machen. Ein paar betrachtete Megan näher, denn sie erkannte an der Form und Farbgestaltung, von welchem ihrer Freunde die jeweilige Botschaft war. Allerdings machte sie sich nicht die Mühe, sie zu beantworten. Keine der Nachrichten war wichtig angesichts der Tatsache, dass das bevorstehende Wochenende jetzt schon vollkommen vermasselt war.

»Speichern und beenden«, befahl sie dem Computer, der ihren Arbeitsraum im Netz steuerte.

»Gespeichert«, antwortete der Computer. »Sitzung wird beendet.«

… und dann kam das bekannte Kribbeln, als müsste sie niesen, ohne wirklich niesen zu können, und schon saß Megan wieder im Computerimplantatstuhl im Wohnzimmer ihrer Familie. Durch die Jalousien des Fensters konnte sie sehen, dass die langen Nachmittagsschatten in der einbrechenden Dämmerung verblassten. Sie hatte das Abendessen verpasst, aber offenbar war das niemandem aufgefallen. Nur knurrte ihr jetzt der Magen.

Während Megan noch einen Moment lang sitzen blieb, um sich zu erholen, schweifte ihr Blick über die Bücherregale, die Bücherstapel auf dem Tisch und die mit dem Rücken nach oben auf den Sesseln aufgeschlagen liegenden Werke. Ihr Vater arbeitete intensiv an einem Forschungsprojekt und hatte anscheinend wieder einmal jenen Punkt erreicht, an dem er für ein paar Tage seinen üblichen Ordnungssinn verlor und nachlässig wurde. Nach ein paar weiteren Sekunden der Entspannung streckte sich Megan und stand aus dem Implantatstuhl auf. Überrascht stellte sie fest, dass sie nicht so verkrampft war, wie sie angenommen hatte. Die passiven Muskeltrainingsübungen funktionierten jetzt aus irgendeinem Grund besser als sonst. Von Hunger getrieben, verließ sie das dämmrige Wohnzimmer und eilte durch den Korridor in die Küche.

Das eigentliche Abendessen war schon vorüber – unter der Voraussetzung, dass eines stattgefunden hatte. Alles war bereits abgeräumt, und der Geschirrspüler lief im Stillmodus, was man am Besteck in der Lade daneben bemerken konnte, das leise klirrte. Die Tatsache, dass es tatsächlich ein Abendessen gegeben hatte, änderte nichts an den üblichen Lebensgewohnheiten des O'Malley-Haushalts. Selbstverständlich war auch jetzt wieder einer ihrer vier Brüder in der Küche auf der Suche nach Essbarem. Diesmal war es Sean in voller Lebensgröße von knapp einem Meter neunzig. Wobei im Augenblick die obersten fünfzig Zentimeter fehlten, denn die steckten im Kühlschrank. Der sichtbare Teil seines Körpers war in einen schwarzen, überaus modischen Anzug gehüllt, woraus Megan schloss, dass er sich auf ein heißes Date vorbereitete.

»Bist du jetzt fertig?«, erkundigte sich Sean.

»Fertig«, gab Megan zurück. »Ja. Fix und fertig.« Damit sank sie entmutigt in einen der Holzsessel um den gescheuerten eichenen Küchentisch, stützte das Gesicht in die Hände und rieb sich die Augen. »Alles zerbricht in tausend Stücke, und die Welt geht unter.«

»Ausgezeichnet, dann muss niemand Milch kaufen gehen«, gab Sean ungerührt zurück, den Oberkörper noch immer im Kühlschrank verborgen.

»Wir müssten nicht ständig Milch kaufen, wenn ihr Jungs sie nicht hinunterschütten würdet, als käme sie aus dem Wasserhahn«, knurrte Megan.

»Ich bin noch im Wachstum«, gab Sean zurück.

»Du bist einundzwanzig, beinahe zweiundzwanzig, dein Knochenwachstum ist längst abgeschlossen. Also erzähl mir nichts!«

»Wenn wir schon davon sprechen«, fiel Sean ein, während er seinen Blondschopf aus dem Kühlschrank zog und ins Wohnzimmer eilte, »was wirst du mir denn zum Geburtstag schenken?«

Megan starrte an die Decke, als könnte sie von dort Hilfe erwarten. Aber es kam keine. Stattdessen erschien in der Küchentür ihr dunkelhaariger Bruder Mike in Jeans, Sneakers und einem eng anliegenden T-Shirt, auf dem abstrakte Schriftmuster in Blau und Grün auf einem marineblauen Untergrund strahlten. Auch er öffnete den Kühlschrank, steckte seinen Oberkörper hinein und zog ihn einen Augenblick später mit einem großen Paket Aufschnitt wieder heraus. Dann durchforstete er den Schrank über der Arbeitsplatte nach einem Glas Senf und einem kleinen Streuer mit jenem tödlich scharfen Chilipulver, das er in letzter Zeit auf alles tat. Schließlich fischte er ein Stück Roggenbrot aus der Brotdose auf der Theke und fabrizierte einen Doppeldecker, der ebenso viel Ähnlichkeit mit einem Sandwich aufwies wie der schiefe Turm von Pisa mit einem durchschnittlichen Gebäude.

Megan beobachtete ihn mit dem resignierten Gesichtsausdruck eines armen Bauern der afrikanischen Savanne, der hilflos dem periodischen Einfall von Heuschreckenschwärmen auf seinem Land zusah. »Du könntest für andere auch noch was übrig lassen«, sagte Megan in einem Tonfall, der einen deutlichen Hinweis enthalten sollte.

»Warum? Die anderen haben doch schon gegessen«, gab Mike zurück, während er weiter an seinem Sandwich baute. Dann nahm er einen Teller aus dem Schrank, übersiedelte mit einiger Mühe die rutschige, wackelige Konstruktion von der Arbeitsplatte auf den Teller und verließ die Küche. Megan betete inständig um ein Erdbeben, aber es kam keines.

Ich sollte jetzt wirklich etwas essen, dachte sie, während sie regungslos am Tisch sitzen blieb. Aber irgendwie war ihr der Appetit vergangen. Vielleicht aufgrund der Ereignisse in der virtuellen Reitbahn, vielleicht aber auch aufgrund von Mikes wenig animierender Art, sich ein Sandwich zu richten.

Wieder hörte sie jemanden im Flur. Zu ihrer großen Erleichterung war es jedoch keiner ihrer Brüder, sondern ihr Vater: groß, mit etwas schütterem Haarwuchs am Oberkopf, gekleidet in Jeans und ein weiches Arbeitshemd mit aufgerollten Ärmeln, in der Hand seine Pfeife, eine Sherlock Holmes Deerstalker aus Meerschaum, auf die er maßlos stolz war. »Dad, ich brauche deine professionelle Hilfe«, sagte Megan.

»Was ist das Problem?«

»Ich will meine Brüder umbringen, aber so, dass man die Tat nicht zu mir zurückverfolgen kann.«

Ihr Vater, der Kriminalromane schrieb, hob kurz die Augenbrauen, während er in den Küchenladen nach einem Pfeifenputzer suchte. »Gerade diese Woche habe ich ein paar interessante neue Methoden erforscht. Aber alle erfordern umfangreiche Vorbereitungen, und natürlich darf es keine Zeugen geben. In jedem Fall wird dich aber danach dein Gewissen quälen.«

»Ha! Sie hat doch gar keines«, fiel Sean ein, der in die Küche zurückgekehrt war, um sich eine Jacke überzuwerfen. »Nur noch sechs Tage bis zu meinem Geburtstag, Meg.«

»Verstehst du jetzt, was ich meine?«, fragte Megan ihren Vater, kaum dass die Tür hinter ihrem Bruder zugefallen war.

Im Umdrehen schloss ihr Vater mit der Hüfte die Lade und widmete sich dann mit der Präzision eines Herzchirurgen der Reinigung seiner Pfeife. »Deine Mutter und ich haben viel in ihre Erziehung investiert«, meinte er ruhig. »Es würde mir Leid tun, an ihrer Ermordung mitzuwirken, bevor unsere Investition zurückbezahlt ist. Es sei denn, du wärest imstande zu garantieren, dass dein Gehalt höher wird als ihre zusammen.«

»Plus zwanzig Prozent«, warf Mike ein, der nun ebenfalls in die Küche gestürmt kam, um seine Jacke anzuziehen. »Und auch ich hab bald Geburtstag …« Damit verschwand er hastig durch die Hintertür, um Sean noch einzuholen.

Megan sah ihm leicht verärgert nach. »Da siehst du, was ich ertragen muss.«

»Deutlicher, als du glaubst«, antwortete ihr Vater seufzend. »Du hattest wohl heute einen schlechten Tag? Meiner scharfen Beobachtungsgabe zufolge liegt ein gewisser Humorverlust in der Luft.« Mit einem Blick auf die entsetzliche Farbe, die der Pfeifenputzer angenommen hatte, zog er ihn aus dem Pfeifenstiel, warf ihn in den Abfalleimer und suchte in der Lade nach einem neuen.

»Rauchen ist eine schlechte Angewohnheit«, sagte Megan. »Du solltest damit aufhören.«

»Ich rauche eine Pfeife pro Woche, und ich atme täglich sicher mehr Rauch ein als bei dieser einen Pfeife. Versuch nicht, das Thema zu wechseln, Liebling. Was ist los?«

Megan erzählte ihrem Vater von der nachmittäglichen Übungseinheit, den Schwierigkeiten mit dem Modell – deren Ursache vermutlich bei dem Pferd selbst lag und nicht bei ihr – und von Wilmas plötzlichem Abschied.

Den Blick auf den Pfeifenkopf gerichtet, zog ihr Vater noch mal den Stiel ab, um ihn erneut zu reinigen. »Schon ein wenig ungewöhnlich. Und was hat ihre Mutter gesagt? Dass Burt ausgerissen ist?«

»So hat es geklungen.«

»Hast du zum ersten Mal davon gehört?«

Megan hob die Augenbrauen und seufzte. »Eigentlich nicht. Ich will sicher nicht behaupten, dass dies hier eine perfekte Familie ist ...«

Ihr Vater warf ihr einen schrägen Blick zu. »So weit würde ich nicht gehen. Vor allem, weil ich die Lebensmittelrechnung bezahle.«

»Das ist genau das, was ich meine«, fuhr Megan fort, während sie mit den Fransen eines gestrickten Untersetzers auf dem Tisch spielte. »Du und Mom, ihr sorgt wirklich außergewöhnlich gut für uns ... verglichen mit einigen anderen Eltern.«

Während ihr Vater die Pfeife beiseite legte, richtete er sich hoch auf. »Nun, es ist immer gefährlich, sich ein Urteil über das Familienleben anderer Leute zu bilden. Es gibt viele Faktoren, auf die es ankommt und die der Außenwelt in ihrer Gesamtheit gar nicht bekannt sind. Dadurch ist es schwierig festzustellen, was wirklich vor sich geht.«

»Nicht immer«, entgegnete Megan. »Dad ... Burt muss eine ganze Menge ... nun, eine ganze Menge emotionalen Missbrauch ertragen. Anders kann ich es nicht ausdrücken. Seine Leute ... ich gehe nicht oft hinüber. Wir versuchen auch immer, dass Burt wegkommt von dort, denn wenn er zu Hause ist, nörgeln seine Eltern ständig an ihm herum. Er kann ihnen nichts recht machen. Alles, was er tut, ist falsch, egal wie harmlos es ist. Und wenn sie einen Fehler an ihm entdecken, brüllen sie ihn richtig an. Nicht bloß schneidende Bemerkungen, Sarkasmus oder so etwas. Manchmal bekommt man wirklich Angst. Wenn ich dich oder Mom je so schreien hören würde, würde ich in Ohnmacht fallen.«

»Du würdest dich wundern«, meinte ihr Vater trocken. »Ich habe schon das eine oder andere Mal gehört, wie eine Redaktionssitzung deiner Mutter geendet hat. Auch recht heftig.«

»Schon möglich. Aber ihr habt uns nie so behandelt. Ich kann mir gar nicht vorstellen, wie es ist, von den eigenen Eltern so niedergemacht zu werden. Und Burt muss das nun schon seit Jahren durchstehen.« Megan lehnte sich in dem Stuhl zurück. »In letzter Zeit hat er immer öfter davon gesprochen, dass er es nicht mehr aushält. Dass er einen Ausweg finden wird. Aber er hat nie genau gesagt, was er vorhat. Ich glaube auch nicht, dass er viel Geld gespart hat. Wenn Burt jetzt genug Geld hat, um so plötzlich ausziehen zu können, dann muss er eine Bank ausgeraubt haben oder sonst etwas in der Art ... Ich wüsste nicht, woher er es sonst haben könnte.«

Nachdenklich drehte ihr Vater den Pfeifenkopf in der Hand und steckte dann den Stiel wieder auf. »Hat er Freunde, bei denen er bleiben kann?«

»Ich glaube nicht. Zumindest keine, die seiner Mutter nicht sofort einen Tipp geben würden, sobald sie erkennen, was vor sich geht. Wenn er bei jemandem untergekommen ist, dann sicher bei keinem aus der Schule oder dem Reitclub. Ich meine, bei niemandem, den wir kennen.« Megan drehte die Fransen des Untersetzers zu einem Knoten. »Wilma macht es einfach verrückt, dass sie nicht weiß, was mit ihm los ist. Sie ist richtig in Panik. Wenn sich Burt nicht bald bei ihr meldet, um ihr zu sagen, dass er okay ist, dreht sie noch ganz durch.«

Aufstöhnend stützte Megan den Kopf in die Hände. »Ich kann nicht glauben, dass das wirklich passiert«, murmelte sie. »Warum konnte er nicht bis *nach* dem Wettkampf warten? Wer tut seinen Freunden so was an, wenn sie sich gerade auf etwas so Wichtiges vorbereiten? Wer tut so etwas überhaupt?«

»Offenbar ein Typ wie Burt«, antwortete ihr Vater, während er sich gegen die Theke lehnte und probeweise an der Pfeife saugte. »Verdammt!«

Erstaunt hob Megan den Kopf angesichts dieser ungewöhnlichen Reaktion ihres Vaters. Aber der schimpfte nur über die Pfeife, nahm sie erneut auseinander und suchte nach einem weiteren Pfeifenreiniger. »Nun, daraus ergibt sich eine interessante Wahl«, meinte er schließlich.

»Ich kann nicht erkennen, dass mir überhaupt eine Wahl bleibt«, gab Megan bitter zurück.

»Zum Beispiel kannst du dich entscheiden, ob du dir dadurch den Wettkampf ruinieren lassen willst.«

593

Ein grimmiger Zug lag um Megans Mund, als sie sich nun aufrichtete. »Das wird wohl das Pferd für uns erledigen«, sagte sie. »Auch ohne Burt stehen die Dinge ziemlich schlecht.«

Ihr Vater hob die Augenbrauen, während er an der Pfeife weiterarbeitete. »Das heißt, selbst wenn Burt nicht fortgelaufen wäre, hättet ihr immer noch Probleme.«

»Mehr als genug«, bekräftigte Megan mit einem weiteren tiefen Seufzer. »Aber ich verstehe, was du meinst, Dad. Mein Leben ist nicht zu Ende. Möglicherweise werde ich vor hunderten Menschen wie eine unfähige Idiotin aussehen, aber in Wirklichkeit ist das gar nicht so wichtig …«

Angesichts der Ironie in ihrer Stimme zog Megans Vater die Brauen noch höher. »Ich habe mich schon vor Millionen zum Idioten gemacht. Erinnere dich nur an die letzte Kritik der *New York Times*.«

»Du hast doch gesagt, dass das nichts zu sagen hat, weil der Kritiker der *Times* ein unterwürfiger Dummkopf ist.«

Mit feinem Lächeln legte ihr Vater den Pfeifenstiel beiseite und bearbeitete nun das Mundstück. »Ich bin vor allem der Meinung, dass er Unrecht hatte, und ja, er ist ein unterwürfiger Dummkopf. Aber viele Menschen sind anderer Ansicht, und denen erscheine ich vermutlich als Dummkopf.«

Ihr Vater zuckte die Achseln. »Üblicherweise sind das Leute, die mein Buch ohnehin nicht gekauft hätten, also ist es mir gleichgültig, was sie denken. Mich kümmern lediglich jene, die mein Buch tatsächlich gelesen haben und es nicht mögen. Immerhin habe ich von ihnen Geld bekommen, ohne sie zu unterhalten. Aber das Wichtigste ist: Was macht es wirklich aus? Wer wird sich in zweihundert Jahren noch darüber Gedanken machen?«

Megan blinzelte … und seufzte schließlich erneut. »In Ordnung. Du erzählst mir also wieder, dass man alles im richtigen Verhältnis sehen muss.«

»Wenn die Stimmung auf dem Nullpunkt ist, gibt es wohl keinen besseren Ausweg«, gestand ihr Vater ein, während er angesichts des zweiten Pfeifenreinigers eine Grimasse zog, ehe er ihn wegwarf. »Was haben Burts Leute bisher unternommen?«

»Ich weiß nicht. Vielleicht sollte ich Wilma anrufen, ob sie etwas weiß. … Seine Familie will ich nicht anrufen, immerhin kenne ich sie nicht so gut.«

»Und so wie es klingt, hast du auch keine Lust dazu.«

Megan schüttelte den Kopf. Jedes Mal, wenn sie bisher bei Burt angerufen hatte, hatte man im Hintergrund wütende Stimmen gehört, und einmal, als die Verbindung auf Bildmodus geschaltet war, hatte sie gesehen, wie Burts Mutter mit grimmigem Gesichtsausdruck zielstrebig vorbeigegangen war, und in der Hand hatte sie … Wieder schüttelte sie den Kopf. Heutzutage schlug doch wohl niemand mehr sein Kind mit einem *Gürtel*. Sie musste sich getäuscht haben. *O Gott, ich hoffe wirklich, dass ich mich getäuscht habe …* »Zählt sicher nicht zu meinen Lieblingsbeschäftigungen«, gestand sie. »Ich werde Wilma in einer Stunde anrufen. Vielleicht weiß sie dann schon etwas.«

»Und was ist mit Samstag? Habt ihr Ersatz für Burt, wenn er nicht auftaucht?«

Megan rieb sich wieder die Augen. »Das ist nicht so einfach. Das Team qualifiziert sich als Gruppe, und jeder einzelne Reiter muss als Teil des Teams und mit dem Pferd, das er reiten wird, registriert sein. Wenn wir großes Glück haben, finden wir als Ersatz einen anderen Reiter, der sich mit Burts Pferd qualifiziert hat. Allerdings gibt es keine Garantie, dass dieser Ersatzreiter auch dieselben Figuren und Übungen trainiert hat, die Burt vorbereitet hat ... und die die Jury sehen will.« Mit einem Seufzer sah sie auf. »Dad, was tust du, wenn du eine Katastrophe auf dich zukommen siehst und, egal, wie du dich auch bemühst, keine Möglichkeit findest, sie abzuwenden?«

Stirnrunzelnd schraubte ihr Vater die Meerschaumpfeife zusammen. »Überleg dir schon vorher ein paar geeignete Antworten«, riet er. »Und sorge dafür, dass sie möglichst freundlich klingen. Denn die Menschen erinnern sich auch später noch daran, wenn sie die Worte des Siegers längst vergessen haben.«

Nachdem ihr Vater die Küche verlassen hatte, erhob sich Megan seufzend, um sich nun selbst ein Abendessen zu richten, während ihre Gedanken verdrießlich um Burt, Buddy, ihr Modell von Buddy und die Tatsache kreiste, dass das Leben im Allgemeinen ungerecht war. *Ich sollte wohl schnell etwas essen, denn in den nächsten zweiundsiebzig Stunden werde ich nicht viel Zeit dafür haben ...*

Fluchtweg ... **03**

Später – um genau zu sein, drei Tage später – stand Megan im Schatten der großen Tribüne von Potomac Valley, der über das Übungsgelände fiel, und betrachtete die papierene Kopie der Punkteliste ihres Teams. Sie wälzte trübe Gedanken über freundliche Antworten, und dass sie die Dinge immer im richtigen Verhältnis sehen sollte, denn ihr Sinn für Humor hatte sie so vollständig verlassen, dass sie fürchtete, in der Zeitung eine Annonce aufgeben und in der Nachbarschaft Flugzettel aufhängen zu müssen, um ihn wieder zu finden. Rund um sie eilten andere Teilnehmer an der Dressurprüfung in Reithosen und schwarzen Jacken hin und her und führten elegante, gut gepflegte Pferde jeden nur erdenklichen Aussehens vom oder zum Parkplatz, auf dem sich unzählige Autos mit Pferdeanhänger drängten. Rund um die kleinen braunen Fertigteilhütten, in denen die Verwaltungsbüros untergebracht waren, war die Luft erfüllt vom Geruch nach Holzspänen und Schweiß. Manchmal, wenn ein Teilnehmer über die Gesamtpunkteanzahl nicht allzu enttäuscht war, hörte man auch einen Freudenschrei. Megan gehörte nicht zu diesen Glücklichen.

Sie lehnte an der Außenwand einer der Hütten und starrte die Zahlen auf der Liste grimmig an, als könnte sie die Ziffern dadurch bewegen, ein etwas angenehmeres Aussehen anzunehmen. Ihr Team hatte insgesamt ganz passabel abgeschnitten ... *gerade noch.* Mick Posen, der sich bereit erklärt hatte, Burts Platz mit dem Pferd einzunehmen, das sie beide ritten – McDaid's White Knight –, hatte eine außergewöhnliche Leistung erbracht, dafür dass er eine gänzlich andere Übungsabfolge trainiert hatte. Aber Whitey gehörte auch zu jenen Pferden, die man allgemein als »bombensicher« bezeichnete. Es war ein beständiges, gutmütiges Tier ohne jegliche Launen, das einfach tat, was man von ihm verlangte, solange es danach ausreichend mit Leckereien verwöhnt wurde. Rick, ein weiterer Teilnehmer ihres Teams, hatte sein Pferd Wellington (auch als Old Ugly bekannt) so perfekt geritten, wie man es von ihm erwarten konnte. Und zu ihrer großen Überraschung hatte Megan anschließend selbst auf

Buddy einen guten Ritt absolviert. Er hatte sich »von den Schienen gelöst«, recht passable Zirkel gezogen und auch die übrigen Übungen gut, wenn auch nicht wirklich begeisternd gemeistert. Nun schien es, als hätte das große, starrköpfige Monster seine Funktionsstörung nur vorgetäuscht, als wären all die Schwierigkeiten der vergangenen Woche nur Show gewesen. Sobald er vor den versammelten Zuschauern in die Bahn hinausgetreten war, hatte er wie eine gut geölte Maschine funktioniert. *Vielleicht hätte ich meiner Simulation ein paar Elemente hinzufügen sollen,* dachte Megan plötzlich, während sie erneut die Zahlen auf dem Papier betrachtete. *Den Geruch von Sägemehl, den Jubel der Menge.* Einige Pferde waren geradezu versessen darauf, ihre Leistung zu zeigen, daran bestand kein Zweifel. Sie waren egoistische Geschöpfe, die für den Beifall lebten. *Daran sollte ich vielleicht später einmal denken ...*

Sofern es ein Später gab. Denn nachdem auch die Vierte ihres Teams, Joanne Fisher, auf Old Ugly ihre Übungen hervorragend ausgeführt hatte, war Wilma an die Reihe gekommen ... Nur mit Mühe widerstand Megan der Versuchung, die Hände vor das Gesicht zu schlagen und vor Verzweiflung zu stöhnen. Buddy hatte sich unter den gegebenen Umständen recht gut gehalten, aber Wilma war mit der Eleganz und dem Elan eines Kartoffelsacks im Sattel gesessen. Offensichtlich weilten ihre Gedanken während des Rittes anderswo. *Im Kreis der Verlierer,* dachte Megan. Doch schon im nächsten Augenblick verzog sie verärgert über ihre eigene Grausamkeit das Gesicht. *Sie hat sich wohl eher Sorgen gemacht wegen Burt.*

Dazu hatte sie auch allen Grund. Seit drei Tagen hatte niemand etwas von Burt gehört. Wilma zufolge hatten seine

Eltern die Polizei angerufen, aber die hatte ihnen nur gesagt, was sie Eltern von Ausreißern üblicherweise sagte. Die Polizei habe zu wenig Leute, um all die Kids zu suchen, die vermisst wurden, und einige tauchten ohnehin nach ein paar Tagen wieder auf. Wenn keine besonderen Verdachtsmomente vorlägen, könnten sie nicht wirklich helfen … Und es gab ja nichts, das besonders verdächtig gewesen wäre. Burt hatte eine Nachricht hinterlassen, dass er es nicht mehr aushielt, und war fortgegangen. Außerdem wurde er in ein paar Monaten achtzehn. Wenn er nicht mehr nach Hause zurückkehren wollte, musste er sich nur ein paar Monate still verhalten und dann darum ersuchen, dass er von Gesetzes wegen als jugendlicher Volljähriger anerkannt wurde, wenn er das wollte.

Ich verstehe ja, warum er es tut, dachte Megan, *aber …* Seufzend schüttelte sie den Gedanken ab. Denn sie hatte sich in den vergangenen zwei Tagen schon zu oft damit gequält, und ihr Übungsplan hatte, ungeachtet ihrer guten Absichten, darunter gelitten. Ohne es zu wollen, fragte sie sich, ob sie nicht eine wesentlich bessere Leistung auf dem plötzlich nicht mehr funktionsgestörten Buddy hätte erbringen können, wenn sie in den vergangenen zweiundsiebzig Stunden mehr Zeit im Sattel und weniger an der Seite ihrer weinenden Freundin verbracht hätte.

Verdammt, was hätte ich denn tun sollen?, fragte sie sich verärgert über sich selbst. *Wofür hat man denn Freunde, wenn nicht, damit sie dir beistehen, wenn du eine Schulter zum Ausweinen brauchst?* Verstimmt schlug sie die Arme um den Leib. *Alles ist so unfair …*

»Megan!«

Was ist jetzt schon wieder?, dachte Megan ungehalten, nur

um sich gleich wieder über ihre Reaktion zu ärgern. Als sie sich umdrehte, sah sie Wilma, die auf sie zu rannte. Was für ein Unterschied. Vor einer Stunde noch war sie mutlos, traurig und wütend gewesen, und jetzt strahlte Wilma, grinste über das ganze Gesicht und wirkte vollkommen verwandelt. Es war wirklich erstaunlich – und gleichzeitig ein wenig ärgerlich.

»Was ist los?«, rief ihr Megan entgegen. »Haben sie unser Ergebnis korrigiert?«

Augenblicklich bedauerte sie die Bemerkung, aber Wilma schien die Worte gar nicht gehört zu haben. Sie hüpfte vor Freude auf und ab. »Er hat angerufen! Er hat angerufen!«

»Wer? Burt? Jetzt eben?«

»Ja, auf meinem Handy. Er sagte, er wollte mich während der Vorbereitung auf den Wettkampf nicht beunruhigen«, stieß Wilma aufgeregt hervor. Und sie lächelte sogar bei diesen Worten.

Megan starrte Wilma ungläubig an. Der Mangel jeglicher Logik in Burts Argumentation raubte ihr den Atem. *Es ist tatsächlich wahr, was man sagt,* dachte sie. *Männer und Frauen stammen wirklich von unterschiedlichen Spezies ab. Bisher habe ich geglaubt, dass nur meine Brüder Außerirdische sind, und da habe ich inzwischen den endgültigen Beweis. Doch was Burt betrifft …!* Sie holte tief Luft und griff nach Wilmas Arm, damit sie endlich aufhörte zu hüpfen. »Wo ist er denn?«

»Das wollte er nicht sagen, aber das ist ganz normal. Er ist in einem der Heime von Breathing Space.«

Megan hatte schon ein- oder zweimal von dieser Einrichtung gehört. Sie bot Kids, die zu Hause Probleme hatten, in einer Kombination aus Online- und Offline-Asylen einen neutralen Ort, um ihr Familienleben wieder in Ordnung zu bringen. Vorerst konnte Megan nichts anderes tun, als sich erschöpft gegen die Holzhütte zu lehnen und erleichtert durchzuatmen, dass Burt nicht irgendwo tot in einem Graben lag. *Später habe ich ein Wörtchen mit ihm zu reden, und dann wird er wünschen ...*, dachte sie. Aber das konnte warten.

Auch Wilma war die Erleichterung deutlich anzusehen. Megan nahm sie bei den Schultern und schüttelte sie. »Fühlst du dich jetzt ein bisschen besser?«

»Und wie!«

»Das verstehe ich.«

»Ich wünschte nur, ich hätte es vor zwei Stunden gewusst«, sagte Wilma aufseufzend.

»Ja, ich auch ...«

»O Megan, es tut mir ja so Leid, dass ich alles vermasselt habe ...«, brachte Wilma unglücklich hervor.

Megan widerstand der Versuchung, ihre Gedanken auszusprechen. »Hör zu. Es ist nicht das Ende der Welt. In drei Monaten dürfen wir wieder antreten. Bis dahin ist die Saison etwas ruhiger, der Andrang nicht mehr so groß und damit auch die Konkurrenz geringer ...«

»Und dann können wir mit Burt reiten«, jubelte Wilma, auf deren Gesicht sich Zufriedenheit und Erleichterung spiegelten. Megan zeigte so wenig Regung wie möglich, denn ihr erster Gedanke lautete: *Wird er dann überhaupt reiten können?* Burts Eltern waren gewiss wütend über das, was er getan hatte ... und was er seit langem, wenn auch nicht offen, angekündigt hatte. Würden sie ihm bis zum Abitur Hausarrest geben, wenn er nach Hause zurückkehrte? Dann wäre das Team in einer ebenso schlechten Lage wie jetzt.

Vielleicht würden ihn seine Eltern aber auch aus dem Haus werfen und es ihm überlassen, sich eine Bleibe zu suchen … Wenn das geschah, hatte er andere Probleme, als für die Dressurprüfung zu trainieren …

Aufseufzend schüttelte sie Wilma erneut freundschaftlich bei den Schultern. »Nicht so hastig, Wilma«, sagte sie. »Wir sollten erst mit ihm sprechen, um zu sehen, wie es ihm geht. Wird das möglich sein?«

»Ja, ich glaube schon. Er hat mir eine ›freie‹ Netzadresse gegeben, mit der wir einchecken können – sie führt sowohl zu einem Postfach als auch zu einem Treffpunkt.«

»Ausgezeichnet! Dann wollen wir uns jetzt um die Pferde kümmern und zusehen, dass wir hier fortkommen«, sagte Megan.

Wilma nickte. »Wir kommen wieder, und dann machen wir es richtig«, sagte sie im Weggehen.

Solange du mit Burt zusammen bist, bin ich da nicht so sicher, dachte Megan. Aber sie sprach es nicht aus, sondern seufzte nur wortlos, während sie ihrer Freundin folgte.

Als Megan viel später nach Hause kam, fand sie ihre Mutter in der Küche vor. Der Küchentisch war mit Ausdrucken, Büchern und Datapads übersät, die Auszüge aus rechtlichen Dokumenten zeigten. Und daneben stand mit ziemlicher Sicherheit ihre zehnte Tasse Tee. Was Tee anbelangte, hielt sich Megans Mutter an den Grundsatz, je schwärzer, desto besser. Sie hatte eine wahre Hassliebe zu diesem Getränk entwickelt. Gegen neun Uhr abends, wenn es allmählich nicht mehr günstig für sie war, Tee zu trinken, sofern sie beabsichtigte, nachts tatsächlich zu schlafen, schlug diese Beziehung in Hass um. *Das hält sie aber nicht von der nächsten*

Tasse ab, dachte Megan belustigt, während sie die schlanke, zierliche blonde Frau betrachtete, die sich über die Papiere beugte, und ihre Dressurjacke über die Lehne eines Stuhls warf und den Helm auf den Sitz legte.

»Hat Daddy wieder sein Zeug im ganzen Büro verteilt?«

»Mhm«, antwortete ihre Mutter, während sie etwas auf einem der Datapads notierte, ehe sie aufsah. »Warum können manche Menschen bei der Arbeit nicht ordentlich sein?«

Megan betrachtete den Tisch mit viel sagendem Blick, der ihrer Mutter nicht entging. »Mein Chaos hat wenigstens Methode«, sagte sie mit hochgezogenen Brauen. »Im Fall deines Vaters habe ich immer noch meine Zweifel. Wie ist es bei dir gelaufen?«

Megan zog die Punkteliste aus der Innentasche ihrer Jacke und gab sie ihrer Mutter. Dann ging sie zum Kühlschrank und holte sich ein Glas Eistee. Ihre Mutter faltete das Papier auseinander und betrachtete es einen Augenblick nachdenklich.

»Meine liebe Tochter, für mich sieht das aus wie Linear B. Aber dein Gesichtsausdruck sagt mir, dass die Dinge nicht so gelaufen sind, wie du vorgehabt hast.«

»Wir haben Platz 12 von 13 Teams erreicht«, gab Megan zurück. »Und du hast Recht, so hatte ich es mir nicht vorgestellt. Andererseits haben wir erfahren, dass Burt okay ist.«

»Wirklich? Wo ist er?«

»Wo er sich körperlich befindet, weiß ich nicht«, antwortete Megan. »Aber er ist in einem dieser Breathing-Space-Heime.«

Ihre Mutter richtete sich in dem Küchenstuhl auf und drehte den Oberkörper ein wenig, um es sich etwas bequemer zu machen. Doch ohne Erfolg. »Da bleiben zwölf Städte zur Auswahl«, meinte sie. »Wirst du ihn besuchen?«

»Sobald ich mich geduscht habe.«

»Hier riecht es nach Pferd«, ertönte eine Stimme aus dem Flur. »Und ratet, wer es ist? Meine Schwester!«

»Mom, darf ich ihn ein wenig töten?«, flehte Megan, während sie einen wütenden Blick in den Flur warf. »Nur ein ganz klein wenig. Ich verspreche auch, dass ich keine bleibenden Schäden hinterlassen werde.«

»Das habe ich schon einmal gehört«, gab ihre Mutter zurück. »Nein, Liebling. Du würdest zwar mit den besten Absichten beginnen, aber dabei würde es nicht bleiben. Lass ihn vorerst am Leben. Wir können seine Lebensversicherung auch zu einem späteren Zeitpunkt kassieren.«

Megan lächelte schwach, denn der Tonfall ihrer Mutter ließ vermuten, dass die Jungs auch ihre Nerven heute schon gehörig beansprucht hatten. »Ist der Netzanschluss im Wohnzimmer frei?«

»Ich erinnere mich nicht, dass er dieses Jahrhundert überhaupt schon frei gewesen ist«, gab ihre Mutter zurück, während sie sich mit dünnem Lächeln wieder ihrer Schreibarbeit zuwandte. »Aber wenn du einen deiner Brüder drin findest, wirf ihn einfach hinaus. Ich habe von ihnen heute noch nichts als sarkastische Aussprüche gehört … und das, nachdem dein Vater und ich sie so lange durchgefüttert haben. Man könnte glauben, die Dankbarkeit wäre für alle Zeiten ausgerottet.«

»Nach dem, was Dad gekocht hat, sollten wir eigentlich tot sein«, erklang eine andere Stimme aus dem Flur. »Gestern hat er wieder alles unter Chili begraben. Würg!«

Megan und ihre Mutter wechselten einen sarkastischen Blick.

»Ist das der neue Artikel für *TimeOnline*?«, fragte Megan.

»Nein«, antwortete ihre Mutter ein wenig amüsiert, »der ist schon fertig. Ob du es glaubst oder nicht, *Bon Appetit* hat mich gebeten, einen Artikel über Copyrights zu schreiben, weil die auch die großen Chefköche der Welt betreffen.«

»Verrückt«, meinte Megan kopfschüttelnd.

»Nicht, wenn du dir ihr Honorar pro Wort ansiehst«, gab ihre Mutter mit einem Blick auf den Kühlschrank zurück. »Vielleicht sollte ich auf meine alten Tagen noch zu kochen beginnen.«

Lachend eilte Megan durch den Flur zum Badezimmer. »Letzte Warnung, Jungs«, rief sie deutlich hörbar für ihre unmittelbare Umgebung und jeden, der sonst noch zuhörte. »Ich werde eine ganze Weile hier drin bleiben ...«

Ihre Ankündigung wurde am unteren Ende des Flurs mit lautem Applaus begrüßt. Grinsend schloss sich Megan im Bad ein und verbrachte eine gute halbe Stunde unter der Dusche, um sich von menschlichem Schweiß zu reinigen, den Pferdeschweiß abzuwaschen und all den emotionalen Müll dieses grauenvollen Tages loszuwerden. Als sie in Jeans und einem weiten weißen T-Shirt herauskam, fühlte sie sich wieder in angenehmster Weise menschlich, und dieses Gefühl ließ auch nicht nach, als sie Sean in dem großen schwarzen, körpergeformten Netzimplantatstuhl vorfand. Er starrte ins Leere, und sein Körper wirkte durchsichtig, das bedeutete aber nur, dass er in eine andere Realität eingetaucht war. Im Augenblick hatte Megan jedoch keine Skrupel, ihn einfach hinauszuwerfen. »Sean, ich brauche die Maschine, pronto.«

»Mhm«, brummte er.

»Mom sagt, du sollst dich kurz fassen«, fuhr Megan fort. »Ich muss mich um eine echte menschliche Angelegenheit kümmern.«

»Als wäre es keine menschliche Angelegenheit, wenn du deinen Bruder um seine Erholungszeit bringst?«, entgegnete Sean blinzelnd, während er sich im Stuhl so drehte, dass er sie auch sehen konnte. »Gib mir nur noch eine halbe Stunde, um aufzuräumen.«

»Jetzt! Räum in deiner eigenen Zeit auf, oder wenn Dad dich im Büro an die Maschine lässt.«

»Bei der Geschwindigkeit wird das wohl bis ins nächste Jahrzehnt dauern«, knurrte Sean, während er so langsam wie möglich aus dem Sessel aufstand und sich streckte. Megan hörte, wie seine Gelenke dabei krachten, aber sie hatte kein Mitleid mit ihm. Wenn er so lang in dem Sessel saß, ohne das Muskelmassageprogramm einzuschalten, war es sein Problem.

Nun taumelte er wie ein irres Frankensteinmonster quer durch den Raum auf sie zu. »Sean, das kann ich jetzt wirklich nicht brauchen«, wehrte Megan ab. Dennoch kam Sean mit ausgestreckten Armen und einem idiotisch-aggressiven Gesichtsausdruck auf sie zu, der an einem Architekturstudenten besonders dämlich aussah. »Sean!«, rief Megan.

»Arrrrrrrrh«, stieß Sean hervor. Als er in Reichweite kam, fügte sich Megan in das Unausweichliche. Sie trat einen Schritt zur Seite, packte sein rechtes Handgelenk und drehte es ihm auf den Rücken, was keine Schmerzen verursachte, solange er sich nicht wehrte. Aufheulend versuchte Sean, sich ihrem Griff zu entwinden. Ein rascher Blick auf seine Füße sagte Megan jedoch, dass er im wahrsten Sinne des Wortes auf unsicheren Beinen stand. Und noch ehe er etwas dagegen tun konnte, versetzte ihm Megan mit der Fußkante einen Stoß gegen das Schienbein, sodass er an ihr vorüber in den Flur fiel. Zum Glück gelang es ihm, sich abzurollen.

»Ich habe es dir oft genug gesagt, nichts geht über Hebel-
wirkung«, sagte sie mit leichtem Lächeln, während sie über
ihn hinweg stieg und sich in den Netzimplantatsessel setzte.
»Du solltest daran arbeiten, sonst wirst du immer ...«

»Ich war nicht vorbereitet!«

»Als ob der nächste Räuber, der dir begegnet, darauf wartet, dass du vorbereitet bist. Ihr Jungs übt einfach nicht, das
ist das Problem.«

»Andere Jungs haben Schwestern, die ihnen etwas zu essen richten«, beklagte sich Sean, bereits vom anderen Ende
des Flurs, was Megan vermuten ließ, dass er schon wieder
auf dem Weg zum Kühlschrank war.

»Andere Jungs haben Schwestern, die sie nicht oft genug
über den Horizont schleudern«, murmelte Megan lächelnd,
während sie ihr Implantat auf das »Auge« der Netzserverbox
ausrichtete und den Muskel bewegte, mit dem man das Implantat aktivierte.

Im nächsten Moment stand sie am unteren Ende der weißen Sitzreihen des Amphitheaters. Über ihr wölbte sich ein
schwarzer Himmel, der von harten weißen Sternen übersät
war. Und ein wenig weiter rechts leuchtete die Sonne, wie
ein etwas hellerer Stern, denn Rhea hatte sich in dem üblichen Sechsstundenrhythmus um ihren Hauptplaneten gedreht. Saturn lag nun mächtig und nahezu als vollständige
Scheibe dicht über dem Horizont, die Planetenringe selbst
zeigten sich jedoch von der Seite, sodass sie fast unsichtbar
und nur als glitzernder Lichtschimmer in der Dunkelheit zu
erkennen waren. Megan lächelte angesichts des prachtvollen
Anblicks, aber sie nahm sich nicht die Zeit, ihr übliches Spiel
zu spielen und die Tageszeit nach der Phase und Position des
Saturn am Himmel zu bestimmen.

Stattdessen trat sie gleich an ihren »Schreibtisch«, eine weiße Steinplatte, die auf der Bühne des Amphitheaters in der Luft schwebte, um nachzusehen, ob seit ihrem letzten Aufenthalt hier wichtige E-Mails oder Virtmails eingegangen waren. Zu ihrer Erleichterung sah alles mehr oder weniger so aus, wie sie es beim letzten Mal zurückgelassen hatte. Aber immerhin war Wochenende, und viele ihrer Freunde waren fortgefahren oder widmeten sich irgendwelchen Freizeitaktivitäten, die ihnen ebenso wichtig waren wie ihr heute das Dressurreiten.

Es gab jedoch eine Virtmail, deren schimmerndes, kugelförmiges Icon immer wieder hoch und nieder schaukelte, und die zuvor nicht hier gewesen war. Der goldfarbene Schimmer weckte Megans Aufmerksamkeit, denn dieses Signal hatte sie für Nachrichten der Net Force Explorers reserviert. Sobald sie die Botschaft mit dem Finger anstieß, erschienen Name und Adresse des Absenders in der Luft. Die Nachricht war von Leif Anderson, dem Verbindungsmann mehrerer Net Force Explorers von der Ostküste, die sich gelegentlich als informelle Gruppe zu Simulationsworkshops oder zum Besuch von Freizeiteinrichtungen im Netz trafen.

»Abspielen«, befahl sie der Virtmail.

Einen Augenblick später stand Leif mit seinem virtuellen Körper mager, rothaarig und sommersprossig vor ihr. Als Hintergrund war sein Arbeitsraum zu sehen, der diese Woche einer Eishöhle glich. Erstaunt glaubte Megan hinter ihm einen aus dem Eis geschnittenen Cadillac aus der Mitte des vorigen Jahrhunderts zu erkennen. »Tut mir Leid wegen der Gruppennachricht«, sagte Leif. »Das ist nur die Nachfolgemail, um herauszufinden, ob ihr meine Virtmail von letzter Woche über die ›Expedition‹ zu der neuen Dinosaurierausstellung im Smithsonian gesehen habt. Ich will vor allem wissen, ob ihr es beim ersten Termin, das heißt am 12., schafft, denn offenbar haben einige Terminprobleme. Wir können die Expedition natürlich auch auf den 19. verschieben, aber dann müssen wir leider auf die Begleitung des Paläontologen vom NatHist in New York verzichten. Also schickt mir eine Mail, damit ich weiß, was ich tun soll ...«

Das habe ich in dem Wirbel um die Dressurprüfung in Potomac Valley vollkommen vergessen, dachte Megan aufseufzend. *Ich schicke ihm eine Mail, sobald ich zurück bin.* Üblicherweise ging Megan nicht so achtlos mit ihren Kontakten zu anderen Explorers um. Sie war sich nur allzu gut bewusst, dass ihr die heutige Zusammenarbeit im Netzwerk zu einem späteren Zeitpunkt möglicherweise zugute kommen würde ... zum Beispiel wenn sie genug Pluspunkte gesammelt hatte, um eines Tages für die Net Force arbeiten zu können. Wenn es nach ihr ginge, konnte es nicht schnell genug gehen. Die Net Force kontrollierte das Leben an vorderster Front und half mit, den allgemeinen Gesundheitszustand und die Sicherheit des Einzelnen in einer Welt zu erhalten, die von Jahr zu Jahr stärker virtuell geprägt war. Und wenn die Dinge gut liefen, würde sie mit einigen der Kids zusammenarbeiten, die sie jetzt nur in ihrer Freizeit traf; alle wussten, dass sie bestes »Rekrutierungsmaterial« für die Net Force waren. Sobald die Zeit reif war, würde Megan ebenso wie jeder andere aus ihrer Gruppe lediglich den Verbindungsmann der Net Force Explorers, James Winters, davon überzeugen müssen. Wenn sie Erfolg haben wollten, mussten sie nur ihre Fähigkeiten trainieren und ausbauen und in der kargen Freizeit, die ihnen neben der Schule und dem übrigen wirklichen Leben blieb, so viel wie möglich im virtuellen Reich zusammenarbeiten.

In den letzten Wochen war dieses »nichtwirkliche Leben«
stark in den Hintergrund getreten. »Muss etwas dagegen
tun«, murmelte Megan. Im Augenblick musste sie sich jedoch um wichtigere Dinge kümmern. Wieder stieß sie das
Mail-Zeichen mit dem Finger an, sodass es sich schloss und
Leif verschwand.

»Tür«, befahl Megan, und augenblicklich erschien im freien
Raum des Amphitheaters eine Tür. Ein wahrlich seltsamer
Anblick, denn die Tür glich denen in ihrem Haus. Sie hatte
einen hölzernen Rahmen, sechs Paneele und einen üblichen
Drehknopf. »Zielort?«, fragte die vertraute weibliche Stimme
der Computersteuerung ihres Arbeitsraums.

»Wilmas Arbeitsraum.«

Alles bis auf den Türrahmen verschwand, und es öffnete
sich der Blick auf Wilmas Arbeitsraum, den Megan immer
schon bewundert hatte: eine Rekonstruktion des Taj Mahal.
Eben schien die Morgendämmerung anzubrechen, sodass
nur ein erster schwacher perlenfarbener Lichtschimmer in
das aus Marmor gefertigte Innere vordrang.

»Wil?«, rief Megan, die nun den Kopf durch den Türrahmen steckte.

»Ich bin hier …«

Während draußen die Dämmerung dem Tageslicht wich,
durchquerte Megan die weite Halle unter der hoch aufragenden Hauptkuppel. Wilma hatte ihr erklärt, dass sie diese weitläufige Anlage aus gemeißeltem Marmor nur »zur
Übung« angefertigt hatte. Derzeit arbeitete sie an einem Gebäude, dessen Fertigstellung selbst Schah Jahan zu Lebzei-
ten nicht gelungen war: an dem tiefschwarzen Ebenbild des
reinweißen Taj. Jahan hatte beabsichtigt, diesen Schatten
des Taj direkt gegenüber des ersten Gebäudes am Ende einer

Reihe von spiegelnden Teichen zu errichten. Wilma wollte dieses Bauwerk in ihrem virtuellen Arbeitsraum wiedererrichten, aber nicht bloß als Kopie des weißen Taj, denn sie hatte die Originalpläne erforscht, die vor einigen Jahren in der »Begrabenen Bibliothek« außerhalb von Teheran aufgetaucht waren. Nun war sie entschlossen, das Gebäude nach den ursprünglichen Entwürfen und mit den geplanten Skulpturen als Überraschung für Burt anzufertigen.

Während Megan durch die allmählich heller werdende Halle ging, betrachtete sie kopfschüttelnd die Verzierungen, Wände und Säulen aus kunstvoll behauenem Marmor und die sorgfältig reproduzierten feinen Schriftzeichen und Wandreliefs und fragte sich, ob Burt überhaupt zu schätzen wusste, was Wilma für ihn tat. *Und wenn er es nicht zu schätzen weiß, sollte man ihm gründlich den Kopf waschen.*

Vielleicht ging es gerade darum. Womöglich gehörte eine psychologische Prüfung ebenfalls zum Programm der Breathing-Space-Einrichtung. Ihr wäre es nicht leicht gefallen, Burt so etwas vorzuschlagen ... aber sie hatte oft genug daran gedacht, dass jemand, der so viel durchgemacht hatte wie er mit seiner Familie, ein wenig Rat und Hilfe brauchen könnte ...

Nachdenklich ging sie über den Marmorboden zu dem Teil der Halle, den Wilma als Büro eingerichtet hatte. Hier stand eine Kopie des Esstisches ihrer Familie: ein massives Stück auf kräftigen Beinen, aus poliertem Teakholz gefertigt, dessen Oberfläche mit verschnörkelten Einlegearbeiten aus hellem Holz verziert war. Wilmas Erzählungen zufolge waren diese Verzierungen die Arbeit eines exzentrischen Onkels, der lange in Neuseeland gelebt hatte. Wie immer war der Tisch mit Schulbüchern, Heften und Datapads übersät, wie jenen, mit denen Megans Mutter gearbeitet hatte. Die zusammengerollte Kopie der Schriftsammlung des schwarzen Taj Mahal – drei alte Pergamentseiten mit ausgefransten Rändern, die über und über mit Schriftzeichen in Hindi oder Urdu bedeckt waren (Megan vergaß immer wieder, welche der beiden Schriften es war) – durfte natürlich nicht fehlen. Wilma, die für ihren zumeist konservativen Geschmack ein überraschend neonblaues T-Shirt zu engen Hosen trug, sah zu Megan auf, sobald sie sie hörte. »Was hat dich so lange aufgehalten?«

»Eine genussvolle Dusche und der unvermeidliche Bruder. Dad sagt zwar immer, dass er jetzt endlich einen weiteren Netzserver einbauen lassen wird, aber irgendwie kommt ihm immer was dazwischen.«

Wilma seufzte. »Ich will gar nichts davon hören. Meine kleine Schwester scheint in unserem Netzimplantatstuhl zu leben. Ich frage mich, wie es ihr gelingt, nicht wund zu werden vom langen Sitzen. Hey, Rube!«, rief Wilma, während sie sich streckte und den Blick durch die Halle schweifen ließ.

»Was gibt es, Boss?«, ertönte eine leicht ärgerliche, schroffe Männerstimme aus der Luft. Dies war das Steuerungsprogramm für Wilmas Arbeitsraum, für das sie aus für Megan nicht nachvollziehbaren Gründen eine ständig aufbrausende Reinkarnation ihres in Holzarbeiten so geschickten Onkels gewählt hatte. Megan selbst zog weniger personalisierte Steuerungsprogramme vor, aber Geschmäcker waren eben verschieden. »Hallo, Megan.«

»Hi, Onkel Doug«, antwortete Megan.

»Lass die Höflichkeiten und fang an zu arbeiten!«, warf Wilma ein.

»Wäre nicht schlecht, wenn du mir sagen würdest, was ich tun soll. Immerhin kann ich nicht Gedanken lesen«, erklärte »Onkel Doug«. »Und ich glaube nicht, dass du mir genug Prozessorkapazität kaufen wirst, um es vorzutäuschen.«

»Öffne einen Zugang zu der Adresse, die ich dir gegeben habe«, befahl Wilma.

Sogleich erschien ein schwarzer Fleck von der Größe und Form einer Tür. »Achtung, dieser Zugang wird kontrolliert«, ließ sich »Onkel Doug« nun mit veränderter Stimme vernehmen. »Jeglicher Zugang zu diesem Raum ist nur mit ausdrücklicher Zustimmung von Breathing Space Inc. gestattet. Jeder Versuch, den Raum auf eine andere Weise zu betreten oder zu verlassen als über die offiziell genehmigten Zugänge, wird entsprechend den Gesetzesvorschriften von den staatlichen, bundesstaatlichen und internationalen Behörden als Hausfriedensbruch und Besitzstörung verfolgt. Personen, über die ein richterliches Verbot verhängt wurde, werden gewarnt, dass der Eintritt in diesen Raum als körperliches Betreten sämtlicher Staaten mit Ausnahme von Hawaii, Colorado und North Dakota betrachtet wird. Mit Ihrem Eintritt in diesen Raum erklären Sie, dass Sie die geltenden Bedingungen verstehen und anerkennen.«

»In Ordnung«, sagte Wilma. »Wir akzeptieren. Lass uns gehen.« Damit trat sie durch die Tür, und Megan folgte ihr.

Einen Augenblick später standen sie in einer weitläufigen hellen Empfangshalle, die ebenso reizlos und unpersönlich war wie ein Flughafen: hohe weiße Wände und weiches weißes Licht, das von der vier Meter hohen virtuellen Decke auf sie herab strahlte. In der Mitte der Halle saß ein ernster dunkelhaariger junger Mann an einem schlichten weißen Tisch. Während sie auf ihn zugingen, musterte er sie eingehend.

»Wilma Christensen und Megan O'Malley?«, erkundigte er sich.

»Ja, das ist richtig«, antworteten sie.

»Ihr wollt zu Burt Kamen …« Er warf einen Blick in die Luft neben seinem Tisch, wo vermutlich ein für sie nicht sichtbares Datenfenster war. »Richtig. Ihr kennt die Regeln? Ihr dürft ihn nicht fragen, wo er sich körperlich aufhält, denn das ist seine Angelegenheit. Abgesehen davon gibt es keine Einschränkungen während der Besuchszeit. Wann immer er das Systemsignal auf ›verfügbar‹ stellt, seid ihr willkommen. Die einzige Ausnahme bilden Treffen mit seiner Familie. Die Zugangskombination, die er euch gegeben hat, wird auch für weitere Eintritte gültig bleiben, es sei denn, ihr versucht, den Raum über eine andere Netzadresse zu betreten, dann werdet ihr gesperrt. Nur durch diese Adressenkontrolle können wir die Sicherheit unserer Klienten garantieren, und diese Aufgabe nehmen wir sehr ernst.«

Beide nickten.

»Okay, er ist dort drin«, sagte der junge Mann. »Folgt einfach der blauen Markierung, sie wird euch zu ihm führen.«

Ein kleiner blauer Lichtschein tauchte in der Luft auf und unmittelbar danach eine weitere Tür. Als der Lichtschein durch die Tür schwebte, folgten ihm die beiden Mädchen.

Kaum waren sie »auf der anderen Seite«, musste Megan erst einmal einen Augenblick anhalten, um sich bewundernd umzublicken. Die Landschaft, die sich vor ihnen erstreckte, war wahrlich atemberaubend schön. Im Norden erstreckte sich ein Bergzug, in dem sie die Rocky Mountains vermutete, und die Hügel, auf denen sie standen und die zu der Bergkette hin anstiegen, erinnerten in ihrem gepflegten Aussehen an die Voralpen. *Wer auch immer das gebaut hat, hat gute Arbeit geleistet*, dachte Megan, denn sie wusste, dass die Ausgestaltung eines virtuellen Raums mehr verlangte als bloß ein paar dreidimensionale 360-Grad-Fotos. Der Wind blies und ließ das Espenlaub in den kleinen Wäldchen um sie leise rascheln. Die Luft roch nach Schnee und den Kiefern, die weiter oben am Hang dieser Hügelkette wuchsen. Kilometerweit war niemand zu sehen. Megan vermutete, dass man diesen virtuellen »freien Raum« einerseits aus psychologischen Gründen geschaffen hatte und andererseits einfach wegen seiner Schönheit und der Ruhe, die er ausstrahlte. Er war ideal für alle, die in letzter Zeit von den Menschen ihrer unmittelbaren Umgebung zu viel ertragen mussten.

Das kleine blaue Licht schwebte vor ihnen durch das Espendickicht. Die beiden Mädchen folgten ihm durch das Gebüsch, dann entlang eines über Grasflächen führenden Pfades bis zu einer Hügelkuppe und auf der anderen Seite wieder hinunter. Dort, unter einem Baum, saß eine einzelne Gestalt in ausgewaschenen Jeans und Trägerhemd; als sie ihn entdeckten und das blaue Licht über ihn hinweg glitt, trat die Sonne hervor und ließ sein blondes Haar schimmern. In dem Augenblick sah er auf.

»Burt!«

Als er Wilma erkannte, die den Abhang hinunterrannte, sprang er auf und lief ihr entgegen. Sekunden später lagen sie einander in den Armen. Megan wusste nicht, wohin sie blicken sollte, nur eines stand fest, nicht zu den beiden hinüber. Denn es war schmerzlich zu sehen, dass die eigene Freundin trotz all der Hilfe, die sie ihr zu geben versucht hatte, die Sorge um Burt kaum hatte ertragen können. Nur mit großer Mühe gelang es Wilma, die Tränen zurückzuhalten, während sie Burt umklammerte. Und auch Burt fiel es schwer, sich zu beherrschen, und so hielt er Wilma fest umfangen und barg sein Gesicht an ihrer Schulter. Megan glaubte, dass er zu weinen beginnen würde, aber es gelang ihm, seine Haltung wiederzugewinnen, und auch Wilma fasste sich nach einigen Augenblicken.

»Ich hatte solche Sorge um dich!«, sagte sie mit etwas dünner Stimme.

»Das wär nicht notwendig gewesen … du weißt doch, dass ich recht gut auf mich aufpassen kann.«

»Ja, aber es ist ein Unterschied zu wissen, dass du auf dich aufpassen kannst, oder zu wissen, dass du in Ordnung bist!«, gab sie zurück.

Burt zuckte zurück. »Wenn ich gewusst hätte, dass du dir solche Sorgen machst, hätte ich dir vielleicht nicht sagen sollen, wo ich bin …«

»Schön dich zu sehen, Burt«, fiel Megan nüchtern ein.

»Oh, tut mir Leid, Megan. Danke, dass du gekommen bist. Tut gut, dich zu sehen …«, brachte Burt noch reumütiger hervor, während er sich streckte und zu Megan herübersah.

Megan unterdrückte einen Seufzer. In Wilmas Beziehung zu Burt geriet sie immer wieder in die Lage, Ratschläge erteilen und den einen oder anderen der beiden zurück in die Wirklichkeit bringen zu müssen. Sie konnten die Ratschläge gelegentlich auch wahrlich gut gebrauchen, obwohl Megan nicht wusste, wie lang sie noch Geduld haben würde, denn sowohl Wilma als auch Burt mussten erst lernen, mit Menschen, die ihnen nahe standen, richtig umzugehen. *Ich bin sicher keine Expertin*, dachte Megan, *aber manchmal bringt auch ein talentierter Amateur etwas zustande …*

»Ich werde dich natürlich nicht fragen, wo du dich jetzt

aufhältst«, sagte Megan, »aber ich wüsste zumindest gerne, wo du warst.«

Burt setzte sich unter eine Silberlärche, die in der Nähe stand, und legte seinen Arm um Wilmas Schulter, die sich neben ihn setzte. Megan selbst lehnte sich nicht weit davon entfernt gegen einen anderen Baum. »Erst bin ich für ein paar Tage nach New York gegangen«, erzählte Burt. »Ich hatte genug Geld für eines dieser Kabinotels in der Nähe des Grand Central.«

Megan hob die Augenbraue. Sie hatte von diesen Unterkünften gehört, einem japanischen Import. In diesen »Hotels« mietete man nicht ein Zimmer für eine Nacht, sondern eine abschließbare Kabine von drei Metern Länge und einer Breite und Höhe von etwas mehr als einem Meter. Damit war sie gerade groß genug, um sich für acht Stunden darin auszustrecken. Diese übereinander gestapelten Kabinen verfügten über einen Netzzugang, aber das war auch schon das Einzige, das sie Megans Meinung nach von einem Sarg unterschied. Allein der Gedanke, übereinander gestapelt mit weiß Gott wie vielen anderen Menschen wie Sardinen in Einzeldosen zu schlafen, jagte ihr einen Schauer über den Rücken. »Und wie war es?«, fragte sie.

»Gar nicht so schlecht«, erwiderte Burt, während er die Beine ausstreckte. »Ich habe versucht, einen Job zu finden, aber ich wollte nicht lang bleiben. Es gibt dort zu viele, die genau wissen, dass du nirgendwo hingehen kannst ... und ich wollte mir eine neue Bleibe suchen. So kam ich auf die Adresse eines Breathing-Space-Heims«, erzählte er, »und verwendete einen Teil meines Geldes, um dorthin zu fahren. Sie waren sehr nett und haben mich gleich mit allem versorgt, was ich brauchte.«

»Wie etwa einem Netzzugang«, fuhr Megan fort, während sie sich mit sichtlicher Bewunderung umsah.

»Ja, ist wirklich ein ausgeklügeltes System ... und auch bequem. Die Zimmer sind klein und nur mit dem Wichtigsten ausgestattet, aber immer noch größer als in dem Kabinotel ... und sie sind sicher. Außerdem gibt es jede Menge Kids hier, mit denen man reden kann.«

»Da hätte ich mich aber ganz schön täuschen können«, meinte Wilma, während sie sich in der schönen, aber scheinbar vollkommen verlassenen Landschaft umsah.

»Ist nicht so einsam, wie es aussieht«, meinte Burt kichernd. »Hier gibt es ›Unsichtbarkeitsprogramme‹, die dich nur dann für andere sichtbar machen, wenn du dein Persönlichkeitsprofil darauf einstellst. Könnte hier von Menschen überlaufen sein, aber das merkst du erst, wenn sie Lust haben zu reden.«

Megan nickte. »Du hast wohl schon eine Weile mit dem Gedanken gespielt, hierher zu kommen, oder?«

»Ich wusste, dass es mir irgendwann zu viel werden würde«, gab Burt zurück. »Und es erschien mir sinnvoll, einen Plan zu haben, wenn es einmal so weit ist ...«

»Aber wann kommst du zurück?«, fragte Wilma.

»Zurück nach Hause?«, stieß Burt mit verächtlichem Schnauben hervor. »Warum sollte ich nach Hause zurückkommen?«

Wilma blinzelte verstört. »Na, deine Freunde ... und irgendwann musst du die Sache mit deinen Eltern in Ordnung bringen ...«

»Muss ich das?« Burts Stimme hatte einen scharfen Klang angenommen. »Warum?«

»Na ja, ich meine, du kannst sie nicht einfach so fallen lassen ...«

»Warum nicht? Solange ich mich erinnern kann, haben sie davon geredet, mich loszuwerden.«

»Burt, das ist aber jetzt schon ein wenig grausam ...«, fiel Megan ein.

»Aber es ist die Wahrheit. Megan, du kennst meine Leute nicht so gut, wie Wilma sie kennt ...« Kopfschüttelnd sah Burt zu den Bergen in der Ferne hinüber. »Sie ... sie würden mich wirklich gerne loswerden. Wil weiß, dass es so ist.«

Megan errötete schuldbewusst. Sie hatte den Kontakt zu Burts Eltern vermieden, wo immer es ging. »Irgendwann willst du es einfach nicht mehr hören«, fuhr Burt fort. »Seit du alt genug bist, um deinen Aufgaben aus dem Weg zu gehen, bist du dein Essen nicht mehr wert.'« Mit bitterer Präzision ahmte er den leichten Südstaatenakzent seines Vaters nach. »Ich hätte mir statt dir einen Hund zulegen und ihn erschießen sollen.'« Dann wechselte seine Stimme in den Tonfall seiner Mutter. »Andere Mütter können auf ihre Kinder stolz sein. Wenn dein Name fällt, kann ich nur sagen, dass ich einen Fehler gemacht habe und dass ich es beim nächsten Mal besser machen werde.'«

Megan wandte sich unangenehm berührt ab. »Siehst du? Du kannst es dir nicht einmal vorstellen«, fuhr Burt fort. »Und ich kann es mir nicht vorstellen, wie es ist, nach Hause zu kommen und von meinen Eltern *nicht* als Zeitverschwendung bezeichnet zu werden. Was für ein Leben ist das? Manchmal denke ich mir, vergiss es, ist ohnehin zu spät für dich, sie haben dich schon programmiert. Egal, was du jetzt tust, es wird nicht funktionieren, du wirst es immer vermasseln, denn das ist genau, was sie von dir erwarten ...«

Burt schüttelte den Kopf. »Es muss einfach aufhören. Wenn ich es je zu etwas bringen will, muss ich weg von dort. Ich muss einen Ort finden, an dem man mir nicht das Gefühl gibt, dass das Wort VERLIERER in Großbuchstaben auf meiner Stirn steht. Einen Ort, an dem mir die Menschen nicht sagen, dass ich … Eben nicht wie zu Hause tagein, tagaus.«

Während Burt einige Atemzüge lang schwieg, betrachtete ihn Wilma mit wachsender Verzweiflung. »Du kommst also nicht zurück?«

Er schüttelte den Kopf.

»Burt …«

»Versuch nicht, mich zu überreden«, fiel er Wilma warnend ins Wort. »Selbst die Leute, die diese Einrichtung leiten, versuchen es nicht.«

»Und was tun sie dann?«, erkundigte sich Megan.

»Oh, sie machen schon eine Art Beratung«, antwortete Burt, während er eine neue Position suchte, als hätte er sich auf eine Wurzel gesetzt oder auf einer unangenehmen Erinnerung niedergelassen. »Das gehört zur Grundvereinbarung. Aber sie drängen dich nicht, sie zwingen dich nicht, mit deinen Eltern Kontakt aufzunehmen, nur um einen Schlafplatz zu bekommen. Das habe ich überprüft, bevor ich hierher gekommen bin.« Seufzend betrachtete er seine Stiefel. »Sie bieten auch Berufsberatung, für die Zeit, ›wenn deine Lage wieder stabil genug ist‹. Aber das ist nur ein Code für: ›wenn du aufgibst und wieder nach Hause zurückkehrst‹. Ich werde aber sicher nicht zu denen gehören, dafür steht zu viel auf dem Spiel.«

»Wie lange darfst du hier bleiben?«, erkundigte sich Wilma mit dünner Stimme.

Burt schnitt eine Grimasse. »Das gehört zu den Dingen, über die das Beratungsteam üblicherweise nicht spricht. Sie sagen, das hängt vom jeweiligen Fall ab, von den Bedürfnissen des ›Klienten‹. Aber ich habe mit vielen Kids gesprochen, und ich habe niemanden gefunden, der länger hier ist als drei Monate.« Burt lächelte trocken. »Bis dahin bin ich achtzehn ... und danach ist es nicht mehr so wichtig. Dann kann ich gehen, wohin ich will, arbeiten, was ich will. Ich habe aber auch hier schon von einigen recht guten Möglichkeiten gehört, weit interessanter als Schule ... oder mit den Eltern ›Frieden schließen‹.«

Wilma sah ihn regungslos an. »Und was ist mit uns?«, fragte sie schließlich.

»Ich komme zurück, sobald ich kann«, versicherte Burt. »Hör zu, Wil. Ich weiß, dass es schwierig wird, aber auch für mich wird es schwierig. Wenn ich einen Job bekomme, werde ich mir wohl nicht so bald freinehmen können. Ich werde eine ganze Weile lang arbeiten müssen. Und ich werde auch nicht in der alten Umgebung bleiben. Zu viele schlechte Erinnerungen ... und vor allem ist das Risiko zu groß, meinen Eltern über den Weg zu laufen.« Er schüttelte den Kopf. »Von ihnen habe ich für eine Weile genug, und sie haben oft genug gesagt, dass sie mich nicht wiedersehen wollen. Mal sehen, ob das wahr ist. Auf jeden Fall haben sie bisher keinen Versuch unternommen, mit mir hier in Kontakt zu kommen.« Wieder lag eine schneidende Bitterkeit in Burts Stimme.

»Sie haben es überhaupt nicht versucht?«, forschte Megan nach.

Burt lehnte sich wieder gegen den Baum und schüttelte den Kopf. »Ich sollte mich nicht beschweren. Vermutlich hätte ich es schon vor langer Zeit tun sollen. Seit ich hier bin, habe ich mit vielen Kids gesprochen, die viel größere Probleme hatten als ich. Ihr könnt euch nicht vorstellen, was für schlimme Dinge sie durchmachen mussten. Eines haben wir alle gemeinsam. Keiner von uns kann es fassen, wie lang wir etwas ausgehalten haben, das kein Erwachsener auch nur eine Sekunde ertragen würde, wenn es ihm ein anderer Erwachsener zufügen würde. Er würde sofort die Polizei rufen oder innerhalb weniger Stunden das Haus verlassen. Und einige von uns hier haben jahrelang durchgehalten, weil wir keine andere Wahl hatten. Wir waren Kids, wir waren gefangen, und das System war von Anfang an gegen uns. Und wir konnten nirgendwohin gehen, jeder hätte uns sofort nach Hause zurückgeschickt und seine Hände in Unschuld gewaschen. Vielleicht haben wir aber auch wirklich geglaubt, dass sich unsere Eltern irgendwann ändern würden. Dass wir selbst irgendwann einmal etwas richtig machen würden, und dass sich dadurch alles zum Guten wenden würde ...« Burt schüttelte den Kopf. »Ich will das nie wieder erleben. Und ich sehe auch nicht ein, warum ich wieder in die Schule gehen soll, egal ob ›zu Hause‹ oder anderswo. Ein weiteres Jahr macht keinen Unterschied.«

Was konnte man angesichts dieser Argumente sagen? Wilma starrte auf das Gras hinunter, pflückte ein kleines Wiesengänseblümchen und begann, die Blätter auszuzupfen. Immer zwei bis drei gleichzeitig. »Hör zu«, begann Megan. »Wenn du zumindest das letzte Jahr in der Highschool abschließt, kannst du leichter einen Job finden, der ...«,

»Ich habe hier von Jobs erfahren, die weit mehr bringen, als ich mit einem Highschoolabschluss bekommen könnte«, fiel ihr Burt ins Wort, während er ihr einen durchdringenden Blick aus seinen blauen Augen zuwarf. »Komm schon, Megan! Denk doch nach! Als würde ein Highschoolabschluss heute noch viel bedeuten! Damit bekommst du gerade einen Job als Tellerwäscher in einem Laden, der so klein und heruntergekommen ist, dass er sich keinen Geschirrspüler leisten kann. Das ist alles. Wenn du Geld hast, kannst du damit natürlich aufs College gehen. Aber wer hat schon so viel Geld?« Burts Worte entlockten Megan einen tiefen Seufzer. In den letzten Jahren hatte es nur ein Thema gegeben, das in ihrer Familie zu echten Spannungen geführt hatte, und das war die Tatsache, dass die Sparpläne, die ihre Eltern bei der Geburt der Kinder begonnen hatten, bei weitem nicht ausreichen würden, um die Kosten der Collegeausbildung abzudecken. Megans Eltern stritten nicht offen darüber, aber das Thema hing oft genug während anderer Gespräche wie ein Damoklesschwert in der Luft.

»Vergiss es«, fuhr Burt fort. »Wenn ich eines Tages aufs College gehen will, werde ich es tun. Jetzt will ich einfach in die wirkliche Welt hinaus, um herauszufinden, wie das Leben ist, wenn ich nicht ständig niedergemacht werde. Einfach ordentlich Geld verdienen und sparen. Da draußen gibt es genug Jobs ...« Seine Stimme verlor sich.

»Ach komm schon, welche Art von Jobs?«, hakte Megan ein. »Jetzt im Ernst, Burt, wir machen uns Sorgen um dich ... wir wollen nicht, dass du in Schwierigkeiten gerätst. Früher oder später will jeder, der dir ein anständiges Gehalt bezahlt, wissen, wo du wohnst und ob du eine Sozialversicherungsnummer hast ...«

»Nicht bei Jobs, bei denen man solche Fragen nicht stellt«, entgegnete Burt störrisch.

Megan ließ sich ihre Gedanken nicht anmerken. Offenbar dachte er an Arbeit auf dem Schwarzmarkt oder in einer gewissen Grauzone ... wo es üblicherweise nur Jobs gab, die man nicht allzu gern längere Zeit ausübte. Sie hatte nicht gewusst, dass er *so* verzweifelt war. »Denk noch einmal darüber nach, ehe du eine Entscheidung triffst«, riet Megan. »Es ist ein großer Schritt, und du musst ihn ja nicht jetzt sofort tun. Sie werden dir schon genug Zeit geben, die Dinge in den Griff zu bekommen. Und vielleicht kommen deine Eltern ja zu der Erkenntnis, dass …«

Der Blick, den ihr Burt zuwarf, wirkte komisch, aber gleichzeitig zeigte er deutlich, dass er sie für vollkommen verrückt hielt.

»Ich …«, begann Wilma, während sie die Schultern straffte, Burt ansah und ein paarmal blinzelte, bis sie sich wieder gefasst hatte. »Du verdienst es, eine Weile dein eigenes Leben zu leben. Und ich kann warten, bis du die Dinge ins Reine gebracht hast … sofern du wieder zurückkommst …« … *zu mir*, sagten ihre Augen.

Burt sah sie mit einem herzerweichenden Blick an, in dem tiefste Unsicherheit lag. »Wil, ich weiß nicht, wohin das alles führen wird. Ich weiß nur … dass ich dieses Semester nicht mehr in die Schule komme.« Um sich seine Gefühle nicht ansehen zu lassen, wandte er das Gesicht ab. »Ihr müsst auch einen Ersatz für die Dressurqualifikation suchen. Ich glaube, etwas später im Jahr …«

»Wir werden schon eine ›dauerhaftere‹ Lösung finden«, meinte Megan. »Aber das heißt nicht, dass wir besonders glücklich darüber sind, Burt. Wir werden dich vermissen.«

»Mhm«, gab Burt mit gesenktem Kopf zurück. »Ich werde es auch vermissen. Das waren für mich immer die glücklichsten Momente. Und weit genug weg von zu Hause …«

Sie schwiegen eine ganze Weile. Schließlich hob Wilma den Kopf. »Kannst du dir vielleicht etwas in meinem Arbeitsraum ansehen?«, fragte sie, immer noch bedrückt. »Es ist noch nicht fertig ... aber ich würde gern wissen, was du davon hältst.«

»Ja«, antwortete Burt. »Sicher.«

Wilma warf Megan einen Blick zu. »Geht schon voraus, ich hole euch später ein«, sagte sie.

Wilma und Burt erhoben sich, gingen ein paar Schritte gemeinsam und verschwanden dann.

Mit einem langen, gequälten Seufzer sah sich Megan in der malerischen Landschaft um. Auch sie hatte schon den einen oder anderen Freund gehabt, aber es hatte sie nie so heftig erwischt wie Wilma bei Burt. Dafür war sie in diesem Augenblick beinahe dankbar. *Es muss grauenvoll sein, so viel für jemanden zu empfinden wie Wil und dann mit ansehen zu müssen, was er durchmacht ...*

Als sie aufstand, klopfte sie sich automatisch den Staub von der Hose, obwohl das bei virtuellem Gras wirklich überflüssig war. *Über welche Jobs spricht er?*, fragte sie sich. *Abgesehen von seinen Reitkünsten hat er keine echten Fähigkeiten ...* Natürlich gab es in der »Grauen Wirtschaft« Jobs, für die man vorübergehend auch Jungs in Burts Alter aufnahm ... aber dabei gab es keinerlei Sicherheit. Wobei Burt nicht allzu großen Wert auf Sicherheit zu legen schien. Irgendetwas an der Geschichte gefiel Megan nicht. Wenn Burt Aussicht auf einen ehrlichen Job hätte, hätte er es ihnen ohne Umschweife gesagt. Geheimniskrämerei gehörte nicht zu seinen Stärken. *Ich frage mich ...*

Schließlich zuckte Megan die Achseln. Zumindest war er in Ordnung und seine Haut noch unversehrt und in einem Stück. Wenn sein Ego etwas angeknackst war, hatte er dafür eine gute Entschuldigung. Nach der täglichen Hölle, in der er immer wieder zu hören bekommen hatte, dass er nichts tauge, musste ihm dies hier als Paradies erscheinen. Hier gab es Berater, die tatsächlich an ihm interessiert waren und ihm bereitwillig zuhörten, einen Zufluchtsort fern von den Schwierigkeiten seines eigenen Zuhauses und Zugang zu seinen Freunden. Warum sollte sie mit Burt allzu hart ins Gericht gehen, nur weil es ihm jetzt gefiel, mit seinen neuen Möglichkeiten ein wenig zu prahlen?

Durch die prachtvolle Landschaft kehrte sie zurück zu der wartenden »Ausgangstür«, die sich blass gegen die sonnenüberfluteten Hügel abhob. Sobald sie hindurchgetreten war, winkte sie dem Kerl am Schreibtisch, gab dem Steuerungssystem von Breathing Space die Adresse ihres eigenen Netzarbeitsraums und stand schon einen Augenblick später in ihrem weißen Amphitheater, wo eben der Saturn hinter dem Horizont von Rhea unterging und nur noch der Schimmer seiner Ringe zu erkennen war. Kurz darauf ging auch die Sonne unter, und durch diese geringfügige Temperaturänderung kühlte die dünne, instabile Atmosphäre des Mondes weit genug ab, sodass aus den tiefer gelegenen Dunstschichten gefrorenes Methan »schneite«.

Megan kehrte diesem Schauspiel den Rücken und verließ den virtuellen Raum. Im Augenblick sehnte sie sich unendlich nach ihren Eltern, von denen sie wusste, dass sie sie liebten, ungeachtet gelegentlicher Spannungen, und nach ihren Brüdern, die sie sehr gern hatte, auch wenn sie hin und wieder das Bedürfnis verspürte, sie ein wenig umzubringen.

Einige Stunden später, nachdem ihre Brüder zu ihren Dates aufgebrochen waren oder aus anderen Gründen das Haus verlassen hatten und ihr Vater endlich aus dem Büro gekommen war, um etwas zu essen und sich ein wenig zu entspannen, nützte Megan die Gelegenheit, mit Hilfe der Netzmaschine im Büro, deren Implantatstuhl viel bequemer war als der im Wohnzimmer, in Wilmas Arbeitsraum zurückzukehren.

Mittlerweile sollte sie sich wieder gefasst haben, dachte sie, während sie vorsichtig die Bücherstapel versetzte, die wie üblich die direkte Verbindung zwischen dem Stuhl und dem Implantatkontakt an der Netzmaschine blockierten. Ihr Vater vergaß immer, dass niemand im Haus so groß war wie er. *Wenn sich Wilma und Burt tatsächlich für längere Zeit verabschiedet haben, hat sie die Zeit gewiss gebraucht ...*

Megan richtete ihr Implantat aus und klickte sich in ihren eigenen Arbeitsraum. Von dort aus benützte sie die Tür zu Wilmas Reich, die sie wesentlich ruhiger vorfand, als sie erwartet hatte. Wilma war zwar in gedrückter Stimmung, aber gleichzeitig deutlich gelöster, nun da sie wusste, dass Burt in Ordnung war. »Jetzt, wo ich weiß, dass er okay ist, kann ich wohl mit meinen Sachen weitermachen. Auch wenn es mir nicht ganz gefällt, wie die Dinge laufen ...«

Megan verstand, worauf sie anspielte. »Glaubst du, er meint es ernst?«, fragte sie, während sie das Taj Mahal durch den Vordereingang verließen und über die spiegelnden Teiche blickten, die in der anbrechenden Dämmerung verschwammen. Ein zarter Dunstschleier lag in der feuchtwarmen subtropischen Luft über dem Wasser. Am Ende der Teiche erstreckte sich eine weite grüne Fläche, auf der keine Gebäude standen, und dahinter sah man die niedrigen Hügel südlich von Delhi. Wilma hatte die moderne Stadt aus diesem Anblick verbannt.

»Du meinst, dass er nicht mehr nach Hause zurückkehren

will?« Seufzend schüttelte Wilma den Kopf. »Ich glaube nicht daran. Er klingt so wütend – gar nicht wie sonst. In Wirklichkeit hat er sich immer bemüht, gut mit seinen Leuten auszukommen ... aber jetzt scheint es ihm nicht zu gelingen«, sagte sie, während sie sich zu der hohen Kuppel des Taj umwandte, die im Sonnenaufgang rosa schimmerte. »Ich werde das Gefühl nicht los, dass er nur wiederholt, was er seinen Eltern gesagt hat, wenn er sie provozieren wollte ... oder was er sich immer wieder selbst vorgesagt hat, um durchzuhalten. Wenn er wirklich konkrete Pläne hätte, hätte er mir davon erzählt. Ich glaube, er ist einfach nur unsicher ...«

»Vielleicht hast du Recht. Zumindest hoffe ich es«, gab Megan seufzend zurück. »Was ist mit seiner Arbeit? Hast du mehr über seine Absichten erfahren können?«

Wilma schüttelte den Kopf. »Er wollte nicht darüber reden ... Er fürchtet, dass er sich sonst irgendwie seine Chancen zerstört.« Sie warf Megan einen halb belustigten Blick zu. »Ich weiß nicht, wie ich darauf komme. Aber manchmal hat es ausgesehen, als würde Burt glauben, dass ihn jemand abhört. Er selbst sagt, dass das unmöglich ist ...«

»Nun ...«, begann Megan, während sie sich gemeinsam mit Wilma auf eine Bank in der Nähe setzte. »Ich vermute, er wird es uns sagen, wenn er dazu bereit ist. Unsere Aufgabe ist es, ihm zu zeigen, dass wir hier sind, wenn er jemanden zum Reden braucht oder wenn er Hilfe braucht, um die Dinge auf die Reihe zu bekommen. Aber es wäre wohl ein Fehler anzunehmen, dass er mit uns zur Wiederholung der Dressurprüfung antritt. Wir werden einen Ersatz suchen müssen.«

»Ich weiß«, sagte Wilma. »Ich ... ich wollte nur nicht jetzt sofort daran denken.«

Megan legte den Arm um ihre Freundin und drückte sie einen Augenblick lang. »Es wird sich alles lösen«, sagte sie. »Du solltest jetzt ins richtige Leben zurückkehren und dich wieder einmal bei deinen Eltern blicken lassen.«

»Du hast Recht.« Für einen Moment sank Wilma in sich zusammen, aber dann straffte sie wieder die Schultern. »Megan ... hör zu. Danke. Ich möchte dir wirklich danken. Ich weiß, dass ich in den letzten Tagen ein hoffnungsloser Fall war ... aber jetzt, wo ich weiß, dass er am Leben und irgendwo in Sicherheit ist ...«

»Ja, das macht einen großen Unterschied«, stimmte Megan zu.

»Ich sollte jetzt gehen ...«

»Ich auch«, sagte Megan, während sie Wilmas Schulter tätschelte. »Tür ...«

»›Tür‹, und wie weiter?«

»Die Tür bitte, Onkel Doug«, wiederholte sie mit ironischem Gesichtsausdruck. »Warum ist dein Steuerungsprogramm so griesgrämig?«

»Mindestlohn«, antwortete »Onkel Doug«, noch ehe Wilma den Mund öffnen konnte.

»So war er«, erklärte Wilma kichernd. »Und so will ich ›ihn‹ bei mir behalten.«

Megan schoss der Gedanke durch den Kopf, dass Wilma hier wohl zu gute Arbeit geleistet hatte. Aber immerhin hatte sie auch bei Burt Ähnliches vollbracht, denn auch er war nicht immer einfach im Umgang. *Liebe ist schon eine seltsame Sache*, dachte Megan resigniert. *Ist es überhaupt Liebe ... oder bloß Gewohnheit, die in uns den Wunsch weckt, etwas zu verlängern, an das wir uns gewöhnt haben ...?*

Mit einem raschen Winken verschwand sie durch die Tür.

Fluchtweg . . . 04

Am Sonntagmorgen wachte Megan mit dem sicheren Gefühl auf, dass sie etwas vergessen hatte oder dass etwas fehlte, etwas Wichtiges. Während sie die Sonnenstrahlen betrachtete, die schräg durch das Fenster einfielen und sich auf dem Miro-Druck spiegelten, sodass das gerahmte Bild in kräftigen Rot- und Blautönen aufleuchtete, versuchte sie intensiv, sich daran zu erinnern, was sie vergessen haben könnte. Ihr fiel nichts ein, außer dass sie den Druck an eine andere Stelle hängen sollte, damit er nicht ausbleichte.

Aus der Küche drangen gedämpfte Stimmen zu ihr herüber. Wohl die üblichen Diskussionen über die Logistik des Frühstücks, vermutete Megan, stieg aus dem Bett und schlenderte zum Badezimmer. Kurze Zeit später, als sie sich wieder wie ein Mensch fühlte, ging sie in die Küche, um sich um ihr Frühstück zu kümmern.

Glücklicherweise war keiner ihrer Brüder in der Küche zu sehen. Wo Mike war, wusste niemand, und Sean war schon im Implantatstuhl im Wohnzimmer verschwunden. Megan suchte im Küchenschrank nach ihrem Lieblingsmüsli und war keineswegs überrascht, dass es (wie üblich) schon wieder aufgegessen war, noch ehe sie etwas davon bekommen hatte. Ansonsten gab es nur Getreideflocken mit dem klingenden Namen ChocoHoots, und auch in dieser Schachtel war kaum genug für eine einzige Schüssel. Megan schüttelte die Schachtel ungläubig, öffnete die Lasche, roch an der Packung und schüttelte sie noch einmal. Der Inhalt schien ausschließlich aus Zucker zu bestehen, aus etwas, das aussah wie Schokolade, und aus undefinierbaren Knusperflocken. »Wie können sie bei dem Fraß so groß werden?«, murmelte sie.

»Müssen die guten Gene sein«, antwortete ihre Mutter vom Tisch her. Vor ihr lag ein Nachrichtendisplay, über das die Sonntagsausgabe der Zeitung rollte. Als sie eine Stelle fand, an der ihrer Meinung nach die Arbeit des Autors verbessert gehörte, schob sie die Ärmel ihres Bademantels hoch und tippte das Display an, um den Textfluss anzuhalten. Nachdem sie die Stelle erneut durchgelesen hatte, schloss sie das Display. »Also, hast du Burt gesehen?«

»Mhm«, antwortete Megan, während sie in dem Küchenschrank über der Theke nach einem Becher für ihren Tee suchte.

»Wie geht es ihm?«

»Er scheint in Ordnung zu sein.« Sie fand den Becher und sogar einen Beutel grünen Tee mit geröstetem Reis, den sie so liebte.

»Du klingst, als wärest du nicht überzeugt davon«, sagte Megans Mutter, während Megan den Wasserkessel vom Herd nahm.

Sie goss den Tee auf und setzte sich zu ihrer Mutter. »Ist auch so.«

»Was war los?«

»Oh … es ist einfach Burt selbst«, begann Megan. »Mom, hast du je mit einem Menschen Probleme gehabt, ohne dass du es rationell erklären konntest?«

Ihre Mutter verdrehte die Augen. »In letzter Zeit scheint das mein Leben zu sein.«

»Na ja, so geht es mir mit Burt. Ich glaube, wir passen einfach nicht zusammen … zu unterschiedlich vom Typ her.«

»So etwas passiert, Liebling«, meinte ihre Mutter achselzuckend. »Mach dir deshalb keine Sorgen. Geht es ihm gut? Ist er in Sicherheit?«

»Ja.«

»Das ist das Wichtigste. Wann kommt er zurück?«

»Vielleicht gar nicht.« Ihre Mutter warf ihr einen besorgten Blick zu. »Mom, wenn alles stimmt, was er über seine Eltern erzählt, und wie sie ihn behandeln ... und ich glaube, er sagt die Wahrheit ... dann ist es vielleicht sogar besser, wenn er nicht zurückkommt.«

»Aber was will er tun? Er findet doch keinen Job, der etwas wert ist ...«

»Ich weiß«, sagte Megan. Nachdenklich ging sie mit ihrem Teebecher durch den Flur ins Badezimmer, schloss die Tür ab und ließ die Wanne einlaufen. Als sie eine Stunde später barfuß und erneut in Jeans und T-Shirt wieder herauskam, fragte sie sich nicht mehr, was sie beunruhigte.

Im Flur traf sie auf ihren Vater, der im Morgenmantel aus seinem Büro kam und ein wenig angeschlagen wirkte. »Warst du gestern noch lange auf?«, fragte Megan, als sie die Bartstoppeln bemerkte.

»Ja ...«

»Ist der Computer für eine Weile frei?«

»Ja, Liebling, nur zu ...«

Während Megan im Büro wieder vorsichtig die Bücherstapel versetzte, die ihr Vater vor dem Implantatkontakt zurückgelassen hatte, las sie die Titel auf den Buchrücken. *Die Kunst der edlen Herren: ›Fiore de Liberi‹ und andere Lehrbücher für Schwertkämpfer aus dem Italien des 15. Jahrhunderts.* Und direkt darunter lag *Krieg im Jahr 2000.* Wieder fragte sich Megan, woran ihr Vater wohl arbeitete und an welchen Krieg er dachte ... Aber ihr Vater hütete sein Geheimnis üblicherweise, bis er mit dem Entwurf eines Projekts fertig war. Deshalb hatte es keinen Sinn, ihn jetzt schon zu fragen.

So ließ sie sich einfach in den Stuhl fallen, richtete ihr Implantat aus und verabschiedete sich von der Welt mit einem Blinzeln. Einen Augenblick später stand sie wieder im Amphitheater. Über ihrem Schreibtisch hingen noch immer dieselben Virtmails in der Luft, aber bis auf die Tatsache, dass keine neue Nachricht von Wilma dabei war, interessierten sie sie nicht. *Wenn sie klug ist, holt sie ein wenig Schlaf nach*, dachte Megan. *Sie hat ein paar grauenvolle Tage hinter sich …*

»Raummanager!«, rief Megan.

»Ich höre, Megan.«

»Verbinde mich mit der Adresse von Breathing Space, die wir gestern über Wilmas Netzserver angewählt haben.«

»Ausgeführt.«

»Ist der in der Adresse angeführte Teilnehmer verfügbar?«

»Wird überprüft.«

In der kurzen Stille, die nun folgte, betrachtete Megan den Saturn, der zum vierten Mal an diesem Tag aufging, wobei sich seine Ringe malerisch durch den erwärmenden Methandunst schoben. »Der Teilnehmer hat Zeichen gegeben, dass er verfügbar ist«, antwortete ihr Raummanager.

»Öffne einen Zugang«, befahl Megan, während sie in die Mitte der Bühne ging.

Die übliche Tür erschien, und als sie aufging, zeigten sich wieder die Rocky Mountains. Die unmittelbare Umgebung schien nicht phasengleich mit den Bergen zu laufen, sondern zeitlich ein wenig verspätet zu sein. Hier herrschte offenbar immer später Nachmittag, denn die Schatten der Bäume streckten sich lang über die Hänge der kleinen Hügel vor ihr.

Megan sah sich um, konnte Burt jedoch nicht entdecken; so schlenderte sie über das kurze, goldfarbene Gras des kleinen Hügels, auf dem sie angekommen war, und vertraute darauf, dass das Computersystem ihn zu ihr führen würde. Interessiert stellte sie fest, dass die Umgebung nicht so verlassen war wie beim letzten Mal. Auf den nahe gelegenen Hügeln, im Schatten kleiner Wälder und auf den Lichtungen darin konnte sie kleine Gestalten erkennen, die zu zweit, in Gruppen, aber vor allem allein umherspazierten.

Als sich Burt nach einigen Minuten immer noch nicht blicken ließ, setzte sich Megan in den Schatten einer großen Konifere und machte es sich auf den herabgefallenen Nadeln bequem. Sie wusste, dass das System ihn von ihrem Besuch unterrichtet hatte, und wenn er keine Eile hatte zu kommen, nun, so war das seine Sache. Immerhin konnte sie inzwischen die Landschaft genießen, oder um genauer zu sein, die Landschaftsarchitektur bewundern. Während sie noch mit den Fingern durch die Nadeln strich und sich fragte, welchen Modus der Programmierer wohl verwendet hatte, den fraktalen oder den monadischen, hörte sie plötzlich jemanden sagen: »Wartest du schon lang?«

Vor ihr standen Burt und noch eine zweite Person, die Megan nicht kannte. Sogleich erhob sie sich und klopfte die Nadeln ab. Beeindruckt stellte sie fest, dass sie genauso pieksten wie echte. »Burt …«, begann sie.

»Gerade als ich auf dem Weg hierher war, hat mich einer der Berater aufgehalten«, erklärte Burt. »Tut mir Leid.«

»Kein Problem. Wer ist dein Freund?«

»Das ist Bodo. Habe ihn vor einer Weile hier kennen gelernt. Er kommt immer wieder einmal her.«

»Hi«, grüßte Megan und streckte Bodo die Hand entgegen, der sie schüttelte. Er sah etwas ungewöhnlich aus. Vielleicht siebzehn Jahre alt, kleiner als Burt, dunkelhäutig, stämmig, und er trug einen dieser neuen einteiligen Anzüge, die im Augenblick so beliebt waren. Megan erschienen die Polster an den Schultern und Oberschenkeln ein wenig albern, aber sie behielt ihre Meinung für sich, denn viele Kids in der Schule fanden diese Mode unaussprechlich toll. Irgendwie gelang es Bodo auch, dass der Anzug an ihm gut aussah. Vielleicht lag es an seiner Frisur, die auch ein wenig seltsam aussah zu dem ultramodernen Anzug, ihm aber wirklich gut stand. Es war ein Retropunkschnitt, mit langem »Zopf« im Nacken und kurz gestutztem, bürstenschnittähnlichem Oberkopf, wobei der Zopf knallblau gefärbt war. »Sieht doch aus wie ein geölter Blitz«, meinte Bodo grinsend, dem Megans Blick nicht entgangen war.

»Bodo ist einer der halb ansässigen Computerfreaks«, sagte Burt.

»Wofür braucht man hier Computerfreaks?«, fragte Megan lächelnd.

»Computerfreaks sorgen dafür, dass sich die Welt dreht«, antwortete Burt. »Als wüsstest du das nicht. Du bist doch selbst ein Computerfreak, Megan.«

»Ich?«, gab sie grinsend zurück.

»Ich sehe doch, wie du die Landschaft studierst. Und du machst Simulationen, nicht wahr?«

»Ja, ich habe vor kurzem eine gemacht, aber ich bin wohl kaum gut genug, um als Computerfreak bezeichnet zu werden. Noch lange nicht.«

»So spricht eine weise Frau«, sagte Bodo. »Sie weiß, dass der Status eines Freaks etwas Erstrebenswertes ist.«

»Willst du ein Stück spazieren gehen?«, fragte Burt.

»Gerne.«

Sie schlenderten aus dem Schatten der Bäume den Abhang hinunter bis zu einem kleinen Bach, der sich zwischen den kleinen Hügeln schlängelte. »Hab nicht erwartet, dich so bald wiederzusehen«, sagte Burt.

»Nun …«

»Du kannst auf die Höflichkeiten verzichten. Ich weiß, dass du nicht viel von mir hältst«, fiel er ihr ins Wort.

Ist das so deutlich zu sehen?, fragte sich Megan, leicht alarmiert. *In Ordnung …* »Hör zu, Burt, wir haben hin und wieder Probleme … aber das heißt nicht, dass ich mir keine Sorgen um dich mache.«

Seufzend zuckte er die Achseln. »In Ordnung. Ich habe nur geglaubt, dass du Wil mitgebracht hast.«

»Sie ist ein großes Mädchen und kann selbst entscheiden, wann sie dich besuchen will«, sagte Megan. »Und außerdem wollte ich mit dir ein paar Dinge besprechen, ohne daran denken zu müssen, wie sie wohl reagiert.«

»Hm«, brummte Burt, während er Bodo einen raschen Blick zuwarf. »Ich habe es dir doch gesagt.«

»Was hast du ihm gesagt?«

»Du gehst immer schnell auf das Unausgesprochene zu, du weißt schon, ›Arbeit‹«, sagte Burt.

»Genau darüber wollte ich mit dir sprechen.«

Sie hielten an einer Biegung des Baches und blickten ins Wasser. An einer schattigen, braunen Stelle, unter dem Überhang des Ufers, entdeckte Megan eine riesige braune Forelle, bei deren Anblick ihr Bruder Mike sofort losgerannt wäre, um seine Angelrute zu holen. »Dachte es mir doch«, sagte Burt. »Hör zu, Megan … sag Wilma, dass sie sich keine Sorgen machen soll.«

»Warum soll ich ihr das sagen? Warum kannst du es ihr nicht selbst sagen?«

»Weil ich vielleicht bald nicht mehr hier bin.«

Megan blinzelte. »Nach allem, was du gestern gesagt hast ... bleibst du nicht einmal lang genug hier, um dich zu erholen und die Dinge ein wenig auf die Reihe zu bekommen?«

»Ich habe über alles nachgedacht, worüber ich nachdenken musste«, sagte Burt. »In der großen weiten Welt gibt es einiges zu tun. Und ich will es tun.«

Megan schluckte. Sie konnte sich gut vorstellen, wie Wilma auf diese Neuigkeit reagieren würde. »Und was genau willst du tun, Burt? Ich würde mich um einiges besser fühlen, wenn ich wüsste, was du vorhast.«

Die beiden Jungs warfen einander einen raschen Blick zu. »Ich kann dir das nicht sagen«, wehrte Burt ab. »Ich habe versprochen, nicht darüber zu reden.«

»Wem hast du das versprochen?«

Burt setzte sich am Bach auf einen Felsbrocken, den vor langer Zeit ein Gletscher hätte zurückgelassen haben können, wenn diese Landschaft real gewesen wäre. »Hör zu, ich kann dir nichts Genaueres darüber sagen, das ist alles. Es ist so, wie ich es Wilma gesagt habe – und vielleicht habe ich auch ihr schon zu viel gesagt. Ich habe einfach einen wirklich interessanten Job gefunden, den ich machen kann und mit dem ich schon in den nächsten Tagen beginnen werde, wenn alles gut läuft. »

»Wo hast du von diesem Job erfahren?«

»Oh, in dieser virtuellen Welt gibt es eine ganze Menge Ecken und Spalten«, antwortete Bodo mit leichtem Lächeln. »Und auch einige, von denen die Leute von Breathing Space nichts wissen.« Megan sah ihn zweifelnd an.

»Ach komm schon, Megan, tu nicht so schockiert«, sag-

637

te Burt. »Es gibt doch auf diesem Planeten keinen einzigen virtuellen Raum, der nicht an der einen oder anderen Stelle undicht ist oder eine andere Form bekommen hat, als es sich die Designer vorgestellt haben. Denk doch nur daran, dass das gesamte alte Internetsystem aus den Aktionen von zehn oder zwanzig Leuten hervorgegangen ist, die auf ihren Collegecomputern Weltraumspiele mit anderen Studenten spielen wollten, die tausende Kilometer entfernt waren. An so etwas hatten die ersten Netzwerkentwickler sicher nicht gedacht! Hier ist es dasselbe.«

»Geschieht hier immer und überall«, sagte Bodo, während er sich umblickte. »Dieser Ort ist übersät mit Löchern. Einige haben die Programmierer unabsichtlich hinterlassen. Sie waren gut, aber auch nicht allmächtig ... Andere ...« Er ließ den Satz unbeendet und lächelte stattdessen viel sagend.

»Andere wurden bewusst angebracht, von Leuten von draußen«, ergänzte Megan.

»Nicht unbedingt«, sagte Bodo. »Einige wurden auch von innen gebohrt. Auf jeden Fall gibt es hier mehr als nur einen Ein- und Ausgang.«

Megan versuchte zu verbergen, wie besorgt sie war. »Die Leute von Breathing Space sagen aber etwas anderes.«

»Das zeigt nur, wie wenig sie wissen«, meinte Bodo. »Aber es gibt immer eine Hintertür ... wie die Programmierer sagen. Mit ein wenig Übung, ein wenig Cleverness, findest du immer eine.«

»Aber warum?«, fragte Megan. »Wenn es der Sinn dieses Ortes ist, die Kids zu schützen, die sich hier aufhalten ...«

»Oh, ja, dafür ist er wirklich gut geeignet«, stimmte Burt zu. »Das wird niemand abstreiten. Aber gleichzeitig kann die ganze Sache manchmal auch etwas ... etwas zu eng werden.

Verstehst du? Mit all den Beratern, die jedes Wort überwachen, um zu sehen, ob du auch zurechtkommst ... Selbstverständlich tun sie das, Megan, das steht im Vertrag. Jeder weiß es. Das ist die einzige Bedingung, die sie stellen. Eine Art Tausch: ein wenig Privatsphäre für Sicherheit.«

»Und manchmal findet einer von uns einen Weg, um das zu umgehen. Natürlich nicht so, dass es auffällt. Aber dieses System hat kleine Winkel, von denen seine Systembetreiber und -programmierer nichts wissen, und einige von uns haben Möglichkeiten gefunden, diese Winkel zu nützen. ›Stille‹ Winkel, wo man nicht gehört werden kann, im Gegensatz zu den Flüsterwinkeln unter einer Kuppel. Dies hier ist so ein Winkel ... Andere wiederum denken sich Mittel und Wege aus, um ›hinaus‹ ins Netz zu kommen, ohne dass die Monitore erfassen, was sie tun und wohin sie gehen,« erklärte Bodo lächelnd.

Für jemanden, der seinem Aussehen nach am äußersten Rand der Dinge zu Hause war – oder zumindest auf dem Weg dorthin –, lächelte er geradezu ungewöhnlich engelhaft.

»So war es früher, und so ist es jetzt«, fügte Burt hinzu. »Wenn du dich zu Hause nicht mit Kids in deinem Alter treffen kannst, ohne dass du abgehört wirst, dann triffst du dich mit ihnen eben an der Ecke. Hier in Breathing Space gibt es auch die eine oder andere ›Straßenecke‹ ...« Er schluckte und wirkte plötzlich ein wenig nervös. »Hör zu, Megan, ich kann jetzt nicht auf alle Einzelheiten eingehen, aber die Tür öffnet sich nach beiden Seiten. Es gibt Leute, die von diesen Straßenecken wissen ... die dich dort treffen und mit dir über Geschäfte reden. Es sind gute Geschäfte, und sie werden gut genug bezahlt, um interessant zu sein.

Es ist nichts Gefährliches oder Illegales. Das ist alles, was ich dir dazu sagen kann. Vielleicht habe ich schon zu viel gesagt ...«

»Ist schon in Ordnung so, aber ich glaube, wir lassen das Thema jetzt«, stimmte Bodo bei. »Hier haben die Wände Ohren«, erklärte er mit resigniertem Blick. »Oder wenn ich es mir genau überlege, hat hier sogar die *Luft* Ohren.«

Unzählige Gedanken schossen durch Megans Kopf, während sie die trügerisch friedliche Landschaft betrachtete. Sie bezweifelte stark, dass die Verwalter von Breathing Space, die sich so große Mühe gemacht hatten, einen Ort zu schaffen, an dem Kids vor Angriffen sicher waren, in irgendeiner Weise für diese heimlichen Rekrutierungen verantwortlich waren ... Doch vor allem: Wofür wurden sie rekrutiert? Sie hatte keine Ahnung, und von Burt würde sie wohl kaum mehr darüber erfahren. »Du wirst also plötzlich verschwinden, richtig? Und ich soll Wilma sagen, dass alles in Ordnung ist und sie sich keine Sorgen machen soll.«

Burt hatte genug Anstand, um ein wenig schuldbewusst auszusehen. »Ich werde nicht ›verschwinden‹«, entgegnete er. »Aber möglicherweise bin ich immer wieder ein paar Tage unsichtbar. Das wäre ich ohnehin. Wir sind hier keine Gefangenen, sie versuchen nicht, uns gegen unseren Willen hier zu halten. Viele Kids besuchen die körperlichen Einrichtungen von Breathing Space jeden Tag und gehen dann wieder, ohne dass sich jemand darüber aufregt.«

Aber hier geht es nicht um irgendjemanden. Hier geht es um einen meiner Freunde und um deine Freundin. Wenn du wenigstens imstande wärest, das zuzugeben! Aber offenbar konnte er das nicht. Megan sah zu Burt hinunter, der immer noch auf seinem Stein saß. »Ich glaube, das ist eine wirklich schlechte Idee. Und ich wünschte, du würdest noch mal darüber nachdenken.«

Sein Gesicht nahm einen harten Ausdruck an, als er nun zu ihr aufblickte. »Mein ganzes Leben lang hat man mir immer gesagt, dass meine Ideen schlecht sind. Okay, manchmal waren sie tatsächlich schlecht. Aber selbst die guten galten als schlecht, nur weil sie ihnen nicht passten. Das hier ist genau dasselbe.«

Er stand auf. »Ich sage es jetzt dir, damit du es Wilma sagen kannst. Macht euch keine Sorgen um mich. Mir wird es gut gehen, und ich werde in besserem Zustand zurückkehren, als ich es jetzt bin ... in viel besserem Zustand.«

Damit drehte sich Burt um und eilte den Hang des nächstgelegenen Hügels hinauf. Bodo sah erst ihm nach und warf dann Megan einen überraschend mitfühlenden Blick zu. »Ich werde bei ihm bleiben«, sagte er. »Zumindest solang er mich lässt. Er ist ein netter Kerl, auch wenn er ein wenig aufbrausend ist.«

»Danke«, gab Megan zurück. Bodo hob die Hand zu einem knappen Gruß und eilte dann hinter Burt her. Sie sah ihnen nach, wie sie auf dem Hügel verschwanden – und zwar buchstäblich »verschwanden«, dann erst schaltete Burt den »Unsichtbarkeitsmodus« ein, den ihm das Programm von Breathing Space zur Verfügung stellte, und danach Bodo.

Einen Augenblick lang verharrte Megan regungslos. *Er ist bloß wütend und lässt seine Wut an den Menschen seiner Umgebung aus. Irgendwann wird er es sich schon überlegen und aus der ganzen Sache aussteigen,* dachte sie.

Aber das würde wohl nicht allzu bald sein. Vielleicht brach da wieder ihre schlechte Meinung über ihn durch. Allerdings hatte er offenbar nicht darüber nachgedacht, welche Wirkung sein Handeln auf Wilma haben würde ... oder wenn er darüber nachgedacht hatte, dann kümmerte es ihn nicht.

Ich kann es nicht einfach zulassen. Das wäre, als würde ich zusehen, wie jemand betrunken ins Auto steigt, um zu fahren. Alles, was Burt passiert oder jedem anderen, der in die Sache verwickelt wird, die er vorhat, wäre auch meine Schuld ... und das könnte ich nicht ertragen.

Damit wandte sie sich um und ging durch die Tür in ihren Arbeitsraum zurück. Sobald sie dort war, ließ sie die Tür verschwinden, setzte sich an ihren Schreibtisch unter dem harten schwarzen Himmel im Reich des Saturn, stützte die Ellbogen auf, legte die Finger zusammen, ließ das Kinn in die Hände sinken und dachte angestrengt nach.

»Raummanager ...«

»Ich höre, Megan.«

»Ich hätte gerne sämtliche Informationen über die Geschichte, das Management und die Struktur der Breathing-Space-Jugendheime.«

»Ich mache mich für dich auf die Suche. Irgendwelche Parameter, um die Suche einzuschränken?«

»Nein.« Vermutlich würde eine entsetzliche Menge an Informationen auf ihrem Tisch landen, die sie durcharbeiten musste. Megan hatte jedoch das Gefühl, dass irgendwo da drin ein Hinweis auf das liegen könnte, was Burt vorhatte, etwas, das ihr helfen würde, *ihm* zu helfen ... und sie würde diesen Hinweis erst erkennen, wenn sie ihn sah.

Ihren ersten und einfachsten Gedanken – direkt zu den Leuten von Breathing Space zu gehen, um »auszuplaudern«, was dort geschah – hatte sie sogleich verworfen. Bisher hatte sie nichts als Gerüchte, und auch wenn sie sicher war, dass

Burt die Wahrheit sagte, würde das für die Betreiber von Breathing Space wohl kaum zählen. Sie brauchte Beweise, dass zumindest eine dieser »Straßenecken« tatsächlich existierte, und natürlich einen Hinweis, wie sie funktionierten, aber beides hatte sie nicht. Selbstverständlich konnte sie sich eine »Maske« zulegen, eine falsche virtuelle Identität, um auf diese Weise etwas herauszufinden. Aber das wäre ihr letzter Ausweg.

»Suche abgeschlossen«, meldete sich Megans Raummanager. »Vorsicht: das vorliegende Material entspricht etwa viertausend getippten Seiten.«

Megan lächelte grimmig. »Dann wollen wir mal.«

Rhea kreiste zumindest einmal um den Saturn, während Megan ein Textfenster nach dem anderen las, das sich in der Luft vor ihr abspulte, Flachfilme, Stereoscreenshots und voll virtualisierte Interviews ansah und Ausschnitte von Dokumentationen betrachtete, die sich auf der Bühne ihres Amphitheaters selbständig abspielten. Sie wühlte sich durch jede Art von Daten: Beschreibungen, Kommentare, Interviews, Zeitungsartikel, Empfehlungsschreiben und sogar Zusammenfassungen von Gerichtsprozessen – denn in den letzten Jahren hatte es einige gegeben, bei denen Eltern versucht hatten, ihre entfremdeten Kinder zurückzubekommen, indem sie zum Beispiel vorbrachten, die Leute von Breathing Space hätten ihre Kinder einer Gehirnwäsche unterzogen oder sie gar gekidnappt. Andere versuchten, den physischen Aufenthaltsort von Ausreißern in Erfahrung zu bringen, indem sie die Mitarbeiter von Breathing Space bestachen oder erpressten, um die Kinder dann von dort wegzuholen. Zu Beginn des Jahrhunderts, als die Virtualität in der Weise, in der sie heute bekannt war, noch in den Kinderschuhen gesteckt hatte, hatte man sich sogar in spektakulärer Weise in das System gehackt. Für kurze Zeit war es auch von einer Kriminellenorganisation, die sich auf die Versklavung von Kindern und Schlimmeres spezialisiert hatte, auf verheerende Weise missbraucht worden. Seitdem hatte die Organisation von Breathing Space die Reorganisation und die Sicherheit ihrer virtuellen Räume zur obersten Priorität erklärt, neben der Sorge für die Kinder, die in diesen Räumen Schutz suchten. Der »Schutzraum« von Breathing Space war nun so wasserdicht und sicher, wie es heute nur möglich war – zumindest behauptete man dies in der Öffentlichkeit.

Aber Bodo hatte Recht. Wo ein Wille war, war auch ein Weg. Und wenn jemand einen alternativen Ein- oder Ausgang öffnen wollte, war dies zu schaffen. Sofern es im Computerzeitalter je schwierig gewesen war, Hackerfähigkeiten zu erwerben, galt dies heute sicher nicht mehr. Die meisten Kids wussten schon in jungen Jahren eine ganze Menge über das Innenleben des Netzes, weil in der Schule Wert darauf gelegt wurde, den Computer sowohl als Lernhilfsmittel als auch für die Hausarbeiten einzusetzen … geschweige denn für all die anderen Dinge im täglichen Leben. Viele der Kids, wie etwa jene, die sich intensiv mit Simulation beschäftigten, vertieften sich in Systemanalyse und suchten nach den besten Möglichkeiten, um das Hardware/Software-Interface für ihre eigenen Ziele und Hobbys einzusetzen. Es würde wohl nicht allzu viel Zeit kosten, einiges über die Methoden herauszufinden, mit denen man die Sicherheitseinrichtungen um das virtuelle Territorium von Breathing Space überlisten konnte, vermutete Megan. *Und wie jeder geschützte Raum war er von innen am ver-*

wundbarsten, dachte sie, *genau von den Menschen, die er schützen sollte.*

Niemand wollte jedoch zugeben, dass er Schutz brauchte. Darin lag das Problem. Wieder stützte sie den Kopf in die Hände. *Denn das würde bedeuten, dass du schwach bist. Und schon bald suchst du nach Möglichkeiten, um zu beweisen, dass du gar keinen Schutz brauchst. Dass du alles schaffen kannst. Du bist ja nur hier, um dich ein wenig auszuruhen ... und während du das tust, umgehst du die Regeln und biegst die Systemstruktur zurecht, damit du die Dinge so machen kannst, wie du willst.*

Kontrolle ... alles hatte mit Kontrolle zu tun. »Das große Problem des Heranwachsens«, wie es ein Autor ausgedrückt hatte, der für kurze Zeit Breathing Space von innen erlebt und mit einigen der Kids gesprochen hatte. Nun, vielleicht übertrieb er ein wenig. Aber es könnte schon etwas daran sein. Megan kannte nicht einen einzigen Teenager, der nicht gelegentlich das Gefühl hatte, explodieren oder verrückt werden zu müssen. Vor allem, wenn Eltern und Lehrer Druck ausübten, sodass die Teenager gar keine Gelegenheit hatten, sich zu behaupten und das zu tun, was sie wirklich wollten – einmal etwas Einzigartiges zu unternehmen oder vielleicht sogar etwas, das ein wenig gefährlich war. Die Sehnsucht, die Dinge selbst in die Hand zu nehmen – im Idealfall mit genug Geld, um alles angenehmer zu machen –, sein eigenes Leben zu führen, das alles schien mit zunehmendem Alter immer stärker zu werden, während sich die Eltern immer heftiger dagegenstemmten. Auch wenn ihre Eltern sie mit leichter Hand führten, wie Megan nur allzu gut wusste, brachten sie sie oft zur Weißglut, eine Reaktion, die in keinem Verhältnis zu der tatsächlich ausgeübten Kontrolle stand. So war sie auch nie von zu Hause ausgerissen, obwohl ihr schon das eine oder andere Mal dieser Gedanke gekommen war. Um wie viel größer musste dann Burts Sehnsucht sein ...?

Aber das alles brachte sie keinen Schritt weiter bei der Lösung des grundlegenden Problems. Worin bestand diese »Arbeit«, an der Burt so interessiert war?

Und warum sollte irgendjemand den Kids in Breathing Space Arbeit anbieten? Eine Wohltätigkeitseinrichtung wie Breathing Space war gewiss eine hervorragende Sache. Dass hinter diesem Arbeitsangebot so etwas wie Nächstenliebe steckte, bezweifelte Megan jedoch sehr. Die Welt war nun einmal voll von Menschen, die sich die Notlage anderer zunutze machten, und die Tatsache, dass die Kontaktaufnahme heimlich erfolgte, verstärkte Megans Verdacht zusätzlich. Ein seriöser Unternehmer würde einfach zur Verwaltung von Breathing Space gehen und den ehemaligen Schützlingen Jobs anbieten. Das brächte großartige Publicity ... für alle, die Publicity wollten.

Versuchen wir doch einmal, das Ganze logisch zu betrachten. Was hat Breathing Space zu bieten?

Ausreißer.

Nein, sie sollte nicht vorschnell urteilen. Eine gute strategische Analyse erforderte, das Konzept in seine kleinstmöglichen Einzelteile zu zerlegen, anstatt mit einer großen, gefühlsbeladenen Einheit zu arbeiten. *Kids in Schwierigkeiten*, dachte Megan. *Üblicherweise noch nicht volljährig. Mitunter Jugendliche, die als vermisst gemeldet oder auf andere Weise mit dem Gesetz in Konflikt waren.*

... nicht gerade die erstrebenswertesten Arbeitnehmer. Vielleicht hatten diese Kids keinen festen Wohnsitz, oder sie wollten keinen. Vermutlich hatten sie auch noch keine

Arbeitserfahrung ... Einige besaßen wohl gar keine Papiere, andere waren möglicherweise nicht qualifiziert, um zu arbeiten – das hing ganz davon ab, wo sie waren.

Nun, welche Art von Arbeitnehmer würde ...

»Megan?«

Die Stimme ihres Vaters schreckte sie auf. Dies war eines der wenigen externen Signale, das sie in ihrem Arbeitsraum zuließ. »Ja, Dad?«

»Ich habe bereits zweimal Mittag gegessen«, sagte die Stimme ihres Vaters mit leichtem Echo, wodurch sie ein wenig an die des Zauberers von Oz erinnerte. »Ich hätte nichts dagegen, noch einmal zu essen, aber dann würde mich deine Mutter wieder ›Wandelnder Magen‹ nennen. Also kann ich jetzt bitte mein Büro zurückbekommen?«

»Oh, tut mir Leid, Dad, ich habe ganz vergessen, wo ich bin!« Augenblicklich sprang Megan vom Tisch auf, der übersät war mit Fenstern und angehaltenen Videos und Virteos, während überall auf dem Boden des Amphitheaters Fotografien und dreidimensionale Bilder herumlagen. »Raummanager, alles speichern ...«

»Gespeichert«, verkündete die Stimme des Raummanagers. »Dies ist eine vorprogrammierte Botschaft«, fuhr die Computerstimme fort, ehe sie auf Megans Stimme wechselte: »Beantworte deine Nachrichten, Megan, sie liegen überall herum!«

»Später«, antwortete Megan seufzend. »Schließ ab ...«

Nachdem sie ihr Implantat mit einem Blinzeln ausgeschaltet hatte, fand sie sich im Büro ihres Vaters wieder, der schräg gegenüber, in einem der wenigen Sessel, Platz genommen hatte, auf dem nicht aufgeschlagene Bücher mit dem Rücken nach oben lagen. Die Sonne war um das Haus gewandert

647

und schien nun durch diese Fenster herein, sodass ihr Vater die Läden zugezogen hatte. »Schwierige Sitzung oder nur viele Nachrichten beantwortet?«, fragte er.

»Ich wünschte, es wäre so«, antwortete Megan, während sie sich streckte. Plötzlich fühlte sie einen Schmerz im Rücken, der eben noch nicht da gewesen war. »Dad, sollte man nicht die Massageeinheit des Sessels überprüfen lassen?«

»Das ist erst letzten Monat geschehen, als die Serviceleute zu ihrer üblichen Wartung hier waren. Könnte es vielleicht bloß Stress sein?«, erkundigte er sich mit besorgtem Blick.

»Wäre gut möglich!«, gab Megan lachend zurück, aber in diesem Lachen lag keine Fröhlichkeit.

»Gibt es etwas, über das du mit mir sprechen willst?«, fragte ihr Vater, während er sich selbst in den Implantatstuhl setzte.

Megan holte tief Luft und schüttelte dann den Kopf. »Erst wenn ich weiß, worüber ich tatsächlich rede. Ist der andere Computer frei?«

»Ja, es gibt noch Wunder«, sagte ihr Vater. »Deine Brüder haben sich gleichzeitig entschlossen auszugehen … es war jetzt wirklich unnatürlich still hier. Aber willst du nicht vorher etwas essen, Megan? Wenn du dich schon wegen etwas sorgst, ist es doch nicht notwendig, dich auf leeren Magen zu sorgen.«

Ihr Magen knurrte. »Ja, keine schlechte Idee …«

Die schlichte Tatsache, dass sie Hunger hatte, lenkte Megan weit mehr ab, als sie geglaubt hätte. Selbst nachdem sie ein Sandwich gegessen hatte, das sogar Mike in Erstaunen versetzt hätte, hatte sie keine Lust, an diesem Nachmittag noch mal in die virtuelle Welt zu wechseln. Einerseits war sich

Megan bewusst, dass sie in letzter Zeit einen Großteil ihrer Freizeit im Netz verbracht hatte – mehr als üblich –, und andererseits fühlte sie sich unbehaglich, wenn sie an Burts grundlegendes Problem dachte. Ungeachtet der gelegentlichen Probleme mit ihren Brüdern oder ihren Eltern beunruhigte Megan der Gedanke an ein Zuhause, wie Burt es sehen musste: als einen Ort, an dem man nicht sein wollte, dem man um jeden Preis entfliehen wollte. *Vielleicht komme ich der Sache näher, wenn ich das herausfinde*, dachte sie etwas später, als sie es sich abends mit der umfangreichen Gesamtausgabe ihres Vaters von Dickens' Werken in einem Sessel im Wohnzimmer bequem machte. *Ich werde versuchen, mehr wie jemand zu denken, der sein Zuhause nicht als Zentrum des Lebens und Ort der Sicherheit sieht ...* In Dickens' Erzählungen fanden sich ausreichend Beispiele dafür. So verbrachte Megan den Rest des Abends tief versunken in *David Copperfield*, um etwas von seiner Unsicherheit und seinem Schmerz nachzuempfinden.

Der nächste Tag war Montag, und nachdem Megan keine Antwort von Wilma erhalten hatte auf ihre Virtmail, dass sie Burt getroffen habe – obwohl ihre Nachricht als gelesen bestätigt worden war –, rückten Burt, seine Probleme und die Vorgänge in Breathing Space etwas in den Hintergrund. *Vielleicht hat er doch Kontakt mit ihr aufgenommen*, dachte Megan. *Vielleicht hat sich die ganze Sache ein wenig abgekühlt ... Wäre wirklich gut.* Während sich das Schuljahr mit Riesenschritten dem Sommer näherte, erforderten die Abschlussprüfungen ihre Aufmerksamkeit. Vor allem bei dem Gedanken an die vorgezogene Prüfung in Mathematik lief ihr ein Schauer über den Rücken. In den Schularbeiten hatte sie immer gut abgeschnitten, und zu ihrer großen Erleichterung hatte sie in den letzten Monaten auch Zugang zu jenen Mathematikbereichen gefunden, die ihr anfangs verschlossen geblieben waren. Aber jetzt blieben nur noch zwei Monate bis zu der Prüfung, und das machte Megan nervös. In den nächsten Tagen stapelten sich sämtliche Virtmails unbeantwortet auf ihrem Schreibtisch, während sie jede freie Minute mit Integralen und ähnlichen Unannehmlichkeiten verbrachte. Vermutlich würde sie diesen Mist nie wieder brauchen, wenn sie einmal als Strategieanalytikerin für die Net Force arbeiten würde. *Und wenn dieser Tag gekommen ist, werde ich über meinen Mathematikbüchern Marshmallows grillen ...*

Es war bereits spätabends am Mittwoch, als Megan beim vierten Versuch, ein besonders verzwicktes Integral zu lösen, zum Saturn aufblickte. Rasch überschlug sie anhand seiner Position am Himmel, wie spät es war. *O Gott, es muss ja schon halb elf sein*, dachte sie. *Warum quäle ich mich hier eigentlich noch immer?*

»Ach komm schon«, rief sie verärgert mit einem Blick auf das Mathematik-Datapad, das vor ihr auf dem Tisch lag, »zeig mir die Antwort.«

Ihre Handschrift verschwand von der Oberfläche des Pads und wurde von der ordentlichen Druckschrift des Computerprogramms des Arbeitsbuchs ersetzt. Fluchend beugte sie sich vor, um das Ergebnis zu betrachten. Plötzlich hielt sie inne. *Die Lösung ist so verdammt einfach*, dachte sie. *Warum gehe ich an diese Dinge immer auf so komplizierten Wegen heran? Manchmal ist es wirklich leicht. Warum fällt es mir so schwer, das zu glauben?*

Während sie sich streckte, hörte sie, wie jemand »anklopfte«, um Zutritt zu ihrem Arbeitsraum zu erbitten. »Herein«, antwortete Megan.

Plötzlich trat Wilma aus dem Nichts ein. Das überraschte Megan, denn Wilma blieb selten lang auf. »Wil? Was gibt es …«

Ein Blick auf Wilmas Gesicht sagte ihr alles. »Hast du in letzter Zeit was von Burt gehört?«, fragte Wilma drängend.

»Nein, nicht seit Sonntag. Ich war etwas beschäftigt …«

»Er ist fort«, sagte Wilma.

Megan stieß einen langen Seufzer aus. »Fort wohin?«

»Das weiß ich nicht. Ich habe mehrmals versucht, mit ihm in Kontakt zu kommen. Am Montag, am Dienstag … Er war zwar da, aber nicht auf erreichbar geschaltet. Auf die Virtmails, die ich ihm hinterlassen habe, hat er nicht geantwortet. Und als ich mich vorhin wieder nach ihm erkundigt habe …« Wilma schüttelte den Kopf. An ihrem Gesicht war der Schock der Erkenntnis abzulesen, dass nun doch genau das eingetreten war, wovon sie verzweifelt gehofft hatte, dass es erst später oder vielleicht nie eintreten würde. »Sie haben mir gesagt, dass er heute Nachmittag alle seine Sachen gepackt und Breathing Space verlassen hat …«

Megan schluckte. *O Gott, habe ich die Dinge vielleicht beschleunigt?*, dachte sie, während ihr erst heiß und dann kalt wurde vor Angst. *So hältst du ihn also davon ab, »betrunken Auto zu fahren«. Gute Arbeit!*

»Megan, was soll ich tun? Wir müssen ihn finden!«, rief Wilma.

»Ja«, gab Megan zurück, »und wir *werden* ihn finden.«

Aber wie sie das anstellen würde, wusste sie nicht …

Der Rest des Abends war schwierig. Megan versuchte, Wilma zu beruhigen, ohne sie anzulügen. Gleichzeitig konnte sie nicht einfach »Es wird ihm schon gut gehen« sagen, denn sie hatte keinen Hinweis darauf, dass es ihm tatsächlich gut ging. Im Grunde konnte sie nicht viel sagen. So hörte sie Wilma zu, die sich ihre Ängste von der Seele redete, und versuchte gleichzeitig, mit dem Ansturm Besorgnis erregender Fragen über Breathing Space und Burt fertig zu werden, die sie in den letzten Tagen beiseite geschoben hatte und die nun in voller Heftigkeit über sie hereinbrachen. Als Wilma schließlich nach Mitternacht in ihren eigenen Arbeitsraum zurückkehrte, sank Megan erschöpft in den Stuhl an ihrem Schreibtisch und starrte eine ganze Weile in den Weltraum, während sie über die nächsten Schritte nachdachte.

»Raummanager«, sagte sie zu guter Letzt.

»Auf Empfang, Megan.«

»Ich will mit dem Verwaltungsmitarbeiter von Breathing Space sprechen, der jetzt unter der Netzadresse erreichbar ist, die ich am Sonntag verwendet habe.«

»Auftrag wird ausgeführt. Soll ich nach einem bestimmten Namen suchen?«

»Nein. Kontaktiere einfach den Dienst habenden Aufseher der Einrichtung, in der Burt Kamen war.«

»In Ordnung. Warte auf Antwort.«

Megan erhob sich von ihrem Schreibtisch. Einen Augenblick später erblickte sie einen Schreibtisch in einem hübschen Büro, das in Mauve- und Grautönen gehalten war. Wie sie vermutete, hatte man diese Farben wegen ihrer beruhigenden Wirkung gewählt. Hinter dem Schreibtisch saß eine attraktive Frau mittleren Alters in einer konservativen dunklen Jacke, deren Gesicht ein wenig an das ihrer Mutter erinnerte: hohe Backenknochen, leicht schräg gestellte Augen und feine Falten um Augen und Mund, die Megan eher an Autorität als an Alter denken ließen. »Ich bin Donna Killester. Wie kann ich Ihnen helfen, Miss ... O'Malley?«

»Ich suche einen Freund, Burt Kamen«, antwortete Megan. »Soweit ich weiß, war er bis vor ein paar Stunden hier.«

»Ja, das ist richtig, aber ich fürchte, ich kann Ihnen nicht sagen, wohin er gegangen ist. Wir hatten heute seinetwegen schon mehrere Anfragen, aber leider konnte ich auch in diesen Fällen nicht helfen.«

Mehrere Anfragen? Interessant. Kommen die Leute endlich in Bewegung und unternehmen etwas? »Können oder wollen Sie mir nichts sagen?« Megan versuchte, nicht allzu herausfordernd zu klingen.

»Offensichtlich sind hier auch vertrauliche Dinge zu berücksichtigen«, antwortete Miss Killester mit feinem Lächeln, »in diesem Fall meine ich aber, dass ich tatsächlich keine Auskunft geben *kann*. Mr Kamen hat keine Nachricht hinterlassen, wohin er gehen oder wann er zurückkommen wird. Sofern er überhaupt zurückkommen wird, denn er hat in der Einrichtung, in der er untergebracht war, keine persönlichen Habseligkeiten gelassen.«

»Aber er könnte zurückkommen, wenn er das wollte?«

»Selbstverständlich. Unsere Richtlinien legen klar unsere Verantwortung für jeden Jugendlichen fest, der zu uns kommt. Wir weisen niemanden ab, es sei denn, er wäre chronisch gewalttätig oder über lange Zeit hinweg in kriminelle Aktivitäten verwickelt ... in diesen Fällen übernehmen andere Sozialeinrichtungen die Betreuung, wie Sie sich vorstellen können.«

Megan nickte. »Kann ich ihm eine Nachricht hinterlassen, falls er doch zurückkommt?«

»Natürlich. Sein Netzzugang und sein Virtmail-Konto sind nach wie vor aktiv, damit Freunde und Verwandte mit ihm in Kontakt treten können. Sie bleiben ein ganzes Jahr aktiv und mitunter noch länger, wenn eine Überprüfung ergibt, dass eine Verlängerung erforderlich ist. Das zählt zu unseren grundlegenden Serviceeinrichtungen. Wir können diesen Service leicht zur Verfügung stellen und beenden ihn nicht ohne guten Grund.«

»In Ordnung«, sagte Megan, während sie einen Augenblick lang nachdachte. »Können Sie mir sagen, mit wem er in letzter Zeit noch in Kontakt war?«

»Es tut mir Leid, aber diese Information fällt in den Bereich, den wir vertraulich behandeln.«

Das war wohl nicht anders zu erwarten. »Gut. Miss Killester, ich weiß Ihre Hilfe zu schätzen … vielen Dank.«

»Es tut mir Leid, dass ich Ihnen nicht weiterhelfen konnte … Aber ich freue mich, dass Sie sich um Ihren Freund kümmern. Sollte er zurückkommen, werden wir ihn selbstverständlich ermutigen, mit den Menschen in Kontakt zu treten, die versucht haben, ihn zu erreichen.«

»Nochmals danke«, sagte Megan und drückte auf ihrem Schreibtisch auf die Stelle, die ihrem Raummanager signalisierte, dass sie die Verbindung beenden wollte. Augenblicklich verschwand Miss Killester.

Nachdenklich blieb Megan am Schreibtisch sitzen. War der Ausspruch »Wir hatten heute seinetwegen schon mehrere Anfragen« eine unbedachte Äußerung, die bestätigte, dass tatsächlich mehrere Personen nach Burt gefragt hatten, oder war es bloß eine gewohnheitsmäßige Mehrzahlform. Sie hatte wohl keine Möglichkeit, das herauszufinden. *Und ich weiß nicht einmal, ob es im Moment wichtig ist*, dachte sie.

»Bitte das gesamte Informationsmaterial wiederherstellen, das ich unlängst hier hatte«, befahl Megan ihrem Raummanager, nachdem sie noch mal eine Weile nachgedacht hatte.

»Wird aus dem Speicher geladen.«

Alles erschien wieder: die verschiedenen Textquellen ebenso wie die Interviews, die sie mitten im Abspielen angehalten hatte, sodass die Anzug tragenden Personen immer noch mit ernstem Gesicht standen, saßen oder sprachen. Einer von ihnen war Richard Page, der Gründer von Breathing Space, ein großer, attraktiver Mann mit silbernem Haar und kultiviertem Akzent. Er war ein unglaublich erfolgreicher Geschäftsmann, der sich entschlossen hatte, Geld, »das er erübrigen konnte«, in eine Einrichtung fließen zu lassen, die ihn überleben und Gutes bewirken würde. Wenn er nicht gerade an Hindernisläufen teilnahm, wendete er seine gesamte Freizeit dafür auf, anderen Reichen überschüssiges Geld für denselben Zweck zu entlocken. Megan ging auf die Bühne hinaus und betrachtete ihn von dort noch einmal.

»Ich brauche eine weitere Netzverbindung«, sagte sie schließlich zu ihrem Raummanager.

»Erbitte genauere Angaben.«

»Kontaktiere dieselbe Breathing-Space-Einrichtung, die ich am Sonntag besucht habe. Ich will versuchen, einen Teilnehmer zu finden, der sich ›Bodo‹ nennt.«

»Auftrag wird ausgeführt.«

Während sie wartete, wandte sie sich von Richard Page ab und sah zu den weißen Reihen ihres Amphitheaters hinauf bis dort, wo sie an den schwarzen Himmel stießen. »Der Teilnehmer hat auf ›kurzfristig erreichbar‹ geschaltet«, teilte der Raummanager einen Augenblick später mit.

»Großartig. Öffne einen Zugang.«

»Zugang wird geöffnet. Achtung, dieser Zugang wird kontrolliert. Jeglicher Zugang zu diesem Raum ist nur mit ausdrücklicher Zustimmung von Breathing Space Inc. gestattet. Jeder Versuch, den Raum auf eine andere Weise zu betreten oder zu verlassen als über die offiziell genehmigten Zugänge, wird entsprechend den Gesetzesvorschriften von den staatlichen, bundesstaatlichen und internationalen Behörden als Hausfriedensbruch und Besitzstörung verfolgt ...«

»Darauf wette ich«, murmelte Megan, während ihr Raummanager die Erklärung vorlas. Das System hatte gewaltige Löcher, und es wurde Zeit, dass irgendjemand die Leute von Breathing Space darauf aufmerksam machte, sobald sich der Staub wegen dieser Sache gelegt hatte. *Die Net Force vielleicht*, dachte Megan. *Sobald Burt seine Probleme gelöst hat, werde ich mit James Winters darüber sprechen ...*

»Erkennen Sie die Bedingungen an?«

»Natürlich erkenne ich sie an, und jetzt los!«

Vor Megan erschien eine Tür, die leicht geöffnet war. Undeutliches Stimmengewirr klang von der anderen Seite herüber.

Sobald sie durch die Tür getreten war, fand sich Megan an einem Ort wieder, der keinen größeren Gegensatz zu der friedlichen, stillen »Berglandschaft« des vorigen Besuchs hätte bieten können. Wieder musste sie innehalten, um sich bewundernd umzusehen angesichts der außergewöhnlichen Fähigkeiten und Hingabe, mit der ein einzelner Virtualdesigner, oder ein Team von Entwicklern, diesen Raum erschaffen hatten. Sie schien inmitten einer Stadt auf einem großen sonnigen Platz zu stehen, an dem gelegentlich eine grüne Straßenbahn vorüberfuhr, die ein wenig vorwurfsvoll klingelte, wenn Fußgänger am unteren Ende des Platzes die Schienen überquerten. Die grauen Pflastersteine in der Mitte des Platzes waren von alten, sechs Stockwerke hohen Gebäuden aus freundlichem goldfarbenem Stein umgeben, deren hohe Fenster mit Läden versehen und mit Blumenkästen geschmückt waren, aus denen rote und rosafarbene Blüten quollen. Im Erdgeschoss sämtlicher Häuser schienen Cafés untergebracht zu sein, denn Tische und Stühle breiteten sich überall bis in die Mitte des Platzes aus. Hunderte Menschen aßen und tranken im warmen Sonnenschein, und ihre Stimmen vereinten sich zu einem weichen Summen, das dem Rauschen des nahe gelegenen Flusses glich, der an dem kleinen »Plateau« vorüberfloss, auf dem sich der Platz und dieser Teil der Stadt befanden. Jenseits des Flusses und der ersten Hügel zeichnete sich in der Ferne am dunkelblauen Himmel die weiße Linie einer hohen Bergkette ab.

Als hinter ihr ein Pfiff ertönte, drehte sich Megan um und verzog den Mund zu einem leichten Lächeln. Denn in der Nähe eines der Cafés an diesem Ende des Platzes erhob sich die Skulptur eines gewaltigen Holzbären, und an diesem lehnte Bodo mit überkreuzten Armen. »Suchst du jemanden?«, fragte er.

»Du weißt genau, wen ich suche«, antwortete Megan, während sie sich umsah und zu ihm hinüberging.

»Er ist nicht hier.«

»Ich weiß. Darüber wollte ich mit dir sprechen.«

»Ich weiß auch nicht, wo er ist.«

»Das interessiert mich im Augenblick gar nicht«, gab Megan zurück.

Bodo betrachtete Megan einen Moment lang nachdenklich. »Komm, wir wollen uns setzen«, meinte er schließlich. »Hier ist Sommer, und da kann uns schon recht heiß werden, wenn wir nur herumstehen.«

Gemeinsam gingen sie zu dem nächstgelegenen Café. »Was für ein Ort«, sagte Megan bewundernd, während sie sich umsah.

»Niemand will immer nur allein sein. Manchmal willst du auch Menschen um dich haben«, erklärte Bodo.

»Wie viele von denen sind echt?«

»Du meinst, wie viele sind auch Flüchtlinge von Breathing Space? Genug«, antwortete Bodo. »Mit einigen von ihnen lohnt es sich sogar zu reden. Viele sind aber bloß Aufzeichnungen von normalen Menschen. Einige von uns vergessen nach einer Weile, wie die sind …«

Megan nickte. Als sie einen leeren Tisch fanden, setzten sie sich. Nach wenigen Augenblicken kam ein hoch gewachsener schlanker Kellner in weißem Hemd mit aufgerollten Ärmeln, schwarzer Hose und schwarzer Schürze. »Grüezi«, grüßte er mit einem Nicken.

»Hallo. Habt ihr ein Rivella?«, fragte Bodo

»Rot oder blau?«

»Blau.«

Dann wandte sich der Kellner Megan zu. »Mademoiselle?«

»Oh, eine Cola.«

»Kommt sofort.« Damit eilte er davon.

Megan sah Bodo fragend an. »Blau?«

»Du wirst schon sehen«, antwortete Bodo, während er den Blick über den Platz schweifen ließ.

»Hör zu, Bodo«, begann Megan. »Du kennst mich kaum. Und ich finde es nett von dir, dass du dir die Zeit nimmst, dich mit mir zu treffen, vor allem noch so spät abends.«

»Macht mir nichts aus. Kein Problem. Ich hatte heute ohnehin nichts vor«, gab Bodo zurück.

»Das freut mich. ... Weißt du, Bodo, ich mache mir wirklich Sorgen um Burt ... und seine Freundin Wilma wird noch verrückt, wenn sie nicht bald von ihm hört.«

»Ich weiß nicht, ob das allzu bald geschehen wird«, sagte Bodo ein wenig mürrisch. »So gut kenne ich ihn auch wieder nicht. Aber er war ziemlich wild darauf, von hier wegzukommen.«

»Genau darüber wollte ich mit dir reden.« Sie verstummten, als der Kellner mit einem Tablett mit Gläsern und Flaschen zurückkehrte, die Gläser auf den Tisch stellte und einschenkte. Megans Cola sah so aus, wie sie erwartet hatte, aber Bodos Drink war ganz und gar nicht blau. Er war goldfarben wie ein gutes Ginger-Ale.

»Nur zur Information, damit ihr es wisst. Das sind keine echten Drinks«, sagte der Kellner, als sie die Gläser hoben.

Megan lächelte amüsiert über die gesetzlich vorgeschriebene Warnung. »Reicht es Ihnen nicht irgendwann, wenn Sie das den ganzen Tag sagen?«, erkundigte sich Bodo.

Der Kellner sah ihn fragend an. »Warum sollte es? Ich bin ein Computer. Zum Wohl«, sagte er, ehe er sich umwandte und im Weggehen die Hände an der Schürze trocknete.

Megan nahm einen Schluck von ihrer Cola und stellte dann das Glas ab. »Macht es dir etwas aus, mir eine Frage zu beantworten?«

»Stell sie, und ich sage dir dann, ob ich darauf antworten will.«

»Was hat dich hierher gebracht?«, fragte Megan.

Bodo warf ihr einen seltsamen Blick zu, stützte sich auf die Ellbogen und starrte erst eine Weile in die Leere, ehe er antwortete. »Ging um eine Vormundschaftssache«, sagte er schließlich. »Meine Eltern ließen sich scheiden. War eine hässliche Geschichte, viel Geld im Spiel … Mein Vater ist reich durch die Erfindung und die Lizenzgebühren eines Managementkonzepts für virtuelle Räume. Und meine Mutter besitzt viel eigenes Geld, alter Familienreichtum. In den letzten Jahren haben sie ständig darüber gestritten, wer wen während der Ehe erfolgreicher gemacht hat.«

Bodo nahm einen langen Schluck von seinem Rivella. »Und einer der Hauptpreise in dieser Scheidung sollte ich sein«, fuhr er mit traurigem Lächeln fort. »Nur damit du es nicht missverstehst, keiner der beiden wollte mich wirklich. Mein Vater kann es nicht ausstehen, wie ich aussehe … und meine Mutter kann es nicht ausstehen, wie ich denke. Aber das war vollkommen gleichgültig, denn ich war ein Hauptpreis, verstehst du? Als ich klein war und meine Eltern noch zusammenwohnten, ohne wirklich zusammenzuleben, stritten sie darum, wer mir das größere Geschenk machte, oder mit wem ich in Urlaub fahren sollte. Wer mich dazu überreden konnte, mit ihm fortzufahren, hatte gewonnen. Als sie sich scheiden ließen, änderte sich das Spiel ein wenig. Plötzlich wollten mich beide ›haben‹, denn wer die Vormundschaft über mich gewann, hatte endgültig über den anderen gesiegt. Als das Verfahren vor dem Familiengericht ins zweite Jahr ging, beschloss ich, dass ich nicht mehr mitmache. Mitten in der Nacht habe ich ein paar Sachen zusammengepackt, bin an den Sicherheitseinrichtungen des Hauses vorbeigeschlichen und habe mich auf den Weg zu einer Breathing-Space-Einrichtung in einem anderen Land gemacht. Seitdem lebe ich in dem einen oder anderen ihrer Heime.« Als er aufsah, glitzerten seine Augen belustigt, aber es lag auch eine gewisse Schärfe in ihnen. »Auf diese Weise bekommt mich keiner meiner Eltern. Keiner kann den anderen niedermachen. Ich gewinne, sie verlieren. Zumindest dieses eine Mal in meinem Leben.«

»O Gott, Bodo ... das tut mir so Leid.«

»Lass gut sein! Ich bin okay. Außerdem habe ich ein wenig Geld beiseite gelegt. Gerade genug, um hin und wieder ›Urlaub‹ zu machen und mir andere Orte anzusehen. Ich bleibe dann in Jugendherbergen wie all die anderen Kids auf Rucksacktour. Du weißt schon: ›Einmal die Welt für billiges Geld sehen, bevor der Ernst des Lebens beginnt‹«, erklärte er kichernd. »Niemand sieht sich einen Jugendlichen in seinem ›Übergangsjahr‹ an, wenn er sich an den üblichen Orten aufhält und die üblichen Dinge tut. In sechs Monaten bin ich in ... meinem Heimatland nicht mehr minderjährig. Dann kann ich nach Hause zurückkehren, wenn ich will, denn dann können meine Leute nicht mehr um mich streiten. Und was ihr übriges Zeug angeht, so sollen sie sich doch gegenseitig den Kopf abreißen, wenn sie wollen. Ihren Rechtsanwälten gefällt das sicher. Und wenn mich meine Eltern nicht mehr wollen, weil ich meinen Wert verloren habe, dann ist das auch okay. Wird ohnehin oft überschätzt, was es bedeutet, reich zu sein. Vor allem, wenn man nicht weiß, wie man sein Geld einsetzen soll, damit es irgendjemandem Gutes tut ... Wenn du ›arm‹ bist und auf der Straße, triffst du eine ganze Menge wirklich nette Leute.«

Während er einen weiteren Schluck Rivella nahm, dankte

Megan allen Mächten, die über ihr Leben wachten, dass ihr diese Art von Jugend erspart geblieben war.

»Hör zu, Bodo«, sagte sie schließlich. »Dieser Job ... Was ist das für ein Job, den Burt macht? Ich muss es wissen.«

»Warum fragst du mich danach?«

»Weil du es weißt. Weil du ihn auch gemacht hast. Oder etwa nicht?«

Er sah sie eine Weile an, ehe er antwortete. »Burts Freundin«, begann er, »sofern sie das wirklich ist, na, es ist ihm wirklich wichtig, Eindruck auf sie zu machen, weißt du das?«

»Ich glaube, der Ausdruck ›Burts Freundin‹ passt, auch wenn ich nicht sicher bin, ob Burt selbst das weiß. Und wenn er sie beeindrucken will, dann sicher nicht, weil sie etwas von ihm verlangt. Aber sie macht sich wirklich Sorgen um ihn.«

»Er hat auch kaum Geld«, fuhr Bodo fort. »Die beiden Dinge passen nicht zusammen ... einerseits erfolgreich erscheinen zu wollen und andererseits pleite auf der Straße zu stehen. Deshalb hat er sich entschlossen, etwas dagegen zu unternehmen.«

»Du meinst, er wollte das tun, was du getan hast.«

Wieder sah Bodo Megan eine Weile an.

»Erzähl mir davon«, forderte sie ihn auf.

»Wenn du lang genug an einer der ›Straßenecken‹ in Breathing Space wartest«, begann Bodo, nachdem er seinen Drink intensiv begutachtet hatte, »triffst du Leute, die kleine Jobs zu erledigen haben. Üblicherweise kommen sie mehrere Tage hintereinander, um dich ein wenig auszuhorchen. Meist wollen sie dann, dass irgendwelche Päckchen an bestimmte Orte gebracht werden sollen. Im Allgemeinen fragst du nicht nach, was in den Päckchen ist. Irgendetwas sagt dir, dass es besser ist, das nicht zu wissen. Die Bezahlung ist gut, wirklich gut, vor allem für so kurze Aufträge. Diese Leute schleusen sich ein, fragen herum, wer verfügbar ist, sehen sich die Kids an ... und machen einen Deal. Du verlässt Breathing Space, holst etwas ab, lieferst irgendwo etwas aus, und schon wird an diesem Tag auf einem Konto, das du ihnen angegeben hast, ein Betrag mit ein paar ernst zu nehmenden Nullen vor dem Komma gutgeschrieben ... Um so einen Betrag zusammenzubringen, müsstest du üblicherweise ein ganzes Jahr in einem Laden, der rund um die Uhr geöffnet hat, hinter dem Verkaufspult stehen.« Während Bodo sein Glas auf dem Tisch umherschob, starrte Megan wortlos in ihres.

»Und du hast ihm davon erzählt ...«

»Er hat mich danach gefragt!«, fuhr Bodo auf. »Gib nicht mir die Schuld dafür, Megan. Wenn er es nicht von mir erfahren hätte, hätte er es schnell von einem anderen gehört! Es ist hier kein Geheimnis. Und ich weiß, was Burt durchmacht. Kann wirklich hart sein, kein Geld zu haben. Hier machen sie es dir so bequem wie möglich. Wenn sie wissen, dass du nicht nach Hause zurückkannst, versuchen sie, Arbeits- oder Studienprogramme für dich auszuarbeiten und all diese Dinge ... aber es dauert eine ganze Weile, bis du damit Erfolg hast. Wenn sich dir da plötzlich etwas anbietet, mit dem du schnell gutes Geld verdienen kannst, und das für einen kleinen Job, dann greifst du doch mit beiden Händen zu.«

Megan schluckte. »Tut mir Leid, ich wollte dich wirklich nicht beschuldigen.«

»Schon gut.« Die beiden schwiegen eine Weile und sahen

im strahlenden Sonnenschein des Frühlingstages in verschiedene Richtungen.

»Wie oft kommen diese ›Werber‹ hierher?«, fragte Megan schließlich.

»Alle paar Monate«, antwortete Bodo. »Dann verbreitet es sich in Breathing Space wie ein Lauffeuer. Sie sind da, suchen Leute … und wenn du interessiert bist, triffst du dich mit ihnen an den ›Straßenecken‹. Einige von den Kids werden richtig gut in dem Job und sind ständig im Einsatz. Und einige sieht man hier nie wieder …«

Ein kalter Schauer lief Megan über den Rücken, der nichts mit der kühlen Brise zu tun hatte, die vom Fluss kam. »Du meinst, sie kommen nie zurück?«

»Warum sollten sie? Wenn die Arbeit gut ist und sie genug verdienen, um sich irgendwo eine Wohnung oder ein günstiges Haus zu kaufen, warum sollten sie dann wiederkommen?«

Megan nahm einen weiteren Schluck von ihrer Cola, um ihre Gedanken zu ordnen. »Burt hatte Glück«, fuhr Bodo fort. »Die ersten ›Späher‹ sind vor wenigen Tagen gekommen. Muss in der Nacht nach seiner Ankunft gewesen sein. Ich habe es ihm beiläufig erzählt, aber als er es dann noch von einem anderen Jungen hörte, wollte er um jeden Preis mitmachen. Er redete ständig davon, was Wilma von ihm halten würde, wie großartig er aussehen würde, wenn er wieder in sein altes Viertel zurückkehren würde, wie glücklich sie sein würde, weil er nie wieder nach Hause müsste. Er ist dann zu dem Treffen gegangen mit …« Bodo fuhr mit der Hand durch die Luft, offenbar wollte er keine Namen nennen. »Wie auch immer er heißt. Als er zurückkam, erzählte er, dass er ihnen gefallen hat und dass sie ihn wieder treffen wollen. Ich vermute, dass das mittlerweile geschehen ist.«

Erneut trank er. »Ich habe ihn zuletzt gestern Abend gesehen. Wir waren körperlich im selben Heim untergebracht. Er hat seine Sachen gepackt. Nicht gerade viel, was er mitgebracht hat. Hat dann nur gesagt, dass er sich mit jemandem treffen will in Ch... – in der Nähe. Und heute Morgen ist er weggegangen.«

Megan versuchte zu schlucken, aber ihr Mund war trotz der Cola plötzlich vollkommen ausgetrocknet. Allmählich erkannte sie, dass sie sich die falschen Fragen über Breathing Space gestellt hatte. Es sollte nicht »Welche Arbeitgeber würden diese Kids einstellen?« heißen, sondern »Für welche Arbeitgeber waren diese Kids geradezu perfekt geeignet?«.

Für Leute, die nur jemanden ohne familiäre Bande brauchen konnten.

Für Leute, die nur jemanden brauchen konnten, der ohnehin schon vermisst wurde – und bei dem es nicht überraschte, wenn er nie zurückkehrte.

Ich muss ihn finden!

Gedankenverloren zog sie mit der Colaflasche Kreise auf dem Tisch. »Wenn ich diesen Job machen wollte, nach wem müsste ich fragen?«, erkundigte sich Megan mit leiser Stimme.

Bodo starrte sie entgeistert an. »Ach, komm schon, du wirst doch nicht ...«

»Bodo, bitte!« Megan sah ihm direkt in die Augen und war nicht bereit, den Blick abzuwenden.

Schließlich senkte er die Augen und starrte auf das rot und weiß karierte Tischtuch. »Es gibt einen Kerl namens Vaud«, stieß er kaum hörbar hervor. »Zumindest nimmt er eine männliche Gestalt an, wenn er hier ist, und benützt diesen Namen.«

»An welcher ›Straßenecke‹ treibt er sich herum?«

Lange Zeit schwieg Bodo, während ihn Megan unablässig anblickte.

»Bist du vielleicht verknallt in Burt?«, fragte er, als er endlich zu ihr aufsah.

Megan unterdrückte mit Mühe die erste Antwort, die ihr einfiel, denn sie hätte nicht nur ihre Eltern zutiefst schockiert, sondern auch sich selbst in Verlegenheit gebracht, weil sie sich hätte eingestehen müssen, dass sie solche Ausdrücke überhaupt kannte. »Das nicht gerade«, sagte Megan. »Um ehrlich zu sein, würde ich ihm jetzt lieber einen Tritt versetzen, als ihm einen Kuss zu geben. Aber ich muss es einfach tun. Sobald ich ihn gefunden habe, sollte ich vielleicht einen Termin mit dem nächsten Psychologen ausmachen.«

»Hm«, brummte Bodo, trank sein Rivella aus, stellte das Glas ab und spähte über seine Schulter. Nach einem Augenblick wandte er sich wieder Megan zu. »Du kannst von hier dorthin gelangen, aber nicht um diese Tageszeit. Ist der falsche Zeitpunkt«, erklärte er.

»Wann ist es günstig?«

Bodo schüttelte den Kopf.

»Komm schon!«, flüsterte Megan.

»Gib mir eine Virtmail-Adresse, unter der ich dich erreichen kann«, forderte er sie schließlich mit nahezu unhörbarer Stimme auf.

»Verbindung zum Arbeitsraum«, befahl Megan.

»Aktiv«, antwortete ihr Raummanager aus der Ferne so leise, dass es in den Gesprächen und dem Lachen der Menschen unterging.

»Übertrag meine Virtmail-Adresse auf das Konto von Teilnehmer ›Bodo‹.«

»Ausgeführt.«

Bodo nickte, ohne sie anzusehen. »Ich werde dir schreiben.«

»Danke.«

Megan wollte aufstehen, setzte sich aber wieder, was ihr einen belustigten Blick von Bodo einbrachte.

»Sag mir nur noch eines, bevor ich gehe«, sagte Megan.

»Frag mich«, gab er zurück, wieder ohne sie anzusehen.

»Warum hast du mir all das erzählt? Man könnte dich deshalb hinauswerfen.«

»Das glaube ich nicht«, erwiderte Bodo. »Nun, vielleicht, wenn sie es herausfinden. Aber ich glaube nicht, dass das geschieht. Sie sind nicht annähernd so allmächtig, wie sie sich gerne geben. Das gehört zu der Schutztaktik von Breathing Space und verhindert, dass der Ort nicht noch mehr missbraucht wird, als es ohnehin schon passiert. Aber ansonsten ...«

Als Bodo nun zu ihr aufsah, schenkte er ihr jenen ausdrucksvollen Blick, der ihr beim ersten Treffen so seltsam erschienen war. »Als ich hierher kam«, begann er, »ich meine, das erste Mal, nicht diesmal ... Du bist der erste Mensch, der mich fragt, warum ich hier bin ... abgesehen von den Breathing-Space-Mitarbeitern, die dich fragen müssen.«

»Aha«, antwortete Megan bestürzt.

»Die meisten hier konzentrieren sich nur auf sich selbst«, sprach Bodo leise weiter. »War zur Abwechslung interessant, jemanden zu treffen, der das nicht tut. Wirklich sehr interessant.«

Megan schluckte. »Bodo, ich danke dir. Vielen Dank.«

»Dank mir erst, wenn du Grund dazu hast. Vielleicht kann ich dir überhaupt nicht helfen.«

»Das hast du schon. Und ich danke dir auf jeden Fall«, sagte Megan, während sie sich zum Gehen wandte. »Und ich werde auf deine Nachricht warten«, fügte sie noch hinzu.

Dann aktivierte Megan die Verbindungstür zu ihrem eigenen Arbeitsraum und schloss sie hinter sich. Erst als das helle Licht des Platzes verschwunden und von der Dunkelheit des Saturnhimmels abgelöst war, fühlte sie sich wieder vollkommen sicher – ohne zu wissen, warum.

Der Boden des Amphitheaters war noch immer übersät von Bildern, die mitten in ihren Gesprächen über Breathing Space eingefroren waren. So viele Information über einen Ort ... aber die eine Information, die sie so dringend in Erfahrung bringen wollte, die kannte keiner dieser Leute.

»Alles speichern«, befahl Megan ihrem Raummanager, während sie den Bildern den Rücken zudrehte. *Ich muss nachdenken. Aber nicht hier. Für heute habe ich genug Virtualität gehabt.*

»Alles gespeichert, Megan.«

»Gut. Abschließen.«

»Dies ist eine vorprogrammierte Botschaft: ›Megan, deine Nachrichten stapeln sich jetzt schon so hoch, dass sie Rhea aus ihrer Umlaufbahn bringen werden, wenn du nicht bald etwas dagegen tust!‹«

Beim Klang ihrer eigenen Stimme hielt sie mitten in der Bewegung inne und verzog verärgert das Gesicht. Schließlich seufzte sie. *Das war der Fluch ihres ausgeprägten Ordnungssinns* ... »Abschaltvorgang abbrechen und Nachrichten zeigen.«

»Nach bestimmten Prioritäten gereiht?«

»Nein. Einfach alle öffnen.«

Kurz darauf war der untere Teil des Amphitheaters mit einer Unmenge sprechender Bilder übersät, die wie eine Versammlung animierter Werbesendungen aussah. Megan spazierte zwischen den Nachrichten hindurch und prüfte sie im Vorübergehen. Einige waren von ihren Klassenkameraden, begeisterte Ankündigungen von Softball-Spielen, verzweifelte Bitten, an den Wohltätigkeitsveranstaltungen der Klasse mitzuarbeiten, Termine für gemeinsame Lernsitzungen ... Die meisten dieser Botschaften fischte Megan aus der Luft, als wären sie dünne Bögen aus Papier oder Zellophan, faltete sie und legte sie in einem Karton ab, der ihr, wie von Zauberhand geführt, über die Bühne folgte, um sie aufzunehmen. Werbungen von Restaurants und Ankündigungen von Ladenschlussverkäufen in den Geschäften der zahlreichen nahe gelegenen Shoppingcenter behandelte sie wie Spam, was sie auch waren. Sie schnappte sie aus der Luft, presste sie zu zerknitterten »Papierkugeln« und schleuderte sie kraftvoll von der Oberfläche von Rhea in den Raum. Dort sausten sie ohne Schwierigkeiten durch die dünne Atmosphäre auf den Saturn zu, bis sie aus dem Blickfeld verschwanden. Nachdem ihr Arbeitsraum nun deutlich weniger voll gestopft wirkte als noch vor wenigen Minuten, kam Megan zur letzten Virtmail, die am äußersten Rand des Amphitheaters hing, wo bereits das Methanschneegestöber begann. Dünn, rothaarig, sommersprossig und gegen die Motorhaube eines aus Eis geschnittenen Cadillacs gelehnt, blickte ihr Leif Anderson entgegen.

Leif.

Plötzlich und ohne Vorwarnung bildete sich in Megans Geist ein Gedanke, wandelte sich in einen Plan, jagte durch ihren Kopf und erwürgte sämtliche Einwände, wie eine Ranke einen Baumspross erwürgte.

Er wäre perfekt. Geradezu perfekt.

Aber er würde es nie tun. Und es wäre nicht fair, ihn überhaupt zu bitten. Und außerdem …

Ein paar Sekunden verharrte Megan unschlüssig.

»Bist du mit den Nachrichten fertig?«, fragte ihr Raummanager.

»Nein«, antwortete Megan, während sie Leifs Nachricht aus der Luft fischte, sie wieder zu der schimmernden Icon-Kugel zusammenballte, die sie ursprünglich gewesen war, und in die Luft warf, wo sie einfach schwebte. »Live-Verbindung zum Absender.«

»Auftrag wird ausgeführt.«

Hoffentlich ist er noch wach, dachte Megan, immerhin war es schon ziemlich spät. *Wenn ich es mir überlege, kann ich nur hoffen, dass er gerade an der Ostküste ist oder zumindest auf diesem Kontinent.* Seine Familie reiste viel, und man konnte bei ihm nie sicher sein, ob er sich in New York aufhielt, vor allem, wenn der Sommer näher rückte …

Die Reihen des Amphitheaters verschwanden in der Dunkelheit und machten einem unheimlichen blauen Licht Platz. Die gesamte Seite ihres Arbeitsraums verwandelte sich in eine Eishöhle – aber keine gewöhnliche. Dieses Eis hatte den besonderen reinen Blauton, wie man ihn nur im Inneren von Eisbergen und Gletschern fand. In Grotten, die tief in die Wände gemeißelt waren, standen seltsame Geräte – Fernsehapparate und Radios, Pflanzen und Bäume, Menschen und Tiere, und viele weitere Autos neben dem Cadillac. *Warum gerade ein Edsel?*, fragte sich Megan, als sie einen in der Ferne entdeckte. Sie konnte ihn eindeutig an dem charakteristischen Kühlergrill erkennen. Die tiefsten Gänge dieses virtuellen Arbeitsraums waren wie eine lange Garage für Autos aus dem vorigen Jahrhundert geformt, die alle aus Eis gemeißelt waren. »Leif, nicht einmal du kannst dir so was ausdenken«, sagte Megan in den kalten blauen Raum hinein, in dem das Echo ihrer Stimme widerhallte. »Das ist so verrückt, dass es das irgendwo in Wirklichkeit geben muss.«

»Richtig. In den Alpen«, gab Leif zurück, der eben aus den Tiefen der Höhle auftauchte. Er trug einen Parka, was ausgezeichnet zu der Umgebung passte. Dennoch musste Megan lachen, denn er konnte jede Temperatur für diesen Raum wählen, ohne dass sein virtuelles Eis schmolz. »Irgendwann zu Beginn des vorigen Jahrhunderts hat jemand mit diesen Eisskulpturen im Gletscher begonnen ... und andere Künstler haben seitdem die Sammlung ergänzt.«

Leif warf Megan einen leicht verärgerten Blick zu. »Hat ja eine ganze Weile gedauert, bis du dich an mich erinnert hast«, sagte er mit einer Stimme, die freundlich und ärgerlich gleichzeitig klingen sollte. »Wie beschäftigt du gewesen sein musst. Du ...«

Als er Megans Gesicht aus der Nähe sah, brach Leif bestürzt ab. »Um Gottes willen, Megan! Wer hat dich niedergeschlagen und ist auf dir herumgetrampelt? Du siehst ja vollkommen angespannt aus. Was ist passiert?«

Megan setzte sich auf die Motorhaube des Eis-Cadillacs und begann zu erzählen.

Nachdem Megan geendet hatte, starrte Leif sie nur erstaunt an. »O Gott«, stieß er schließlich hervor.

Megan zitterte, doch das hatte nichts mit dem virtuellen Eis um sie zu tun. Erst jetzt, am Ende eines langen und stressigen Tages, reagierte sie auf das, was Bodo gesagt hatte. »Sie kommen nicht zurück«, wiederholte sie, während sie von der Motorhaube des Cadillacs rutschte. »Ich kann es einfach nicht aus dem Kopf kriegen. Leif, diese Kids kommen nicht deshalb nicht mehr zurück, weil sie sich an der Riviera ein Haus gekauft oder sich in Florida zur Ruhe gesetzt haben. Sie kommen deshalb nicht wieder, weil sie es nicht können. Weil sie in Schwierigkeiten stecken, irgendwo eingeschlossen sind … oder vielleicht sogar tot.«

»Das glaube ich eher«, stimmte ihr Leif zu.

»Und mein Freund Burt ist da draußen, ganz und gar begeistert, weil er glaubt, eine gute Sache an der Angel zu haben. Vermutlich würde er mich für meine Worte umbringen, und ich bin wohl kaum selbst eine Expertin, aber ich glaube, dass er nicht allzu viel Erfahrung hat mit der ›großen weiten Welt‹. Soziale Fähigkeiten gehören nicht gerade zu seinen Stärken. Er neigt dazu, Dinge zu tun, ohne erst darüber nachzudenken, und wenn er sich dann in Schwierigkeiten gebracht hat, fällt es ihm schwer, wieder heil herauszukommen. Er ist nicht der Typ eines vorsichtigen Geheimagenten. Im Gegenteil, er ist ein ausgezeichneter Kandidat, um sich umbringen zu lassen, wenn wir nicht schnell herausfinden, wer ihn wohin geschickt hat, und ihn zurückholen!«

Leif nickte mit gesenktem Kopf, die Hände tief in die Taschen des Parkas gesteckt, während er den Fußboden aus Eis anstarrte. Nach einer Weile sah er wieder auf. »Was wirst du also tun? Offenbar Alarm schlagen.«

»Mit welchen Beweisen?«, fragte Megan. »Selbst wenn Bodo bereit ist, mit der Polizei darüber zu sprechen, was ich bezweifle, können sie nur auf Basis seiner Aussage handeln. Niemand wird uns ernst nehmen. Und sobald die Leute, die für diese Rekrutierungen verantwortlich sind, erfahren, was vor sich geht, sind sie schon über alle Berge. Vermutlich würde monatelang oder vielleicht sogar jahrelang niemand in Breathing Space wieder von ihnen hören, bis die ›Werber‹ erkennen, dass die Sache offiziell gestorben ist. Aber das wird wohl nicht das Einzige sein, was dann gestorben ist.«

Nachdenklich ging Leif auf dem mit Frost bedeckten blauen Eisboden auf und ab. Megan schluckte. »Um sie herauszulocken, brauchen wir jemanden, den die Werber wirklich gerne rekrutieren würden … jemand, bei dem sie verrückt sein müssten, ihn nicht zu nehmen.«

Nach diesen Worten blieb es eine Weile still. »Zum Beispiel jemanden, der zwei oder drei Sprachen spricht«, sagte Leif schließlich. »Oder vier. Oder sechs …« Als er sie nun ansah, verengten sich seine Augen fragend und belustigt zugleich. Dieser Ausdruck ließ ihn weit älter erscheinen, als die sechzehn Jahre, die er tatsächlich war. »Deshalb bist du hier, nicht wahr?«, fragte er.

»Ich würde dich nie darum bitten«, beeilte sich Megan zu sagen.

»Aber du würdest mich selbst zu einer Entscheidung kommen lassen.«

»Leif, du musst mir glauben, ich wollte es zuerst selbst tun. Aber diese Idee hat einen Haken. Ich war schon als

Gast in Breathing Space, eingeloggt und identifiziert. Wenn mich einer von diesen heimlichen Werbern jetzt dort sieht, könnten sie leicht rausfinden, was ich vorhabe.«

Wortlos wanderte Leif weiter auf und ab. »Bist du derzeit zu Hause?«, erkundigte sich Megan nach einer Weile. Bei Leif war das nie sicher. Sein Vater war Vorstand eines multinationalen Bank- und Investitionsunternehmens und hatte Leif seit frühester Kindheit immer wieder für ein paar Wochen ohne Vorwarnung aus der Schule genommen, ihm einen Privatlehrer besorgt und ihn quer über den Erdball geschleppt. Megan träumte von so einem Leben, aber Leif schien es manchmal zu langweilen.

Leif nickte geistesabwesend. »Dad kümmert sich mit dem Vorstand von Anderson Investments um ein paar ›Hausarbeiten‹ … Papierkram. Mom stellt gerade einen Tanz-Workshop für die New School zusammen. Ich habe letzte Woche meine Abschlussprüfungen gemacht, das heißt, für mich ist die Schule bis Herbst vorbei. Das ist jetzt die Ruhe vor dem üblichen Reisewahnsinn des Sommers.« Plötzlich hob er den Blick. »Um ehrlich zu sein, diese Ruhe macht mich verrückt. Ich glaube, du hast eben ein Sprachgenie außer Dienst angeheuert.«

Megan schluckte schwer. »Leif … wir waren schon ein- oder zweimal in großen Schwierigkeiten und sind gemeinsam gut davongekommen. Aber diesmal ist es anders. Ich halte die Sache für alles andere als sicher.«

»Es wird gewiss nicht einfach«, stimmte ihr Leif zu. »Wenn ich der Maulwurf sein soll, muss ich erst einmal hinein. Und es würde einiges Gerede geben, wenn ich einfach so bei einem Breathing-Space-Zentrum auftauche, um mich als jemand einzuloggen, der einen Schlafplatz braucht«, sagte er mit einer Grimasse. »Mein Vater würde glauben, dass unsere Kommunikation plötzlich gestört ist … und meine Mutter würde mir den Kopf abreißen und ihm eine ordentliche Predigt halten.« Er schüttelte den Kopf. »Wir müssen mich unter einer Tarnung hineinbekommen. Die virtuellen ID-Stempel fälschen, die das System von Breathing Space jedem Teilnehmer zuweist … und eine Möglichkeit finden, in ihren virtuellen Schutzraum zu gelangen, ohne die offiziellen Zugänge zu verwenden«, überlegte er laut.

»Alles ziemlich illegal«, sagte Megan.

»Das weiß ich. Aber andererseits kann es nicht so schwierig sein, denn die Werber schaffen es auch, wann immer sie wollen. Ich wette, was sie können, können wir mit etwas Hilfe auch. Aber wir dürfen uns nicht zu viel Zeit lassen. Wie dein Freund Bodo gesagt hat, kommen die Werber immer nur in einem Abstand von mehreren Monaten für ein paar Tage.«

Megan nickte. »Bisher habe ich auch noch keine Ahnung, was wir tun sollen, wenn wir herausgefunden haben, wer diese Leute sind.«

Leifs Lächeln nahm einen grimmigen Zug an. »Ich würde nicht allzu viel darauf wetten, dass wir je ihre wirkliche Identität herausfinden. Aber was sie wollen und wie sie arbeiten, das ist eine andere Sache. Wenn wir sie dabei auf die eine oder andere Weise stören können, haben wir schon eine ganze Menge erreicht. Wichtig ist jetzt, die Geschichte mit dem getarnten Zugang hinzubekommen. Ich glaube, dass ich dafür heute noch Hilfe bekommen könnte.«

»Okay. Aber es gibt noch ein Problem, Leif. Wir können dich den Werbern nicht einfach so hinwerfen. Wir brauchen ein Drehbuch.«

»Ich bin noch nicht bereit, den Film meines Lebens zu drehen«, sagte Leif.

»So habe ich es nicht gemeint. Und außerdem bist du nicht fotogen genug. Ich meine, wir brauchen …«

»Verzeih, aber man hat mir gesagt, dass ich attraktiver bin als die meisten anderen.«

Megan rollte die Augen. »Hör auf damit, Leif. Als hättest du es nötig, nach Komplimenten zu fischen. Ich meine, wir brauchen eine Hintergrundgeschichte für dich. Etwas, das die Sprachen erklärt und, wenn ich es so sagen darf, dein nicht ausreichend unterernährtes Aussehen.«

Leif hatte den Anstand zu erröten. »Ich kann hungern, wenn es notwendig ist.«

»Dann solltest du schnell damit beginnen, denn diese Leute könnten ein wenig misstrauisch werden, wenn sie dich in blühender Gesundheit sehen. Warum sollte jemand mit deinem guten Aussehen und deinem Talent plötzlich auf der Straße stehen? Und warum kannst du keine ID vorweisen? Warum gibt es keinen Hinweis auf dich im Netz?«

»Gibt es jede Menge.«

»Ja, über Leif, aber nicht über diesen namenlosen Jungen, der plötzlich auftaucht, ein Bild der Gesundheit ist und dann auch noch sechs oder neun oder dreizehn Sprachen spricht! Du musst mich schon davon überzeugen, dass du kein Spitzel bist.«

»Aber ich bin ein Spitzel.«

»Du bist wirklich eine große Hilfe. Bring mich nicht dazu, mir hässliche Bemerkungen über deinen Geisteszustand auszudenken. Nütz deinen Geist lieber, um dir eine wasserdichte Geschichte auszudenken.«

»In Ordnung«, sagte er grinsend. »Mir wird schon etwas

einfallen. ... Aber wenn das geregelt ist und wir uns auch um die Tarnung für den Zugang gekümmert haben, wann treffen wir uns dann wieder?«

»So bald wie möglich«, sagte Megan. »Ich warte auf eine Virtmail von Bodo, aber ich weiß nicht, wann sie kommt.«

»Und dass er dir vielleicht gar nicht schreibt, fürchtest du nicht ...«

»Nein«, antwortete Megan, während sie an den seltsamen Blick dachte, den Bodo ihr zugeworfen hatte. »Er wird sich melden, auf die eine oder andere Weise.«

»Okay. Dann muss ich mich an die Arbeit machen. Und du solltest ein wenig schlafen ... du siehst aus, als könntest du es gebrauchen. Ich rufe dich morgen früh an. Hast du morgen Unterricht?«

»Leider ja.«

»Wann gehst du außer Haus?«

»Viertel nach acht.«

»Dann melde ich mich etwa um sieben bei dir. Ist das in Ordnung?«

Sie nickte, während sie zu ihrer Tür hinüberblickte. »Leif«, sagte sie langsam, »es ist nicht gerade eine Kleinigkeit, um die ich dich bitte ... dass du dich auf all das einlässt. Ich habe jetzt schon ein schlechtes Gewissen.«

Wieder lehnte sich Leif gegen den Cadillac aus Eis, putzte den rechten »Scheinwerfer« mit dem Ärmel seines Parkas und sah dann zu ihr auf. »Was soll ich deiner Meinung nach jetzt sagen?«, fragte er, »dass ich es nicht tun werde, nur weil du mich darum gebeten hast? Nun, ich tue es nicht.« Er grinste über ihr erschrockenes Gesicht. »Tut mir Leid, ich konnte der Versuchung nicht widerstehen. Aber erstens bittest du mich um etwas, das du auch selbst getan hättest, und außerdem geht es nicht nur um deinen Freund, richtig? So wie es aussieht, könnten diese Leute viele Kids in unserem Alter, vielleicht sogar jüngere, benützt haben. Dem einen Riegel vorzuschieben scheint mir eine gute Sache zu sein. Und wie gesagt, ich hatte in den nächsten Wochen ohnehin nichts Besseres zu tun, bis mein Vater wieder den Kopf aus dem Archiv steckt und meine Mutter endlich aufhört, zwanzig Stunden pro Tag in Tanzausdrücken zu sprechen. Es gibt also keinen Grund, dass du ein schlechtes Gewissen haben müsstest. Kümmern wir uns lieber um unsere Arbeit und sehen zu, dass dein Plan klappt.«

Wieder nickte Megan. An der Tür zu ihrem Arbeitsraum hielt sie noch mal inne und drehte sich um. »Leif?«

»Bist du immer noch hier?«

Sein Sarkasmus brachte sie zum Lachen. Manchmal trieb er sie zum Wahnsinn ... aber er war es wert, sich mit ihm abzugeben.

»Danke.«

»Gern geschehen. Und jetzt geh endlich, damit ich über mein ›neues Leben‹ nachdenken kann.«

Ohne weiteren Gruß verschwand Megan durch die Tür.

Im alten Bahnhof von Chicago, am Anfang einer Treppe, die in den mit Marmor getäfelten großen Wartesaal hinunterführte, stand Burt neben einem Zeitungsstand. Was ihn betraf, verdiente der Saal seinen Namen, denn er wartete nun schon mehrere Stunden. Zu Tode gelangweilt, starrte er zum hundertsten Mal zu der kunstvoll verzierten großen Bahnhofstür über dem alten Portal an der gegenüberliegenden Seite des Saales hinüber. Die Figuren, die sich gegen die Uhr lehnten, sollten wohl Tag und Nacht versinnbildlichen.

Ihm war jedoch nicht klar, warum der Tag einen Hahn in der Hand hatte, und noch viel weniger, warum die Nacht einen Pinguin hielt.

So etwas würde Wilma verrückt machen, dachte Burt. Sie war in allem sehr strukturiert. Alles musste einen Sinn ergeben. Jedem in ihrer Umgebung wies sie eine bestimmte Rolle zu und erwartete, dass er diese beibehielt. Schwierig wurde es, wenn man von einer Rolle in die andere zu schlüpfen versuchte.

Genau dazu war Burt jetzt bereit ... auch wenn er es sich erst vor kurzem klar gemacht hatte. Seit er von zu Hause fortgegangen war, hatte er begriffen, dass er nun selbst dafür sorgen musste, dass die Dinge funktionierten, dass sie *jetzt* funktionierten, und dass dieses neue Leben erfolgreich werden musste. Sollte ihm das nicht gelingen und seine Eltern davon erfahren, würden sie es ihm bis an sein Lebensende vorhalten. Wenn er aber Erfolg hatte, könnte er irgendwann zurückkehren und ihnen – auch nach allem, was sie ihm angetan hatten –, anbieten, sie wieder großzügig in sein Leben aufzunehmen. Er rechnete damit, dass sein Vater ablehnen würde, und dann wäre er zum ersten Mal in seinem Leben wirklich vollkommen frei. Zuvor musste er aber auf die Füße kommen und irgendwie seinen Lebensunterhalt verdienen. Und wenn er je ernsthaft daran dachte, Wilma zu fragen, ob sie sein Leben mit ihm teilen wollte – was er irgendwann in den nächsten Jahren tun würde, sobald er wusste, wie er es anstellen sollte –, musste er imstande sein, für sie zu sorgen. Einigen Menschen erschien das sicher altmodisch, das wusste Burt ... aber so war er eben.

Dieses Konzept hatte er im Kopf, als er erstmals den Mann namens Vaud traf, von dem ihm Bodo und einige andere erzählt hatten. Um mit ihm in Kontakt zu kommen, musste man zu einer »Straßenecke« gehen – die keineswegs wie eine normale Straßenecke aussah, sondern eine kleine, leere, blaue Nische im virtuellen Raum war, die von einem Platz abzweigte, den Burt nie zuvor gesehen hatte. Durch eine unscheinbare Tür auf dem Platz war Burt in eine Nische gelangt, in der sich ein Tisch, zwei Stühle und Vaud befunden hatten. Der Mann mit dem von Silberfäden durchzogenen dunklen Haar und dem dunklen Anzug hatte mit gefalteten Händen an einer Seite des Tisches gesessen. Wie er in Wirklichkeit aussah, ließ sich nicht erraten. Wie in sämtlichen virtuellen Räumen konnte jeder sein Aussehen selbst bestimmen. Wenn man betrachtete, welche Art von Jobs er anbot, hatte er wohl gute Gründe, seine wahre Identität verborgen zu halten. Er war klein, obwohl vom Gefühl her nichts an ihm klein war. Im Gegenteil, er strahlte Macht und Kontrolle aus.

Nachdem sie einander vorgestellt worden waren, hatte er Burt mit einem scharfen Blick aus kalten Augen gemustert und ihn eingehend befragt, was er sich von dem Job erwarte. »Geld«, hatte Burt geantwortet. Worauf sich auf dem Gesicht des Mannes für einen Augenblick ein Lächeln gezeigt hatte, das an einen Sprung in einer Mauer erinnerte. In gewisser Weise Furcht erregend, denn man wusste nicht, welche unheilvollen Folgen es haben würde, wenn sich der Sprung weitete. Burt hatte Vaud die Wahrheit gesagt: dass seine Eltern nicht nach ihm suchten, dass er nicht die Absicht hatte, allzu bald nach Hause zurückzukehren, dass seine Eltern das wussten, dass seine Freunde nicht besorgt genug um ihn wären, um nach ihm zu suchen – immerhin wussten sie, dass er recht gut für sich selbst sorgen konnte. All das hatte sich der Mann namens Vaud kommentarlos angehört. Als er danach gefragt wurde, wies Burt seinen Führerschein vor. Er war in Ordnung, keine Punkte, denn dafür war einfach nicht genug Gelegenheit gewesen, vor allem weil sein Vater ihm nicht erlaubt hatte, weiter als bis zum nächsten Shopping-center zu fahren.

»Was kannst du?«, fragte ihn Vaud abschließend.

»Den Mund halten«, antwortete Burt energisch.

Vaud verzog die Lippen zu einem noch breiteren Lächeln, ein weiterer Sprung in der Mauer, ein wirklich alarmierender Anblick. Burt kümmerte es nicht, denn was er gesagt hatte, entsprach der Wahrheit. In dieser besonderen Kunst hatte er durch seinen Vater ausreichend Erfahrung gesammelt, der ihn jede halbe Stunde aufgefordert hatte, den Mund zu halten. Burt hatte seine Worte aber auch in dem Sinn gemeint, der Vaud vermutlich interessierte. Er würde seine Arbeit tun, ohne Fragen zu stellen und ohne mit irgendjemandem darüber zu reden. Zweifellos kam das Vaud ebenso gelegen wie ihm selbst. Er hatte keine Lust, mit Wilma oder wem auch immer darüber zu reden, wie er sein Geld verdiente. Die Quelle seines Einkommens sollte im Dunkeln bleiben. In seinem bisherigen Leben hatte es wenig Geheimnisvolles ge-geben, und jetzt, wo sich ihm die Möglichkeit bot, ein paar Geheimnisse hinzuzufügen, würde er sie ergreifen.

»Das genügt«, sagte Vaud schließlich und forderte Burt auf zu gehen. Wenn er für den Job infrage käme, würde ihn Vaud am nächsten Tag kontaktieren. Burt war mit dem Gedanken auf den belebten Platz hinausgetreten, dass er seine Chance vermasselt hatte. Am Tag darauf hatte er aber tatsächlich die Nachricht erhalten, dass er sich mit zwei weiteren Män-nern – sofern es Männer waren – treffen solle, die ihm nie vorgestellt wurden. Zunächst sprach der junge große Mann in dem engen schwarzen Overall, dem es selbst an diesem gleichmäßig ausgeleuchteten Ort gelang, sein Gesicht stets im Schatten zu halten. Der kleine dicke Mann, der wie Vaud einen Anzug trug und dessen Gesicht freundlich hätte wirken können, wenn je ein Lächeln in seine Nähe gekommen wäre, ließ Vaud dieselben Fragen wiederholen. Burt beantwortete sie beharrlich, ohne eine Spur von Verärgerung darüber, dass er alles noch mal sagen musste. Als sich die drei Männer schließlich ansahen und nickten, hätte Burt vor Freude am liebsten laut gejubelt, aber er beherrschte sich.

»Wir werden es mit dir versuchen«, sagte der kleine rundliche Mann. »Ein Päckchen muss in Chicago abgeholt und nach Amsterdam gebracht werden. Die Leute, die du dort treffen wirst, haben ein Päckchen für dich, das du zurückbringen musst. Sie werden dir genaue Anweisungen geben, wo du es abzugeben hast.«

»In Ordnung«, sagte Burt.

Und jetzt stand er pünktlich hier. Die Dinge hatten sich zu seiner großen Freude gut entwickelt. Er besaß nun eine kleine Reisetasche, und in seiner Geldbörse steckte zum ersten Mal in seinem Leben ein Pass – eine Plastikkarte, in die sein Foto eingefräst war. Wie man den Pass für ihn angefertigt hatte, danach hatte er sich nicht erkundigt. Auf jeden Fall hatte er ihn einen Tag, nachdem er den Job angenommen hatte, zugespielt bekommen. Seine gesamte Habe, die er am Morgen aus Breathing Space mitgenommen hatte, lag nun in einem Schließfach am O'Hare-Flughafen und würde dort wohl einige Tage bleiben. Alles lief ausgezeichnet, und Burt war guter Dinge …

Nur eine Sache lief nicht, wie sie sollte. Der Mann, den er

hier treffen und von dem er das Päckchen für Amsterdam bekommen sollte, hatte sich deutlich verspätet. Wollte man ihn auf die Probe stellen, ob er genug Geduld besaß? Oder war es bloß Zufall? Wie sollte er das wissen? So wartete er mit einer unter den Arm geklemmten Zeitschrift, die er nun schon dreimal gelesen hatte, und starrte wieder zu den Figuren von Tag und Nacht hinüber. Warum ein Pinguin? ...

Dann sah er den Fes. Als Kind hatte er gelegentlich solche Kopfbedeckungen gesehen. Nun stach ihm inmitten der polierten Holzbänke des Wartesaals einer mit üppiger, glänzender Stickerei ins Auge. Der Mann, der ihn trug, war gut einen Meter fünfundneunzig groß und lachte gerade herzlich über eine Bemerkung des kleineren Mannes an seiner Seite. Nun blieben die beiden Männer im Gang zwischen den Sitzreihen stehen, sahen zu der Uhr hinüber und verglichen ihre Armbanduhren.

Danach ging alles sehr schnell. Der Mann mit dem Fes – der in seltsamem Gegensatz zu seinem gewöhnlichen Straßenanzug stand – kam zu dem Zeitungsstand, stellte seine Reisetasche neben die von Burt, sah sich einen Augenblick lang die Zeitschriften an und kaufte dann ein Exemplar von *Field and Stream*. Während er die Titelseite betrachtete, bückte er sich nach seiner Tasche und spazierte wieder zu seinem Freund zurück. Die beiden Männer verschwanden schließlich durch eine der Seitentüren, die zu den U-Bahnen führten.

Eine Weile später, nachdem die Uhr zur Viertelstunde geschlagen hatte, griff Burt nach der Reisetasche, warf sich den Riemen über die Schulter und öffnete den Reißverschluss, um seine Zeitschrift zu verstauen. In dem Moment fiel sein Blick auf die gelbe Versandtasche, auf die er gewartet hatte.

Da war es also ...

Burt stieß den Atem in einem langen Zug aus den Lungen. Da war es also, das neue Leben – ein Leben, das dafür sorgen würde, dass er Wilma in einigen Jahren ein Zuhause bieten konnte, jenseits aller Schwierigkeiten und gegenseitiger Missverständnisse, die sich in letzter Zeit eingeschlichen hatten. Sie würden heiraten, ein Haus kaufen und eine Familie gründen ... und diese Familie würde sich deutlich von der unterscheiden, in der er aufgewachsen war.

Aber das kam später. Jetzt war es Zeit zu gehen. Ihm blieb noch eine Stunde bis zum Check-in.

Bevor er den Bahnhof verließ, musste er jedoch noch etwas tun. Gemächlich schlenderte er zu dem Portal hinüber, über dem die große Uhr montiert war, und betrachtete sie eingehend. Das Portal selbst war nicht mehr passierbar. Vermutlich war es irgendwann im letzten Jahrhundert während der Renovierung des Bahnhofs mit denselben Marmorplatten verschlossen worden, die auch die Wände bedeckten. Burts Aufmerksamkeit galt jedoch einem anderen Detail. Von seinem Standort direkt unter der Uhr aus konnte er erkennen, dass die verschlafene Gestalt der Nacht keinen Pinguin, sondern eine Eule in der Hand hielt. Allem Anschein nach hatte der Künstler, der sie schuf, nie zuvor eine Eule gesehen, was ihre etwas ungewöhnliche Form erklärte.

Schon seltsam, dachte er seufzend, *der Pinguin war mir lieber. Ich wette, Wil hätte der Pinguin auch besser gefallen ...*

Lächelnd verließ Burt den Bahnhof und eilte zu der U-Bahn, die zum Flughafen fuhr. Der Flug nach Amsterdam würde lang werden, und er beabsichtigte, jede Minute davon zu genießen.

Ungeachtet des Gesprächs mit Leif wachte Megan früher auf als üblich. Die Angst ließ sie nicht schlafen. So traf sie ihre Mutter bei den Vorbereitungen zur Fahrt zum Flughafen, um an einem Treffen in New York teilzunehmen, das nicht virtuell abgehalten werden konnte. Megan fragte sich oft, was bei diesen Treffen vor sich ging, denn im Gegensatz zu der üblichen Zusammenarbeit aus der Ferne hielten die Mitarbeiter von *Time* daran fest, sich einmal im Monat physisch zu den »Schreiduellen« zu treffen, die ihr Vater beiläufig erwähnt hatte. Bei ihrer Rückkehr wirkte ihre Mutter immer energievoller, fröhlicher und beinahe jünger als vor ihrer Abreise. Am Morgen vor dem Flug war sie jedoch üblicherweise angespannt, und so sah sie auch diesmal kaum auf, als Megan auf der verzweifelten Suche nach Koffein in die Küche kam.

»Ich hasse es, so früh aufzustehen«, sagte sie mehr zu sich selbst. »Ich bin Freiberuflerin geworden, um nicht so früh aufstehen zu müssen. Und angeblich bin ich immer noch Freiberuflerin. Warum muss es dann jetzt halb sechs Uhr morgens sein?«

»Sechs«, korrigierte Megan. »Die Erde dreht sich, Mom.«

»Sechs Uhr! O Gott, wo bleibt das Taxi.«

»Es wird gleich hier sein, Mom«, beruhigte sie Megan, während sie das Wasser aufstellte. »Kevin weiß mittlerweile, dass er nicht zu spät kommen darf.«

»Aber was, wenn sie nicht Kevin schicken?«

Der Wasserkessel begann nahezu augenblicklich zu pfeifen. Während Meg Tee aufgoss, beobachtete sie, wie ihre Mutter zum dritten oder vierten Mal den Inhalt ihrer Manteltaschen und ihrer Aktenmappe kontrollierte. Eben als sie sich aufrichtete, ertönte vor dem Haus ein Hupen. Eilig griff Megans Mutter nach Mantel und Aktenmappe und stürmte zur Tür.

»Moment!«, rief Megan, während sie die Lesebrille ihrer Mutter vom Tisch fischte, sie ins Etui legte und ihrer Mutter gab.

»Ich hasse diese Brille«, knurrte ihre Mutter. »Ich hasse sie wirklich. Erinner mich daran, dass ich ihr ein neues Design verpasse.«

»Verpass ihr ein neues Design, Mom.«

»Mach ich. Bye, Liebling, ich wünsche dir einen schönen Tag. Auf jeden Fall einen besseren als meinen.«

»Bye, Mom. Du wirst dich schon bald besser fühlen.«

»Dein Wort in Gottes Ohr, meine liebe Tochter.« Damit eilte sie aus der Tür.

»Zeig es ihnen, Mom!«, rief eine Stimme durch die Vordertür.

Dann hörte Megan nur noch einen verhaltenen Wutschrei, als ihre Mutter ins Taxi stieg. Kichernd schloss sie die Hintertür, während Mike die Vordertür schloss.

Nachdem sie Zucker in ihren Tee getan hatte, ging sie ins Wohnzimmer und setzte sich in den Implantatstuhl. Einige Augenblicke später stand sie mit dem Teebecher in der Hand in ihrem virtuellen Arbeitsraum neben dem Schreibtisch und sah sich nach neuen Virtmails um. *Nichts. Verdammt.* Vermutlich würde er es nicht tun … Vermutlich hatte er seine Meinung geändert …

Es war jedoch sinnlos, sich jetzt schon zu sorgen. »Raummanager …«, sagte sie zu ihrem Computer.

»Auf Empfang, Megan.«

»Verbindung zu Leif Andersons Arbeitsraum.«

»Verbindung ist bereits hergestellt. Er wartet schon auf dich.« Auf der Bühne ihres Amphitheaters erschien die Tür. »Bitte hindurchzutreten.«

Megan trat durch die Tür in die Eishöhle, die nun heller wirkte. Das letzte Mal musste wohl Dämmerung gewesen sein, dachte sie. Während sie sich umsah, bewegte sich eine Gestalt in der Tiefe der Höhle in der Nähe des Edsel aus Eis und kam schließlich auf sie zu.

Da ist Leif ... dachte sie. Aber er wirkte bleich und erschöpft. Sein üblicherweise gefährlich feuerrotes Haar war matt und hing schlaff herab. Er sah mager aus und hatte tiefe Schatten unter den Augen. Selbst seine Hautfarbe war fahl – irgendwie noch bleicher als üblich. Megan holte scharf Atem. »Leif? Bist du krank? Was ist mit dir geschehen?«

»Make-up«, erklärte Leif, während er sich grinsend aufrichtete. »Wenn mich irgendjemand in nicht-virtuellem Modus sehen will, brauche ich keine Angst zu haben, zu gut auszusehen.«

»Junge, damit hast du Recht«, stimmte ihm Megan zu. »Du siehst aus wie der leibhaftige Tod.«

»Ausgezeichnet. In Breathing Space werde ich natürlich eine Simulation haben, die diesem Aussehen möglichst nahe kommt. Um die Illusion zu erhalten, sollte sie schon etwas besser sein, denn die meisten Menschen, die so schlecht aussehen, versuchen, im virtuellen Raum ein wenig attraktiver zu erscheinen. In der realen Welt kann ich damit aber eine ganze Menge Menschen täuschen. Meine Mutter hat mir einiges über Bühnen-Make-up beigebracht ... und selbst bei normalem Tageslicht kann man vieles vortäuschen, wenn man nur seinen Hautton kennt.«

»Wenn du skrupellos wärest, könntest du dich damit oft genug vor der Schule drücken«, sagte Megan bewundernd.

»Erinner mich nicht daran. Es hat Zeiten gegeben ...«, begann Leif, als er durch ein Klingeln in der Tiefe der Höhle unterbrochen wurde. »Komm herein!«, rief er.

Aus dem Nichts erschien ein schlanker dunkelhaariger Junge mit leicht asiatischen Zügen, der zu ihnen herübersah. »Hey, Megan.«

»Mark!« Mark Gridley war nicht nur klein, sondern für einen Net Force Explorer auch sehr jung. Gleichzeitig gehörte er zu den klügsten und gerissensten Köpfen, mit denen Megan je das zweifelhafte Vergnügen gehabt hatte zusammenzuarbeiten ... Außerdem war er der Sohn von Jay Gridley, dem Leiter der Net Force. Mit der richtigen Motivation gab es kaum etwas, das Mark mit einem netzorientierten Computer, System oder sonstigem Bauteil nicht anfangen konnte. Er war von solcher Neugier besessen, dass das Elefantenkind aus der Erzählung von Kipling neben ihm wie ein Vogel Strauß ausgesehen hätte. Oft schon hatte Megan erleichtert gedacht, wie gut es war, dass Mark sein Talent auf der Seite von Gesetz und Ordnung anwendete. Ansonsten hätten sämtliche Ermittlungsbehörden, die sich mit Netzkriminalität befassten, und vor allem die Net Force, viel Arbeit mit ihm.

»Das hat ja eine ganze Weile gedauert«, sagte Leif.

»Ich war beschäftigt«, gab Mark bedrückt zurück. »Ist schwieriger als üblich, Online-Zeit zu bekommen, wenn wir reisen.«

Megan und Leif sahen zu dem dämmrigen, verschwommenen Hintergrund hinüber, einer Art wirbelndem Blau, aus dem Mark eben getreten war. »Wo genau bist du jetzt?«

»Paris«, antwortete Mark mit einer Stimme, als würde er »Alcatraz« sagen. »Junge, was bin ich froh, dass hier schon Mittag ist. Ich könnte es nicht ausstehen, so früh aufzustehen wie ihr.«

»Komm schon, erzähl«, forderte ihn Megan auf. »Was tust du dort? Bist du im Urlaub?«

»Ich wünschte, es wäre so«, sagte Mark. »Warum muss mein Vater immer körperlich zu solchen Treffen reisen? Virtuell könnte er in einer Sekunde dort sein, ohne meinen Stundenplan vollkommen durcheinander zu bringen«, fuhr er seufzend fort. »Aber manchmal muss er einfach jemanden in ›Fleisch und Blut‹ sehen. Er behauptet, aus einem solchen persönlichen Zusammensein Dinge zu erfahren, die er bei einem virtuellen Treffen nicht erfährt. Und dann besteht er noch darauf, mich mitzunehmen, um ›meinen Horizont zu erweitern‹. Aber er kann mich nicht täuschen … Er versucht bloß, mich vor Schwierigkeiten zu bewahren. Erfolglos, wenn ich hinzufügen darf, denn sonst wäre ich nicht hier.« Mark grinste unschuldig. »Wohin er auch reist, er nimmt immer seine Netz-Hardware mit, auch wenn er sie nicht immer verwendet. So kann ich wenigstens ein paar Dinge regeln.«

Mark gehörte wohl zu den wenigen menschlichen Wesen auf diesem Planeten, die man aus der Schule nehmen und auf einen kostenlosen Urlaub nach Europa schicken konnte und die sich trotzdem schlecht behandelt fühlten, dachte Megan. »Jetzt verstehe ich deinen Hinweis, dass du jemanden kennst, der die Täuschung hinbekommt«, sagte sie zu Leif. »Mark, was hast du erreicht?«

»Na ja, ich will euch nicht mit den technischen Einzelheiten langweilen …«

Leif und Megan warfen einander skeptische Blicke zu.

»Kommt schon, irgendwann müsst ihr etwas über das Knochengerüst des Systems lernen, das ihr täglich benützt ...«

»Müssen wir nicht. Und sicher nicht heute«, gab Megan entschieden zurück.

Mark seufzte wie ein Philosoph, dem man verweigert hatte, Perlen vor die Säue zu werfen. »Nachdem Leif mich angerufen und mir mitgeteilt hat, was du ihm gesagt hast und was ihr beide denkt, habe ich mir den ›Sicherheitskordon‹ von Breathing Space ein wenig angesehen. Er ist umfassend, aber nicht wasserdicht ... denn kein System ist wasserdicht, wenn man kräftig genug hineinsticht. Das Problem ist nur, dass ich gar nicht so fest hineinstechen musste«, fuhr Mark stirnrunzelnd fort.

»Musstest du nicht?«, fragte Megan erstaunt, nach allem, was sie über die Hacking-Attacken in den Anfangstagen von Breathing Space gelesen hatte und über die gewaltigen Geldbeträge, welche die Organisation danach für Sicherheit aufgewendet hatte.

Mark schüttelte den Kopf. »Ihr System weist einfach zu viele Löcher auf«, erklärte er. »Nicht alle sind sofort erkennbar. Aber es gibt eine ganze Menge von Nebentüren und Hintertüren in und aus dem virtuellen Raum, die für Verwaltungszwecke genützt werden. Und irgendjemand ist etwas nachlässig geworden beim Schließen dieser Türen, wenn Berater oder andere Mitarbeiter des Personals die Wohltätigkeitseinrichtung verlassen haben. Es gibt sogar einige ›vorbereitete‹ Nebeneingänge, man könnte auch sagen Schablonen, die für neue Mitarbeiter auf Vorrat angelegt worden sind.«

»Das ist wohl ein Scherz«, sagte Leif.

Wieder schüttelte Mark den Kopf. »Das ist einer davon«,

690

antwortete er, während er einen kleinen schimmernden Gegenstand aus der Tasche holte und ihn Leif zuwarf.

Leif fing ihn auf und betrachtete ihn. Er sah wie ein gewöhnlicher alter Haustürschlüssel aus, der in ein physisches Schloss passte. Während Leif den Schlüssel hin und her drehte, bemerkte Megan, dass er sogar den Namenszug des bekannten Schlüsselherstellers Yale trug.

»Das ist ein Beispiel für etwa zwanzig Mail-Konten und virtuelle Raumkonten, die einfach so herumlagen«, fuhr Mark fort. »Ein Hinweis darauf, dass irgendjemand dort die Dinge nicht wirklich durchdacht hat. Nicht in der Wohltätigkeitsorganisation selbst, denn sie haben die Programmierung einem anderen Unternehmen übertragen, das ich kenne und das auch hin und wieder für die Net Force arbeitet. Aber wenn sie solche Arbeit für unsere Leute liefern würden, und man würde sie dabei erwischen, würde man sie und ihren Vertrag über den Horizont hinausschleudern. Vielleicht haben sie diese vorgefertigten Schlüssel als Gefälligkeit für das Personal gemacht, vielleicht hat die Personalvertretung auch darum gebeten, um ›Wegkosten‹ zu sparen, wenn neue Eingangs- oder Ausgangsprotokolle für zusätzliche Mitarbeiter geschrieben werden müssen. Im Hinblick auf die Sicherheit ist es in jedem Fall eine dumme Idee. Ebenso gut ist es möglich, dass einige von den Kids im Inneren, die sich mit Sicherheitsstrukturen auskennen, von diesen Schlüsseln erfahren und einige an sich gebracht haben und sie jetzt dazu benützen, um innerhalb des Hauptsystems diese ›Straßenecken‹ einzurichten.«

Megan warf Leif einen fragenden Blick zu. »Glaubst du, dass irgendjemand im Inneren ... du weißt schon, diese Schlupflöcher einfach zugelassen hat?«

»Ohne Beweise ist das schwer zu sagen«, gab Leif nachdenklich zurück. »Aber es bringt mich auf eine Frage. Wenn ich zu den Leuten gehören würde, die diese geheimen Rekrutierungen durchführen, wäre es dann nicht das Einfachste, ich besteche jemanden, damit er die eine oder andere Hintertür offen lässt? Es muss nicht einmal etwas so Offensichtliches sein. Es genügt ja schon eine kleine Geldsumme, die auf das persönliche Konto eines Mitarbeiters wandert, damit Informationen über die Sicherheitsstrukturen von Breathing Space in die Hände jener Kids im Inneren fallen, die alles daransetzen, um einen Tunnel hinaus zu graben. Wenn nun andere durch denselben Tunnel hineingelangen, ist kein Schuldiger zu finden …«

Megan dachte darüber nach. Wenn Leif Recht hatte, lag dieser Strategie ein geradezu atemberaubender Zynismus zugrunde.

»Was den Rest eures kleinen Plans betrifft«, fuhr Mark fort, »arbeiten die Strukturen von Breathing Space zu euren Gunsten. Der Zugang ihrer Klienten zum virtuellen Raum bleibt neunzig Tage offen, nur für den Fall, dass sie sich mit Beratern oder ihren Familien treffen wollen. Ihr könntet also eure Hintergrundstory so aufbauen, dass du vor kurzem in einer ihrer Einrichtungen gewesen bist, dann hinausgegangen bist und jetzt für einen ›Besuch‹ zurückkommst.«

»Und du wirst die entsprechenden Computereinträge im System hinterlegen, sodass es aussieht, als wäre er tatsächlich dort gewesen«, fügte Megan hinzu.

Mark nickte. »Ist zu machen. Aber erst brauche ich die Details von euch«, sagte Mark mit einem Blick auf Leif.

»Ich habe schon einen Lebenslauf zusammengebastelt«, teilte ihnen Leif grinsend mit. »Einige Babyfotos von mir, nur ein klein wenig verändert, für den Fall, dass wir sie brauchen. Genug Wahrheit, dass die Lügen echt klingen, wenn ich nach Einzelheiten gefragt werde. Genug ausgedachtes Zeug, damit sie nicht in der Lage sind, irgendetwas mit meiner wahren Person in Verbindung zu bringen.«

»Schick ihn mir in meinen Arbeitsraum. Ich kümmere mich dann darum, dass er dort landet, wo er gebraucht wird«, sagte Mark. »Ob ihr es glaubt oder nicht, aber das Verwaltungssystem im Großrechner von Breathing Space hat bessere Sicherheitsvorkehrungen als ihr virtueller Raum. Gebt mir nur ein oder zwei Stunden, dann knacke ich es. Und diese Zeit habe ich«, fügte Mark seufzend hinzu. »Mein Vater hat mich mit einigen seiner Leute im Hotel zurückgelassen, die mich ebenso interessant finden wie ich sie.«

»In welchem Hotel?«, erkundigte sich Leif plötzlich neugierig.

»Dem George V.«

»Himmel, Mark, dann steh nicht einfach so herum, sondern ruf den Zimmerservice und bestell was zu essen.«

»Warum? Ist das Essen gut hier?«

Stöhnend barg Leif das Gesicht in den Händen. »Du wirst dir dein Make-up ruinieren«, warnte Megan. »Vergiss es, Mark, kümmer dich lieber darum, dass Leifs Unterlagen an die richtige Stelle kommen. Wir wissen nicht, wann Bodo uns benachrichtigen wird, aber ich will, dass wir dann bereit sind.«

»Okay«, sagte Mark, während er sich zum Gehen wandte. »Was soll ich denn bestellen? Kaviar? Ich hasse Kaviar.«

»Du bist doch ein Leckermaul. Also lass sie kommen, damit sie dir Crêpes Suzette zubereiten. Aber sorg dafür, dass sie nicht die Vorhänge in Flammen setzen.«

»Glaubst du, das ist möglich?«, fragte Mark mit glänzenden Augen. »Ich werde es ausprobieren und dir nachher berichten.«

Damit verschwand er. Megan sah ihm lächelnd nach, aber das Lächeln erstarb, sobald sie zu Leif hinüberblicke. »Bist du immer noch sicher, dass du es tun willst?«, fragte sie. »Ich meine, was ich vorhin gesagt habe. Die Sache sieht immer gefährlicher aus … und es gibt eine ganze Menge Dinge, die schief laufen könnten.«

»Ich bin sicher«, sagte Leif überraschend gefühlvoll. »Die Sache ist es wert, Megan. Geh jetzt, du musst bald zur Schule.«

Seufzend nickte sie, während sie in ihren Arbeitsraum zurückkehrte.

Als Megan von der Schule zurückkam, eilte sie als Erstes ins Wohnzimmer, wo es sich Mike eben im Implantatstuhl gemütlich machte. »Gib mir fünf Minuten«, rief sie von hinten.

»Lass mich in Ruhe, Megan, du störst.«

Mit reizendem Augenaufschlag beugte sich Megan über ihren Bruder und sah ihm direkt ins Gesicht. »Dein Geburtstag steht unmittelbar bevor …«

Mike sah sie erst verdutzt an und begann dann zu lachen. »In Ordnung. Fünf Minuten«, willigte er ein, während er sich erhob. »Ich hole mir inzwischen einen Snack.«

Megan setzte sich seufzend. Sie hatte selbst daran gedacht, sich etwas zu essen zu holen, aber wenn sie jetzt in die Küche ging, würde sie vermutlich ebenso wenig Genießbares vorfinden wie nach dem Marsch der Truppen von General Sherman nach Atlanta. Resigniert schloss sie die Augen und versetzte sich in ihren Arbeitsraum.

Wie üblich war es Nacht auf Rhea. Selbst wenn das Licht der Sonne direkt auf die Felsen und den Methanschnee fiel, wurde es nie heller als in einer klaren Nacht, in der ein Stern schien, der um vieles heller leuchtete als der Mond.

Als Megan die Umgebung ihres Schreibtisches nach neuen Nachrichten absuchte, verließ sie der Appetit. Über dem Tisch hing eine Virtmail, die mit ungewöhnlicher Energie auf und nieder hüpfte. Sie trug die Nummer 1, wie einer der Bälle aus einer altmodischen Lotteriemaschine. In diesem Fall bedeutete es jedoch, dass die Nachricht nur einmal gelesen werden konnte. Sie war von einem anonymen Benutzer aus einem öffentlichen Netzzugang abgeschickt worden und trug keine der üblichen Absenderinformationen, an denen man die Quelle hätte ablesen können. Megan hatte noch nicht oft solche Nachrichten bekommen. In diesem Fall war sie sicher zu wissen, von wem sie stammte.

Sobald sie die Nachricht mit dem Finger anstieß, erschien Bodo, der zu ihr herüberblickte. »Heute Abend, 20.00 Uhr eurer Zeit«, sagte er.

Im nächsten Augenblick verschwand er wieder, und die Virtmail zerstörte sich selbst, indem sie zerplatzte wie eine Seifenblase.

Nachdem sie einmal tief durchgeatmet hatte, rief Megan Leif an.

Leif Anderson hatte bereits in jungen Jahren gelernt, sich an seltsamen und möglicherweise beängstigenden Orten wohl zu fühlen. Seit er groß genug war, um zu gehen, hatte er nie gewusst, wo er im nächsten Augenblick herumspazieren würde: über die Ginza von Tokio, über eine Schotterstraße in Lesotho, an einem Strand bei Rio de Janeiro oder im Schatten des Big Ben am Ufer der Themse. Leif hatte sich früh daran gewöhnt, dass ihm der Reichtum seines Vaters ermöglichte, etwas von der Welt zu sehen, wenn er das wollte. In seiner Kindheit hatte er wenig darauf geachtet und sich einfach elegant und ohne großes Aufhebens von der Upper East Side von Manhattan nach Zürich bewegt. Als er zum Teenager heranwuchs und ihm bewusst wurde, dass nicht viele Menschen mit solcher Selbstverständlichkeit reisen konnten, hatte ihm für kurze Zeit der Reichtum seines Vaters im Gegensatz zu den Bedürfnissen anderer Unbehagen bereitet, und er hatte die schönen und exklusiven Orte, an die ihn sein Vater mitgenommen hatte, mit einem leichten Schuldgefühl besucht in dem Wissen, dass er nichts für diese Bevorzugung getan hatte. Mittlerweile hatte Leif jedoch erkannt, dass dies zu seiner Erziehung gehörte und dass es seine Aufgabe war, die Vorteile, die er dadurch gewann, so gut wie möglich einzusetzen, damit auch andere davon profitierten.

Die ständigen Reisen von einem Kontinent zum anderen hatten sein Sprachtalent gefördert und ihm gleichzeitig die Möglichkeit eröffnet, seine umfassende Neugier auf alles, was ihm über den Weg lief, zu befriedigen. Es war schwierig, die Menschen den ganzen Tag über etwas zu fragen, wenn man ihre Sprache nicht beherrschte, und so hatte Leif schon bald begonnen, verschiedenste Sprachen zu lernen. Mit seinen heute sechzehn Jahren gab es wenige Sprachen auf dieser Erde, von denen er nicht zumindest gehört hatte. In fast fünfzig Sprachen kannte er die wichtigsten Wörter und Sätze wie »Bitte«, »Danke«, »Kann ich die Menükarte haben?«, »Wo sind die Toiletten?« und »Kann ich Ihnen helfen?«. Andere Sprachen beherrschte er fließend, aber am besten sprach er sie im Land selbst.

Grinsend ließ Leif den Blick von dem kleinen Tisch, an dem er saß, über den Platz schweifen, denn er war schon früher hier gewesen, und nicht nur einmal. Mit einem Vater im Bankgeschäft ließ sich das nicht vermeiden. Dies war der Bärenplatz in Bern mit seinen eleganten, mehrere Jahrhunderte alten, von Arkaden gesäumten sechsgeschossigen Gebäuden, dem Bundesrat und den unzähligen Banken, die diskret hinter unschuldigem Spiegelglas oder den Spitzenvorhängen von Sandsteingebäuden verborgen waren, auf deren Fensterbänken die unvermeidlichen Blumentröge mit roten Geranien standen. Es war eine Täuschung zu glauben, sämtliche großen Schweizer Banken wären in Zürich. In stillen Städten wie dieser oder an unschuldigen kleinen Orten wie in Zug in der Zentralschweiz lag mehr Geld als selbst unter dem Pflaster der Bahnhofstraße, denn Geld kam heute in wesentlich konzentrierterer Form ins Land als Gold.

Leif hatte hier oft genug im Sonnenschein und unter dem Klingeln der vorüberfahrenden Straßenbahnen etwas getrunken, während sein Vater in dem einen oder anderen dieser hübschen alten Häuser über Geldbeträge mit so vielen Nullen verhandelt hatte, dass sie gar nicht mehr real wirkten. Von der Seite sah der prachtvolle, viereckige Bau des Bundesrates mit seiner grünlichen Kuppel auf das fröhliche Treiben herab, das um diese Jahreszeit kein Ende zu finden schien. Leif konnte sich zumindest an eine warme Nacht in einem der nahe gelegenen Hotels erinnern, in der das beständige Murmeln der Gespräche auf dem Platz bis nach drei Uhr morgens nicht verstummt war, was seinen Vater dazu veranlasst hatte, den Kopf aus dem Fenster zu stecken und auf Französisch hinauszubrüllen: »Habt ihr denn kein Zuhause, wohin ihr gehen könnt?«

Er lächelte bei der Erinnerung daran. Aber diesmal war sein Vater nicht in der Nähe. Diesmal war Leif auf sich allein gestellt, und was ihn erwartete, war wesentlich gefährlicher als beliebig viele Investmentbanker.

Ein kalter Schauer lief ihm über den Rücken, als er fühlte, wie hinter ihm in dieser genialen Wirklichkeit eine Tür mitten in der Luft geöffnet wurde und eine Stimme mit tschechisch anmutendem Akzent freundlich sagte: »Wir sind jetzt bereit für Sie, Mr Dawson.«

Als sich Leif umwandte, sah er einen blauen Schimmer, der durch die Tür drang. Niemand außer ihm sah ihn. Denn niemand hier war real – alles rund um ihn, die Menschen, der Hintergrund, die Atmosphäre und die Geräusche waren von einem Computerprogramm zur Gestaltung von virtuellen Räumen erschaffen worden. *Ich könnte jetzt verschwinden, ohne dass jemand je davon erfährt,* dachte Leif, während ihm ein weiterer kalter Schauer über den Rücken lief. Auch der Gedanke, dass die Mitarbeiter von Breathing Space diese virtuelle Welt überwachten, bot keinen Trost. Mark hatte ohne große Mühe ihre Sicherheitsmechanismen umgangen. Und was er konnte, konnten andere auch. Hatten es schon getan, um genau zu sein. Niemand wusste, zu welchen anderen, nicht ganz so offensichtlichen Dingen diese Leute noch imstande waren.

Leif erhob sich und folgte der Stimme in das blaue Licht. Als sich die Tür hinter ihm schloss, sah er einen Tisch mit zwei Stühlen. In einem saß ein kleiner Mann mit silberdurchzogenem dunklem Haar, einem schmalen Gesicht und einem harten Mund. Seine grauen Augen standen eng zusammen, und die außergewöhnlich kleinen, feingliedrigen Hände lagen locker verschränkt auf dem Tisch. Der Anzug des Mannes erinnerte an den Beginn des Jahrhunderts. Offenbar gefiel er ihm, und wie es aussah, hatte er nicht die Absicht, ihn für etwas so Flüchtiges wie Mode zu wechseln.

»Grüezi«, sagte Leif mit ausdruckslosem Gesicht. Man hätte es als Prahlerei auffassen können, Deutsch so ausgezeichnet im lokalen Dialekt zu sprechen, aber das Bernerdeutsch war eine so eigenwillige Form des Schweizerdeutsch wie jede andere der vierzig oder fünfzig Arten, die im Land gesprochen wurden. Und die Fähigkeit, gerade diese gut zu sprechen, verwies nicht nur auf großes Sprachtalent, sondern auch auf eine besondere Eignung der jeweiligen Person, sich an die örtlichen Gegebenheiten anzupassen.

Der Mann mit dem kühlen schmalen Gesicht sah ihn nur leicht erstaunt an. »Grüezi. Sie können mich Mr Vaud nennen. Sind Sie von hier?«, fragte er auf Hochdeutsch.

»Nein«, antwortete Leif, »ich lebe … ich habe in New York gelebt. Ich will nur nicht auffallen.«

»Und wenn Sie in den Süden reisen, welche Sprache sprechen Sie dort?«, erkundigte sich Vaud.

»*Chei lai sudet?*«, gab Leif auf Rätoromanisch zurück, das in den südlichsten Kantonen der Schweiz gesprochen wird. »*Com'è stato il viaggio in Italia?*«, fuhr er auf Italienisch fort, und wechselte sogleich in die nächste Sprache: »*Meish alneimah suv uurneh.*«

»Junger Mann, Sie waren also nie in Marokko!«, sagte Vaud mit leisem Lachen.

»Das muss man auch nicht, um die Sprache ein wenig zu sprechen«

»Sonstige europäische Sprachen?«

»Spanisch und Schwedisch spreche ich fließend«, antwortete Leif, wobei er sich bemühte, möglichst mürrisch zu klingen. »Russisch genauso. Französisch, Deutsch, Italienisch und Dänisch gut genug, um durchzukommen. Flämisch ein wenig.«

Eine Weile betrachtete ihn Vaud schweigend. »Ungewöhnliche Fähigkeiten für einen so jungen Kerl.«

»Sie sollten nicht denselben Fehler machen wie alle anderen«, sagte Leif. »Ich bin eine Maschine.«

Einen Augenblick lang sah Vaud verwirrt aus. »Sie sehen aber ziemlich menschlich aus.«

»Ich bin ein dressiertes Versuchskaninchen«, stieß Leif heftig hervor. »Mein Vater war Sprachlehrer und hat mich jahrelang für Experimente verwendet. Ich bin sein Hobby. In meinem ganzen Leben gab es keinen Tag ohne Regeln, Grammatik und Sprachübungen. Er drillte mich so lang, bis ich in allem perfekt war, außer auszudrücken, was ich wirklich über das dachte, was er mit mir tat. Irgendwann hatte ich es satt, geschlagen zu werden, nur weil ich den Konjunktiv falsch eingesetzt hatte.« Leif wandte den Kopf ab. »Soll er es jetzt mit meiner Schwester versuchen, wenn er will, ich habe genug davon. Wenn ich gut bin in Sprachen, ausgezeichnet! Dann sollte ich damit auch Geld verdienen.«

»Wo ist Ihr Vater jetzt?«

»Was kümmert es mich?«

»Ich frage aus Informationsgründen.«

»In New York. Er unterrichtet bei Berlitz.«

Vaud starrte auf den Tisch, als würde er dort etwas lesen, das Leif nicht sehen konnte. »Und Sie beabsichtigen nicht, ihn in nächster Zeit wiederzusehen?«

Leif lachte hohl. »Sicher nicht.«

»Und Ihre Mutter?«

»Starb, als ich sechs war. Ich glaube, sie hat es auch nicht ausgehalten – ich meine, das Leben mit ihm. Eines Nachmittags haben sie sie ins Krankenhaus eingeliefert. Mir hat man gesagt, es sei ein Herzinfarkt gewesen, aber ich habe von ihren Schlaftabletten gewusst. Und danach hat eine ganze Menge davon gefehlt.«

»Mein Beileid«, sagte Vaud beinahe freundlich, obwohl Leif sicher war, dass er andere Gefühle hegte. *»Dalana hewi m-iet rhunnet?«*

Leif legte erst den Kopf schief und schüttelte ihn dann. »Tut mir Leid, ich kann keine Sprache der amerikanischen Ureinwohner. Mein Vater hatte nie etwas für sie übrig. Außerdem war ihm die Rechtschreibung zu künstlich«, erklärte er, während er das Gesicht verzog.

»Mag sein, dass er damit Recht hatte. Für uns ist es jedoch gleichgültig. Also weiter. *Meliankele nou moustei rhev'emien?«*

»*Kai ton emen*«, korrigierte Leif Vauds Aussprache. Wenn er schon eine Sprache verwendete, die Kreta aufgezwungen worden war, so sollte er die Worte wenigstens so aussprechen, wie es die Kreter selbst taten.

Vaud hob die Augenbrauen und sagte einen weiteren Satz in einer Sprache, die Leif als Tagalog erkannte, aber nicht weiter beherrschte. Deshalb antwortete er in Filipino-Pidgin. So ging es etwa eine halbe Stunde weiter, wobei sie sich nach und nach von den exotischeren Sprachen entfernten und sich stattdessen in Russisch und Französisch vertieften. Schließlich lehnte sich Vaud in seinem Stuhl zurück und senkte den Blick wieder auf den Tisch.

»Die Tatsache, dass Sie zu dieser Unterredung gekommen sind, sagt mir, dass Sie nichts gegen einen Job draußen einzuwenden haben«, sagte er nach einer Weile.

»Hier langweile ich mich zu Tode, und allmählich gehen mir die Berater auf die Nerven. Draußen wäre gut … und wenn es nicht mit Schule zu tun hätte, noch besser.«

»Sie haben allem Anschein nach beträchtliche Talente«, fuhr Vaud fort. »Möglicherweise können wir Sie brauchen. Selbstverständlich muss ich mich erst mit meinen Partnern beraten, die Sie gewiss auch sehen wollen.«

»Wer ist hier der Boss, Sie oder die anderen?«, fragte Leif.

Vaud presste die Lippen zu einer noch dünneren Linie aufeinander, sofern das überhaupt möglich war. »Dies ist ein Gemeinschaftsunternehmen, und meine Partner haben selbstverständlich das Recht, ihre Meinung zu äußern. Können Sie morgen um dieselbe Zeit wieder hier sein?«

»Wüsste keinen Grund, warum es nicht klappen sollte«, meinte Leif, nachdem er kurz nachgedacht hatte.

»Ich würde eine konkretere Antwort bevorzugen«, sagte Vaud mit freundlicher Stimme, während sein Gesicht schärfere Züge annahm. »Wenn Ihr Vater Sie mit gewisser Härte behandelt hat, ist das bedauerlich, aber kein Grund, denjenigen gegenüber unfreundlich oder abweisend zu sein, die Sie nicht mit derselben Härte behandeln, ganz im Gegenteil, die sogar Ihre Talente Gewinn bringend verwenden wollen.«

Leif erschien es sinnvoll, ein wenig Nervosität zu zeigen, und so schluckte er verunsichert. »Ich werde da sein.«

»Sehr gut. Und seien Sie pünktlich«, forderte ihn Vaud abschließend auf, während er an ihm vorüber in das blaue Licht sah, dessen Wirbel sich nun teilten und den Sonnenschein auf dem Bärenplatz durchließen.

»Auf Wiedersehen, Mr Dawson.«

»Wiedersehen«, sagte Leif, während er durch die Tür trat, die sich hinter ihm schloss.

Nachdem er den virtuellen Raum von Breathing Space verlassen hatte, wartete er ab, bis sich die Datenkopflöschung und andere Anonymisierungsfunktionen, die Mark an seiner virtuellen Gestalt angebracht hatte, von selbst deaktivierten.

In seiner Eishöhle war es ziemlich dunkel, eine Folge verschiedener Filter und Schutzmechanismen, die Mark eingebaut hatte, damit niemand auf Vauds Seite feststellen konnte, dass Leif nicht durch eine offizielle Verbindung mit Breathing Space eingetreten war.

Plötzlich hellte sich die Höhle auf, und Megan und Mark wurden sichtbar. »Hast du alles aufgezeichnet?«, fragte Leif.

»Alles im Speicher«, gab Mark zurück. »In dreifacher Ausführung.«

»Du hast gesagt, du würdest versuchen, den Kerl zurückzuverfolgen während der Unterredung«, sagte Megan. »Erfolg gehabt?«

Mark schüttelte den Kopf. »Er hatte so viele Anonymisierungsfunktionen an sich wie du. Soweit ich feststellen konnte, hatte er keinerlei Nachforschungsprogramme laufen. Er sollte also nicht viel über deine Verbindung herausgefunden haben. Vielleicht hat er es nicht einmal versucht ... wenn er annimmt, dass du direkt aus Breathing Space kommst, geht er wohl davon aus, dass er deren System gut genug kennt, um sich keine Sorgen machen zu müssen.«

»Wenn«, betonte Megan.

»Wir können es nicht mit Sicherheit wissen, also hat es auch keinen Sinn, uns jetzt darüber zu sorgen«, sagte Mark mit einem Achselzucken.

»Bist du in Ordnung?«, erkundigte sich Megan mit einem Blick zu Leif hinüber. »Du siehst ein wenig wackelig aus.«

»Nein, alles in Ordnung. Ich ...« Leif brach lachend ab.

»Man sollte meinen, dass es lustig ist. Aber ich hasse es zu lügen. Bin nicht gut darin. Zumindest glaube ich das, auch wenn die Leute in meiner Umgebung offenbar nichts davon mitbekommen.«

»War er beeindruckt?«

»Ich glaube schon. Es wird noch ein zweites Treffen geben.«

»An derselben ›Straßenecke‹?«, erkundigte sich Mark aus seinem Arbeitsraum.

»Soweit ich weiß ja. Er hat mir keine anderen Anweisungen gegeben.«

»Gut. Dann werden wir auch dieses Treffen aufnehmen, denn bisher hat er dir keine Arbeit angeboten und keine Einzelheiten darüber gesagt … nur angekündigt, dass er es noch tun würde. Das wird dann wohl genügen, um ihn zu versenken. Richtig, Megan?«

»Nicht ganz«, antwortete Megan mit einem Blick auf Leif. »Ich zweifle nicht, dass du mit dem fertig wirst, was noch auf dich zukommt. Ich bin sogar sicher, dass du damit fertig wirst. Aber wir nähern uns Informationen, die wirklich heiß sein könnten … Und ich glaube, wenn wir James Winters nicht jetzt, vor dem zweiten Treffen, aufsuchen, könnte er ziemlich wütend werden.«

Leif nickte. »In Ordnung. Dann rufen wir den Mann morgen früh an und machen einen Termin aus«, stimmte er zu. »Wir fangen einen großen Fisch – und Winters soll seine eigene Angelrute mitnehmen.«

James Winters' Büro unterschied sich kaum von jedem beliebigen anderen Büro der Net Force: ein gewöhnlicher Schreibtisch, ein paar Stühle und Aktenschränke, leicht verstaubte Jalousien, die als Schutz gegen die Sonne, die zu dieser Stunde hereinschien, geschlossen worden waren, und auf dem Schreibtisch Datenkassetten, Ausdrucke und handschriftliche Notizen. Die Schlichtheit des Büros überraschte dennoch ein wenig, denn Winters stand ziemlich hoch in der Rangordnung der Organisation. Viele, die es nicht besser wussten, würden sich vermutlich wundern, warum ein Mann mit solchen Karriereaussichten, ein mit Orden ausgezeichneter Marine und hochrangiges Mitglied der Net Force, diesen relativ unwichtigen Job als Verbindungsoffizier zu den Net Force Explorers angenommen hatte. Immerhin handelte es sich bloß um einen Haufen Jugendlicher ...

Megan wusste jedoch, dass dieser Mann die tausenden Kids nicht für eine dekorative Jugendhilfstruppe oder einen Publicitygag hielt. Er widmete sich mit demselben Einsatz und derselben Ernsthaftigkeit der Aufgabe, die Online-Welt sicher zu machen und sicher zu erhalten, wie er es von ihnen kannte. Das machte die Zusammenarbeit mit ihm um vieles einfacher, denn insgesamt war er ein Mann mit ausgeprägter Persönlichkeit, der mitunter ein wenig Angst einflößend wirkte. Megan zuckte immer leicht zusammen, wenn sie sein virtuelles »Büro« betrat, weil er von seinen Kontaktpersonen unter den Explorers dieselbe Professionalität und dasselbe fachmännische Können verlangte wie von seinen Agents. Winters selbst schien davon auszugehen, dass ein Explorer, der sorgfältig und erfolgreich arbeitete, eines Tages

Agent werden würde … Da konnte es nicht schaden, von vornherein das erwartete Verhalten zu üben.

Während sie am nächsten Morgen mit Leif in ihrem Arbeitsraum in der Warteschleife hing und in das abgeblendete Büro von Winters hinübersah, der den Raum vorübergehend verlassen hatte, fragte sich Megan, ob sie mit dem »professionellen« Teil dieses Abenteuers früh genug begonnen hatten. In der jüngeren Vergangenheit hatte sie schon einmal den Fehler gemacht, Winters und die Net Force nicht zu informieren, weil sie glaubte, die Sache allein im Griff zu haben. Nun versuchte sie, die Situation immer besonders vorsichtig einzuschätzen. Denn sie wusste, dass es in dieser Organisation fatal sein könnte, denselben Fehler zweimal zu begehen. Vor allem wenn man es mit den cleveren, skrupellosen und gefährlichen Gesetzesbrechern zu tun bekam, mit denen sich die Net Force im Zuge ihrer Tätigkeit befasste. *Diesmal sollte der Zeitpunkt stimmen*, dachte sie, während sie auf den abgenutzten Marmorplatten der Bühne ihres Amphitheaters auf und ab ging. *Bisher hat niemand etwas wirklich Gefährliches unternommen – noch nicht. Glaube ich zumindest.* Das Problem lag nun darin, dass ein fast erwachsener Teenager unter »nicht wirklich gefährlich« etwas ganz anderes verstehen konnte als ein Mann in den Vierzigern, der schon zu oft in den letzten zehn oder fünfzehn Jahren hatte mitansehen müssen, dass der eine oder andere seiner Leute nicht mehr von einem Einsatz zurückgekommen war …

»Nette Aussicht«, sagte Winters, nachdem er aus dem Nichts in ihren Arbeitsraum getreten war. Er trug ein Hemd mit Krawatte und dunklen Hosen, und an der Brusttasche hing die fälschungssichere Net Force-ID. Sein Büro erschien nun nicht mehr abgedunkelt und sah aus, als würde es direkt neben Megans virtuellem Arbeitsraum liegen. »Tut mir Leid, dass es etwas länger gedauert hat. War ein ziemlich hektischer Morgen.«

Leifs Arbeitsraum lag nun ebenfalls direkt neben ihrem, sodass er bloß von der Motorhaube seines Eis-Cadillacs rutschen musste, um sich mit Winters in Megans Raum zu treffen.

»Morgen, Leif«, grüßte Winters, während er an Leif vorüber in dessen Arbeitsraum spähte, ohne sich dazu zu äußern. »Dein Vater ist zurzeit im Land?«

»In New York, Sir. Zumindest war er das heute beim Frühstück noch.«

»Das ist die Geschichte unseres Lebens«, meinte Winters mit schiefem Lächeln, »du weißt nie, wo du zur nächsten Mahlzeit sein wirst.«

Sein Blick glitt zurück zu Megan. »Wer von euch hat den Bericht geschrieben, den ich eben gelesen habe?«

»Wir gemeinsam«, antwortete Megan.

»Gut«, sagte Winters, während er in sein Büro zurückging, etwas aus der Luft fischte, das Megan nicht sehen konnte, und es in ihren Arbeitsraum zog. Es war ein Textfenster, das frei in der Luft geschwebt hatte und nun für alle sichtbar wurde. Megan konnte einen raschen Blick auf den Inhalt werfen, der sich in dem Fenster abrollte, und erkannte darin das Dokument, das Leif zuvor an Winters geschickt hatte und in dem er ihre bisherigen Erlebnisse so trocken wie möglich zusammengefasst hatte. »Zunächst möchte ich wissen, ob es, seit ihr mir dies geschickt habt, neue Entwicklungen in dieser Angelegenheit gegeben hat?«, fragte Winters.

»Nein, Mr Winters«, antwortete Megan. »Wir wollten nicht weitermachen, bevor wir nicht von Ihnen gehört haben.«

»In Ordnung. Das war eine gute Idee«, sagte er, wodurch sich Megan ein wenig entspannte. »Sehen wir uns einmal die möglichen Optionen an …«

In diesem Augenblick verwandelte sich die rechte Seite ihres Arbeitsraums wieder in jenes wirbelnde Blau, das sie schon bei Marks letztem Besuch gesehen hatte. »Tut mir Leid, dass ich zu spät komme«, sagte Mark, als er in Megans Raum trat. »Dad hat die mobile Einheit benützt.«

»Glaubst du, er hat die Sureté gerufen, damit sie dich hier abholen?«, fragte Winters, der Mark mit hochgezogenen Brauen ansah.

»Hm?«

»Er sagt hm!«, kommentierte Winters, während er Mark einen Blick zuwarf, den Megans Vater als »altmodisch« bezeichnet hätte. »Du willst wohl wirklich den Unterschied zwischen den französischen Gesetzen und den amerikanischen in Bezug auf die ›Souveränität‹ im Netz am eigenen Leib ausprobieren. Ich verstehe zwar, was du gestern Nacht in Breathing Space getan hast, und ich gebe zu, dass es für die Zukunft günstig sein kann – in der Gegenwart hast du jedoch den französischen Gesetzen zufolge Hausfriedensbruch begangen, und das ist eine kriminelle Handlung …«

»Ich bin in keines ihrer Systeme eingedrungen!«, wehrte Mark ab.

»Richtig. Aber du hast Breathing Space von einem Zugangsknoten aus betreten, der auf französischem Grund und Boden liegt, und du hast es ohne rechtliche Ermächtigung getan, ohne Durchsuchungsbefehl von einer Netzgerichtsbarkeit oder sonst einer Gerichtsbarkeit! Dadurch wird es nicht nur illegales Betreten, sondern *Einbruch* und illegales Betreten mit vermuteter Betrugs- oder Diebstahlsabsicht.

Cybereinbruch. Vollkommen gleichgültig, ob du es für eine gute Sache getan hast. Wenn die französischen Behörden es herausfinden, kann dich nicht einmal der Einfluss deines Vaters vor dem Knast retten, denn dort handhaben sie nicht die englische oder amerikanische Rechtspraxis, sondern die napoleonische. Du giltst so lange als schuldig, bis du deine Unschuld bewiesen hast. Was du aber nicht kannst. Und du hast nach der Tat diese beiden zu deinen Komplizen gemacht. *Hörst du mir überhaupt zu, Mark?*«

Daran bestand kein Zweifel, denn Mark war so blass geworden, wie Megan ihn nie zuvor gesehen hatte. Sie selbst schwitzte ebenfalls vor Angst, auch wenn die Sache etwas Belustigendes an sich hatte. *Zumindest hätte sie es, wenn wir nicht in Schwierigkeiten stecken würden ...*

»Ja, Sir«, antwortete Mark mit überraschend dünner Stimme.

Megan blinzelte. Noch nie zuvor hatte sie gehört, dass Mark zu jemandem »Sir« gesagt hatte.

»Dann wollen wir einmal sehen, ob wir Ordnung in dieses Chaos bringen können«, sagte Winters. »Beginnen wir mit den Daten. Aus ihnen ergeben sich ernst zu nehmende Verdachtsmomente, die aber auf ihre Weise ermutigend sind, weil sie jene bestätigen, die unsere Mitarbeiter in der Vergangenheit vorgebracht haben.«

»Sie haben sich schon mit Breathing Space befasst?«, erkundigte sich Leif.

»Nicht im Speziellen. Aber es gab zu viele Berichte von Minderjährigen und sogar beinahe noch Kindern, die bei internationalen ›Geschäften‹ gefasst wurden, bei denen sie nichts zu suchen hatten«, berichtete Winters, während er, die Hände tief in den Taschen versenkt, bis zum Rand des

Amphitheaters ging, um in die raue, sich abrupt hochwölbende Wildnis aus Felswänden, Rissen und Methanschnee hinauszusehen. »Zumeist schien es sich um Botendienste gehandelt zu haben. Die klassische ›Falle‹. Man übergibt ein gefährliches Päckchen einer Person, die keine Ahnung hat, was es ist, damit diese Person den Kopf hinhält, wenn sie von den Behörden geschnappt wird, und nicht der Absender oder der Empfänger des Päckchens. Oder noch schlimmer, man tarnt das Päckchen als etwas ganz anderes … Zum Beispiel schickt man ›sensible‹ Dokumente, die wichtig sein können oder auch nicht. In jedem Fall sind sie lang nicht so wichtig wie der Microdot, der, als Punkt getarnt, auf dem Papier klebt.« Nun wandte sich Winters wieder den drei Teenagern zu. »In den letzten Jahren hatten wir etwa zehn Fälle von Minderjährigen, die den ›Kopf hinhalten mussten‹, weil sie mit Material gefasst wurden, das im Zusammenhang mit feindlichen Spionageoperationen, Geldwäscherei oder sonstigen dunklen Geschäften stand. Einige von ihnen waren in ziemlich schlechtem Zustand, als wir sie fanden. Andere waren tot. Leider haben wir bei unseren Ermittlungen kaum Fortschritte gemacht, denn die Leute, die hinter all dem stehen, scheinen ein gutes Gespür dafür zu haben, welche der Kids echt und welche Net Force Agents sind, die nur sehr jung aussehen und sich jugendlich geben«, sagte Winters bedauernd. »In manchen Bereichen gibt es offenbar keinen Ersatz dafür, in den letzten zwanzig Jahren geboren zu sein.«

»Das heißt, Sie wollen, dass wir …«, begann Leif.

Als Megan sah, wie in Winters' Augen Wut aufblitzte, wünschte sie, dass Leif den Mund gehalten hätte. »Ich will nicht, dass ihr etwas unternehmt«, blockte Winters entschie den ab. »Wir kennen zwar nicht ihre Ziele, aber die Leute, mit denen wir hier zu tun haben, sind Profis ... Das heißt, dass sie im Verborgenen bleiben und andere dazu bringen, für sie ins Gefängnis zu gehen und verletzt oder gar getötet zu werden. Üblicherweise sind es Kids in eurem Alter, und für gewöhnlich zumindest so clever wie ihr. ... Nahezu alle Anwesenden ausgeschlossen«, fügte er mit einem Blick auf Mark hinzu. »Ich würde es vorziehen, wenn unsere eigenen Leute die Sache in die Hand nehmen«, fuhr er seufzend fort. »Allerdings ist dies der erste Hinweis auf die Absichten und Methoden der Leute, die die Rekrutierung durchführen. Sie scheinen auch tatsächlich so etwas wie eine Struktur zu haben, auf jeden Fall genug, um immer wieder an dieselben Orte zurückzukehren. Raffinierte Idee, Kids aus einem ›Arbeitskräftepool‹ anzuwerben, die schon mit dem Gesetz in Konflikt gekommen sind oder eine lange Geschichte als Ausreißer haben, dadurch als Zeugen unglaubwürdig sind und entweder schon als tot gelten – oder bald tot sein werden. Hässliche Geschichte, wirklich hässlich ... Ich will, dass sie aufhört. Nicht zuletzt wegen der Hilfe, die die Breathing-Space-Organisation vielen Menschen bietet, wenn sie korrekt funktioniert. Ich würde es nicht gerne sehen, wenn die gesamte Organisation inmitten eines Skandals geschlossen wird. Vor allem, weil die Net Force längst imstande hätte sein müssen, die Sache zu knacken, und es nicht getan hat. Was zählt, sind Resultate, jede Art von Entschuldigung klingt hohl, vor allem in den Ohren der Eltern jener Kids, die nie wieder nach Hause gekommen sind.«

Leif öffnete den Mund, um zu antworten, aber schloss ihn gleich wieder.

Währenddessen sah Megan Winters einfach nur an, und

dieser erwiderte ihren Blick. »Ich würde deine Empfehlungen gerne hören«, sagte er nach einer Weile.

Megan dachte einen Moment nach, ehe sie zu sprechen begann. »Ich gehe davon aus, dass Sie sich um Leifs Sicherheit sorgen ... und ebenso nehme ich an, dass Sie vermuten, dass er, seit wir Ihnen den Bericht geschickt haben, selbst Zweifel bekommen hat. Aber ...« Sie hielt kurz inne, um zu Leif hinüberzusehen, der den Kopf schüttelte. »Aber ich bin dafür, dass Sie ihn weitermachen lassen«, sagte sie schließlich.

»Warum?«

»Weil es zu riskant ist, mich durch einen Net Force Agent zu ersetzen, selbst wenn er eine identische ›Tarnung‹ trägt, die Sie für wasserdicht halten«, antwortete Leif. »Was, wenn der Fragensteller an ihm einen anderen ›Tonfall‹ bemerkt? Was, wenn der Ersatzmann ein Detail in dem Drehbuch verwechselt, mit dem ich gearbeitet habe und das ich lang genug einstudiert habe? Aber vor allem – was, wenn Sie niemanden finden, der so viele Sprachen spricht wie ich? Und das schaffen Sie nicht.«

»In unserem Geschäft ist Selbstgefälligkeit ein großer Fehler, Leif«, sagte Winters beiläufig, was Leif die Röte ins Gesicht trieb, bis sich seine Hautfarbe mit den Haaren schlug. »Vor allem, wenn man Recht hat«, fügte Winters hinzu.

Nachdenklich und die Hände auf dem Rücken verschränkt, ging er auf dem ausgetretenen Marmorboden auf und ab. Leif schluckte. »Tut mir Leid. Ich wollte nicht selbstgefällig klingen. Aber wenn Sie diese Leute aufscheuchen, vergehen vielleicht Monate oder gar Jahre, bis sie wieder so eine Organisation aufzubauen versuchen, und, wie Sie wissen, werden sie es dann nicht an derselben Stelle tun. Das würde sie nur noch weiter in den Untergrund treiben, als sie ohnehin schon sind. Und dann werden sie dieselbe Nummer in Moskau, Buenos Aires oder Peking aufziehen ... und die Net Force wird noch mal genauso lang brauchen, um sie wieder in die Finger zu bekommen, vielleicht sogar noch länger, weil sie sich viel Mühe machen werden, ihre Spuren zu verwischen, sodass es schwierig bis unmöglich ist, sie bei ihrer Tätigkeit zu schnappen. Wenn Sie diese Leute wirklich davon abhalten wollen, das Leben weiterer Kids vorübergehend oder für alle Zeiten zu zerstören, haben Sie wohl keine große Wahl. Lassen Sie uns doch mithelfen, die Beweise zu beschaffen, die Sie brauchen, um diesen Kerlen das Handwerk zu legen.«

Seufzend sah Winters zu Leif hinüber, während er weiter auf und ab schritt. »Wieder das Problem mit den Köpfen der Hydra. Wenn man ein paar abschlägt, wachsen für jeden abgeschlagenen fünf nach«, sagte er nachdenklich. »Gleichzeitig darf das keine Ausrede sein, um nicht einzugreifen, wenn einer der Köpfe nach Menschen schnappt. Selbst wenn es bedeutet, dass andere Verbrecher dadurch vorsichtiger werden. Das löst aber nicht dein eigentliches Problem«, sagte er mit einem Blick auf Megan. »Dein Freund wird immer noch vermisst.«

»Ja«, bestätigte sie.

»Zweifellos hoffst du darauf, dass wir die ›Bösewichte‹ festnehmen, dass ihnen im Verhör etwas herausrutscht oder dass sie uns als Tauschobjekt für eine geringere Strafe Informationen über den Aufenthaltsort von Mr Kamen geben.«

»Ja, darauf hoffe ich«, bestätigte Megan. »Aber ich würde deshalb nicht einfach die Luft anhalten und nichts tun. Es würde mich in keiner Weise davon abhalten weiterzumachen, wie wir es geplant haben.«

Winters hielt an und betrachtete sie nachdenklich. »Würdest du das bitte näher erklären.«

Eigentlich wollte sie nicht, aber es gab kein Entrinnen, denn genau diese Gedanken verfolgten sie nun schon seit Stunden. »Ich vermute, dass Burt nicht der Einzige ist, den sie in den letzten Wochen oder Monaten ›rekrutiert‹ haben«, begann Megan. »Es muss noch eine ganze Menge anderer Kids geben. Wenn diese Kids tatsächlich als sicheres und einfaches Mittel betrachtet werden, um vertrauliche Informationen weiterzugeben und das Netz oder andere Systeme, die besser überwacht werden, zu umgehen, dann werden wohl eine ganze Menge dort draußen sein ... Und wenn es so leicht ist, an neue Boten zu kommen, dann werden diese Leute sie vermutlich als Wegwerfartikel betrachten. Ja, die Sorge um Burt hat mich in diese Sache gebracht. Und ich habe immer noch Angst um ihn. Aber es ist wichtig, die ganze Sache zu stoppen. Nicht nur Burts Sicherheit steht auf dem Spiel, sondern auch die anderer Kinder, deren Eltern sie vielleicht wirklich gesund wiederhaben wollen. Sie verdienen es ebenso wie Burt, gerettet zu werden. Und wenn es uns gelingt, sie zu retten, werden die Leute, die diese dunklen Geschäfte machen, gut darüber nachdenken, ob sie es noch mal tun ... Vor allem, wenn es so aussieht, als ob die Net Force tatsächlich Kids in unserem Alter für ›Feldoperationen‹ einsetzt. In Zukunft werden sie nie genau wissen, wann sie gestochen werden. Erscheint mir als gute Sache, unabhängig von meinen persönlichen Gefühlen für meinen Freund.«

Winters sah sie lange an, ehe er weiter auf und ab ging. »Und du?«, fragte er mit einem Blick auf Leif, »stimmst du ihr zu?«

»Im Großen und Ganzen schon, ja.«

»Willst du nicht versuchen, ihre Argumentation zu zerpflücken?«

»Wozu? Die Parkuhr läuft, wie wir in New York sagen. Außerdem haben Sie ohnehin schon eine Entscheidung getroffen.«

Grinsend hielt Winters einen Augenblick an. »Sieht man es mir wirklich so deutlich an? In Ordnung. Ihr schlagt vor, dass wir das nächste Treffen von Leif mit diesen ›Werbern‹ überwachen. Wenn alles läuft wie geplant und wir die Kerle schnappen, müsst ihr vor Gericht aussagen. Und selbst wenn alle üblichen Vorsichtsmaßnahmen ergriffen werden, um eure wahre Identität zu schützen, könnten euch die Leute hinter den ›Werbern‹ zu einem späteren Zeitpunkt, sagen wir, ›Schwierigkeiten‹ machen. Oder auch sofort.«

Leif und Megan nickten.

»Ihr müsst also eure weitere Beteiligung an dieser Sache mit euren Eltern besprechen. Und es wäre gut, wenn ihr so schnell wie möglich herausfindet, was sie davon halten, denn wie Leif gesagt hat: Die Uhr läuft.« Winters wandte sich Mark zu. »Ich weiß, dass du das verstehst, soweit du legale Dinge insgesamt verstehst, denn du bist ja schon mehrmals von der Net Force ermächtigt worden, an solchen Unternehmungen mitzuarbeiten. Wir können daher davon ausgehen, dass die Sicherheitsvorkehrungen, die deine Eltern schützen, auch dich schützen werden. Vielleicht tust du eines Tages auch etwas, wodurch du diesen Schutz verdienst.« Nun war es an Mark, rot zu werden. »Anstatt ständig dein ungezähmtes Computertalent unter Beweis zu stellen, das dich in eine heutige Version von Professor Moriarty verwandeln könnte, wenn du nicht so besessen davon wärest, auf der Seite der Guten zu stehen.«

»Was für ein Professor?«

Megan grinste. »Banause«, knurrte Winters gespielt vorwurfsvoll. »Was lernen die Kids denn heute in der Schule?«

»Was die Geschichte mit ›auf der Seite der Guten stehen‹ betrifft …«

»Hör lieber auf, bevor du noch mehr Belastendes sagst«, forderte ihn Winters auf. »Was zugegebenermaßen gar nicht so leicht wäre. Vergiss nicht, die Sureté ist nur eine Virtmail entfernt … und für die Ergreifung von Cybereinbrecher ist in Frankreich eine Belohnung von 100 000 Euro ausgeschrieben. Das ergibt derzeit eine ganze Menge Dollar. Also bring mich nicht in Versuchung. Die Veranda hinter meinem Haus müsste dringend repariert werden.«

Mark schwieg betreten.

»Nun zu deiner Rolle in dieser Sache«, fuhr Winters fort. »Deine erste Überwachung war, wie immer, überaus wirkungsvoll. Megan hat mir eine Kopie davon geschickt. Ich habe mir alles angesehen. Sehr belastend. Wirklich viel versprechend. Und als Beweis absolut nicht zulässig, weil das Material illegal und ohne Durchsuchungsbefehl beschafft wurde – den wir jetzt rasch anfordern müssen, damit nicht auch die nächsten Beweise unbrauchbar sind. Um diese Sache werde ich mich kümmern.« Er sah zu Leif hinüber. »Ich nehme an, du wartest immer noch auf Nachricht, wann und ›wo‹ dein nächstes Treffen stattfindet.«

»›Heute um dieselbe Zeit‹, hat es geheißen. Mehr weiß ich nicht.«

»Das sollte genügen«, sagte Winters. »Ich werde dem System den Befehl geben, alle Nachrichten an dich sofort an mich weiterzuleiten, egal, womit ich gerade beschäftigt bin, denn diese ganze Sache ist zeitlich sehr heikel. Ich will von deinem nächsten Treffen innerhalb von dreißig Sekunden unterrichtet werden. Wenn notwendig auch aus dem virtuellen Raum von Breathing Space selbst. Es gibt Mittel und Wege, Informationen weiterzuleiten, die dich nicht in Gefahr bringen. Wir werden schon eine passende Methode ausarbeiten. Mark, hast du alle notwendigen Backup-Dateien für Leifs Lebenslauf ins System eingepflanzt?«

»Noch nicht alle.«

»*Was?*«

»Vorhin habe ich daran gearbeitet, aber dann ist mein Dad hereingekommen und hat mich von der Maschine geworfen. Er hat sie für etwas Geschäftliches gebraucht«, antwortete Mark klagend. »Außerdem hatte ich ohnehin Probleme … deshalb habe ich auch so lang gebraucht. Die Klientendaten von Breathing Space sind viel besser geschützt als der virtuelle Raum – um einiges besser. Ich glaube, irgendjemand dort hat Mist gebaut.«

»Ich würde an deiner Stelle nicht mit Steinen werfen«, riet Winters. »Sieh zu, dass du wieder online kommst und die Sache in Ordnung bringst. Ich werde dem Büro in Paris die Anweisung geben, dir umgehend einen eigenen Netzserver zur Verfügung zu stellen, damit du nicht mehr unterbrochen wirst; und außerdem werde ich mit deinem Dad sprechen. Welche Zimmernummer hat er?«

»Ich weiß nicht, ob er eine Zimmernummer hat. Es ist die Präsidentensuite.«

»Das Privileg des Ranges«, sagte Winters mit schwachem Lächeln. »Und wie oft während seines Aufenthalts war dein Dad wirklich in der Suite? Armer Kerl. Warum stehst du noch hier herum, Mark? Mach weiter, beeil dich! Niemand weiß, welche Archive die Werber gerade durchsuchen, auf jeden Fall musst du vor ihnen drin sein!« Er lauschte in die Leere, ehe er weitersprach: »Der Pariser Bürochef sagt, dass in zehn Minuten jemand mit einem neuen Force Nine Portable im Lift hinunterkommt.« Mark riss die Augen auf. »Sieh zu, dass ihn dir dein Vater nicht wegschnappt. *Und pass auf, dass du den Stuhl nicht ruinierst!*«

Gleichzeitig bedrückt und erleichtert wandte sich Mark um und verschwand hastig. Nun wandte sich Winters Megan und Leif zu, die dem Gespräch mit weit aufgerissenen Augen gefolgt waren. »Versteht es nicht falsch. Ich weiß, dass ich hart zu ihm bin, aber er ist in einer einzigartigen Position, und seine Leute sind viel beschäftigt ... und meine Freunde. Der Himmel sei vor, dass er in Schwierigkeiten gerät, nur weil niemand genug Zeit mit ihm verbracht hat. Darum geht es doch jetzt hier, oder?«

Die zwei nickten.

»In Ordnung«, sagte er. »Gute Arbeit, ihr beiden. Geht jetzt zu euren Eltern und klärt die Dinge. Wenn sie Fragen haben, können sie mich anrufen. Ich bin gleich zurück ... muss nur etwa zwanzig Dinge organisieren, denn wir können nicht weitermachen, solange nicht alles an seinem Platz ist. Ich höre auf eure Ratschläge ... Gott steh uns bei. Und jetzt an die Arbeit!«

Augenblicklich verschwanden sie.

Der Flughafen Schiphol außerhalb von Amsterdam war nach dem Krieg errichtet worden und einst ziemlich klein gewesen. Wie so viele andere Polder war er dem Meer abgerungen worden. Als man das Gelände mit Dämmen umgeben und trockengepumpt hatte, war ein mittelalterliches Wikingerschiff zum Vorschein gekommen, das dem Flughafen seinen Namen verlieh. Nun stand eine Nachbildung dieses alten Schiffes in der neuen Ankunftshalle, die vor zehn Jahren hinzugebaut worden war. Schmal, gefährlich und schnittig, mit gerafften Segeln, aber ausgelegten Rudern, zeigte der mit einem Drachen versehene Bug des Schiffes demonstrativ in die »falsche« Richtung, hinaus aufs Meer und zur Außenwelt. Als Symbol hatte das Schiff durchaus seine Berechtigung, denn in der Duty-Free-Zone, die mittlerweile die Hälfte des gesamten Flughafens einnahm, wurden Reisende seit Jahren ebenso eifrig um ihr Geld erleichtert, wie es die Wikinger zu ihren Zeiten getan hatten. Mit dem Unterschied, dass die heutigen Reisenden ihr Geld nicht nur freiwillig hergaben, sondern sogar mit wahrem Vergnügen.

Burt wanderte mit großen Augen durch die Einkaufszone. Tausende Quadratmeter Boden aus poliertem weißem Marmor und grauem Granit, so weitläufig, dass man glaubte, die Krümmung der Erde sehen zu können, und überall Geschäfte, in denen alles verkauft wurde, was man sich nur wünschen konnte. Anfangs war der Duty-Free-Bereich nur ein Nebenschauplatz gewesen, kaum mehr als ein Zwinkern im Auge des Planers dieses Flughafens. Im Verlauf des letzten halben Jahrhunderts war er jedoch zu einem lukrativen Schwamm herangewachsen, der sich über mehrere Hektar erstreckte, sodass der eigentliche Schalterbereich und die Ankunfts- und Abflug-Gates heute gerade noch die Ranken und Fransen am Leib eines großen gestrandeten Tieres waren, das vor Geld strotzte.

Zunächst waren Burt die Bedingungen seines ersten Einsatzes ziemlich hart erschienen. Er sollte nach Amsterdam fliegen, aus dem Flugzeug steigen, die Nacht im Flughafenhotel verbringen, ohne den Flughafen selbst zu verlassen, am nächsten Morgen ein Päckchen liefern, ein anderes abholen, sofort wieder in das Flugzeug steigen und direkt nach Hause fliegen. *Meine erste Auslandsreise, und was bekomme ich zu sehen? Nichts! Nicht die geringste Kleinigkeit*, dachte er beim Aufwachen, während er nach mehreren Stunden Flug über den Atlantik verschlafen aus dem Fenster auf eine seltsame, unbekannte Küste blickte. Diese Erkenntnis drückte seine Stimmung so sehr, dass er der niederländischen Pass- und Zollkontrolle lediglich mürrisch entgegensah, während sie ihn üblicherweise entsprechend nervös gemacht hätte – immerhin war es sein erstes Mal. Dadurch glich er neunzig Prozent aller Passagiere, die mit roten Augen aus dem KLM-Flug von Reagan International nach Amsterdam stiegen. Vermutlich war das auch der Grund, warum ihm die Zollbeamten keinerlei Aufmerksamkeit schenkten und ihn nach einem flüchtigen Blick durch den »blauen Kanal« schickten.

Übermüdet, war Burt froh, ins Hotel zu kommen, zu duschen und dankbar ins Bett zu fallen, um den Schlaf nachzuholen, den er im Flugzeug durch die Mischung aus Aufregung, Nervosität und scheinbar endlosem Babygeschrei nicht hatte finden können. Als er gegen fünf Uhr nachmittags niederländischer Zeit aufwachte und ihm bewusst wurde, dass er das Hotel nicht verlassen konnte, war er richtig wütend geworden. Aber er konnte nichts dagegen tun, denn er würde erst bei seiner Rückkehr für diesen Job bezahlt werden, und das Guthaben auf seiner Kreditkarte reichte gerade für Essen, Getränke und dieses Hotelzimmer. Er hatte nicht einmal genug Reserve für einen Netzanruf nach Hause … zumindest nicht bei den Tarifen, die man hier verlangte. Die Preise, die an der mehr als einfachen Netzkabine gegenüber der Dusche angeschrieben waren, hatten ihn auch nach der

Umrechnung von Euro auf Dollar erbleichen lassen. Burt hatte mit dem Gedanken gespielt, wie viel Spaß es machen würde, Wilma aus Amsterdam von einer öffentlichen Kabine aus anzurufen, einerseits, um ihr zu sagen, dass er okay war, und andererseits, um sie zu überraschen. Wie oft hatten sie darüber geredet, wie herrlich es wäre, einmal nach Übersee zu fliegen, auch wenn es sich keiner von ihnen vorstellen konnte, so etwas in nächster Zukunft zu erleben. *Aber jetzt bin ich hier!*, dachte Burt.

Und was nützt es mir? Ich kann mir nicht einmal was ansehen. Was für eine Zeitverschwendung ...

Immerhin blieb ihm noch das Geld. Mit diesem angenehmen Gedanken schaltete er in der Netzkabine die lokalen TV-Nachrichten ein. Fasziniert stellte er fest, wie sehr Niederländisch manchmal der englischen Sprache ähnelte. Dann klickte er sich durch verschiedene andere Unterhaltungssender, einschließlich eines Pay-TV-Senders, der ihm vor Scham und Erstaunen die Röte ins Gesicht trieb, sodass er reflexartig abschaltete. Offenbar waren die Niederländer verblüffend liberal, was zwischenmenschliche Beziehungen anging ...

Nachdem er in das rund um die Uhr geöffnete Hotelcafé hinuntergegangen war und eine geräucherte Wurst namens »Rookworst« mit einer Cola verspeist hatte, kehrte er in sein Zimmer zurück, um wieder zu schlafen. Sein Rückflug ging am nächsten Tag um die Mittagszeit. Da der Flughafen sicher interessanter war als das Hotel, beschloss er, früher hinzugehen.

Nun, während er inmitten der weiten, polierten, glitzernden Fläche stand, welche das Zentrum der Duty-Free-Zone von Schiphol bildete, begriff Burt, dass er die Sache ein wenig unterschätzt hatte. Nie zuvor in seinem Leben hatte er an einem einzigen Ort so viele Dinge gesehen, die man kaufen konnte. Schmuck, Kleidung, Alkohol, Uhren, Kameras, Vidders, Tricams, Stereoanlagen, Porzellan, Glas, Gold in Gramm, Unzen oder Kilo, Diamanten in Karat oder Gramm. Vor einem offenen Verkaufsstand blieb Burt stehen. Eine junge Frau in der ordentlichen Uniform der Schiphol-mitarbeiter wog eben einen in Smaragdform geschliffenen Diamanten in der Größe von Burts Daumennagel für einen jungen Mann ab, dessen Freundin in einem anderen Teil der Vitrine über noch größere Steine nachdachte, die unter dem Sicherheitsglas lagen. Jeder säuberlich in eine kleine Box gebettet und mit einem Schild versehen, das Größe und Reinheitsgrad angab. Burt hatte eine Weile zugesehen und sich gewünscht, dass er Wilma auch eine solche Kostbarkeit mitbringen könnte. Aber er musste sich die Steine gar nicht ansehen, um zu wissen, dass ihn die Preise noch um einiges bleicher aussehen lassen würden als die auf der Netzkabine im Hotel.

Mit Bedauern wandte er sich ab und sah auf die Uhr. *Die Übergabe ist in zehn Minuten. Wird gut sein, wenn ich mich auf den Weg mache …* Der vereinbarte Ort lag nur zweihundert Meter entfernt. Während er an dem Geschäft neben dem Diamantenladen vorüberging, sah er eine große viereckige Öffnung im Boden. Neugierig hielt er an und spähte hinein. In dem Augenblick ertönte ein leises Hupsignal. Am Tisch vor der Öffnung im Boden unterzeichnete ein Mann in nachtschwarzem, eng anliegendem Anzug den Kaufvertrag für den funkelnagelneuen Wagen, der eben für eine letzte Überprüfung aus der Tiefe auftauchte, ehe er für den Flug verladen wurde.

So, genau so will ich leben. Das ist das Leben, das mir gefällt!, dachte Burt. Bisher war er diesem Wunsch noch nicht sehr nahe gekommen, aber er hatte andere gesehen, die so ein Leben führten, und das genügte ihm. Er würde diesen Job machen, so lange es notwendig war, um sich so ein Leben leisten zu können. Nichts von alledem, was er sich bisher im Leben zugetraut hatte, war ihm so erstrebenswert erschienen wie dies. Es war kein leichter Job, aber die Sache war es wert.

Nun machte sich Burt endgültig auf den Weg zu dem vereinbarten Übergabeort – dem Fastfood-Laden einer bekannten Kette. Er hasste die Hamburger in diesem Laden, aber man hatte ihm genaue Anweisungen gegeben: Er solle einen Hamburger kaufen, ihn an einem bestimmten Tisch essen und seine Reisetasche auf den Stuhl neben seinen stellen. Dann solle er fünf Geschäfte weiter zu einem Zeitungsstand gehen und eine Ausgabe von *Paris-Match* kaufen.

Er tat alles, wie man es ihm aufgetragen hatte, obwohl er nie etwas für Hamburger übrig gehabt hatte – sie waren ihm einfach zu fett. Danach ging er zu dem Zeitungsstand. *Paris-Match* steckte in einem Fach an der Rückseite des Standes, und er musste sich sehr bemühen, ein Exemplar herauszuziehen, denn irgendjemand hatte einige schreierische gelbe Zeitschriften davorgesteckt. Die Reisetasche hatte er neben seinem linken Fuß abgestellt und betrachtete sie aus dem Augenwinkel, sodass er keineswegs überrascht war, als eine Tasche, die genauso aussah wie seine, plötzlich daneben auftauchte. Sie gehörte zu einem hübschen Paar Beinen in schwarzen Strümpfen. Einen Augenblick später wurde Burts Tasche aufgehoben, und die Beine verschwanden.

Kurz darauf drängte sich Burt durch die anderen Kunden

hindurch zurück zum Ausgang, bezahlte seine Zeitschrift mit der Kreditkarte und ging in die Halle, um nachzusehen, ob sein Flug schon aufgerufen worden war. Man hatte ihm gesagt, dass ihm nur wenig Zeit blieb und er nach der Übergabe direkt zum Flugsteig gehen solle. Aber auf dem großen holografischen Display in der Mitte der Abflughalle und auf den kleineren Bildschirmen entlang der Wände blinkte in mehreren Sprachen das Wort »Verspätet«. Seufzend ging Burt in die Herrentoilette.

Sobald er sich in einer Kabine eingeschlossen hatte, setzte er sich und starrte die Tasche an. Man hatte ihm verboten, sie zu öffnen, aber er konnte einfach nicht widerstehen. Welchen Sinn hatte es, diesen Job zu machen, wenn er keine Ahnung hatte, was vor sich ging?

Lautlos öffnete Burt die Tasche. In ihr befand sich eine weitere gefütterte Versandtasche, die der vorigen glich, aber schon beim Aufheben hatte er den Gewichtsunterschied gefühlt. Nun spähte er neugierig in die Tasche, nahm dann etwas Toilettenpapier, um seine Hände zu schützen, und zog die Versandtasche aus der Reisetasche.

Die Versandtasche war nicht geschlossen, und als Burt hineinsah, entdeckte er einen in schwere durchsichtige Plastikfolie vakuumverpackten Gegenstand. Die braune Substanz war durch die Verpackung vollkommen geruchlos, Burt konnte jedoch eine leicht faserförmige Struktur erkennen …

Er erstarrte zu Eis. Wie oft hatte er darüber gelacht, wenn ihm andere erzählten, dass ihr Gesicht vor Angst vollkommen blutleer geworden war, aber jetzt, wo es ihm passierte, fand er es gar nicht zum Lachen. Er war sicher kein Fachmann, was Drogen betraf, aber dies sah wie Marihuana oder Haschisch aus, das man gepresst und vakuumverpackt hatte. Burt hatte genug Berichte über dieses Zeug gesehen, um zumindest eine ungefähre Ahnung davon zu haben, was er hier vor sich hatte.

Nun brach ihm wirklich der kalte Schweiß aus. Als er Mr Vaud zugesichert hatte, dass er nie Fragen stellen würde, hatte er es auch so gemeint. Aber jetzt war alles anders ... denn jeder wusste, dass Flüge aus Amsterdam besonders sorgfältig geprüft wurden. Die alten Drogenverbindungen ließen sich nicht auslöschen, wie sehr sich die niederländischen Behörden auch bemühten, den Handel trockenzulegen. Die lange Tradition der Toleranz gegenüber der »weichen« Drogenkultur hatte gewaltige Probleme aufgeworfen, die sich zu jenen hinzufügten, die Holland aufgrund seiner Lage an der Küste ohnehin hatte.

Warum habe ich nicht früher daran gedacht? Die Antwort ist einfach. Ich war zu aufgeregt, zu glücklich darüber, endlich fortzukommen, als dass ich nachgedacht hätte ...

Und was jetzt?

Hastig sah sich Burt nach einem Ort um, an dem er das Päckchen »verlieren« könnte ... aber das würde nicht funktionieren, gestand er sich mit einem tiefen Seufzer ein. Der Kurier, dem er seine Sendung übergeben sollte, erwartete ihn jenseits des amerikanischen Zolls, hatte Vaud ihm mitgeteilt. Wenn er das Päckchen nicht bei sich hatte ... würde es ihm ziemlich übel ergehen. Burt erschauerte.

Allerdings war er sicher, dass es ihm zumindest ebenso übel ergehen würde, wenn er durch den amerikanischen Zoll ging und ihn einer der Zollbeamten, aufmerksam gemacht durch seine Nervosität, anhielt, um sein Gepäck zu kontrollieren. Die heute eingesetzten Suchhunde waren so gut ausgebildet und hatten eine so feine Nase, dass sie beim Geruch seiner Hände keinen Moment zweifeln würden, womit er in Kontakt gewesen war, einerlei ob er Toilettenpapier verwendet hatte oder nicht. Er würde vermutlich für eine Million Jahre ins Gefängnis wandern. Und Wilma … was würde Wilma von ihm denken, wenn sie davon erfuhr?

Warum haben sie mir das angetan? Ich habe doch alles getan, was sie gesagt haben! Ich habe in allem kooperiert!

Warum?

Und was soll ich jetzt tun?

Fluchtweg . . . **09**

Megan hatte schon öfter vermutet, dass ihr Vater in irgendeiner Beziehung zur Net Force stand, auch wenn ihr nicht klar war, in welcher, und auch wenn sie das wohl noch lange nicht erfahren würde … wenn überhaupt. Als Schriftsteller hatte er die Freiheit, verschiedenste Orte ohne Vorwarnung aufzusuchen und unter dem einfachen Vorwand, dass er gerade ein Buch schreibe, nahezu alles nachzuforschen. Das würde doch eine hervorragende Tarnung abgeben, wenn er in Wirklichkeit weit mehr machen wollte, als bloß ein Buch zu schreiben. Ihrem Vater gegenüber hatte sie diese Vermutung jedoch noch nie ausgesprochen und würde es auch heute nicht tun. Stattdessen klickte sie sich einfach aus dem Netz aus, spazierte in das Büro ihres Vaters und sagte: »Daddy, James Winters sagt, dass ich mit dir reden soll.«

Als sie eintrat, saß ihr Vater mit zurückgelehntem Kopf und geschlossenen Augen im Implantatstuhl und bewegte leicht die Lippen. Oft genug hatte sie ihn deshalb schon geneckt, dass er kein »Lippenleser«, sondern ein »Lippenschreiber« war. Tatsächlich liebte er es zu diktieren, indem er in seinem eigenen virtuellen Arbeitsraum auf und ab ging und laut zu einem Publikum sprach. Beim Klang ihrer Stimme hörte die Bewegung der Lippen auf, er öffnete die Augen und sah sie mit leicht besorgtem Blick an. »Worüber?«

Sie fasste sich so kurz wie möglich, denn sie hatte nicht vergessen, »dass die Uhr tickte«.

Während Megan sprach, hatte sich ihr Vater in dem Implantatstuhl halb umgedreht, sodass er jetzt mehr oder weniger im »Damensattel« saß und ihr schweigend zuhörte. »Er hat gesagt, wenn du Fragen hast, sollst du ihn anrufen«, schloss Megan.

»Nun«, sagte ihr Vater. »Die erste Frage ist wohl, warum du weder deiner Mutter noch mir etwas von dieser Geschichte erzählt hast.«

»Ich weiß, Daddy«, gab Megan zurück. »Es tut mir auch Leid. Aber es ist einfach so schnell geschehen … wenn mehr Zeit gewesen wäre, hätte ich dir davon erzählt. Aber wir mussten etwas unternehmen, sonst hätten wir die Gelegenheit verpasst, überhaupt etwas Sinnvolles unternehmen zu können …«

Einige Augenblicke starrte ihr Vater ziellos und schweigend in die Leere. »Du machst dir wirklich Sorgen um Burt, nicht wahr?«, fragte er schließlich. »Es geht also nicht nur darum, Wilma von der Sache fern zu halten?«

Megan sah ihren Vater erstaunt an. Seit die Angelegenheit ernst geworden war, hatte sie gar nicht mehr an Wilma gedacht. »Nein, nichts dergleichen«, wehrte sie ab. »Es ist nur, weil Burt … Burt hat mit solchen Dingen einfach keine Erfahrung, Dad! Und diesen Leuten das Handwerk zu legen ist die beste Methode, um herauszufinden, was sie mit ihm gemacht haben, und um ihn wieder sicher nach Hause zu bringen. Sofern er überhaupt nach Hause zurückkehren will. Er ist doch nur ausgerissen, weil er unglücklich war, Dad. Er verdient es nicht, gekidnappt oder getötet zu werden, nur weil er die Lage falsch eingeschätzt hat!«

»Üblicherweise würde ich so etwas mit deiner Mutter besprechen«, sagte ihr Vater nach kurzem Schweigen. »Aber ich habe das bestimmte Gefühl, dass die Zeit knapp ist. Und bis zu einem gewissen Grad stimme ich dir zu … Vermutlich kann dir nicht allzu viel passieren, wenn James euch beide im Auge behält.«

Nachdenklich kaute er an der Lippe. »In Ordnung, mach weiter«, sagte er schließlich mehr zu Megans Rücken als zu ihr selbst. Denn sie war schon im Flur auf dem Weg zum anderen Implantatstuhl im Wohnzimmer.

»Danke, Dad!«

»Ich werde die Schule benachrichtigen, dass du vorerst nicht kommst«, rief er ihr nach. »Aber sag Winters, dass ich mich über einen Anruf von ihm freuen würde, sobald sich die Aufregung gelegt hat …«

»Mach ich!«

Damit warf sie sich in den Stuhl, richtete ihr Implantat aus und klickte sich in die Veeyar ein.

An einer anderen Stelle der VR presste sich Mark Gridley in der Dunkelheit gegen eine Wand und versuchte, sich so leise und unauffällig wie möglich zu verhalten, denn die Ungeheuer waren hinter ihm her.

Selbstverständlich keine echten Ungeheuer. Die physischen Gestalten, die ihn verfolgten, waren symbolische Darstellungen von Such- und Blockierprogrammen, welche die für das Klientenarchiv von Breathing Space zuständigen Programmierer eingebaut hatten, um die vertraulichen Persönlichkeits- und Beratungsprofile ihrer Klienten zu schützen. Die Programme waren in einer neuen Version von Caldera II geschrieben, einer Netzprogrammiersprache, die Mark gut kannte und gern verwendete. Leider beinhalteten sie auch die jüngsten Funktionen von Caldera, mit denen Mark noch nicht so vertraut war wie mit den älteren. Daher hatten ihn die Drachen schon dreimal rund um die System-Firewall gejagt. Sie wussten, dass jemand versuchte, an die Dateien heranzukommen. Durch die »Tarnkappe«, die Mark trug, ein Programm, das ihn vor Entdeckung bewahrte, konnten sie jedoch nichts Konkretes gegen ihn unternehmen, sondern bloß dem »Geruch« folgen, den er bei seinen Versuchen hinterließ, die Programme zu unterminieren. Codes umzuschreiben, ohne Spuren zu hinterlassen, war unmöglich, und die Jagd- und Suchprogramme waren überaus geschickt darin, diese Spuren zu entdecken und der Witterung zu folgen. Jedes Mal, wenn sie auf ihn stießen, musste Mark flüchten. Denn sobald die Programme mit seinem virtuellen Selbst in Kontakt kamen, würde man ihn aus dem System werfen, und dafür hatte Mark keine Zeit. Um ehrlich zu sein, wurde die Zeit ohnehin schon verdammt knapp.

So trottete er immer wieder um die Firewall, die der Programmierer als Zeichen seines verdrehten Humors tatsächlich als Flammenwand entworfen hatte. *Wenn er auch noch einen Felsen mit einer schlafenden Walküre eingebaut hat, gebe ich auf,* dachte Mark. Aber Aufgeben kam nicht infrage. Er musste hinein, und es musste rasch gehen. Die Leute, auf die er wartete, konnten jeden Augenblick hier sein.

Nachdenklich hielt er inne und betrachtete das Feuer, das Muster der Flammen, und wie sie zuckten. Hinter sich hörte er schon die Drachen, die sich ihm schnüffelnd näherten. Diesmal ignorierte er sie, denn die Flammen zeigten tatsächlich ein sich wiederholendes Muster. Die Einbruchsicherung, die dazu dienen sollte, Eindringlinge abzuwehren, bestand aus einem zyklischen Programm, einem einzigen Code, der sich immer wieder wiederholte. *Der Programmierer wollte offenbar Speicherkapazität sparen*, dachte Mark. Im Allgemeinen keine schlechte Idee, und es hätte eine recht elegante Lösung sein können, aber er hatte zu früh aufgehört. Er hätte noch einen Zufallsgenerator einbauen sollen. Weil er dies unterlassen hatte, lief der Zyklus immer wieder von vorne ab und löschte sich gleichzeitig an anderen Stellen …

Das Schnüffeln hinter ihm wurde lauter. Mark ignorierte es weiterhin und konzentrierte sich ausschließlich auf das Muster. Oft genug hatte er den Mädchen zugesehen, wenn sie mit doppelten Schnüren Seil sprangen, und was sie mit dem Körper machten, machte er jetzt mit dem Geist. Er suchte nach der offenen Stelle, an der sich der Rhythmus wiederholte. Wer den richtigen Zeitpunkt verpasste, den traf das Seil mit voller Kraft, sodass sich ein blauer Fleck bildete … Wenn er jetzt den richtigen Zeitpunkt verpasste, würde das Firewall-Programm seine Netzgestalt erfassen, sie in ein »Gefängnis« sperren, aus dem es kein Entrinnen gab, und die Bullen rufen. *Du dummes Ding, ich gehöre doch zu den Bullen*, dachte Mark. *Zumindest werde ich zu ihnen gehören, sobald Winters den Einsatzbefehl hat!* Aber selbst Winters gelang es nicht, diese Dinge augenblicklich zu bekommen. Kein Richter ließ sich gern von den Ermittlungsbehörden herumkommandieren. Bei dieser Sache ging es um jede Sekunde, da konnte er nicht höflich bei Breathing Space anrufen, um sich mit langwierigen Erklärungen durch sämtliche Ebenen bis zum zuständigen Mitarbeiter durchzufragen. Dafür war einfach nicht genug Zeit. Jeden Augenblick konnte er Gesellschaft bekommen. Keine Sekunde zu verlieren. Im Rhythmus der Flammen wiegte sich Mark vor und zurück. Keine Zeit mehr, keine Zeit mehr, *keine Zeit mehr* ...

Er sprang hindurch, kam schlecht auf und stürzte. Aber das war gleichgültig, denn er war drin.

Nun rannte er durch die Landschaft hinter der Flammenwand, der der Programmierer tatsächlich die Form eines Waldes mit echten Bäumen gegeben hatte. *Großartig,* dachte Mark, *der Kerl hält Wortspiele wohl für die höchste Form von Humor.* Allerdings erleichterte diese Struktur seine Arbeit. Während er sich zwischen den Bäumen hindurch bewegte, berührte er jeden Stamm, sodass durch die Rinde hindurch die Namen und Zugangsdaten aufleuchteten. Die jüngsten Dateien waren in der Nähe der Feuermauer gespeichert. Sobald Mark den Baum mit den drei Monate alten Eintragungen fand – zu diesem Zeitpunkt begann »Dawsons« Geschichte –, berührte er den Baum mit dem Finger und sagte: »Abwärts.«

Gehorsam versank der Baum wie ein Aufzug im Boden, bis Mark »Stopp« sagte. Nachdem er den Zweig für den Buchstaben »D« gefunden hatte, griff er unter seine »Tarnkappe«, um die Datei hervorzuholen, die Leifs Hintergrundgeschichte enthielt. Bisher hatte sie die übliche Form einer Aktenmappe, während die übrigen Dateien auf dem Baum die Form eines Blattes aufwiesen, wie Mark grinsend bemerkte. Mit einigen Handgriffen gelang es ihm jedoch, sie so zu verändern, dass sie nun auch klein, grün und spitz war wie die anderen Blätter. Vorsichtig hielt er die Datei nahe an den Ast heran, aus dem augenblicklich ein Zweig wuchs, der sich mit dem Blatt verband. Als er die Hand zurückzog, blieb das Blatt an seinem Zweig hängen.

Und dann hörte er die Stimmen …

O Gott, dachte Mark.

»Aufwärts!«, befahl er flüsternd. Der Baum schoss so schnell zu seiner üblichen Größe empor, dass er Mark beinahe abgeworfen hätte, der in Panik flink wie ein Eichkätzchen höher kletterte und sich ein Stück über der »Dawson«-Datei im Laubwerk versteckte. An den Stamm gepresst, kauerte er sich auf seinem hohen Ast zusammen und verharrte regungslos.

Nicht weit entfernt verlöschten unter ihm die Flammen, und zwei Männer in Rüstungen, die man fälschlicherweise als »Kettenhemden« bezeichnete, schritten über die Firewall. Beide trugen Helme, die ihre Gesichter verbargen. Diese Helme waren »Tarnprogramme«, die gleichzeitig mit dem »Rüstungsprogramm« liefen, das sie vor dem Feuer schützte. *Eine interne Sache*, dachte Mark augenblicklich. *Verdammt!* Jemand innerhalb von Breathing Space hatte den beiden Zugang zu diesen Daten gewährt.

»Weißt du, wo sie sind?«, fragte einer der Männer.

»Machst du Witze? Ich bin doch jede Woche hier … Diesen Ort kenne ich in- und auswendig. Gleich hier.« Die Gestalt in der Rüstung hob die Hand und berührte den Baum, auf dem sich Mark verbarg. »Abwärts.«

Der Baum sauste so schnell abwärts, dass Marks armer Magen heftig protestierte. Nur mit Mühe gelang es ihm, sich am Stamm festzuhalten und keinen Laut von sich zu geben.

»Sehen wir mal«, sagte der Mann, während er kaum zwei Meter von Mark entfernt die Äste absuchte und dieser inständig hoffte, dass er nicht den Kopf hob. *Nicht nach oben sehen, nur nicht nach oben sehen …*

»Aha, da haben wir ihn.« Damit griff der Mann nach dem Blatt, das Mark vor wenigen Sekunden aufgehängt hatte, und pflückte es. »Lesemodus«, befahl er.

In der Luft neben ihm erschien ein Textfenster, dem sich der Mann nun zuwendete und zu lesen begann. »Ja, ja … ja, klingt ja alles sehr schlimm …«, murmelte er, während er beim Lesen immer wieder kopfschüttelnd »ts, ts« zwischen den Zähnen hervorstieß. Plötzlich brach er ab.

»Was ist los?«, fragte der andere Mann. »Wo liegt das Problem? Wir müssen uns ranhalten, die nächste Befragung beginnt gleich.«

»Ich frage mich, ob wir es tun sollten«, antwortete der erste Mann.

»Warum? Was ist los?«

»Der Datumsstempel auf dieser Datei stimmt nicht«, erklärte er.

Ein kalter Schauer lief Mark über den Rücken.

»Was?«

»Sieh dir das an«, forderte der Mann seinen Begleiter auf. »Die Datei ist heute Nachmittag abgerufen worden. Erst vor wenigen Stunden.«

»Und?«

»Warum ist das geschehen? Warum sollte jemand genau diese Datei genau in diesem Augenblick abrufen?«

»Gute Frage. Routinekontrolle?«

»Hm …«

Mark schluckte. Er bemühte sich, es so leise wie möglich

zu tun, aber gleichzeitig war er überzeugt, dass es auf dem gesamten Planeten zu hören war.

»Drei Monate nach der Aufnahme.«

»Das ist es. Eine Routinekontrolle.«

»Ich weiß nicht …«

»Du bist immer so misstrauisch. Jetzt komm schon.«

»Meinem Misstrauen verdanke ich meine Freiheit. Nein … für mich ist die Sache damit gestorben. Lass ihn laufen, ich will ihn nicht.«

»Fällt dir nichts Besseres ein?«

»Was zum Beispiel?«

»Schick ihn raus, er soll für dich einen Job erledigen, und dann verlier ihn einfach.«

»Oh, du meinst, wie den Letzten.«

»Genau.«

Nachdenklich schwiegen die beiden Männer. »Wäre ihnen eine Lehre, wenn sie versucht haben, einen Spion bei uns einzuschleusen«, sagte der Mann schließlich, während er leise vor sich hin lachte. »In Ordnung. Wir ›stellen ihn ein‹ … aber seine Anstellung wird nur von kurzer Dauer sein.«

»Spione«, brummte der andere Mann. »Da kommt mir ein hässlicher Gedanke.«

»Was meinst du?«

»Der Letzte, dieser blonde Junge. Wenn dieser hier ein Spion ist, könnte der andere doch auch einer gewesen sein.«

»Der?«, gab der erste Mann verwundert zurück, während er in lautes Lachen ausbrach. »Du scherzt wohl. Der hat doch keine Ahnung, was mit ihm geschieht. Deshalb ist er doch so gut für den Job geeignet.«

»Ja, ich weiß. Aber …«

»Ach, komm schon, vergiss es! Außerdem ist er ohnehin

schon Geschichte oder wird es bald sein. Lass die Sorgen und komm. Wir wollen unseren neuen ›Angestellten‹ doch nicht warten lassen.«

»Wohin wolltest du ihn schicken?«

»Zu der Geldübergabe nach Kiew.«

»Du willst ihnen das Geld doch nicht wirklich geben, oder?«

»Immer weniger. Was wäre da besser, als wenn wir den Kurier umlegen lassen und dann behaupten, dass es Diebe gewesen sind? Für dort drüben ist das die perfekte Ausrede. Dieses Pack beklaut sich ständig gegenseitig. Wir bekommen das Geld zurück, ohne dass sie davon wissen, und hetzen sie gegeneinander auf, was uns nur nützen kann. Außerdem müssen wir dann das Geschäft nicht abschließen, das mir längst nicht mehr gefallen hat. Dort sind doch alle Verbrecher. Ich hasse es, ihnen gutes Geld zu geben, wenn sie nicht einmal wissen, wie man es richtig wäscht.«

»Das ist wahr. Und wo Bargeld sowieso überall knapp ist …«

Während sich die beiden Männer im Plauderton über die Ermordung von Menschen unterhielten, entfernten sie sich. Verborgen in den Ästen des Baumes, zitterte Mark vor Wut. Vor allem, weil er nicht daran gedacht hatte, dass es vielleicht nützlich sein könnte, wenn er hier im Archiv »verkabelt« war. Was er eben gehört hatte, hätte diese Männer hinter Gitter gebracht, ohne dass Leif zu dem Treffen hätte gehen müssen. Und jetzt waren all diese Beweise verloren, und es stand nur sein Wort gegen das der Männer …

Mark wartete, bis das Feuer wieder aufflammte als sicheres Zeichen, dass sie gegangen waren, und stieß dann einen langen Seufzer aus. »Langsam abwärts«, befahl er dem

Baum, der diese Aufforderung befolgte, und eilte dann zur Firewall. Er war fest entschlossen, an dem bevorstehenden Treffen teilzunehmen, komme, was wolle …

Mit dir wird es noch mal schlimm enden, war einer der Aussprüche, die Burt immer von seinem Vater gehört hatte. Nun, so wie es jetzt aussah, würde er damit Recht behalten, was Burt maßlos wütend machte. Sein ganzes Leben lang hatte sein Vater immer Recht gehabt und er Unrecht; und jetzt würde Burt sterben, und sein Vater würde immer noch im Recht sein. Das war mehr, als er ertragen konnte.

»Deine Gedanken sind keinen Pfifferling wert«, hörte er seinen Vater sagen. »Du denkst nie etwas zu Ende. Stattdessen stürzt du dich in eine Sache hinein, ohne den geringsten Plan, was geschehen wird, bis es geschieht. Und dann ist es zu spät, denn die anderen haben vorher nachgedacht und dich längst überholt. Warum habe ich mir keinen Hund genommen und ihn erschossen?«

Burt lief es abwechselnd heiß und kalt über den Rücken vor Wut über die nur allzu vertrauten Worte. Und wie gerechtfertigt sie nun schienen. Vollkommen verkrampft, saß er in dem Aufenthaltsraum, der seinem KLM-Flug zugewiesen worden war. Das Gepäck der Passagiere war bereits durchleuchtet worden, und beim Eingang zur Duty-Free-Zone war er durch den Metalldetektor gegangen. Zumindest im Augenblick war er nicht in Gefahr, mit dem heißen Päckchen erwischt zu werden. Aber schon bald würde er das Flugzeug besteigen, und sieben Stunden später würde er in den Vereinigten Staaten von Bord gehen und mit diesem Zeug gefasst werden.

Deine Gedanken sind keinen Pfifferling wert.

Burt brannte vor Wut. *Warum gerade ich? Warum tun sie mir das an? Ich hab genau das getan, was sie mir gesagt haben.*

Offenbar rechnen sie damit, dass ich mich an die Anweisungen halte.

Aber warum heuern sie dann einen Kurier an und lassen ihn einfach so über die Klinge springen, wenn er genau das getan hat, was man von ihm erwartet hat?

Durch die Glaswände sah Burt hinaus auf die weitläufige Anlage des Flughafens Schiphol. So viel grünes Gras unter blauem Himmel, und alles unglaublich flach. *Warum?*

Er sah genau vor sich, wie er am Flughafen Reagan durch den Zoll ging und geschnappt wurde. War gewiss ein tolles Schauspiel: *Seht nur! Seht, was sie im Gepäck von dem Jungen gefunden haben!* Alle würden sich ihm anklagend zuwenden, alle Blicke wären auf ihn gerichtet …

Und während Burt an diese Blicke dachte und ihm wieder vor Scham und Angst der Schweiß ausbrach, sah er noch etwas anderes. Sobald alle Blicke und die gesamte Aufmerksamkeit auf ihn gerichtet wären, würde ein anderer in dem Wirbel unbemerkt vorüberschlüpfen.

Ich bin nicht der Hauptakteur in diesem Flugzeug! Ich bin nur die Ablenkung!

Irgendjemand hier hat etwas weit Wichtigeres bei sich als ich. Und diese Person wird damit davonkommen, wenn sie mich schnappen.

Plötzlich war ihm alles klar. Wenn man ihn fasste, gelangte ein anderer aus demselben Flug, der eine viel bedeutendere, wertvollere oder heißere Schmuggelware bei sich trug, unbemerkt vorbei, während man ihn entkleidete, durchleuchtete und sein Inneres nach außen kehrte. Wer auch immer es war, musste die Ware in seinem Handgepäck oder am Körper tragen. Niemand in solch einer Situation konnte es sich erlauben, auf sein Gepäck zu warten. Es musste also jemand sein, der ausschließlich Handgepäck hatte.

Mit wachsender Verzweiflung musterte Burt die übrigen Passagiere. Da er selbst ohne Koffer reiste, hatte er sich nicht in der Reihe beim Abfertigungsschalter anstellen müssen, sodass er jetzt nicht wusste, wer Gepäck aufgegeben hatte. Und hier gab es niemanden ohne Handgepäck. Es war hoffnungslos …

Hoffnungslos. Und frustrierend, weil er wusste, dass in seiner unmittelbaren Nähe eine Person etwas wirklich Illegales oder Gefährliches bei sich hatte und ihn als Tarnung benützte, um zu entkommen, während *er* gefasst wurde.

Ihn erfasste der irrationale Impuls, einen der Passagiere nach dem anderen beim Kragen zu packen, zu schütteln und ihm anklagend ins Gesicht zu brüllen: »Warum tust du mir das an?« Aber das wäre wirklich dumm. Dann würden sie ihn vermutlich gleich schnappen. Schlechte Idee. Gleichzeitig konnte er sich nicht ganz von dem Wunsch losreißen, die Person, die ihm dies antat, zu stellen, indem er sie einfach ansah.

Verrückte Idee.

Weil ihm nichts Besseres einfiel und dies vielleicht seine letzten Stunden in Freiheit waren, beschloss er, es einfach zu tun. Selbstverständlich würde er es nicht allzu auffällig machen. Aber er würde jedem einzelnen Passagier dieses Fluges in die Augen schauen und ihn wissen lassen, dass er *wusste*, was der andere vorhatte und was mit ihm selbst geschehen würde. Bei einem von ihnen würde die Botschaft ankommen. Sollte ihn der eine oder andere der etwa zweihundert Reisenden deshalb für ein wenig verrückt halten, war ihm das auch einerlei. Er würde sich auf jeden Fall diese letzte kleine Befriedigung gönnen.

Die Reisetasche lässig über die Schulter gehängt, schlenderte Burt durch den Aufenthaltsraum, suchte sich immer wieder einen neuen Standort und sah den Wartenden systematisch in die Augen. Er begann in der Nähe der Tür, durch die man zum Flugzeug gelangte, und arbeitete sich vor bis zu der Tür, durch die man die Wartezone von der Haupthalle aus betrat. Auf diese Weise hatte er Gelegenheit, sich alle anzusehen, und wenn er dann neben dem Eingang stehen blieb, konnte er auch noch die Letzten abfangen.

Burt machte ein Spiel daraus. Während er sich so vorsichtig wie möglich vortastete, sahen ihn die meisten gelangweilt an, ehe ihr Blick weiterschweifte. Einige erwiderten seinen Blick, verloren aber dann das Interesse. Etwa fünfzehn Minuten lang bewegte sich Burt so unaufdringlich wie möglich von einem Platz zum anderen, schloss Augenkontakt mit seinen Mitreisenden und suchte nach Anzeichen, dass genau die Person, die er jetzt ansah, ihn verraten würde.

Und dann, nachdem er etwa hundertfünfzig Personen auf diese Weise geprüft hatte, bemerkte er etwas Seltsames.

Es war ein Mann in einem langen Leder-Trenchcoat, um den ihn Burt augenblicklich beneidete, sodass sein Blick länger auf ihm weilte, als es sonst der Fall gewesen wäre. Aber der Mann wandte sich ab. Er mied Burts Blick. Und während Burt noch mal versuchte, mit ihm Augenkontakt zu bekommen, nicht auffällig, sondern ihn einfach ein wenig länger anblickte, begriff er, dass ihm dieser Mann *unter keinen Umständen* in die Augen sehen würde. Er würde nicht einmal in Burts Richtung schauen.

Das war mehr als purer Zufall. Denn während Burt lässig durch den Warteraum schlenderte und sich einmal hierhin und dann dorthin stellte, beobachtete er, was geschah. Egal, wo Burt auch stehen blieb, der dunkelhaarige Mann im braunen Leder-Trenchcoat, mit der braunen Aktentasche und dem durchschnittlichen Gesicht, sah einfach immer in eine andere Richtung. Diesen Kerl dazu zu bewegen, zu ihm herüberzublicken, war ebenso schwer, wie ohne Spiegel den eigenen Hinterkopf zu betrachten.

Aus Unsicherheit wurde Sicherheit, und diese Sicherheit wandelte sich allmählich in Triumph. *Das ist er*, dachte Burt. *Das ist der Kerl und kein anderer.* Er *wusste* einfach, dass er Recht hatte.

Diese plötzliche Gewissheit ließ ihn beinahe schwindeln vor Erleichterung. *In Ordnung*, dachte er streng. Der neue Tonfall, den er sich vor kurzem zu Eigen gemacht hatte, erinnerte beinahe an den seines Vaters. *Denk die Sache einmal genau durch. Lass dich nicht hinreißen von deiner Aufregung. Gut so. Das ist also der Kerl. Was wirst du jetzt mit dieser Information anfangen?*

Burt zog sich hinter eine Säule zurück, die in der Nähe stand, und beobachtete von dort aus den Mann, während er sich den Anschein gab, als würde ihn etwas anderes interessieren. Die Aktentasche des Mannes sah aus wie jede andere und konnte die verschiedensten Dinge enthalten. Burt fiel der Diamant ein, den der junge Mann in dem Laden hatte abwiegen lassen. Dieser Edelstein allein wäre mehrere zehntausend Dollar wert. Fünf oder sechs davon in einer Aktentasche voll von wichtig aussehenden Dokumenten, oder an einem unauffälligen Ort in der Tasche versteckt, könnten schon eine beträchtliche Summe bringen.

Eines stand fest. Was auch immer der Mann bei sich trug, er wollte nichts mit Burt zu tun haben. Das war das Einzige, das zählte. Nun war es an ihm herauszufinden, was er mit dieser Information tun sollte …

Etwas herauszufinden ist nicht gerade deine Stärke, mein Junge, hörte er die altbekannte Stimme amüsiert und triumphierend sagen.

Burt runzelte die Stirn.

Das werden wir noch sehen …

Fluchtweg … **10**

Kurz darauf setzte Megan ihr System für alle Anrufer auf »Beschäftigt« und legte sich auf die Lauer. Die Erlaubnis dazu hatte sie einiges gekostet. »Das ist meine Operation«, hatte sie gesagt. »Es ist mein Freund. Und ich will bis zum Ende dabei sein!«

»Du kannst nichts tun, Megan«, hatte Winters erwidert. »Leif wird schon klarkommen.«

»Wenn ich nicht zusehen darf, dann …« Megan brach ab, denn sie wusste nicht, was sie dann tun sollte. Außerdem war es töricht, diesem Mann zu drohen. Einerseits wollte sie später einmal mit ihm zusammenarbeiten, und andererseits würde jede Drohung kindlich klingen.

So starrte sie ihn bloß schweigend an.

»Okay. In Ordnung«, stimmte Winters schließlich zu, nachdem er ihrem Blick eine Weile standgehalten hatte. »Ich habe einen Platz für dich … gemeinsam mit ein paar hundert anderen.«

»*Ein paar hundert?*«

»Dieser Fall erfordert außergewöhnliche Maßnahmen«, erklärte Winters. »Du wirst schon sehen. Komm, ich zeige dir, wo du gebraucht wirst. Aber du bleibst genau dort, wo ich dich hinbringe! Ich muss noch kontrollieren, ob alle Einsatzleute bereit sind und ob die Kontrollorgane von Breathing Space und den anderen Behörden an ihrem Platz sind. Und bei Gott, nach all diesen Vorbereitungen wäre es besser für sie, wenn sie …«

Megan folgte ihm mit pochendem Herzen.

Wie am Tag zuvor hatte sich Leif an einen Tisch auf dem Platz gesetzt und trank nun etwas verkrampft einen Orangensaft. Ohne besondere Vorankündigung spazierte Vaud plötzlich über den sonnigen Platz, an der großen Bärenstatue aus hellem Holz vorüber, die am unteren Ende des Platzes stand, und trat in den Schatten des Sonnenschirms, der über Leifs Tisch fiel. Einen Augenblick lang sah der Mann nur schweigend auf ihn herunter. »Pünktlich«, sagte er dann. »Gut zu wissen. Folgen Sie mir!«

Ohne ein weiteres Wort ging Vaud wie beim ersten Mal auf das Restaurant zu. Leif ließ seinen Drink stehen und folgte ihm. Einen Augenblick später befanden sie sich wieder in dem von blauen Wirbeln erfüllten Raum. Statt des einen Stuhls standen nun drei Stühle auf der anderen Seite des Tisches. Kaum hatte sich Vaud auf einen gesetzt, betraten zwei weitere Männer den Raum und nahmen ebenfalls Platz.

»Meine Partner«, sagte Vaud. »Mr Tessin und Mr Grau.«

Die beiden Männer zeigten nicht das geringste Interesse für Leif als Person, sondern musterten ihn wie eine Ware. Der kleine, rundliche Mann mit dem schütteren Haar trug einen moderneren Straßenanzug als Vaud, hatte strahlend blaue Augen und ein Gesicht, das von zahlreichen Lachfalten durchzogen war, nur dass er sie derzeit in keiner Weise verwendete. Das Gesicht des großen, schlanken Mannes lag immer im Schatten, obwohl der Raum gut ausgeleuchtet war. *Gehört zu seiner Tarnung,* dachte Leif. Aus irgendeinem Grund jagte ihm dieses Gesicht einen Schauer über den Rücken. *Warum hat er sich nicht einfach ein Gesicht zugelegt, das etwas anders ist als seines? Genau das ist es! Bei seinem Anblick soll es mir kalt über den Rücken laufen. Sehr clever.*

»Ich würde gerne dort fortfahren, wo wir gestern aufgehört haben«, sagte Mr Vaud, während er dem Mann, dessen Gesicht im Schatten lag, einen Blick zuwarf. »Es gab Zweifel bezüglich Ihrer Sprachgewandtheit.«

»Wessen? *Meiner?*«, fragte Leif ehrlich aufgebracht.

»Wessen sonst?«, gab Mr Grau auf Russisch mit Moskauer Akzent zurück. »Ich interessiere mich für Ihren technischen Wortschatz.«

Wofür? Für Kurierdienste?, dachte Leif plötzlich. *Außer, wenn es jetzt überhaupt nicht um Kurierdienste ging.*

Sie haben einen Verdacht. Vielleicht halten sie mich für einen Spion. Die Idee war ihm unvermutet gekommen, aber sie wirkte gleichzeitig so einfach und so wahr.

Großartig. Wie soll ich dieses Spiel spielen?

Unzählige Gedanken schossen Leif durch den Kopf. Insgesamt gab es zwei Möglichkeiten. Entweder er hielt mit seinen Kenntnissen etwas zurück, sodass es aussah, als wäre Technik nicht seine starke Seite. Oder er rückte sein Wissen ins Rampenlicht, denn immerhin war er in all seinen »Hauptsprachen« gerade auf seinen technischen Wortschatz besonders stolz.

Wie sollte er wissen, was besser ankam? Niemand konnte das. Nicht in diesem Augenblick. Also volle Kraft voraus.

Und so stürzte er sich mit voller Kraft auf die Beantwortung der Fragen. Grau schoss erst eine Salve von Fachausdrücken aus den Bereichen Elektronik und Computerwissenschaft in Russisch auf ihn ab, dann in noch schnellerem Tempo auf Deutsch, wobei er jede Menge meterlange zusammengesetzte Hauptwörter verwendete, von denen Leif einige bekannt waren, während er andere offenbar eben erst erfunden hatte. Leif übersetzte und antwortete, so schnell er konnte, und gebrauchte auch die richtigen Worte, bis auf ein- oder zweimal, wo er Begriffe in einer Weise verwendete, die darauf schließen ließ, dass er sie verstand, auch wenn er sich über ihre Bedeutung nicht ganz im Klaren war.

So ging es etwa eine erschöpfende halbe Stunde lang, in der Grau immer wieder ohne Vorwarnung von einer Sprache in die andere wechselte, bis Leif allmählich zu schwitzen begann. In diesem Augenblick begriff er, dass es längst nicht mehr um seine sprachlichen Fähigkeiten ging, sondern um seine Reaktion auf Stress. Etwas entspannter durch diese Erkenntnis, begann er nun, bewusst langsamer und ein wenig arroganter zu antworten. Diese Kerle mussten sich schon etwas Besseres einfallen lassen, wenn sie ihn aus der Reserve locken wollten.

Schließlich brach Grau ab und sah zu den anderen beiden hinüber. »Nun?«, fragte Tessin.

»Ausreichend«, antwortete Grau.

Jetzt soll ich wohl die Nerven verlieren. Habt ihr euch so gedacht. Stattdessen kreuzte Leif die Arme, lehnte sich in seinem Stuhl zurück und sah die Männer gleichgültig an.

Tessin nickte und blickte zu Vaud.

»Nun, vor allem sein Russisch ist recht gut. Und wir haben eine Lieferung in dieses Gebiet. Gentlemen?«

Nachdem die drei Männer einen Blick gewechselt hatten, nickten Tessin und Grau.

»In Ordnung, Mr Dawson«, sagte Vaud. »Sie werden für uns am Reagan-International-Flughafen ein Päckchen von einem Kurier übernehmen. Die Einzelheiten der Übergabe werden wir Ihnen in einer Virtmail zukommen lassen. Um diese Information abzurufen, dürfen Sie jedoch nicht Ihren Netzzugang von Breathing Space benützen, sondern müssen die Adresse, die wir jetzt an Ihre Virtmailbox von Breathing Space schicken, von einer öffentlichen Netzkabine aus abfragen.«

Tessin nickte zufrieden, wie jemand, der sich eben um ein paar wichtige Angelegenheiten gekümmert hatte. »Sie werden morgen aufbrechen.«

»Und wie viel bekomme ich dafür?«, fragte Leif.

»Die Gier der Jugend«, brummte Tessin mit schwachem Lächeln. »Nun, da es Ihr erster Auftrag ist, liegt die Bezahlung unter dem Üblichen. Wenn wir sehen, dass Sie sich gut machen, steigt der Preis mit jeder erfolgreichen Lieferung. Sechstausend bei Abreise, sechstausend, wenn Sie mit dem Päckchen zurückkommen.«

»Ich glaube nicht, dass das genug ist«, sagte Leif nach kurzem Nachdenken.

Die drei Männer starrten ihn mit sichtlichem Erstaunen an. »Himmel! Ich hätte geglaubt, dass Ihnen dieses Angebot mehr als großzügig erscheint.«

»Das kann schon sein«, gab Leif zurück, ehe er wieder einen Augenblick nachdenklich schwieg. »Fünfzehntausend«, sagte er schließlich. »Halbe, halbe, wie Sie gesagt haben.«

Vauds Gesichtsausdruck schwankte zwischen Verärgerung und Bewunderung. »Ach, komm schon«, sagte Tessin, »wir können es uns doch leisten.«

Nach einer kurzen Stille nickten die beiden. »Wenn Sie uns Ihre Kontoinformationen geben, werden wir den Betrag, welche Scheckkarte auch immer Sie verwenden, überweisen.«

»Es ist eine BlueChip-Karte, und die Nummer ist …« Aus dem Gedächtnis rasselte Leif eine zwanzigstellige Nummer herunter. »Ich warte gerne.«

»Himmel, so jung und schon so geldgierig!«, rief Vaud nun wirklich verärgert, während Tessin Leif lachend aufforderte, ihm die Nummer noch mal zu geben.

Leif tat es, Tessin wiederholte die Zahlen leise und fügte dann noch etwas hinzu, das Leif nicht hören konnte. »Die Überweisung wird jetzt durchgeführt«, sagte er schließlich zu Leif.

Daraufhin zog Leif den virtuellen »Zwilling« seiner Blue-Chip-Karte hervor, schaltete ihn ein, gab seine PIN ein, und schon erschien in dem kleinen Display sein Kontostand. Noch während er zusah, veränderte sich der Betrag von einer dreistelligen auf eine vierstellige Summe vor dem Komma.

Mit glücklichem Lächeln sah er auf. »In Ordnung, Mr Winters«, rief er fröhlich.

Einen Augenblick lang sahen die drei Männer einander fassungslos an. »*Winters* …«, stieß Vaud hervor, während Tessin und Grau bereits auf den Beinen waren und aus dem blauen Raum hinaus auf den sonnenüberfluteten Platz rannten. Leif verlor die beiden rasch aus den Augen. Stattdessen eilte er Vaud hinterher, der seinen Partnern zu folgen versuchte.

Hastig zwängte er sich durch die Tische. Nun behinderte ihn die virtuelle Struktur von Breathing Space, die es ihm nicht erlaubte, einfach zu verschwinden, sondern ihn zwang, den virtuellen Raum durch einen vorher eröffneten »Notausgang« zu verlassen. *Wäre besser gewesen, wenn er den Notausgang hier in der Nähe angelegt hätte*, dachte Leif amüsiert, als ein Kaffeehausbesucher an einem der Tische, die Vaud passierte, einfach den Fuß vorstreckte, sodass er darüber fiel.

Die Virtualität filterte zwar den Schmerz, so wie in diesem Fall, aber sie hatte keinen Einfluss auf die tatsächliche körperliche Bewegung, die den Gesetzen des jeweiligen Programmierers folgt. Augenblicklich sprang Vaud wieder auf und hastete weiter …

… bis ein anderer Gast an einem Tisch in der Nähe aufstand und Vaud mit einem gezielten Stoß auf den Tisch daneben schleuderte, sodass er erneut stürzte.

Vaud war gut, denn während neben ihm Gläser, Teller und Besteck klirrend zu Boden fielen, machte er eine Rolle, kam wieder auf die Beine und sprintete weiter durch die Menge auf dem Platz …

… nur dass es sich nicht um gewöhnliche Kaffeehausbesucher handelte, denn schon wieder stellte sich ihm einer in den Weg, um ihn aufzuhalten. Keuchend sah Vaud, wie sich nun auch die übrigen »Gäste« erhoben und zu einem Ring um ihn zusammenschlossen. Und plötzlich wurde ihre Kleidung überraschend einheitlich. Unter der »sekundären Haut« der Straßenkleidung tauchte die primäre »Haut« auf, die sie für diesen Online-Einsatz angelegt hatten: das Hellblau, Dunkelblau und Silber der Net-Force-Uniform. Der gesamte Bärenplatz war voll von grimmig grinsenden Net

Force Agents, die ihre Tarnung aufgegeben hatten und nun ihre regulären Uniformen trugen.

Vaud blieb regungslos stehen. Als Leif über Vauds Schulter hinweg Megan entdeckte und sah, *was* sie trug, wechselte er ebenfalls grinsend von der Straßenkleidung auf die Uniform der Net Force.

Geradezu lässig schlenderte James Winters auf die Gruppe um Vaud zu.

»Wir haben schon eine ganze Weile nach Ihnen Ausschau gehalten«, sagte er. »Wirklich nett, dass sich nun eine dieser Operationen ausgezahlt hat. Gott weiß, dass es lang genug gedauert hat«, fügte er kopfschüttelnd hinzu. »Dickens hätte das hier wohl gefallen. Man sucht sich unschuldige Kids aus, benützt sie und wirft sie dann weg. Oder man sorgt dafür, dass sie ihre Unschuld verlieren, und bildet sie aus für hässliche Spitzelorganisationen und Verbrecherbanden. Sie bekommen einen Hungerlohn und selbst behält man das große Geld …« Wieder schüttelte er den Kopf. »Nun, ich glaube, dass Sie keine Gelegenheit mehr finden werden, die ›Waisenhäuser‹ dieser Welt abzuernten. Etwa zwölf verschiedene Ermittlungsbehörden durchleuchten in diesem Augenblick die Arbeit Ihrer Leute. Das schmutzige Geschäft ist zu Ende. Auf jeden Fall für *Sie*. Nehmt ihn und seine Freunde mit …«

Die Net Force Agents schlossen den Kreis enger um Vaud und waren im nächsten Augenblick mit ihm verschwunden.

Während sich die anderen Agents zerstreuten, ging James Winters zu Megan und Leif hinüber. »Im Verlauf ihres kleinen Besuchs hier ist es uns gelungen, eindeutig festzustellen, wo sich die Männer körperlich aufgehalten haben«, sagte er. »An drei Orten: Prag, Helsinki und New York. Tessin war nur einen Block entfernt vom Firmensitz deines Vaters«, sagte er zu Leif, »ganz in der Nähe der Wall Street. Die sollten wir uns einmal näher ansehen«, fügte er nachdenklich hinzu. »Gute Arbeit«, sagte er schließlich mit breitem Grinsen. »Wirklich gute Arbeit von euch beiden. Obwohl ich weiße Haare bekommen habe, als du mit dem Preis hinaufgegangen bist, Leif.«

»Warum nicht gleich ein gutes Geschäft machen?«, gab Leif zurück. »Immerhin hatte ich etwas, das sie wollten. Außerdem hätte ich sonst zu gierig auf den Job gewirkt.«

»Nun«, meinte Winters, während er Leif ein wenig intensiver musterte. »Da spricht der Richtige ... In Ordnung, als Schutzmaßnahme war es okay, dass ihr diese Uniformen tragt. Dieses eine Mal. Aber jetzt solltet ihr sie ausziehen ... bis ihr dazu berechtigt seid.«

Mit leichtem Bedauern gehorchten die beiden, und während Leif nun wieder Poloshirt und Jeans trug, wechselte Megan zurück zu ihrem üblichen Sweatshirt und den engen Hosen.

»Was ist mit meinem Freund?«, fragte sie nun besorgt, während sie eben noch gelächelt hatte. »Burt?«

»Wir haben mehrere Vermutungen, wo er sich jetzt aufhalten könnte«, sagte Winters wieder fröhlicher. »Mit Mr Vauds Hilfe werden wir versuchen, es herauszufinden. Ich glaube, dass er sich als ziemlich gesprächig erweisen wird. Also, zurück an die Arbeit ...«

Das Aussteigen aus dem Flugzeug schien endlos zu dauern. Es war schon erstaunlich, wie viel Zeit verging, bis sämtliche Passagiere ihre Taschen wieder gefunden hatten und endlich, ohne einander noch mal in die Quere zu kommen, das Flugzeug verließen.

Auf die Menschenmenge, die in der Gepäckausgabe neben einem Laufband stand, taumelte ein junger blonder Mann mit Reisetasche zu. Sein Gang und seine Haltung ließen darauf schließen, dass er über alle Maßen erschöpft war. Nachdem er während der letzten Stunden verzweifelt nachgedacht hatte, war er nun wirklich müde genug, um zu schwanken. Vor ihm wurde der Mann in dem Trenchcoat von mehreren Gepäckwagen aufgehalten, auf denen andere Passagiere eine Unzahl von Koffern und Taschen umzuschlichten versuchten, während sie in der Reihe Richtung Ausgang warteten, um bei den amerikanischen Zollbeamten, die bei den Tischen vor dem Ausgang standen, ihre Zollerklärung abzugeben. Langsam, wenn auch nicht zu langsam, und heftig gähnend, stolperte Burt hinter dem Mann im Leder-Trenchcoat her.

Ohne Burt einen Blick zuzuwerfen, wusste der Mann, dass er hinter ihm war, und beschleunigte seine Schritte, um noch vor Burt an einem der Tische der Zollkontrolle zu sein.

Die Zöllner an den Tischen kümmerten sich nur um die Passagiere, mit denen sie im Augenblick zu tun hatten. Soweit Burt feststellen konnte, hatte ihn niemand bisher bemerkt, denn keiner achtete darauf, was hinter den Leuten an den Tischen geschah.

In diesem Augenblick blieb Burt schwankend stehen, taumelte – und fiel in Ohnmacht.

Zumindest sah es so aus. Er warf sich einfach vorwärts, ohne den Fall mit den Armen abzufangen, und stieß direkt gegen den Mann. Burt hatte in seinem Leben schon genug Fußball gespielt, um sicherzustellen, dass sein Gewicht den Mann im Rücken genau über den Hüften traf, wo es für den auf diese Weise Angegriffenen nahezu unmöglich war, nicht

750

zu stürzen. Entweder er fiel vornüber, oder er verletzte sich, wenn er versuchte, den Fall zu vermeiden. Der Mann im Trenchcoat verlor das Gleichgewicht und kippte nach vorne. Und jetzt kam der schwierige Teil. Denn während Burt auf ihn stürzte, musste er sich ein wenig nach rechts zur Seite werfen, um die Tasche seitlich an dem Mann vorüber und – das Wichtigste überhaupt – *unter* ihn zu schleudern. Als sie schließlich gemeinsam auf dem Boden aufschlugen, lag die Reisetasche größtenteils unter dem Mann, dessen Aktentasche quer über den Boden davongesegelt war.

Das war nun wirklich etwas, das die Aufmerksamkeit der Zollbeamten weckte. Die beiden, die direkt vor Burt und seinem Opfer beschäftigt waren, sahen sofort herüber. Und der Zollbeamte unmittelbar rechts von ihnen, der eben mit einem Passagier fertig geworden war, eilte, durch die Rufe der nachkommenden Passagiere alarmiert, herbei und half Burt aufzustehen.

»Oh, er hat seine Tasche fallen gelassen«, sagte Burt. »Tut mir Leid, Mister, sehen Sie, da ist Ihre Tasche …«, stammelte er, während er auf die Reisetasche deutete, die halb unter dem Mann im Trenchcoat lag.

»Das ist nicht meine Tasche«, wehrte der Mann verstört ab. »Das ist nicht meine Tasche, wo ist meine …«

Augenblicklich wurde klar, dass er einen guten Grund haben könnte, so zu reagieren, denn der Reißverschluss der Tasche war offen gewesen, als Burt sie fallen gelassen hatte, und aus ihr ragte nun ein Umschlag hervor, der einen großen, ziegelförmigen braunen Klumpen enthielt, dessen Struktur an köstliche Karamellbrownies erinnerte.

Während Burt sich den Staub von der Hose klopfte, fragte er sich in Panik, ob ihn dieser Auftritt nicht in noch größere

Schwierigkeiten gebracht hatte. Nachdem er sich entschlossen hatte, sich aus eigener Kraft aus seiner aussichtslosen Lage zu befreien, hatte er ein paar unbehagliche Minuten mit der Reisetasche in der Flugzeugtoilette verbracht. Mit einer Wegwerfplastikfolie für den Toilettensitz hatte er seine Hände umwickelt, um dann mühsam den Inhalt der Versandtasche halb aus ihrer Umhüllung zu lösen. Ob er sich dabei noch mal kontaminiert hatte, wusste er nicht. Aber da er ohnehin schon in großen Schwierigkeiten steckte, wäre es wohl unklug, gar nicht erst zu versuchen, die Lage zumindest *ein wenig* zu seinen Gunsten zu verändern.

Jetzt hoben die Zollbeamten die Tasche mit den Drogen auf und spähten mit wachsendem Interesse hinein. Zu Burts größtem Erstaunen versuchte der Mann im Leder-Trenchcoat, einen der Zollbeamten zur Seite zu stoßen, um durch die Tür in die Ankunftshalle zu flüchten. Dem Zollbeamten gelang es, den Mann zu fassen, und einen Augenblick später kam ihm ein zweiter Beamter zu Hilfe.

Alle Passagiere rundum starrten auf die Männer. Und plötzlich drängten sich etwa zwanzig Zollbeamte auf einem relativ kleinen Gebiet. *Wo sind die alle hergekommen?*, fragte sich Burt.

»Okay, Leute«, rief einer der Zollbeamten schließlich mit einem Blick auf die angesammelte Menschenmenge, »weiter jetzt, Karte herzeigen und weitergehen ...« Währenddessen führten mehrere seiner Kollegen den Mann im braunen Trenchcoat in einen kleinen Nebenraum. Ein weiterer Zollbeamter folgte ihnen mit der Tasche, die er nun mit Gummihandschuhen hielt.

Burt betrachtete das Schauspiel ebenfalls und gesellte sich dann so unauffällig wie möglich zu der Familie, die zuvor unter großer Mühe ihr Gepäck geschichtet hatte und jetzt an den Tischen vorüberging. Einige der älteren Söhne zeigten eigene Zollformulare vor, sodass Burt einfach nach dem dritten Sohn seine Karte vorzeigte, als wäre der dazugehörige Koffer auf einem der Wagen. Die Zollbeamtin, die die Karte entgegennahm, stempelte sie und winkte ihn weiter, während sie immer noch zu der Tür hinübersah, durch die ihre Kollegen mit dem Mann im braunen Trenchcoat verschwunden waren.

Burt zitterte nun heftiger als zuvor – und er konnte nur hoffen, dass es nicht auffiel –, denn er erwartete jeden Augenblick, dass ihn jemand von hinten ansprach: »Warte, Junge ...« Aber nichts dergleichen geschah. Das war gut, aber damit war er seinen Schwierigkeiten noch nicht entkommen. Jenseits des Zolls würde ihn vermutlich die Person erwarten, der er sein Päckchen übergeben sollte – das Päckchen, das er nicht mehr besaß. Man würde auch auf den Mann im Trenchcoat warten, und wenn dieser nicht auftauchte, würde dessen Kontaktperson sicher herausfinden, was geschehen war, und dann keine allzu freundlichen Gefühle für Burt hegen. *Ich muss ihnen entkommen. Aber wo ... und wie ...?*

Ohne nach rechts und links zu blicken, eilte Burt durch die Taxifahrer und Autovermieter, die vor dem Zoll mit Schildern, einfachen Zetteln oder elektronischen Anzeigentafeln, auf denen Namen standen, auf ihre Passagiere warteten. Er drängte sich durch die Menge, ohne anzuhalten oder jemanden anzusehen, denn jede dieser Personen konnte sein Kontakt sein, den er jetzt um keinen Preis treffen wollte. Bisher folgte ihm niemand. Allerdings war das nicht wirklich ein Grund, um aufzuatmen, denn die Lage war immer noch hoffnungslos. Er hatte kein Geld mehr und konnte nirgendwohin gehen.

Mit Ausnahme eines einzigen Ortes, an dem man einen Ausreißer wie ihn unter keinen Umständen vermuten würde …

Hastig ging er durch die Ankunftshalle zu den öffentlichen Netzkabinen. Die erste war besetzt. Burt schluckte und ging zur nächsten, dann zur nächsten und zur nächsten. Alle besetzt. Von hinten näherten sich ihm rasche Schritte, aber er drehte sich nicht um, das wagte er nicht. *Nicht umdrehen, vielleicht holen sie dich sonst ein.* Auch die nächste und die übernächste Kabine waren besetzt. *Ach, kommt schon, Leute, was habt ihr im Netz zu suchen, habt ihr kein richtiges Leben?*, dachte Burt, während er die Hand auf die Klinke zur letzten Kabine legte.

FREI verkündete das grüne Leuchtschild über der Tür.

Er schlüpfte hinein, zog die Tür zu und verriegelte das Schloss. Zitternd wartete er darauf, dass jemand gegen die Tür trommelte.

»Megan«, stieß er atemlos hervor. Sie war bei den Net Force Explorers. In der Vergangenheit hatte er sie oft genug damit aufgezogen. Vielleicht konnte sie jetzt etwas für ihn tun. Mit bebenden Fingern suchte er in den Hosentaschen nach seinem Zugangschip für den lokalen Netzknoten. Seit er ihn bei seinem Abschied von Zuhause in die Tasche gesteckt hatte, schienen hundert Jahre vergangen zu sein. Als er ihn schließlich fand, warf er ihn auf die Leseplatte der Kabine.

Sobald der Netzcomputer den Kontakt zu seinem Implantat herstellte und ihn synchronisierte, wurde alles um ihn herum weiß. »Willkommen in …«

»Einleitung abbrechen, Kontakt herstellen, Adressenvorgabe, Megan«, befahl er.

»Ich versuche, die Verbindung herzustellen.«

Und da stand sie, direkt vor dem großen, fetten Planeten Saturn. »Megan, hör zu, ich bin …«

In dem Augenblick erkannte er entsetzt, dass nicht Megan selbst vor ihm stand, sondern sich nur die Aufzeichnung ihres Anrufbeantworters vor ihm abspulte. »… kann ich leider nicht online kommen, aber wenn du eine Virtmail hinterlässt, melde ich mich …«

»Verbindung abbrechen«, befahl er, und sogleich verblasste Megans Bild. »Wähle …«

Es war grauenvoll. Fast wäre er bereit gewesen, die Adresse seiner Familie anzugeben – aber nur *fast. Nicht einmal jetzt …*

Und dann klopfte tatsächlich jemand an die Tür.

Burt schluckte und tat das, was die Person vor der Tür unter diesen Umständen nie vermuten würde. »Neun, Eins, Eins!«, rief er.

Augenblicklich schlossen sich die Sicherheitsriegel an der Tür der Kabine.

»Geben Sie die Art des Notfalles bekannt!«, erklang die trockene, weibliche Stimme einer Mitarbeiterin der Notrufzentrale.

»Jemand versucht, mich umzubringen«, sagte Burt, »und er wird damit ungestraft davonkommen, wenn ich nicht sofort mit jemandem von der Net Force sprechen kann!«

»Wo sind Sie jetzt?«

»Sie wissen verdammt gut, wo ich bin«, sagte Burt zu der unsichtbaren Stimme, »Sie haben die Adresse dieser Netzkabine direkt vor sich, und wenn Sie mich nicht innerhalb von dreißig Sekunden mit jemandem von der Net Force verbinden, werde ich in Kürze tot sein, und ein paar andere auch, also machen Sie schon!«

»Ich verbinde Sie«, sagte die Stimme hastig.

Burt lächelte grimmig, während die Welt um ihn in Dunkelheit versank und der Netzcomputer der Kabine Kontakt mit seinem Implantat schloss. *Schon wieder Dad's Stimme*, dachte er. Zweifellos gab es Situationen, in denen sie hilfreich war. Jetzt konnte er nur noch hoffen, dass er schnell genug gewesen war …

Nachdem Megan ihr Implantat abgeschaltet hatte, blieb sie noch einen Augenblick im Stuhl sitzen und stieß einen langen Seufzer aus. Im Moment konnte sie nichts anderes tun, als sich zu entspannen und den Dingen ihren Lauf zu lassen. *Sich entspannen!*, dachte sie belustigt, denn sie zitterte immer noch vor Aufregung. »Ja, sollte ich.«

Erschöpft stand sie auf und streckte sich. »Junge, jetzt könnte ich wirklich einen Tee brauchen«, sagte sie, während sie sich schon auf den Weg in den Flur machte; vorbei am Badezimmer, in dem einer ihrer Brüder eine seiner legendären, stundenlangen Duschen nahm; vorbei am Wohnzimmer, wo ihr Vater, in ein Gespräch vertieft, in einem Stuhl saß; in die Küche, wo verschiedene Wassersportartikel auf den Küchenstühlen verstreut lagen. Offensichtlich wollte Mike später Kajak fahren gehen.

In dem Augenblick läutete die Türglocke.

»Großartig«, knurrte Megan, während sie zur Vordertür ging.

Draußen stand ein Mann in einem Straßenanzug, eher klein, dunkelhaarig, mit einem jener Gesichter, an denen man auf der Straße vorüberging, ohne dass sie einen Eindruck hinterließen. »Megan O'Malley?«, fragte er.

O NEIN!, rief eine warnende Stimme in ihrem Geist.

Und im selben Augenblick schlug sie zu. Mit ausgestrecktem Arm versetzte sie dem Mann mit dem Handballen einen Schlag genau an die richtige Stelle – an die Stelle, die sie nur treffen sollte, wenn sie es auch wirklich ernst meinte, wie ihr Kampfsporttrainer sie gewarnt hatte. Denn dieser Schlag gehörte weniger in den Bereich des Kampfsports als in den des unbewaffneten Nahkampfes, wo es im Gegensatz zum Kampfsport darum ging, dass der Gegner nach dem Schlag nicht mehr aufstand.

Sie hörte, wie das Brustbein des Mannes krachte. Und dann stürzte er die Treppe hinunter.

O Gott, dachte sie, während sie ihm nur eine Stufe folgte und sogleich wieder in Bereitschaftsstellung ging, nur für den Fall, dass er doch wieder auf die Beine zu kommen versuchte. Aber er tat nichts dergleichen. *Hoffentlich habe ich nicht seinen Herzbeutel eingerissen*, dachte Megan, denn diese Gefahr bestand immer, wenn man auf den Brustkorb zielte. Der Gegner konnte daran innerhalb von Minuten verbluten. *Oder seine Leber verletzt …*

»Megan«, hörte sie hinter sich die ruhige Stimme ihres Vaters. »Einen Schritt nach links bitte.« Als sie sich umwandte, sah sie, dass ihr Vater eine Pistole von wahrlich gewaltigen Ausmaßen, die üblicherweise in einem Safe im Wohnzimmer aufbewahrt wurde, direkt auf den Kopf des Mannes gerichtet hielt. Dankbar trat Megan einen Schritt nach links.

»Megan, du solltest endlich aufhören, dich an den Zeitschriftenhändlern zu vergreifen. Sie haben nichts getan«, rief Mike, während er von der Seite der Garage her mit einem Kajakpaddel in der Hand um die Hausecke gesprintet kam. So wie er das Paddel hielt, schien er keine freundlichen Absichten damit zu hegen.

»Megan, wie sollen wir die Leute zusammenschlagen, die dich zusammengeschlagen haben, wenn du ihnen nicht einmal Gelegenheit gibst, dich zuerst zusammenzuschlagen? Wir bekommen nie die Chance, uns als Brüder zu erweisen«, beklagte sich Sean, der tropfnass, mit einem Badetuch um die Hüften, hinter ihrem Vater auftauchte.

Schwer atmend, lächelte Megan.

»Deine Mutter wird wütend sein, weil sie das hier verpasst hat«, sagte Megans Vater mitfühlend. »Und was Sie betrifft, Sir, würde ich Ihnen raten, ganz still liegen zu bleiben und sich keinen Millimeter zu rühren, denn sowohl ich als auch diese extrem gefährlichen und unkontrollierbaren Jungs könnten jede plötzliche Bewegung von Ihnen als aggressive Handlung betrachten und dann etwas tun, das wir alle später bedauern. Als Familie würden wir Ihnen danach sicher Blumen schicken. Megan, ist das einer von deinem Kleeblatt?«

»Ich glaube nicht. Die Net Force hat alle drei Männer geschnappt«, antwortete Megan. »Aber ich kenne ihn nicht, und warum sollte irgendjemand, den ich nicht kenne, genau in diesem Augenblick nach mir fragen? Wir sollten ihn jetzt wohl besser ins Krankenhaus bringen …«

»Hab schon auf den Notfallschalter gedrückt«, verkündete Sean, während er sich das nasse Haar aus der Stirn strich. »Lasst ihn einfach liegen, die Sanitäter werden das schon machen. Unsere rechtliche Pflicht ist hiermit erfüllt. Dad, hat er irgendeine aggressive Bewegung gemacht?«

»Ein frommer Wunsch, mein Sohn. Zieh dir jetzt etwas an. Die Reaktionszeit beträgt heutzutage kaum eine Minute. Die Ambulanz wird also gleich hier sein. Ah …«

Statt der Ambulanz schoss ein großes Mehrzweckfahrzeug

mit dem Streifen und dem Logo der Net Force die Straße entlang und bremste vor dem Haus ab. Noch ehe der Wagen richtig anhielt, stürmten Agenten mit verschiedenen Waffen in der Hand heraus, die noch größer waren, als die von Megans Vater, und bildeten einen Kreis um den am unteren Treppenende auf dem Boden liegenden Mann. Kurz darauf traf ein weiterer Wagen der Net Force mit einer Ambulanz im Schlepptau ein. Sogleich wurde der Mann auf eine Bahre gelegt und sorgfältig festgebunden. Die Handschellen waren vermutlich nur Zierde.

Fünf Minuten später waren alle Wagen wieder verschwunden, und die friedliche Vorstadtstraße lag wieder ruhig und ein wenig verschlafen da, bis auf etwa fünfzehn Nachbarn, die am Gehsteig oder auf dem Rasen vor ihren Häusern standen und Megan, ihren Vater und ihre Brüder entsetzt anstarrten. »Vermutlich werden wir von der Nachbarschaftsvereinigung noch etwas hören«, meinte ihr Vater resigniert, während er sich umwandte, um die Pistole wieder einzuschließen. »Sie werden uns beschuldigen, dass wir den Wert der Häuser in dieser Gegend mindern.«

»Idioten«, stieß Mike wütend hervor, während er mit dem Kajakpaddel über der Schulter davonging. »Megan sorgt nur dafür, dass die Welt wieder sicher genug wird für echte Demokratie.«

»Genau«, stimmte ihm Sean zu, der, noch immer tropfnass, ins Haus zurückkehrte.

Megan verharrte noch einen Augenblick lang regungslos. »Dad?«, rief sie schließlich ihrem Vater nach, während sie ihm ins Haus folgte. »Ich nehme zurück, was ich über die Jungs gesagt habe. Sie dürfen weiterleben.«

»Das ist gut«, stimmte ihr Vater bei, »denn die Begräbniskosten sind in letzter Zeit wirklich unverschämt gestiegen ...«

Am späten Nachmittag traf sich Megan mit Leif und James Winters in ihrem virtuellen Arbeitsraum. Vor einigen Stunden hatten sie erfahren, dass Burt von einer fliegenden Einheit der Net Force am Reagan-International-Flughafen abgeholt worden war. Die Bundespolizei hatte den Mann gefasst, der an die Tür der Kabine gehämmert hatte. Sie hielten ihn vorderhand wegen versuchter Körperverletzung fest, waren aber sicher, dass sie ihn schon in Kürze wegen schwerwiegenderer Anschuldigungen einsperren konnten.

»Nun, zunächst eine Meldung von den Gridleys. Sie haben Frankreich verlassen und sind jetzt in Deutschland«, berichtete James Winters. Er saß in einem Stuhl, den Megan für ihn aus dem Nichts herbeigerufen hatte, und bewunderte die Aussicht auf den Saturn. »Daher müssen wir uns wohl keine Sorgen mehr darüber machen, dass Mark doch noch hinter Schloss und Riegel wandert. Obwohl er sich das vielleicht wünschen wird, wenn seine Mutter erst mit ihm fertig ist«, fuhr Winters mit trockenem Lächeln fort.

»Er bekommt doch hoffentlich keine Schwierigkeiten?«, erkundigte sich Leif.

Winters schüttelte aufseufzend den Kopf. »Er wird es schon schaffen. Offensichtlich bewahrt man ihn für Größeres auf.« Damit wandte er sich Megan zu. »Das bringt mich zu dir, denn wie es scheint, kann man über dich Ähnliches sagen. Wie du richtig vermutet hast, hatte alles mit deinem Freund Burt zu tun. Der Kerl, der ihn verfolgte, hatte eine ›Wanze‹, wie wir sie noch nie zuvor gesehen haben. Netzkabinen sollten gegen solche Lauschangriffe geschützt sein, aber es gibt immer wieder Leute, die sich etwas Neues einfallen lassen …«, sagte er seufzend. »Während Burt wählte, zog er Megans Netzadresse aus der Kabine. Danach war es für ihn, wie immer, nur allzu einfach, deine Wohnadresse herauszufinden … Was er mit dir vorhatte, wissen wir nicht. Vielleicht wollte er dich kidnappen, um dich als Druckmittel für die Freilassung seines Gefährten einzusetzen, des Mannes mit der Aktenmappe. Allerdings ist es ihm nicht gut bekommen«, fügte er mit einem schiefen Blick auf Megan hinzu. »Du reagierst wirklich schnell. Vielleicht sogar ein wenig zu schnell.«

»Versuchen Sie einmal, als letztes Kind nach vier großen hungrigen Brüdern zu überleben«, gab Megan zurück. »Da lernen Sie, schnell zu sein.«

Winters lächelte trocken. »Das ist ein Argument. Deine Überlegung, warum ein Unbekannter genau in diesem Augenblick hier auftauchen sollte, war auf jeden Fall richtig. Und ich würde mir keine Sorgen machen, dass er in nächster Zeit noch einmal vor der Tür steht, nicht nach diesem Willkommensgruß. Niemand, der nicht gerade eine ausgeprägte Todessehnsucht hat, wird sich so etwas noch mal antun. Abgesehen von Schmerzen in der Brust und einer Prellung, mit der man eine ganze Wand tapezieren könnte, hat der Mann noch mehrere Anzeigen wegen Körperverletzung, Flucht vor den Behörden und verschiedene andere schwarze Punkte angesammelt. Wir und mehrere andere Ermittlungsbehörden werden ein paar längere Gespräche mit ihm führen, und das eine oder andere davon wird ihn für eine Weile in den nicht allzu bequemen Gewahrsam des Bundesstaates bringen. Sein Freund im Trenchcoat wird aufgrund all der Auslieferungsbestimmungen nicht so lang unser Gast sein.«

»Warum?«, fragte Leif. »Was hatte er denn bei sich?«

»Wenn ihr genau so viel Zeit für die Nachrichten aufwenden würdet wie für eure Hobbys, könntet ihr eine begründete Vermutung anstellen«, sagte Winters, während er sich in seinem Stuhl zurücklehnte.

Die beiden sahen ihn verständnislos an. »Ihr solltet den Nachrichten wirklich mehr Aufmerksamkeit widmen«, fuhr Winters fort. »Vor zwei Wochen wurde ein Bankkurier vor dem Hauptbahnhof von Mailand entführt. Die Kidnapper steckten ihn in den Kofferraum eines Wagens, ließen ihn schließlich irgendwo in der Nähe von Udine zurück und verschwanden mit dem, was er bei sich hatte – Wertpapiere in Höhe von fünf Milliarden Schweizer Franken. Die Polizei von Mailand vermutete, dass die Diebe in Liechtenstein auftauchen würden, das mit der Schweiz in Währungsunion steht, oder vielleicht über Frankreich nach Jersey reisen würden, um die Papiere dort über eine der kleineren Handelsbanken zu waschen und sie dann auf mehrere Gerichtsbarkeiten zu verteilen, wie etwa die Cayman-Inseln oder Andorra ... Aber wer auch immer dieses Wirtschaftsverbrechen begangen hatte, entschloss sich stattdessen, die Ware vor der Nase der Öffentlichkeit zu verstecken, ein bekanntes Manöver. Der Kurier erhielt also den Auftrag, die Papiere über Amsterdam in die USA zu bringen. Mit deinem Freund Mr Vaud vereinbarte man, einen ›Wegwerfkurier‹ als Ablenkung im selben Flug unterzubringen.« Winters schüttelte den Kopf. »War wohl ein taktischer Fehler. Sie hätten ihn viel besser tarnen müssen – oder deinem jungen Freund Burt die Papiere geben sollen. Wer hätte ihn schon verdächtigt?«

Gähnend streckte sich Winters. »Aber sie haben sich selbst überlistet. Gefällt mir immer wieder, wenn sie das tun ...«, fügte er mit leichtem Lächeln hinzu. »Und ihr beide seid in einer recht angenehmen Position. Wenn ihr nach Italien reisen wollt, wird euch die Polizei von Mailand bestimmt gerne die Tickets bezahlen. Das Zeug wurde ihnen unter der Nase weggeschnappt.«

»Na«, gab Megan lächelnd zurück, »mal sehen, was mein Vater davon hält.« Dann seufzte sie. »Aber jetzt will ich eigentlich nur Burt sehen. In den letzten zwei Stunden hat mich meine Freundin Wilma schon sechsmal angerufen ...«

»Ich werde jetzt auch gehen«, sagte Winters, während er aufstand. »Komm, Leif. Wir wollen nicht stören, wenn sich das wirkliche Leben wieder Geltung verschafft, wie auch immer das aussehen mag.« Nach diesen Worten sah Winters Megan mit einem Ausdruck an, den sie noch nie zuvor an ihm gesehen hatte und der sie augenblicklich erröten ließ. Es war ein Ausdruck unverhüllten Stolzes.

Einen Moment später war es schon wieder vorüber. »In spätestens achtzehn Stunden will ich von euch einen vollständigen Bericht mit Erörterung der soziopolitischen Konsequenzen«, fuhr Winters fort. »Zwei Stunden nach Abgabe will ich euch in meinem Büro sehen zur Beurteilung und weiterer Besprechung.«

Damit verschwand er.

Megan stieß einen tiefen Seufzer aus. »*Hausaufgaben*«, sagte sie mit spürbarem Widerwillen.

»Ja, aber was für Hausaufgaben«, sagte Leif. »Ich rufe dich später an.«

Im nächsten Augenblick war auch er verschwunden.

Etwa zwei Stunden später saßen Megan, Wilma und Burt in Megans virtuellem Arbeitsraum und freuten sich darüber, dass die Dinge nun um einiges normaler liefen als in den letzten Tagen.

Burt war erst von der Polizei vernommen worden, doch nachdem diese Rücksprache mit der Net Force gehalten hatte, war er sofort freigelassen worden.

»Ich sage es euch nur ungern, aber selbst nach dieser Geschichte weiß ich nicht, ob ich wirklich nach Hause zurückkehren will«, meinte Burt.

»Niemand zwingt dich dazu«, gab Megan zurück.

»Aber ich vermisse dich …«, sagte Wilma, während sie Burts Hand drückte, die sie nicht losgelassen hatte, seit er hier war.

»Du fehlst mir auch … Aber ich kann einfach nicht zurückgehen.«

»Megan?«, erklang plötzlich eine Stimme, die an den großen und mächtigen Zauberer von Oz erinnerte.

»Ja, Dad?«

»Darf ich eintreten?«

»Sicher, komm nur.«

Einen Augenblick später stand Megans Vater in ihrem Arbeitsraum und sah zu Burt hinüber. »Großartig«, sagte er, »ich hatte gehofft, dich hier zu finden. Hör zu, Burt … Du hast in letzter Zeit einiges durchgemacht und es überraschend gut überstanden. Wenn du willst, wäre es mir eine Freude, dir für ein paar Monate eine Unterkunft anzubieten. Wir bauen gerade die Garage um, weil wir sie ohnehin nicht verwenden. Vermutlich ist sie immer noch besser als ein Platz in einem Heim, wie menschlich es auch geführt wird.«

»Mr O'Malley«, begann Burt langsam, während er verneinend den Kopf schüttelte, »das ist sehr nett von Ihnen, aber ich glaube, der Abstand hat mir ganz gut getan. Ich würde gern noch ein paar Monate mit den Leuten von Breathing Space zusammenarbeiten. Mal sehen, wohin es mich führt. Aber ich bleibe auf jeden Fall in der Gegend«, fügte er mit einem Blick auf Wilma hinzu. »Immerhin müssen wir in ein paar Monaten die Qualifikation reiten.«

Wilma drückte erneut seine Hand.

»Ich werde immer erreichbar sein, und ich werde auch Kontakt zu meiner Familie aufnehmen. Ich habe ihnen viel zu sagen ... wenn auch vielleicht nicht das, was sie denken ... vor allem nicht, was mein Vater vermutlich erwartet. Aber danach ... Nun, wir werden sehen. Ich kann ja auch die Schule fertig machen, wenn ich nicht abends nach Hause zurückkehre. Und was dann kommt« – sein Blick glitt wieder hinüber zu Wilma –, »weiß ich noch nicht genau. Aber wir haben ja genug Zeit, um uns etwas einfallen zu lassen.«

»Okay, das klingt gut«, meinte Megans Vater.

Nachdem er wieder verschwunden war, sahen die drei einander an. »Also ...«, begann Megan.

»Also ...«, fiel Burt ein. »Dann will ich mir einmal ansehen, wie ihr das Modell von Buddy vermasselt habt. Vielleicht gelingt es uns ja, ihn zu retten, wenn er einmal einen richtigen Reiter zu spüren bekommt.«

Im nächsten Augenblick fielen die zwei Mädchen über ihn her, und ein paar Sekunden später schleppten sie ihn in einen anderen virtuellen Raum. Jenseits des Amphitheaters aus weißem Marmor berührte die Sonne im Untergehen den Horizont von Rhea, und leise und sanft lösten sich aus der nahezu schwerelosen Atmosphäre weiche bläuliche Schneeflocken.

Quellennachweis:

Freier Fall | *High Wire*
Idee von Tom Clancy und Steve Pieczenik
geschrieben von Mel Odom
Copyright © 2001 by Necto Partners
Copyright © der deutschsprachigen Ausgabe 2005
by Wilhelm Heyne Verlag, München
in der Verlagsgruppe Random House GmbH
Aus dem Amerikanischen von Alexandra Betz

Spurlos | *Cold Case*
Idee von Tom Clancy und Steve Pieczenik
Copyright © 2000 by Necto Partners
Copyright © der deutschsprachigen Ausgabe 2005
by Wilhelm Heyne Verlag, München
in der Verlagsgruppe Random House GmbH
Aus dem Amerikanischen von Imke Walsh-Araya

Fluchtweg | *Runaways*
Idee von Tom Clancy und Steve Pieczenik
Copyright © 2000 by Necto Partners
Copyright © der deutschsprachigen Ausgabe 2005
by Wilhelm Heyne Verlag, München
in der Verlagsgruppe Random House GmbH
Aus dem Amerikanischen von Elisabeth Parada Schönleitner

Tom Clancy

Die Jack Ryan-Romane
im Heyne Verlag

»Der Meister des Techno-Thrillers.«
Newsweek

3-453-19887-5

Der Kardinal im Kreml
3-453-16159-9

Operation Rainbow
3-453-17186-1

Jagd auf Roter Oktober
3-453-18979-5

Der Schattenkrieg
3-453-19901-4

Im Zeichen des Drachen
3-453-19887-5

Red Rabbit
3-453-87750-0

HEYNE